罗 盘
Boussole

Mathias Énard
〔法〕马蒂亚斯·埃纳尔 著
安宁 译

上海文艺出版社

图书在版编目(CIP)数据

罗盘/(法)马蒂亚斯·埃纳尔著;安宁译.
—上海:上海文艺出版社,2019
ISBN 978-7-5321-7065-4

Ⅰ.①罗… Ⅱ.①马… ②安… Ⅲ.①长篇小说-法国-现代 Ⅳ.①I565.45

中国版本图书馆CIP数据核字(2019)第033976号

Mathias Énard
Boussole

Editions Actes Sud,Arles
© Actes Sud,2015
Simplified Chinese copyright © 2019 Shanghai 99 Readers'
Culture Co.,Ltd.

著作权合同登记号 图字:09-2019-110

责任编辑:崔 莉
特约策划:何炜宏
封面设计:高静芳

罗盘
〔法〕马蒂亚斯·埃纳尔 著
安 宁 译
上海文艺出版社出版、发行
地址:上海市绍兴路74号
电子信箱:cslcm@public1.sta.net.cn
网址:www.slcm.com
新华书店经销 上海利丰雅高印刷有限公司印刷
开本889×1194 1/32 印张15.75 字数312,000
2019年5月第1版 2019年5月第1次印刷
ISBN 978-7-5321-7065-4/I·5647 定价:75.00元

我闭上眼睛,
我的心仍在热切跳动。
何时才能再见窗外的绿叶?
何时才能将我的爱人揽入怀中?①

——《冬之旅》
威廉·缪勒 诗
弗兰兹·舒伯特 曲

① 原文为德语。

我们是两个吸着鸦片的人，隔绝在各自的烟雾中，完全看不到外面的世界，孤独、互不了解地吸着，镜中是我们痛苦的脸，我们是一个冰冻的影像，时间赋予我们运动的幻象，一片雪花滑落在一团霜球上，没人注意到相互交错的复杂，我就是我客厅窗玻璃上凝结的那滴水珠，那颗滚动着的液态珍珠，既不知孕育它的水蒸气，也不知构成它的原子，但它即将融入其他分子，其他机体，融入到今晚维也纳上空低沉的云中：谁知道这滴水珠将流淌在哪个脖颈上，谁的皮肤上，哪条便道上，向哪条河流流去，而玻璃上映出的这张模糊的脸仅在此刻是我的脸，那只是幻象成百上千万种可能的轮廓中的一种——哟，下着毛毛雨，格鲁伯先生还在坚持遛狗，戴着一顶绿帽子，穿着他一成不变的雨衣；为躲避汽车飞溅的水花，他在便道上滑稽地蹦跶：那条癞皮狗以为他要玩耍，于是跳向它的主人，却在自己肮脏的爪子扒到主人雨衣上那一刻挨了一巴掌，格鲁伯先生好不容易走到了马路边，准备过马路，他的身影被路灯拉长，好像一摊黑色水洼围绕在四周高大树木的影子海洋中，树影被波尔则朗加斯大街①上的车

---

① 波尔则朗加斯大街（Porzellangasse），意为陶瓷大街，因位于大街上的国立陶瓷厂得名。

灯撕碎，在潜入阿尔瑟格伦德①的黑夜时格鲁伯先生看上去有些迟疑，就像我，舍不得中止对水珠、温度计和一趟趟驶向舍腾多尔电车的冥想。

存在是个痛苦的映像，一个鸦片吸食者的梦，夏赫兰姆·纳斯里②演唱着鲁米③的诗句，扎尔布鼓的顽固低音④令我指端的窗玻璃像这打击乐器的鼓皮一样轻轻颤动，我本应继续阅读，而不是看着格鲁伯先生消失在雨中，听着伊朗歌手宛转的装饰音，他歌声的力量和音色足以令我们的众多男高音无地自容。我应该关上音乐，它让我无法集中精神；尽管已经看了十遍，我仍然无法看懂这个单行本中的神秘含义，就在今天我收到了这二十页，恐怖、冰冷的二十页，今天，一位饱含同情的医生可能命名了我的病，正式宣布我的身体罹患疾病，几乎如释重负地给我的症状印上了——死亡之吻———一个诊断，一个尚需确认的诊断，但与此同时应该开始治疗，他说道，并观察病情的演变，演变，是的，就是这样，凝视着一滴水逐渐消失，然后在浩渺的宇宙中重新组合。

没有偶然，一切都是关联的，莎拉会这样说，为什么我恰恰在今天收到了邮寄过来的这篇文章，一个旧式的单行本，用纸和订书钉装订而成，而不是附在"收信愉快"祝词信息

---

① 阿尔瑟格伦德（Alsergrund），维也纳的第九区。
② 夏赫兰姆·纳斯里（Shahram Nazeri，1950—　），伊朗籍的库尔德语歌唱家。
③ 鲁米（Roumi，1207—1273），伊斯兰教苏菲派神秘主义诗人、教法学家。
④ 是指一组在音乐中反复出现的低音组，低音部不断重复一些短小的主题动机，或者完全重复一个固定的旋律。

上的一个 PDF 文档,一个本可以写几句近况的电子邮件,解释一下她身在何处,她写信的这个砂拉越是个什么地方,根据地图册的标注,那是马来西亚的一个州,在婆罗洲的西北部,距离文莱及其富有的苏丹不远,对我而言好像距离德彪西和布里顿①的甘美兰②也不远——但文章的内容却与他们毫无交集;没有音乐,除非把它看作是一首长长的挽歌;密密麻麻的二十页纸发表在《表象》的九月刊上,她已经多次为加州大学的这一精美期刊撰文。单行本的扉页上有一句简短的献辞,没有注解,"给你,亲爱的弗兰兹,热情地拥抱你,莎拉",投寄日期是十一月十七日,也就是说两周以前——一封信从马来西亚寄到奥地利还需要两周时间,也许邮票没贴够,她本可以加上一张明信片却没有这么做,这意味着什么,我翻找出了她在我公寓留下的所有遗迹,她的文章、两本书、几张照片,甚至还有她博士论文的一个版本,用红色施维泰封皮装订的打印文本,厚厚的两卷,每卷三公斤:

"生活中有一些创伤,就像麻风病,在孤独中啃噬着灵魂。"伊朗人萨迪克·赫达亚特③在他的小说《盲枭》的开

---

① 布里顿(Benjamin Britten,1913—1976),英国作曲家、指挥家和钢琴演奏家。
② 甘美兰(gamelan)是爪哇一带历史悠久的一套民族乐器,主要的乐器有钢片琴类、木琴类、鼓、锣、竹笛、拨弦及拉弦乐器。甘美兰对二十世纪的西方音乐影响很大。
③ 萨迪克·赫达亚特(Sadegh Hedayat,1903—1951),伊朗作家和翻译家,被视为伊朗最伟大的作家之一。

头这样写道——这个戴着圆框眼镜的小个子男人比任何人都更明白这句话的意思。正是这样的一个创伤让他打开了他位于巴黎尚皮奥内大街公寓的煤气，那是一个被孤独笼罩的夜晚，一个四月的夜晚，远离伊朗，陪伴着他的可能只有几篇海亚姆①的诗和一瓶阴郁的干邑白兰地，或者一块鸦片饼，或者也许什么也没有，除了他仍保有的几篇文稿，后者也被他一并带入了煤气的虚无中。

不知道他是否留下了遗书，或者除他的小说《盲枭》以外的某个信息，这部早已完成的小说在他去世两年后为他赢得了法国文化界的推崇，他们在此之前从没读到过任何伊朗的东西：编辑何塞·考尔提②在出版《盲枭》之前才刚出版了《沙岸风云》；朱利安·格拉克在尚皮奥内大街的煤气刚刚发挥效力的一九五一年开始成名，他说《沙岸风云》是讲述"所有高贵的腐朽物"的小说，就像那些刚刚在酒和煤气的以太中将赫达亚特啃噬殆尽的东西。安德烈·布勒东公开支持这两个人和他们的著作，可惜这一切来得太晚，无法将赫达亚特从他的创伤中拯救出来，假如他当初是可以拯救的话，假如他的伤痛并不是无药可医的话。

这个戴着圆框厚片眼镜的小个子男人在巴黎就像在

---

① 海亚姆（Omar Khayyám，1048—1122），又译莪默·伽亚谟，波斯诗人、天文学家、数学家，《鲁拜集》的作者。
② 何塞·考尔提（José Corti，1895—1984），达达主义和超现实主义书籍的出版编辑，于1925年创立了自己的出版社。

伊朗一样流亡，他沉静低调，轻声细语。他的作品遭到贬斥可能因为他的讽刺和尖刻的悲情，不然就是他对疯子和酒鬼的同情，抑或是他对某些书籍和诗人的仰慕；也许厌弃他是因为他在嘲笑吸毒者的同时也沾上了一点儿鸦片和可卡因；因为他常喝闷酒，或因为他失常到已经不再寄望于神，甚至在那些被孤独笼罩的夜晚，在煤气的召唤下，也不再求助上苍；或者因为他穷困潦倒，因为他理智地相信自己作品的重要性或者恰恰相反他并不相信，总之源于他身上所有那些令人不快的东西。

　　无论如何，尚皮奥内大街上没有任何标牌证明他曾在此经过或从此地离去；在伊朗没有任何纪念建筑唤起人们对他的回忆，尽管历史的重量令他成为这个国家里程碑式的人物，他去世的损失仍令他的国人难以释怀。今天，正如他在穷困与无名中死去一样，他的作品在跳蚤市场的货摊上或在删节再版中苟活，再版时删去了所有可能教唆读者吸毒或自杀的章节，为的是保护伊朗年轻一代，这些染上了绝望症——自杀和吸毒——的年轻人只要有机会便如饥似渴地抱着赫达亚特的书读，如此被追捧的同时也被误读着，自从一九五一年四月的那个晚上，在凶猛且无法治愈的灵魂麻风病的啃噬下他选择了煤气和尚皮奥内大街作为一切的终结以后，他便加入到了拉雪兹公墓，围绕在那些赫赫有名的人物之中，与他相隔两步的是普鲁斯特，在长眠中如在世时一样朴素、低调，没有闹哄哄的鲜花，也很少有人探访。"没有人作出自杀的决定；自杀存在于某些人体内，在他们的天性中"，赫达亚特在二十世纪二十年代末曾写下这段话。他在阅读和翻译卡夫卡、介绍海亚姆以前就已经开始写作了。他出版的第一部短篇小说集名为《活埋》，自杀与毁灭，并清楚地描写了，在我们看来，二十年后这个男人将自己抛弃在煤气中那一刻的所思所想，在那个充满了令人难以承受的春季芬芳的狭小厨房里，在精心销毁了自己的文稿和笔记后让自己缓缓入眠。他销毁了自己的手稿，可能比卡夫卡更有勇气，也许因为他周围没有一个马克斯·布洛德①，也许因为他谁也不相信，或者因为他确信该是离开的时候了。如果卡夫卡是在咳嗽中离世——直到最后一分钟仍在修改着自己想要烧毁的手稿，赫达亚特则是在漫长的痛苦沉睡中故去，他的死在二十年前就已经写明，他的人生烙印是在孤独中啃噬他的麻风病的伤口，我们可以猜想，这一切应该与伊朗、东方、欧洲和西方有关，正如在布拉格的卡夫卡同时是德国人、犹太人、捷克人，却又不是其中的任何一类人，比别人更迷惘，或者比别人更自由。赫达亚特有这样一种"自我"的伤口，让人在世界上摇摆不前，正是这个咧开的口子将变成裂缝；这里面有一种在鸦片、烈酒和所有将

---

① 马克斯·布洛德（Max Brod，1884—1968），捷克籍犹太人作家，卡夫卡生前好友。1924年卡夫卡病逝后，布洛德没有遵照他的意愿将手稿焚毁，而是陆续将它们编辑出版。

人一分为二的东西中都有的东西，它不是一种疾病而是一个决定，一个将自我彻底分裂的意愿。

如果我们选择进入赫达亚特的创作和他的《盲枭》，那就意味着我们要探究这个裂缝，去看看这个裂缝里面，进入在他性①中长久徘徊的人们的迷醉中；我们将牵着那个小个子男人的手，深入他的内心观察啃噬他的那些创伤、毒品、异乡，并探访这个裂缝，这个"天堑"②，这个存在于两个世界之间、令艺术家与旅行家坠落其中的世界。

这段序言的确惊人，十五年后，依旧震撼——时候肯定不早了，即便有扎尔布鼓和纳斯里的歌声，面对这老旧的打字文稿，我的眼皮还是禁不住要闭上。记得论文答辩的时候有人批评她序言的语气"太过浪漫"，里面与格拉克和卡夫卡的类比"绝对跑题"了。他的导师摩根也曾试图为她申辩，说道"在哪儿提到卡夫卡都不过分"，但这种近乎幼稚的论证只是引来了评审团的叹息，他们中的东方学家有些气恼，而那些老学究则昏昏欲睡，除了他们之间的仇恨之外没什么能将他们从教义的沉睡中唤醒：其实他们很快就将莎拉异乎寻常的开篇忘在脑后，转而为一些方法论的问题争吵起来，具体说来就是他们看不出"漫游"（那个老头好像骂人一

---

① 又译"相异性"，一个在哲学、人类学、人种学、社会学等多种学科中广泛使用的概念。
② 原文为阿拉伯语的法语拼写（barzakh）。

样喊出这个词）能跟科学扯上什么关系，即便这漫游是在萨迪克·赫达亚特手牵手的带领下。我当时正好路过巴黎，很高兴有机会第一次亲身参加"索邦"的论文答辩，而且又恰好是她的，但当我看到迷失在天知道哪个知识迷宫和院系深处那些陈旧破败的楼道、教室和老气横秋的评审团，不禁感到惊讶和好笑，评审团五位权威人士一个接一个表现出对需要进行讨论的文章兴味索然，并使出超人的力量——正如教室中的我一样——不让自己睡着，这一状态让我充满了苦涩和忧伤，就在我们起身离开（朴实无华的教室，开裂的三合板课桌，里面容纳的不是知识而是即兴涂鸦和粘在上面的口香糖）好让这些人可以进行审议时，我突然有一种拔腿就跑、直冲下圣米歇尔大道一直走到塞纳河的强烈欲望，如此便可以避开莎拉，她也不会猜到这个对她必定十分重要的论文答辩给我留下了什么印象。观众有三十几个人，对这个狭小的楼道来说可以称得上是摩肩接踵的一群人；莎拉与旁听人员一同走出来，她正在跟一位十分优雅的年长女士和一位与她惊人相像的男青年说话，我知道那是她的母亲和弟弟。要从这儿出去而不与他们相遇是不可能的，我转身去看楼道里挂着的东方学家的画像，泛黄的老旧版画和纪念着那个一去不复返的奢华年代的讲解牌。莎拉不停地说着话，她看上去很累却不显颓唐；也许在科学的论战中，专注做笔记准备反驳的过程使她与观众的感觉全然不同。她看见我了，对我招招手。我来此的目的主要是为了陪她，但也是在想象中准备自己的论文答辩——而我刚刚目睹的这一切并不令人鼓舞。但我错了：在几分钟的审议后，我们被重新引入教室，她获得了评审团的最高分；之前那个仇恨"漫游"的评审主席对她的研究给予了热情的赞扬，今天重读这篇文稿的开篇，必须承认围绕东方在西方的形象和表象的这四百页文字的确令人信服且别具一格，那些曾有意对此进行系统研究的人大多迷失在无中生有、乌托邦和意识形态的幻象中：曾试图对它们深入探究的艺术家、诗人、旅行家被慢慢推向毁灭而尸横遍野；幻象，用赫达亚特的话，在孤独中啃噬灵魂——我们长期以来一直称为的疯狂、忧伤、抑郁常常是在创作中与"他性"接触时的一个摩擦，一个自我迷失的结果，即便今天这篇文字在我看来有点莽撞、浪漫，但说实话这里面已经蕴含了她日后创建研究工作的真正灵感。

判决下达了，为她高兴的我走过去向她祝贺，她热情地拥抱了我，问道什么风把你吹来了，我答道很幸运我正巧此时在巴黎有点事儿，善意的谎言，她邀请我与她的亲友一起参加按照惯例为庆祝毕业举办的香槟酒会，我接受了；我们随后在街区咖啡馆楼上的酒吧聚会，这里常常举办此类庆祝活动。莎拉此时突然显得有些消沉，我发现她的灰色西服裙有点宽松；身体的曲线已经被学业吞噬了，她身上带着之前几个星期几个月辛劳的痕迹：过去的四年都是为了这一刻，只是为了这一刻才有了意义，现在庆祝的香槟流淌着，她的脸上展露出产妇般温柔的微笑——她的眼圈发黑，可以想象她前天晚上因为过度兴奋而无法入睡，一遍遍重读自己的演讲稿。她的论文导师吉尔贝·德·摩根当然也来了；我曾在大马士革见过他。他毫不隐藏对爱徒的热情，在香槟的作用下，他深情注视着莎拉的饱含父爱的眼神渐渐斜睨出乱伦的味道：第三杯下肚，目光炯炯，面色发红，独自倚坐在一张高脚桌旁，手臂支在桌面上，我看到他的目光正从莎拉的脚踝向腰带处游荡，从下往上然后从上往下——他随即打了个忧伤的小嗝，又干了第四杯。他发现我正看着他，对我翻了个暴怒的白眼后才认出了我，转而对我微笑着问道，我们见过面，对吗？我提醒他，对，我是弗兰兹·李特尔，我们在大马士革见过，当时还有莎拉——啊，没错，那个音乐家，鉴于我对此类蔑视已经习以为常，我只用一个傻傻的微笑作为回答。此时，我尚未与博士学位的获得者说上一句话，她一直忙着应酬亲友们的问候和祝贺，而我此刻已经被这个大学者——只要离开教室或学部委员会大家便对他避之不及——紧紧缠住。他应景地问了我一些关于我大学职业生涯的问题，一些我不知如何回答并希望别人不问的问题；他倒是，像法国人爱说的，精力旺盛，也就是说好色且言语下流，我当时很难想象几个月后我将在德黑兰与他重逢，还是在莎拉的陪同下，但所处情景和他的状况将截然不同，此刻，莎拉与纳迪姆聊得正起劲——他刚到，她肯定在给他讲述论文答辩的来龙去脉，他为什么没出席答辩，我不知道；他看上去也十分优雅，帅气的圆领白衬衫将他深色的皮肤衬亮，下巴上留着黑色短胡子；莎拉牵着他两只手，好像要跳舞似的。我向教授请辞，前去与他们会面；纳迪姆马上给了我一个充满兄弟情义的拥抱，将我一瞬间又带回了大马士革和阿勒颇，带回到纳迪姆夜间弹奏的鲁特琴。叙利亚金属般的天空和星辰也为琴声迷醉,将那如此高远的夜空撕裂的不是流星,而是导弹、炮弹、叫喊声和战争——在那个一九九九年的巴黎,举着一杯香槟的我无法想象叙利业将要遭受极端暴力的蹂躏,阿勒颇的市场将要被烧毁,倭马亚王朝的清真寺尖塔将倒塌,那么多的朋友将死去或被迫流亡;时至今日,身处维也纳这个舒适清静的公寓里,我仍无法想象战争造成损失的规模和痛苦的程度。

哦,歌曲放完了。纳斯里的这首歌真是雄浑有力。这纯净的旋律多么迷人、神秘,打击乐的结构支撑着歌声缓慢的脉动,遥远的节奏将人带入狂喜,令人沉迷的齐克尔赞念①在耳边回响,几个小时也挥之不去。今天纳迪姆已经是个国际知名的鲁特琴演奏家,他们的婚礼在大马士革的外国人小圈子里产生了不小的轰动,这一婚事如此出人意料,如此突然,以至于引来了很多人,特别是法国驻叙利亚大使馆怀疑的目光——这种惊人之举在莎拉身上并不罕见,最近的一件就是这篇关于砂拉越的极端震撼的文章。纳迪姆来到不久我就与他们道别了,莎拉说了很多感谢我来看她的话,她问我是否要在巴黎逗留几日,我们是否有机会再见,我告诉她我明日就回奥地利;临走时我向那位大学教授尊敬地告了别,他此时已经无精打采地瘫在桌子上。

走出了咖啡馆,我继续在巴黎的漫步。在塞纳河河畔的

---

① 苏菲派赞颂安拉的宗教祷词和功修仪式。

落叶中拖着缓慢的脚步,我陷入长长的思索,自问我这样浪费时间出席一个论文答辩和随后的酒会,背后的真正原因到底是什么,巴黎四周灯火的光晕将一座座跨河大桥伸展着的博爱梁臂从傍晚的雾气中扯出,如今在这灯光中,我隐约看见这趟行程只是一条流浪轨迹中的一个时间点,而这流浪的目的和意义可能在"多年以后"才得以显现,这条轨迹当然经过此地,经过维也纳,这里格鲁伯先生刚带着那条臭烘烘的杂种狗散步回来:楼梯上传来了沉重的脚步声,狗叫声,然后在我头顶上,在我的天花板上,发出奔跑和扒地声。格鲁伯先生从来不知道何为轻声,却是他先跑来抱怨我放的音乐,舒伯特还凑合,他说道,但那些老歌剧和那些,哼,外国音乐,可不是所有人都爱听的,您明白我的意思吧。我知道音乐会打扰到您,格鲁伯先生,您可以看出我很抱歉。但我还是要向您指出,我在您不在时对您爱犬的听力进行了所有可以想象的试验:我发现只有布鲁克纳[①](而且是在达到可接受音量极限的时候)能够让它平静下来,停止挠地板和尖声狂吠,因为它的这种行为已经令全楼的住户怨声载道,我可以写一篇兽医音乐治疗的科学文章对此进行详述,"铜管乐器对犬类性情的作用:发展与前景",并一定会为我赢得同行们的赞许。

格鲁伯很幸运,我现在累了,不然我会把音量旋钮转到

[①] 布鲁克纳(Anton Bruckner,1824—1896),奥地利作曲家、管风琴演奏家和音乐教育家。

底给他放上一段冬巴克①,让他和他的狗听足外国音乐。整整一天我都躲在回忆中以逃避——为什么要自欺欺人呢——疾病的惨淡前景,今早从医院回来我打开了信箱,本以为绒布信封里装的是实验室应发给我的化验结果:在犹豫良久是否要打开后才发现上面的邮戳不对。我一直以为莎拉是在大吉岭和加尔各答之间的某个地方,现在看来她是在婆罗洲北部的绿色丛林中,在这个大肚子岛屿的前大英帝国领地上。文章恐怖的主题,凌厉的文风,一改她惯常的抒情笔法,令人不寒而栗;我们已经几个星期没有任何邮件联系了,恰恰在我人生最艰难的时刻,她以这种特别的方式再次出现——我花了一整天的时间,与她一起,重读她的文章,使我不再去想,使我忘记自己,就在我说服自己开始修改一个学生的论文时,发现已经是睡觉时间了,恐怕要等到明天早上再将自己投入到这名学生的题为《格鲁克②的维也纳歌剧中的东方》的论述中去了,因为我的双眼已经疲倦得睁不开了,我不得不放下所有读物,上床睡觉了。

我最后一次见到莎拉是她为了某个我不知道的学术原因来维也纳停留三天。(我当然竭力邀请她过来住,但她拒绝了,理由是接待她的主办方给她提供了一所极具维也纳特色的华美酒店,她可不能为了睡在我"塌陷"的沙发上而错过这个机会,必须承认,这让我很恼火。)她当时精力充沛,把我约

---

① 冬巴克(tombak),扎尔布鼓的另一种叫法。
② 格鲁克(Christoph Willibald Gluck,1714—1787),德国作曲家。

在第一区的一家咖啡馆见面,她喜欢这里是因为与很多奢华建筑一样,游客(观光点的主人)的人潮带给这里一丝没落的味道。她很快就要求跟我,在小雨中,散步,这让我有些不快,我一点不想在一个湿冷的秋日午后扮演观光客的角色,但她活力四射并最终说服了我。她想要搭乘 D 线电车坐到总站,到努斯多尔夫①那边,然后沿贝多芬小径走一会儿;我反驳说我们只会在泥地里散步,最好还是在这个街区活动——我们在格拉本大街上逛了一会儿,一直走到大教堂,我给她讲了两三段有关莫扎特淫秽歌曲的轶闻,她被逗得直笑。

"弗兰兹你知道,"当我们沿着停靠在圣斯蒂芬广场边的四轮马车队伍前行时她对我说道,"那些认为维也纳是东方大门的人身上有种很有意思的东西。"这回轮到我被她逗笑了。

"不,我没开玩笑,我想我会就此写一篇文章,一篇围绕维也纳被介绍为 Porta Orientis②的文章。"

马匹的鼻孔里冒出因寒冷凝结的蒸汽,安静地将粪便排进系在它们尾巴下面的皮口袋里,以免弄脏维也纳高贵的石板路。

"我想来想去也想不通,"我答道,"霍夫曼斯塔尔③的这个提法,'维也纳,东方之门'对我来说是意识形态的产物,源于霍夫曼斯塔尔对奥匈帝国雄踞欧洲的'欲望'。这句话

---

① 1892 年前是维也纳一个独立的市区,今天成为维也纳的一个郊区。
② 拉丁文,意即"东方之门"。
③ 霍夫曼斯塔尔(Hugo von Hofmannsthal,1874—1929),奥地利作家。

应该是一九一七年说的……当然，这里有切巴契契①和辣椒粉②，但除此以外，说是舒伯特、理查德·施特劳斯、勋伯格的城市才更合情理，而这一切在我看来都跟东方扯不上关系。即便是在维也纳的艺术表象和形象中，除了新月形的羊角面包，我看不出维也纳有一丝一毫能让人联想起东方的东西。"

这是陈腔滥调。我蔑视地强迫她承认，这一老生常谈的说法今天已经没有任何意义了。

"不能因为奥斯曼帝国曾两度兵临城下，我们就变成东方之门了。"

"问题不在这儿，问题不在于这一理念的真实性，我想要明白的是为什么众多旅行家将维也纳和布达佩斯看作最早的'东方'之城，以及他们赋予这个词的意义能够让我们了解的东西。如果维也纳是东方之'门'，那么它是朝向哪个东方呢？"

她对东方的探索无穷无尽，永不停息——我承认思忖再三后对自己的确信有些动摇了，今天，关上灯再想想，也许在奥匈帝国维也纳的兼收并蓄中存在一点儿伊斯坦布尔，一点儿奥地利③，一点儿东罗马帝国，但这一切在今天的我看来如此遥远。维也纳早已不是那个巴尔干人的首都，奥斯曼人也已经不存在了。哈布斯堡王朝的确曾是中央帝国，随着入

---

① 切巴契契（ćevapčići），塞尔维亚语，是流行于巴尔干半岛地区的一种肉食。
② 辣椒粉（Paprika），一种以红辣椒或红椒研磨而成的香料。
③ 奥地利的德语名称（Österreich）分为两个词（Öster Reich）后，可译为"东方帝国"。

睡前平缓的呼吸，听着潮湿路面上滑过的汽车，脸贴在还有些凉爽的枕头上，耳边还响着扎尔布鼓敲打的回声，应该承认莎拉对维也纳的了解可能比我多，比我深，不流于舒伯特或马勒，正如很多情况下外国人对一个城市的了解比本地居民多，后者迷失在程式化的日常生活中——她曾经，在很久以前，在我们去德黑兰之前，我刚住进这里之后，她曾经把我带到约瑟芬努姆，以前是军医院，里面有一个令人毛骨悚然的博物馆：展出的是十八世纪末的解剖模型，设计用途为指导军队外科医生和他们的学习，使他们不必依赖尸体，忍受其气味——医院在佛罗伦萨一家最大的雕像工坊订购蜡像；在那些陈列于名贵木质橱窗里的模型中，有一名五官精致的金发少女躺在一个被时间漂白的粉红垫子上，她的脸转向一侧，脖子微曲，头发散落在脸旁，前额露出一顶黄金发冠，双唇微微张开，脖子上戴着两排美丽的珍珠项链，一条腿的膝盖半弯曲，眼睛睁开，似乎处于一种没有特殊表现力的姿势，但如果长时间观察，这一姿势可以暗示放任，或至少是一种被动：全裸，阴阜比头发颜色深并轻微鼓起，是个标致的美人。她从胸部到外阴像一本书一样打开着，人们可以看见她的心脏、肺、肝脏、肠子、子宫、血管，好似被一个极其灵巧的性变态仔细切开了，将她的胸腔和腹腔都暴露在光天化日之下，就像展示一个针线盒、一只获得大奖的钟表、一个机器人的内部一样。她披散在垫子上的长发，她安静的眼神，她半合拢的手甚至暗示她有可能享受着快感，而放置在桃花心木框的玻璃罩中，这一切同时激发人的欲望和恐惧、迷恋和厌恶:我当时想象,在近两个世纪以前,那些首次看到这一蜡质人体的年轻见习医生,为什么在睡前想这些事,最好想象母亲在我们前额留下的亲吻,想象我们在夜间等待着却永远等不到的这种温柔,而不是那些从锁骨一直开膛到小腹的解剖学模特——这些初出茅庐的医生面对这个裸体模型会想些什么呢,他们能将精神集中在消化系统或呼吸系统吗,二十岁的他们从居高临下的阶梯座椅上看着这个他们这辈子首次见到的裸体女人,一个优雅的金发女郎,一个假死人,雕塑家竭力赋予它所有生命特征,并将自己的全部才华展示在膝盖的弯曲中,大腿的肉色中,双手的表达中,生殖器的真实度中,黄色脾脏的血管纹路中,肺部的深红和蜂窝状肺泡中。莎拉对这变态的形象很着迷,看看这些头发,真是不可思议,她说,他们故意如此摆放是为了暗示慵懒、爱情,我可以想象一个留着小胡子、表情严肃的教授揭去模型上覆盖的幕布时,整个阶梯教室的军医学生发出赞美的"喔"声,教师一手举着教鞭,一个器官一个器官地清点,然后以一种从容不迫的姿态敲击着节目的亮点:暗粉色子宫中盛装的一个微小的胎儿,距它几厘米的是阴阜上转瞬即逝、轻柔纤巧的金黄毛发,其精美仿佛一种恐怖禁忌那温柔的投影。是莎拉让我注意到那个胚胎,看哪,太惊人了,她怀孕了,我自问这一蜡像的妊娠是雕塑家的心血来潮还是订购者刻意要求的,如此展示永恒女性的各个方面,所有可能;这个位于浅色阴毛下方的胎儿,一经发现,进一步强化了整体释放出的性张力,一种巨大的负罪感压抑着你,因为你在死亡中看到了美，对一个如此完美切割的身体产生了星星点点的欲望——人们不禁想象某一刻在石蜡中迷失的这个胚胎孕育的瞬间，不知是哪个男人，不论是血肉之躯还是树脂制成，曾进入这完美的五脏六腑中播种，你会即刻背过头去：我的羞耻感令莎拉露出微笑，她总是觉得我很保守，可能因为她没有意识到让我掉转目光的并不是这个景象本身，而是在我心里描绘的景象，一个事实上更令人窘迫的景象——我，或某个与我相像的男人，正进入这个活死人的体内。

展览的其他部分大同小异：一个被活剥皮的人静卧着，膝盖蜷起，若无其事，而他身上已经一寸皮肤都不剩了，如此展示他多彩复杂的血液循环；玻璃瓶中盛放的脚、手、各种脏器、骨头、关节、神经的细节，总之人体内藏匿的所有大小秘密，我在这个时候想这些干什么呢，就挑今晚，今夜，尤其是我今早才刚看了莎拉那篇恐怖的文章，何况我被确诊患病还要等着那讨厌的化验结果，我们换换脑筋，翻个身，想要睡觉的人翻个身就能重新开始，做个新的尝试，让我们深呼吸。

一辆电车从我的窗下摇晃着驶过，又是下行去往波尔则朗加斯大街的。往上走的电车比较安静，或者因为往上走的电车本来就少；谁知道，市政府可能想把消费人群引往市中心，却不热衷于把他们接回家。在这摇晃声中有点儿音乐的东西，有点儿阿尔康①的《铁路》的元素，只是更缓慢，夏

---

① 阿尔康（Charles-Valentin Alkan，1813—1888），犹太裔法国作曲家、钢琴家。

尔·瓦朗坦·阿尔康，这个被人遗忘的钢琴大师曾是肖邦、李斯特、海因里希·海涅和维克多·雨果的朋友，据说他在试图从一张小搁板上够取《塔木德》①时被他的书柜砸死——我最近看到有文章说这很可能是假的，不过是有关这位传奇作曲家的又一个传奇罢了，他如此才华横溢以至于被人们遗忘了一个多世纪，砸死他的应该是一个衣架或摆放帽子的沉重格架，那么"据此看来"《塔木德》与他的死毫不相干。无论如何，他的钢琴曲《铁路》绝对是杰作，从中可以听到蒸汽和旧式火车的机械摩擦声；火车头在右手上奔跑，传动杆在左手下转动，我的天，带给人一种诡异的运动减速的感觉，而且这曲子在我看来是极难演奏的——轻浮浅薄，莎拉一定会毫不留情地批驳道，这个火车的故事实在轻浮浅薄，她并没有完全说错，那些刻意"模仿"的音乐作品的确有些过时，但从中可能生发出一篇文章的创意，《火车的声响：法国音乐中的铁路》，除阿尔康的例子以外再加上奥涅格②的《太平洋231》、东方学家施密特③的《机车试车》，甚至柏辽兹的《铁路之歌》：我自己也可以谱一个小曲目《陶瓷电车》，用扎尔布鼓和中国西藏钟碗模仿车上的铃铛。莎拉很可能会觉得浅薄无比，她是否会觉得表现纺车的运动、马匹的奔跑或小船的漂流也同样轻浮浅薄呢，应该不会，我记得她像我一样也

---

① 《塔木德》(Talmud)，犹太教宗教文献，记录了犹太教的律法和传统。
② 奥涅格（Arthur Honegger，1892—1955），出生于法国的瑞士作曲家。
③ 施密特（Florent Schmitt，1870—1958），法国作曲家。

很喜欢舒伯特的艺术歌曲①,至少我们时常谈起。绘词法②永远是个重要的问题。在枕头棉布的清爽和羽绒的温柔中,我却总是禁不住去想莎拉,她为什么把我拖到那个惊人的蜡像馆,我想不起来了——她当时正在研究什么,那时我刚搬到这儿,我觉得自己就像瓦尔特③,受邀来维也纳歌剧院辅佐伟大的马勒,一百年后,从东方,具体来说就是大马士革,完成一个研究项目凯旋的我收到邀请辅佐我在大学工作的导师,当时我很快找到了这间距离我将要任职的迷人校园只有两步之遥的居所,面积是小了点,但很舒适,格鲁伯先生宠物的抓挠声也无伤大雅,不管莎拉怎么说,公寓里的沙发床是绝对体面的,证据就是:她第一次来维也纳时,也就是参观那个人体优美切割博物馆的那次,她曾毫无怨言地在上面睡了至少一个星期。为看到维也纳而欣喜,为我能够带她游览维也纳而欣喜,她如此说道,但其实是她把我带到了这座城市最意想不到的那些地方。当然,我带她参观了舒伯特的故居和贝多芬的几栋寓所;当然我也花了重金(从没对她承认过,骗她说价格不贵)带她去听了歌剧——威尔第的《西蒙·波卡涅拉》,伟大的彼得·斯坦④给演出增添了大量刀光剑影和

---

① 原文为德语(Lieder)。
② 绘词法,文艺复兴时期的作曲家经常运用,以某个旋律描绘特定的歌词形象的表达手法。
③ 瓦尔特(Bruno Walter,1876—1962),美籍犹太裔德国指挥家、钢琴家和作曲家。
④ 彼得·斯坦(Peter Stein,1937—),德国导演、编剧和演员。

狂热激情,莎拉走出来时已完全陶醉其中,被这个场所、交响乐队、歌唱家和舞台表演惊呆了,虽然天知道歌剧也可以是很轻浮浅薄的东西,但她还是被威尔第和音乐的魅力折服,最后还不忘指出,就像她习惯的那样,一个有趣的巧合:你注意到了吗,全剧中一直被人设计利用的那个人物叫阿多诺①?那个自以为是、跟别人对着干、犯下错误但最终被任命为总督的人?真是难以置信。即使在歌剧院,她也不能让自己的神经放松一下。然后我们干了什么,应该是搭乘出租车去了一家风味小酒馆,并享受春天独一无二的温热,此时维也纳的小山丘散发着烤肉、小草和蝴蝶的气息,这才是我所需要的,一点儿六月的阳光,而不是这漫长的秋日,这持续敲打我窗子的雨——我忘记关窗帘了,真蠢,当时就急着上床关灯,我还得爬起来,不行,现在不行,现在我正坐在一家小酒馆的葡萄架下,与莎拉喝着白葡萄酒,可能聊着伊斯坦布尔、叙利亚、沙漠,谁知道什么,或者聊着维也纳和音乐、藏传佛教,计划中进行的伊朗之旅。在巴尔米拉②之夜以后是现在的格林青③之夜,在黎巴嫩葡萄酒之后是此刻的绿色维特利纳④,在大马士革闷热的晚会之后是这凉爽的春宵。一

---

① 暗指德国社会学家、哲学家和音乐家西奥多·阿多诺。
② 巴尔米拉(Palmyre),叙利亚中部一个古代城市,位于大马士革东北215公里,幼发拉底河西南120公里处,是商队穿越叙利亚沙漠的重要中转站,也是重要的商业中心。
③ 维也纳德布灵区内的一个街区。
④ 奥地利一种白葡萄酒,在维也纳、布尔根兰州和施泰尔马克州非常普遍。

种局促不安的感觉。她当时是否已经开始维也纳是"东方之门"的论述了，令我反感的是她猛烈抨击马格里斯①的《多瑙河》，这本我深爱的书：马格里斯是个哈布斯堡王朝的遗老，她说道，他的《多瑙河》对巴尔干人极端不公；越往后写，他给的信息越少。多瑙河流域的前一千公里用去了全书篇幅的三分之二；他却只花了一百多页来写后面的一千八百公里：一离开布达佩斯，他就几乎无话可讲了，给人一种（与他在序言中宣称的相反）整个东南欧相形之下要无聊得多的感觉，就好像那里从没发生、没创造过任何重要的东西。这种视角在地缘文化中实在过于"以奥地利为中心"了，这几乎是对巴尔干人、保加利亚、摩尔多瓦、罗马尼亚的民族认同乃至他们奥斯曼文化遗产的全面否定。

在我们旁边，一桌日本人正在狼吞虎咽地吃着尺寸离奇的维也纳炸牛排，过长的部分从本已硕大的盘子边缘翘出来，悬在两侧，好像巨型毛绒熊的两只耳朵。

她说着这话有点上火，眼神变得忧郁，嘴角微微颤动；我禁不住笑着说：

"对不起，我没看出你说的问题，我觉得马格里斯的这本书很博学、诗意，有些地方还很有趣，一次漫游，一次渊博而主观的漫游，这有什么不好，没错，马格里斯是研究奥地利的专家，他曾写过一篇有关十九世纪奥地利文学帝国观的论文，可是那又如何，凭你怎么说，我还是认为这本《多瑙河》是一

---

① 马格里斯（Claudio Magris，1939— ），意大利作家和翻译家。

部伟大著作,一部全球畅销书,而且事实的确如此。"

"马格里斯跟你一样,是个怀旧的遗老。一个怀念奥匈帝国的忧伤的的里雅斯特①人。

她说得当然太偏激了,酒劲发作,声色俱厉,嗓音越来越大,以至于我们旁边的日本人不时转过头朝我们看;我开始有点儿难为情——而且,即便以奥地利为中心的概念在二十世纪末的今天在我看来顶多有点儿好笑,甚至挺让人开心,但她使用的怀旧这个词还是令我有些不快。

"多瑙河是一条连接了天主教、东正教、伊斯兰教的河。"她补充道,"这才是关键:它不只是条连线,更是……更是……一个交通渠道。一个通行的可能。"

我看着她,她看上去已经冷静下来了。她的手放在桌子上,靠近我这边。在我们周围,在餐厅葱绿的花园中,在葡萄藤的枝蔓和黑松的树干之间,围着绣花围裙的女服务生端着沉重的托盘跑来跑去,随着她们踩在砾石上的脚步,托盘上大肚玻璃瓶内的液体不时漾出来一点儿,她们刚从酒桶接出的白葡萄酒如此新鲜,以至于酒体充满泡沫,看上去有些浑浊。我本想唤起我们在叙利亚的回忆;没想到此刻却在围绕马格里斯的《多瑙河》高谈阔论。莎拉。

"你忘了犹太教。"我说。

---

① 的里雅斯特(Trieste),曾是神圣罗马帝国及奥匈帝国时期地中海沿岸繁荣的港口城市和音乐与文学的中心,第一次世界大战结束后,奥匈帝国崩溃,的里雅斯特并入意大利,随后经济文化衰落下去。

她有点儿吃惊地对我笑了笑,眼神一瞬间又闪烁出光芒。"对,当然,还有犹太教。"

是在此之前还是之后她把我带到了桃乐丝街的犹太博物馆,我记不清了,只记得她被这家博物馆的"贫乏"激怒了,绝对是义愤填膺——她甚至写了一篇极尽嘲讽、令人捧腹的《维也纳犹太博物馆官方指南附录评论》。这几天我得故地重游一下,看看情况是否有所变化;当时参观路线是按照楼层布置的,先是临时展览,然后是固定藏品。奥地利首都杰出犹太人物的"全息影像"参观路线在她眼中真是不可理喻的粗俗,为一个已经消失的共同体,为一群幽灵制作的全息图,多么可怕的强调,更不必说这些影像之丑陋。而这仅仅是她义愤的开始。最后一层简直令她哑然失笑,笑声慢慢变成了悲哀的狂怒:十几面橱窗中布满了各式各样的家什,上百个酒杯、蜡烛台、经匣、披巾,数千件"犹太物品"杂乱无章地堆放在一起,只有一条粗略可怖的说明:"一九三八年至一九四五年间掠夺的物品,从未获知其所有人身份"一类的话,在第三帝国的废墟中找到的战利品都被堆放在维也纳犹太博物馆内,就像堆放在一间老祖父的毫无条理的阁楼里一样,又像一个肆无忌惮的古董商人聚敛的一堆旧货。毫无疑问,莎拉说,这一切都是带着天底下最善良的意愿完成的,然后任它们被灰尘掩埋,这器物堆也随之完全失去意义,取而代之的是一个"迦百农"[①],别忘了

[①] 迦百农(capharnaüm),原是《圣经》中一个犹太地名,法语中指杂物堆。

这是那个加利利海边城市的名字,她说。她又气又笑:可这是让犹太群体以何种形象示人啊,可以肯定,那些参观博物馆的小学生会将这些逝去的犹太人想象成收藏蜡烛台的金库总管,而且她很可能是对的,这压抑的参观令我感到一丝负罪感。

在参观了犹太博物馆后,有个问题一直令莎拉不能释怀,就是"他性"的问题,这一展览以何种方式回避差异的问题以便集中关注那些从"相同"中衍生出来的"杰出人物"和一堆被剥离意义的物品,以"平复"宗教、文化、社会甚至语言的差异,她说,并最终呈现出一种已消失辉煌文明的物质文化。这就像开罗博物馆的木质展柜中堆放的圣甲虫①,或者在史前博物馆中展出的数百个骨制的箭头和刮具,她说。用物品添补空白。

唉,我本来安静地坐在一家小酒馆里享受着迷人的春宵,现在可好,我脑子里净是马勒和他的《悼亡儿之歌》,这位创作了纪念死去儿童诗歌的作者在完成谱曲的三年后,将在克恩顿州的梅尔尼格怀抱自己死去的女儿,直到一九一一年马勒逝世后人们才意识到这几首诗歌的可怕影响力:有时,一件作品的意义会被历史残酷强化,在恐怖中放大、倍增。充满佛教思想的莎拉会说,没什么是偶然的,马勒的坟墓位于格林青墓地,就在我们度过那个虽有对多瑙河的"争论"却

---

① 圣甲虫是一种古埃及的象征符号,也指被雕刻成圣甲虫样的物品,其最流行的用途是作为护身符。

也不失美妙晚上的那家小酒馆的旁边，而《悼亡儿之歌》的歌词是吕克特①的诗，他与歌德一起被视为德国早期著名东方学诗人，东方，还是东方。

没什么是偶然的，可我还没关窗帘呢，波尔则朗加斯大街街角的路灯晃我的眼。得鼓起勇气，刚躺下就起床是件很痛苦的事，无论是突然被自己身体提醒忽略了它的一种自然需要，还是将闹钟忘在了一个够不到的位置，用通俗的话说，这就是倒霉催的，于是不得不推开棉被，用脚尖搜寻应该在不远处的拖鞋，然后决定这么短的路程用不着穿拖鞋，跳到窗帘束带的旁边，关上窗帘后顺道拐到洗手间，坐下小便，脚跷起来，以避免长时间接触冰冷的地砖，用最快的速度完成返回路程以便继续刚才本不应中断的睡梦，如释重负地将脑袋放在枕头上，这个脑袋里回响着的还是那个旋律，——少年的时候，这是我唯一能忍受的马勒的作品，不止如此，那是仅有的几支能让我感动流泪的乐曲之一，这双簧管的哭泣，这可怕的歌声，那时的我像隐藏某种令人羞耻的缺陷一样隐藏着这一激情，今天却悲哀地看到马勒被如此糟蹋着，被电影和广告吞噬着，他俊朗消瘦的面容为营销天知道什么东西而被如此频繁地使用着，要强忍着才能不厌恶这充斥交响乐团节目单、唱片销售行和广播的乐曲，就在去年，纪念他逝世一百周年时，维也纳四处泛滥着马勒，就连最隐秘的缝隙都渗透出他的旋律，人们得把耳朵

---

① 吕克特（Friedrich Rückert，1788—1866），德国诗人、翻译家和东方学家。

堵起来才行，可以看见游客们在T恤上炫耀着马勒的头像，购买他的招贴画和冰箱贴，那阵子在克拉根福①排队参观他位于韦尔特湖畔小木屋的人肯定少不了——我从没去过，正好可以提议让莎拉跟我一起去那里远足，游历神秘的克恩顿：没有什么是偶然的，我们之间的奥地利位于欧洲中央，我们在这里相遇，我最终回到了这里，而她又不停地来这里看我。业力、命运，不管你想怎么称呼她所相信的这种力量：我们初次见面是在施泰尔马克州②，在一次研讨会上，那是由我们行业的头面人物定期组织的东方学盛会之一，按照规定，研讨会同意接收几名"年轻学者"——对她、对我，都是新兵上阵。我从图宾根③乘火车，途径斯图加特、纽伦堡和维也纳，趁着美妙的旅途对我的发言（《法拉比④音乐理论中的调式和音程》，这是我一篇论文的摘要，题目很唬人，只是内容缺乏实证）做最后的修改，尤其是读了戴维·洛奇⑤的《小世界》，这部引人发笑的作品在我看来是对学术世界最好的入门讲解（对了，这本书我很久没重读了，它正好可以用来消遣一个漫长的冬夜）。

---

① 克拉根福（Klagenfurt），奥地利克恩顿州的首府。
② 施泰尔马克州，是奥地利的一个联州，位于奥地利的东南部，首府是格拉茨。
③ 图宾根（Tübingen），德国巴登-符腾堡州的城市，图宾根行政区首府，同时也是一座大学城。
④ 阿布·纳斯尔·穆罕默德·法拉比（9世纪80年代—10世纪50年代），是喀喇汗王朝（870—1213）初期著名医学家、哲学家、心理学家、音乐学家。
⑤ 戴维·洛奇（David Lodge, 1935   ），英国著名小说家和文学评论家。

莎拉提交了一篇比我的更有创意、更详尽的文章，从她学士论文中截取的《马苏第①〈黄金草原〉中的神奇幻梦》。作为研讨会唯一的"音乐家"，我被分配到一群哲学家之中；而她则莫名其妙地参加了一场以"阿拉伯文学与玄奥科学"为题的圆桌会。这次活动的举办地选在海恩菲尔德②，奥地利第一位伟大的东方学家约瑟夫·冯·哈默尔-普尔戈什塔里③的宅邸，这位《一千零一夜》和哈菲兹④《诗颂集》的译者、奥斯曼帝国的史学家是西尔维斯特·德·萨西⑤和那个时代东方学家小圈子所有成员的朋友，被施泰尔马克州一名年迈的女贵族指定为唯一继承人，他于一八三五年获得了她遗赠的爵位和这座城堡——这一地区最大的水畔城堡⑥。作为弗里德里希·吕克特的老师，冯·哈默尔·普戈什塔里曾在维也纳教授他波斯语，并同他一起翻译鲁米的《沙姆士·大不里士诗歌集》的节选，如此在施泰尔马克州一座被遗忘的城堡与《悼亡儿之歌》之间建立了联系，将马勒与哈菲兹以及十九世纪东方学家结合在了一起。

---

① 马苏第（？—956），阿拉伯历史学家、地理学家，被称为"阿拉伯的希罗多德"。
② 海恩费尔德（Hainfeld）是德国莱茵兰-普法尔茨州的一个市镇。
③ 约瑟夫·冯·哈默尔-普尔戈什塔里（Joseph von Hammer-Purgstall, 1774—1856），奥地利外交家和东方学家，作为东方文学翻译家和奥斯曼帝国科学研究的奠基人之一被世人熟知。
④ 哈菲兹（约1315—约1390），最著名的波斯抒情诗人，常被誉为"诗人的诗人"。
⑤ 西尔维斯特·德·萨西（Silvestre de Sacy, 1758—1838），法国语言学家、文献学家和东方学家。
⑥ 原文为德语（Wasserschloss）。

根据研讨会的日程——我们显赫宫殿的东道主,格拉茨大学,将一切安排得十分妥帖;我们将在临近的小城市费尔德巴赫或格莱斯多夫下榻;一辆"特派"巴士将在每天早上将我们送到海恩菲尔德并在晚餐之后——"在城堡饭店提供"——将我们送回住处;城堡的三间大厅都被布置成讨论室,其中一间是哈默尔本人富丽堂皇的书房,书架上还摆放着他的藏书,锦上添花的是,施泰尔马克州旅游局每日在现场"出售本地土特产并可供访问者品尝":所有这一切都"是个好兆头",今天的莎拉可能会这么说。

这个地方的确神奇。

被夹在一座现代农场、一片树林和一个泥塘之间的大片观赏性护城河环绕着一座两层建筑,倾斜的屋顶上铺着深色瓦片,建筑围出一块边长五十米的正方形院子——这座城堡的比例如此奇特,以至于从外部看,尽管有巨大的角楼,相对于如此广大的占地面积它还是显得过于低矮,仿佛被巨人的手掌拍扁在平原上。古朴外墙上的灰色涂层已大片大片脱落,露出里面的砖石,只有入口宽阔的门廊——一条漫长阴暗的隧道,上面是带有扁圆形拱肋的拱顶——保留了巴洛克的辉煌,但令跨越这一入口的所有东方学家们大吃一惊的是用立体圆雕刻在石头上的一个阿拉伯语的花写铭文,以此祈福护佑这座住宅和里面的住户:这肯定是全欧洲唯一一座在建筑正面高悬全能真主名字的城堡①。正从巴士走下来的我问自己这群学者鼻孔朝天

---

① 原文为德语(Schloss)。

地都在盯着看什么呢，等我走到那里却也被遗落在天主教大地上——距离匈牙利和斯洛文尼亚边境几公里——这块带有阿拉伯花写字的小三角楣饰①震撼了：频繁出游的哈默尔是从他一次旅行中带回了这块带有铭文的石头还是他让某个本地石匠费劲儿将它刻上去的？这块刻有阿拉伯的欢迎语的石头仅是惊喜的开始，后面的更加出彩：一走出入口的通道，我们恍然置身于一座西班牙修道院，甚至是意大利修道院回廊；在辽阔庭院四周的两层楼建筑上是绵延不断的拱廊，颜色为锡耶纳②的红土色，只有一座巴洛克式小教堂穿插其中，小教堂的洋葱形圆顶③斩断了整体的南欧风格。所以，城堡内空气流动都是靠这如修道院般规则的无边无际的阳台，如此众多的房间都对其敞开，这对于奥地利一个偏僻的角落并不寻常，特别是这里的冬天在欧洲国家中又算不上温和，我之后才了解到个中缘由，原来城堡的建筑师，一个意大利人，只在夏季探访过这个地区。只要停留在这个超大型拱廊内院④，就能在拉布⑤河谷感受到一份托斯卡纳⑥情调。此时正值十月初，我们到访施泰尔马克边

---

① 三角楣饰，又称山花，是希腊罗马时代和文艺复兴时期常用的建筑横梁上一种三角形的装饰形式，由柱子或壁柱支撑。
② 锡耶纳（Siena），意大利托斯卡纳大区的一座城市。
③ 洋葱形圆顶是一种圆顶建筑，遍布于东欧，尤见于俄罗斯东正教教堂、西亚及中亚等地。
④ 原文为意大利语（cortile）。
⑤ 中欧河流，属多瑙河的右支流，发源自奥地利的施蒂利亚州，流经该国东南部和匈牙利西部。
⑥ 托斯卡纳是意大利一个大区，首府为佛罗伦萨。

境省的第二天，在已故的约瑟夫·冯·哈默尔·普尔戈什塔里的家乡天气并不怎么好；火车颠簸让我有点困顿，在镇中心的一家整洁舒适的小旅馆里我睡得像只死猪，这座村镇似乎比接待方宣称的遥远得多（可能因为我的疲劳，或是因为从格拉茨到这里的盘山公路上的浓雾），睡得像只死猪，现在想这个正是时候，也许我现在也应该想个办法让自己疲劳困顿、坐火车远行，乘车在山里转一圈，或者游走在那些可疑的酒吧里试图找到一块鸦片，但在阿尔瑟格伦德我怕是没机会碰上一伙伊朗瘾君子：不幸的是在今天的阿富汗，在市场的指引下，他们出口的主要是海洛因，那是比克劳斯医生给我开的药片还要恐怖的物质，但我还是有希望，有希望进入梦乡，不然太阳反正早晚会升起来的。脑袋里还是那个悲哀的曲调。十七年前（试试挪动枕头来驱走吕克特、马勒和所有死去的孩子），莎拉的立场没有这么激进，或者也许同样激进只是比较腼腆；我试着回忆她走下巴士站在海恩菲尔德城堡前的情景，她红棕色的长发带着卷儿；她的面颊微微鼓起，她的雀斑赋予她一种稚气，与她深邃、几乎严峻的目光形成鲜明反差；那时她的脸、肤色和眼睛形状就已经具有一种不知哪儿来的东方气质，而且我觉得随着年龄有增无减，我应该在某个地方有她的照片，可能不是在海恩菲尔德的，但有很多在叙利亚和伊朗拍的被遗忘的底片，影集里的几页，我现在感到非常平静，昏昏沉沉，徜徉在这个奥地利研讨会的回忆中，在对哈默尔·普尔戈什塔里的城堡和莎拉的回忆中，她站在城堡前的广场上，凝视着阿拉伯语的铭文，不相信地摇着头,神情迷醉,我经常看到她的头在赞叹、疑惑和无动于衷的冷淡之间摇摆,她的这种冷淡在我初次问候她时表现得淋漓尽致——当时她做完演讲,我被她文章的水平,当然,还有她非凡的美貌所吸引,开场几分钟时她有些激动,脸被一缕棕红的头发半遮着,朗读了她关于《黄金草原》的妖怪和奇迹的论文:吓人的食尸鬼、镇尼①、"辛""尼斯纳斯""哈瓦提夫",怪异而危险的生物,魔法与占卜的仪式,离奇半人半兽的种群。为了接近她,我穿过中场休息时朝自助咖啡茶点聚拢的学者人群,走上一个拱廊阳台,阳台面对的是这座施泰尔马克城堡中如此具有意大利风情的庭院。她独自一人,靠在阳台的扶手上,手上拿着一只空杯子;她专注地看着白色小教堂,建筑正面反射着秋日的阳光,我对她说不好意思,打扰了,你关于马苏第的演讲很棒,那些妖怪真是太神奇了,她对我友善地微笑着并不作答,看着我在她的沉默和我的害羞之间挣扎:我立刻明白她是在等着看我是否将陷入平庸的攀谈。而我只是提出帮她再倒杯咖啡,她再次对我微笑,五分钟后我们已经酣畅地聊了起来,说的是食尸鬼和镇尼;最令人称奇的是,她对我说,马苏第将这些生物分为两种,"已证实存在的"和民众想象编造的:对他来说,镇尼和食尸鬼是真实存在的,他收集了符合他证据标准的证词,而另一些比如"尼斯

---

① 镇尼(也可音译为精灵、杰尼)是伊斯兰教对于超自然存在的统称,由安拉用无烟之火造成。镇尼有善有恶,会帮人也会害人,还能任意改变形体,有时也被视为恶魔的一种。

纳斯"或狮鹫①还有凤凰都是神话传说。马苏第给我们描述了食尸鬼生活的很多细节：因为她们的形体和本能将她们与其他生物隔绝，他说，于是她们寻找最蛮荒的孤寂，并只喜欢待在沙漠里。在身体方面，她们同时拥有人类和最凶猛动物的特性。令马苏第这个"自然主义者"感兴趣的是，明白食尸鬼如何诞生和繁殖，如果她们是动物：在沙漠中与人类发生肉体关系可以被视为一种可能性。但他比较倾向于印度学者的观点，即食尸鬼是某些星辰升起时其能量的体现。

另一位与会者加入了我们的谈话，他看上去对人类与食尸鬼之间的交配颇感兴趣；那是个挺讨人喜欢的法国人，名字叫马克·弗吉耶，他幽默地将自己定义为一名"阿拉伯性交专家"——莎拉开始对这些妖怪神力的可怕描述：在也门，她说，如果一个男人在睡梦中被一个食尸鬼强奸了，人们可以通过他的高烧和长在私处的脓包察觉这一状况，并通过混合了鸦片和天狼星升起时出现的植物的解毒剂，以及一些辟邪物和咒语给他治疗；如果他死了，应在死亡当晚焚烧尸体，以避免食尸鬼的出生。如果病人活了下来，这种情况很罕见，人们将在他的前胸文上魔法图案——然而似乎没有任何作者对这一妖怪的出生进行过描述……穿着破衣烂衫、裹着旧毯子的食尸鬼通过向旅行者歌唱使他们走上歧途；她们有点像沙漠中的美人鱼：如果她们真实的面容和气味都与正在腐烂的尸体一般无二，她们

---

① 狮鹫是一种希腊神话传说中的生物，有狮子的身体及鹰的头、喙和翅膀，也称之为"格芬""格里芬""鹰头狮""狮身鹰"。

却具有变身以诱惑迷途男人的法力。一位伊斯兰教创立之前的阿拉伯诗人，人称塔阿巴塔·沙兰——"将不幸夹在腋下的人"，曾提到自己与一个食尸女鬼的恋爱关系："在晨曦升起时，"他说，"她找到我要做我的伴侣；我向她求欢，她便跪在地上。如果人们对我的爱提出疑问，我会说它藏在沙丘的波纹里。"

那个法国人似乎觉得这一切既有趣又恶心；诗人和妖怪的激情却令我着实感动。莎拉还是滔滔不绝，在这个阳台继续讲述，此时绝大部分学者都已经回到他们的讨论小组和研究课题上去了。很快，只剩我们三个人独自站在外面，在降下的暮色中；光线是橙色的，是太阳的余晖或庭院初上的灯光。莎拉的头发闪闪发亮。

"你们知不知道海恩菲尔德的这座城堡里也隐藏着妖怪和奇境？当然，它是东方学家哈默尔的宅邸，但也是激发雪利登·拉·芬奴①创作《女吸血鬼卡蜜拉》②的地方，作为第一部描写吸血鬼的小说，比《德古拉》③还早了十年，它曾令英国上层社会为之战栗。在文学中，第一个吸血鬼是个女性。

---

① 雪利登·拉·芬奴（Sheridan Le Fanu，1814—1873），爱尔兰玄怪小说作家，短篇小说代表作有《绿茶》和《女吸血鬼卡蜜拉》。
② 《女吸血鬼卡蜜拉》故事发生在奥地利，描述美丽而充满诱惑性的女主角卡恩司坦伯爵夫人和居于奥地利施泰尔马克州的英国军人的女儿劳拉之间的故事，伯爵夫人（又名卡蜜拉）白天是劳拉的闺中好友，晚上却回复吸血鬼的面目袭击她。评论认为此书有许多场景充斥女同性恋情感的意味。
③ 《德古拉》(*Dracula*)，又译《德拉库拉》，是爱尔兰作家布拉姆·斯托克（Bram Stoker）于1897年出版的以吸血鬼为题材的哥特式恐怖小说。

你们看了一层的展览吗？绝对震撼。"

莎拉的精力非比寻常；令我着迷；我跟着她穿过这宏大城堡的条条走廊。那个法国人留在那儿继续他的学术研究，莎拉和我则溜了出来，在阴影和被遗忘小教堂的黑夜中，探寻神秘的施泰尔马克州吸血鬼的记忆——展览与其说在一层，不如说在地下室，在几个为这一活动特别布置的拱顶地窖里；来参观的只有我们两人；在第一间展厅，众多巨大上色木制耶稣受难像中间穿插着一些老旧的戟和火刑的展示——几个在火中焚烧的衣衫褴褛的女子，说明上写道"费尔德巴赫的女巫"；展台设计者也没有放过我们的听觉，遥远的哀号淹没在野蛮的柴火噼啪声中。这些与魔鬼为伍之人的惊人美色令我有些心绪不宁，中世纪的艺术家将她们以半裸着、在火焰中扭动的肉体展示，仿佛被诅咒的水妖。莎拉边观察边评论着，她的博学令人瞠目，她怎么会知道这么多记述，这么多施泰尔马克州的故事，她不也是才刚到海恩菲尔德吗，这几乎让人有些担忧。我开始感到恐惧，我在这潮湿的地窖里觉得有点窒息。第二间展厅的主题是爱情药水和神奇饮品；一个雕着北欧古文字的花岗岩喷泉水池内盛着一种黑色液体，看上去不怎么开胃，接近时还会传来钢琴的旋律，我在这琴声中听出了乔治·葛吉夫①的主旋律，他的一首高深莫测的作

---

① 乔治·葛吉夫（George Gurdjieff，1866—1949），20世纪初颇具影响力的希腊裔俄罗斯神秘主义者、哲学家、作家、灵性导师、作曲家和舞蹈家。

品；在右侧的墙上，挂着一幅描绘特里斯坦与伊索尔德①的画作，画中的他们在一艘船上正面对一盘棋；特里斯坦喝着右手举着的大酒杯中的液体，而此时一个缠着包头的侍从正从一只皮水袋将爱情药汤倒给伊索尔德，后者看着棋局，一只手的大拇指和食指间捏着一枚棋子——在他们身后，女仆布兰格尼注视着他们，外面，无边无际的大海波涛翻滚。我突然感觉我们好像在《佩利亚斯与梅丽桑德》②的那个阴森的树林中，那个花岗岩泉水旁；莎拉出于好奇将一枚戒指扔进黑色的液体中③，这令葛吉夫那雄壮而神秘旋律的音量有所升高；我看着坐在池边石沿上的她；她长发的发卷轻拂着那些古文字，她的手浸入幽暗的水中。

　　第三展厅无疑是一间古老的小教堂，这里展示的正是卡蜜拉和那些吸血鬼。莎拉给我讲了在东方学家哈默尔入住此地的几年前，爱尔兰作家雪利登·拉·芬奴如何在海恩菲尔德度过了整整一个冬季；小说《卡蜜拉》基于一个真实的故

---

① 《特里斯坦与伊索尔德》是由 12 世纪法国游吟诗人广泛传播的凯尔特传说，也可能是波斯传说启发的爱情悲剧，讲述的是一个英国康沃尔郡的骑士特里斯坦与许配给国工的爱尔兰公主伊索尔德偷情的故事。自 12 世纪出现之后，便对西方文学艺术和浪漫爱情的观念产生巨大影响。故事的细节有不同版本，但主题一脉相承，由理查德·瓦格纳根据这一故事创作的歌剧更使它家喻户晓。
② 《佩利亚斯与梅丽桑德》是比利时剧作家梅特克林创作的话剧，梅丽桑德是戈洛的妻子，却爱上其弟佩利亚斯，后由法国作曲家德彪西改编为歌剧，该歌剧被视为是法国乐派对德国作曲家瓦格纳歌剧的回应。
③ 梅丽桑德曾将一枚戒指扔进泉水井中。

事，她说：普尔戈什塔里伯爵的确曾经接收过一个亲戚家的孤女，叫卡蜜拉，这个女孩很快就与她的女儿劳拉结下了很深的友情，就好像她俩已经相识很久了似的——很快，她们就成为无话不谈的闺蜜，互相倾诉所有的秘密和感情。劳拉开始做一些奇幻怪诞动物的梦，梦中这些动物在夜间来找她，亲吻并抚摸她；有时，在这些梦中，它们变化为卡蜜拉，以至于劳拉最后自问卡蜜拉是不是一个装扮成女性的男青年，如此便能为自己的错乱做出解释。随后，劳拉生了一种萎靡不振的疾病，任何医生都治不好，直到有一天伯爵听说在几英里以外曾有过一个类似的案例：数年前，有一个女青年死去，脖子上方留下了两个圆孔，她是吸血鬼米拉卡·卡尔斯坦的受害者。卡蜜拉这个名字是米拉卡的反写，其实她就是米拉卡的转世；吸取劳拉精气的就是她——公爵必须将她打死，并通过一种恐怖的仪式将她送回坟墓。

在地下室的尽头，用于解释海恩菲尔德与吸血鬼之间联系的血红色大牌子旁边，有一张带华盖的床，床叠得整整齐齐，铺着白色床单，吊在床柱上的绸缎床帏被展台设计者用上方柔和的灯光照亮；床上躺着一个年轻女子，身着一条薄纱裙，那是一个表现睡眠或死亡的蜡像；她的胸前有两个血印，在左乳一侧，她的丝裙或蕾丝花边对这一伤痕毫无遮掩——莎拉完全被迷住了，她走近些，弯下腰面对着她，轻轻抚摸她的头发，她的胸部。我很尴尬，我自问这突如其来的激情意味着什么，然后自己也感到一种被压抑的欲望：我盯着莎拉包裹在黑色丝袜中的大腿蹭过白色睡裙的轻柔织物，她的双手拂过蜡像的腹部，我为她感到羞耻，羞耻不已，突然我觉得窒息，深深吸了一口气，从枕头上抬起头，我身处黑暗，脑海中留下的是这最后的影像，这巴洛克式的床，这既恐怖又温柔的地窖，我张大嘴呼吸卧室里清凉的空气，找到令人安心的枕头的触感和鸭绒被的重量。

强烈的羞耻感混合着几分欲望，余下的就是这些。

梦里都是些什么记忆啊。

在半梦半醒之间，试图抓住我中之他的零星快感。

梦中有一些角落很容易照亮，另一些则更加晦暗。那深色的液体很可能与我今早收到的那篇令人毛骨悚然的文章有关。马克·弗吉耶在我的梦中现身倒是很有趣的事，我们已经几年没见了。阿拉伯性交专家，他知道肯定笑翻了。当然，他根本没参加过这个研讨会。为什么他会出现，是通过什么秘密的关联，无从知晓。

那的确是海恩菲尔德的城堡，但似乎比真实的还要大。现在，我感到一种强烈的肉体失落感，一种分离的痛苦，就好像有人禁止我享用莎拉的身体一样。那些爱情汤药、地窖、死去的年轻女子——回想到这儿，我觉得好像躺在那华盖床上的是我，在死前正热切期望着莎拉安慰的抚摸。记忆是惊人的，那个恐怖的葛吉夫，我的天。他来干什么，这个东方神秘学的老信徒，我很肯定那支温柔迷人的曲子不是他的，梦能够将多个面具重叠起来，而这一个真的很隐晦。

这首钢琴曲是谁的呢，他的名字就在我嘴边，有点像舒伯特，但不是他，也许是门德尔松《无言歌》的一段，反正不是我常听的曲子，这是肯定的。如果我马上睡着，也许有机会跟莎拉和那些吸血鬼一起找回这个曲调。

  据我所知，哈默尔的城堡里没有地窖，既没有地窖也没有展览，城堡一层是一家施泰尔马克风味十足的小饭馆，里面供应炸牛排、匈牙利汤①和面包饺子②——莎拉和我的确很快就聊到了一起，尽管话题既没有食尸鬼也没有超自然的交配，我们每餐都在一起吃，并慢慢地查看这位惊人的哈默尔·普尔戈什塔里书房中的每层书架。我给她翻译她理解吃力的德文书；而她凭借比我掌握得精深得多的阿拉伯语，将我完全看不懂的著作内容解释给我听，当所有的东方学家急着赶往小饭馆，担心土豆不够吃时，我俩肩并肩长时间独处——我们前一天才相识，现在就已经靠在一起，低头看着同一部古书；我的眼睛在字里行间跳跃着，胸口发紧，我第一次闻到她发卷的香气，第一次感受到她的微笑和声音的力量；每次想到都觉得很奇怪，在这个大落地窗朝向俯瞰南侧护城河的小阳台（建筑正面外墙近乎单调的一致性中唯一的变异）的书房中，在没有任何监控的情况下，我们手中捧着一本弗里德里希·吕克特的诗集，上面有他亲笔为他的老师哈默尔·普尔戈什塔里书写的献词——笔迹宽大舒展，签字

---

① 匈牙利汤（Gulyás）是一种牛肉和蔬菜（马铃薯为主）为主料加红辣椒粉的浓汤。
② 原文为德语（Serviettenknödel），又译作餐巾团子。

复杂且有些泛黄，落款地点是纽斯，德国弗兰肯的某个地方，时间是一八三六年，而此时在我们面前，芬芳的菖蒲在水边轻轻摇摆，这些旧时削尖用来制造芦苇笔的植物叫芦苇①。"听听奈伊笛②，它讲的故事多么动听啊。"鲁米的《玛斯纳维》开篇这样说道，我们吃惊地发现这两个波斯语译者，哈默尔和吕克特，曾一同出现在此地，就在这时，屋外的芦苇给我们带来了一种壮丽的联想，同时召唤着舒伯特和舒曼艺术歌曲的温柔、波斯诗歌，以及在东方用来制作笛子的水生植物，四周是装有珍贵镶嵌工艺的玻璃门、在年代或书籍的重量下已经弯曲变形的宽大木制格架，在这书房——如旧时一般——几乎不存在的光线中，此时我俩的身体保持静止，若即若离。我给莎拉读了这本吕克特小诗集中的几首诗，我努力翻译好——这样看着干翻，效果恐怕并不理想，但我不想让这一刻就这样流走，我承认自己有点儿慢条斯理，而她也没有丝毫打断我迟疑的举动，好像我们正在读一篇誓言。

一篇奇怪的誓言，因为很可能她已经记不得这一刻了，或者说，她对这事从没像我一样如此上过心，不然，我怎么会在今早收到她那封没留一句话的信，里面只有这篇有悖人性的文章，让我做了一回老烟鬼才做的噩梦。

但此刻我睁大着眼睛，唉声叹气，还有点儿发烧，我应

---

① 原文为德语（Kalmus）。
② 奈伊笛是一种源于中亚的用芦苇制成的笛子。

该试着忘记莎拉，重新入睡（我的小腿有点儿发抖，我感到燥热却又周身发冷，就像某某人说的①）。我早就过了数羊的岁数了；记得一部电视连续剧里有人对一个濒死的人说"去你的乐土吧"，我的"乐土"在哪儿呢，我自问，是在童年的某个地方吧，在萨尔茨卡默古特②夏季的湖畔，在巴德伊舍③看的一场弗兰兹·莱哈尔④的轻歌剧，或与弟弟在普拉特公园⑤玩儿的碰碰车，也许是在图赖讷⑥的外婆家，那个当时在我们看来极具异国风情的地方，就好像是外国，而令我们在奥地利感到羞愧的母语在那里却变为主流语言：在巴德伊舍，一切都是皇家的、轻歌曼舞的，到了图赖讷，一切都是法国的，杀鸡宰鸭拾扁豆打麻雀，吃着裹着烟灰的臭烘烘的奶酪，去看那些童话一般的城堡，与那些说着我们听不懂的成语的表兄妹嬉戏，因为我们当时说的是成年人的法语，是我们母亲和周围为数不多的几个人说的法语，是维也纳的法语。我仿佛看见自己手里拄着一根木棍假装花园里的国王，威风如船长一般乘着驳船沿卢瓦尔河航行，在大仲马的蒙特梭罗城

---

① "我感到燥热却又周身发冷"是法国女诗人路易丝·拉贝（Louise Labé，1524—1566）的诗句。
② 萨尔茨卡默古特（Salzkammergut）是奥地利的一个度假区。
③ 巴德伊舍（Bad Ischl）是奥地利的一座温泉小镇，位于萨尔茨卡默古特地区中心，特劳恩河畔。
④ 弗兰兹·莱哈尔（Franz Lehár，1870—1948），匈牙利血统的奥地利作曲家。
⑤ 普拉特公园（Prater）是位于维也纳的一座公园，原为皇家猎场，19世纪改为公园。
⑥ 图赖讷（Touraine）是法国历史上的一个行省，首府为图尔。

堡围墙下驶过，骑着自行车穿过希农①周围的葡萄园——这些儿时的领地给我的心中带来无尽的痛楚，也许是由于故乡从我生命中陡然消失，并同时预示着我的消失、疾病和恐惧。

唱首摇篮曲？看看摇篮曲目录：勃拉姆斯的摇篮曲仿佛从一个廉价的音乐盒里传出，全欧洲的孩子，在一只蓝色或粉色毛绒布偶的陪伴下，都曾在自己的婴儿床上听到过，勃拉姆斯，摇篮曲中的"大众汽车"，厚重而有效，没有什么能比勃拉姆斯让您更快入睡，这个剽窃舒曼的恶毒大胡子，既不大胆也不疯狂——莎拉很喜欢勃拉姆斯的一首弦乐六重奏，大概是第一首，我记得是作品十八号，它的主题，怎么说呢，很有侵入性。有趣的是，真正的欧洲洲歌，从雅典响到雷克雅未克，在我们可爱的金发小脑袋上回荡的是这该死的勃拉姆斯摇篮曲，简单得恐怖，就像最致命的击剑招数。在他之前，还有舒曼、肖邦、舒伯特、莫扎特，等等，咦，关于这个倒是可以写一篇论文，对摇篮曲这个曲种的分析，包括它的效果和偏见——比如，交响乐中很少有摇篮曲，摇篮曲从定义上就从属于室内乐。据我所知，应该不存在电子乐器或预置钢琴②的摇篮曲，但这还有待确认。我是否能回忆起一首当代的摇篮曲呢？那个热忱的爱沙尼亚人，阿沃·帕特③就

---

① 希农（Chinon）是位于法国中央大区安德尔-卢瓦尔省的一个镇，位于维埃纳河北岸。
② 预置钢琴指将物品放置在钢琴弦上，影响、改变钢琴发声的演奏方式。
③ 阿沃·帕特（Arvo Pärt, 1935— ），爱沙尼亚作曲家，他的作品以合唱圣乐最为人所知。

曾谱写过摇篮曲，那是一些以弦乐伴奏的合唱摇篮曲，足可以令整座修道院昏昏欲睡的摇篮曲，在我对他的交响乐作品《东方—西方》严厉批评的笔记中曾提到过这些摇篮曲：我们完全可以想象几间宿舍中的小僧侣们在人胡子神甫的主持下在睡前合唱的样子。然而，不得不承认，在帕特的音乐中有着某种安抚的东西，西方民众的某种精神欲望的东西，对像钟鸣般简单音乐的渴望，对完美无缺的天人合一"东方"的渴望，那是通过天主教的《信经》①，无依无靠时的一个精神碎片，一块树皮，使之更贴近"西方"的一个"东方"——那么，哪首摇篮曲最适合我呢，此时此刻躺在黑暗中的我，害怕，害怕，害怕医院和疾病：我试着闭上眼睛，但心中满是将要与自己身体对决的恐惧，还有我的心跳，我将会发现速度太快，那些疼痛，一经关注就即刻传遍肉体的每个角落。睡意恐怕得在我不经意间到来才行，从背后，就像刽子手从后面将你勒死或斩首，就像敌人的打击——我完全可以直接吃片安眠药，而不是像只魂不守舍的狗一样蜷缩在我湿热的被子里，我把被子蹬开，里面太热了，还是回到莎拉和那些回忆里吧，反正这两者都是无法回避的：她也有她的病，肯定跟我的病不一样，但也是一种病。砂拉越的旅行可能证实了我的猜测，她会不会也迷失自我了，就像她潜心研究的所有那些人物一样也完全迷失在东方了。

我们友谊的真正确立是在海恩菲尔德和阅读吕克特之后，

---

① 《信经》是天主教的权威性基本信仰纲要。

我们在研讨会结束时进行的一段三十公里的旅行；她问我是否愿意陪她前往，我当然痛快地同意了，撒谎说可以改签我的火车票——所以，在一个小谎言后，我参加了这一出行，却因此令开车的那位餐厅服务生极为不满，可能他本以为会与莎拉二人独处郊外。现在我清楚地意识到很可能就是因为这个我才受到邀请，我得扮演少女监护人的角色，或者完全驱散这次出行中可能存在的任何浪漫氛围。此外，鉴于莎拉几乎不会德语，而那个临时上岗的司机英语说得很糟，我就被征用（对这一情况，我很快就不幸地发现了）来填补对话的空白。对莎拉执意要看的东西，我有些惊讶，这次出游的目的地：圣哥达战役的纪念碑，更确切地说战役发生在与匈牙利一箭之遥的莫格尔斯多夫①，——为什么她会对一六六四年的一场战役这么感兴趣，在神圣罗马帝国及其法国同盟战胜了奥斯曼帝国的这个偏僻的村镇里，一座小山俯视着拉布河谷，作为多瑙河的一条支流它流经海恩菲尔德数百米的芦苇荡，我很快就会知道答案，但在此之前我不得不忍受与一个不太友善的年轻人四十五分钟的无聊闲扯，当看到坐在他身旁的是我而不是他所期待的穿着迷你裙的莎拉时，他的失望是可以想象的——连我自己也自问为什么自掏腰包支付回程火车票和在格拉茨的附加酒店房费，难道就为了跟一个餐厅服务生抢食，我得承认，那小子其实并不坏。（我意识到静

---

① 莫格尔斯多夫（Mogersdorf）是奥地利布尔根兰州詹纳斯多夫县的一个市镇。

静坐在汽车后座上的莎拉肯定在心里暗自发笑,她一下子就成功粉碎了两个性爱图谋,让两个追求者在同样的悲哀失望中相互抵消。)他是里格斯堡人,曾在当地的酒店管理学校学习;路上,他给我们讲了一两个关于这个嘉勒林男爵夫人城邦的轶事,普尔戈什塔里家族的这块封地自公元十世纪如鹰巢一般雄踞在一座匈牙利人和土耳其人都没能攻陷的山顶上。拉布河谷展示着秋季橙红的树丛,我们四周是这个边境省绵延在灰色天空中的山丘和死火山,山坡上是一片片交织着的树林和葡萄园,绝妙的中欧①风光;如果再配上几层雾气和远处传来的仙女或女巫的叫声,这套布景就齐了——开始下起毛毛雨;此时是上午十一点,可看上去却好像下午五点,我问自己在这里干什么,一个好好的星期天,我此刻应该正舒舒服服地坐在前往图宾根的火车上而不是与一个几乎陌生的女人和一个恐怕是去年夏天才拿到驾照的乡村饭馆的服务生前往一个被遗忘的战场——我渐渐在车里沉下脸;很明显我们错过了一个岔路口,来到了匈牙利的边境,面对着圣戈特哈德市②可以看到边检木板房后面的那些高楼;那个年轻的司机很窘困;我们掉头往回走——莫格尔斯多夫村镇就在几公里远的地方,在我们感兴趣的那个瞭望台的山脊上;神圣罗马帝国的营地用一座于二十世纪六十年代修建的高十

---

① 原文为德语(Mitteleuropa)。
② 圣戈特哈德是匈牙利的城镇,位于该国西部拉鲍河畔,与奥地利接壤。

几米的混凝土十字架纪念标记,不远处有一座同一时期以同样材质修建的小教堂作为十字架的补充,还有一块指示方向的石桌展示战役的场景。此时,乌云散去,视野变得清晰了;可以看到山谷向正东方,我们左侧的匈牙利方向延展的;向南,蜿蜒三四十公里的山丘将我们与斯洛文尼亚隔开。莎拉刚下车就兴奋地忙碌起来;找到方向后,她观察这里的景观,然后是十字架,并不停地念叨"真是绝了",她往返于战场原址、小教堂和十字架纪念碑之间,最后又回到那个刻着字的大石桌前。我自问(那个餐厅服务生看上去和我一样,手肘搭在车门上抽着烟,时不时用惊慌的眼神瞟我)我们是否正在观看一个犯罪案件的现场重建,就像胡尔达必[①]或夏洛克·福尔摩斯那样:我已准备好她从土里挖出生锈的剑或战马的骨头,或者她给我们指出哪个皮埃蒙特[②]的枪骑兵或矛兵团的位置,如果在这场面对凶残的耶尼切里军团[③]交锋中曾有过枪骑兵和皮埃蒙特人的话。我曾期望在这场战役的回顾中抛出我对土耳其军乐及其对十八世纪流行的土耳其[④]音乐风格的重要影响诸如此类的知识给自己一个炫耀的机会,这种音乐风格最知名的代言就是莫扎特,总之,我埋伏在我们

---

① 胡尔达必(Rouletabille)是法国侦探小说家加斯东·勒鲁(Gaston Leroux)在他1907年出版的小说《黄色房间的秘密》中的侦探人物。
② 皮埃蒙特(Piemonte)是意大利西北的一个大区,首府是都灵。
③ 耶尼切里军团,也译为加尼沙里军团、土耳其新军、土耳其禁卫军或苏丹亲兵,是奥斯曼土耳其帝国的常备军队与苏丹侍卫的统称。
④ 原文为意大利语(alla turca)。

的马车和车夫旁边，静候着出场的时刻，一点儿也不急于走到远处瞭望台的悬崖边、定向石桌和巨型十字架弄脏自己的鞋，但五分钟过后，在完成了一系列巡查后，荒野侦探莎拉依旧面对那块石头地图苦思冥想着，就好像在等我过去：于是，我便走过去，猜想这必定是一种女性的技巧以便吸引我靠近她，但也许战争的回忆并不太适合爱情游戏，或者其实我根本就太不了解莎拉了：我发现其实自己反而打扰了她的思考和对景观的阅读。当然，这个地方令她感兴趣的是回忆的组织方式，而不是实际交战本身；对她来说，重要的是一九六四年的那个大十字架，在纪念土耳其战败的同时划出了一条边界线，一堵墙，另一侧是匈牙利，那个时期的东方，新的敌人，新的东方自然而然地取代了旧的东方。在她的观察中既没有我的位置，也没有莫扎特《土耳其进行曲》的位置；她从兜里掏出了一个小笔记本做了些笔记，然后她对我微笑着，看来对这次出游非常满意。

开始下雨了；莎拉合上她的笔记本，将它装进了黑色雨衣的衣兜里；我将自己对土耳其军乐及其打击乐对西方古典音乐影响的论述保留到了返回的路上：可以肯定，一七七八年当莫扎特创作他的第十一号钢琴奏鸣曲时奥斯曼帝国、它对维也纳的围攻或者这场莫格尔斯多夫战役都已经过去很久了，然而他的《土耳其进行曲》却很可能是那个时代与奥斯曼军乐队保持最紧密关系的曲目；没人知道他是凭借旅行者的记述还是仅仅凭借他与生俱来的合成天赋，将当时所有的"土耳其"风格元素巧妙运用，至于我，为了在秋意盎然的施泰尔马克州的公路上一显身手,我毫不迟疑地综合了(就是抄袭了)在这一课题上不可超越的埃里克·赖斯和拉尔夫·洛克的论文。莫扎特如此成功地演绎了土耳其的"音效"、节奏和打击乐,以至于连伟大的贝多芬在《雅典的废墟》中的《土耳其进行曲》的"当塔拉当,当当塔拉当"也顶多只能复制莫扎特,或者也许是以此向他致敬。东方学家不是想当就能当的。此时,我很想为了博她一笑,给莎拉讲讲一九七四年录制的那次令人捧腹的表演,那是八位国际知名的钢琴家一同登台在围成一圈的八台宽大的钢琴前演奏贝多芬的《土耳其进行曲》。他们先以十六只手在这奇特的布局中完成了初次演奏,然后,在掌声结束时,他们再次就座并重新演奏出一个诙谐的版本:让娜-玛丽·达蕾打乱了乐谱;拉杜·鲁普不知从哪儿拿出了一顶土耳其毯帽将它扣在了头上,可能是为了表现作为罗马尼亚人,他比别人都更加东方;他甚至从兜里掏出一只雪茄,夹着雪茄的手指在琴键上随意乱弹,这令他身旁的阿里西亚·德·拉罗查有些恼火,她似乎并不觉得这嘈杂跑调的音乐会很有趣,就像可怜的吉娜·巴乔尔,她的手在她庞大身形的衬托下显得如此渺小:《土耳其进行曲》很可能是贝多芬唯一一首他们胆敢如此搞怪的曲目,尽管我们梦想着这种表演可以运用到,比如,肖邦的一首叙事曲或勋伯格的《钢琴组曲》上;我们希望听到幽默和闹剧能够给这些作品带来些什么。(又是一个论文题目,有关二十世纪对音乐的颠覆和戏谑;题目的确有点儿宽泛,但这一主题的论文是有的,我隐约记得[是谁来的?]写了一篇关于马勒嘲讽的文章。）

　　莎拉的迷人之处在于，她是那么渊博，在海恩菲尔德就已经如此，好奇而渊博，热切地渴望知识：在去那里之前她对东方学家哈默尔·普尔戈什塔里做了很多研究（在那个并不久远却似乎已经古老的年代是不可能用谷歌搜索的），以至于我甚至怀疑她曾读过普尔戈什塔里的回忆录，并因此误以为她对我说自己德语不好其实是在撒谎；她对莫格尔斯多夫的探访也做了准备：占有人数优势的土耳其人如何刚渡过拉布河队列还没排好就遭到神圣罗马帝国骑兵团从山丘上倾泻而下的突然袭击；被困在敌人和拉布河之间的数千耶尼切里士兵曾试图拼死撤退，他们中的大多数不是淹死就是在岸边被杀戮，以至于有一首奥斯曼的诗篇，莎拉讲道，描述一具肢解的士兵尸体顺流漂到杰尔①：他曾向爱人承诺会回到她身边，却竟变成败蜕形骸，被乌鸦啄食成洞的双眼讲述着战争残酷的结局，然后他的头与身体分离，并随着多瑙河水继续其恐怖的行程，直到贝尔格莱德甚至伊斯坦布尔，作为耶尼切里军团勇气和顽强的见证——在返回的路上，我试着给我们的司机翻译莎拉的这段叙述，我从后视镜里看见他的眼里满是惶恐地凝视着莎拉：对于一个跟你讲战斗、腐烂的尸体和掉落头颅的年轻女子，要跟她甜言蜜语恐怕不太容易，即便她在讲这些故事时带着诚挚的同情。在想象美好之前，必须首先潜入最深层的恐怖并完全游历一遍，这就是莎拉的

---

① 杰尔（Győr）是匈牙利西北部的一座城市。

理论。

我们的年轻向导总的来说还是很可爱的，他在下午时分将我们以及随身的装备和行李送到格拉茨，给我们介绍（还下车带我们走到那儿）他认识的一家旅店，旅店位于老城区，距离前往施洛斯堡的上坡路只有两步之遥。莎拉热情地向他道谢，我也是。（那个如此好心陪我们游玩的小伙子叫什么名字来的？我记得他有一个印象里只有老一辈的人才有的名字，就像罗尔夫或沃尔夫冈——不，如果是沃尔夫冈①，我会记得的；奥托，可能吧，或者是古斯塔夫，再不就是温弗里德，这起到了一种刻意将他变老的效果并在他身上产生出一种怪异的张力，这种张力通过他唇上的小胡子进一步强化，那浅色的青春髭须就如同土耳其军队无法越过那宿命的拉布河一样，无论如何也不能长过他的嘴角。）

我本可以前往火车站，赶上去维也纳的下一班火车，但这个女人，还有她那些妖怪、东方学家和战争的故事，让我如此着迷，令我不愿这么快就离她而去，这样我就可能与她，而不是与母亲，单独度过那个晚上，这并不是说与母亲在一起令人不快，而是太习以为常了——如果我当时选择住在图宾根，就是特意为了离开太憋闷、太家常的维也纳，而不是为了每周日回家与母亲一起吃晚饭。六个星期后，我将要开始伊斯坦布尔的首次旅行，在施泰尔马克州停留期间与土耳其的这些初期接触令我心驰神往——作为年轻的译员，约瑟

---

① 沃尔夫冈是莫扎特的名字。

夫·哈默尔自己不也是(在维也纳翻译学校学习了八年以后)在博斯普鲁斯海峡上的奥地利公使馆开始工作的吗?伊斯坦布尔,博斯普鲁斯海峡,这便是一个"乐土",一个如果不是被医生留在波尔则朗加斯,我将即刻重返的地方,我将居住在阿纳夫克伊①或贝贝克②一座塔楼顶部的一间狭小公寓里,每天看着、数着经过的船只,观察着东方一侧海岸随季节变换颜色;偶尔我会乘坐海上的渡船,到于斯屈达尔③或卡德柯伊④去看看巴格达大道⑤上冬夜的灯光,回来的时候我将冻得瑟瑟发抖,带着疲惫的眼神,后悔没在那些灯光如昼的商贸中心买一双手套,手插在兜里,用目光轻抚着少女塔,位于海峡中央的这座灯塔在夜色中仿佛近在咫尺,然后回到高处的那个家,攀登之后气喘吁吁的我给自己沏一杯浓茶,深红色,很甜,抽一管鸦片,就一管,然后在我的扶手椅中缓缓入睡,并不时被黑海上传来的油轮的雾笛吵醒。

未来就像博斯普鲁斯海峡秋高气爽的天空一样光明,预示着美好的开端,就像一九九〇年在格拉茨与莎拉一起度过

---

① 阿纳夫克伊(Arnavutköy)意为阿尔巴尼亚人的村庄,是伊斯坦布尔的一个历史文化街区,位于博斯普鲁斯海峡的欧洲一侧。
② 贝贝克(Bebek)意为宝贝,是伊斯坦布尔最富有的街区之一,位于博斯普鲁斯海峡的欧洲一侧。
③ 于斯屈达尔(Üsküdar)是伊斯坦布尔一个面积广阔、人口密集的市区。
④ 卡德柯伊(Kadıköy)是伊斯坦布尔的一个人口众多的街区,位于马尔马拉海的小亚细亚一侧。
⑤ 巴格达大道是伊斯坦布尔一条著名的街道,位于卡德柯伊街区。

的那个晚上,那是我们第一次单独吃晚饭,这种具有浪漫暗示的社交场合令我感到羞怯(尽管客栈①的餐桌上没有锡质烛台),她却相反:还是本来的样子,毫无二致,讲着同样可怕的事物,就好像我们是在,比如,大学宿舍的咖啡厅里吃饭一样,声调不比那更高或更低,然而对我来说,地毯轻柔的氛围、昏暗的灯光和服务生高冷的优雅都让我不禁低声细语,好像在说悄悄话——对这位在参观了格拉茨后兴奋地继续讲述土耳其战斗故事的年轻女士,不知我有什么秘密可以倾诉,令她如此兴奋的是格拉茨那座仿佛从十七世纪穿越而来的施泰尔马克军械库。在这座建筑正面带着典雅装饰的老房子里,井然有序地陈列着数千件兵器,其摆放方式十分考究,就好像明天将有一万五千人在绅士街排队,以便让这个领取一把军刀,那个一件护甲,另一个一把火枪或一把手枪,然后奔赴前线为保卫家乡抗击不大可能出现的穆斯林的进攻:数千把滑膛枪,数百支矛,用于阻挡战马的戟,用于保护步兵和骑兵的头盔和面罩,数不胜数等着让人抄起的手枪、白刃,准备好分发的火药袋,令人恐惧的是这些摆放整齐的兵器展列中有很多都是使用过的:盔甲上带有它所阻挡子弹的痕迹,刀刃因在战斗中打击而磨损,很容易想象所有这些静止不动的物体曾经造成的疼痛,在其周围散播的死亡,在战斗的能量中刺破的肚子和剁成碎片的身体。

---

① 原文为德语(Gasthaus)。

在这座军械库中,莎拉说,可以听到那些战争工具伟大的沉默,它们具有表现力的沉默,她补充道,这堆比其持有者寿命更长的致命武器呈现出前者的痛苦,他们的命运和他们的不复存在:这就是她在这顿晚餐上对我讲的,施泰尔马克军械库所代表的沉默,她又将这一沉默联系她曾读过的很多故事,其中大多是土耳其故事,这些战斗被遗忘的声音——我可能整晚都在看着她听着她说,或者至少我想象自己被征服了,为她混合着历史、文学和佛教哲学的话语所倾倒;我是否仔细观察她的身体,她的脸和双眼,就好像观察一件博物馆藏品,她颧骨上的雀斑云,她的胸部,常常被她在下巴下方交叉的小臂掩藏,就好像她赤裸着似的,这个下意识的举动一直让我觉得娇羞迷人,却同时令我有些难堪,因为它反映出我看她眼神中可疑的欲念。回忆真是奇怪的东西;我已经无法想起她昨日的面容,昨日的身体,在过去的背景中呈现出的却是她今天的样子——我在谈话中可能补充了一些音乐细节:在这场莫格尔斯多夫战役中的确曾有一位音乐家,一位被遗忘的巴洛克作曲家,保罗·艾斯特哈齐一世亲王[①],唯一一位为人所知的伟大军人兼作曲家或伟大的作曲家兼军人,他曾参加了无数次与土耳其军队的战斗,也是一组绝妙的合唱《天之和谐》的作者,还是羽管键琴家——

---

① 保罗·艾斯特哈齐一世亲王(Paul I, Prince Esterházy of Galántha,1635—1713)是第一位艾斯特拉齐·加兰塔亲王,后成为匈牙利王国伯爵。他曾是神圣罗马帝国的战地指挥官,也是一位优秀的诗人、大键琴家和作曲家。

不知道他是否是第一个受到土耳其军乐启发的作曲家，毕竟在战场上听得太频繁了，但我对此抱有怀疑：在自己的领土经历了这么多的战斗和灾难以后，他应该只想忘记暴力，将自己（成功地）投入到"天之和谐"中去。

咦，说到军乐，格鲁伯先生睡前的冲锋跑来了。到十一点了——不可思议，这位先生夜间要"飞奔"到洗手间，每天晚上格鲁伯先生都在上帝的安排下在十一点准时跑到洗手间，地板在他的脚下发出咔咔的响声，我的吊灯也随之颤动。

离开德黑兰时，我曾在伊斯坦布尔作了短暂停留，度过了美妙的三天，在此期间我几乎都是独自一人，除了与迈克尔·比尔格进行的一次难忘的出游以"庆祝我的解放"，在整整十个月的德黑兰生活和无尽的悲伤之后，我的确需要一次狂欢，将一切抛诸脑后，地点就在市区，在烟雾缭绕的酒吧，在弥漫着音乐、女人和酒精的小餐馆里，我记得这是我一生中唯一一次喝醉，真正的陶醉，为声音陶醉，为女人们的秀发陶醉，为五光十色陶醉，为自由陶醉，为忘记莎拉离去的痛苦陶醉——比尔格，这位德国考古学家是个出色的导游，他带我在贝伊奥卢[①]的大大小小酒吧之中逛了个遍，最后在一家我不记得什么地方的夜总会将我彻底结果了：我瘫倒在一群妓女和她们花里胡哨的裙子之间，鼻子朝下栽在一个盛着生胡萝卜和柠

---

① 贝伊奥卢（Beyoğlu）是伊斯坦布尔的一个区，位于欧洲一侧，金角湾以北，与君士坦丁堡老城相望。贝伊奥卢是伊斯坦布尔最活跃的艺术、娱乐和夜生活中心。

檬汁的敞口酒杯中。第二天他告诉我当晚他不得不将我背到我的酒店房间，据他说，我当时声嘶力竭地高唱（太恐怖了！）《拉德茨基进行曲》①，可我无法相信，我是见了什么鬼（尽管我即将回到维也纳）会在伊斯坦布尔的夜里唱起这首军乐，他肯定是在胡说八道拿我寻开心，比尔格总爱嘲笑我的维也纳口音——我记得自己从没高声唱过约翰·施特劳斯的任何作品，连哼唱都没有过，即使是《溜冰者的脚步》也没有过，中学时代华尔兹课对我就是一种痛苦的折磨，况且华尔兹是维也纳的诅咒，应该在共和国成立时就与贵族称号一起被全面禁止：这可以免去我们很多糟糕的怀旧舞会和讨好游客的烦人音乐会。所有华尔兹，当然除了莎拉的那首长笛和大提琴演奏的小华尔兹，"莎拉的主题"就是神秘、稚气、脆弱的小乐章，她从哪儿找出的这支曲子，这也是个让人想故地重游的地方，面对不完美的世界和日趋衰败的身体，音乐是个很好的庇护所。

　　第二天在伊斯坦布尔醒来时我感到神清气爽，就好像什么都没发生过，城市的活力和享乐如此强大，将前一晚灌入酒精的后劲全部清除干净，没有头痛，没有恶心，一下子什么都不剩了，莎拉和那些回忆，都被博斯普鲁斯海峡的风吹散了。

　　那首小华尔兹是一剂强劲的毒品：大提琴热情的琴弦包围着长笛，在这二重奏中有一种极具性爱的东西使两种乐器在其自身的主题、自身的话语中缠绕在一起，仿佛和谐是一种测量好的距离，同时具有坚固的联系和无法逾越的空间，

---

① 《拉德茨基进行曲》是奥地利作曲家老约翰·施特劳斯的作品。

一种将我们二人连在一起却又阻止我们相互接近的刚性。一种蛇的交配，我记得这是斯特拉文斯基提到的形象，但他当时是在谈什么，肯定不是华尔兹。对于柏辽兹，在他的《浮士德的天谴》、他的《特洛伊人》或《罗密欧与朱丽叶》中，爱情永远是一把中提琴和一支长笛或一支双簧管之间的对话——我很久都没有听《罗密欧与朱丽叶》了，还有里面那些惊心动魄的段落，洋溢着暴力与激情。

　　夜色中还有灯光，从窗帘下溢出；我其实可以继续阅读，但我得休息，不然明天肯定疲惫不堪。

　　我在格拉茨好像也没睡好，在那顿二人晚餐之后，这个女孩的完美令我感到抑郁，当然这包括她姣好的容貌，但最主要的是她在议论或点评时的轻松随意和她展示不可限量的知识时惊人的云淡风轻。我当时是否已经意识到我们如此接近的人生轨迹，我是否已对这顿晚餐所展开的前景有所预感，或者我只是被自己的欲望引导，在楼道里向她道了晚安，我现在眼前清晰浮现出这间楼道，贴着棕色毛毡的墙壁，浅色木制桌子，深绿色的灯罩，同样我能看见自己随后躺在窄小的床上，头枕着交叉的双臂，看着天花板长吁短叹，失望没能在她身边，在欣赏了她精神的魅力后无法了解她的身体——我的第一封信将会写给她，想着我的土耳其之行我这样对自己说；我想象着热情四溢的通信，里面混合着抒情诗句、叙述描写和广博的音乐知识（但主要是抒情诗句）。我猜想自己应该已经详细告诉她我在伊斯坦布尔停留的目的，即研究十九到二十世纪伊斯坦布尔的欧洲音乐，从阿卜杜勒-

阿齐兹①到凯末尔时代博斯普鲁斯海峡上的李斯特、亨德密特②、巴托克③，这个项目为我赢得了一个知名基金会的研究奖学金，对此我十分自豪，研究的成果就是我的一篇关于多尼采蒂④的弟弟朱塞佩的论文，正是他将欧洲音乐引入了奥斯曼帝国领导阶层——我自问今天这篇文章有多大的价值，恐怕不大，除了重建了这个几乎被遗忘的非凡人物的个人传记，他曾在苏丹的阴影下生活了四十年并在自己为奥斯曼帝国谱写的军队进行曲的伴奏下被埋葬在贝伊奥卢的大教堂中。看来军乐的确是东西方交流的共通点，莎拉会说：真太神奇了，这部如此莫扎特风格的曲子在《土耳其进行曲》诞生的五十年后可以说"回到了"它的源头，奥斯曼帝国的首都；毕竟，土耳其人被这首由他们自己的节奏和音色变化而来的作品所吸引是合乎逻辑的，因为这是——用莎拉的话来讲——他中有我。

我该减少这些寂静中的思绪，不要在回忆和这首小华尔兹的悲伤中放任自流；我要运用莎拉擅长并给我讲解的一种冥想技巧，就在维也纳这里，同时嘲笑一下自己：现在试着深呼吸，让所有的思绪流入一片白茫茫中，眼睛闭上，手放在肚子上，想象自己已经死去。

---

① 阿卜杜勒-阿齐兹（1830—1876），1861年至1876年间担任奥斯曼帝国苏丹。
② 亨德密特（Paul Hindemith，1895—1963），德国作曲家、理论家、中提琴家和指挥家。
③ 巴托克（Béla Bartók，1881—1945），匈牙利作曲家，是二十世纪最伟大的作曲家之一。
④ 多尼采蒂（Gaetano Donizetti，1797—1848），意大利歌剧作曲家。

二十三点十分

莎拉半裸着躺在砂拉越的一间卧室里,身上只穿着一件吊带背心和一条棉质短裤;肩胛骨之间和膝窝里渗出了一点儿汗珠,一条被推到小腿半截位置、团成一堆的被单。尽管阳光已经穿透密林的树冠,几只蚊子,被睡觉者脉动的血管所吸引,还趴在蚊帐上,长屋①苏醒了,女人们在屋外的门廊下,在木质的游廊上;她们正在做饭;莎拉隐约听到盆碗磕碰出如斯曼特隆②一般低哑的响声,和外国人说话的声音。

马来西亚比这边早七个小时,那边天已经亮了。

我坚持了多久,十分钟,没想事。

莎拉住在布鲁克家族的丛林里,那是砂拉越的白人拉者③,是由一些图谋并成功在东方称王的人建立的王朝,在海盗和砍头人之中掌控这个国家近一个世纪。

时光流转。

从海恩菲尔德的城堡,到维也纳的漫游,再到伊斯坦布尔、大马士革、德黑兰,直到现在,我们天各一方,分别躺在自己的角落里。我的心跳得太快了,我能感觉到;我呼吸

---

① 马来西亚东部地区热带雨林中的一种独特民居。
② 斯曼特隆(simandre)是一种悬挂或活动的木板或铁板,在木槌的敲击下发出响声,用于提醒东正教的僧人早起、祷告、劳作和用餐。
③ 白人拉者是英国人詹姆斯·布鲁克1841年在砂拉越建立的王国。

急促;发烧可以导致轻微的心跳过速,医生这样说。我要起床。或者拿一本书。忘记。不去想那破烂体检、疾病和孤独。

我可以给她写封信,对呀;这正是我可以干的一件事——"最亲爱的莎拉,谢谢你的文章,但说实话文章的内容让我有点儿担心:你好吗?你在砂拉越干什么呢?"不行,不行,太平淡了。"亲爱的莎拉,我必须告诉你我快死了。"这么说为时尚早。"亲爱的莎拉,我想你",太直接了。"最亲爱的莎拉,旧日的伤痛能否有一天变为愉悦呢?"这个挺美,"旧日的伤痛"。我在伊斯坦布尔的信中有没有抄袭别人的诗句?我希望她没保留那些信——炫耀卖弄的典藏品。

生活是一首马勒的交响曲,没有重新来过,也没有回到起点。在这定义了忧伤的时间情感中,在一切皆有限的意识中,除了鸦片和忘却,没有藏身之所;莎拉的论文可以(我现在才想到)当做一本忧伤的目录阅读,一本收集了不同类别不同国家的忧伤冒险家的奇怪目录,其中她最喜欢的有萨迪克·赫达亚特、安娜玛丽·施瓦岑巴赫[①]、费尔南多·佩索阿——她的论文在他们身上仅投入了很少的篇幅,鉴于要满足院校科研提出的切合主题——《东西方之间的他者观》——的要求。我自问她在这一完全涵盖了她自己生活的科学生涯中,她所孜孜以求的,她追寻的,是不是对她自己的救

---

① 安娜玛丽·施瓦岑巴赫(Annemarie Schwarzenbach,1908—1942),瑞士女作家、记者和冒险家。

治——用旅行战胜黑胆汁①，这是第一步，然后用知识，再用神秘主义，而且我也一样，如果将音乐视为有组织的节拍，将其视为被限定并转化为声音的时间的话，那么我也一样，如果今天的我正在被单中挣扎，可以打赌我自己也同样患上了"脑子的病"，这种现代精神病学在厌倦了艺术和哲学后称之为"结构性抑郁"②的疾病，尽管在我的病例中，医生仅关注我的"机体"症状，它们很可能是真实存在的，但我多么希望这些都只是想象出来的症状啊——我要死了，我要死了，这才是我应该写给莎拉的话，呼吸，深呼吸，把灯打开，不能任自己继续跌落。我要抗争。

我的眼镜呢？这盏床头灯实在太暗了，我真的该换新的了。多少个晚上我在开关灯的时候对自己说过这样的话？真是太拖沓了。到处都是书。纪念品、图片，还有我永远都不会弹奏的乐器。我的眼镜哪儿去了？根本没法拿到海恩菲尔德研讨会的汇编集，里面她关于食尸鬼、镇尼和其他妖魔鬼怪的文章就在我关于法拉比报告的旁边。我从来不扔东西，可却什么都找不到。时间掠夺我的一切。我意识到我那套卡尔·迈③的全集里少了两卷。也就是说，我可能永远也不会重读这两卷了，我将在没重读这两卷之前死去，想到这里让人痛苦不堪，有一天我将因陷入死亡而无法再重读《沙漠与后

---

① 意指哀伤，古希腊人认为忧郁症是由于黑胆汁失衡造成的疾病。
② 亦指忧郁症。
③ 卡尔·迈（Karl May，1842—1912），德国作家，主要写作通俗小说。

宫》。如此,我的《从加拉达塔①看伊斯坦布尔全景》将落入一个维也纳古董商之手,他将解释说这件物品来自一位最近才去世的东方学家的收藏。这么一想,还换什么床头灯啊?《从加拉达石塔……》,还有这幅为皇家捐助由大卫·罗伯茨②绘制并由路易·哈格印刻在石板上并手工上色的画作,画中展示了开罗的哈桑苏丹清真寺入口,这东西古董商可不能贱卖,我为这幅版画可花了一大笔钱啊。莎拉的惊人之处在于,她没什么财产。她的书籍和图片都装在她脑子里;在她脑子里和数不清的笔记本里。对我来说,物品让我有安全感。特别是书籍和乐谱。或者让我有焦虑感。也许让我焦虑的同时也让我安心。我完全能够想象她在砂拉越的行李:七条内裤三副文胸,差不多数目的T恤、短裤和牛仔裤,还有好多用了一半的笔记本,仅此而已。我第一次出发前往伊斯坦布尔时,妈妈硬要我带了肥皂、洗衣粉、一个紧急救护包和一把雨伞。我的箱子重达三十六公斤,这令我在施韦夏特③机场遇到很多麻烦;我不得不把一部分东西留给妈妈,还好她很周到地陪我到机场:我很不情愿地将李斯特的往来信件和海涅的文章留给了她(后来工作中追悔莫及),因为无论如何都没

---

① 加拉达塔是一座中世纪石塔,位于伊斯坦布尔的加拉达区,是该市最引人注目的标志性建筑之一。
② 大卫·罗伯茨(David Roberts,1796—1864),苏格兰画家,以表现中东生活的水彩画闻名。
③ 施韦夏特(Schwechat),位于维也纳东南的城市,以维也纳国际机场闻名。

法将那袋洗衣粉、那只鞋拔子和我的登山鞋退给她,她对我说"可这是必不可少的,你没有鞋拔子怎么出门呀!而且这也没分量",既然这样为什么不带一把脱靴板,反正都已经带上了各式各样的领带和西装"以备到体面人家做客时穿"。她差点就让我把旅行熨斗带上了,但我终于说服了她,如果在这些遥远的国度尚有理由担心找不到奥地利的优质洗衣粉,那里家用电器却很多,甚至是四处泛滥,鉴于他们邻近中国的工厂,这些话也只是让她稍稍安心而已。如此,这个箱子成了我要背负的十字架,三十公斤的十字架艰难地(超负荷的轮子当然是在一开始的颠簸中就已瘫痪了)在伊斯坦布尔大街小巷的陡坡上拖行,从一个住处到另一个住处,从严尼考伊到塔克新,还让我的室友们好好地嘲讽了一番,特别是因了那些洗衣粉和药。我本想做出一副冒险家、开拓者、雇佣兵队长的样子,却其实只是一个背着泻药、皮疹药和"以防万一"针线包的乖孩子。令人郁闷的是,我不得不承认,我没变,旅行没有将我变成一个英勇无畏、皮肤黝黑的男人,今天的我只是个一想到穿过街区前往边境检疫站就吓得发抖的苍白的四眼丑八怪。

唉,灯光映衬出《从加拉达石塔看伊斯坦布尔全景》上的灰尘,上面的船都快看不见了,我得找时间擦一擦,最主要的是我得找到这该死的眼镜。这幅彩色照片是我在独立大街①后面的一家商店里买的,很多的污垢直接来自伊斯坦布尔,原产地的脏东西,当时是在考古学家比尔格的陪伴

---

① 独立大街是伊斯坦布尔最有名的街道之一。

下——最近的消息是,他依旧那么疯癫,并不时住院就医,有时自以为在波恩的公园发现了图坦卡蒙之墓①而兴高采烈,有时又被毒品和抑郁症击垮,陷入低潮,人们不知道哪一种情况更加令人担忧。得亲耳听他张牙舞爪大声叫嚷自己受到法老的诅咒,描述他遭到学术阴谋的排挤而无法出任重要职位,才能意识到他病得有多重。上一次,受邀在贝多芬之家②参加一个会议时我曾试图避开他,但不幸的是他那时正好没住院,站在观众中,而且就在第一排,他当然提出了一个没完没了且令人费解的问题,混乱不堪地围绕着在帝国时期的维也纳一个反贝多芬的阴谋,杂糅着愤恨、受害妄想和怀才不遇的确信——观众们神情惊愕地看着他(听不进他说的话),负责组织会议的那位女士则不时向我投来恐惧的眼神。天知道当初我们却是如此亲密——他曾经"前途无量",甚至曾在显赫的德国考古学研究所大马士革分院担任了好几个月的代理院长。他收入颇丰,开着一辆巨大的白色越野车在叙利亚驰骋,从视察国际考古挖掘地到勘探未开发的希腊化时期的遗址,与叙利亚国家文物局局长共用午餐,并时常与众多高级外交使节来往。我们曾陪他去视察过一次,在幼发拉底河畔糟糕的拉卡市③后面的荒漠中,神奇的是看到那些欧洲人在沙堆之间挥汗如雨,指挥着擅长铁锹艺术的叙利亚劳

---

① 埃及帝王谷中的图坦卡蒙法老的坟墓,因其中发现数量巨大的财宝而闻名于世。
② 贝多芬之家是位于德国波恩的一处纪念馆、博物馆和文化机构。
③ 拉卡是叙利亚北部城市,位于阿勒颇东部160公里处的幼发拉底河畔。

工突击队，告诉他们在哪里如何挖掘以便令历史的遗址重生。从冰冷的黎明——以躲避午间的热浪——一帮戴着阿拉伯头巾的原住民就开始在法国、德国、西班牙或意大利人的命令下挖沙，那些西方人很多都不到三十岁，多数情况下免费在某个叙利亚沙漠的遗址土墩上积累实地经验。沿着幼发拉底河直到伊拉克境内耶兹拉忧郁的土地上，每个国家都有自己的挖掘区块：德国人的是哈拉夫和比亚遗址土墩，它覆盖了一座拥有图图尔这个甜美名字的美索不达米亚古城；法国人的是杜拉·欧珀斯和玛利土墩；西班牙人的是哈拉比亚和哈鲁拉土墩……依此类推，他们就像石油公司争夺油矿产地一样争夺叙利亚各个遗址的挖掘特许权，且又如同孩子护着自己的弹球一样不愿分享他们的石堆，只有在享受布鲁塞尔的资助时他们才联合起来，因为在从欧洲委员会身上揩油方面所有人都意见一致。比尔格在这个圈子真是如鱼得水；在我们眼中有如身处辛勤劳作人群之中的萨尔贡大帝①；他评价着这些挖掘工地、勘探现场和图纸；他用小名招呼着那些劳工，阿布·哈桑，阿布·穆罕默德：这些"本地"挖土工挣着少得可怜的工资，但这薪水还是比当地的建筑工地要高得多，而且还得算上为这些身着撒哈拉服装、头戴乳白色头巾的法兰克人②工作的异趣。这正是"东方"考古挖掘项目的巨大优

---

① 萨尔贡是阿卡德帝国的创建者，公元前2334年至公元前2315年在位，阿卡德语中，萨尔贡意为"正统的国王"或"合法的国王"。
② 法兰克人是对历史上居住在莱茵河北部法兰西亚地区的日耳曼人部落的总称。

势：在欧洲受到预算的局限他们不得不自己动手，而在叙利亚，这些考古学家就像他们光荣的先辈，可以将脏活累活托付给别人。正如比尔格引用《黄金三镖客》①中的一句话："世界上只有两种人，拿枪的和掘坟的。"欧洲考古学家们就这样积累了一套非常专业的阿拉伯语技术词汇：挖这儿，刨开那儿，用铁锹，用镐，用小镐，用抹刀——毛刷则是西方人的专属工具。轻轻挖，快点刨开，于是我们会经常听到这样的对话：

"这里再下去一米。"

"是，长官。用工地锹吗？"

"嗯，大铁锹……大铁锹否。还是用镐。"

"大镐？"

"大镐否。小镐。"

"所以用小镐挖一米？"

"对，对。一点儿一点儿②，知道吗，别为了快点完工就把整栋墙都给我推倒了，OK？"

"好的，长官。"

在此情况下，当然少不了因为误解对科学造成的无可挽回的损失：多个围墙和柱座受到语言学与资本主义之间邪恶联盟的迫害而倒塌，但总的来说，这些考古学家对他们的员

---

① 《黄金三镖客》为意大利导演赛尔乔·莱翁内于1966年制作的西部片《镖客三部曲》最后一部，以美国南北战争为背景。
② 原文为阿拉伯语的法语拼写：Na'am na'am. Chouïa chouïa。

工还是比较满意的，可以说，这些员工是他们年复一年培训出来的：其中有些是连续好几代子承父业的考古挖掘工，曾见过东方考古的伟大鼻祖，并现身于二十世纪三十年代的考古挖掘照片上。他们与他们所协助重建的历史之间究竟是什么关系是个很奇怪的问题；当然，是莎拉提出的：

"我很想知道这些挖掘对于这些工人意味着什么。他们会不会觉得自己遭到掠夺，欧洲人再一次偷了他们的东西？"

对此，比尔格有个理论，他声称在这些挖掘工看来，伊斯兰以前的东西都不属于他们，而属于另一个范畴，另一个世界，被他们丢弃到 qadim jiddan——"远古"一类里；比尔格很肯定地说，对一个叙利亚人来说，世界史分为三个阶段：jadid，近代；qadim，古代；qadim jiddan，远古。但我们不知道，这是否只是他的阿拉伯语水平导致了这一简单的分类：即便他的工人提到了美索不达米亚各个王朝的兴衰更替，鉴于语言不通，为使他明白，他们也只好用"远古"将就了。

欧洲在叙利亚人、伊拉克人、埃及人的眼皮底下挖他们的古迹；我们这些光荣的国家凭借自己在科学和考古方面的垄断将整个世界据为己有，在这一掠夺过程中令这些被殖民的民族丧失了他们的过去，导致他们自然而然地将这一过去视为异源文化：那些没有脑子的破坏分子能够如此肆无忌惮地在古城遗址上开着推土机横冲直撞，是他们将自己彻底没文化的胡闹与这一文化遗产是外国列强历史追溯的奇怪表达这一模糊含混的情感叠加在一起的结果。

拉卡今天由伊拉克和叙利亚的"伊斯兰国"直接管理，使它成为一座不太好客的城市，屠夫们忙得不亦乐乎，精神失常已经在整个地区泛滥，只怕是跟比尔格的病一样难以治愈。

我常常自问在比尔格发疯前是否有先兆，与叙利亚的疯狂不同，除了比尔格异乎寻常的精力、世故练达和狂妄自大以外，我看不出他有什么异常，但这些可能就已经足够了。他当初似乎是个心态健康、认真负责的人；在他前往大马士革以前，我们初次在伊斯坦布尔相遇时，他十分热情爽利——是他将我介绍给了弗吉耶，后者当时正在为房子寻找同租人，而我为了在博斯普鲁斯海峡剩余两个月找到一个住处，徒劳地跑遍了所有德语机构，已经承蒙柏林文化广场的善意帮助在严尼考伊宫暂住了一段，那曾作为奥地利大使馆和后来的总领事馆的辉煌驻地，就在如梅利堡垒①后面的山上，距离我杰出的同乡冯·哈默尔-普尔戈什塔里曾住过的布伊克德尔之家仅两步之遥。这是一处华美的居所，唯一的缺点就是，在这座被堵车困扰的城市里，进出的交通不便；因此我的行李和我非常高兴能够在一位年轻法国学者的公寓里租到一间卧室，他研究的是社会科学，关注的是奥斯曼帝国末期和土耳其共和国初期的色情业，我当然对妈妈隐瞒了他的研究课题，怕她想象我住在一家妓

---

① 如梅利堡垒（Rumelihisarı）位于伊斯坦布尔的萨勒耶尔区，博斯普鲁斯海峡最狭窄处的欧洲一侧的小山上。

院里。

一座位于市中心的公寓,离我的音乐研究地点和原意大利合唱协会很近,后者离我的住处就几百米。弗吉耶研究的是色情业,但在伊斯坦布尔他处于"流亡"状态:他真正的研究地是伊朗,在等待前往德黑兰的签证期间他被法国土耳其研究所接收,多年后我真的在德黑兰与他重逢:在东方研究的世界里没有偶然,莎拉会这样说。他在伊斯坦布尔向接收他的研究所提供学识方面的协助,并正在写一篇关于"共和国初期伊斯坦布尔色情业的调整"的文章,那一阵他日日夜夜都跟我聊这个——他是个奇特的色情狂;一个巴黎小流氓,优雅潇洒,出身优越,但却匪夷所思地带有一种可怕的坦率,与比尔格微妙的嘲讽截然不同。他怎么会期待获得伊朗的签证,这对所有人都是个谜;当人们问他这个问题时,他只回答一句"哈哈哈,德黑兰是个很有趣的城市,要说乌七八糟的东西,那边应有尽有",却不屑于知道我们的惊讶并不涉及这样的研究在那个城市可以找到的资源,而在于伊斯兰共和国如何对这种不成体统的学科给予支持。(我的天,我的思维方式就像我的母亲,"不成体统",一九七五年以后就没人再用这个词了,莎拉说得对,我很保守、过时,而且已经病入膏肓,不可救药了。)出乎意料的是,他在业内十分受人尊敬,并时常为法国著名报纸撰写专栏文章——真好笑,他会出现在我的梦里,"阿拉伯性交专家",他对这个称号应该不会反感,尽管据我所知,他与阿拉伯世界没有任何关联,其研究仅涵盖土耳其和伊朗,可是谁知道呢。我们的梦可能比我们知道得更多。

把我和这样一个人物"凑成一对"的疯子比尔格没少拿这事说笑。当时他享受着数不清的科研资助中的一笔,结交所有可以想象的名人①——他甚至利用我打入了奥地利人的圈子,并很快跟我们的外交使节混得比我都熟。

我那时定期与莎拉通信,圣索菲亚大教堂的明信片,金角湾②的照片:正如格里帕泽在日记里写道的,"全世界恐怕都找不到可与之相提并论的景观"。完全被征服的他描述了一长串的古迹、宫殿和村庄,这个地方也同样令我备受震撼,它异乎寻常的开放让我充满了能量,就像一个海洋的伤口,一个令美丽陷入其中的缝隙;漫步在伊斯坦布尔,无论出行的目的,都能看到撕扯下的边缘之美——不管将君士坦丁堡看作是欧洲最东边的城市还是亚洲最西边的城市,一个结束还是一个开始,一个通道还是一个边缘,这一混合又被大自然打断,在这里地缘影响着历史,就像历史影响着人。对于我,这是欧洲音乐的边界,是不知疲倦的李斯特向东达到的最远的目的地,同时他对欧洲音乐做出了界定;对于莎拉,这是她那些旅行家们走入歧途的起始点,不管是由西向东还是由东向西。

在图书馆逐页翻阅《君士坦丁堡——东方回声报》时,我惊奇地意识到这个城市从始至终都如此吸引(除其他原因

---

① 原文为德语(Prominenten)。
② 伊斯坦布尔一个天然峡湾,从马尔马拉海伸入欧洲大陆的细长水域。

之外，主要归功于一个苏丹的慷慨大方，他在十九世纪后半叶几乎破产）欧洲所有的画家、音乐家、文学家和冒险家——从米开朗琪罗和达·芬奇开始所有人都曾梦想前往博斯普鲁斯海峡，这真是妙不可言。那时伊斯坦布尔吸引我的，如果引用莎拉的词汇，是"自我"的其他形式，欧洲人在奥斯曼帝国的首都所进行的探访和旅行，而不是土耳其的"他性"；除了各个机构的本地职员和弗吉耶或比尔格的几个朋友，我与本地人没有交往：语言又一次成为了不可逾越的障碍，不幸的是，我远比不了哈默尔-普尔戈什塔里，以他自己的话说他可以"将土耳其语或阿拉伯语翻译成法语、英语或意大利语，土耳其语说得跟德语一样好"；也许我所缺少的是漂亮的希腊或亚美尼亚女子，像他一样，每天下午与之一同漫步在海峡边，练习语言。对此，莎拉保留着她在巴黎上第一堂阿拉伯语课时的恐怖记忆：一位德高望重的人物，著名的东方学家吉尔贝·德拉努，从他的讲坛上用一句大实话给了学生一记重击："要真正掌握阿拉伯语，需要二十年。这一年限可以在一部好的臀皮字典的帮助下缩减一半。""一部好的臀皮字典"，哈默尔好像就有这个，而且还不止一部；他并不避讳自己对现代希腊语的掌握应归功于那些在河畔听他甜言蜜语的君士坦丁堡少女。这就是我想象的"弗吉耶方法"；他的波斯语和土耳其语都讲得十分流利，那是在伊斯坦布尔的妓院和德黑兰的公园实地学到的底层土耳其语和纯正的集市波斯语。他具有非凡的听力记忆，能够记得完整的对话并重复使用，但奇怪的是他缺乏乐感：不管什么语言，到了他嘴里，都说得像一种晦涩难懂的巴黎方言，以至于人们自问他是否因为坚信法语口音比本地人的语音高级而有意为之。那些伊斯坦布尔人和德黑兰人可能因为从没机会听到让-保尔·贝尔蒙多①含混不清地讲着他们的成语，便为这一精致讲究与低俗下流的怪诞混杂而倾倒，这一混杂源于他们最晦暗的堕落场所和有着外交家优雅的欧洲学者之间的畸形组合。他说任何语言都带着一成不变的粗俗，甚至英语也不例外。事实是，我非常嫉妒他的风度，他的学识，他的坦率和他对这个城市的了解——也许还有他很受女性欢迎这一点。不，主要是因为他很受女性欢迎：在我们共用的位于西汗吉尔小巷深处的第五层公寓中——窗外的视野与《从加拉达石塔看伊斯坦布尔全景》中的景观有些相似——他经常举办晚会，很多俊秀迷人的年轻男女都赶来参加；有一晚，我还（真是惭愧）跟着司赞·阿克苏或伊布拉西姆·塔特里斯的一支流行歌曲与一位漂亮的土耳其女孩（中长发，紧身的鲜红纯棉套头衫与口红很配，呼丽②的眼睛周围画着蓝色眼影）跳了舞，跳完她与我并排坐在了沙发上，我们用英语聊天；在我们周围，是其他拿着啤酒跳着舞的人；在她身后博斯普鲁斯海峡亚洲一侧的灯光一直延伸到海达尔·帕莎火车站；灯光勾勒出她高颧骨的面容。我们的问题都很平常，你干什么工作，你在伊斯坦布尔做什么，像以往一样我又陷入

---

① 让-保尔·贝尔蒙多（Jean-Paul Belmondo，1933— ），法国电影演员。
② 呼丽（hourri），天堂里的美女，她们都长着美丽的大眼睛。

窘困：

"我对音乐的历史感兴趣。"

"你是音乐家吗？"

（窘困）"不。我……我研究音乐学。我是个……音乐学家。"

（惊讶，好奇）"太棒了，你演奏什么乐器？"

（非常窘困）"我……我不演奏乐器。我只是研究。我听和写，可以这样说。"

（失望，沮丧的诧异）"你不演奏？可你会读乐谱？"

（松了一口气）"对，当然，这是我工作的一部分。"

（惊讶，怀疑）"你读乐谱，但你不演奏？"

（无耻的谎言）"事实上我会演奏多种乐器，但演奏得不好。"①

随后，在一段借助美术进行科普的插入语后（不是所有的历史学家和艺术批评家都是画家），我开始长篇大论地解释我的研究工作。我不得不承认我并不太关注"现代"音乐（好吧，确切地说，我当时应该是撒了谎，说自己热衷于土耳其流行乐，根据我对自己的了解），更偏爱十九世纪的音乐，东西方都包括；弗兰兹·李斯特的名字她听着耳熟，哈希·埃敏·埃芬迪②这个名字却从没听到过，这恐怕是因为我的发音太糟糕了。我于是投机取巧地跟她说起我的调查（在

---

① 以上对话的原文为英文。
② 土耳其古典音乐作曲家。

我看来引人入胜,甚至激动人心),调查的对象是李斯特的钢琴,这台"带尾巴的'啦,咪,啦'三角钢琴是具有七个八度、三弦、复震式击弦机的艾哈德钢琴,用桃花心木制成,做工完美"。他曾在一八四七年用这部钢琴为苏丹演奏。

此间,其他客人也陆续落座,又喝起啤酒来,之前比较关注另一个女孩的弗吉耶此刻看中了正在听我用英语艰难地讲解(对我来说总是很费劲,比如桃花心木该怎么说,是像德语一样叫"Mahagoni"吗?)我那些重大的小事的那个女孩:眨眼的功夫他就用土耳其语让她开怀大笑,我猜自己就这样被牺牲掉了;然后,还是用土耳其语,他们聊起了音乐,我猜是,因为我听到了"枪与玫瑰""皮克西斯""涅槃"①,随后,他们起身去跳舞了;我长久地凝望着窗外灯火通明的博斯普鲁斯海峡,那个女孩的臀部几乎就在我的眼前摇摆,而她扭动腰肢时面对的却是这个志得意满、卖弄风情的小白脸弗吉耶——我本应付之一笑,当时却着实有些恼火。

当然,我那时并不知道这个缺陷的存在,弗吉耶身上最终变为缺陷的那个瑕疵——要等到数年后我才在德黑兰发现隐藏在花花公子面具背后的一切,这个游荡在声色场所的男人悲伤和阴暗孤独的疯狂。

引导我吸食鸦片的人当然就是弗吉耶——那是他从第一次伊朗之行带回的爱好和技能。在伊斯坦布尔抽鸦片在我眼中好像是另一个时代的事,东方学家的一种怪癖,正是出于

---

① 都是美国摇滚乐队。

这个原因，从没接触过任何非法毒品也没有任何坏毛病的我决定尝试一下大烟的魅力：心里很是激动，甚至恐惧，但那是一种享乐的恐惧，就像面对禁令的孩子，而不是面对死亡的成人。鸦片在我们的想象中，曾如此紧密地与东亚联系在一起，令人联想到彩色印刷品上躺在烟馆里的中国人，以至于我们几乎忘记了鸦片起源于土耳其和印度，从底比斯到德黑兰途经大马士革，人们都曾吸食鸦片，这有助于驱散我心中的焦虑感：在伊斯坦布尔或伊朗抽大烟能够让人找到某种本土精神，体验一种我们一直没能深入了解的传统，让被殖民旧观念移植到其他地区的本地习俗重见天日。鸦片在伊朗是一种传统，那里有着成千上万的瘾君子；可以看到消瘦孱弱、满腹牢骚、挥舞着双手的疯老头，一旦吸上一支烟枪或将前一天烧剩下的一点残渣溶解在茶中，便又恢复了慈祥睿智的模样，他们裹着厚实的大衣，在一个火盆边取暖，并从里面取出一块火炭点着他们的烟枪①，令他们的灵魂和一身老骨头得到放松。弗吉耶在我开始尝试前的几个星期一直给我讲这些，我对鸦片的认知将使我更加贴近泰奥菲尔·戈蒂耶、波德莱尔，甚至可怜的海因里希·海涅，后者在鸦片酊，特别是吗啡中找到了对抗自己痛苦的解药，无尽垂死中的一丝慰藉。弗吉耶利用他在妓院老板和夜总会保安中的人脉关系获得了几块圆片状的黑色干胶，它在手指上留下一种特别的气味，一种像是香炉中点的香的味道，但又有一点儿焦糖、

---

① 原文为波斯语（bâfour）。

甜中带苦的莫名香气——它的味道长久留存，不知哪一天哪一刻就会再次出现在鼻腔和嗓子眼；如果我想现在召唤它，只要咽口唾沫，闭上眼睛，就能重温它的滋味，正如我猜想一名吸烟者完全可以回忆起烟草燃烧时冒出的难闻沥青味，但两者差异很大，因为与我在尝试之前所想象的相反，鸦片不会燃烧，而是沸腾、融化并在遇热后释放出一种厚重的蒸气。很可能正是鸦片烟复杂的前期准备保护欧洲民众不会变成伊朗式的瘾君子；吸食鸦片是一种传统技能，某些人称之为一种"艺术"，比注射要缓慢、复杂得多——被称为德国的柏洛兹①的约尔格·福塞尔②在其自传体小说《商品》中曾描述了二十世纪七十年代在伊斯坦布尔的嬉皮士，他们在库苏凯亚索菲亚大街多如牛毛的小旅馆里肮脏的床上，整日忙于给自己注射他们快速在随便什么液体里溶解的生鸦片，只因他们不会有效地吸食。

至于我们，鸦片的前期准备，据弗吉耶称，是"伊朗式的"；我后来通过与伊朗人的手法对比确认他对这一仪式的掌握已经炉火纯青，这对我始终是个难解的谜：他看上去并不像个大烟鬼，至少没有我们通常想象大烟鬼应该具有的那些症状，行动迟缓，消瘦，易怒，无法集中精神，然而他在烟枪准备工作上却已经达到了大师级水平，无论他手中鸦片的

---

① 柏洛兹（William S. Burroughs，1914—1997），美国小说家、散文家、社会评论家，"垮掉的一代"主要成员之一。
② 约尔格·福塞尔（Jörg Fauser，1944—1987），德国作家、诗人和记者。

质量如何，是生鸦片或发酵鸦片，无论他所拥有的器械，我们当时用的是一把伊朗烟枪，其陶制的大头在一个小火盆中缓慢加热；窗帘都已经仔细关好，就像现在我房间里阿勒颇布料的厚重窗帘，上面红色和金色的东方图案被多年维也纳稀罕的日光消耗得了无生气——在伊斯坦布尔，必须用大帘子将海峡拒之窗外，使我们不被邻居看见，但风险其实不大；在德黑兰恐怕就要冒更大的风险了：当局那时已经向毒品宣战，革命卫队在真正的阵地战中与国家东部的走私团伙交锋。

弗吉耶以专家的目光审视着这所有的绝望，好似一个研究沮丧行为的昆虫学家，随自己也陷入到放纵无度中，好像被自己研究的课题感染，被一种疾驰的悲哀啃噬，正如雷奈克①教授治疗自己的肺病一样，他也通过用量惊人的麻醉剂治疗自己灵魂的肺结核。

我的第一次鸦片吸食将我与诺瓦利斯、柏辽兹、尼采、特拉克尔拉近了——我跻身于品尝过海伦给忒勒玛科斯喝的神奇琼浆的封闭小圈子之中，神话中这种甘露能让人暂时忘却悲伤："于是宙斯的女儿，海伦，改变了主意，她立刻在他们饮用的酒中倒入了一种香脂，可以令人忘记痛苦的忘忧药。喝了这种混合物的人一整天都不会流泪，即使他的父母死去，即使他亲眼目睹他的兄弟或爱子被人用武器杀害。宙斯的女

---

① 雷奈克（René Laennec，1781—1826），法国医生，于1816年发明了听诊器，并提倡用它来诊断各种胸部疾病，被誉为"胸腔医学之父"。

儿所拥有的这种非凡药水是索尼斯的妻子波吕达谟娜送给她的,在埃及肥沃的土地上生产出很多香脂,一些有益身心,另一些则能致命。那里的医生都是最心灵手巧的人,都是神医的后代。"鸦片的确能够祛除所有悲伤,身心的所有痛苦,并能暂时治愈最深层的隐疾,哪怕是对时间的情感:鸦片令人飘浮,在意识中打开一对括号,在括号内部好像能够触及永恒,战胜人生的有限性和忧郁。忒勒玛科斯沉浸在两种迷醉中,一个来自海伦的容貌而另一个来自忘忧药,至于我,有一次在伊朗与莎拉在一起时我曾独自抽过鸦片,她对软、硬毒品都没有兴趣,当灰色的烟雾将我精神中的所有占有欲、焦虑和孤独感一扫而光时,我有幸被她的美丽轻抚:我看见的她更加真切,她如月亮般光彩照人——鸦片不会令感官错乱,而只是让感官变得客观;它令主体消失,这就是这种神秘麻醉剂的最大矛盾,在强化意识和感觉的同时,将我们从我们本体中抽离,并送入宇宙无限的平静中。

弗吉耶预先提醒我,组成鸦片的多种鸦片碱中有一种具有致吐性,刚开始吸食可能会有强烈的恶心症状,但在我身上并没有出现——它唯一的副作用,除了让我做传说后宫中的色情怪梦以外,只是一点儿有益无害的便秘:对于旅行者来说,这是罂粟的一大功效,鉴于他们在穿越永恒的东方时总是有蛔虫和其他变形虫的陪伴,令他们或多或少总有些肠胃紊乱,即便他们很少将这种事反映在他们的回忆录中。

为什么今天鸦片从欧洲的药典中消失了,我不知道;当我要求医生给我开点鸦片时,他哈哈大笑——但其实他知道我是个谨慎的病人,一个好病人,我不会滥用的,如果人能够控制自己不滥用这种灵丹妙药的话(当然,危险在这儿),但弗吉耶驱散了我最后的一点担忧,保证说如果只是一周吸食一两次是不会成瘾的。我可以回想起他准备烟枪时的动作,烟枪的陶制烟锅已经在火炭中加热过了;他将那黑色硬质的膏体切成小块,在火源附近软化,然后拿起温热的烟枪——一根打了蜡、包着黄铜的木棍,有点像一根既没有簧片也没有气孔的古大管①或布列塔尼双簧管,但比它们多了一个让弗吉耶吹着的金黄色尖嘴;随后,他用夹子小心地取出一块烧红的炭块按在烟锅上部;他吸入的气体令火炭发红,他的脸上反射出红铜色的光晕;他闭上眼睛,鸦片融化时发出一种轻微的呲呲声,几秒钟过后,他吐出一团轻云,那是他的肺没能保留的多余部分,享乐的喘息;一位古代的笛手在半明半暗中吹奏,烧红鸦片的气味(香料味、甜味和涩味)在夜色中弥漫。

  我等待着该我享用的时刻,心跳剧烈;我自问那黑胶能对我产生什么效果;我害怕,除了高中时抽过一根大麻烟卷,我从没吸过烟;我自问会不会咳嗽、呕吐、晕倒。弗吉耶大声说出一句他令人恶心的名言,"长尾巴妓院,快乐之源",他将烟枪递给我但并不松手,我用左手举着它俯下身,金属嘴是温热的,我开始体验鸦片的味道,先是很远,然后,当弗

---

① 古大管(dulcian),文艺复兴时期的一种吹奏乐器,是现代巴松管的前身。

吉耶将一块发红的炭靠近烟锅并让我的脸颊感到它的热度时，我吸了一口气，于是突然间这味道变得强烈，非常强烈，强烈得我感觉不到自己的肺了——这烟雾如水的温柔令我震惊，吞咽下去时如此轻易，尽管，令我感到羞愧的是，我唯一的感觉就是自己呼吸系统的消失，体内的阴霾，就好像有人用铅笔将我的胸腔涂黑了。我吐了一口气。弗吉耶盯着我，脸上带着凝滞的微笑，他有些担心——怎么样？我受到启迪似的噘起嘴，我等待，我倾听。我倾听自己，在自己身上寻找新的节拍和音调，我试着观察自己的变化，全神贯注，我感到一种闭上双眼的欲望，一种微笑的欲望，于是我微笑，我甚至可以放声大笑，但我满足于微笑，因为我感到伊斯坦布尔就在我的周围，没有看见却能听见她的声音，那是一种简单、完整的幸福，就在此时此地降临在我的身上，等待的只有这一静止、延展时刻的绝对完美，我猜，在这一刻，我感到它的作用了。

我看着弗吉耶用一根针将残余的鸦片刮下来。

火盆逐渐变成灰色；火炭慢慢冷却，上面覆盖了一层灰；很快，只有向上吹气才能除去这层死皮，如果不太晚，还可以找到里面残留的火苗。我仿佛听见某个乐器在演奏，那是我当天白天的一个回忆；那是李斯特的钢琴；他正在苏丹面前演奏。如果我畅所欲言的话，我会问弗吉耶：在你看来，一八四七年面对宫廷和奥斯曼帝国首都所有的外国要员，李斯特在塞拉宫演奏的会是什么曲子呢？阿卜杜拉·迈古德一世是否像他弟弟，被誉为东方第一位瓦格纳迷的阿卜杜拉-阿齐兹一样爱好音乐呢？很可能有那些"匈牙利旋律"，很可能也有《大半音加洛舞曲》，这首曲子他弹遍了整个欧洲直到俄罗斯。也许，像在别处一样，还有"混合了匈牙利旋律的本地主题即兴创作"。李斯特抽鸦片吗？反正柏辽兹抽。

弗吉耶又揉了一块球状黑色膏体，放入烟枪上的烟锅里。

我静静地听着那遥远的旋律，我从高处俯视着所有这些人，这些灵魂在我们周围游荡：这个是李斯特，那个是柏辽兹，另一个是瓦格纳，还有他们认识的那些人，缪塞、拉马丁、奈瓦尔，一个文章、笔记和图像编织的清晰、精确的广阔网络，一条我独自行走的道路，它将冯·哈默尔-普尔戈什塔里老先生与所有的旅行家、音乐家、诗人的世界联系在一起，将贝多芬与巴尔扎克、詹姆斯·莫里尔[①]、霍夫曼斯塔尔、施特劳斯、马勒和伊斯坦布尔与德黑兰的轻柔烟云联系在一起，这么多年过去了，鸦片是否还陪伴着我呢？能否像祈祷时召唤上帝一般将它召唤出来——我当初是否会长时间梦见莎拉在罂粟花中的画面，就像今晚，一种漫长而深沉的欲望，一种完美的欲望，因为它无需任何满足，任何结局；一个永恒的欲望，一次无休止无目的的勃起，这就是鸦片的效力。

它在黑暗中引领我们。

年轻英俊的弗兰兹·李斯特于一八四七年五月底从血腥大屠杀的城市加西途径黑海沿岸的加拉茨抵达君士坦丁堡。

[①] 詹姆斯·莫里尔（James Morier，1780—1849），英国外交官、旅行家和作家，以其有关波斯的小说著称。

他一路进行了漫长的巡回演出,利沃夫①、切尔诺夫策②、敖德萨③,经过东欧所有的大小音乐厅,见过了大大小小的所有显贵。那是一颗巨星,一头怪兽,一个天才;他令男人哭泣,女人晕厥,今天我们难以相信他对自己成功的讲述:当他离开柏林时,五百名大学生骑着马一直将他送到第一个驿站;在他告别乌克兰时,一群少女向他抛撒花瓣。没有一个艺术家像他一样了解欧洲,直至东西方最偏远的边界,从布雷斯特④到基辅⑤。他所到之处谣言四起,甚至那些传闻常先他一步到达下一座巡演的城市:他被捕了,他结婚了,他生病了;各地的人们都对他翘首以盼,最神奇的是,不管在哪里,他那台同样不知疲倦的艾哈德钢琴的出现总是预示着他的到来,钢琴的巴黎制造商一获知他们最佳代言人的下一个目的地,就立刻用轮船或马车将琴送到那里;《君士坦丁堡报》于一八四七年五月十一日刊登了一封发自巴黎的信,送信人正是塞巴斯蒂安·皮埃尔·艾哈德本人,信中宣布于四月五日从马赛发出的一台做工精良的桃花心木三角钢琴即将到达本地。这就是说李斯特要来了!李斯特要来了!我虽然努力寻找,却没有找到有关他这次伊斯坦布尔之行的任何细节,除

---

① 利沃夫(Lemberg),乌克兰西部的主要城市,有"狮城"之称。
② 切尔诺夫策(Czernowitz),乌克兰西南部切尔诺夫策州首府。
③ 敖德萨(Odessa),黑海西北岸港湾城市,乌克兰重要贸易港口。
④ 布雷斯特(Brest),位于法国布列塔尼半岛西端,是重要的港口和海军基地。
⑤ 基辅(Kiev),位于乌克兰中北部第聂伯河中游,是乌克兰的首都和第一大城市。

了本应陪伴他一同前往的那位女士的名字：

> 可怜的小玛丽·杜普莱西①死了……她是我的初恋，现在却不知躺在哪个墓地，喂了坟冢里的蛆虫！十五个月前她曾对我说："我活不下去了；我是个与众不同的女孩，不能继续这种我不知何去何从的生活，我再也不能承受下去了。带上我吧，让我跟随你；我不会成为你的累赘，我白天睡觉，晚上去剧院，夜里你可以对我随心所欲。"我曾对她说会带她去君士坦丁堡，那是我唯一可以带她一同前往的旅行。可是现在，她却死了……

莎拉觉得这句话很不寻常，"带上我吧，让我跟随你；我不会成为你的累赘，我白天睡觉，晚上去剧院，夜里你可以对我随心所欲。"绝美与绝望的告白，心灵的完全赤裸——与李斯特不知其下葬何处相反，莎拉告诉我她就葬在蒙马特公墓。《茶花女》的真人原型并不比小说中女主人公的命运好多少，如果单从这句话来看的话，小仲马甚至反而使这个人物有些黯然失色；至于威尔第对玛丽·杜普莱西生活的改编当然属于"音乐范畴"，但也有些悲情泛滥。歌剧《茶花女》于一八五三年在威尼斯创作，那个时代事情的发展总是很快；去世七年后，小交际花玛丽·杜普莱西，又名玛格丽特·戈

---

① 玛丽·杜普莱西（Marie Duplessis，1824—1847），法国著名交际花，小仲马小说《茶花女》主人公玛格丽特·戈蒂埃的原型。

蒂埃,又名薇奥列塔·瓦莱丽,已经通过小仲马和威尔第红遍了整个欧洲。李斯特曾悲伤地吐露:

> 如果在杜普莱西生病时我恰巧在巴黎,我肯定会尽一切力量救她,因为那实在是个心地善良的姑娘,被人们通常唤作(也许名副其实)的堕落从没玷污过她的心。请你们相信,我对她产生的晦暗哀挽之情在不经意中重新赋予我诗歌与音乐的才情。这是我近年来唯一也是最后一次感到过的心灵悸动。不必再解释这些矛盾的情感了,人心是个奇怪的东西!

人心也许是个奇怪的东西,弗兰兹·李斯特的这颗外坚内软的心从没停止堕入情网,甚至对上帝——在那些鸦片的模糊记忆中,此刻当李斯特才华横溢的演奏在我的耳边像断头台的鼓声般回响时——李斯特正是我在君士坦丁堡潜心钻研的主题——我的眼前也出现了一个"与众不同的女孩",那个在砂拉越的女孩,尽管莎拉与杜普莱西和哈莉特·史密森没有任何关系,后者是启迪《幻想交响曲》[①]创作灵感的那个女演员("您看见坐在前排包厢里的那个英国胖女人吗?"海因里希·海涅曾在自己的记录中这样讲道)。可怜的柏辽兹,对扮演"可怜的奥菲莉亚[②]"的女演员迷恋得无法自拔,正如

---

① 《幻想交响曲》是柏辽兹于1830年所作的交响曲作品。
② 奥菲莉亚是莎士比亚戏剧《哈姆雷特》中的人物。

李斯特在他一封信中写道的："可怜的大天才，十之六七都将自己置于绝望的境地！"

只有莎拉关注这些被遗忘女人的悲剧命运——不管怎样，真是场好戏，为爱疯狂的柏辽兹在音乐学院大音乐厅为他自己的《断头台进行曲》敲着定音鼓。这第四乐章是纯粹的疯狂，鸦片的幻梦，中毒，嘲讽和痛苦的折磨，一首迈向死亡的进行曲，一夜写成，一个罂粟之夜，至于柏辽兹，海因里希·海涅讲道，柏辽兹从他定音鼓的位置盯着哈莉特·史密森看，每次他们目光交错，他就会像个疯子似的敲得更猛。（海涅还记述道，定音鼓或者宽泛地说所有打击乐器都十分适合柏辽兹。柏辽兹从没在东方游历过，但从他二十五岁起就对雨果的《东方诗集》着迷。如此说来，歌德和雨果的东方属于"二级"东方，因为他们既不懂东方语言，也没去过他们写到的这些国家，而只是根据像哈默尔·普尔戈什塔里这样的东方学家和旅行家的著作发挥想象，甚至还有个"三级"东方，或者"第三东方"，那就是柏辽兹或瓦格纳的东方，他们又继而从这些间接作品中汲取灵感。这个"第三东方"是个有待发展的概念。如此说来，一个定音鼓里可能有超乎想象的东西。）无论如何，这位可怜的奥菲莉亚，哈莉特·史密森，与英国军队相反，被法国打击乐征服并嫁给了柏辽兹。这一"由艺术包办"的婚姻以灾难告终，有时音乐并不是万能的，数年后音乐学院又一次演奏《幻想交响曲》时海涅发现，"柏辽兹仍旧坐在乐队后面的鼓手位置，那个英国胖女人也还是坐在前排的包厢里，他们的目光再次交错……但他不再那么猛击他的定音鼓了。"

只有海涅能够如此，用寥寥十行，讲述一个逝去爱情的故事；特奥菲尔·戈蒂埃称呼他"那个杰出而风趣的亨利·海涅"①，当大麻烟鬼戈蒂埃即将出发前往君士坦丁堡时，在李斯特巴黎音乐会上海涅曾问了他一个问题，带着充满幽默和狡黠的德国口音说："等您去过东方以后还怎么讲东方呢？"一个可以向所有在伊斯坦布尔旅行的人提出的问题，旅行通过众多的反射和细节令其对象分散、传播、复制，直至失去其存在的现实。

弗兰兹·李斯特对这一土耳其之行也讲得很少，通往贝伊奥卢法国大使馆的一条小巷里挂着的一块纪念牌向路人简单提示着这次旅行。我们知道他一下船就受到应苏丹要求前往的音乐大师多尼采蒂和奥地利大使的接见；作为苏丹陛下的客人，他在查嘉泰宫居住了几日，并用那部著名的艾哈德钢琴献上了一场音乐会；随后，他在奥地利大使官邸做了短暂停留，又受到法国大使弗朗索瓦-阿道夫·德·布克内的邀请做客法国大使官邸，并用那台如影随形的钢琴献上了第二场音乐会；他在行程结束时才见到了法国大使本人，因为大使夫人之前一直患病；他又在贝拉献上了第三场音乐会，并在那里遇到了两个故交，一个是法国人另一个是波兰人，他与这二人在亚洲游历了一番；他写信给奥斯曼帝国研究的顶级专家拉马丁感谢他寄来了呈交给外交部部长瑞希德·帕沙的介绍信：我们掌握的可靠来源的信息差不多就这些。

---

① 海涅在法国的名字为亨利。

我想起当时自己除了埋头查阅档案和报刊，就是辗转求教于那些可能给我提供帮助的专家学者，全是些怨气冲天的历史学家，而且像大学里常见的，他们对一个年轻人可能比他们知道得多或者暴露出他们的漏洞感到惊恐，特别是当这个年轻人不是土耳其人而是奥地利人，还是一半奥地利人，同时他的研究课题落入一个科学空白中，在土耳其音乐和欧洲音乐历史之间的沟渠里时：有时，让人有些抑郁的是，我感到自己的学术思考就像这博斯普鲁斯海峡——诚然是个夹在两块陆地之间的美丽之所，但实质上，就是水，也就是说空洞无物。我曾徒劳地安慰自己说罗德或赫拉克勒斯[①]的两只脚也曾在他们那个时代踩在海岸两侧支撑起巨大躯体，但那些专家嘲笑的目光和刻薄的言辞常令我灰心丧气。

还好有伊斯坦布尔、比尔格、弗吉耶和鸦片，为我开启感知的大门——我对君士坦丁堡带给李斯特启迪的理论源于他的《诗与宗教的和谐》，特别是《孤独中神的祝福》——那是他在离开伊斯坦布尔不久以后在乌若宁斯创作的；这支由拉马丁诗文改编成的乐曲回答了诗中开篇提出的问题，"从何而来，哦我的主！我体内饱含的平和？/从何而来，我心中满载的信仰？"我私下非常肯定这一作品与他的东方启蒙有关，而不是评论家们通常描述的，源于他对玛丽·达古[②]的爱情回忆，并

[①] 两者都是希腊神话中的形象。罗德是罗德岛之神，波塞冬的女儿，太阳神赫利俄斯的妻子。大力神赫拉克勒斯是宙斯的儿子。
[②] 玛丽·达古（Marie d'Agoult，1805—1876），亦称达古伯爵夫人，法国文学家。

"回收再利用"于卡洛琳·德·塞恩-维特根斯坦公主①。

在伊斯坦布尔之行后，李斯特结束了流浪音乐家的生活，放弃了多年以来的辉煌成功，在魏玛开始了走向沉思的漫长旅途，一个由《诗与宗教的和谐》开启的新历程——尽管有些曲目在之前就已经有了创作雏形。《孤独中神的祝福》虽然被所有的钢琴新手糟蹋了个够，却仍不失为李斯特最美的旋律，而且也是他最复杂的伴奏，这一伴奏（对于我这个初级音乐学者来说，这正是令这一曲目接近"启蒙"的地方）应像心中满载的信仰一般响起，使旋律表达出神圣的平和。今天，这一解读看上去有点目的论，过于简单化（毕竟音乐作品极少局限于它的创作动机），主要建立在我自己的伊斯坦布尔经历上——一个天空湛蓝的早上，空气还透着寒意，当王子群岛在地平线透出的光线中随萨拉基里奥角展露峥嵘，伊斯坦布尔旧城中大小清真寺的尖塔将天空划出一道道伤痕，用它们的铅笔在白云的纯净中书写着真主的第一百个名字，此时这条奇怪的街道上（高耸不透光的砖墙，古老的商队客栈和关闭的图书馆）还没有什么游客和路人，它通往苏莱曼尼耶清真寺的背后，这座清真寺是由建筑之圣希南为苏莱曼大帝建造的。我穿过彩色大理石的列柱廊；几只海鸥在斑岩的柱子之间飞来飞去；地板砖光亮得仿佛刚下过雨。我曾经到过很多清真寺，圣索菲亚清真寺、蓝色清真寺，后来在大

---

① 卡洛琳·德·塞恩-维特根斯坦（Carolyne de Sayn-Wittgenstein，1819—1887），俄罗斯-波兰裔公主。

马士革、阿勒颇、伊斯法罕还将看到其他的，但没有一座清真寺对我产生过如此立竿见影的效力，一将脱下的鞋放入柜中进入祈祷殿，我立刻就感到胸部发紧，失去了参照，我徒劳地试着行走，却瘫坐在那儿，在蓝色花饰的红色地毯上，努力让自己恢复理智。我发现自己在寺中孤身一人，独自被光线包围，独自置身于这比例惊人的空间中；巨型圆顶热情友善，数百面窗子将我包围——我盘腿坐起。感动得想哭但我不哭，我感到自己悬空浮起，我浏览着伊兹米特彩釉上的铭文、绘画的装饰，一切都闪闪发亮，然后一种强大的宁静将我占据，一种撕裂的平和，一座隐约看见的山峰，但很快这美感就弃我而去——慢慢地我恢复了知觉；我此刻看到的一切当然宏伟壮丽，但却与我刚刚体验到的感觉无法相比。突然，一股巨大的悲伤向我袭来，一种失落，一幅现实世界所有缺陷和痛苦的阴暗景象，这种悲伤又被建筑的完美进一步强化，我脑海中出现一句话，只有比例是神圣的，剩下的都由人类掌控。一队游客走进了清真寺，我试着站起身，却发现自己在坐了两小时后双腿都僵硬了，以至于在离开了苏莱曼尼耶清真寺时像个醉汉，一个在欢笑与眼泪之间踟蹰的人一样跌跌撞撞，落荒而逃，我的确是逃了出去；伊斯坦布尔的大风终于将我唤醒，特别是院子大理石的冰冷，我把鞋忘了，完全失去方向，我这才意识到自己一动不动地度过了将近两个小时，逝去的两个小时，好像从没存在过，只在我的手表上有所反映：我突然发现自己穿着袜子站在院子中央，我放在柜子里的鞋不见了，如此瞬间被带回到现实世界的折磨中——于是在和一个大胡子看门人徒劳的长谈无果后，我也偷了一双大号的蓝色塑料凉鞋，他用双臂拍打着身体以表达他的无能为力，"没鞋，没鞋"①，任我拿走了这双随意摊在那儿的游泳教练拖鞋，穿着它我像个苦行僧一般穿过伊斯坦布尔，心情沉痛。

记忆是个可悲的东西，因为我已经记不清穿着袜子和那双磨损的国王蓝旧橡胶凉鞋走在城市里的羞耻，却对苏莱曼尼耶清真寺中消失的时间和感动印象深刻，那是我第一次为音乐以外的东西激动——多年以后，当我把这个故事讲给莎拉，她称之为"鞋子开悟"②，我想起了欧玛尔·海亚姆的这首四行诗：

> 我去了清真寺，在那里偷了一条地毯。
> 很久以后，我悔过了，
> 我回到了那座清真寺：地毯已经破旧，
> 是时候该更换了。

与海亚姆老先生相反，我一直没敢再回到苏莱曼尼耶清真寺，我最后一次去伊斯坦布尔，只在外面的花园里停留了一会儿，去看了建筑师希南的墓，他属于少数几个充当我们与神之间媒介的人；我向他做了一个简短的祷告，然后想起

---

① 原文为英语（no shoes, no shoes）。
② 开悟（Satori），佛教用语，也称顿悟、悟道、明心见性。

那天我得到的那双污秽丑陋的塑胶凉鞋，以我如此浅薄的信仰，那日之后在没有检验它是否具有神力的情况下便将鞋遗失或丢弃了。

是司汤达综合征①还是真正的神秘体验，我无法知晓，但我想象吉卜赛天使李斯特也曾在这些景观和建筑中找到一个导火索，一种力量；也许存在他心中的一星点儿东方之光在君士坦丁堡的旅行中得以重新点燃。从我个人来说，这可能是个有趣的直觉，但从学术角度来说，鉴于他自己对博斯普鲁斯海峡之行很少提及，这论点的野心就大得有点儿离谱了。

然而，我成功地重建了对奥斯曼帝国第一支乐队最为合理的描述，坐在皇宫地毯上演奏的阿卜杜拉-阿齐兹的私人交响乐队；我们知道这位苏丹常因为他的小提琴手在演奏意大利和德国乐曲时暴露的"东方"手法而发怒，他曾为歌剧的私人音乐会版本组织了一个合唱团，演出的曲目包括《费加罗的婚礼》：这位伟大的君主都快气疯了，因为他的歌手除了合唱以外别的都唱不出来，而《费加罗的婚礼》中那些精彩绝伦的二重唱、三重唱、四重唱、八重唱都变成了一锅声音的粘粥，令这位爱好音乐的苏丹绝望得流泪，尽管有着天使嗓音的太监费尽全力，意大利乐师也已经提供了精明的建议，还是枉然。尽管如此，伊斯坦布尔的确在一八三〇年诞生了一位被人遗忘的伟大作曲家，奥古斯特·冯·阿黛尔伯

---

① 司汤达综合征是一种观赏者在艺术品密集的空间里受强烈美感刺激所引发的罕见病症，症状有心跳加速、晕眩、昏厥、慌乱甚至出现幻觉。

格·阿布拉莫维奇，我曾耐心地追溯了他的一生：在博斯普鲁斯海峡度过童年后，阿黛尔伯格在布达佩斯凭借他的"民族"歌剧《兹里涅斯基》成名，其中他着重表达的是，与李斯特所坚称的相反，匈牙利音乐并非源于茨冈人①——这里有种引人入胜的东西，确切地说是个黎凡特②人借助他的英雄尼古拉·兹里涅斯基（著名的土耳其侵略军抗击者）歌颂匈牙利民族主义；也许正是这种内心深藏的矛盾将他推向了疯狂，而这一疯狂又严重到将他带入了监禁和死亡，享年四十三岁。阿黛尔伯格，第一位生于奥斯曼帝国的重要欧洲音乐家，在精神失常中，在"他性"的缝隙中，结束了他的一生；就好像，尽管有着这么多的桥梁，时间展开了这么多关联，面对民族主义的病灶，混合被证实是不可能的，这一病灶逐渐渗入十九世纪并慢慢摧毁了曾经建立起来的脆弱通道，使之让位于统治与被统治的关系。

我的眼镜在那堆书籍和刊物下面，显而易见，我实在太粗心了。其实，要领略我卧室里的废墟（伊斯坦布尔的废墟，大马士革的废墟，德黑兰的废墟，我自己的废墟）不需要看得见，我对这些物品了熟于心。泛黄的东方主义的彩照和版

---

① 茨冈人是对吉卜赛人的另一种称呼。
② 黎凡特（Levant）是历史上一个模糊的地理名称，相当于地中海东岸地区。"黎凡特"一词原本适用于"意大利以东的地中海土地"，在中古法语中，Levant 即"日升之处""东方"的意思，包括今天的黎巴嫩、叙利亚、以色列、巴勒斯坦、约旦等地。对之相对的概念是马格里布，即"日落之处""西方"的意思。

画。设计用于摆放《古兰经》的木雕阅览架上摆放着佩索阿的诗集。我的伊斯坦布尔毯帽,大马士革集市上买的厚重的羊毛晨衣,与纳迪姆一起买的阿勒颇笛子。这一套用倔强的黑线装订书脊的白色厚书是格里帕泽①的日记——当然,一个奥地利人抱着他的格里帕泽四处走让伊斯坦布尔所有的人都觉得很好笑。洗衣粉就算了,但格里帕泽!那些德国人是嫉妒,就是这么回事。我知道口角的根源:德国人不能接受(不是我胡编的,是雨果·冯·霍夫曼斯塔尔在一篇著名的文章《我们奥地利人与德国》中断言的)贝多芬去了维也纳从此再没想要回到波恩。霍夫曼斯塔尔,历史上最伟大的歌剧剧本作者,还写过一段在永恒的东方学家冯·哈默尔-普尔戈什塔里与永不疲惫的巴尔扎克之间奇异的戏剧性对话,这段对话曾被莎拉在她对巴尔扎克和东方的文章中大量引用;我承认我已经记不清文章的内容了,我昨天还把它拿出来过,就在那儿,咦,里面夹着一张纸,几句话,一封很早以前写在一页扯下的纸片上的信,纸上画着红色边线和蓝色直线,小学生作业本上扯下的半页纸:

亲爱的弗兰兹:

  这就是我最近一个月忙着撰写的文章,现在终于出版了。用你的话说,我现在远离了我的那些妖魔鬼怪,但这只是暂时的。海恩菲尔德的研讨会的确很有成果,

---

① 格里帕泽(Franz Grillparzer,1791—1872),奥地利剧作家、诗人。

你应该也深有体会……而且不止限于学术方面！

我不知如何感谢你提供的城堡图片和那些翻译。

我猜你正准备离开伊斯坦布尔，希望这一行程对你有所帮助。非常感谢你帮我办的那件事和那些照片！照片太美了，我母亲非常喜欢。你运气真好，能够游览君士坦丁堡，美梦成真……你会回到维也纳或图宾根吗？下次来巴黎时可别忘了跟我打声招呼。

期待早日见面，拥抱你，

莎拉

又及：我非常想知道你对这篇"维也纳"的文章怎么看——但愿是好评！

找到这页珍贵的笔迹真是个惊喜，它用墨水写成，有点潦草，有点不好分辨但温柔优雅——今天电脑独领风骚，几乎看不到现代人的书法了，也许手写的草体字将变成某种形式的赤裸，一种对所有人都掩藏起来，只对恋人、公证员和银行办事员暴露的隐私。

现在我不困了。睡眠从来就不想要我，它之前一直不停地骚扰我，却在午夜时分就将我抛弃。睡眠是个随心所欲的自私鬼。克劳斯医生是个庸医，我应该换个医生。把他辞退了。我有把我的医生辞退的权利，把他扫地出门，一个每次只知道告诉你应该休息却无法让你睡着的医生不配叫医生。我得承认，作为对他的辩白，我从没吞下他给我开的那些破药片。但一个无法猜到你不会吃他开的破药片的医生不是个好医生，正是为这个原因我要换医生。克劳斯看上去是个聪明人，我知道他喜欢音乐，不，我太夸张了，我知道他去听音乐会，这不能说明什么。就在昨天，他对我说"我去金色大厅①听了李斯特的音乐会"，我回答他说他真的很幸运，李斯特已经很久没来维也纳演出了。他当然笑了，说"啊，李特尔博士，您让我笑死了"，这句话从一个医生嘴里说出来感觉很奇怪。我一直对他嘲笑我开鸦片的要求耿耿于怀。"哈哈哈，我可以给您开药方，但您还得找到一家十九世纪的药房才行。"我知道他撒谎，我从官方报纸上查过了，一名奥地利医生每天有权开到两克鸦片和二十克鸦片酊，所以肯定有地方卖。荒唐的是，一名同一国籍的兽医有权开到十五克鸦片和一百五十克鸦片酊，这让人想要变成一只病狗。我也许可以求格鲁伯的杂种狗背着它的主人卖给我一点儿它的药，这也能让这条恶犬发挥点作用。

  我不知道为什么今天自己会这么纠结这个问题，我从没迷恋过麻醉感，我这辈子一共就抽过五六支鸦片烟——还是多年以前。也许是因为在莎拉这篇文章中引述的巴尔扎克的文字，文章的纸页泛黄，装订的订书钉已经生锈，上面的灰尘粘在指尖：

  他们请求鸦片让他们一览君士坦丁堡金色的圆顶，让

---

① 维也纳音乐协会大楼的音乐厅有多个表演空间，其中最大的是"大厅"，被称为金色大厅。

他们躺在皇宫的沙发上、在马哈茂德的妻妾中打滚;为此,沉迷于享乐的他们同时也害怕匕首的冰冷,或绞刑具上丝线抽动的咝咝声;在爱情甜蜜的诱惑下,他们同时也预感到了木桩刑……鸦片为他们献上了整个世界!

只要三法郎二十五生丁,他们就被送到加的斯①或塞维利亚②,爬上高墙,卧在一扇百叶窗下,贪婪地窥视那双火焰一般的眼睛——一个安达卢西亚女人在一面红丝窗帘下,窗帘在她脸上反射出热情、完美、诗一般的轮廓,一切出现在我们青春梦中的虚幻形象……然后,突然一转身,他们面对的却是举着荷枪实弹喇叭口火枪的西班牙人!

他们偶尔会尝试断头台的活动推板,然后在克拉马③的一个墓穴中醒来,旋即又沉浸在家庭的温暖中:壁炉、冬夜、年轻的妻子、一群可爱的孩子,孩子们跪在地上,在老保姆的口授下向上帝祈祷……所有这一切只要三法郎的鸦片。对,只要三法郎的鸦片,他们可以重建古希腊、古亚洲和古罗马庞大的工程!他们获取了居维叶④失而复得、埋在四处的无防兽⑤。他们改造所罗门的马厩、

---

① 加的斯(Cádiz),西班牙西南部的滨海城市。
② 塞维利亚(Sevilla),西班牙南部的文化艺术和金融中心。
③ 克拉马(Clamart),法国法兰西岛大区上塞纳省的一个市镇。
④ 乔治·居维叶(Georges Cuvier,1769—1832),法国博物学家、比较解剖学家与动物学家。
⑤ 无防兽(anoplothérion)是一属已灭绝的有蹄类,生存于始新世晚期至渐新世早期,它们的化石最初于法国巴黎发现。

耶路撒冷的神庙、巴比伦的奇迹和带着那些竞赛、城堡、骑士和修道院的整个中世纪！

三法郎的鸦片！巴尔扎克是在开玩笑，这是一定的，但我还是想知道，三法郎，那是多少先令？不，对不起，当时用的是克朗①。我一直不太擅长换算。我得承认莎拉总能碰到那些离奇怪诞且被人遗忘的故事。巴尔扎克，理论上只关注法国人和他们的道德风尚，却写了一篇有关鸦片的文章，而且还是他最早出版的作品之一。巴尔扎克，这位法国第一大小说家将一段阿拉伯文字加在了他的一部小说中！来自图尔②的巴尔扎克与伟大的奥地利东方学家哈默尔-普尔戈什塔里成为了朋友，甚至将自己的一部小说，《古物陈列室》，亲笔题字送给他。太好了，这将是一篇具有震撼效果的论文——但在大学圈子里没什么东西能产生震撼效果，至少在人文科学领域；那些文章就像孤零零掉落的果实，几乎没人啃一口，对这个我还是有一点儿体会的。然而，据莎拉称，读者在打开他一八三七年版的《驴皮记》时会看到这个：

---

① 奥匈帝国克朗是奥匈帝国自1892年到1918年奥匈帝国解体期间发行的货币。先令则是1999年欧元发行以前奥地利的货币。
② 图尔（Tours），法国城市，安德尔-卢瓦尔省首府。

Il apporta la lampe près du talisman que le jeune homme tenait à l'envers, et lui fit apercevoir des caractères incrustés dans le tissu cellulaire de cette peau merveilleuse, comme s'ils eussent été produits par l'animal auquel elle avait jadis appartenu.

— J'avoue, s'écria l'inconnu, que je ne devine guère le procédé dont on se sera servi pour graver si profondément ces lettres sur la peau d'un onagre.

Et, se retournant avec vivacité vers les tables chargées de curiosités, ses yeux parurent y chercher quelque chose.

— Que voulez-vous? demanda le vieillard.

— Un instrument pour trancher le chagrin, afin de voir si les lettres y sont empreintes ou incrustées.

Le vieillard présenta son stylet à l'inconnu, qui le prit et tenta d'entamer la peau à l'endroit où les paroles se trouvaient écrites; mais quand il eut enlevé une légère couche de cuir, les lettres y reparurent si nettes et tellement conformes à celles qui étaient imprimées sur la surface, que, pendant un moment, il crut n'en avoir rien ôté.

— L'industrie du Levant a des secrets qui lui sont réellement particuliers, dit-il en regardant la sentence orientale avec une sorte d'inquiétude.

— Oui, répondit le vieillard, il vaut mieux s'en prendre aux hommes qu'à Dieu!

Les paroles mystérieuses étaient disposées de la manière suivante.

لو ملكتني ملكت الكل
ولكن عمرك ملكى
و اراد الله هكذا
اطلب و ستنال مطالبك
ولكن قس مطالبك على عمرك
وهى هاهنا
فدكل مرامك ستنزل ايامك
أتريد فى
الله مجيبك
آمين

qui voulait dire en français :

SI TU ME POSSÈDES, TU POSSÉDERAS TOUT.
MAIS TA VIE M'APPARTIENDRA. DIEU L'A
VOULU AINSI. DÉSIRE, ET TES DÉSIRS
SERONT ACCOMPLIS. MAIS RÈGLE
TES SOUHAITS SUR TA VIE.
ELLE EST LÀ. A CHAQUE
VOULOIR JE DÉCROITRAI
COMME TES JOURS.
ME VEUX-TU?
PRENDS. DIEU
T'EXAUCERA.
SOIT!

在一八三一年的初版中，人们则只能看到以下的文字：

116　LA PEAU DE CHAGRIN.

— Que voulez-vous?... demanda le vieillard.

— Un instrument pour trancher le chagrin afin de voir si les lettres y sont empreintes ou incrustées...

Le vieillard lui présenta le stylet. Il le prit et tenta d'entamer la peau à l'endroit où les paroles se trouvaient écrites ; mais quand il eut enlevé une légère couche du cuir, les lettres y reparurent si nettes et si conformes à celles imprimées sur la surface, qu'il crut, pendant un moment, n'en avoir rien ôté.

— L'industrie du Levant a des secrets qui lui sont réellement particuliers! dit-il en regardant la sentence talismanique avec une sorte d'inquiétude.

— Oui!... répondit le vieillard, il vaut mieux s'en prendre aux hommes qu'à Dieu!

Les paroles mystérieuses étaient disposées de la manière suivante :

LA PEAU DE CHAGRIN.　117

SI TU ME POSSÈDES TU POSSÉDERAS TOUT. MAIS TA VIE M'APPARTIENDRA. DIEU L'A VOULU AINSI. DÉSIRE, ET TES DÉSIRS SERONT ACCOMPLIS. MAIS RÈGLE TES SOUHAITS SUR TA VIE. ELLE EST LA. A CHAQUE VOULOIR JE DÉCROITRAI COMME TES JOURS. ME VEUX - TU ? PRENDS. DIEU T'EXAUCERA.
— SOIT!

—Ah! vous lisez couramment le sanscrit?... dit le vieillard. Vous avez été peut-être au Bengale, en Perse?...

— Non, Monsieur, répondit le jeune homme en tâtant avec une curiosité digitale cette peau symbolique, assez semblable à une feuille de métal par son peu de flexibilité.

Le vieux marchand remit la lampe sur la

摘要

在十九世纪上半叶欧洲文学家艺术家与东方之间建立的众多关系中，大部分都已经得到了发现和研究。比如，我们确切地知道歌德和雨果与东方邂逅的方式。然而，科学的东方主义与文学最惊人的关系存在于奥诺蕾·德·巴尔扎克与奥地利东方学家约瑟夫·冯·哈默尔-普尔戈什塔里（1774—1852）之间，这一关系不仅令一部面向法国大众的著作直接插入了一段阿拉伯语文字，而且很可能解释了至今令人难以理解的那段对话，那是雨果·冯·霍夫曼斯塔尔一八四二年（原文如此）于维也纳通过他的《关于小说和戏剧的人物》(1902)将这两个伟人搬上舞台的一段对话。我们从中可以看到自东方学家哈默尔-普尔戈什塔里开始，一个"灌溉"整个西欧的艺术网络的形成，从歌德、雨果、吕克特和巴尔扎克到霍夫曼斯塔尔。

这段摘要十分完美，我之前把这篇文章忘得一干二净了，正如她说的，它的确很"维也纳"——她曾要我帮她找到海恩菲尔德城堡的版画，那是哈默尔在巴尔扎克离去不久写给他的一封信中夹带的。莎拉为这个（也得到霍夫曼斯塔尔支持的）理论又添加了一块法国砖石，根据这一理论，奥地利是交汇之地，是在接触与融合方面比德国丰富得多的一个边境之地，德国单就其本身来说，与奥地利相反，用莎拉的话说，总试图将"他者"从自己的文化中清除出去，并深深地沉浸在"自我"之中，即使这一追求可能最终导致大规模暴力。这个观点应该得到进一步挖掘——既然她在信里问我"是否要回到维也纳或图宾根"，就是说，我应该是在伊斯坦布尔收到的这篇文章；她感谢我寄去了她拜托我拍的照片，但其实是我应该感谢她：她让我有机会探访了伊斯坦布尔一个美妙的街区，要不是她，我绝不可能想要跑到这个远离游客、远离奥斯曼帝国首都最知名景点的地方参观，深藏在黄金角、进出不便的哈斯柯伊——如果好好找应该能找到她拜托我拍照的那封信（今天的互联网让此类出行失去意义了），她让我拍的是她外曾祖父十九世纪九十年代曾就读的以色列世界联合会中学，在没有她陪同的情况下前往探寻她的根源所在地是一件令人感动的事，这个地方她从没见过，甚至她母亲也没有。一个土耳其的犹太人是如何在第一次世界大战前跑到法属阿尔及利亚的，我毫不知情，连莎拉自己也不太清楚——诸如此类二十世纪众多的神秘事件背后，常隐藏着暴力与伤痛。

　　哈斯柯伊上空下起了雨，那是伊斯坦布尔常见的飘在风中的雨，虽然只是蒙蒙细雨，却可以在拐过街角的一秒钟内将你从里到外淋个透；我小心地将照相机塞进我的雨衣里，我当时有两卷三十六张感光度四百的彩色胶卷，这些词在今天都归于考古学了——那些底片是不是还在我放照片的盒子里呢，很有可能。我当时有一张城市地图，但凭经验应该在路名上很不详细，还有一把极具维也纳特色的木杆雨伞。前往哈斯柯伊需要一整套计划：首先经希什里绕到北边，或者沿黄金角走横穿卡森柏沙，要从西汗吉尔在贝伊奥卢的坡道上步行四十五分钟。当一辆汽车在我身边飞驰而过,将我的裤脚喷上了泥水的颜色时,我诅咒莎拉并差点就搁置了这一出行的日程,出门十分钟就已经被泼了粪,雨衣脏了,脚也湿了,真是个不祥的预兆,其实一大早弗吉耶看着博斯普鲁斯海峡逐渐积聚的黑云,手里端着一杯茶随自己从前一晚的拉克酒①中慢慢苏醒时,就已经善意地提醒我:这种日子,东方学家最好不要出门。我于是决定乘坐出租车,之前本想避免,当然不是为了省钱,而仅仅是因为我不知道怎么解释我要去的地方:我只说了哈斯柯伊码头,在半个小时的堵车过后,我到了黄金角上的一处水边,一个很迷人的小港口前;在我身后是一座伊斯坦布尔特有的色彩斑斓的陡坡小丘,一条覆盖着一层薄薄水流的直上直下的柏油路,那透明的小溪静静地利用倾斜的坡度流向大海——这奇怪的水坡让我想起了我们在奥地利山区湍流边上的游乐嬉戏;此刻我随着这都市河流变幻莫测的走向从小巷的一侧跳到另一侧,不知自己该向哪儿去;鞋子湿了的不便完全被游戏的乐趣抵消了。我想象那些过路人可能会想,一个患了爱水病的疯癫游客跑到我们街区来扮鳟鱼了。走了几百米后,当我在雨伞下徒劳地想打开地图时,一个上了些岁数、下巴上留着白色短胡子的男人向我走来,他从头到脚把我打量了一遍,问我:

"您是犹太人吗?"②

---

① 拉克酒(Raki),一款土耳其和巴尔干地区的茴香味开胃酒。
② 原文为英语。

我当然没明白他的话，回答道"什么"①或"怎么"②，然后他微笑着解释了他的问题：

"我可以给您提供一个不错的犹太观光游。"③

一位先知与我攀谈并将我从水中救了出来——伊利亚·维拉诺是哈斯柯伊犹太社区的掌门人之一，他看出我迷路了而且猜到（他自己承认，很少有游客会来这个区）我像是在这个街区寻找一些与犹太历史有关的什么东西，这天余下的时光里，他带着我们，我的照相机和我，游览了这个街区。维拉诺先生的法语十分标准，那是他在伊斯坦布尔双语中学学的；他的母语是拉迪诺语，我之前不知道有这样一种语言：被逐出西班牙的犹太人定居奥斯曼帝国时带来了他们自己的语言，这一源自文艺复兴时期西班牙的语言随他们在流亡中演变。伊斯坦布尔的犹太人按照到来的先后顺序分别有拜占庭派、塞法迪派④、阿什肯纳兹派⑤、卡拉派⑥（神秘的卡拉派大约是最晚来的，他们多数是在克里米亚战争后才到此安家），听着伊利亚·维拉诺随着街区建筑讲述这一多元文化

---

① ③ 原文为英语。
② 原文为法语。
④ 塞法迪犹太人（séfarades），15世纪被驱逐前那些祖籍伊比利亚半岛、遵守西班牙裔犹太人生活习惯的犹太人，是犹太教正统派的一支，占犹太人总数大约20%。由于长期生活在阿拉伯化的伊比利亚半岛上，故长期受伊斯兰文化影响，生活习惯与其他分支颇为不同。
⑤ 阿什肯纳兹犹太人（ashkénazes），源于中世纪德国莱茵兰一带的犹太人后裔，普遍采用意第绪语或者斯拉夫语言作为通用语。
⑥ 犹太教卡拉派（karaïtes），犹太教的一个教派，人数极少。

的重要历史事件真是太神奇了:卡拉派的犹太教堂是最壮观的,几乎是个防御堡垒,密不透风的围墙里面是木制和石制的小房子,其中有些还有人居住,另一些岌岌可危——当我问伊利亚·维拉诺这些房子的住户是否仍是卡拉派的犹太人时,我的天真让他露出微笑:很久以前这里就已经没有卡拉派了。

伊斯坦布尔大多数犹太家庭都迁到其他地方去了,不是希什里或博斯普鲁斯海峡另一侧更现代的街区,就是移民以色列或美国了。伊利亚·维拉诺毫不怀旧地解释着这一切,与他在游览过程中给我解释犹太教不同分支之间的神学和仪式差异时的口吻完全一样,他步伐轻盈地走在坡度很陡的街道上,对我的无知近乎尊敬;他询问我要寻找的那位祖辈的姓氏:很可惜您不知道,他对我说,这里说不定还有亲属居住。

维拉诺先生应该有六十五岁上下,身形高挑,风度翩翩,像个田径健将;他的西服、他的短胡子和用发膏梳向后方的头发带给他一种要将女友从她父母家带到高中舞会跳舞的男主角的气质,当然他的头发要更白些。他滔滔不绝,说他很高兴我懂法语:大多数来犹太区观光的游客都是美国人或以色列人,让他很少有机会能使用这种美丽的语言。

原来的马略尔犹太教堂——被逐出马略卡岛[①]犹太人的神庙,现在被一家机械小作坊占用了;建筑还保留着木制的圆顶、

[①] 马略卡岛是西班牙的巴利阿里群岛最大岛屿,位于西地中海,是著名的旅游点和观鸟去处。

立柱和希伯来语的铭文；教堂的附属建筑都已变成了仓库。

我们还没到以色列世界联合会中学的旧址，我的第一卷胶卷就已经用完了，雨停了，与这位主人相反，我感到了一丝淡淡的忧伤，一种无法解释的隐隐的悲哀——所有这些地方都关闭了，似乎都荒废了；唯一一座还在发挥功用的犹太教堂——建筑正面排列拜占庭大理石壁柱，也只在特殊情况下才使用；社区的大墓园被一项高速公路建设工程侵占了四分之一，而且杂草丛生。墓园里唯一重要的陵墓来自一个大家族，维拉诺给我解释道，这个家族极为强大，他们在黄金角上拥有一座宫殿，今天这座宫殿被不知道什么军事机构征用，而家族的陵墓就好像一座罗马的古旧神殿，一个被遗忘的祈祷之所，上面唯一有色彩的装饰是红色和蓝色的涂鸦；这座死人的神殿雄踞在山丘之上，从那里可以俯视黄金角的末端，黄金角由此从一个海湾变成了一条普通的小河，包围在汽车、工厂烟囱和庞大的楼群之中。一块块墓碑像是被丢弃在坡道的四处（我的导游解释说，按照风俗习惯是要躺倒放置），有些已经破裂，上面的字大都模糊不清——但维拉诺还是给我翻译了上面的姓氏：他说，希伯来语比拉丁字母更能抵御时间的侵蚀，我不太能理解这个理论，但事实是他能够念出这些逝去者的姓氏，有时还能找到他们的后代或亲缘关系，说到这些他没有任何情感流露；他常上这里来，他说，自从建了高速公路，就没有山羊了，没有山羊，山羊粪便也就少了，但满是野草，他说。手揣在兜里，漫步在坟墓之间，我想找点话题；在各处有一些喷绘涂鸦，我说，是"反犹主义"吗？他答道，不不不，是"爱情"，怎么是爱情，对，一个年轻人写了他恋人的名字，"对余莉亚一生一世"，诸如此类的话，我意识到这里已经没有什么可亵渎的了，因为时间和城市都已经亵渎过了，而且可能不久这些坟墓连同厂首和碑石都要被迁移、堆放到别处，好给推土机腾地方；我想到了莎拉，就没拍摄墓园，没敢取出相机，尽管她跟这一切没有任何关系，尽管没人跟这场灾难有关，但这是一场属于我们所有人的灾难，我请伊利亚·维拉诺告诉我以色列世界联合会中学的校址，此时灿烂的阳光开始反射在欧洲的淡水湖①上，点亮了伊斯坦布尔，直到博斯普鲁斯海峡。

中学的新古典主义建筑正面呈深灰色，间隔装饰着白色半圆柱，三角楣饰上没有铭文。这儿很久以前就不是学校了，伊利亚·维拉诺告诉我；今天这是一所敬老院——我认真地拍下了大门和院子；几个住在这里的老人坐在拱廊下的一张长椅上乘凉；当维拉诺先生上前跟他们问好时，我在想他们可能正是在这些围墙里开始了他们的人生，他们曾在这里学习希伯来语、土耳其语、法语，他们曾在这庭院里嬉戏，他们曾在这里爱上诗歌抄写诗句，并在这里因为一些无法容忍的小过节大打出手，现在，又回到起始点，在这铺着洁净地砖稍显肃穆的同一座建筑里，他们将平静地结束他们的生命，从他们的窗前，从他们的山丘居高临下，看着伊斯坦布尔大跨步向现代化迈进。

---

① 意指伊斯坦布尔，因黄金角深处的淡水湖休闲胜地而得名。

二十三点五十八分

除了在这篇有关巴尔扎克的文章里找到的这几句话,在我印象中莎拉没有再提到从雨中和遗忘中带回的这些伊斯坦布尔的照片——我回到西汗吉尔时心情抑郁,我想对比尔格说(我到家时他正在我们家喝茶)考古学在我看来是最悲哀的行业,我从废墟中看不到任何诗意,也看不出搅动那些已经消失的东西能获得什么快感。

话说回来,我对莎拉的家庭始终知之甚少,除了她母亲在阿尔及尔度过童年,在阿尔及利亚独立前夕离开了这个国家迁至巴黎;我不知道那位伊斯坦布尔的外曾祖父是否也随她同行。数年后,莎拉在圣克卢[①]出生,并在帕西长大,帕西——巴黎第十六区在她看来是一个舒适宜人的街区,有着很多公园和清幽的角落,老牌的糕点店和高雅的大道——真是个奇妙的巧合,我们各自都有一段童年时光是在巴尔扎克的一栋故居旁边度过的:她那边是这个伟人曾长期居住的雷努阿尔街,我这边是距离萨谢[②]几公里的一座图赖讷小城堡,巴尔扎克曾不时来此逗留。每年夏天在外婆家度假期间,去探访巴尔扎克先生

[①] 圣克卢(Saint-Cloud),巴黎的郊区之一,属于法兰西岛大区上塞纳省的布洛涅-比扬古区圣克卢县。
[②] 萨谢(Saché),法国安德尔-卢瓦尔省的一个市镇,属于尚翁区阿泽勒丽多县。

几乎是个规定项目;这座城堡与周围其他城堡(阿泽勒丽多或者朗热)相比的优势在于它的游客要少得多,而且,用妈妈的话来说,拥有一种"文化底蕴"——我想象外婆要是知道被她看作跟自己亲戚差不多(毕竟,他们两人都曾在图尔上学)的这位巴尔扎克像她一样也曾来过维也纳,她一定会很高兴;她曾来这里看望我们一两次,但就像巴尔扎克,她也不喜欢旅行,总是抱怨说不能把自己的花园丢弃太长时间,就像巴尔扎克不能长时间丢弃自己的小说人物一样。

  一八三五年五月,巴尔扎克前往维也纳与他深爱的汉斯卡夫人①相会。"一八三五年三月二十四日,哈默尔-普尔戈什塔里记道,参加完热武斯卡[埃韦丽娜·汉斯卡的娘家姓]伯爵夫人家令人心旷神怡的晚会回到家,我发现赫尔舰长留下的一封信[这里的赫尔舰长正是巴希尔·赫尔(1788—1844),海军军官,沃尔特·司各特②的朋友,众多旅行游记的作者,特别著有《海恩菲尔德城堡:一个下施泰尔马克州的冬天》,这部著作是雪利登·拉·芬奴的小说《女吸血鬼卡蜜拉》的灵感来源],向我告知我的朋友普尔戈什塔里男爵夫人健康状况堪忧,恐怕不久于人世。"

---

① 汉斯卡夫人(Ewelina Hańska,1805—1882),波兰贵妇,因与法国小说家巴尔扎克的婚姻而知名。
② 沃尔特·司各特(Walter Scott,1771—1832),18世纪末苏格兰著名历史小说家及诗人。

我们知道这位著名的东方学家是通过汉斯卡夫人认识了巴尔扎克的作品,而且他与汉斯卡伯爵夫人及其友人已经来往一段时间了。四月份普尔戈什塔里男爵夫人去世后,当约瑟夫·冯·哈默尔从施泰尔马克州返回时,他获知巴尔扎克要在维也纳停留数周。他们相互拜访,彼此赏识。哈默尔令我们能够评估这位小说家当时在欧洲的知名度:一天,他讲道,他前往巴尔扎克在维也纳的寓所,被告知主人出门去梅特涅①亲王家了;哈默尔于是决定去王宫与之会合,因为他自己本来也要去拜访亲王。他发现候见厅里人满为患,内侍向他解释说所有这些先生都在等待亲王召见,但亲王已经单独与巴尔扎克闭门面谈两个多小时了,并禁止任何人前去打扰。

难以想象梅特涅本人也为这个负债累累的人着迷,巴尔扎克以化名在巴黎生活并在撰写两部小说之间跑遍欧洲追随自己所爱的女人。他们在两个小时里都聊了些什么呢?是欧洲政治?是巴尔扎克对路易·菲利普政府的看法?是《驴皮记》?莎拉的这篇文章重点强调了汉斯卡夫人在巴尔扎克和东方之间扮演的媒介角色;如果哈默尔最终为巴尔扎克的《驴皮记》中插入的阿拉伯文提供了翻译,那是通过热武斯卡伯爵夫人的牵线搭桥。同样,与梅特涅的会晤很可能也要归功

---

① 梅特涅(Klemens von Metternich,1773—1859),德国出生的奥地利政治家和外交家。

于她。我想象巴尔扎克在萨谢,将自己与他的纸张、鹅毛笔和咖啡壶关在家里,深居简出,出门也只是在公园里转一圈活动一下僵硬的双腿;就像他自己说的,他"就像只藏在壳里的牡蛎",他走到河边,拾起几个掉落的栗子,饶有兴味地将它们抛入水中,然后回到房间找到原地等待着他的《高老头》;他还是维也纳的那个痴情恋人吗,不断遭到腼腆羞涩的埃韦丽娜·汉斯卡的拒绝,这一拒绝就是十五年,这足以证明巴尔扎克过人的毅力和耐心。令人欣慰的是,他终于在一八四八年将她娶到了家;令人不太欣慰的是,一八五〇年他便去世了。也许这个跛脚而行的人之所以没有倒下,一部分就是靠着这一欲望的支撑,我们感觉巴尔扎克沉溺于工作和写作是因为他行路蹒跚,因为他无法掌控自己的生活(在他的字句以外是上帝主宰的地方),他在债主之间、在绝望的爱情与无法满足的欲望之间飘摇,对于这位曾经的印刷厂厂长和后来的作家来说,只有书籍是属于他的世界。三千多页的书信,这就是他为他的爱情建筑的丰碑,他在信中常对身在维也纳的埃韦丽娜·汉斯卡说起他未来的维也纳之行,他希望前往华格姆①和艾斯林②探寻那些战场,因为他计划写一篇

---

① 华格姆战役发生于 1809 年 7 月 5 日至 7 月 6 日,拿破仑在此场战役中展现了他过人的毅力和临危不乱的指挥能力,突破敌军包围,用密集炮火击败奥地利,再次迫使法兰兹一世求和。
② 艾斯林战役中,拿破仑试图凭借武力在维也纳附近横渡多瑙河,但查理大公率领的奥地利军队在对方渡河时发动进攻,拿破仑只好被迫撤退。

战役叙述，一篇惊心动魄的战役叙述，在昏天黑地的战斗中展开，完全深入其中讲述那持续激战的一整天；就像莎拉在圣哥达，我猜想巴尔扎克步行在阿斯佩恩，做着笔记，想象着部队在山丘上移动——在那里拉讷元帅重伤而死，寻找着战斗的景观，远处的树木，丘陵的形状，所有这些东西他都不会落笔，因为他被滞留在维也纳，而这个写作计划恐怕只是个借口：他随后因为太忙于在《人间喜剧》中挣扎，无暇将这一理想付诸行动——就像莎拉，据我所知，她也没有详细写出她对莫格尔斯多夫战役的想象，其中本应混合土耳其人和天主教徒的所有叙述，并配以保罗·艾斯特哈齐一世的音乐，就像她从没有过这个计划一般。

咦，莎拉在这篇文章里复制了海恩菲尔德城堡的版画，那是巴尔扎克回到巴黎后哈默尔寄给他的，我当时为了帮她这个忙曾尽访全维也纳的古董店——哈默尔将自己城堡的影像寄给亲友就像今天人们寄送一张照片，作为对这个好人哈默尔（被他形容为"耐心如一只被勒住喉咙的山羊"）为他提供东方学知识的感谢，巴尔扎克将自己的作品《古物陈列室》亲笔题词赠予他。我猜我当时跑遍维也纳古董商就像巴尔扎克追在埃韦丽娜·汉斯卡身后一般痴狂，最终我拿到了这张画，她将它复制在有关巴尔扎克维也纳之行的通信引文之间：

　　一八三四年四月二十八日：如果我有钱的话，我会给您寄去一张由德拉克洛瓦绘制的《阿尔及尔的女人》，

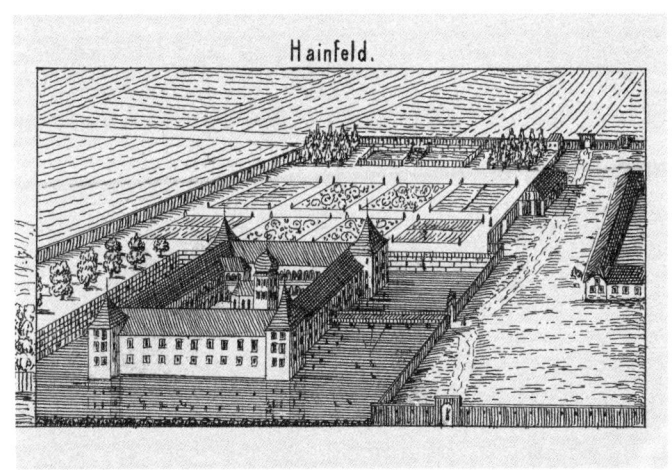

在我看来那是一幅杰作。

一八三四年三月九日：从此时到前往维也纳之前，只有工作和孤独。

一八三四年八月十一日：哦，在维也纳过冬。我一定会去的，对。

一八三四年八月二十五日：我需要看到维也纳。我得在六月前去勘察华格姆和艾斯林的战场。最重要的是我需要展示德国军队军装的版画，我会去找的。您只要告诉我这种版画是否存在就好了。

一八三四年十月十八日：是啊，我嗅了嗅图赖讷秋天的气息；我一直像棵植物，像只牡蛎，当天气如此晴好，我想这是一个预兆，一只白鸽将从维也纳飞来，嘴里衔着一根绿色的枝桠。

可怜的巴尔扎克，他在维也纳得到了什么，如果莎拉大量引述的这些信件是可信的话，他得到了几个亲吻和几句誓言——我呢，在得知她要来到我的首都总是欣喜若狂的我，甚至每次都要买几套新衣，去趟理发店，我又得到了什么，一个我不敢妄加揣测的论文单行本——生活在打结，生活在打结，打得很少是圣方济各长袍上美丽的结；我们相遇，相互追逐，一年又一年，在黑暗中，当我们以为自己终于紧握住了爱人的手，死亡却又将一切夺走。

简·迪格比没有出现在莎拉这篇关于巴尔扎克与东方的文章中，然而她却是这个图尔人和东方的间接联系之一；这位风华绝代的简·迪格比，其美轮美奂的身形、面容和眼睛使十九世纪的欧洲和东方为之倾倒——成为那个时代一个惊世骇俗、在各个方面都"不安于现状、喜爱冒险"的人物。这位离经叛道的英国女人二十岁时离婚，因"滥交"被维多利亚统治的英国放逐，此后曾先后成为一位奥地利贵族的情妇、一位巴伐利亚男爵的妻子、巴伐利亚国王路德维希一世的情人、一位拥有斯皮利东·特奥托基伯爵这一辉煌名字的希腊克基拉岛贵族的妻子，最后被一名阿尔巴尼亚海盗掠走（并非违背她的意愿），简·艾伦伯勒（娘家姓迪格比）最终在大马士革和巴尔米拉之间的沙漠中找到了爱情的归宿，那是在梅如尔·艾尔-梅兹拉伯酋长的臂弯中，她在五十多岁时嫁给了这位小她二十岁的阿那扎人部落的王子。她生命最后的二十几年在叙利亚度过，在近乎完美的幸福中度过,除了——她经历了一八六〇年大屠杀的战争恐怖,其间她曾被当时在大马士革流亡的阿卜杜·卡迪尔①亲王的军队救援,后者曾保护了众多叙利亚和欧洲天主教徒。但她生命中最残酷的莫过于她早年在意大利亚平宁山脉脚下的巴尼迪卢卡经历的那件事。那晚,她六岁的儿子也是她唯一深爱的孩子,利奥尼达斯,从他卧室的阳台看到楼下门廊前的母亲时,想要找妈妈,他探出身体,掉下来,摔落在露台的地面上,在她母亲的脚旁,当场死亡。

也许正是这一可怕的意外令简只有在天涯海角,只有在遗忘和爱情的沙漠才能品尝到幸福的滋味——她的人生,与莎拉一样,是一条向东方延伸的遥远路途,沿着一连串的驿站将她向东方越带越远,为了寻觅她并不知晓的某个东西。巴尔扎克遇到这位非凡女性时她漫长的生命之旅才刚刚起步,第一次是在巴黎,在一八三五年左右,当时"埃伦夫人"背着她的巴伐利亚男爵冯·维宁根与特奥托基通奸;巴尔扎克告诉汉斯卡夫人,埃伦夫人……刚刚又跟一个希腊人溜走了,她丈夫来了,跟那个希腊人进行决斗,让受伤的情人留在那儿等死,将妻子带回家然后让人去救治伤者——"多么不同寻常的女人啊",巴尔扎克记述道。几年以后,在从维也纳返回时,他为了探望简在海德堡附近的韦因海姆②城堡

---

① 阿卜杜·卡迪尔(Abd el-Kader,1807—1883),阿尔及利亚的英雄。
② 韦因海姆(Weinheim)是德国巴登-符腾堡州的一个市镇。

作了短暂停留；他在信中向汉斯卡夫人讲述了这段日子，有理由怀疑他为了避免引起埃韦丽娜·汉斯卡嫉妒的怒火而说了谎，从巴尔扎克说"又是这种可笑的指责"的频率可以知道这种怒火应该时常燃起。我好奇巴尔扎克是否真的被这位蓝眼睛、爱冒险的绯闻女郎迷住了，有这个可能；我们知道《幽谷百合》中的阿拉贝尔·杜德莱夫人这个人物的灵感部分来源于她，杜德莱夫人，爱情、肉欲与征服的象征。我读这本小说时，就在距离萨谢几英里的地方，就在杜德莱夫人和这个白痴菲利克斯·旺德奈斯一同骑马的图赖讷的风景中；我曾经为可怜的、伤心而死的亨利埃特哭泣——我也曾经有点嫉妒热情奔放的阿拉贝尔为费利克斯献上的性爱盛宴。那时，巴尔扎克就已经将西方的贞洁、黯淡与东方的无上愉悦对立；就好像他透过他所欣赏的德拉克洛瓦的画作——那时就已经形成的对东方的想象，预见到简·迪格比后来的命运，就像一名预言家或先知："她的欲望犹如沙漠中的旋风，她的眼睛映现广袤灼热的沙漠。那沙漠白昼晴空万里，夜晚繁星密布，凉风习习。"他在如此描写杜德莱夫人后又对东西方进行了长段的对比，杜德莱夫人犹如东方"呕心沥血，将忠于她的人护在光灿的氛围中"，在外婆家，坐在窗边那把绣花布的矮胖扶手椅中——从白色镂空花纹窗帘透过几缕被树林边缘的几棵瘦橡树筛滤过的阳光，我想象自己与那位英国的狩猎女神策马奔腾，又同时希望费利克斯最终选择迎娶凄苦的亨利埃特，自己在灵魂的升华与肉体的快感中难以抉择。

巴尔扎克与汉斯卡，玛吉努和莱拉①，简·迪格比和梅如尔酋长，如此可以列出一个长长的名单，为什么不写本书，我自己就可以写，封面已经想好了：

东方不同形式的疯狂
第一卷
恋爱中的东方主义者

这里面有太多的创作素材了，各式各样的爱情疯子，幸福的或是不幸的，神秘主义的或是淫秽色情的，女的或是男的，假如我不是像现在这样只会坐在床上回想那些老故事，假如我有巴尔扎克或李斯特的精力，尤其是他们的健康——我不知道未来的日子里我会变成什么样，我恐怕得将自己托付给医学了，也就是说要做最坏的打算了，我完全无法想象自己住在医院里，失眠的夜晚我该怎么办？倾心东方的维克多·雨果在《随见录》中讲述了弥留之际的巴尔扎克，巴尔扎克先生躺在床上，他讲道，头靠着一大堆枕头，枕头上还加上了从卧室的长沙发上取下的红锦缎坐垫。他的脸斜向右侧，脸色青紫、发黑，胡子没有剃，灰白的头发剪得很短，两眼睁着，目光呆滞。床上散发出一股令人无法忍受的气味。

---

① 玛吉努和莱拉，是一个源自古代阿拉伯的短篇爱情故事，后由波斯诗人尼扎米改写为稍长篇的故事并闻名于世，曾被多次拍成电影。凯斯·阿梅利是玛吉努的原名，他因醉心于莱拉以至于后来邻友用玛吉努（痴）来描述他。

雨果撩起被子，握住了巴尔扎克的手。手上全是汗。他紧紧地握着。巴尔扎克却毫无反应。一个负责看护的老妇人和一名男仆分别站在床的两侧。床头柜上和门旁的五斗柜上各点着一支蜡烛。床头柜上还摆着一只银瓶。男仆和老妇人面带恐惧，屏声静息地听着临终之人喘着粗气，汉斯卡夫人已经返回自己的住处了，很可能因为她无法忍受丈夫的呻吟和他濒死的景象：雨果讲述了巴尔扎克腿部脓肿几天前被刺破后的各种惨状。

身体真是个拖累，为什么不给巴尔扎克鸦片，或者吗啡，就像海因里希·海涅那样，海涅的身体也很不幸，他曾以为自己缓慢地死于梅毒，然而今天的医生认为他患上的更可能是多发性硬化，一种让他卧床"多年"的长期变性疾病，我的天，有一篇科学文章详述了海涅服用的吗啡剂量，一位善良的药剂师向他提供了这款当时刚刚推出的创新产品，吗啡，神圣罂粟的精华提取物——至少在二十一世纪不会拒绝给垂死之人提供这种药，只是尽可能让活人远离。我想不起是哪个法国作家因为贝多芬死了就指责我们还活在世上，使我非常气愤，书名是《当我想到贝多芬死了而那么多傻瓜还活着的时候》或类似的话，这将人类分成了两类，傻瓜，和贝多芬一样的人，几乎可以肯定的是这位作者毫不迟疑地将自己划归贝多芬一类中，其不朽的光荣将会救赎那些活着的呆子，并期盼我们所有人的死亡，以便为这位波恩音乐大师之死复仇：在这家巴黎书店中，莎拉（偶尔缺乏判断力）觉得这书名挺好笑——她肯定又一次指责我过于严肃，固执己见，就好像她不是这样,她自己才是个固执的典型。那家书店位于克利希广场,在我们参观萨迪克·赫达亚特在尚皮奥内大街的故居又在蒙马特墓园瞻仰海涅和柏辽兹的坟墓之行的末尾,随后,我们在一家宜人的小餐厅吃了晚饭,我记得那家餐厅有个德国名字。我对这部书(书的作者好像也有个德国姓氏,又是一个巧合)的愤怒很可能是为了吸引别人对我的关注,借贬低这位作家来抬高我,显示我对贝多芬的知识——莎拉当时正潜心写她的论文,全部注意力都集中在萨迪克·赫达亚特和安娜玛丽·施瓦岑巴赫上。她瘦了很多,每天工作十四甚至十六个小时,深居简出,在她的文件资料里奋力拼搏就像一名战斗潜水员,几乎顾不上进食;尽管如此,她当时看上去很高兴。在阿勒颇的男爵酒店房间的那件事以后,被羞耻感压抑的我已经几个月没见过她了。在她全力编著论文时我却拿自己的嫉妒心烦扰她,我这样实在是太自私了,真是个傲慢的白痴:我当时自鸣得意,却没有想到关心她,照顾她,避免陷入关于贝多芬的高谈阔论——久而久之我注意到,这一话题并不能令我博得女性的太多青睐。也许,说到底,这个书名《当我想到贝多芬死了而那么多傻瓜还活着的时候》最令我气愤的地方在于它的作者在谈论贝多芬的时候找到了一种令自己显得诙谐有趣、讨人喜欢的方法,而这正是几代音乐学家,包括我在内,怎么努力都没能做到的。

  东方学家约瑟夫·冯·哈默尔-普尔戈什塔里,还是他,提到自己通过格劳塞医生在维也纳与贝多芬结交。十九世纪初的这些首都城市真是个美妙的世界,东方学家常与王公贵族、巴尔扎克那样的文豪和音乐天才来往。他的回忆录在一八一五年里甚至还记述了一件极为难堪的轶事：哈默尔前往维也纳顶级沙龙去听贝多芬的音乐会；很容易想象那些两轮轻型马车，那些奴仆，成百上千支蜡烛，水晶装饰的吊灯；当时很冷，正值冬天，维也纳会议①的冬天，特丽莎·阿博尼伯爵夫人家为了迎接宾客已经将炉火烧到最旺——她当时不到三十岁，不知道数年后整个巴黎上流社会将拜倒在她脚下；安托万和特蕾莎·阿博尼夫妇在他们位于圣日耳曼街区的大使馆做东，邀请法国首都所有的知名作家、艺术家和音乐家。这对奥地利贵族夫妇将成为肖邦、李斯特、惊世骇俗的乔治·桑的朋友；巴尔扎克、雨果、拉马丁以及十九世纪三十年代的所有好事之徒都将成为他们的座上客。但在这个冬天的晚上，她邀请的是贝多芬；贝多芬已经几个月没有走出他的世界了——正如那些大型野兽，他大概是在饥饿逼迫下走出了他冷清的巢穴，他需要钱，爱和钱。因此他要为这位阿博尼伯爵夫人及其庞大的朋友圈——其中包括哈默尔，演奏一场音乐会。身为外交家兼东方学家，哈默尔也在维也纳会议期间找到了自己的位置，并拉近了与梅特涅的关系；他与塔列朗②频繁交往，不知道后者是只狡诈的鼬还是一只高傲的鹰——无论如何，都是一只猛兽。欧

---

① 维也纳会议于1814年9月18日至1815年6月9日举行，会议由奥地利政治家梅特涅主持，意在解决由法国大革命和拿破仑战争导致的一系列关键问题，保证欧洲的长久和平。
② 塔列朗（Charles Maurice de Talleyrand-Périgord，1754—1838），法国政治家、外交家。

洲庆祝和平的到来，列强们在国力较量中重新找到了平衡，特别是拿破仑（正在厄尔巴岛①上跺着脚）政权的结束；百日王朝将犹如一阵惊悚的寒颤从一个英国人的后背掠过。拿破仑·波拿巴是东方主义的始作俑者，正是他通过他的军队将科学引入了埃及，并将欧洲第一次带到了比巴尔干更远的东方。知识随着士兵和商贩涌入埃及、印度、中国；由阿拉伯语和波斯语翻译的文本开始席卷欧洲，文艺至尊歌德发起了竞赛；在雨果的《东方诗集》问世很早以前，当夏多布里昂用《巴黎到耶路撒冷纪行》发明了旅行游记，当贝多芬这晚在维也纳最华丽的服饰前为嫁给匈牙利人的娇小的意大利伯爵夫人演奏时，伟大的歌德正在对他的《西东诗集》作最后的修改，这部诗集的灵感直接取自哈默尔-普尔戈什塔里一八一二年出版的哈菲兹作品的翻译（哈默尔当然来了，有人接过了他的大衣，他俯下身，微笑着佯装轻吻特蕾莎·阿博尼戴着的手套，因为他们已经是老熟人了，特蕾莎的丈夫也是梅特涅身边的外交官之一），与此同时，拿破仑这头恶龙，这个凶悍的地中海人，远在法国三千里以外的地方，还以为可以对抗俄国人和他们严酷的冬季。这晚，当拿破仑在厄尔巴岛跺着脚等待着来接他的船，在场的有贝多芬，有哈菲兹老先生，还有歌德，所以还有舒伯特，因为他将《西东诗集》中的诗作改编成了乐曲，还有门德尔松、舒曼、施特劳斯、勋伯格，因为他们也用音乐演绎

---

① 厄尔巴岛是仅次于撒丁岛和西西里岛的意大利第三大岛，根据1814年签订的《枫丹白露条约》，拿破仑被流放至此，当时此岛为法国领地。

了伟大歌德的这些诗篇，在阿博尼伯爵夫人身旁坐着热情激昂的肖邦，他将为伯爵夫人亲自献上两首小夜曲；哈默尔旁边坐着吕克特和梅夫拉那·贾拉尔-阿德-丁·鲁米，而他们所有人的大师，路德维希·凡·贝多芬，坐在了钢琴前。

可以想象，塔列朗受到陶瓷壁炉热浪的突然来袭，在作曲家的手指尚未触及琴键以前就开始昏昏欲睡；塔列朗，这个跛脚魔鬼打了一整晚的牌：小赌本的法老①就着酒，很多酒，他的眼睛慢慢闭上。他是最优雅的还俗主教，也是最标新立异的；他曾侍奉上帝，侍奉路易十六，侍奉国民公会，侍奉督政府，侍奉拿破仑，侍奉路易十八，他还将侍奉路易-菲利普，并将成为被后世法国人视为楷模的政府官员，因为他们真心相信公务员就应该像塔列朗一样，如同那些建筑，那些岿然不动的教堂，可以抵御一切风暴，代表了那公认的"国家的连续性"，也就是将自己的信念服从于随便什么权力的懦弱——作为向波拿巴的埃及远征和德农②及其学者带回的古埃及知识的致敬，塔列朗将下令"采用古埃及的方法"保存自己的遗体，制成木乃伊，追随当时风靡巴黎的法老潮流，将几分东方带入自己的棺材，他，这位一直梦想将自己的卧室变成阿拉伯后宫的男爵。

---

① 法老（Pharaon）是一种纸牌游戏，尤其在路易十五和路易十六的宫廷流行。
② 多米尼克·维旺，又称德农男爵（Dominique Vivant, baron Denon, 1747—1825）是法国版画家、作家、外交家。作为卢浮宫的馆长，他被视为博物馆学、艺术史和古埃及学的伟大先驱。

约瑟夫·哈默尔可不睡觉,他是个音乐爱好者;他喜欢美丽的世界、美妙的陪伴和美好的聚会——他刚过四十岁,拥有黎凡特多年的生活经验,他会流利使用六种语言,与土耳其人、英国人和法国人均有交往,能够欣赏这三个迥然不同的国家、赞美他们各自的长处。他是个奥地利人,父亲是外省的公务员,要实现他预感中本就属于他的人生所缺乏的只是一个头衔和一座城堡——他还要等待二十年和一个命运机缘才能继承海恩菲尔德和与他如影随形的男爵爵位,并从此成为冯·哈默尔-普尔戈什塔里。

贝多芬向观众致意。他这几年过得十分艰难,他刚刚失去了弟弟卡尔,又要为了争取侄子的监护权投入一场漫长的诉讼;耳聋的进一步恶化令他越来越与世隔绝。他不得不使用巨大的铜角助听器(人们可以在波恩贝多芬之家的一个展柜里看到这些奇形怪状的器械),令他看上去像个半人马①。他当时正在恋爱,但他预感到,或者因为他的疾病或者因为那位年轻女士的高贵出身,这份爱除了音乐作品不会有其他结果;就像哈莉特与柏辽兹,这位意中人当晚就在音乐厅中;贝多芬开始演奏他几个月前才谱写的第二十七号奏鸣曲,洋溢着活力、情感和表现力。

观众席一阵躁动;人们低声细语,但贝多芬听不到:据哈默尔讲述,那架钢琴,可能因为室内过暖的缘故,音调不准,发出令人难以忍受的响声——贝多芬的手指在琴键上完

---

① 古希腊神话中一种半人半马的怪兽。

美地弹奏，他听到的，是发自他内心本应响起的旋律；但对观众来说，这却是个听觉的劫难，如果贝多芬不时看一眼他的意中人，他应该会发觉，人们的脸上都表现出局促不安，甚至为现场目睹这位伟大音乐家的屈辱而显得尴尬。幸好阿博尼伯爵夫人懂得随机应变，她热烈鼓掌，并巧妙地暗示演出被缩减，可以想象贝多芬在获知自己遭受如此恶劣的戏弄该有多么的悲伤痛苦——这将是他最后一次演出，哈默尔告诉我们。我喜欢想象当贝多芬在几个星期后谱写《致远方的爱人》声乐套曲时，他想到的是失聪所带来的距离，这一距离比放逐更加有效地让他远离尘世，尽管专家们热情高涨地做了大量调查，人们至今仍不知道这位年轻女士是谁，可以猜想，在最后一曲《请你收下，我所爱的人，收下我的歌》中，作曲家因无法吟唱或弹奏他为心上人所写的旋律而感到的所有悲哀。

我在多年中收集了不同版本的所有贝多芬钢琴奏鸣曲，其中有好有坏，有意料之中也有意料之外，数百张唱片、CD碟片、磁带，而每次听到第二十七号奏鸣曲的第二乐章，尽管旋律"十分悠扬"，却让我不禁感到局促、尴尬，当所有爱情告白都变得苍白无力时的局促、尴尬，回想到这儿，我坐在床上亮着灯会羞惭得面红耳赤，我们独自弹奏着我们的奏鸣曲，陶醉在自己的感情中，浑然不觉钢琴已经走音：别人却清楚听见我们弹得有多么跑调，好的话会抱有诚挚的同情，不好的话会因为要正视我们四处飞溅的屈辱而感到非常难堪，况且多数情况下，他们没招谁也没惹谁——莎拉并没有招惹过谁,那晚在男爵酒店,或者有吧,也许,我不知道,我承认我记不清了,时至今日,过了这么长时间以后,在经历了德黑兰,那些年以后,今晚,我像贝多芬一样陷入病痛的泥沼,尽管早上收到了她那篇神秘的文章,莎拉却显得比以往任何时候都遥远,遥远的爱人①,幸好我不写诗,而且也很久不作曲了。

我最后一次去波恩的贝多芬之家是多年前在那里参加"《雅典的废墟》与东方"报告会,留在我记忆中的同样是尴尬和耻辱,为可怜的比尔格的疯狂所感到的尴尬和耻辱——我记得他当时站在第一排,嘴角上流着口水,从大骂柯策布②(《雅典的废墟》剧本的作者,同样没招谁没惹谁,他唯一的荣耀可能就是被人用匕首刺死)开始,接着把所有东西混为一谈,考古学和反穆斯林种族主义,因为我刚刚提到的《伊斯兰苦行僧合唱》③中唱到了先知和克尔白④,正是出于这个原因这部戏在我们这个时代从不上演,比尔格喊道,我们太尊敬"基地"组织了,我们的世界处在危险之中,没人再关注古希腊和古罗马的考古学,大家都只关注"基地"组织,贝多芬早就知道,只有将音乐的东西方两个方面相互拉近,才能推迟世界末日的到来,而你,弗兰兹(听到这儿,贝多芬之家的那位女负责人转过头惊愕地看着我,对此我懦弱地嗫

---

① 原文为德语(ferne Geliebte)。
② 柯策布(August von Kotzebue,1761—1819),德国剧作家、小说家。
③ 贝多芬《雅典的废墟》中的一个乐章。
④ 克尔白,或称天房,位于麦加的大清真寺广场中央。

起嘴作出疑惑的表情,暗示"我根本不认识这个魔鬼附体的人"),你知道可你不说,你知道艺术正受到威胁,这正是世界末日的一个征兆,那么多人归信伊斯兰教,归信印度教和佛教,只要读过赫尔曼·黑塞就会知道,考古学是一种土地的科学,可大家都忘了,就像人们都忘了贝多芬是唯一一位德国先知——突然我的大脑被一股强烈的排尿欲占据,瞬间已听不见比尔格站在观众中叽里咕噜些什么,听到的只有我自己的身体和我的膀胱,觉得后者就要爆炸了,我对自己说"我喝茶了,我喝茶喝多了",我要憋不住了,我太想撒尿了我要尿湿裤子和袜子了,这太可怕了,在大庭广众之下,我坚持不了太长时间了,我的脸肯定一刹那变得惨白,而比尔格此时还在结结巴巴地继续那些我已经听不见的咒骂,我站起身拔腿就跑,扭动着身体,手夹在双腿间,躲到厕所去了,我身后响起了雷鸣般的掌声欢送我的离去,因为我的这一举动被解释为对疯子演讲者的背弃。当我返回时,比尔格已经不在了;我消失后没多久他就走了,贝多芬之家的那位女士告诉我,临走时还不忘骂我是懦夫和叛徒,对于这一点,我得承认,他是对的。

这件事令我从心底涌起一阵悲伤;本来很高兴可以又一次仔细浏览博德梅尔[①]的藏品,我却在博物馆的展厅里只待了不到十分钟;陪我参观的女保管员注意到我情绪低落,尽量宽慰我,您知道,疯子到处都有,虽然出于善良的意愿,但

---

① 博德梅尔(Hans Conrad Bodmer,1891—1956),瑞士医生和收藏家。

想到像比尔格这样的精神病到处都有更让我抑郁到了极点。是否他在东方长期频繁的驻留加重了他灵魂中原有的轻度失常，或者土耳其和叙利亚与这一切都不相干，即便他从没离开过波恩也会变得如此疯癫，对此我不得而知——他应该去看你的邻居，莎拉会这样说，那位邻居特指弗洛伊德，我承认我完全不知道比尔格的这种受害妄想的疯病是否超出了精神分析的适应症，更应该归入头部穿孔①的治疗范畴，尽管杰出的西格蒙德②医生及其追随者并不令我反感。"你有抗拒心理"，莎拉会这样说；她给我解释了精神分析中"抗拒心理"的非凡理念，我不记得当时是在聊什么话题时说到这个，而我却被其论据的简单粗暴惊呆了，凡是反对精神分析理论的思想都属于"抗拒心理"，病人拒绝治疗、拒绝从好医生的话里看到希望之光的情况都属于"抗拒心理"。我肯定属于这种情况，现在我才想到这一点，我是在抗拒，多年以来一直在抗拒，我甚至从没走进这位可卡因爱好者兼儿童性生活专家的那套公寓，甚至在莎拉前往的时候我都没有陪同，你要什么都行，我说，我愿意去解剖学博物馆看那些被开膛破肚的女人，但绝不去参观那个江湖医生的故居，况且一切都没变，你知道，骗局还在继续：你支付高昂的门票就为看一间全空的住所，因为他的物品、他的长沙发、他的地毯、他的水晶

---

① 头部穿孔又称颅骨穿孔术或环锯术，是一种外科手术干预法，在18世纪的欧洲，头部穿孔是一种民间疗法，用来治疗精神病或其他与头脑相关的病变，由于缺乏科学依据，这项手术已被现代医学鄙弃。
② 弗洛伊德的名字。

球和他的裸女画像都在伦敦呢。这当然是无稽之谈，又是我抖机灵的一种方式，我当然对弗洛伊德没有意见，像往常一样，莎拉也猜到了。也许弗洛伊德能够用他的催眠怀表让我入睡，到现在我坐在床上亮着灯戴着眼镜手里拿着一篇文章盯着我的书柜格架发呆已经一个小时了——"时代如此糟糕，我决定自言自语"，西班牙杂文作家戈麦斯·德·拉·塞尔纳这样说过，我理解他。

我也有自言自语的时候。

甚至，偶尔独自唱歌。

格鲁伯那边很安静。他该是睡着了，他会在四点钟起床方便，他的膀胱不让他安宁，就像我在波恩一样，太尴尬了，我一想到就觉得很难堪，所有人都以为我因为比尔格的言论愤然离场，我本应朝他喊道："你还记得大马士革吗？还记得巴尔米拉吗？"说不定他会猛然惊醒，就像弗洛伊德的一个病人，在一次治疗过程中，突然发现自己把父亲的"撒尿尿"和马的搞混了，于是立刻感到如释重负——无论如何，这个"小汉斯"的故事都令人难以置信，我忘了他的真名但我知道这个人后来成为一名歌剧导演，并为使歌剧变成一种大众戏剧而奋斗一生，他对马的恐惧症后来如何了？好医生弗洛伊德把它治好了吗，我不知道，但愿他不再使用"撒尿尿"这个词了。为什么是歌剧？可能因为很少有"撒尿尿"出现在歌剧里，相比，比如电影而言——而且也很少有马。我拒绝陪同莎拉前往弗洛伊德故居，我故意赌气（或者用术语说，我抗拒）。她回来时神采飞扬，精神焕发，脸颊冻得发红（那天维也纳吹着瑟瑟寒风),我当时在沃蒂夫教堂①广场一角的马克西米利安咖啡馆里等她,一边读着《标准报》,很好地隐藏在报纸后面的角落里,凑合可以让人躲过进出咖啡馆的大学生和同事的目光,该报曾经编辑出版了一套《奥地利百部电影》影碟,并理应为这一义举(颂扬奥地利电影)得到嘉奖;影片系列中最早问世的当然包括《钢琴教师》,这部可怕的电影改编自同样可怕的作家艾尔弗雷德·耶利内克②的小说,正在我躲在《标准报》后面思量着这些稍显悲哀的事情时,莎拉光鲜亮丽、兴高采烈地从弗洛伊德故居凯旋:我脑子里马上把小汉斯、耶利内克的广场恐惧症和她想要割掉包括人和马在内的所有"撒尿尿"的愿望都混合在了一起。

莎拉有一个发现,对此很是兴奋;她推开报纸抓住我的手,她的手指冻得冰凉。

莎拉(激动,稚气):你知道吗?真是太惊人了,你能猜到弗洛伊德医生楼上女邻居的名字吗?

弗兰兹(困惑):什么?弗洛伊德的哪个女邻居?

莎拉(有点儿受打击):信箱上标着的。弗洛伊德住在一层。楼里还住着别的人。

弗兰兹(维也纳式的幽默):他们怕是要忍受那些歇斯底里患者的喊叫,肯定比我邻居的狗还要讨厌。

---

① 沃蒂夫教堂是维也纳的一座天主教教堂,毗邻维也纳大学。
② 艾尔弗雷德·耶利内克(Elfriede Jelinek, 1946—),奥地利犹太裔小说家、剧作家兼诗人,2004年诺贝尔文学奖获得者。

莎拉（耐心的微笑）：不，不开玩笑，你知道住在弗洛伊德家楼上公寓里的那位女士叫什么吗？

弗兰兹（漠不关心，有点儿傲慢）：不知道。

莎拉（胜利的喜悦）：告诉你，她叫汉娜·卡夫卡。

弗兰兹（蔑视）：卡夫卡？

莎拉（醉心的微笑）：我向你发誓。这真是一个绝妙的巧合。业力轮回。一切都是相互关联的。

弗兰兹（无耻的夸张）：这是法国女人典型的反应。维也纳有太多卡夫卡了，这个姓氏使用很广。我的水管工就叫卡夫卡。

莎拉（被我的胡扯激怒了，难堪）：但你得承认这还是很惊人的！

弗兰兹（妥协）：我骗你的。这当然很惊人。她也许是弗兰兹的祖辈也说不定。

莎拉（眉开眼笑，光彩照人）：是吧，哼？真是个……"神奇"的发现。

卡夫卡曾是她的偶像，也是她最钟爱的"人物"之一，如此在维也纳弗洛伊德故居的楼上与他擦肩而过就足以令她欢欣雀跃。她喜欢将世界解读为一连串的巧合，一系列的偶遇组成富有意义的整体、描绘出"轮回"，无常与表象的毛线球；她当然向我指出我的名字叫弗兰兹，与卡夫卡一样：我于是不得不向她解释，那也是我爷爷的名字，他叫弗兰兹·约瑟夫，因为他出生的日期，一九一六年十一月二十一日，也是那位同名皇帝①的驾崩之日；多亏我的父母开恩，没有将"约瑟夫"强加于我，这让她笑开了花——想象一下，你本来应该叫弗朗索瓦-约瑟夫②！（她好几次在写信或留言时直接称呼我弗朗索瓦-约瑟夫。庆幸的是妈妈没意识到她选择的名字遭到如此嘲笑，否则她会很伤心。）还好，我弟弟不叫马克西米利安③，而叫彼得，其中缘由我不得而知。妈妈总感觉，自从一九六三年来到维也纳，她就像是个被一位哈布斯堡王朝的年轻贵族带出乡村的法国公主，随丈夫一同来到他光鲜亮丽的首都享受繁华——她保留了很重的法国口音，老电影中的口音，我小时候曾为这种语调重音而深感自卑，其特点就是在所有句子里发重音、所有句子里的所有词都在最后一个音节发重音，而且还锦上添花地发出几个鼻化元音；当然，奥地利人觉得这种口音"很迷人，非常迷人"。至于那些大城市以外的叙利亚人，他们惊讶地发现外国人也会说出几个阿拉伯词，于是睁大了圆圆的眼睛，试着解开这些法兰克人异国风味的发音之谜；莎拉的阿拉伯语和波斯语比德语讲得好得多，还是得实话实说，而我总是听不得她讲我们的方言，也许，多么可怕的想法，是因为她的发音让我想起我的母亲。最好不要冒险走在这片湿滑的路面上，还是把这个领域留给那个好医生，卡夫卡女士楼下的那位

---

① 指弗朗茨·约瑟夫一世，奥地利皇帝兼匈牙利国王，奥匈帝国缔造者和第一位皇帝。
② 弗朗索瓦-约瑟夫是弗朗茨·约瑟夫的法文翻译。
③ 指马克西米利安一世，神圣罗马帝国皇帝，奥地利大公，也被称作"马克西米利安大帝"。

邻居吧。莎拉告诉我卡夫卡在布拉格，就像莫扎特、贝多芬或舒伯特在维也纳一样是个英雄；他拥有自己的博物馆，自己的雕像，自己的广场；旅游局组织卡夫卡观光游，人们可以购买这位作家的磁铁小肖像，以便带回俄克拉荷马的家里贴在他们的巨型冰箱上——不知道那些美国青年为什么如此迷恋布拉格和卡夫卡；他们三五成群，集结在捷克首都，在那里闲逛几个月，甚至几年，特别是从创意写作① 大学里毕业的那些明日作家；他们来到布拉格就像以前人们去巴黎，为了寻找灵感；他们在咖啡馆里更新博客，填满笔记本或将虚拟的页面涂黑，一升接一升地灌下捷克啤酒，我敢肯定他们中某些人十年以后还在老地方，依旧对他们的处女作进行最后的修改，那是预计将他们推向成功巅峰的小说或故事集——很幸运在维也纳我们看见的大都是美国老人，年长的夫妇前来游览数不胜数的宫殿，排队参观霍夫堡②，享用萨赫蛋糕③，去听一场音乐会（头戴假发身着古装的人们演奏的莫扎特）然后在夜色中漫步返回他们的酒店，手挽着手，感觉仿佛穿过整个十八和十九世纪，在可能从这些寂静冷清的巴洛克街巷中蹿出个江洋大盗将他们抢劫一空的恐惧的撩拨下生出几分惬意的兴奋，他们在此停留二三四天，接着前往巴黎、威尼斯、罗马或伦敦，然后返回他们位于达拉斯的别墅，将他们的照片和纪念品展示给惊羡的亲

---

① 原文为英语（creative writing）。
② 霍夫堡宫殿是维也纳最大的宫殿。
③ 萨赫蛋糕（Sachertorte），一种巧克力蛋糕，1832 年由弗朗茨·萨赫在维也纳发明。

友们。自夏多布里昂开始,人们旅行是为了讲述;人们拍下影像,作为记忆和分享的载体;人们解释说在欧洲"房间都那么狭小",在巴黎"酒店的整间客房比我们的浴室还小",令听众寒毛直竖——还有一缕嫉妒闪现在目光中,"威尼斯华丽而颓废,法国人异乎寻常的无礼,在欧洲所有的小店铺和超市,到处都卖葡萄酒",人们心满意足,见过了世面便可以安心死去了。可怜的司汤达,他不知道在出版《旅人札记》时,他发明的不只是一句话"感谢上天,他说,这一旅行不以统计或科学为目的",没有意识到他将后世的旅行者推向肤浅无聊的境地,而且还是,凭借天空的帮助。好笑的是这位司汤达不仅与旅客这个词联系在一起,而且连旅行者综合征也以他的名字命名;据说佛罗伦萨医院专门为在乌菲兹美术馆或老桥①前昏厥的外国人开设了一个精神科,一年要收治一百多号人,我记不清是谁告诉我在耶路撒冷有一个信仰狂热妄想者的特殊避难所,光是"看见"耶路撒冷就能让他们产生发热,眩晕,以及圣母、耶稣和所有可以想到的先知在他们眼前显圣的症状,在他们周围是因提法达和犹太教正统派,就像他们的阿拉伯同僚面对军人一样,他们用扔石头这种古老而"远古"的方式对迷你裙和低胸装开战,在他们周围是全世界所有的世俗和宗教学者,潜心研读着以各种古文字和欧洲各国语言写成的可敬的文本、《摩西五经》《福音书》,甚至《古兰经》,按照不同派别,

---

① 老桥(Ponte Vecchio)是佛罗伦萨市内一座中世纪建造的石拱桥,佛罗伦萨著名地标之一。

有德国、荷兰、英国和美国的新教徒，法国、西班牙、意大利的天主教徒，还包括奥地利、克罗地亚、捷克的天主教徒，以及一大群东正教徒，希腊人、亚美尼亚人、俄罗斯人、埃塞俄比亚人、埃及人、叙利亚人，所有的人都带着自己的合并教会版本，此外还要加上变化无穷的犹太教分支，革新的或没革新的，拉比的或非拉比的，还有穆斯林的各个教派，对于他们来说耶路撒冷没有麦加重要，但仍不失为圣地，也许仅仅因为他们不想将耶路撒冷留给其他宗教：所有这些学者，所有这些权威人士被集中到如此繁多的流派、科学报刊、评论批注里；耶路撒冷被翻译家、朝圣者、宗教经典阐释者和预言家瓜分，在他们周围是铺天盖地的商业展卖，卖披肩的、卖圣像的、卖神油和食用油的、卖橄榄木十字架的、卖神圣或不神圣的珠宝首饰的、卖宗教或世俗画像的，飞扬在永远纯净天空中的歌声是混杂了复调重唱与抒情民谣、虔诚的大合唱与士兵异教里拉琴的嘈杂噪音。在耶路撒冷应该看看熙熙攘攘人群的脚和他们五花八门的鞋：基督凉鞋（里面穿着或没穿袜子）、罗马凉鞋、皮靴、趿拉板儿、人字拖、鞋帮被踩扁的平底便鞋；朝圣者、军人或商贩低头看着耶路撒冷老城区肮脏的地面无需抬眼就能相互识别，在那里还能碰到光脚的，那变黑的脚至少是从本·古里安机场走来的，但偶尔也有更远的，肿胀的、绷带包扎着的、带血的、多毛的或无毛的、男性或女性的肢体末端——光是观察芸芸众生的脚丫子就可以在耶路撒冷花上好几天，低着头，眼睛向下看，做出一副痴迷谦卑的样子。

在耶路撒冷游客的癫狂陶醉面前，司汤达的佛罗伦萨眩晕简直就是小儿科。我自问弗洛伊德医生对这些心理紊乱会怎么看；我得问问莎拉，她擅长分析海洋感觉①和各种迷失自我——如何解释我自己的心灵冲动，这种力量，比如，在听音乐会的某些时候让我潸然泪下的力量，如此强烈如此短促，感到自己的灵魂触及到艺术中不可名状的东西，然后，在忧伤失落中惋惜那稍纵即逝的天堂体验？如何理解我在某些圣地，比如苏莱曼尼耶或大马士革的苦行僧小修道院里的失神？这么多谜团得等到下辈子才能解开了，就像莎拉说的——我想去找她那篇关于砂拉越的恐怖文章，再看一遍，确认在恐怖的外表下没有隐含对我们的故事、对上帝、对超验性的微妙暗示。对爱情的暗示。对施爱者与被爱者之间关系的暗示②。也许莎拉最具神秘主义的文章是这篇简单而大有教益的《东方主义是一种人文主义》，这篇献给易戈纳兹·格德兹合③和葛休姆·肖勒姆④的著作就发表在耶路撒冷大学的一份刊物上；我应该收在那边儿了，我要不要起床，起床就意味着黎明以前不再有入睡的可能了，我了解自己。

---

① 海洋感觉，是一个源自罗曼·罗兰、后被弗洛伊德广泛提出的心理用词，用来形容一种"感到无界限，犹如海洋的感觉"，特别适用于宗教信仰中。
② 指哈菲兹的诗集《爱情、施爱者与被爱者》。
③ 易戈纳兹·格德兹合（Ignác Goldziher，1850—1921），匈牙利的伊斯兰研究专家，欧洲东方主义科学的奠基人之一。
④ 葛休姆·肖勒姆（Gershom Scholem，1897—1982），德国犹太历史学家和哲学家，从事卡巴拉和犹太神秘主义的研究。

我可以试着再睡一会儿，放下眼镜和那篇巴尔扎克文章的单行本，咦，我的手指在黄色的封面上留下了印记，忘了汗水是酸性的，会印在纸上；可能是发烧使我的手指出汗，我的手的确是潮湿的，但暖气没开，我也没觉得热，我额头上也有几滴汗珠，就像是血——猎人们管猎物的血叫"汗"，在奥地利打猎的时候，没有血只有"汗"，我唯一一次陪叔叔打猎时看见过一只胸部受伤的狍子，一群猎犬在它面前狂吠却不靠近它，猎物颤抖着用蹄子刨着土，一个猎人在它的胸部插进了一把刀，就像在一篇格林童话里，但那不是格林童话那是一个戴着鸭舌帽的高大粗暴的男人，我对叔叔轻声说"那只可怜的动物，本来也许是可以救活的"，这个怪异而幼稚的自然流露让我的后脑勺狠狠挨了一巴掌。猎犬舔着落叶。"它们在找血"，我说着感到很恶心；我的叔叔阴郁地瞪着我，愤愤地说："这不是血。没有血。这是汗。"猎犬都训练得很好，不擅自靠近将死的狍子；它们仅满足于默默地舔食落下的液滴，那些它们穷追不舍的踪迹，受伤的走兽在拼死挣逃中流失的"汗水"。我以为自己要吐了，但没有；人们背着死狍子往停车的方向走，它的头左右摇摆着，我一直朝地上看，看着那些小树枝、栗子和橡树子，躲着那些在我想象中从动物被刺穿的心脏流出的"汗"滴，一天，在取血实验室，当护士将松紧止血带扎在我的二头肌上时，我掉转目光大声说："这不是血。没有血。这是汗。"那位年轻女士肯定以为我是个疯子，这是毋庸置疑的了，正在这时我的手机响了，就在她正要将抽血工具插入我的血管中时，我的电话在桌上的外套里,"跟着士兵来换岗啊,我们来到广场上"以诡异的电子铃声响彻整个医务所;这部从来不响的机器恰恰选择这个时刻怪声高唱《卡门》,而这时那位女士正要让我"出汗"。电话离我就五米,可我却被止血带捆住,并准备好被插入针尖,我从没遇到过如此窘迫的事——护士迟疑了一下,针管举在空中;士兵还没换完岗,比才充当了这一羞辱的同谋,抽血人问我是否要接,我摇摇头,我还没来得及别的地方她就已经刺中了我;我看见那金属插入我鼓起的蓝色静脉,感觉到止血带弹开,流入针管的血仿佛在沸腾,"跟着士兵来换岗啊",一部电话能响多久,我的"汗"黑得就像我批改学生作业用的红圆珠笔透明笔管里的笔油,"我们来到广场上",所以这一切永远也不会结束,有时人生漫长,T.S.艾略特这样说过,如此漫长,"跟着士兵来换岗啊",护士拔出了塑料血样管,电话终于沉默了,而她则无情地将第二支血样管插了上来,只让针头在我胳膊上无依无靠地晃荡了几秒钟。

这不是血,没有血,这是"汗"。

还好我不流血,但这还是挺让人担忧的,像这样夜间出汗,发烧。

卡夫卡,他咳血,那肯定也挺痛苦的,那些留在他手帕上的血迹,真可怕;一九〇〇年时,据说维也纳有四分之一的人死于肺结核,是否是这种疾病令卡夫卡如此平民化并导致了对他人格的"误解",也许吧。在卡夫卡最后几封可怖的信中(从位于多瑙河畔的克洛斯特新堡的基尔林结核病疗养院写给马科斯·布罗德的),他在其中一封信中写道:"这一夜我无缘无故地哭了好几次,我的病友夜里死了",两天以后弗兰兹·卡夫卡也去世了。

　　肖邦、卡夫卡,这恶疾,但别忘了,还是多亏了它才有了《魔山》——没有偶然,伟大的托马斯·曼曾是布鲁诺·瓦尔特在慕尼黑的邻居,他们的孩子曾在一起玩耍,这是他的儿子克劳斯·曼在他的回忆录里讲道的,这些伟人们好像是个大家庭。莎拉当然提出了所有这些将她的"人物们"串在一起的小关联:卡夫卡带着他的两部短篇小说出现在莎拉的论文里,《在流放地》和《亚洲胡狼与阿拉伯人》;对莎拉来说,卡夫卡式的"移位"在很大程度上源于他的边境身份、对日薄西山的奥匈帝国的批判,以及在此之上,源于将"他性"视为"自我"的组成部分、视为矛盾的沃土来予以接受的必要性。另一方面,殖民主义的不公(她这篇论文的独到之处就在这里)与"东方主义"的学问保持着卡夫卡小说中胡狼与阿拉伯人之间的关系;他们也许是不可分割的,但一方的暴力不应被算在另一方的头上。在莎拉看来,将卡夫卡看成是一个迷失在官僚体制中的体弱多病、心情抑郁的浪漫主义者是一个绝对的谬误——这便是忘记了他清醒睿智中最核心的玩笑、嘲弄、愉悦。被变为观光产品,可怜的弗兰兹今天只是资本主义大获全胜的一副面具,这一现实令莎拉如此悲哀,她甚至在卡夫卡刚刚现身沃蒂夫教堂广场一角的马克西米利安咖啡馆后拒绝前往克洛斯特新堡,去看看这位布拉格作家一九二四年去世时居住的结核病疗养院遗址。乘坐城际快车对我并不很有吸引力,于是我没有坚持,尽管为了让她高兴，我本已经准备好前往那个优雅的市郊，在那我可以预感到的凛冽寒风中将自己的那话儿冻僵。

"这不是血，没有血，这是"汗"。

或许我应该坚持，因为替代方案看上去至少同样痛苦；我知道莎拉对极端恐怖东西的热情，尽管当初这种对死亡和尸体的兴趣没有像今天如此活灵活现地表露出来。我已经被迫忍受了解剖学模型的阴森展览，现在她又将我带到了运河对岸的利奥波德城，到一家"马格里斯在《多瑙河》中提到的"一直令她神往的博物馆去——犯罪博物馆，没错就是它，我听说过但从没想去过：货真价实的维也纳警察局官方博物馆，恐怖不变，恶魔依旧，被击碎的头骨和肢解尸体的照片，你想要多少就有多少，我自问她为什么对我家乡的五脏六腑感兴趣，而我其实有那么多美好的东西可以向她展示，莫扎特的故居、美景宫、利奥波德·卡尔·穆勒（绰号埃及人或"东方-穆勒"）的画作，他与鲁道夫·恩斯特和约翰·维克多·克莱默并称为奥地利最杰出的东方主义画家，还有那么多有关我的东西，我童年的街区，我的中学，我祖父的钟表店，等等。巴尔扎克在维也纳参观了些什么呢，除了那些战场和可以搜寻德国军装版画的书店，我们知道他曾向哈默尔借用他的侍从，陪他游逛，但我们对他的出游印象知之甚少；我得找一天把《致外国女人的信札》从头到尾好好读一遍，那至少是个结局好的爱情故事，耐心等待了十五年，十五年。

躺在黑暗中，我真的需要极大的耐心，让我们平静地呼吸，躺在午夜深沉的寂静中。不要去想阿勒颇男爵酒店那扇房门，不要去想叙利亚，旅行伙伴之间的亲近，躺在阿勒颇男爵酒店隔墙另一侧房间里的莎拉的身体，二层宽敞的房间，阳台面对着男爵大街（原高洛德将军①大街）是与解救门和旧城区只有两步之遥的喧嚣主干线，连接二者的小巷里随处可见汽车机油和羊血的污迹，挤满了汽车修理工、小饭馆、流动小商贩和卖果汁的；一到黎明，阿勒颇的阳光便穿透百叶窗渗入屋中；陪伴着它的是木炭、柴油和牲畜的气息。对于大马士革来的人，阿勒颇很有异国情调；可能更加兼收并蓄，更加接近伊斯坦布尔，这里有阿拉伯人、土耳其人、亚美尼亚人、库尔德人，距离安塔基亚②只有几里路，后者是圣徒和十字军东征的故土，位于奥龙特斯河③与幼发拉底河的河道之间。阿勒颇是一座石头之城，连绵不断、迷宫一般的棚屋集市通过一条缓坡连接着一座易守难攻的城堡，它也是一座现代之城，公园与花园建在火车站的周围，火车站处在巴格达铁路④的南线上，这条铁路在一九一三年便可在一周内从阿

---

① 高洛德（Henri Gouraud，1867—1946），法国将军，曾任黎凡特地区法国代表和军队司令。
② 安塔基亚（Antioche），土耳其哈塔伊省的一座城市，靠近叙利亚边境。
③ 奥龙特斯河（Oronte），中东地区一条跨国河流，发源于黎巴嫩的贝卡谷地，向北流经叙利亚、土耳其，在土耳其的安塔基亚北部萨曼达注入地中海。
④ 巴格达铁路由德国于1903年至1940年修建，总长1600公里，将土耳其与伊拉克连通。

勒颇途经伊斯坦布尔和科尼亚①到达维也纳；乘坐火车到来的旅客都下榻男爵酒店，后者在阿勒颇相当于伊斯坦布尔的佩拉宫酒店——掌管酒店的亚美尼亚人（在一九九六年我们第一次入住时）是酒店创建者的孙子，他没有见过令酒店声名远扬的那些显赫的宾客：阿拉伯的劳伦斯、阿加莎·克里斯蒂、费萨尔国王②都曾在这座建筑中就寝，它带有奥斯曼尖形窗框，宏伟的楼梯，磨损的老地毯和陈旧的房间，房间内还摆放着没有用的黑色拨盘电话和带狮爪的金属浴缸，每次打开水龙头浴缸的水管就发出重机枪扫射的响声，四周是褪色的壁纸和锈迹斑斑的床罩。衰败之美，莎拉说道；她很荣幸能够在这里与安娜玛丽·施瓦岑巴赫的影子重逢，这位漂泊不定的瑞士女子带着她的忧郁行进至此时正值一九三三年至一九三四年的冬季——魏玛共和国最后的遗迹垮塌了，"一个民族、一个帝国、一个元首"③在德国全境的上空回响，年轻的安娜玛丽于是疯狂旅行，以逃避席卷全欧洲直至苏黎世的悲哀。一九三三年十二月六日，安娜玛丽到达阿勒颇，入住男爵酒店；当莎拉在一张布满灰尘的发黄纸页上发现这位女游客清秀简洁的笔迹时（用法语填写的入住登记），她不禁欣喜若狂——在酒店大堂内举着登记簿挥动，对酒店档案冒出知名姓氏像火车头冒烟一样司空见惯的酒店老板和雇员眼中

---

① 科尼亚（Konya），土耳其科尼亚省的首府。
② 指费萨尔一世（1885—1933），大叙利亚国王（1920）和伊拉克国王（1921—1933）。
③ 德国纳粹的宣传口号。

闪着笑意;经理无缘见到这位已经死去的瑞士女性,但却感谢她让自己获得了如此热烈的情感表达(没人能够对莎拉的魅力无动于衷),他看上去打心底为点燃这激情的发现感到高兴,以至于他也加入我们在酒店吧台的庆贺中来:酒店前台的左侧设有一个小空间,里面摆满了老旧的单人扶手皮沙发和几张深色木桌,配有一条铜杆的吧台和包着皮套的高脚圆凳,一派新英式风格,在丑陋上与第二帝国的东方主义客厅难分高下;吧台后面,一个尖顶的大型壁龛里设置有深色的格架,上面拥挤地陈列着二十世纪五六十年代的品牌推销物品,从尊尼获加①的瓷器,到同样材质的猫,再到野格力娇酒②的旧酒瓶,而在这一满是灰尘的平庸展台的两侧,不知为什么,一边吊着一个空子弹带,仿佛它们才刚用于狩猎想象中的山鸡和它们无精打采包围着的陶瓷矮人。晚上,夜幕一降临,吧台周围就汇集了酒店的住客和住在其他地方的游客,来喝上一杯啤酒或亚力酒③,后者散发的茴香味,混合着花生米和香烟的味道,成为背景中唯一的一缕东方风情。小圆桌上都堆放着各种旅游指南和照相机,可以从客人们的对话中隐约听到 T.E. 劳伦斯、阿加莎·克里斯蒂和夏尔·戴高乐的名字——我记得莎拉坐在吧台前,穿着黑色丝袜的双腿

---

① 尊尼获加(Johnnie Walker),又译作"约翰走路",苏格兰威士忌。
② 野格力娇酒(Jägermeister),也译作"野格圣鹿",德国下萨克森产的药草开胃酒。
③ 亚力酒(Arak),中东和北非地区的传统蒸馏酒,具茴香味且不甜的茴香酒。

交叉在高脚圆凳上,茫然出神,我知道她在想安娜玛丽,那个瑞士的女记者兼考古学家:她想象安娜玛丽六十年前曾在此地,呷着一杯亚力酒,刚刚的热水澡洗净了路途上的灰尘暴土;她当天才从安塔基亚和伊斯肯德伦①之间的考古发掘现场赶回来。深夜,她给克劳斯·曼写了一封信,就是我曾帮莎拉翻译的那封;信的笺头就是这家当时就已经散发着怀旧和衰败气息的男爵酒店,就像它今日散发着炮弹和死亡的气息——我想象那些关闭的百叶窗,百叶窗上布满弹孔;街上,士兵们像龙卷风般跑过,平民们竭尽所能地躲避狙击手和打手;解救门变成一片废墟,广场上满是瓦砾;棚屋集市被烧毁,华丽的商队宿店已变得焦黑,部分倾倒,倭马亚王朝清真寺没有了尖塔,石块撒落在院子里碎裂大理石地面上,到处都可以闻到蠢行与悲哀的气味。那时在男爵酒店无法预见到内战将会吞噬整个叙利亚,尽管独裁政权的暴力四处显现,如此明显以至于人们更愿意将它忘记,因为警察制度给当地的外国人带来了某种安乐,从德拉②到卡米什利③,从可萨博④到库奈特拉⑤,到处充斥着一种憋闷的、沉默的平和,一种由隐藏的仇恨和被枷锁压弯的命运发出低吟的平和,所有的

---

① 伊斯肯德伦是土耳其的城市,位于南部地中海沿岸,法语中被称作"小亚历山大"(Alexandrette)。
② 德拉(Deraa),叙利亚南部城市,德拉省省会,靠近约旦边境。
③ 卡米什利(Qamishli),叙利亚东北部的一个城市,靠近土耳其边境。
④ 可萨博(Kessab),叙利亚西北部的一个村庄。
⑤ 库奈特拉(Quneytra),叙利亚西南部库奈特拉省的旧首府。

外国学者也都心甘情愿地服从这一枷锁的管束,所有那些考古学家、语言学家、历史学家、地理学家、政治学家,所有人都享受着大马士革或阿勒颇沉重的平静,我们也是,莎拉和我,当我们在男爵酒店读着忧郁天使安娜玛丽·施瓦岑巴赫的信,吃着白皮的南瓜子和带着浅棕色硬壳、窄长形的开心果,我们享受着国父哈菲兹·阿萨德①统治下叙利亚的平静——我们是何时去的大马士革?我应该是在初秋到的;莎拉在那边已经待了几个星期了,她热情地迎接了我,还让初来的我在她位于查兰的小公寓里住了两晚。大马士革机场不是个好客的地方,里面尽是嘴上留着髭须、裤子的裤线一直延伸到肚脐眼的面露凶光的家伙,我们很快就了解到他们便是政权的爪牙,就是众所周知的"玛哈帕拉达"②,数不胜数的情报人员和秘密警察:这些高尖领衬衣都开着饰有阿萨德全家福肖像的标致五〇四旅行车或览胜越野车,甚至有一个笑话讲道,曾经有个生活在特拉维夫的叙利亚精英间谍,多年后最终还是落入了以色列情报机关的手中:他将内塔尼亚胡和他公子们的照片贴在了后车窗上——这个故事让我们捧腹大笑,我们这些在大马士革的东方学家,代表了所有研究学科,历史、语言学、人种学、政治科学、艺术史、考古学,甚至还有音乐学。在叙利亚什么都有,从研究阿拉伯女性文

---

① 哈菲兹·阿萨德(Hafez el-Assad,1930—2000),叙利亚前总统,统治叙利亚长达三十年。
② "玛哈帕拉达"(mukhabarat),指情报机构。

学的瑞典专家,到阿维森纳①的加泰罗尼亚典籍注释家,他们中大多数人都以各自的方式从属于某个驻大马士革的研究中心。莎拉从法国阿拉伯研究所获得了资助,以便开展几个月的研究工作,这个庞大的机构里汇集了数十个欧洲人,当然有法国人,但也有西班牙人、意大利人、英国人、德国人,而这个小世界在进行博士或博士后的研究之余,还积极投入到语言学习中。延续最纯粹的东方主义传统,所有人都在一起接受培训:未来的学者、外交家和间谍肩并肩地坐在同一屋檐下,共同沉醉于阿拉伯语语法和修辞的乐趣中。当时甚至有一个罗马天主教的年轻教士,丢下自己的堂区民众,专心学习阿拉伯语,现代版的旧式传教士——全加起来,有五十几个大学生和二十多个研究员享受这家研究所的设施,特别是它宏大的图书馆,创建于叙利亚法国托管时期,这间图书馆的空气中还笼罩着殖民时期罗伯特·蒙塔涅②或亨利·拉伍斯特③的影子。莎拉很高兴置身于这些东方学家中间,对他们进行近距离观察;我有时感觉她似乎在描述一个动物园,一个笼子里的世界,里面的很多人陷入迫害妄想症之中,失去了基本的常理,在同事之间激起极大的怨恨,还有疯狂和各种各样的病症,湿疹、狂信、偏执、研究障碍,

---

① 阿维森纳(Avicenna,980—1037),塔吉克人,生于布哈拉附近,波斯哲学家、医学家、自然科学家和文学家。
② 罗伯特·蒙塔涅(Robert Montagne,1893—1954),法国东方学家、人种学家和人类学家。
③ 亨利·拉伍斯特(Henri Laoust,1905—1983),法国东方学家。

后者让他们工作、工作再工作，撸起袖子伏案数小时却毫无成果，什么也挤不出来，除了脑袋上的蒸汽，从这古老研究所大楼的窗口冒出，旋即消散在大马士革的空气中。某些人夜间在图书馆游荡；他们在书架之间来回踱步数小时，希望书上的知识自行流出，将科学灌输到他们心中，并最终在清晨时分因绝望瘫倒在一个角落里，直到图书馆员在开馆时将他们摇醒。另有一些人更具颠覆性；莎拉告诉我有一个年轻的罗马尼亚研究员不厌其烦地将某种易变质的食品（通常是一个柠檬，但偶尔也有整个西瓜）隐藏在特别难够到或被人遗忘的整排书籍后面，好看看工作人员是否能通过气味找到正在腐烂的目标，这最终引起了管理部门的强力反击：他们贴出公告禁止"携带任何有机物进入库房，违者终身禁止入内"。

图书馆的那位管理员，热情友善，有着一张晒成棕褐色的冒险家的脸，专门研究阿拉伯水手旧时用作航海日志的诗篇，他常常梦想扬帆远航，乘坐一艘载满巧茶和乳香的阿拉伯帆船，在印度洋的繁星之下，遨游在也门与桑给巴尔群岛之间，他喜欢与所有经常出入图书馆的读者分享他的梦，不管他们是否具有水上运动的初级知识：他总是讲述他在海上迎战的那些暴风雨和他侥幸逃过的那些海难，而这一切在大马士革（习惯上这里的人更关注商队的骆驼和沙漠中贝都因人完全停留在陆地的劫掠）是如此美妙而遥远。

那些机构的院长原来都是大学教授，一般不太擅长统领如此庞大的机构；通常只把自己在办公室里一关，沉溺于贾希兹①或伊布·塔米亚的全套作品中,消磨时光,让他们的副官去操持知识工厂的生产组织工作。

叙利亚人用戏谑的目光冷眼看着这些有志学者在他们的首都闲逛,与伊朗伊斯兰共和国对研究活动的吹毛求疵不同,哈菲兹·阿萨德政权慷慨地给予这些研究人员,其中包括考古学家,无上的平静。德国人在大马士革有他们的考古研究所,比尔格,我的房东(让我悲哀的是莎拉的公寓太小,不能让我久居)就在那儿任职,令人肃然起敬的德国东方学会②在贝鲁特开设的著名的东方研究所③就是由古兰经专家、同样令人肃然起敬的安杰丽卡·纽维尔特主持的。比尔格在大马士革遇见了一个波恩的同学,斯蒂芬·韦伯,奥斯曼艺术与城市化专家,我已经很久没见到他了;不知道他是否还在领导柏林佩加蒙博物馆的伊斯兰艺术部——当时韦伯在旧城区市中心租住着一栋华美的阿拉伯住宅,就在多马之门④基督教街区的一条小巷里;那是一栋传统的大马士革建筑,配有宽阔的庭院,黑白石砌成的喷泉,一扇"伊万门"⑤,楼上有一条走廊,这栋住宅令整个东方学家小圈子羡慕不已。莎拉,就像所有人一样,十分欣赏这个讲着完美的阿拉伯语并

---

① 贾希兹(Al-Jahiz,776—867),阿拉伯作家和百科全书编写者。
② 原文为德语。
③ 原文为英语。
④ 多马之门(Bab Tuma),大马士革古城墙上的一座城门,是早期基督教的地理地标,名字来自于耶稣的十二门徒之一多马。
⑤ 伊万门(iwan),源于波斯的拱门,特点是在一座长方形的建筑正面打开一个拱门。

拥有傲人的奥斯曼建筑知识的斯蒂芬·韦伯,这两个优点引来了比尔格的嫉妒和隐隐的仇视,因为他在能力和傲人方面,只能忍受他自己。比尔格的寓所与他本人很般配:浮华且超大。房子位于吉斯尔阿比亚德的"白桥":坐落在卡松山上坡开始地段的这一高档住宅区毗邻总统府和政府要员的官邸,它因巴拉达河支流上的一座桥得名,河上很少见到有人划桨泛舟却更多用于排放生活垃圾,但狭窄的河岸上种了些树木,如果铺设了名副其实的便道,本可以成为一个惬意的散步场所。"比尔格府邸"完全以沙特或科威特品味装饰:从门把手到水龙头,一切都被漆成金色;天花板在新洛可可的线脚负重下都快要垮塌了;所有沙发表面都覆盖着黑色和金色的织物。卧室配有虔诚的闹钟:如果忘记拔掉电源,这些麦地那先知寺的微缩模型将在黎明时分用鼻音很重的语调唤拜。宅子里有两间客厅,一间餐厅,里面的餐桌(还是黑色和金色,桌脚饰有闪亮的棕榈叶)可宴请二十人,还有五间卧室。夜里,如果不幸搞错了开关,数十只管状荧光壁灯将整个公寓笼罩在浅绿色的灯光中,并在墙上映出真主的九十九个名字,在我看来绝对恐怖的这个神迹却令比尔格喜不自胜:"最美莫过于科技带来的花里胡哨。"两个露台呈现着大马士革城市和绿洲的壮丽全景,在那里的清风中用早餐或晚餐实在是无上的享受。除了寓所和汽车,比尔格的配套待遇还包括一名厨师和一个勤杂工;厨师至少一周来三次,以准备国王比尔格款待宾客的宴会菜肴;勤杂工(二十岁、风趣、机灵、随和,来自卡米什利的库尔德人,比尔格就是在那儿的一个发掘地将他收编的)名叫哈桑,睡在公寓厨房后面的一个小房间里,负责所有家务,采购、清洁、洗衣,鉴于他的主人(说"他的雇主"让我觉得有点儿别扭)常常不在家,他有很多闲暇时间;他在歌德学院学习德语并在大马士革大学学习考古学,他告诉我,比尔格(被他当做半神一般尊崇的人)给他提供了这样的条件让他可以在首都继续学业。夏天,在考古发掘最为忙碌的时段,这个可爱的总管大学生重新回到挖掘工的岗位,陪伴他的导师前往耶兹拉的工地现场,在那里他拿起铁锹,这是当然,但也参与瓷器的分拣和绘图工作,在这项令他着迷的任务中他逐渐崭露头角:只要瞟一眼微小的破片就能识别出红精陶器①、粗制陶器或伊斯兰彩釉陶器。在勘探尚未发掘的遗址土墩时,比尔格总是带上他,而这一密切的关系不免招惹了一些闲言碎语——我记得人们在提到这一对主仆时的猥琐眼神,还有那些像"比尔格和'他的'学生"或甚至"腓特烈大帝和他的男宠"这样的言辞,这很可能是因为哈桑的确年轻英俊,也因为东方主义不仅牵涉到同性恋,而且从广义上也牵涉到强对弱、富对贫的性支配。我今天觉得,对于比尔格来说,不同于别人,他所感兴趣的不是享用哈桑的身体,而是纳瓦布②的形象,是他从自己的慷慨宽厚中所看到的全能施恩者的形象——在大马士革借住他家的三个月中,我从没见到他们之间有任何身体

---

① 红精陶器是古罗马餐桌上使用的一种精致瓷器。
② 纳瓦布是印度莫卧儿王朝的部落首领。

上的亲密表现，一丝一毫都没有；一有机会我就驳斥那些关于他们的谣言。比尔格想要效仿旧时的考古学家，施里曼①、奥芬海姆②、迪约拉富瓦③；没人看到，没人能够看到，这些梦想正在变成一种疯狂，当然比起他今天的症状当时这疯狂尚且温和，比尔格，这位考古学家之王曾经是个温柔的痴人，现在却是个狂躁的疯子；好好回想一下，所有这一切在大马士革就已经注定了，从他的大方和夸张过度就可以看出：我知道虽然他拿着高得惊人的薪水，回到波恩时他却负债累累，对此他很自豪，他自己说过，为将所有的钱都挥霍一空而自豪，他把钱都花在了奢华的招待会、他追随者们的酬劳、神奇皮拖鞋、东方地毯，甚至花在走私的古董上，特别是从阿勒颇的古董商那里购买的古希腊和拜占庭钱币。最要命的是，作为一个考古学家，他，就像施里曼，将他的宝贝展示给自己的宾客，但他并没有偷窃他发掘的遗址——他只是，他说道，从市场上"回收"一些物品，"使它们不会从此绝迹"。他向他的客人呈现这些钱币④，向他们解释铸造它

---

① 施里曼（Heinrich Schliemann，1822—1890），德国商人和考古爱好者。出于一个童年的梦想，他毅然放弃了商业生涯，投身于考古事业，使得荷马史诗中长期被认为是文艺虚构的国度（特洛伊、迈锡尼和梯林斯）重现天日。
② 奥芬海姆（Max Freiherr von Oppenheim，1860—1946），专门研究古代史的德国历史学家、考古学家、东方学家、文化资助者和间谍。
③ 迪约拉富瓦（Marcel-Auguste Dieulafoy，1844—1920），法国考古学家。
④ 原文为拉丁文（nomismata）。

们的那些皇帝的生平，福卡斯①家族、科穆宁王朝②，给出这些钱币最有可能的发源地，通常从北方死去的城市③流出；年轻的哈桑负责日日维护这些闪亮的珍宝；他将它们抛光，以和谐的方式摆放在黑绒展示台上，完全没有意识到它们可能带来的巨大危险：比尔格很可能会因此陷入丑闻，被驱逐出境并看着他那些昂贵的玩艺儿被没收，但哈桑如果被抓，恐怕就要跟他的学业，甚至一只眼睛、几根手指和他的清白永别了。

比尔格的高谈阔论总蕴含着某种卑鄙无耻的东西：仿佛一个披着金狐狸或白鼬皮大衣的环保斗士向人们解释为什么以及如何保护动物，并同时配以古罗马占卜官恢宏的手势。那是一个弥漫着酒气和尴尬的晚会，所有在场的人（年轻学者、基层外交人员）在黑色的沙发和绿色荧光灯的包围中，都很难为情，当时比尔格站在宾客围成的半圆中央，以酒精作用下变得迟钝的口齿，开始大声宣讲他的考古学十诫，基于哪些绝对客观的理由应将他视为最有能力的驻叙利亚外籍学者，以及如何在他的推动下科学将"向未来跃进"——年轻的哈桑，在他身边席地而坐，向他投去钦佩的目光；比尔格手里的空威士忌酒杯，在他手势的作用下，不时将冰块融化的液滴溅到叙利亚小伙子褐色的头发上，对于

---

① 福卡斯（Phocas，547—610），东罗马帝国皇帝。
② 科穆宁王朝（Comnènes），东罗马帝国的一个重要王朝。
③ 也称占代村洛，是一群位于叙利亚西北部的石灰石高地、发源于古典时代晚期和拜占庭时期的村庄。

这可怕的异教洗礼，年轻人似乎一点儿都没有察觉到，完全沉迷于对主人面容的凝视中，全神贯注尽力听懂他那讲究得近乎卖弄的英语。我给莎拉（她没有目睹）讲述了这一圣经式的场景，她竟不相信我的话；像往常一样，她以为我是在夸大其词，我费了九牛二虎之力才说服她这一幕的的确确发生过。

无论如何，多亏了比尔格才有了我们那些美妙的出游，特别是在巴尔米拉和鲁萨法之间我们在一顶贝都因人的帐篷里度过的一个夜晚，那一夜天空如此纯净，密布的繁星一直倾泻到地面，倾泻到比视野更低的地方，一个在我的想象中只有水手，在夏季当海面如叙利亚的荒漠①一般平静而黑暗时，可以见到的夜晚。莎拉十分欣喜可以亲身体验（除了一些细节上有别于她们）安娜玛丽·施瓦岑巴赫或玛尔嘉·当杜兰六十年前在法国托管的黎凡特所完成的历险；她到那里去就是为了这个；她在阿勒颇的男爵酒店向我坦言，她感到了安娜玛丽一九三三年十二月六日在同一地点给克劳斯·曼的信中所写到的：

在这奇异的旅行中，我常常因为疲劳或饮酒而感觉到一切都变得模糊：昨天什么都不剩了；连一张面孔都不复存在了。这令我非常恐惧，也令我十分感伤。

---

① 原文为阿拉伯语的法语拼写（badiyé）。

安娜玛丽接着提到了艾丽卡·曼①在这悲情背景中"坚定不渝的形象",她猜想作为艾丽卡的弟弟,克劳斯·曼应该知道她在这黯然神伤中扮演的角色——她除了继续旅行别无选择,在欧洲她能去哪儿?曼一家也将被迫开始流亡的生涯,并最终在一九四一年移居美国,很可能如果她当初能够下定决心逃离瑞士虚妄的幻想和她母亲的控制,安娜玛丽·施瓦岑巴赫就不会在一九四二年这一愚蠢的自行车事故中丧命,并因此被永远定格在三十四岁的青春年华中——她在这首次的中东之旅时只有二十五岁,跟莎拉差不多。在我们到达阿勒颇的第一个晚上,在男爵酒店安顿下来并庆祝了对安娜玛丽的登记签字的发现后,就前往吉戴迪吃晚饭,那是老城区的一个基督教街区,里面的传统房屋都逐渐得到修缮并翻建成奢华的酒店和餐厅——它们中最古老最知名的当属刚进入一条小窄巷、面对一个小广场的茜茜之家,这让莎拉笑了个够,她对我说"我的小可怜,你被维也纳和弗兰兹·约瑟夫盯上甩也甩不掉了②,认命吧",而且执意要在这里用餐:我得承认,尽管我不是人们称为的享乐主义者也不是美食家,但餐厅的环境、菜肴和绝佳的黎巴嫩葡萄酒(特别是莎拉的陪

---

① 艾丽卡·曼(Erika Mann,1905—1969),作家托马斯·曼的大女儿,德国女作家、演员和歌手,曾与安娜玛丽·施瓦岑巴赫有过恋爱关系。
② 茜茜,全名伊丽莎白·阿马利亚·欧根妮(Elisabeth Amalie Eugenie,1837—1898),被称为"奥匈帝国的伊丽莎白"或"奥地利的伊丽莎白",弗兰茨·约瑟夫一世的妻子。

伴，她的美貌在奥斯曼拱廊内院、砖石、织物、木质窗格花纹的烘托下更显妩媚动人）将这晚深深印在了我的记忆中；我们有如君主一般，西方的君主受到东方最高规格的款待和礼遇，精致考究、殷勤周到、美妙的倦怠，这个整体，正如我们青春时代在东方神话基础上建立的形象，让我们仿佛终于置身于《一千零一夜》已然消失却又只为我们二人重现的土地上：在这初春的夜晚，没有外国人来破坏这独享的氛围；与我们共餐的是一个富有的阿勒颇家族，在此为一位老家长庆生，家族中的女人们，珠光宝气，穿着白色花边的衬衣和传统的黑色毛线外套，不停地对莎拉微笑。

鹰嘴豆泥、茄子酱①和烤肉感觉比大马士革的好，超凡脱俗，令人耳目一新；干辣香肠②更具乡野风味，土耳其风干肉③的香气更浓郁，而贝卡的琼浆比普通的酒更上头。

我们由学生小路往回走，漫步在半明半暗的小巷和关闭的集市中——今天所有这些地方都在战争的肆虐下，燃烧着或已然烧焦，商店的卷帘门在火灾的热浪中变形，马龙教派主教辖区的小广场被垮塌的房屋占领，它那神奇的双钟楼红瓦拉丁教堂在爆炸中损毁：是否阿勒颇再也无法恢复往日的辉煌了，也许吧，没人知道，但我们在那里的逗留在今天看来是个双重的幻梦：一方面被岁月洗刷，另一方面被战争的

---

① 原文为阿拉伯语的法语拼写（moutabbal）。
② 原文为阿拉伯语的法语拼写（soujouk）。
③ 原文为阿拉伯语的法语拼写（bastourma）。

毁灭清除。一个与安娜玛丽·施瓦岑巴赫、T.E. 劳伦斯和男爵酒店的所有客人,那些死去的名人和被遗忘的人一起做的梦,与他们同坐在吧台边圆形皮座的高脚凳上,面对着带广告的烟灰缸和两个奇怪的狩猎子弹带;一个阿勒颇音乐的梦,里面有歌声、鲁特琴声、齐特拉琴声——最好还是想点儿别的,翻个身入睡才好抹去,抹去男爵酒店、阿勒颇、火箭弹、战争和莎拉,还是试着挪动枕头,与她重逢在神秘的砂拉越——这个困在婆罗洲丛林和中国南海海盗之间的地方。

  天知道这个旋律随着哪根线进入我的脑子里;现在就算闭上眼睛深呼吸我的大脑也要想事情,我内心的音乐盒也要在最不适宜的时刻运转,这是否是疯狂的预兆,我不知道,我听见的不是话音,而是交响乐队、鲁特琴和歌声;它们充斥着我的耳朵和记忆,自行响起就好像一波躁动平静下来,被第一波挤压着的另一波又涌入意识中——我知道那是费里西安·大卫《沙漠》的一个乐章,或者也不确定,我好像知道这个费里西安老先生,第一位重要的东方音乐家,被大众遗忘的他却曾全身心投入到东西方的联系中,不去理会战争或殖民部长的斗争,今天他的作品很少演奏,几乎没有录音,但在当时那个年代他曾是众多作曲家崇拜的偶像,因为他仿佛"打破了某种东西",似乎引发了"一个全新的轰鸣",一个"前所未有的高音",费里西安·大卫生于法国南部,沃克吕兹或鲁西永,死于(这个我很确定,因为死在这个地方实在太冤了)圣日耳曼昂莱,巴黎近郊的糟糕市镇,市镇的一切生活都围绕着一座城堡,里面打磨锋利的火石和高卢人特有的碎石都堆到了窗框上,费里西安·大卫一八七六年也死于肺结核，一个圣徒，因为所有的圣西门①主义者都是圣徒，是疯子，疯子也是圣徒，就像伊斯迈尔·余尔班②，首位阿尔及利亚的法国人，或首位法国的阿尔及利亚人，法国人早该想起他了，第一人，自一八六〇年开始就为建立一个阿尔及利亚人自己的阿尔及利亚而奋斗的第一个东方主义者，他所面对的是马耳他人、西班牙人和马赛人沿着军队铁蹄足迹延伸的殖民地雏形；伊斯迈尔·余尔班对拿破仑三世具有影响力，而且当时阿拉伯世界改变命运的时机已经成熟，但法英政客都是些对着镜子看自己"撒尿尿"的奸诈懦夫，阿卜杜·卡迪尔的朋友伊斯迈尔·余尔班死去了，一切都结束了，频出昏招的英法政治从此落入了非正义、暴力和懦弱的漩涡。

与此同时，还有费里西安·大卫、德拉克洛瓦、奈瓦尔，他们都游历了东方的前缘，从阿尔赫西拉斯③到伊斯坦布尔或其腹地，从印度到交趾支那④；与此同时，这个东方对美术、文学和音乐进行了革命，特别是音乐：在费里西安·大卫之后，一切都改变了。这种想法也许只是个虔诚的愿望，你夸大其词了，

---

① 圣西门（Claude-Henri de Rouvroy de Saint-Simon，1760—1825），法国哲学家、经济学家、空想社会主义者。
② 伊斯迈尔·余尔班（Ismaÿl Urbain，1812—1884），法国记者和口译员，原名托马斯·余尔班（Thomas Urbain），1837年归信伊斯兰后改名伊斯迈尔。
③ 阿尔赫西拉斯（Algésiras）是西班牙南部的一个港口城市，位于安达卢西亚的加的斯省。
④ 交趾支那（Cochinchine）是法国殖民时期的旧称，今越南南部、柬埔寨之东南方。

莎拉会这样说，但天哪，我已经将这一切阐释清楚了，都写出来了，我证明了十九、二十世纪的音乐革命完全归功于东方，证明了它并非像人们以前以为的是个"异国情调的处理方法"，证明了异国情调是具有含义的，它引入外界的元素，"他性"的元素，那是一个广泛的运动，汇集了莫扎特、贝多芬、舒伯特、李斯特、柏辽兹、比才、里姆斯基-科萨科夫①、德彪西、巴托克、亨德密特、勋伯格、席曼诺夫斯基②等等在内的全欧洲数百名作曲家，整个欧洲都吹起了他性之风，所有这些伟人都利用他山之石来改变自己，来私下杂交，因为天才需要私生子，利用外来的方法撼动教堂歌声与和弦的专制，为什么此刻我独自在我的枕头上生气，可能是因为我是个毫无成就的可怜学者，没有任何人拿我革命性的论文当回事。今天没人再关注费里西安·大卫，然而他的《沙漠》一八四四年十二月八日在巴黎音乐学院的首演却令他声名大噪，这首分成三部曲的交响颂歌由独白、男高音独唱、男声合唱和交响乐队组成，是根据作曲家在东方（开罗和贝鲁特之间）的旅行回忆谱写的；在音乐厅的观众席上坐着柏辽兹、特奥菲尔·戈蒂埃和所有的圣西门主义者，其中巴泰勒米·昂方丹③是这一新式宗教的领袖人物，他

---

① 里姆斯基-科萨科夫（Rimski-Korsakov，1844—1908），俄罗斯作曲家、音乐教育家。
② 席曼诺夫斯基（Karol Maciej Szymanowski，1882—1937），波兰作曲家、钢琴演奏家。
③ 昂方丹（Barthélemy Prosper Enfantin，1796—1864），圣西门运动的主要领袖之一，也是一位作家和实业家。

曾为娶妻生子远赴埃及，为了找到那个女救世主，并如此让东西方和解，在肉体中合二为一，昂方丹做出了苏伊士运河和里昂铁路的修建规划，试图吸引奥地利和日薄西山的梅特涅对他东方工程的资助无果，在天主教的阴谋阻挠下，尽管哈默尔-普尔戈什塔里从中看到了奥匈帝国进入东方的天才创意并帮他进言梅特涅，但这位政府要员最终没有接见他。巴泰勒米·昂方丹，这个笃信宗教的猎艳高手，第一位现代教主，天才实业家，坐在音乐厅内柏辽兹的旁边，毫不掩饰自己对圣西门教义社会层面的好感。

　　沙漠侵入了巴黎——"所有人一致公认，这是迄今为止音乐所刮起的最美的风暴，任何大师都从未到达过如此遥远的疆域"，特奥菲尔·戈蒂埃在《新闻报》上这样写道，同时描述了沙漠中袭击商队篷车的狂风暴雨；它也展示了首个"阿媚①之舞"，其性感的主题在后世所获得的成功是众所周知的，而最令人惊讶的是，它还带来了首支"穆安津②之歌"，第一次在巴黎响起穆斯林唤拜声："在这清晨时分，我们听到的是穆安津的声音"，柏辽兹在十二月十五日的《辩论报》上写道，"大卫将自己定位于此，不是模仿者的角色，而是单纯的改编者；他让自己完全消失好让我们在离奇的直白和阿拉伯语言本身之中认识穆安津那怪异的歌唱。这如歌喊叫的最后一句以一连串

---

① 阿媚（almée）是埃及高水平的舞女和音乐家，应诏在王公贵族的后宫教授他们的妻子歌舞并供她们娱乐消遣。
② 伊斯兰教职称谓，意为"宣礼员"，即清真寺每天按时呼唤穆斯林做礼拜的人。

音程小于半音的音阶结尾，对此，贝福特先生在演唱中处理得非常巧妙，但这也在观众中引起了极大的惊诧。一个女低音，一个真正的女低音（贝福特先生，三个孩子的父亲），那奇特的嗓音令观众有点迷失方向，或者将观众直接引到了东方，并唤起了他们对阿拉伯后宫等等的遐想。在穆安津的祷告后，商队继续上路，渐行渐远并最终消失。剩下的只有沙漠。"剩下的永远都只有沙漠，这一交响颂歌获得了如此巨大的反响，以至于大卫带着它演遍全欧洲，特别是在德国和奥地利，在那里圣西门主义者徒劳地扩展他们的影响力；费里西安·大卫将在一年后遇到门德尔松，并在法兰克福、波兹坦为普鲁士宫廷指挥演奏，随后在慕尼黑，十二月份在维也纳演出，四场维也纳音乐会，大获全胜，哈默尔-普尔戈什塔里当然前往观看，他自述，这场音乐会令他对这如今已距他如此遥远的东方感到了一丝怀旧之情。

当然，人们可能会批评大卫难以将阿拉伯的节奏转录到他的乐谱上，但不要忘了，就连奥斯曼的作曲家也不能很好地用"西方"的记谱方式呈现他们自己的节拍；他们倾向于将节奏简化，就像大卫那样，一直要等到贝拉·巴托克和他的土耳其之行才让这一记谱法精确起来，尽管如此，在此期间，伟大的弗朗西斯科·萨尔瓦多·达尼埃尔[①]（费里西安·大卫的学生，阿尔及尔的小提琴老师，民族音乐学家的

[①] 弗朗西斯科·萨尔瓦多·达尼埃尔（Francisco Salvador Daniel，1831—1871），西班牙裔法国作曲家和民族音乐学家。

奠基人）给我们留下了一部美不胜收的《阿拉伯、摩尔与卡比尔歌曲专辑》；在鲍罗丁①的引荐下，里姆斯基-科萨科夫将在他的多部交响乐作品中沿用这些旋律。弗朗西斯科·萨尔瓦多·达尼埃尔曾是古斯塔夫·库尔贝②和茹尔·瓦莱斯③的朋友，社会主义者和巴黎公社社员，在巴黎公社期间曾任巴黎音乐学院院长，将小提琴换做了步枪，弗朗西斯科·萨尔瓦多·达尼埃尔在一座街垒持械被捕，最后被保皇派处决——在这世上没有弗朗西斯科·萨尔瓦多·达尼埃尔的墓地，四十岁死去并从此被世人忘得一干二净，无论是在法国西班牙还是阿尔及利亚，没有墓地，除了遗留在马斯内④、德利布⑤、里姆斯基作品中零散的旋律，他们的作品也许更加完善，但如果没有弗朗西斯科·萨尔瓦多提供的素材便毫无价值。我自问这些人何时才能走出遗忘的阴影，何时才能被还以公正，所有那些出于对音乐的热爱曾努力学习和推广阿拉伯、土耳其和波斯的乐器、节拍和曲目汇编方式的那些人。我的论文和文章是费里西安·大卫的墓碑，弗朗西斯科·萨尔瓦多·达尼埃尔的墓碑，一块晦暗的墓碑，墓中的人在他们的长眠中从没受到打扰。

---

① 鲍罗丁（Alexandre Borodine，1833—1887），俄国作曲家，同时也是化学家和医生。
② 古斯塔夫·库尔贝（Gustave Courbet，1819—1877），法国著名画家，现实主义画派的创始人。
③ 茹尔·瓦莱斯（Jules Vallès，1832—1885），法国记者、作家和政治家。
④ 马斯内（Jules Massenet，1842—1912），法国作曲家、音乐教育家。
⑤ 德利布（Léo Delibes，1836—1891），法国作曲家、管风琴家。

零点五十五分

我宁愿躺在我的床上眼睛看着黑暗脖颈枕着柔软的枕头而不愿身处荒漠，即使有费里西安·大卫的陪伴，即使有莎拉的陪伴，荒漠是个很不舒适的地方，我说的还不是沙漠，沙漠里人们整日整夜吞着沙子，身上所有的孔洞，耳朵眼、鼻孔，甚至肚脐眼里都有沙子，而我说的是叙利亚的石质荒漠，石块、石子、岩石山，在石堆、石冢和石丘中零星散落着绿洲，不知如何一片葱郁从地里冒出来，荒漠被田野、冬麦和椰枣树覆盖。说实话，叙利亚所谓的"荒漠"是欺世盗名，那里就连最偏僻的地区也有人，牧民或士兵，只要有个女人停在公路边的小丘后面尿尿，马上就会有一个贝都因人探出头来，若无其事地打量那目瞪口呆的西方女人乳白色的后部，这个女人就是莎拉，我们看着她朝汽车跑来，衣冠不整，一只手提着裤子，看上去好像刚看到一个食尸鬼；比尔格和我一开始以为有一只胡狼、一条蛇或一只蝎子咬了她屁股一口，但从恐惧中回过神来后，她向我们大笑着解释，石头后面出现的是一条红白色的阿拉伯头巾，头巾下面是一个棕色皮肤的牧民，站在那里，双手交叉在胸前，面无表情，静静地观察这个对他来说必定同样诡异的情景，一个陌生女人蹲在他的荒漠中。活脱脱一个动画片人物，莎拉快活地说着，一边在汽车后座上把裤子穿好,真把我吓死了,这时比尔格傲慢地补充道:"这个地区从公元前三千年就开始有人居住了,你刚刚看到的就是证据。"

在我们四周只能看到乳白色天空下绵延几公里的黯淡尘埃——我们是在巴尔米拉和代尔祖尔①之间,在最著名的叙利亚古城与幼发拉底河无法穿透的芦苇荡之间无尽漫长的公路上,追随安娜玛丽·施瓦岑巴赫和玛尔嘉·当杜兰的足迹,玛尔嘉·当杜兰,这位令人着迷的巴尔米拉王后,在叙利亚法国托管时期,曾经营芝诺比阿酒店,就坐落在商队之城的废墟旁边,在一片破碎的石柱和寺庙群的边缘,里面那些光滑的石头被晚霞染成赭石色。居高临下俯瞰巴尔米拉的岩石山顶上矗立着一座十六世纪的阿拉伯古城堡——卡拉特·法赫鲁丁·伊本·曼:这里的景色、棕榈林和塔状坟墓如此壮观,我们就此决定与一帮大马士革的青年东方学家一同在此露营。就像旧时的士兵、殖民地移民或考古学家一样,抛开那些规定,也不去考虑舒适问题,我们主意已定(在莎拉和比尔格的坚持下,他们二人出于各自不同的原因,热情倡导这一想法),不管门卫怎么想,都要在这座城堡里面或者在它前面的空场上过夜。这是一座蜷缩起来的城堡,精巧紧凑,一个阴森森的乐高组合模型,除了那些远处无法看到的射击孔以外没有门窗,整个城堡看上去仿佛摇摇晃晃地立在石坡顶端;从这个考古地点的下方往上看,会以为它正在倾

---

① 代尔祖尔(Deir ez-Zor),叙利亚东北部城市,位于幼发拉底河河畔。

斜并即将倒塌下来，随着一阵非比寻常的猛烈暴风，会像个坐在雪橇上的孩子，顺着砂砾滑下来一直冲到城市里——但越靠近它，山后蜿蜒的公路越清晰地展现在眼前，整个建筑就越显示出它真实的机体，它本来的身形：一座东边由一条深深的沟壑防护的陡峭塔楼，一座带有射击孔致命凸起的坚固堡垒，令人绝无欲望化身为一名要完成攻城任务的士兵。那位下令修建它的黎巴嫩德鲁兹派亲王法赫鲁丁精通军事建筑——造出来的这个庞然大物似乎除了断水断粮以外，没有其他攻陷的办法：可以想象被包围的守城士兵，站在他们的石堆上，绝望地眺望着清凉的绿洲，那些棕榈树在古城废墟后面宛如一泓碧绿的深湖。

这里的景色实在神奇——日出和日落时，斜阳依次点燃贝尔庙①、戴克里先②营地、广场、四面门、剧院围墙，很容易想象十八世纪英国人在发现这一绿洲时的惊喜赞叹，他们将巴尔米拉（荒漠爱人）最早的形象带了回去：这些素描将传遍欧洲，在伦敦一经制版就在整个欧洲大陆发行散布。据比尔格描述，甚至欧洲建筑中的许多新古典主义的正面结构和柱廊都源于这些复制的画作：我们的首都借鉴了很多巴尔米拉的柱头设计，曾有一分叙利亚荒漠暗自活跃于伦敦、巴

---

① 贝尔庙（temple de Baal）是一座位于巴尔米拉的古罗马遗迹，约建于公元32年，用于供奉巴尔米拉人的贝尔神。这处遗迹于2015年8月30日遭"伊斯兰国"恐怖分子炸毁。
② 戴克里先（Caius Aurelius Valerius Diocletianus，250—311），罗马帝国皇帝，公元284年至305年在位。

黎或维也纳。我想象今天那些盗墓人忙得不亦乐乎，拆毁陵墓的浅浮雕、铭文、塑像，转卖给肆无忌惮的考古爱好者和比尔格本人，如果他不是患上了疯病，他必定购买下这些沙漠里淘出的零落遗迹——在叙利亚的灾难中，炮弹和掘土机取代了考古毛刷；听说那些马赛克镶嵌画都用风镐拆下，那些死去的城市或幼发拉底河畔的遗址都用推土机掘开，那些有价值的文物都被转卖到土耳其或黎巴嫩，历史遗迹是地下的财富，一种自然资源，就像石油一样，从古至今都是要被开采牟利。在伊朗设拉子①的山区，一个有点茫然无措的男青年提出要卖给我们一个木乃伊，洛雷斯坦出土的完整木乃伊，戴着他的青铜珠宝、他的胸饰、他的武器——我们花了些时间才明白他要卖给我们什么东西，因为在这个山野村庄"木乃伊"这个词实在显得怪诞离奇，我答道，您想让我们拿这个木乃伊干什么呢，"嗯，这个嘛，它挺漂亮，也很有用，如果需要钱还可以转卖"。那个男孩（应该不到二十岁）提议帮我们把那个木乃伊运到土耳其，看着这一对话要没完没了地延续下去，莎拉找到了一个聪明的办法让我们脱身：我们觉得伊朗的古董应该留在伊朗，伊朗是个大国，她需要自己的国宝，我们不想做任何有损伊朗的事，这一爱国教育好像冷却了这位考古爱好者的热情，他被迫点头同意，尽管内心并不相信这两个外国人忽然闪现的民族主义激情。看着那个男青年走出他与我们搭讪的公园，我想象了一下那个木乃伊，

---

① 设拉子（Shiraz）位于伊朗西南部，是法尔斯省的首府。

那古老的尸体，驮在驴背上穿越扎格罗斯山脉①和库尔德斯坦的山脉，到达土耳其，再转往欧洲或美国，两千岁高龄的偷渡者沿着亚历山大大帝的军队或逃离本国政权的伊朗人的足迹，风尘仆仆地在艰险的征途上行进。

据我所知，叙利亚的盗墓者不卖木乃伊，他们卖的是动物铜像、滚筒印章②、拜占庭油灯、十字架、钱币、雕像、浅浮雕，甚至带有雕饰的柱顶盘或柱头——在巴尔米拉，那些古代的石头如此众多，以至于芝诺比阿酒店花园里的桌椅完全由这些石头古董组成：柱头当桌子，柱子作长凳，砾石建花坛，露天茶座就地取材，充分利用了临近的遗址废墟。这座平房酒店是由一位被人们遗忘的伟大建筑师费尔南多·德·阿兰达主持修建的，他的父亲费尔南多·德·阿兰达曾是伊斯坦布尔阿卜杜勒-哈米德③的宫廷乐师，接替多尼采蒂担任皇家交响乐队和军乐队的指挥：如此我在巴尔米拉有点像在自己的地盘，荒漠上不时回响起奥斯曼首都音乐的遥远旋律。小费尔南多·德·阿兰达在叙利亚创立事业，并于一九六〇年在此辞世，他在大马士革修建了多栋重要建筑，其风格可以被命名为"东方新艺术"，他的建筑作品包括汉志

---

① 扎格罗斯山脉是伊拉克与伊朗境内最大的山脉，由西北方的土耳其与两伊边境，至东南方波斯湾和霍尔木兹海峡，绵延约1500公里。
② 滚筒印章发明于公元前3500年左右，是古代近东地区普遍使用的印章，通常刻有"图案故事"，在湿的黏土上滚动按压后，可留下连续的图案。
③ 阿卜杜勒-哈米德二世（Abdul Hamid II，1842—1918），奥斯曼帝国的苏丹和穆斯林的哈里发（1876—1909年在位）。

火车站、大马士革大学、众多宏大的住宅，以及巴尔米拉的芝诺比阿酒店，它那时还不叫芝诺比阿，而叫卡塔内，名字源于聘请了这位叙利亚现代建筑界新星建筑师的那家投资公司，公司修建这一酒店是为迎接地区开放后可能涌入的游客做准备——工程尚未完工就被遗弃，由巴尔米拉的法国驻军（骆驼骑兵、飞行员、没有前途的小军官）接管，他们照看着贝都因人的生产生活和一直延续到伊拉克和约旦的无边荒野，在那里英国人正在逞凶肆虐。费尔南多·德·阿兰达的这座建筑本来就不大，在被截掉了一个侧翼后，更是让建筑正面显得有些怪异：大门上带着两个壁柱和棕叶饰的三角楣饰所统领的不再是一种高贵的对称，而是一处凹陷的起点，那就是酒店露天茶座的位置，这一不平衡让建筑整体看上去像只跛脚鸭，根据您对瘸子的感觉，可能引起温情或鄙视。不论是温情还是鄙视，都会在看到建筑内部时进一步强化，酒店大堂里奇特而古旧的草编椅子，狭小憋闷的客房，今天都已得到翻新，但在当时客房里还悬挂着叙利亚旅游部泛黄的图片和落满灰尘的贝都因饰品。莎拉和我都比较倾向于温情，她是因为安娜玛丽·施瓦岑巴赫和玛尔嘉·当杜兰，我则是因为看到了奥斯曼音乐大师通过他的儿子为叙利亚荒漠敬献的这一出人意料的成果。

　　芝诺比阿酒店的位置绝佳：坐落在古城的侧面，放眼望去，不到几十米处就是贝尔庙，如果能够幸运地住在建筑正面一侧的客房，你就仿佛睡在古城的废墟之中，置身于繁星和远古的梦中，聆听着太阳与露水之神巴尔夏明与狮子女神伊丝塔之间的对话。这里是塔木兹的领地,他便是古希腊人的阿多尼斯①,伊拉克的巴德尔·夏·赛亚卜②曾在诗中吟诵他;人们期待看到荒漠的绿洲被这个凡人的鲜血变成的红色银莲花覆盖,而令他招致杀身之祸的却只是他那令女神们对他一往情深的魅力。

那一天酒店是谈不上了,因为我们突发奇想决定睡在法赫鲁丁城堡里,以便在日出和日落时欣赏古城的美景。当然,我们当时没有任何露营的装备;比尔格和我塞在他越野车里的五六条毯子充当了我们的床垫和睡袋,除此以外还有枕头、碟子、餐具、杯子、黎巴嫩葡萄酒和亚力酒,甚至还有比尔格院子里的那个小金属烤肉架。除了莎拉,参加这一旅行的还有谁,我眼前浮现出一个面带微笑的法国女历史学家,留着长长的棕色头发,还有她的男友,也是棕发,面带微笑——他今天好像当了记者,为众多的法国媒体行走在中东的土地上;当时,他曾梦想在一所美国大学里谋到高职,我感觉莎拉跟这对美貌与智慧兼备的可爱夫妇还保持着联系。奇怪的是除了莎拉和疯子比尔格之外,我在大马士革没留下任何朋友,既没有叙利亚朋友,也没有东方学家的朋友,这让我意识到我当时该是何等苛刻、自负得令人讨厌,还好后来有了不少长进,但不得不承认我并没有通过结交新朋友给

---

① 阿多尼斯(Adonis)是古希腊神话中的一位美男子,为阿芙洛狄忒所爱,后被一头野猪杀死。
② 巴德尔·夏·赛亚卜(Badr Shakir al-Sayyab,1926—1964),伊拉克的阿拉伯语诗人和翻译家。

我的社交生活带来惊人的改善。如果比尔格没有神经失常，如果莎拉不是这么遥不可及，他们肯定是夜间来敲击我心灵之门的这段历史中所留存的最重要的友人，那对法国历史学家情侣叫什么来着，让娜吗，不是，是朱莉，男的叫弗朗索瓦-马利，我想起他消瘦的面庞，他那阴郁的络腮胡子，一张脸的和谐之谜——他的幽默感和狡黠的目光缓和了整体的冷酷，记忆是唯一对我不离不弃的东西，不像我身体的其他部分那样飘忽不定——中午我们在巴尔米拉市内的一家肉铺买了肉：玻璃窗前的便道上留有刚刚宰杀绵羊的血迹，玻璃窗内用铁钩子悬挂着那只动物的肺、气管和心脏；在叙利亚，要忘记那些鲜嫩的肉串来自于一头被割喉的哺乳动物很难，那毛茸茸、咩咩叫的哺乳动物的内脏点缀着所有商铺的门面。

上帝是绵羊最大的敌人；人们自问是出于什么可怕的原因在亚伯拉罕将儿子作为祭品敬献给他时，将亚伯拉罕的儿子换成了一头羊，而不是一只蚂蚁或是一朵玫瑰，如此令这可怜的动物在随后的几个世纪延续着被宰杀的命运。负责采购的当然是莎拉（与《圣经》有趣的巧合①），不只因为她对鲜血和热乎乎的内脏没有反感，更是因为她对方言的掌握和她非凡的美貌总能保证商品的质量和低廉的价格，甚至可能让她白拿：常有店主被那赤发天使殷殷红唇露出的明艳微笑搅得心醉神迷，为了将她长时间挽留在店里拒绝接受买食品的钱。位于绿洲北部的巴尔米拉新城呈四边形，里面有序地

---

① 亚伯拉罕的妻子名叫莎拉。

排列着劣质混凝土筑成的低矮房子,其北侧和东北侧分别坐落着一座机场和一所阴森可怖的监狱,那也是整个叙利亚最著名的监狱。

巴尔米拉引起莎拉关注的,除了它令人炫目的美和当局的残暴之外,还有安娜玛丽·施瓦岑巴赫和她奇特的房东玛尔嘉·当杜兰曾在此居住的遗迹,后者就是二十世纪三十年代初芝诺比阿酒店的女老板——在法赫鲁丁的城堡前,围坐在火边,我们那一晚大部分时间都在轮流讲故事,一个名副其实的"故事会""玛卡梅"——阿拉伯一种高贵的文体,其中所有人物根据一个特定的主题轮流发言:我们那一夜写出了一部巴尔米拉的"玛卡梅"。

城堡的看守是个干瘦的老人,头戴阿拉伯头巾,手持一把猎枪;他的任务是用一条铁链和一把巨大的挂锁关闭城堡入口的栅栏门——我们这队人的出现令他非常惊奇。两个阿拉伯语女专家去和他商谈,我们,比尔格、弗朗索瓦-马利和我,则在远处观察谈判的情况:那个城堡看守坚定不移,栅栏门必须在日落时上锁,在黎明时打开,这是他的任务,他一定要完成,即使这对游客带来不便;我们的计划泡汤了,我们自问怎么曾几何时还觉得不会是这种结果,肯定是殖民意识在作怪。莎拉没有放弃;她继续对着那个巴尔米拉人申辩,后者则一边下意识地摆弄他枪上的背带,一边不时向我们投来忧虑的目光:他肯定很疑惑我们为什么让这个年轻女士与他迎战,而我们,三个大男人,却站在两米开外的地方,冷眼旁观这一举步维艰的密谈。朱莉来向我们汇报谈判的进展；看守坚决要履行他开门锁门的义务。但我们可以留在城堡里，一直关到黎明，这不妨碍他的工作。莎拉接受了这些条件，作为谈判的起点，她现在正试图进一步获得开锁的钥匙，使我们可以在紧急情况下离开那高贵的宫殿，而不是像在童话里一样要等到晨曦将我们释放。必须承认的是，想到被锁在离叙利亚最恐怖监狱只有几公里的一座坚不可摧的堡垒中，让我有点打颤——这座建筑只是一堆冰冷的石头，没有任何起居设施，一个个空房间围绕着一个堆满废石的简易拱廊内院，没有护栏的楼梯一直升到边缘呈锯齿状的露台，还有蝙蝠在上空盘旋。幸运的是，看守失去了耐心；再一次提出让我们进入，但我们还是迟迟不肯被囚禁在其中（我们的必需品带够了吗？火柴，报纸，还有水？），他终于急不可待地关上了栅栏门，下班回家了；莎拉又问了他最后一个问题，他似乎给了个肯定的答复，接着便转身沿着下坡路一直朝坟墓谷走去。

"他正式同意我们在这里过夜。"

这里指的是位于原吊桥和城堡拱门之间的那个岩石小广场。这时，太阳已经消失在我们的山丘后面；余晖在列柱上溅出金光，在棕榈树上反射着彩虹的光芒；微风带来灼热石头的香气，还不时混合着烤花生米和烧焦的生活垃圾的气味；坡下，一个微小的男人正牵着自己的骆驼走在体育场暴土扬长的椭圆跑道上，那里正在举办的赛骆驼会吸引了很多当地的牧民，这些玛尔嘉·当杜兰如此钟爱的贝都因人。

我们的营地比旧时探险者的条件要艰苦得多：据称，塔德莫①的第一位女王,作风强硬、桀骜不驯的英国女冒险家,海丝特·斯坦霍普女士(东方一直吸吮她的财富和健康,直到她于一八三九年在黎巴嫩山区的一个村庄里死去)曾用七头骆驼搬运她的随行物品,她用来接待木地酋长的帐篷的奢华程度是全叙利亚无可比拟的;传说,除了被她称为沙漠中唯一一样必不可少的物品——她的便桶以外,这位威廉姆·皮特②的侄女曾将一席豪华晚宴运到了巴尔米拉,用于这顿盛大晚餐的最精美的碗碟和食品都从箱子里端了出来,令在座的宾客大吃一惊;据说,当地所有的教长和酋长都为海丝特·斯坦霍普倾倒。至于我们的晚餐,只有烤羊肉,省去了英式调味酱和珍禽异兽,比尔格烤肉架③里任性的火焰中屈指可数的几串肉,第一批烤焦了,第二批又半生不熟。我们将肉卷在美味的无酵饼里,这种铺在金属半球上烤制而成的小麦饼在中东地区同时被当做主食、餐碟和叉子。我们的火焰应该在方圆几公里都能看到,就像座灯塔,于是我们等着叙利亚警察来将我们赶走,但爱希慕恩④保佑着我们这些东方学家,在黎明之前没有任何人前来打扰我们,除了那习习冷风:真是天寒地冻。

　　围着小烤肉架挤在一起(它释放的热量犹如围绕着我们

---

① 巴尔米拉是该城的希腊语名字,来源于它最初的亚拉姆语名字"塔德莫"(Tadmor),意为"棕榈树"。
② 威廉姆·皮特(William Pitt the Younger,1759—1806),英国政治家。
③ 原文为阿拉伯语的法语拼与(manqal)。
④ 爱希慕恩(Eshmoun),腓尼基人的油与水之神。

的数百万颗星星般微不足道),全身包裹着比尔格天蓝色的羊毛毯子,手里拿着一杯酒,我们听莎拉讲故事;小石洞发出轻微的回声,赋予她的声音一种立体声的深度——就连听不太懂法语的比尔格也放弃了他的总结陈词,听她细述斯坦霍普女士的冒险历程,这位有着离奇命运的女子也曾亲临这块岩石,莎拉讲道,我能理解她对这位女士的崇敬之情,但后者来此的动机如这沙漠一般神秘:是什么驱使她,有钱有势的海丝特·斯坦霍普女士,那个时代杰出政治家的侄女,抛弃一切跑到奥斯曼的黎凡特定居的呢?她在这里不断统治、支配着她从德鲁兹派与天主教派之间夺取的那块楚夫地区的小领地,就像统治、支配着萨里郡①的一块农场。莎拉讲述了一件有关她如何管理自己领地内村民的轶事:"她的下人都对她特别尊敬,尽管她的东方式执法偶尔也有疏漏。她知道阿拉伯人十分在意对女性的尊重,她便在这方面严格要求她的侍从,并对任何违反严格禁欲的行为施以无情的惩罚。她的翻译兼秘书是一个英国人与一个叙利亚女人生的儿子,她很喜欢他,一天他对斯坦霍普女士说,她的一个叫米歇尔·图佟基的下人引诱了村里一个叙利亚少女,他看见他们二人一同坐在一棵黎巴嫩雪松下。图佟基坚称这不是真的。于是海丝特女士将全村村民召集到城堡前的草坪上,她自己坐在垫子上,右侧是她的管家,左侧是图佟基,他们都裹着大衣,就像我们都裹着毛毯,毕恭毕敬。农民们围成一圈;'图佟

---

① 萨里郡(Surrey),英格兰东南部的郡。

基,'她说着将描绘她的版画上常见的那管琥珀嘴烟斗从双唇间取出,'您被控与我面前的这位叙利亚女孩,法图姆·爱莎有犯罪关系。您否认此事。你们别人,'她对着那些农民继续说,'如果你们对此有要补充的,就说出来。我要伸张正义。说吧。'所有村民都回答他们完全不了解此事。于是,她转头看她的秘书,后者双手交叉在胸前,等待着判决。'这个男青年来到这个世界,除了他的名誉没有任何财富,您现在指责他犯下了可怕的罪行。传您的证人吧:他们在哪儿?'——我没有证人,他谦恭地答道,可我看见了。——'您的话在所有村民的证词和这个男青年的好名声面前没有效力。'然后,她转过头看着被告人米歇尔·图佟基,以法官的严厉口吻说:'如果您的眼睛和嘴唇犯下了这项罪行,如果您看了这个女人,如果您引诱并亲吻了她,那么您的眼睛和嘴唇将承担责罚。来人,抓住他!你,理发师,刮掉这个男青年的左侧眉毛和右侧胡子。'命令一下立即执行,'sam'an wa tâ'atan,我听到、我服从',就像那些历史故事里讲的。四年以后,对这一令被告没有受到太多伤害的判决而窃喜的斯坦霍普女士收到了来自图佟基的一封信,信里他以调笑的口气告诉她那个诱惑少女的事情是真的,现在他的胡子和眉毛都长得挺好。"

这一哈伦·拉希德[①]式审判的东方主义模仿令莎拉着迷;

[①] 哈伦·拉希德(Harun al-Rashid,763—809)是阿拔斯王朝的第五代哈里发。

这件事是否属实（鉴于那位女士的一贯作风，这件事很可能是真的）并不那么重要，相比之下更为重要的是展示这个英国女人对她所在山区的德鲁兹和黎巴嫩天主教信徒应有品行的臆想浸淫之深，以及有关她的传说如何四处散布这种处事态度；她热情地向我们描述了一幅展现斯坦霍普女士的版画，上面的她年事已高，以一种高贵、僧侣的姿势坐着，仿佛一位先知或法官，手里拿着她长长的烟斗，与后宫里空虚寂寥的女性相去甚远；莎拉告诉我们她拒绝佩戴头巾，并选择穿着"土耳其式"的服装，但是男装。她还讲述了海丝特女士在诗人演说家拉马丁身上所激发的热情，后者是李斯特和哈默尔-普尔戈什塔里的朋友，普尔戈什塔里曾与他分享了一段奥斯曼帝国的历史：对法国人来说，拉马丁是位举世无双的诗人，也是天才散文家——像奈瓦尔一样，拉马丁也在他的东方之行中脱颖而出（但效果没有前者那么惊人），他走出了巴黎的窠臼，解放了他的语句；这位政治家，面对未知之美，撇开了自己原来的夸张特效和吭吭哧哧的抒情诗。悲哀的是，也许他得失去他的女儿茱莉亚（在贝鲁特死于肺结核）才能让黎凡特将他心中的痛苦和死亡化为结晶；也许他得遭受肝肠寸断的创伤和折磨——没有特洛伊海伦的忘忧药——才能让他噙满泪水的双眼描绘出一幅饱含晦暗之美的黎凡特本色画像：一股才刚发现便喷吐死亡的神奇灵感之泉。拉马丁来到东方为的是探访一座教堂的正祭台间，却发现教堂的祭台间已被砖墙砌死，神庙的圣所已被封闭；他站在祭坛前，没有留意落日的余晖已浸满他身后的耳堂。斯坦霍普女士令他着迷，因为她超越了他的质疑；她身在星空中，莎拉说道；她能观星预知人的命运——拉马丁刚到那里，她就主动提出揭示他的未来；被他称为"沙漠中的喀耳刻①"的这个女人接下来在两斗烟的时间里给他解释了她的救世主综摄②。斯坦霍普女士告诉他，东方是他真正的祖国，是他父辈的故土，并是他必将返回的地方，她是从他的脚上看出来的："您看，您的脚背很高，当您的脚平放在地面，在脚跟与脚趾之间有足够的空间可以让水流过而不沾湿您的脚——这就是阿拉伯人的脚；这就是东方的脚；您是这方水土的儿子，所有人有一天都会返回自己父辈的故乡。我们还会再见面的。"

这个关于脚的趣闻把大家都逗笑了；弗朗索瓦-马利甚至禁不住脱掉了自己的鞋，看看他是否受到东方的召唤要回到此处——令他绝望的是，他说，他有一双"波尔多脚"，并将最终回到，不是沙漠，而是两海之间③的一座农舍里，在蒙田的家乡附近，综合考虑来看，这个归宿也着实令人羡慕。

我现在想起来，莎拉有着完美的足弓，下面可以轻松流过一条小溪；那晚她讲话的时候就好像我们的沙漠女巫师，她的叙述令石头和星辰的金属闪光带上了魔幻的色彩——

---

① 喀耳刻（Circé），古希腊神话中艾尤岛上一位令人畏惧的女巫。
② 综摄（syncrétisme）指调和或统合信念的冲突。
③ 两海之间（Entre-deux-Mers），是法国波尔多东南部的一个乡野地区。

东方的女冒险家并不都经历了斯坦霍普女士的信仰演变过程,她在黎巴嫩山上的隐居生活,她财富一步步被人掠夺殆尽之路,她对西方装饰品的逐渐摒弃,她分阶段修建的修道院——虚荣或是谦卑的象征;不是所有女性旅行家都获得过海丝特女士或伊莎贝尔·埃伯哈特①在沙漠中的悲剧启迪,远非如此——接下来发言的是弗朗索瓦-马利,尽管比尔格打断了他,不仅为了给大家倒酒,更是为了让自己也能插入一段话,一段有关阿洛伊斯·穆齐尔②的故事,后者绰号"摩拉维亚的劳伦斯"或"阿拉伯的阿洛伊斯",一个法国人不认识的东方学家和哈布斯堡的间谍——这个重新成为关注焦点的企图是灾难性的,他说的法语难以听懂,差点直接将听众送入梦乡;出于自满或自负,他拒绝讲英语。幸运的是,就在我开始为他和阿洛伊斯·穆齐尔感到惭愧时,他被弗朗索瓦-马利巧妙地打断了。这位专门研究法国托管下黎凡特的历史学家借着海丝特女士和摩拉维亚的劳伦斯将话题岔回了巴尔米拉。对他来说,玛格丽特·当杜兰(又名玛尔嘉)的命运就是斯坦霍普、埃伯哈特和施瓦岑巴赫的反命题,是她们的黑天鹅,她们的影子。我们借着弗朗索瓦-马利的口音,当然还有比尔格打开的黎巴嫩酒取暖;我邻座女士的褐色长卷发被余下的炭火照得发红,昏暗的中间色映衬出她五官的凹凸。

---

① 伊莎贝尔·埃伯哈特(Isabelle Eberhardt,1877—1904),瑞士女作家,父母为俄裔,她本人通过婚姻入法国籍。
② 阿洛伊斯·穆齐尔(Alois Musil,1868—1944),捷克探险家、东方学家和作家。

在弗朗索瓦-马利看来,玛尔嘉·当杜兰的人生是个悲剧——这位美丽的冒险家于十九世纪末生于巴约讷①(这位来自加斯科涅②的历史学家当然是特意强调这个细节;他为防止脚丫受冻已经把鞋穿好了)一个富足的家庭,后嫁给了一个表哥,这个看似有着远大前程的巴斯克③小贵族却实际上优柔寡断、意志薄弱,而且几乎只沉湎于赛马。与之相反,玛尔嘉却拥有无与伦比的魄力、活力和随机应变的能力。在战前的阿根廷短期尝试了马匹养殖以后,这对夫妇于一九二五年十一月突然现身亚历山大港并定居开罗,他们就住在"欧洲"城的市中心,索利曼-帕恰广场,格鲁皮茶楼对面。玛尔嘉计划开设一家美容院和一家人工珍珠店。很快,她便开始融入开罗的上流社会,特别是扎马莱克岛上的杰济拉体育俱乐部里的英国贵族之中。就是在这一时期,她开始在她的姓氏前使用"伯爵夫人"的头衔:可以说她被传染成贵族了。两年后,她决定陪一个英国女友去巴勒斯坦和叙利亚旅行,她们的导游据说就是海法④驻军的情报部门负责人,辛克莱尔少校。就是在他的陪伴下玛尔嘉首次来到了巴尔米拉,在从大马士革出发经历了一段艰苦行程后,出于疲劳和嫉妒,英国女友决

---

① 巴约讷(Bayonne),法国大西洋岸比利牛斯省阿杜尔河与尼夫河交汇处的一座城市。
② 加斯科涅(Gascogne),法国西南部的一个地区,位于今阿基坦大区及南部-比利牛斯大区。
③ 巴斯克地区(Pays basque)位于比利牛斯山西端的法国与西班牙边境一带。
④ 海法(Haïfa),以色列第三大城市,濒临地中海。

定在原地等待他们。当时法国与英国在黎凡特出现的紧张关系，不久前发生的叙利亚暴动及其血腥镇压令法国军事部门对外国人在他们托管地区的活动十分戒备——巴尔米拉的驻军于是对这对男女关注有加，他们当时已经入住了由费尔南多·德·阿兰达设计建设的这座酒店。很有可能辛克莱尔与玛尔嘉在此地发展为情人；他们的关系为那些无所事事的法国军官提供了报告的素材，这些报告一直被送到了卡图①上校那里，后者当时负责贝鲁特的情报工作。

优雅的当杜兰伯爵夫人在巴尔米拉的冒险经历以一则间谍指控拉开序幕，这一指控从此将不断损害她与法国驻黎凡特行政机构的关系——间谍的名声将伴随她一生，每次媒体或官方提到她，这个称号都会被再次挖出。

几个月后，辛克莱尔死了，有传言称他殉情了。与此同时，玛尔嘉·当杜兰与她的丈夫定居巴尔米拉。她爱上了——这回不是某个英国少校，而是这个地方，这些贝都因人和这片荒漠；她买下了几块地，打算（像在阿根廷一样）从事牲畜养殖业。她在自己的回忆录里讲到了她在牧民的陪伴下打瞪羚，在帐篷下度过的夜晚，对领导这个部落的酋长怀有的亲人般的温情。很快，当杜兰夫妇放弃了农牧业，并受到托管政权的委托，管理巴尔米拉这家无人继承的酒店（当时是这个城市唯一的酒店），甚至她后来（貌似，弗朗索瓦-马

---

① 乔治·卡图（Georges Catroux，1877—1969），法国军队将领，第四共和国的部长和法国大使。

利补充道;因为就像任何证言,在玛尔嘉的讲述和其他消息来源之间常常存在一些差异)得到许可将酒店买了下来:她决定给酒店取名芝诺比阿,借此向被奥列良打败的那位公元三世纪的王后①致意。于是,当杜兰夫妇的酒店成为了那个时代所有旅客的必经之地;在玛尔嘉照管酒店时,她的丈夫可以悠闲地消遣,骑马或去看望巴尔米拉驻军的军官们,后者照管着飞行跑道并指挥一支小型骆驼骑兵团——经过世界大战和叙利亚叛乱的残酷杀戮后第二东方部队仅存的残余力量。

五年后,玛尔嘉·当杜兰对这种生活感到厌烦了。她的孩子都长大了;巴尔米拉的王后霍然发现她的王国只是一堆石头和灰尘,的确浪漫,却既无激情也无光荣可言。于是,她萌生了一个疯狂的念头,灵感源于充斥她想象的那些女性,斯坦霍普女士、多情的简·迪格比、诗人拜伦的孙女安妮·布朗特女士,或格特鲁德·贝尔②,后者几年前刚刚去世,她是从辛克莱尔和她的英国朋友那儿听说她的故事的。她梦想比这些偶像走得更远,成为首个去麦加朝觐的欧洲女

---

① 指芝诺比阿王后(Zénobie,240—275),巴尔米拉国王奥德那特之妻与继承人之一,她上台后否定了亲罗马帝国的政策,并将罗马人赶出了埃及、叙利亚和小亚细亚,后被罗马帝国统治者奥列良击败,并将其押至罗马城游街示众。
② 格特鲁德·贝尔(Gertrude Bell,1868—1926),英国女作家、政治分析家、考古学家和情报人员。她与阿拉伯的劳伦斯都被公认是哈西姆王朝和现代伊拉克创立的关键人物。

性，然后再穿越汉志①和内志②，到波斯湾去捞（或者干脆买）珍珠。一九三三年，玛尔嘉找到了将这一旅行付诸实施的办法：与苏雷曼·迪克马利假结婚，后者是来自内志地区欧内扎镇穆泰尔部落的一名巴尔米拉骑兵，他想要返回故乡，但苦于没有经济能力。那是一个简单淳朴的文盲，一个从没离开过沙漠的男人。他接受了这个提议，作为交换，在返回后他将得到一笔可观的酬劳，他需要陪伴这位自封的伯爵夫人到阿拉伯的麦加和麦地那，然后经过海湾上的巴林，再将她带回叙利亚。临出发前，玛尔嘉当然让他在证人面前发誓他将不会要求圆房，并完全听命于她。当时（我此刻感觉到，正讲到兴头上的弗朗索瓦-马利给我们提供这些细节只是为了显示自己的历史知识）内志和汉志刚被伊本·萨乌德王子统一，后者打败了哈西姆王朝的人并将其赶出他的领土——麦加阿拉伯贵族后代的手里只剩下伊拉克和约旦，他们在那里有英国人为他们撑腰。沙特阿拉伯就是在玛尔嘉·当杜兰决定开始她的朝觐之旅时诞生的。这个国家以贝都因文化传统为特色，主要由瓦哈比派组成，他们信奉清规戒律，极为保守。王国禁止非穆斯林进入；当然，伊本·萨乌德小心防备英法对他刚刚统一的国家可能进行的任何干涉。所有公使馆都被限制在吉达——麦加的一个港口，位于红海上的两块礁

---

① 汉志，阿拉伯语中意为"屏障"，伊斯兰教发祥地，麦加和麦地那两座圣城就位于汉志地区。
② 内志，也译作"奈季德"，阿拉伯语中意为"高地"，为阿拉伯半岛的中心地区。

石之间,没有淡水,尽是鲨鱼和蟑螂,在那里人们不是渴死、热死就是无聊死——只有朝觐期除外:那是印度洋和非洲穆斯林进入阿拉伯半岛的门户,这个小城市一下子涌入数十条载着数千名朝觐者的轮船,还有随之而来的各种风险(治安、卫生、道德)。正是在这一背景下,玛尔嘉和她的"护照夫君"(她自己对他如此称呼)在此登陆,开始她的朝觐之旅,之前他们已在巴勒斯坦完成了正式的归信伊斯兰教和(复杂的)婚礼程序。她现在名叫芝娜贝(还是向巴尔米拉的王后芝诺比阿致敬)。不幸的是,事态很快就恶化了:负责移民的医生告诉她,汉志法律规定入教后需要达到两年的期限才能获得朝觐许可。贝都因人苏雷曼于是被她派到麦加向阿卜杜拉-阿齐兹国王请求特许。玛尔嘉-芝娜贝既不能陪同前往,也不能不合礼数地独自住在酒店——因此,她被交给了吉达总督后宫的侍卫看护,她在那里被关了几天,忍辱负重,但最终赢得了总督的妻妾和女儿们的信任。她还向我们,弗朗索瓦-马利说道,透露了外省后宫里有趣的生活见闻,是我们所掌握的这一时代这一地区此类稀有文献之一。终于,苏雷曼从麦加回来了,但没有为他的妻子得到特许;于是,他要带她回到他位于欧内扎的家。与此同时,芝娜贝又变回了玛尔嘉:她结交了法国领事雅克·罗杰·麦格雷(他代表法国在吉达一驻就是十七年,在这漫长的十七年中,没什么太大的怨言,一直熬到一九四五年;我希望,弗朗索瓦-马利说道,看在他这没完没了任期的分上,国家至少授予了他一个共和国骑士什么的荣誉勋位),特别是他的儿子,并为后者带来了初尝禁果的激动：对这个毛头小伙子来说，在这个清规戒律的瓦哈比国家，美丽的玛尔嘉的到来就仿佛一缕明媚的阳光——年龄的差异不是问题，他带着玛尔嘉偷偷到城外游泳；他与裹在长长面纱里的芝娜贝漫步在吉达的大街小巷。玛尔嘉甚至极具挑衅意味地将她年轻的情人秘密带入领事为了将她救出后宫通过自己的影响力为她找到的酒店房间（尽管她在法律的层面上已经不是法国人了）。苏雷曼坚持要继续旅行，但伯爵夫人已决意就此止步：她怕被囚禁在遥远的沙漠中，在那里就连麦格雷的力量也无法再帮她脱身了。

一天夜里，有人敲门：是皇家警察。她将自己的情人藏在床下，就像是一出街头戏剧，以为顶多是个风化问题——但情况比想象的要糟糕得多：她的"护照夫君"过期了。苏雷曼死了，中毒而死，并指控他的妻子芝娜贝给他服用致命药品来除掉他。玛尔嘉·当杜兰被关进了监狱，一间集炎热、潮湿、飞蟑螂、跳蚤、污秽、粪便等吉达所有恶劣条件为一身的恐怖牢房。

她在那里度过了两个月。

她可能因谋杀和通奸被判死刑。

她的命运掌握在麦加法官的手中。

麦格雷领事没为她的案子出太多力。

五月三十日，贝鲁特报纸《东方日报》宣布她将被绞死。

弗朗索瓦-马利讲到这儿停顿了一下——我不禁瞟了一眼芝诺比阿酒店，可以看到山下远方它阴暗的躯体，然后又瞟了一眼莎拉的脸,她正为说书人设计的悬念而微笑。玛尔嘉·当杜兰的确没有在汉志被吊死,而是在二十年后,在丹吉尔①自己的帆船上被凶残地杀害,她当时正准备从国际共管区走私黄金。苏雷曼·迪克马利只是她以暴死标注的人生旅途中的第二具尸首。最后一个就是她自己,身上坠着一块混凝土砖被扔进马拉巴塔湾的海中。

弗朗索瓦-马利继续他的讲述;他解释道,在她丈夫死的那天早上,有人看见玛尔嘉最后一次见到他时给了他一粒白色扁胶囊药片。她辩称那是卡尔敏,一种她经常服用的无毒害药品;人们在她的行李里找出了十几盒这种药,里面主要成分是奎宁和可待因。一份样本已经被送到开罗进行化验。与此同时,东方的媒体在她背后讲述着她的传奇经历。人们说这位法英间谍,沙漠中的玛塔·哈丽②,成为了阿卜杜拉-阿齐兹的阶下囚;昨天说要处决她,明天就让她复活了;有人想象出一个阴谋,伊本·萨乌德的情报部门为了迫使玛尔嘉·当杜兰回家而干掉了那个可怜的贝都因人。

最后,鉴于该国严苛的宗教法律,没有进行任何尸检,送往开罗的卡尔敏经化验证明无毒无害,于是在两个月的拘押后她因证据不足而被释放了。

弗朗索瓦-马利略带嘲笑地看着听众;可以感觉到他还有

---

① 丹吉尔(Tanger),摩洛哥北部滨海城市。
② 玛塔·哈丽(Mata Hari,1876—1917),荷兰交际花,与欧洲多国军政要员和社会名流有关联,在巴黎以德国间谍罪名被处决。

话要讲。我则想到了卡尔敏，这个让我吃了一惊的名字；我想起位于圣邦瓦拉福雷的外婆家里装饰着浴室的那些蓝色的铁盒子，上面标注着"身体不适、疲劳、发热、失眠、疼痛"；我记得生产这种万灵丹的是梅塔迪耶实验室，而保罗·梅塔迪耶，作为图赖讷的首个巴尔扎克迷，将萨谢城堡变成了巴尔扎克纪念馆。一切都是关联的。巴尔扎克，除了与简·迪格比——埃伦夫人的那段情史以外，还与巴尔米拉有着另一层关系。当玛尔嘉·当杜兰因《强硬者报》刊登她对这一事件的叙述而收到了梅塔迪耶实验室通过邮局寄来的一百盒卡尔敏作为对她免费广告的谢礼时，她一定没想到卡尔敏在她帮助下累积的这笔财富将用于在巴尔扎克十分喜欢的这座城堡里纪念这位文学泰斗。如果保罗·梅塔迪耶想到正是一片印着"梅塔迪耶——图尔实验室"的药片毒死了穆泰尔部落的斗士苏雷曼·迪克马利，他恐怕就不会寄去这些赠品了；弗朗索瓦-马利是从那位伯爵夫人的小儿子雅克·当杜兰没有发表的回忆录中得到的这条信息。雅克·当杜兰讲述了，在贝鲁特，临出发前往麦加以前，他的母亲对他透露了对苏雷曼的怀疑，对她来说，苏雷曼是她旅途中唯一重大的"薄弱环节"；苏雷曼，他的欲望，他的雄性占有欲将是这次出行最不可控的障碍。在麦加，在内志，她将被迫听凭他摆布；她的"护照夫君"将（或在她想象中）对她有生杀予夺的权利；很自然，她也有可能杀死他。于是，她让她的儿子在贝鲁特为她买了毒药，借口要杀死一条狗，一条大狗，一条巨大的狗，快速且无痛。她将毒药藏在一粒去除内部原物的卡尔敏扁胶囊内。

已知的情况就这些。

弗朗索瓦-马利看看我们，对故事结局的意外效果十分满意。莎拉起身靠近正在熄灭的炭火暖了暖手，接着他的话继续说。

"有个有趣的巧合，安娜玛丽·施瓦岑巴赫在第二次穿越黎凡特的旅行中途经巴尔米拉，当时是在她的丈夫，驻伊朗大使秘书克罗德·克拉拉克的陪同下从贝鲁特前往德黑兰。她在一篇名为《贝尼·芝娜贝》的短篇小说中讲到住在芝诺比阿酒店的日子和她与玛尔嘉·当杜兰的邂逅。她觉得当杜兰很可能真的毒死了自己的丈夫……或者说，至少她有这种人格。不是下毒者的人格，而是一个如此果断的女人，随时准备着为达到自己设定的目标，扫清前进路上的一切阻碍。"

朱莉和弗朗索瓦-马利表示同意。

那是一个完全被暴力充斥的存在，是殖民暴力的一个隐喻，一个寓言。在她回到巴尔米拉不久，才刚差不多摆脱了行政机关的纠缠，她的丈夫皮埃尔·当杜兰就身中数刀，被野蛮地杀害。有人将他的死归结为苏雷曼家族的报复，尽管玛尔嘉和她的儿子怀疑（检举）是法国军官背后指使的一出阴谋。她在"二战"以前回到了法国；在巴黎和尼斯之间度过了沦陷时期，以从事珠宝、鸦片等各种走私交易为生；一九四五年，她的大儿子自杀了。一九四六年十二月，她因毒死她的教子雷蒙·克雷里斯被捕，并受到拘禁，后者是法国"二战"抵抗运动的情报人员；从这一刻起，报刊媒体开始纷纷将矛头指向了她。她被指控至少犯下了十五桩谋杀、间谍罪，与伯尼和拉封一伙巴黎盖世太保也有合作，还有天知道多少别的恶行。这些文章长篇累牍地展示二战解放时期各种法国式幻象——从殖民地臆想、战争间谍妄想症，到对玛塔·哈丽和贝提鸥医生命案的回忆，后者因背负了六十三条命案而在不久前被砍了头。她最终在数日后因证据不足被释放。对此，她在去世前曾对她的儿子暗示自己在这些案件中的罪责——我们对巴尔米拉王后的晦暗人生知道的差不多就这些。

莎拉指出性、东方、暴力的组合在公众意识中有多么大的市场，直至今日依旧如此；一部根据当杜兰伯爵夫人传奇经历改变的小说《玛尔嘉，巴尔米拉的伯爵夫人》岂止惊人，简直是耸人听闻。在她看来，这本书极力渲染事件中的"东方情调"：色情、毒品、间谍和暴虐情节，罔顾真相，毫无真实感可言。对莎拉来说，玛尔嘉这个人物令人着迷的地方在于她对自由的向往——一种极端的自由，甚至将它凌驾于他人性命之上。玛尔嘉·当杜兰曾因这种自由而热爱贝都因人、沙漠和黎凡特，她以为身在其中便可以幸福快乐；但她没有达到这个梦想的高度，或者说她达到了，她如此固执，以至于这美妙的自由蜕变成一种罪恶的傲慢，并最终要了她的命。其实，她生活的奇迹在于从始至终都与命运和法律肆意作对，却在这么多年以后才遭遇刽子手的斧头，报应的匕首。

比尔格也起身去烤烤火——空气愈发寒冷、透净；我们所在的山下，城市的余晖一点点熄灭，差不多午夜了。芝诺比阿酒店依然灯火通明，我自问里面的工作人员是否记得那位假伯爵夫人真杀人凶犯，还有她死在这铁灰色荒漠中的丈夫，在寒冷的夜晚，这实在不是个怡人的所在，甚至（还好没有向我的旅行同伴们流露这一想法）也并不具有某些人夸耀它的那难以抗拒的美。

莎拉对女性罪犯、叛徒和下毒者的宽容一直以来对我都是个谜；她对灵魂阴暗面的爱好与弗吉耶对城市阴沟的痴迷有些类似——据我所知，莎拉从没从事过谍报工作也没杀过人，感谢上帝，但她一向对恐怖的事物、恶魔、犯罪和内脏抱有兴趣；那天当我在维也纳这里，在沃蒂夫教堂广场附近的马克西米利安咖啡馆里放下《标准报》（它的猴屁股色很衬读者的脸色）时，在排除了前往卡夫卡等死的疗养院的方案后，被莎拉强迫（低声抱怨了好一阵，真是个白痴，用这种奇特的方法装可爱，有时我会——我们会——做与我们的意愿截然相反的事）去了犯罪博物馆：位于利奥波德城的一栋十八世纪漂亮房屋的一层和地下室，于是我们参观了这座维也纳警察局博物馆，一座官方博物馆，也就是说带有维也纳"徽标"的杀人犯与被杀害者的博物馆，里面尽是被打破或被子弹穿透的头骨、犯罪凶器、关键证据、照片，肢解人体的恐怖照片——为了便于隐藏在藤条篮子里随垃圾丢弃而将尸首切块。莎拉平静而专注地观察这些吓人的东西，就像我想象中的夏洛克·福尔摩斯或赫尔克里·波洛，波洛作为阿加莎·克里斯蒂小说的主人公，在东方到处都可以找到他的身影，从伊斯坦布尔到阿勒颇，再到巴尔米拉——克里斯蒂的丈夫是考古学家,而考古学家曾是最早跳上东方脊背的寄生虫,这从维旺·德农和他的埃及远征就开始了:在废墟的浪漫魅力与历史学新发现的共同吸引下,数十名考古学家来到东方——文明和宗教的摇篮,也是价值连城的物品或真金白银货币的制造者;埃及风尚,随后是纳巴泰、亚述、巴比伦、波斯风尚席卷了所有博物馆和古董店,将里面堆满了各种碎片,好像文艺复兴时期的罗马古玩——比尔格的前辈们游历了从比提尼亚①到埃兰②的奥斯曼帝国,途中常将自己的夫人带在身边,这些女人不是像让娜·迪约拉弗瓦或阿加莎·克里斯蒂那样成为作家,就是像格特鲁德·贝尔或安娜玛丽·施瓦岑巴赫一样自己也致力于考古学。考古学曾经与神秘主义一同被视为近东和中东发掘探索方面最具成果的领域,比尔格对此表示同意,这天夜里在巴尔米拉,在黎巴嫩葡萄酒暖融融的作用下,他也屈尊,这次是用英语,参加了我们的巴尔米拉故事会,展示了他从牛津(那里曾涌现出如此众多的东方主义才子)学习时带回的英式口才——他站立着;浑圆的身形完全被夜色隐藏起来,可以看见的只有他金色短发的边缘,一个光环。照他习惯的,手里拿着一瓶酒,给我们讲述参加了探索神秘阿拉伯的那些考古学家和植物学家,以他的话说,对沙漠献上他的敬意:如此

---

① 比提尼亚(Bithynie),小亚细亚西北部的一个古老地区、王国及罗马行省。
② 埃兰(Élam),古老君主制城邦国家,位于波斯湾北部,现为伊朗的胡齐斯坦及伊拉姆省。

都市化的比尔格,竟也曾梦想过沙漠,这不仅限于在电视上观看卡拉·本·内穆西①的冒险影片;在成为希腊化时代专家以前,他曾徒劳地尝试进入阿拉伯考古界——阿拉伯半岛上的那些探索者的业绩他都熟稔于心。他以总结刚刚狄知的玛尔嘉·当杜兰等人物的特性开讲。在暴力、疯狂和怪诞方面,内志、汉志或杰贝勒沙马尔②的旅行者贡献的素材要精彩得多——甚至可以称得上,他夸张地补充道,是名副其实的文学巨著。接着他讲了一个情节复杂的阿拉伯探险故事,对此我记住的东西不多,除了瑞士的布克哈特③、英国的道蒂④和帕尔格雷夫⑤、法国的胡贝尔⑥和德国的厄亭⑦这些名字——当然还有提到阿拉伯沙漠就不能不提的那些人物,有着万千生活阅历的理查德·伯顿⑧,以及布朗特夫妇,这对

---

① 卡拉·本·内穆西(Kara Ben Nemsi),卡尔·梅(Karl May)奥斯曼帝国历险小说中的主人公。
② 杰贝勒沙马尔(Djebel Chammar),位于内志地区的酋长国,存在于1836年至1921年间,首都位于哈伊勒。
③ 布克哈特(Jean Louis Burckhardt,1784—1817),瑞士冒险家和东方学家。
④ 道蒂(Charles Montagu Doughty,1843—1926),英国诗人、作家和旅行家。
⑤ 帕尔格雷夫(William Gifford Palgrave,1828—1888),英国探险家、作家和阿拉伯语专家。
⑥ 胡贝尔(Charles Huber,1837—1884),法国旅行家,在法国教育部长资助下前往阿拉伯腹地勘测并绘制地图,第二次旅行中,在吉达附近被其向导抢劫并谋杀。
⑦ 厄亭(Julius Euting,1839—1913),德国东方学家,曾任斯特拉斯堡大学图书馆馆长。
⑧ 理查德·伯顿(Richard Francis Burton,1821—1890),英国探险家、作家、翻译家、语言学家、人种学家和外交家,他能说29种语言和11种方言,曾翻译过《一千零一夜》。

无可救药的爱马人跑遍了沙漠只为寻找最美的马匹，随后在他们位于萨塞克斯郡①的种马场培育出马匹的子孙后代，获得最高贵的阿拉伯种马——此外，安妮·布朗特是这堆探险家里最让我有好感的一位，因为她曾是小提琴家并的确确曾拥有一把斯特拉迪瓦里琴②。沙漠中的一把斯特拉迪瓦里琴。

我的著作里可能还要加上一个附注，一个结尾段落，甚至一个增补章节：

东方不同形式的疯狂

补遗

沙漠中的异装癖旅行队

以此展示出旧时代我的那些同行对化装和本地服饰的偏好——很多政治和科学界的探索者都相信出于舒适和隐蔽的考虑必须乔装：布尔顿曾穿成朝觐者乘坐大篷车前往麦加；可爱的匈牙利东方学家，戈平瑙伯爵③的朋友，阿尔敏·万博里曾像个神秘主义流浪者（剃秃头、身着布哈拉④长裤）从德黑

---

① 萨塞克斯郡（Sussex），英格兰东南部的郡。
② 斯特拉迪瓦里琴是著名乐器制造师安东尼奥·斯特拉迪瓦里制作的弦乐器，被认为是历史上最好的弦乐器之一，具有极高的价值。
③ 戈平瑙伯爵（Comte de Gobineau，1816—1882），法国贵族、小说家。他因在《人种不平等论》中发展了"雅利安人主宰种族"理论而知名，后来成为德国纳粹意识形态的重要来源之一。
④ 布哈拉（Boukhara），乌兹别克斯坦西南部的城市。

兰开始探索河中地区①;亚瑟·康诺利,大博弈②的首个参赛者,装扮成波斯商人,暴露后在布哈拉被斩首;朱利乌斯·厄亭扮成贝都因人,T.E. 劳伦斯(仔细阅读了他的吉卜林③)扮成哈威塔特部落的一名战士——所有人都谈到了装成另一个人的那种童趣(如果喜欢冒险的话),奖杯获得者是撒哈拉和萨赫勒④南部的探险家们,廷巴克图⑤的征服者雷内·凯耶曾身着埃及人的服装,特别值得一提的是米歇尔·维尚杰,一个对沙漠知之甚少却心驰神往的年轻人,先是扮装成妇女,然后又伪装成运盐的皮口袋,只为偷看一刻钟斯马拉⑥城——尽管极具传奇色彩,但在很久以前就已经被居民遗弃荒废了——最后钻进自己的大麻袋,患病的他在骆驼背上颠簸数日,在黑暗中忍受炉火般炙热的煎熬;最终在阿加迪尔⑦因疲劳和痢

---

① 河中地区(Transoxiane)指锡尔河和阿姆河流域以及泽拉夫尚河流域,包括今乌兹别克斯坦全境和哈萨克斯坦西南部,为"丝绸之路"重要通道。
② 大博弈(The Great Game),指 19 世纪中叶到 20 世纪初英帝国与沙皇俄国争夺中亚控制权的战略竞争。
③ 吉卜林(Rudyard Kipling,1865—1936),生于孟买的英国作家,1907 年获诺贝尔文学奖,但其作品后被指责带有明显的帝国主义和种族主义色彩,他塑造的文学形象往往忠于帝国、信守传统,是殖民侵略的代表。
④ 萨赫勒是撒哈拉沙漠和中部苏丹草原地区之间的一条长超过 3800 公里的地带。
⑤ 廷巴克图(Timbuktu),现名通布图,马里共和国的城市,位于撒哈拉沙漠南缘,尼日尔河北岸。
⑥ 斯马拉(Smara),西撒哈拉的城市,目前被摩洛哥占领。
⑦ 阿加迪尔(Agadir),西撒哈拉濒临大西洋的港口城市。

疾丧命，死时只有二十六岁。莎拉更倾心于那些较为真诚或不太疯狂的单纯性情，不幸的是他们中有些人的命运同样悲惨，比如伊莎贝尔·埃伯哈特，这位深爱着阿尔及利亚和穆斯林神秘主义的女士——伊莎贝尔·埃伯哈特的确曾扮成阿拉伯骑兵并让人称她穆罕默德先生，但她对伊斯兰的热爱和信仰之深是无与伦比的；她最终在艾因塞弗拉一次突发洪水中惨遭溺死，就在奥兰①南部，这片她如此深爱的土地上。莎拉常提起，埃伯哈特曾征服了向来对另类怪诞热情不高的利奥泰②元帅，他曾连续数日绝望地寻觅她的尸体，随后又寻找她的日记——并最终在伊莎贝尔简易住所的废墟中找到了她的那些笔记本，《奥兰之南》的完整手稿就这样被士兵们以集邮爱好者揭邮票的耐心从污泥中挽救了出来。

比尔格并不关心神秘主义和化装那些事，除了聚集在本地各式各样的弄虚作假者的逸闻趣事（最可笑的当然要数法国人查尔斯·胡贝尔和德国人朱利乌斯·厄亭的历险，真是一对阿拉伯的劳莱与哈台③），他在巴尔米拉的真正问题是考古学与谍报活动之间、军事学与科学本身之间的关系。如果

---

① 奥兰（Oran），阿拉伯语名为瓦赫兰，位于阿尔及利亚西北部地中海沿岸。
② 利奥泰（Louis-Hubert-Gonzalve Lyautey，1854—1934），法国政治家、军人、法国元帅。
③ 劳莱与哈台（Laurel et Hardy），由瘦小的英国演员斯坦·劳莱与高大的美国演员奥利弗·哈台组成的喜剧双人组合，在二十世纪二十至四十年代极为走红。

我们那些最知名的业内前辈曾在中东地区秘密或公开地扮演了政治角色,比尔格抱怨道,那么何以让今天的叙利亚人相信我们的考古活动呢?事实令他绝望:所有杰出的考古学家都曾在某一时期卷入到国家事务中。也许可以这样安慰他:幸运的是或不幸的是,服务于军事需要的并不仅限于考古学家,恰恰相反;差不多所有的科学领域(语言学家、宗教学家、历史学家、地理学家、文学家、人种学家)都曾在战争时期与他们本国政府有着或多或少的联系。当然,不是所有人都像T.E.劳伦斯或我的同胞,摩拉维亚的劳伦斯,阿洛伊斯·穆齐尔一样扛过枪,但大都(包括女性,就像格特鲁德·贝尔,莎拉补充道)在某一时期向他们的欧洲祖国提供过知识信息。有些出于民族主义的信念,有些为了谋取经济利益或学术界的影响力;还有些人并非出于自愿——是他们的著作、书籍、探险叙述被军方采用了。我们都知道地图只应用于战争,弗朗索瓦-马利说道,但旅行叙述也一样。早在一七九八年拿破仑·波拿巴在埃及让学者文人帮他起草对埃及人的宣言书并试图将自己打扮成他们的解放者,那些科学家、艺术家和他们的作品从那时起就已经一股脑儿地参与到政治事务中了。即便如此,莎拉坚持道,也不能全盘否定这个小群体;正如不能因火药批判化学,因弹道导弹批判物理学一样;应该具体情况具体分析,避免推而广之,继而得出一种意识形态的论述,一个除了证明自己以外没有任何意义的东西。

争论开始变得激烈;莎拉点出了那个伟大的名字,在冰冷的荒漠，羊群中出现了一匹狼：爱德华·萨义德①。这就像是在一座加尔默罗会②女修道院中提起魔鬼；比尔格，被自己可能与某个"东方主义"扯上关系吓到了，立刻开始一段局促不安的自我批判，彻底得几近六亲不认；弗朗索瓦-马利和朱莉对这个问题的看法则更加细腻，承认萨义德提出了一个棘手但中肯的问题，即知识与权力在东方的关系——我对此没有观点，我似乎一直到现在也没有观点；爱德华·萨义德是位卓越的钢琴家，对音乐有多部论述，并与丹尼尔·巴伦博伊姆③一起创建了"西东集工作坊"交响乐队，该乐队由设在安达卢西亚的一家基金会管理，并努力在分享与多元中展示音乐之美。

大家的话音开始在酒精、寒冷、疲劳的作用下变得稀疏微弱；我们将临时拼凑的床铺直接安置在空场的岩石上。朱莉和弗朗索瓦-马利在一边，莎拉和我在另一边——比尔格和他的酒瓶（应该是比我们更精明）选择躲进停在下坡几米远的汽车里；第二天清晨发现他们时，比尔格坐在驾驶座，面部挤压在布满水汽的玻璃上，空酒瓶则卡在方向盘里，控诉的瓶嘴指着考古学家酣睡的脸。

---

① 爱德华·萨义德（Edward Said，1935—2003），出生于巴勒斯坦的美国作家，具有国际影响的文学理论家与批评家，后殖民理论的创始人，巴勒斯坦立国运动的积极支持者，也是一位乐评家、歌剧学者和钢琴家，其代表作有《东方学》《文化与帝国主义》等。
② 加尔默罗会（carmélites），俗称圣衣会，是天主教托钵修会之一。
③ 丹尼尔·巴伦博伊姆（Daniel Barenboïm，1942—　），出生于阿根廷的犹太裔钢琴家、指挥家，他还拥有西班牙国籍和巴勒斯坦护照。

身上两条毯子，身下两条毯子，这就是我们的巴尔米拉床铺；莎拉蜷成一团靠着我，后背贴着我的腹部。她善意地问我对此是否介意：我努力不流露出内心的欢喜，当然不会，一点不会，暗暗赞美着流浪的生活——她的头发散发着琥珀和木炭的香气；我不敢动，怕惊扰她的呼吸，她呼吸的节奏感染着我；我试着像她一样吸气，先是柔板，随后是广板；我的胸前是她长长的脊背，中间被文胸隔断，我可以感到文胸的挂钩顶在我蜷起的胳膊上；她腿冷，就把腿微微缠绕在我的腿中——尼龙袜在我的小腿上既温柔又电感。我的膝盖在她的膝窝里，我不能对这亲近的接触想太多，这当然是不可能的：一种强大的欲望，虽被我压抑，却仍旧在静默中灼烧着我。这个暧昧的姿势既贞洁又性感，就像东方本身，在我将眼皮藏入她发卷酣睡几个小时之前，我最后看了一眼蓝色毛毯上方巴尔米拉的天空，并感谢它的严酷无情。

唤醒的方式很奇特；第一批游客的话音在黎明前惊扰了我们的睡梦——他们是施瓦本人，他们歌唱一般的方言跟巴尔米拉有些格格不入。我们当时正在毯子下面冻得发抖，不顾一切地抱在一起，我恍然梦见自己在斯图加特附近的一家小旅馆里醒来：不知身在何处，我睁开眼睛看到了一排旅行鞋、厚袜子、腿，有些有毛有些没有，上面是沙色的短裤。我猜想这些无辜的人应该跟我们一样难堪；他们本想观赏废墟上的日出，却不幸落入一群东方学者的营地。我猛然感到很难为情；出于一种愚蠢的反应，我立刻将毯子盖在我们的头上，却使得这一切显得更加可笑。莎拉也醒了，噗嗤一声笑了出来；别这样，她低声说，他们会以为我们没穿衣服——那些德国人可能想象毯子下面我们的裸体，听着我们的耳语；我绝不出去，我小声说道。出去是个不太准确的表达，因为我们当时正露宿野外，但就像那些藏在被单下想象自己身在岩洞里的孩子一样，在这些入侵者离开以前我无意回到外面的世界。莎拉满心欢喜地加入到这个游戏中来；她设置了一个通风机制，使我们不至于在里面憋死；她从一个角落侦查我们四周敌人的位置，他们似乎并不想离开空场。我呼吸着她的口气，她睡醒时的体味。她就趴在我的身旁——我竟然用手臂搂住她的肩膀，我想，这应该可以被视为一个友爱的举动。她转过脸来对我微笑；我祈祷阿芙洛狄特或伊丝塔将我们的藏身所变成岩石，让我们隐形，将我们永远地留在这个地方，留在这个幸福的角落——多亏一个神明突发奇想派来施瓦本十字军骑兵使我无意中创造出的幸福角落：她看着我，一动不动地微笑着，我们的嘴唇相隔几厘米。我口中发干，转过头往别处看，咕哝了一句不知什么无稽之谈，就在这时我们听见弗朗索瓦-马利的嗓音响起："女士们先生们早上好，欢迎来到法赫鲁丁城堡。①"我们冒险往简易帐篷外瞥了一眼，禁不住一起大笑起来，这个法国人走出了他的睡袋，头发蓬乱，只穿着一条跟他胸前的体毛一样黑的大短裤，问候着这群黎明的访客——这个镇尼几乎令所有人顷刻间逃之夭夭，但我毫无掀起盖在我们身上被子的举

---

① 原文为英语。

动，莎拉也一样：她就待在那儿，离我如此之近。初升的太阳在我们的洞里洒满光斑。我不知为什么转过身；寒冷的我蜷缩成一团，她紧紧地搂着我，我从脖子上感到她的喘息，她的胸部贴在我的后背上，她的心与我的心在一起，我装作又睡着了，她的手攥着我的手，此时贝尔的太阳慢慢地为已经没有需要的人带来暖意。

我们同床的第一晚（她后来说按道理这不能说是同"床"）给我留下了无法磨灭的记忆，浑身筋骨酸痛，还有不太风光的鼻黏膜发炎：我鼻涕哗啦地完成了这次出游，这些流淌的分泌物虽无大害却令我鼻头泛红，仿佛我的鼻子以一种象征的方式向世人暗示我的潜意识整晚都在暗自图谋的事。

游客们终于将我们赶了出来，或者说迫使我们起身，收起我们的武器，反正是场注定失败的战役——我们耐心地点燃小树枝，烧了开水制作土耳其咖啡；我记得自己坐在岩石上，遥望着寺庙群远方的那片棕榈林，手里拿着一杯咖啡。我明白了巴德尔·夏·赛亚卜一直以来都令我迷惑的那句诗，"你的眼睛是晨曦中的一片棕榈林／或是一个楼台，月亮挂在外面的天空中"，如此开启了《雨之歌》；莎拉很高兴我提起了这位巴士拉①的可怜诗人，他在忧伤与病痛中故去。这个夜晚，这个清晨，这条毯子在我们之间建立了一种亲密，我们的身体从此相互依赖，不愿再分开——它们仍旧拥抱在一起，紧贴着缩成一团，寒冷已无法作为这相互依偎的借口。

---

① 巴士拉（Basra），伊拉克巴士拉省省会。

是否从这时起我萌生了为这首诗谱曲的念头，可能吧；是这一夜荒漠冰冻的温柔，莎拉的眼睛，巴尔米拉的清晨，废墟上空飘浮的传说孕育了这个计划，至少我喜欢如此想象——或许这也是命运的玩笑，轮到我在沉睡的维也纳孤独地忍受疾病和忧伤，就像伊拉克的赛亚卜，他的生平曾让在大马士革的我唏嘘不已。不能去想那些医学书像皮提亚①一样对我的未来做出的可怖预言，我能对谁吐露这些焦虑，我能对谁表达我对衰亡的恐惧，害怕像赛亚卜一样腐烂，害怕我的肌肉和脑子渐渐融化，害怕失去一切，害怕所有的东西都分解消逝，我的身体和我的灵魂，一块块，一片片，直到无法回忆，无法说话或感动，这条终结之路是否已经开始了，最可怕的是这个，此刻我是否已经比昨天少了些什么，无法察觉自己的衰败——当然，我可以从我的肌肉、我僵硬的双手、我的痉挛、疼痛、足以让我卧床不起的极端疲劳中，或与此相反从失眠、过度兴奋、无法停止思考或自言自语中感到末日的来临。我不想让自己整日纠结那些疾病的名称，医生和天文学家喜欢用自己的名字命名他们的发现，植物学家则喜欢用他们妻子的名字——某些人爱将小行星归于自己名下也许尚可理解，但那些杰出的医生为什么将自己的姓氏留给阴森可怖而且无法治愈的疾病，他们的名字今天成为了失败的同义词，失败和无助，夏科氏关节病、克雅二氏病、皮克氏病、亨丁顿舞蹈症，这么多的大夫（通过

---

① 皮提亚（Pythie），古希腊神话中宣示阿波罗神谕的女祭司。

一种治疗者与不治之症之间奇特的换喻机制)都变成了疾病本身,如果我的病即将被确诊(医生都是诊断的偏执狂;分散的症状必须归纳到一起并总结出"道理":好医生克劳斯知道我患上致命疾病一定会感到如释重负,终于找到了一种已知的综合征,其历史之悠久就好像是由亚当亲自命名的一样)这之前将需要数月的检查,从一个科室到另一个科室,从一家医院到另一家医院的辗转往复——两年前,克劳斯因坚信我从旅行中感染了一种寄生虫曾让我去咨询一位专门研究热带传染病的埃斯科拉庇俄斯①,尽管我再三跟他解释伊朗没有大量的传染性弧菌,也没有太多奇异的纤毛虫(最主要的是我已经多年没离开欧洲了),作为一个正宗的维也纳人,多瑙河就是广阔世界的起点,他做出一种"这是当然"的狡猾表情,学者们在想要掩盖自己无知时的典型姿态,并赏赐了我一个"以防万一",其实他那迪亚弗②的自负希望借此表达的是"我知道,可我有更深层的考虑"。如此,我便带着我可怜的症状(眼性偏头痛、失眠、痉挛、左臂剧烈疼痛)来到了一个异源传染病专家的面前,在医院的楼道里排队等候本就很烦人,特别是(是故意安排的吗)莎拉正好此时来到了维也纳,我们有一大堆紧急而吓人的参观游览已经排入日程。于是,我不得不告诉她我在医院有个预约,但没说为什么:

---

① 埃斯科拉庇俄斯(Esculape),罗马神话中的医神。
② 迪亚弗(Thomas Diafoirus),莫里哀戏剧《无病呻吟》中的人物,一名爱卖弄的医生。

我很怕她会以为我有传染病,因担心自己的健康而将我隔离观察——也许是时候该告诉她我的这些问题了,我还没有这个勇气,但如果明天疾病将我变成一个流着口水不停勃起的动物,或是一个坐在坐便椅上的干瘪的蚕蛹,那么就太晚了,我将什么也不能对她说了。(无论如何,她现在似乎已经迷失在砂拉越了,该如何对她解释呢,如何写这封信呢,最主要的是为什么要给她写信呢,她是我什么人呢,或者应该问这个更神秘的问题,我是她什么人呢?)我也不敢告诉妈妈,如何向一个母亲宣布她要在七十五岁高龄给自己的儿子擦洗、喂饭,直到他慢慢衰亡,瘦小到足以回到她的子宫里去,如此残忍的事我实在做不出来,天可怜见,我宁愿独自死在克劳斯身边。他不是个坏家伙,这个克劳斯,我讨厌他可他却是我唯一的战友,他不像医院的那些医生,好像狡猾善变的猴子。那位热带疾病专家穿着一条敞开的白大褂,下面是一条蓝布长裤;他身材微胖,有着一张大圆脸和很重的柏林口音。真可笑,我当时想道,难不成异国传染病专家也一定要是个德国人,我们的帝国从来都局限于欧洲,没有萨摩亚群岛① 和多哥兰② 去研究热带瘟疫。莎拉问我,你的那个医院约见怎么样,还好吗?我回答她一切都好,那位医

---

① 萨摩亚(Samoa),南太平洋岛国,在第二次内战后,萨摩亚被一分为二,分别由美国和德国统治,1962年独立。
② 多哥兰(Togoland)是德国在19世纪到第一次世界大战结束时在非洲西部的保护国。

师长得像戈特弗里德·贝恩①，这让她开怀大笑，什么，像戈特弗里德·贝恩，可贝恩长了一张大众脸——没错，戈特弗里德·贝恩长得没有任何特点，所以这个大夫才跟他长得一模一样。整个看病过程中，我感觉自己仿佛置身于一九一四年比利时前线的一个边境检疫站，或者魏玛共和国的一家恐怖的性病诊所里，戈特弗里德·贝恩在我皮肤上寻觅着寄生虫的踪迹或是"天知道别的什么"，对人类无一例外地被丑恶所"感染"这一点深信不疑。我后来一直没理会他那些荒唐的化验要求，在一个塑料盒里排大便已完全超出了我的能力范围，这一点我当然没有向莎拉坦白——必须承认，作为对我自己的辩白，让《陈尸所》或《肉》的作者听诊很难让人放心。为了岔开话题，我展开了对贝恩和格奥尔格·特拉克尔②之间窘迫的对比，既要找相同点又要分析差异性；特拉克尔，难以捉摸的神秘男人，他的诗歌将现实变得幽暗，犹如幻境，特拉克尔，敏感的萨尔茨堡人，他的抒情词句将"自我"隐藏在盘根错节的象征密林中，特拉克尔，被诅咒的吸毒者，痴恋着自己的妹妹和鸦片汁液的人，贯穿他作品的是月光与血，献祭的血，月经的血，破除童贞的血，地下的暗河一直流淌到一九一四年格罗德克战役的屠宰场和加利西亚最初交火中濒死的人——特拉克尔，也许他的英年早逝将他

---

① 戈特弗里德·贝恩（Gottfried Benn，1886—1956），德国诗人，《陈尸所》和《肉》都是他的作品。
② 格奥尔格·特拉克尔（Georg Trakl，1887—1914），奥地利著名诗人。

从贝恩的政治抉择中拯救了出来,是莎拉将这一严酷的判决摆在我的面前,有时死得早可以避免晚年犯下不可饶恕的错误;她说道,想象一下如果戈特弗里德·贝恩在一九三一年就死了,如果他从没写下《新国家和知识分子》并对反法西斯作家持有那些过分的言论,你会对他有同样的观感吗?

我认为这个论据看似有理,实则不然;很多人一九三一年都没死,也没有跟着贝恩一起歌颂"新集权国家的胜利";对贝恩来说,身体不是灵魂的庇护所,而仅仅是一个简陋的工具,需要通过基因完善以获得更好、更优越的品种。医生日后为自己的理论所导致的恶果惊惶不安并不能令他们得到宽恕。贝恩最终在纳粹上台后不久与之分道扬镳也不能令他得到宽恕。贝恩之流参与制造了纳粹神话。他们日后面对魔像①所感到的恐惧不能令他们免除罪责。

又来了,心动过速和憋气的感觉。特拉克尔忧郁中的死亡画面,碎裂的骸骨,月亮,秋天白蜡树的阴影,被屠杀的灵魂在阴影中叹息;沉睡和死亡,不祥的鹰群——"雷雨天伤感的妹妹,看,一条小船正朝星空下冲去,冲向黑夜沉寂的脸"——破裂的口中发出的野蛮哀号。我想回到荒漠,或回到赛亚卜的诗中,这位有着清瘦悲凉的脸、两只招风耳的诗人,在科威特贫病交加,孤独死去,他在那里对波斯湾喊道:"啊,波斯湾,你送来的是珍珠、贝壳和死亡",除了回

---

① 魔像(Golem),希伯来传说中用黏土、石头或青铜制成的人偶,注入魔力后可自由行动。

声没有别的应答,这呐喊随东方的微风飘散,"你送来的是珍珠、贝壳和死亡",这就是末日,在窸窣的沉寂中只能听到我自己的独白,我在自己的呼吸中窒息,在惊惶中窒息,仿佛一条离开水的鱼。快,从枕头上坐起来,离开这焦虑的沼泽,把灯打开,在光亮中呼吸。

我还在光亮中呼吸。

我的书都在对面看着我,平静的景象,监狱的墙。阿勒颇的鲁特琴仿佛一只圆肚子细短腿的动物,一只瘸腿的瞪羚,就像倭马亚的王子或玛尔嘉·当杜兰在叙利亚荒漠狩猎的瞪羚。那幅费迪南德·马科斯·布雷特[①]的版画与它很像;《两只瞪羚》,一个穿着宽松束脚裤的黑眼睛少女正伸手给那可爱的动物喂食。

我口渴。我还能活多久?我做错了什么让我孤单地在夜里无法入睡心怦怦乱跳肌肉颤抖眼睛灼烧刺痛,我可以起床,戴上耳机听音乐,在乐曲中寻找慰藉,比如纳迪姆的乌德琴[②],或者一首贝多芬的四重奏,他后期的一首——砂拉越现在几点了,如果在巴尔米拉的那个早晨我大胆吻了莎拉,而不是懦弱地转过头,一切可能都会不同;有时一个吻能够改变一个人的一生,命运掉头,转向,拐弯。早在从海恩菲尔德的研讨会回到图宾根与我当时的情人重逢时(西格丽德是

---

① 费迪南德·马科斯·布雷特(Ferdinand Max Bredt,1860—1921),德国东方主义画家。
② 乌德琴(Oud),中东及非洲东部及北部使用的一种传统弦乐器,有"中东乐器之王"之称。

否已经如愿以偿成为一名优秀的翻译,我不得而知),我就已经意识到我们本来日常而深厚的关系与我对莎拉隐约感到的东西相比显得如此寡淡无味:随后的几个月我不停想着她给她写信,写信的间隔或长或短但总是偷偷摸摸的,就好像我已经十分确定这些表面纯洁的信件背后隐藏着一种强大得足以威胁到我与西格丽德关系的力量。如果我的感情生活(面对现实吧)是失败的,这多半是因为我始终有意无意地为莎拉保留着一个位置,而这个期许令我直到现在仍无法全心投入到一段感情生活中去。一切都是她的错,石榴裙下的风比台风更能吹倒一个男人,这是常识;如果她没有小心翼翼地保持暧昧,如果她当初坦率直白,我们就不会是今天这个样子,深夜坐在床上盯着书柜手还放在床头灯开关的树脂按钮上(无论如何,是个手感很好的物件)。有一天,我将无法完成这一如此简单的动作,按下开关,我的手指会变得僵硬得难以让灯光照亮我的黑夜。

我应该起床喝点水,但如果此刻离开床黎明前我就不会再躺下了,应该总在手边放一瓶水,一个皮水袋,就像在沙漠里,让水染上它特有的山羊和柏油香:石油和牲畜,这就是阿拉伯的味道——利奥波德·韦斯[1]肯定会同意,他曾在二十世纪三十年代骑着骆驼在麦地那和利雅得之间或塔伊夫和哈伊勒之间度过了几个月,利奥波德·韦斯(穆斯林名字

---

[1] 利奥波德·韦斯(Leopold Weiss, 1900—1992),后更名为穆罕默德·阿萨德,是一名记者和外交官。

是穆罕默德·阿萨德）曾是那个时代最出色的中东特派记者，为《法兰克福汇报》和魏玛共和国的各大报刊撰文，利奥波德·韦斯，生于加利西亚的犹太人，曾在维也纳离此处不远的地方上学；就是这个人或者他的那本书使我在结束了伊斯坦布尔之旅后动身前往了大马士革。我清楚地记得自己在图宾根的最后几个星期，那时西格丽德正无可挽回地与我日渐疏远，我的土耳其之行更加速了这一进程，我清楚地记得在给莎拉这颗遥远的星辰写信的空当，我惊喜地发现了穆罕默德·阿萨德的改宗历程——这部绝妙的《通往麦加之路》，我就像拜读《古兰经》一般拜读着这部书，面对内卡河①坐在柳树旁的一条长凳上，我想"如果神需要媒介，那么利奥波德·韦斯就是一个圣徒"，可见他的自述多么准确地表达出我对伊斯坦布尔挥之不去的思虑——我确切地记得令我胸膛发紧热泪盈眶的那几句话："这肃穆的声音组合不同于所有其他的声乐。正当我的心带着对这座城市及其噪音热切的爱猛烈跳动时，我开始感到我所有的远行都只为了一个目的：努力领会这一召唤的意义……"唤拜的意义，从先知的年代开始就响彻全世界所有清真寺尖塔的真主至大②的意义，这独一无二旋律的意义，第一次在伊斯坦布尔听到这个声音令我神魂颠倒，尽管这里的宣礼③是最低调的，这座城市现代化生

---

① 内卡河（Neckar）是莱茵河的第四大支流，位于德国巴登-符腾堡州。
② 原文为阿拉伯语的法语拼写（Allah akbar）。
③ 原文为阿拉伯语的法语拼写（adhan）。

活的喧嚣已几乎将它彻底淹没了。坐在图宾根的长凳上,尽管这里的氛围与阿拉伯文化大相径庭,我一遍又一遍地读着这句话,"努力领会这一召唤的意义",仿佛我面对的是神的启示,这一刻我耳边回响着穆安津的歌声,比以往任何时候都更加清晰,正是这歌声曾令费里西安·大卫或我的同胞利奥波德·韦斯着迷,以至于彻底改变了他们的人生——同样,我也想努力领会这叫喊的含义,跟随它,心中还满载着苏莱曼尼耶清真寺的回忆;那时的我决意出发,去探索这面纱后面的东西,这歌唱的"根源"。可以说我的精神生活和我的感情生活同样失败。今天我的迷惘一如既往,并无信仰的慰藉——我应该不在主的选民之列;也许我缺乏苦行者的意志或神秘主义者富有创造力的想象;也许音乐终归才是我唯一的挚爱。荒漠所呈现的(的的确确)只是一堆石头;清真寺对我来说像教堂一样空空如也;圣徒、诗人的生活和他们的文字虽然带给我美感,如棱镜般闪耀,却无法让我看到真正的光,阿维森纳之光,无法让我接触到真谛——我注定要活在恩斯特·布洛赫[①]的乌托邦的唯物主义中,对我来说这是一种无奈的妥协,"图宾根的矛盾"。在图宾根,我曾预设了三种可能的人生:宗教,就像利奥波德·韦斯,别名穆罕默德·阿萨德;乌托邦,就像在布洛赫的《乌托邦的精神》和《希望的原则》中所描写的;荷尔德林的疯狂和幽闭,以他名字命名的塔楼在柳树与内卡河上的木船之间投射出令人担忧

[①] 恩斯特·布洛赫(Ernst Bloch,1885—1977),德国马克思主义哲学家。

的阴影笼罩着整座城市。我到底为什么借助欧盟为大学生提供的有限的慷慨去了图宾根，而不是像我所有的同学一样去巴黎、罗马或巴塞罗那，我记不太清了；也许能够找到荷尔德林的诗歌、艾诺·利特曼的东方主义和恩斯特·布洛赫的音乐哲学在我看来是个不错的计划。我贪婪地读了利特曼对《一千零一夜》几千页的翻译，并开始跟他的后继者们学习阿拉伯语。难以置信的是一百年前的图宾根，甚至还有斯特拉斯堡（包括泰奥多尔·诺尔戴克和厄亭等人曾在此任职）直到第一次世界大战将文人学者打得四散奔逃以前，曾是德意志帝国最具东方风情的城市。在这东方学者的巨大网络中，艾诺·利特曼曾是至关重要的一个德国节点；比如说，正是他撰写了这位著名的厄亭先生在阿拉伯国家历险的旅行日记，比尔格对其中段落的讲述为我们的巴尔米拉之夜带来了不少笑声；作为金石专家、闪语族专家，利特曼自二十世纪初就为寻找纳巴泰文字穿越了叙利亚南部；他在写给爱德华·迈尔（古东方专家）的一封信中描写了豪兰地区冬季的考古发掘工程——冒着寒冷、大风和雪暴，他讲述了自己与一名贝都因人的邂逅，后者自称"安拉之犬"①：这个如此谦卑的绰号对他来说是个启迪。对利奥波德·韦斯也是一样，游牧民生活的谦卑是伊斯兰最具震撼力的形象，在荒漠的一无所有中完全放弃世俗生活的光鲜亮丽——吸引我的正是这种纯粹，这种孤独。我曾想找到这个真主，像他所创造的那些在绝对

---

① 原文为阿拉伯语的法语拼写（Kelb Allah）。

的清贫中自称为安拉之犬的谦卑生灵一样无处不在、朴素自然的主。两种对立的影像出现在我的脑海中：一边是《一千零一夜》的世界，都市、迷人、富足、性感，另一边是《通往麦加之路》的世界，空灵而超验；伊斯坦布尔对我意味着第一种形式的当代版本——我期待叙利亚之旅将让我不仅在大马士革和阿勒颇拥有魔幻名字的大街小巷里回味那《一千零一夜》的迷梦和温柔的感受，还能令我首次在荒漠中一窥宇宙的阿维森纳之光。因为，在与穆罕默德·阿萨德交流的同时，恩斯特·布洛赫、他的《痕迹》以及他对阿维森纳那篇短文（令西格丽德不禁绝望，我对着可怜的她大段大段地朗读这些著作）在我的思想中激发出充满灵感却又似是而非的混乱，其中乌托邦的唯物主义者与穆斯林神秘主义者手牵着手，黑格尔与伊本·阿拉比① 达成一致，而且还有背景音乐；连续几个小时，我盘腿坐在我深陷的扶手椅中——权当我的修道院单人小室，面对我们的床，耳朵上罩着耳机，不容自己受到西格丽德（白皙的腿，平坦的腹部，坚挺的乳房）来回走动的干扰而分心，我与思想家们交往：勒内·盖农②，在开罗变成了阿卜杜拉-瓦希德·叶海亚教长，他在三十年中一直跟随着"传统"这只永不出错的罗盘，在从未离开埃及的情况下，从中国到伊斯兰，还有印度教、佛教和天主教都

---

① 伊本·阿拉比（Ibn Arabi，1165—1240），安达卢西亚的苏菲派神秘主义者、诗人和哲学家。
② 勒内·盖农（René Guénon，1886—1951），法国哲学家和隐微论者，对东方哲学尤其印度教和苏菲主义有深入研究。

研究了一个遍,他关于真理启蒙和传承的著作令我痴迷。不只是我;我很多同学,特别是法国同学都看了盖农的书,这些书在他们很多人心中点燃了神秘主义探索的激情,有些人成为逊尼派或什叶派穆斯林,另一些归信了东正教和东方亚述教会,还有一些就像莎拉一样,投奔了佛教。对我来说,我得承认盖农的著作只是令我的思维更加模糊了。

幸好现实能够将思绪理顺;在我看来,叙利亚所有的教派都无一例外地被同样无聊的形式主义主宰,而满怀信仰憧憬的我也很快在那些师兄弟的装腔作势面前撞了个头破血流,他们每周两次像人们去健身一样去参加齐克尔赞念,只不过这健身是淌着口水在地上打滚,在我看来他们的出神状态来得如此之快以至于缺乏诚意:在一家苦行僧的寺院内摇头晃脑不停念着"la ilâha illâ Allah"(安拉是唯一的主)自然能让人进入奇怪的状态,但这恐怕更多源于精神幻觉而不是信仰的奇迹,至少我的同胞利奥波德·韦斯凭借他清醒的观察是如此描写的。与西格丽德分享我的疑问并不容易:我的思绪如此含混不清,她完全搞不懂,这也很正常;她的世界是斯拉夫语言,与我的世界相隔很远。我们当然在俄罗斯或波兰音乐中找到共同的兴趣,围绕着里姆斯基、鲍罗丁、席曼诺夫斯基,但令我着迷的是《天方夜谭》①或《恋爱中的穆安津之歌》以及它们中的东方,而不是伏尔加河畔或维斯瓦河

---

① 《天方夜谭》(Schéhérazade),俄国作曲家里姆斯基-科萨科夫作于1888年的一套交响组曲。

畔①——卡罗尔·席曼诺夫斯基的《恋爱中的穆安津之歌》,在美妙的波兰诗句中出现的"Allah akbar"(安拉至大),由装饰音和花腔女高音传递出的这种非理性的爱("假如我不爱你,我会像个疯子般地歌唱吗?我那些飞向安拉的热切祈祷,难道不是为了告诉你我爱你?")在我看来是在东方主题基础上绝妙的欧洲变奏:席曼诺夫斯基一九一四年的阿尔及利亚和突尼斯之旅令他极为震撼,他惊叹于斋月的夜宴,甚至为之"热血沸腾",《恋爱中的穆安津之歌》中流露出的也正是这种激情,其实这首歌并不太阿拉伯:席曼诺夫斯基仅满足于再次采用增二度和阿拉伯音乐仿制品中特有的小音程,毫不理会费里西安·大卫引入的四分之一音——但这并非他的意图;席曼诺夫斯基在这一唤起东方联想的曲调中不需要去除和声,打破调性。但是他听过这些四分之一音;他将在《神话》中用到,我坚信从根本上改变二十世纪小提琴基本曲目的这些作品源自阿拉伯音乐。这一次它并非为了获得某种异域风情而采用的一种异源要素,而是一种消化吸收了的阿拉伯音乐,一种不折不扣的创新源泉:那是一种演化的力量,演化而不是革命,正如他自己准确断言的一样。我不记得自己是否在图宾根就已经知道哈菲兹的诗作和根据鲁米诗句改编的《夜之歌》——席曼诺夫斯基的杰作,应该还没有。

　　我那时很难与西格丽德分享我的新爱好;卡罗尔·席曼诺夫斯基在她眼中部分地展现了波兰之魂,却毫无东方可言;

---

① 维斯瓦河(Vistule),波兰最长的河流。

比起《穆安津》,她更偏爱那些《玛祖卡》,比起阿特拉斯山脉①之舞,她更青睐塔特拉山脉②之舞。她的看法也的确有她的道理。

或许放弃了灵魂的交流,我们便尽情享受肉体的愉悦:我离开那张教义的扶手椅只是为了跳上床,与上面的胸、腿、嘴唇会合。直到今天,西格丽德的裸体形象仍令我兴奋,这形象的力量丝毫不减,她那纤瘦的白皙,趴在床上,双腿微微叉开,从浅色被单中升起的只包围在胭红和金黄中的一条粉红色的线,我现在可以清楚地看见她紧致的臀部,两块短小的高原在腰部汇合,脊柱的轨道在深壑上方登顶,从那里大腿像书一般展开,此处从不见光的皮肤在舌头的舔舐下有如美味的冰沙,这时我的手慢慢顺着小腿长着细绒毛的斜坡滑下,然后流连在膝盖内侧的平行沟槽中,这让我想关上灯,在我的棉被下细细回味这些景象,在想象中追忆图宾根的云——如此适合于探索女性的柔美,那是二十多年前的事了:今天光是要习惯于另一个身体、让它习惯于我的身体的念头就已经令我感到疲劳——一种十足的惰性,一种近乎绝望的懒散;需要去吸引别人,忘记自己丑陋体貌的羞耻,那干瘦、被焦虑和疾病折磨的身体,忘记以裸体示人的尴尬,忘记这耻辱和令人僵硬迟缓的年龄,这种忘却对我来说是不

---

① 阿特拉斯山脉(Atlas),地中海与撒哈拉沙漠之间的山脉,位于非洲西北部。
② 塔特拉山脉(Tatras),中欧喀尔巴阡山脉中的最高山脉,是斯洛伐克与波兰的边界。

可能的，除了与莎拉在一起，当然，她的名字似乎总是隐藏在我思想的某个私密角落，她的名字、她的面容、她的嘴唇、她的胸部、她的手，随着这性感的释放让我们再次入睡吧，就在我头顶上那片女性的气旋中，那些天使，色情而美丽的天使——有多久，差不多两个星期前，我与卡塔琳娜·福什一起用晚餐，我当然没再给她打电话，也没在大学遇到她，她会想是我故意躲着她，不错，我是躲着她，尽管她的谈吐有着不可否认的魅力，她自己也有着不可否认的魅力，我还是不会给她打电话，说实话，那顿晚餐越接近尾声我就越为事件发展的前景惶恐不安，然而天知道我竭尽所能地打扮自己，在白衬衫上系了一条酒红色小丝巾，给我带来一种优雅的艺术家气质，我梳了头，身上喷了古龙香水，所以我对这次二人晚餐是有某种期待的，当然，我期待跟卡塔琳娜·福什睡觉，但我禁不住看着蜡烛熔化在锡制烛台中，仿佛看着灾难的预示，卡塔琳娜·福什是个优秀的同事，一位可贵的同事，与她共进晚餐总比像某些人跟女学生调情要好。卡塔琳娜·福什是与我年纪相仿条件相当的女人，一个风趣而有教养（吃相得体、不在公共场合大呼小叫）的维也纳女人。卡塔琳娜·福什专门研究音乐与电影之间的关系，光是《强盗交响曲》和罗伯特·威恩的电影她就能聊上几个小时；卡塔琳娜·福什的容貌挺讨人喜欢，红色的脸颊，清澈的眼睛，含蓄的眼镜，栗色的头发，长长的手指上指甲修得很别致；卡塔琳娜·福什戴着两枚镶钻的戒指——我怎么会筹划与她共进晚餐这一出，甚至还梦想跟她睡觉，一定是因为孤独和忧伤，真是悲哀。在这家优雅的意大利餐厅，卡塔琳娜·福什问了我一些关于叙利亚和伊朗的问题，她对我的研究工作感兴趣，燃烧的蜡烛在白色桌布上投下了橙色的影子，灰色的烛台边缘挂着几个小蜡窣丸：我从没看过《强盗交响曲》——你应该看看，她说道，我肯定你会喜欢这部电影，我想象自己在卡塔琳娜·福什面前宽衣，噢，我想那一定是部杰作，又想象她在我面前脱得只剩下我此时能看到肩带的红色蕾丝内衣，你如果想看我可以借给你，我有它的DVD，她有着诱人的乳房和体面的腰肢，这里的提拉米苏很棒，我呢，我穿的是哪条内裤？是粉色方格、松紧带坏了总往下掉的那条？可怜的我们，可怜的我们，我们悲惨的身体，我今天绝不在任何人面前脱衣服，绝不能在腰上挂着这条破内裤的时候脱衣服，啊是吗，提拉米苏，恐怕有点儿——怎么说呢——软，对，就是这个词，提拉米苏对我来说太软了点儿，不要，谢谢。

她最后要甜点了吗？我不得不逃避自己对袒露隐私的恐惧，逃避并忘却，我给卡塔琳娜·福什带来了多大的羞辱，她今天肯定对我恨之入骨了，而且我在无意中阻止了她品尝那软乎乎的提拉米苏——应该只有意大利人才能想出在咖啡里把手指饼干泡软的主意，所有人都知道手指饼干不能泡在任何液体里，因为它看上去很硬但只要一泡就像烂泥一般瘫软下来，瘫软并掉进杯子里。怎么会想到要制作软乎乎的东西。卡塔琳娜·福什肯定很牛我的气，她本来就不想和我睡觉，她现在恨我把她丢在了餐厅门口，好像我急着要离开似的，好像她的陪伴无聊得要死，再见再见，一辆出租车经过，我叫了，再见，太无礼了，我想如果把这个故事讲给莎拉，她一定会乐得前仰后合，我永远都不会有勇气讲给她听，男方仓皇逃跑因为害怕他早起穿上的是那条松紧带没弹力的红白格内裤。

莎拉总觉得我很逗。我每次跟她说点心里话她就笑，这一开始让我有点气恼。如果我那时在巴尔米拉的简易帐篷里吻了她，而不是吓得扭过头去，一切可能都会不同，一切可能都会不同，或者不会有什么不同，但不管怎样至少能够避免男爵酒店和德黑兰的灾难，激情四射的东方令我做出荒唐的事，荒唐的事，今天莎拉和我，我们就像一对老夫妇。刚才的梦还飘浮在空气中，莎拉忧郁地躺在那间神秘的地下室里。砂拉越，砂拉越。其实我应该关心的是她，我真是个老自私鬼，老懦夫，她也很痛苦。今早收到的这篇文章犹如大海中漂着的一个瓶子，令人担忧的求救信号。我意识到莎拉的名字出现在砂拉越里。又是一个巧合。她会说，一个命运、业力的表象。或许是我神经错乱了。她对死亡、变态、犯罪、酷刑、自杀、食人肉、禁忌的偏好只是一种学术的兴趣。就像弗吉耶对卖淫和城市阴沟的兴趣一样。就像我对伊朗音乐和东方主义歌剧的兴趣一样。我们都染上了什么绝望疾病？尽管莎拉在佛教、冥想、睿智和旅行中度过了这么多年，还是难逃厄运。说来说去克劳斯建议我去看那位异国疾病专家也许是对的，天知道我在那些遥远的国度染上了什么灵魂毒素。就像那些十字军军人和早期的东方学家，满载着黄金、杆菌和忧伤回到了他们西方晦暗的村庄,知道自己以基督的名义毁掉了他们见过的最壮丽的奇迹。掠夺了君士坦丁堡的教堂,焚烧了安塔基亚和耶路撒冷。灼烧我们的是什么真相,又是什么美在我们惊鸿一瞥后便悄然逝去,什么痛隐隐地将我们摧毁,就像拉马丁在黎巴嫩一样,是看到起源还是终结的痛,我不知道,答案不在荒漠中,至少对我不是,我的《通往麦加之路》是截然不同的——与穆罕默德·阿萨德(又名利奥波德·韦斯)相反,叙利亚的"荒漠"对我与其说充满信仰不如说充满情欲:在那个巴尔米拉之夜后,离开床铺的我们与朱莉和弗朗索瓦-马利告别,随疯子比尔格继续旅程,向东北方和幼发拉底河进发,中间经过一座迷失在时间和石头中的倭马亚城堡,以及一座拜占庭幽灵城——围着高墙的拉萨菲,如果我有力气,我想为与利奥波德同姓氏的朱利安·贾拉勒·巴哈丁·韦斯[1]写一篇长文,与前者一样归信伊斯兰,他不久前才死于癌症,这癌症与阿勒颇和叙利亚的毁灭在时间上恰好重合,我们可以自问这两件事是否相互关联——韦斯生前活在两个世界里;他曾是东、西方最伟大的卡龙琴[2]演奏家,也是一位渊博的学者。他所创立的肯迪组合曾为包括萨布里·穆达拉尔、哈姆扎·查库尔、卢克菲·布什纳克在内的一批阿拉伯世界最卓越的歌唱家伴奏。莎拉在

---

[1] 朱利安·贾拉勒·巴哈丁·韦斯(Julien Jâlal Eddine Weiss,1953—2015),原名伯纳德·韦斯,是一位法国音乐家。
[2] 卡龙琴(qanun),又译卡农琴,中东地区的一种多弦筝。

阿勒颇带我见了他，他们是通过纳迪姆介绍认识的，纳迪姆有时与他一同演奏——他住在迷宫一般老城区深处的一座马穆鲁克宫殿中，与堆放着肥皂和羊头的棚屋集市近在咫尺，宫殿朴素的砖石后面是一个赏心悦目的内院；过冬的房间内摆满了乐器，鲁特琴、齐特拉琴、芦笛、打击乐器。这位金发俊男一开始就令我非常反感——我讨厌他的自负、他的知识、他高高在上的苏丹气势，还有，特别是，纳迪姆和莎拉对他五体投地的崇拜，我这充满嫉妒的偏见使我在很长一段时间都忽视了这件美妙的作品，这个以相遇、沟通和对"传统"的提问，以及对艺术音乐，特别是宗教音乐的传承为特征的音乐组合。或许必须经过伊朗的生活和与杜林合作的研究才能让我领会这一系列提问的意义。应该为韦斯和肯迪组合向乌萨马·伊本·蒙奇德的致敬写一篇文章，后者作为叙利亚奥龙特斯河畔要塞城市沙伊扎尔的王子，既是骁勇的斗士、猎手，也是一位作家，在他几乎跨越了我们整个十二世纪的漫长一生中，他见证并参与了十字军战争和法兰克王国在黎凡特的建立。我想象这位喜爱长矛和猎雕、弓箭和战马、诗文和歌者的王子面对法兰克的重型武器，面对这些远道而来四肢发达头脑简单的敌人，必定需要不少时日和战役才能驯服他们，才能打掉一点他们铠甲上的野蛮之气——法兰克人后来学习了阿拉伯语，品尝了杏子和茉莉花，并对这些他们前来解救异教徒的土地产生了某种尊敬；沙伊扎尔的王子在一段征战和猎狮的人生后开始了流亡生涯——在这流亡中，在底格里斯河畔的希森·凯发城堡中，远离战火年近八旬的他写出了丰富多样、美妙绝伦的文章，如《赞女性》《手杖诗篇》，后者专门描写神奇的手杖，从摩西的手杖，到乌萨马王子自己晚年使用的那根拐棍，他说，它在他的体重下弯曲变形，有如他野蛮的青年时代的强弩；还有他的《论睡眠与幻梦》以及这部精彩的自传《范例指导手册》，集历史教材、狩猎论述和文学必备书于一身。乌萨马·伊本·蒙奇德还抓紧时间整理了自己的诗作，诗作的节选后由肯迪组合谱写成了歌曲。

今天，贾拉勒·巴哈丁·韦斯在阿勒颇的沙漠旅行客栈遭到焚毁，他自己也撒手人寰，也许是因为看到他辛苦创建的东西（一个共享愉悦、建立沟通、参与"他性"的世界）在战争中付之一炬；他将在另一条河的彼岸与乌萨马相聚，乌萨马这位伟大的斗士曾如此评论战争：

> 一把比任何盔甲都更加坚固的利剑固然很宝贵
> 但它无法保护飞箭下的狮子
> 也无法令耻辱和废墟中的战败者得到安慰。

巴尔米拉与拉萨菲之间的漂亮柏油路上既没有中世纪的勇士也没有一个衣着褴褛的割喉者，只有悲凉公路边孤零零的一个哨所，和在哨所简易铁皮的阴影下打盹儿的叙利亚应召入伍的新兵，他们在烈日炎炎下穿着深棕色的冬季军服，负责打开阻挡道路的铁链，比尔格在最后一刻才看到这条链了，被迫死命踩下刹车，令越野车的轮胎在炙热的沥青上发出尖利的叫声：谁能想到在沙漠中间会有一个没有标示的路障呢？两个流着汗、头几乎剃秃、穿着满是灰尘骆驼粪色肥大外衣的士兵瞪大眼睛，抓起他们的武器，走近这辆白色览胜越野车，他们察看了一下车里的三个外国人，犹豫了一下，在脑子里草拟了一个问题但最终没敢问；其中一个放下了铁链，另一个展开胳膊做出风车旋转的手势，于是比尔格踩下了油门。

莎拉叹了口气，比尔格闭口不言。至少保持了几秒钟。

司机（虚张声势）：我差点以一百二的时速撞上这条该死的链子。

男乘客（坐在前面，吓得够呛但保持尊敬）：你可以试着开慢点儿，注意力集中点儿。

女乘客（坐在后面，说法语，微带焦虑）：你们觉得他们的枪里有子弹吗？

司机（怀疑）：沙漠里的一个混蛋路障，不太多见。

女乘客（还是说法语，担忧里掺杂着纯粹的好奇心）：弗兰兹，刚才是有一个牌子，但我没来得及看清上面的字。

男乘客（说同样的语言）：我没注意，对不起。

司机（自信，说德语）：附近肯定有一个军事基地。

男乘客（无所谓）：对，我还发现右边有辆坦克。

女乘客（对司机说英语，担忧）：壕沟里有两个家伙拿着一挺机关枪，减速，减速！

司机（粗俗，突然生气）：这些狗……养的在我的路上搞他妈什么呢？

男乘客（沉着冷静）：我觉得应该是个步兵营在演习。

女乘客（越来越担忧，又开始说法语）：不对，看，好家伙，看，那边山丘上有大炮！左边还有好多别的机关枪！掉头，掉头！

司机（很自信，对男乘客说德语）：既然他们让我们通过了，就是说我们有权通过。我开慢一点吧。

男乘客（不太自信，说法语）：哦，对。小心些就好。

女乘客（恼火）：这也太疯狂了，看看右边跑着的那些士兵。还有这些沙尘，是刮风刮得吗？

男乘客（突然担忧）：我觉得好像是车辆在沙漠里猛冲。好像是坦克。

同一个人（对着司机）：你确定我们没走错路吗？根据你的罗盘指示，我们现在正朝西北方的霍姆斯方向走而不是朝正北方。

司机（恼火）：这条路我走过上百遍了。除非他们最近又新铺了一条柏油路，应该不会错。

男乘客（假装轻描淡写）：这条路看上去好像是挺新的。

女乘客（穷追猛打）：这沥青路面平滑得有点儿不对劲。

司机（真的生气了）：好吧，胆小鬼，我掉头。你们还真是娇气！

比尔格最终气上加气地原路返回了，一气自己走错了路，二气被军事演习挡住去路——回到检查站①，那两个无所事事

---

① 原文为英语（checkpoint）。

的土人一般的士兵像刚才一样冷漠地为我们放下了沉重的铁链；这次我们才有时间和莎拉一起破解木牌上歪七扭八的文字"军事要地——危险——禁止入内"。

那天比尔格露了一手：为自己的失误恼羞成怒的他大部分时间都沉着脸，当我们回到了距离巴尔米拉几公里的地方——接近行程的起点时，发现那里确有一条我们之前错过了的岔路，另一条状况较差（这就是我们错过它的原因）的公路越过一座座石丘直插向北方，这时比尔格坚持要带我们去一个神奇的地方以求得宽恕，那是十二世纪末的一座古老的倭马亚宫殿——闻名于世的东方猎苑城堡，一座用于狩猎娱乐的宫殿，大马士革的哈里发常来到这里打瞪羚、听音乐、饮酒，他们与同伴共饮的葡萄酒如此醇厚、辛辣、浓烈，必须加水稀释才行——当时的诗人描写了这种混合物，莎拉讲道；琼浆与水的相遇如爆炸一般，火星四溅；酒杯中的溶液红得像公鸡的眼睛。比尔格说，城堡中曾有狩猎和饮酒的华美壁画——除了狩猎和饮酒，还有音乐：在一幅著名壁画中，可以看见一名鲁特琴演奏者正在给一位女歌手伴奏，虽然这些壁画早已被移出去了，但能够看到这名闻遐迩的城堡还是令我们兴奋不已。当然我那时并不知道是阿洛伊斯·穆齐尔在他第二次远征时首先发现并描述了这座城堡。要到达那里，必须沿着这条小柏油公路一直北行二十几公里，然后在错综复杂的土路中朝东拐入沙漠；我们的地图标注非常粗略，但比尔格保证找到这座城堡，他说他曾去过一次，而且它就像一座军事堡垒一样从很远的地方就能看得到。

下午的太阳在堆满石子的地上反射着白色的光芒；在单调的风景中，时不时不知从哪儿冒出一丛多刺光秃的灌木；可以看到远处有一小团黑色帐篷。这部分的荒漠不是平坦的，远非如此，但这起伏的地貌没有任何特别的植被，也没有阴影，令人实难看清：一秒钟前发现的一个帐篷就像变魔术似的陡然消失在一座看不见的山丘后面，这使得方向辨识更为复杂；有时我们下到宽阔的盆地中，那圆谷之大足可以轻松隐藏一个骆驼骑兵团。我们的越野车在石头上颠簸摇晃，只要时速超过三十公里就开始做出壮观的弹跳，比尔格得将时速加到六十才能达到一种在石头上飘的状态，这样车辆的晃动大大减少，乘客也不会像坐在一把超强按摩椅中那样震颤了——然而这一速度需要司机精神高度集中：一个地面上突然出现的鼓包、土坑或大石头都会让车辆腾空而起，车上的人脑壳会猛撞在车顶上，车里的机械部件都发出刺耳的响声。如此，比尔格双手紧握方向盘，咬紧牙关，眼睛紧盯着路面；他小臂的肌肉凸起，腕筋明显——他让我想起儿时看过的一部战争片，一个德国非洲军团的士兵在利比亚某个地方飞速驾驶着一辆吉普车，吉普车不是行驶在寻常的沙子上，而是行驶在尖锐锋利的石头上，那个士兵满头大汗，紧紧按在方向盘上的手指发白，就像比格尔一样。莎拉似乎没有意识到这项任务的艰难；她用法语高声朗读着安娜玛丽·施瓦岑巴赫写的短篇小说《贝尼·芝娜贝》，前一天夜里曾提及的她与玛尔嘉·当杜兰在巴尔米拉的邂逅。我们时不时问她在这种条件下看书她不会觉得恶心吗，很遗憾不会，除了书随着车子的颠簸在她眼前跳跃以外，好像她没觉得有任何不适。比尔格肆意用德语讽刺道："你想得真是周到，带了一部能发声的书，增加了长途旅行的乐趣。还能帮我提高法语水平。"我当时多么遗憾自己没能坐在她身边的后座上；虽然知道希望渺茫但还是期待着下一个夜晚我们又能共用一条毯子，这次我将会找到冲上战场，或者说冲到嘴上的勇气——比尔格说我们可能要被迫在城堡露营：因为夜间在沙漠中无法行车，这对我来说却是个好消息。

我的愿望将会实现，尽管跟我的期待有些差异，但仍是一种实现：我们将在沙漠中过夜。三个小时以后，我们依旧以五公里到六十公里之间摇摆不定的时速向偏东方向行驶。鉴于三个人在岔路口时都没有想到要看里程表，我们无从知道已经走过的真实距离；地图没有任何帮助：对它来说，这个地区只有一条东西走向的路，而事实上，数十条小路不断交叉再交叉；只有比尔格仪表盘上的小罗盘和太阳能够大致向我们指示出方向。

比尔格开始气急败坏。他击打着方向盘把能诅咒的都诅咒了一遍；他说，这不可能，我们应该已经到巴尔米拉-代尔祖尔公路了，看看地图，他叫道，这不可能，完全不可能，绝对不可能，但还是要面对现实：我们迷路了。好吧，不是迷路，而是走失了。记得还是莎拉给我解释了这两个词的微妙差别，好让比尔格不那么难堪，但我费尽心思也难以将这微妙差别用德语表达出来：这几乎没让他感到什么安慰，比尔格此时低声咒骂着，就像一个对着不听凭他摆布的玩具发火的孩子。我们中途作了次长时间的停歇，徒步爬上一座岩石山，期待从上面居高临下也许可以看到一个信标——代尔祖尔大公路或者干脆就是那座著名的倭马亚城堡。然而被我们当做瞭望台的地方其实与周围差不多高，从上面什么也看不见，只不过我们汽车的位置比荒漠的平均高度要低一些。北边（真的是北吗？）那个绿斑是一片春小麦麦田还是块草地，还有这些黑点一般的帐篷。我们不会损失什么，顶多就是不能在今天看到那座城堡。下午的时间已经流失过半——太阳开始在我们身后落下，这令比尔格十分绝望；我想到倭马亚城堡的伟大发现者阿洛伊斯·穆齐尔和他的探险旅行：一八九八年，在贝鲁特的耶稣会圣约瑟夫大学图书馆研究了马安王朝统治地区的所有西方文献和旅行游记以后，他骑上骆驼，在亚喀巴①的凯马坎②"出借"的几名奥斯曼军警的陪同下深入荒漠，寻找那著名的图巴城堡，一座几个世纪除了贝都因人没人提起过的行宫。是什么勇气，什么信仰或什么疯狂让这个波希米亚的天主教小神甫就这样扛起枪，一头扎进真空中，置身于对奥斯曼政权带有或多或少的敌意并定期发动战争、烧杀掳掠的游牧部落之中？他是否也曾感觉到沙漠的恐怖，是否也曾在广阔无垠中感到那令胸膛发紧的孤独焦虑，可以想象在这广阔无垠的残暴中必定隐藏着危险与痛

---

① 亚喀巴（Akaba），位于约旦南部、亚喀巴湾的尽头，与以色列埃拉特相邻。
② 凯马坎（Kaimmakam），奥斯曼帝国三级区划卡扎或里瓦的长官。

苦——灵魂与肉体混合的危险与痛苦，干渴、饥饿，诚然，但也有孤独、无助、绝望；我在这低矮的小石堆上想到件有趣的事，那两个堂兄弟阿洛伊斯和罗伯特·穆齐尔[①]曾以各自不同的方式感受到遗弃和无助：在帝国首都维也纳瓦砾中的罗伯特，和数千公里以外流落在游牧民之中的阿洛伊斯；二者都曾穿行在废墟中。我还记得《没有个性的人》的开头部分（真的是开头吗？），乌尔里希碰到了几个拿着铅头棍子的流氓，遭到殴打后被遗弃在维也纳便道上等死的情形，他随后被一位美丽动人的年轻女士救起，并扶进她的车里，他一路上对暴力伤害的经历与神秘主义的经历之间的相似性进行了充满嘲讽的论述：看着莎拉就像刚刚在棍棒之下遇到了他的良善女神时的乌尔里希一般艰难地走在小山丘斜坡的碎石上，我想对于堂弟阿洛伊斯来说，荒漠很可能既是启蒙之地也是遗弃之地，在那里神也通过他的缺席、他的轮廓展示自己，在罗伯特·穆齐尔的小说中，乌尔里希更加明确地指出了这一矛盾性："一只多彩却缄默的大鸟的两翼。他特别强调两翼和多彩而缄默的鸟，没什么含义的想法，但却承载了强大的感性力量，借助它，生活一瞬间在它无限的身体中平息了所有冲突；他发现旁边的女士什么也没听懂；然而，她在车中散布的温柔雪花仍在不断落下。"莎拉就是这荒漠中的雪，看着她几乎爬到这座没什么可瞭望的小丘顶部与我会合

[①] 罗伯特·穆齐尔（Robert Musil，1880—1942），奥地利作家，代表作为《没有个性的人》。

时我想到这儿。

　　我觉得自己正昏昏欲睡，脸被沙漠的微风轻抚着，在两个穆齐尔都从未到过的这个新维也纳第九区，我缓缓进入梦乡，盖着我的棉被，躺在我的枕头上，就像在一座牧民帐篷里，就像那个夜晚，那个荒漠之夜接待我们的那个帐篷里面一样宽敞：就这样，阿洛伊斯·穆齐尔的向导，一辆摇摇晃晃的翻斗卡车赫然停在了我们身边，问我们是否需要救助；车里的人（皮肤黝黑、满是皱纹的面容包在红色头巾里，呈直线的髭须将脸截成两段）解释说我们要找的城堡在东北方很远的地方，还有足足三个小时的路程，我们不可能在天黑前到达：他们按照贝都因最古老的风俗，邀请我们在他们的黑色帐篷里过夜。我并不是唯一的客人：一个奇怪的商贩已经坐在"客厅"里了，这位荒漠中的流动货郎出售他藏在深不见底灰色尼龙口袋中的各种特大皮水袋，一些塑料物件，如水杯、漏勺、水桶、拖鞋、儿童玩具，还有白铁皮用品，如茶壶、咖啡壶、碟子、餐具：他放在帐篷前的巨型褡裢犹如两条瘫软的大虫子或一棵可怕植物上的腐烂扁豆。这位货郎是叙利亚北方人，他没有车：他跟着牧民的卡车和拖拉机跑遍荒漠，从一个帐篷到另一个帐篷，直到把东西全部卖完，然后他便回到阿勒颇在迷宫般的棚屋市场里重新备货。一旦将杂七杂八的百货都收集全了，他重又上路，乘长途车沿幼发拉底河下行，在幼发拉底河、巴尔米拉和伊拉克边境之间的广阔地域来回往复，享受牧民们的热情好客（西方人会觉得这是占便宜），他们既是他的顾客也是为他提供栖身之地的房东。这个锅碗瓢盆版的 T.E. 劳伦斯很可能也具有类似间谍的身份,受命将这些与伊拉克、约旦、沙特阿拉伯,甚至科威特保持紧密关系的部落的一言一行汇报给行政机构:我惊讶地得知自己所在的这座房子(阿拉伯语就这样称呼帐篷)属于穆泰尔部落一派,这个著名的军人部落曾在二十世纪二十年代初与伊本·萨乌德结盟,并协助他掌权,后又为反抗他发起叛乱。玛尔嘉的护照夫君就来自这个部落。穆罕默德·阿萨德,阿拉伯的犹太人,讲过他自己就曾在科威特参加了伊本·萨乌德对费萨尔·达尔维希领导的穆泰尔部落的侦查工作。这个部落的战士似乎是(至少在他们的叙利亚版本中)最爱好和平的:他们养殖绵羊和山羊,还有一辆卡车和几只母鸡。当我们的车跟随贝都因人的卡车来到他们的帐篷时,出于尊重,莎拉在车里就把头发匝起来了:落日的余晖在她下车时亲吻了她的秀发,便目送它潜入了黑布遮蔽的阴影中;没有第二个星光下紧靠着莎拉的夜晚,真不走运,我想,没能抵达那座遗失的城堡真是太倒霉了。房子内部由皮革制成,既阴暗又舒适;用红色和绿色芦苇编成的一堵隔墙将帐篷一分为二,一侧是男人,另一侧是女人。这座居所的户主,一位老族长,因他的假牙绽放金色的笑容,而且话多得像只喜鹊:他会说三个法语单词,是他在法国对叙利亚实行托管时期在他服役的黎凡特军队里学的:"起立!趴下!齐步走!"他兴高采烈地两个词两个词地喊着,"起立趴下!趴下齐步走!"不只为简单的记忆再现而高兴,也为有一群能够听懂这些军队口令的法语听众而欣喜——我们的阿拉伯语水平十分有限（特别是比尔格，只知道"挖土，铁锹，镐"，另一个版本的"起立趴下——趴下齐步走"）难以听懂这位八十多岁部落族长的众多讲述，但莎拉通过她的感同身受和语言知识能够听懂老人的故事，还给我们翻译了一些令我们不知所云的故事梗概。当然，莎拉向这位本地的玛土撒拉①提出的第一个问题是关于巴尔米拉伯爵夫人玛尔嘉·当杜兰的——他见过她吗？老族长捋了捋胡子，摇摇头，没有，他听说过这位巴尔米拉的伯爵夫人，但仅此而已——没能接触到传奇，莎拉一定很失望。我们喝着一种桂皮煮的香甜的汤，盘腿坐在直接铺在土地上的羊毛毯子上；一条黑狗冲着我们叫了几声，这牛羊的守护者，保卫着家畜不受胡狼和鬣狗的伤害：老爷爷、他的儿子们和货郎给我们讲的那些鬣狗的故事令我们毛骨悚然。莎拉喜不自胜，立刻就将没能遇到荒漠毒妇玛尔嘉·当杜兰统治硕果仅存的一个见证者的遗憾忘得一干二净；她时不时转过头给我一个心照不宣的微笑，我知道她在这些魔怪故事中又找到了她曾经研究过的食尸鬼和其他奇幻动物的神话：几乎从这些地区绝迹的鬣狗身上汇集了最令人不可思议的传说。老族长是个一流的讲述者，一个高水平的演员；他用一个简单的手势让他的儿子和货郎闭嘴，然后享受独自讲述他熟悉故事的愉悦——鬣狗，他说道，能够将不幸与他对视的人催眠；然后这些人便被迫跟随它穿过

---

① 玛土撒拉（Mathusalem），据《圣经·旧约》，玛土撒拉是亚当第七代子孙，是最长寿的老人，传说他在世上活了969年。

荒漠进入它的洞穴，在遭受痛苦折磨后被它吃掉。如果他们侥幸逃跑了，它将在梦中纠缠他们；与它接触使人长出可怕的脓包——怪不得这些可怜的动物会遭到如此大规模的屠杀，我想道。至于胡狼，它们很可鄙但全无危害；它们长长的哀号刺穿黑夜——我觉得这些呻吟特别阴森，但在贝都因人看来，它们的叫声与鬣狗恐怖的呼喊毫无可比性，后者拥有令人吓得呆若木鸡、灵魂出窍的力量：听过这嘶哑嚎叫的人一辈子都不会忘记。

结束了这些超自然动物学的论述，莎拉和我试着（我想象，就像阿洛伊斯·穆齐尔向他的牧民们）获取附近考古遗址的信息，神庙、城堡、被遗忘的城邦，那些只有贝都因人才知道的东西——我们这一做法令比尔格大帝很气恼，坚信以前好几代东方学家已经"将荒漠汲尽了"；当古代史专家们忙着收录罗马或拜占庭堡垒和村镇，那些格拉巴①、埃廷格豪森②、希伦布兰德③却花去数年潜心描述着伊斯兰文化遗址：没什么可发现的了，他这么想——不错，我们的东道主提起了东方猎苑城堡和拉萨菲，又额外添上几段宝藏的故事，还在为自己走错方向闷闷不乐的比尔格对此提不起任何兴趣。他用德语解释道，当地人观察考古学家的挖掘活动，只要考

---

① 格拉巴（Oleg Grabar，1929—2011），法裔美籍考古学家和艺术史学家，专门研究伊斯兰艺术史。
② 埃廷格豪森（Richard Ettinghausen，1906—1979），德裔美籍艺术史学家，专门研究伊斯兰艺术，特别是波斯地区的伊斯兰艺术。
③ 希伦布兰德（Carole Hillenbrand，1943— ），英国伊斯兰历史学教授。

古学家一转身他们就自己偷挖:这些考古的乌鸦是发掘地上公认的祸害,比尔格夸大道,那些工地的边缘最后都布满了坑洼和土堆,就像是被巨大的鼹鼠破坏过似的。

穿着绣花深色长裙的女人们端来了晚餐;有无酵圆形面包、蜂蜜、混有盐肤木和芝麻的干燥野生百里香、奶酪、奶、酸奶——如果不是那呛鼻的煳味,干咸的奶酪可能会被当成肥皂。其实所有乳制品都有这股煳味,对我来说它已经变成荒漠的味道,这片土地上泛着乳品、蜂蜜和火灾的味道。老人吃得很少,总在劝我们再来点这个再吃点那个;莎拉和其中一个女人攀谈起来,我感觉那好像是个年轻少女——可能是因为过于害羞,我尽量不去看她们。我们依旧聊着那些神秘事件和考古发掘。货郎起身出去了,应该是去满足自然的身体需要(我意识到与萨尔茨卡默古特①的营地不同,这座帐篷里没有临近的卫生间:妈妈肯定不会喜欢;她还会让我小心这里的食物,尽管那强烈的焦臭味说明这里的奶已经煮开了),族长趁他出去的空当(这证实了货郎被怀疑为情报员的推测)向我们低声透露,的确有被遗忘的神秘废墟,在西南方向很远的地方,位于将荒漠与豪兰平原分割的玄武岩荒漠和山脉的边界处,那是一座完整的城邦,老人说,里面布满了骸骨;骨头,骸骨这个词令我颇费猜度,最后不得不求教莎拉,'adhm 是什么意思?据老族长判断,那是一座被真主的怒火毁灭的城市,就像《古兰经》里记载的一样——他的

---

① 萨尔茨卡默古特(Salzkammergut)是奥地利的一个度假区。

讲述中带着惶恐，说这个地方是被诅咒的，永远，永远的永远，贝都因人都不会在附近扎营：他们只是远远望一望骸骨和瓦砾堆成的山，默默沉思，然后继续走他们的路。比尔格眼睛上翻，做出不堪忍受的表情，对我们的主人实在是很失敬：这座城很容易找到，他嘲弄地说，根据《圣经》的记载，只要在变成石头女人的路口向右转就行了。我想知道更多，那是动物的骨头吗？会不会是个骆驼的坟地？是火山爆发造成的吗？我的问题让老人笑了起来，不是，骆驼不会躲到一个秘密的地方死去，它们就在原地死去，就像所有生物一样躺下就死了。比尔格肯定地说叙利亚的火山在数万年前就已经熄灭了，所以火山爆发假设的可能性不大；他似乎将这一切看作是原住民迷信想象生出的无稽之谈。我仿佛看到像在月球一般环形山的山坡上一座古堡和一座消失城邦的遗址，里面布满了居民的骸骨，他们死于天知道什么灾难——黑暗夜空下的噩梦景象。货郎回到了帐篷里，轮到我去了；外面很黑；冷气好像从石头直接升上布满寒星的夜空。我走到离帐篷较远的地方小便，狗跟了一段就丢下我去嗅更远处的黑暗了。在我头顶的高空中，骤然闪现我们前一晚没有看到的景观，一颗披着尘埃长发的彗星明晃晃地朝西方、巴勒斯坦和地中海飞去。

两点二十分

我躺在莎拉身旁；她长长的辫子汇成一条溪流，在满是岩石的脊柱上缓缓流淌。我受到良知的折磨；看着她，我内心充满了悔恨。这条船带我们驶向贝鲁特：这是奥地利的劳埃德①的最后一次航行，的里亚斯特——亚历山大港——雅法——贝鲁特。我隐隐感到莎拉不会在明天到达贝鲁特前醒来，纳迪姆在那边等着我们好举行婚礼。那更好。我仔细打量着她苗条、结实而偏瘦的身躯；抚弄了一会儿她的阴部她却毫无反应，睡得依然很沉。透过舷窗，可以看见大海展开它冬日暗绿的浩淼，波浪的顶端划出泡沫的条纹；我离开房间，整条走廊都铺着红色天鹅绒地毯，被青铜的枝形壁灯照亮，我在轮船的湿热中游荡，已经迟到了却在这憋闷的走廊里迷了路，真令人恼火；每间舱房门上一个椭圆形的门牌标示着住客的姓名和生卒日期——我想要去敲凯瑟琳·费丽尔②，然后是露·安德烈亚斯-莎乐美的房门，但又不敢打扰她们，我为迷路而感到羞耻，为不得不在走廊中一个漂亮的伞桶里小便而羞耻，接着女乘务员（透明的晚礼服，我久久

---

① 奥地利的劳埃德（Lloyds Autrichien），于1833年成立的奥匈帝国最大海运公司，1918年关闭。
② 凯瑟琳·费丽尔（Kathleen Ferrier，1912—1953），英国女低音歌唱家。

盯着她的内衣看)一把拽住我的胳膊,"弗兰茨,他们在上面等您呢,来,我们从后台穿过去。斯蒂芬·茨威格火冒三丈,他要当面羞辱您,他要与您决斗;他知道您没有勇气迎击,您将被逐出青年会①。"

我试着吻她的嘴,她任凭我亲吻,她的舌头柔软而温热,我将一只手伸进她的裙子里,她深情地将手拉开,低声说"不,不,不,亲爱的②",我有些不快但能够理解。在大音乐厅里我们周围都是人,克劳斯医生获得辉煌的成功,我们在舒曼《幽灵变奏曲》的结尾疯狂鼓掌,我试图趁这个机会再次撩起乘务员的裙子,她依旧温柔地将我推开。我等不及想进入正题。上校正在与克劳斯医生聊得火热;他告诉我,克劳斯医生无法忍受他的妻子比他钢琴弹得好,我很同意,莉莉·克劳斯③是一位伟大的钢琴家,与您不是一个境界,尊敬的医生。我将杯子里的奶洒到了上校的制服上,把所有勋章都玷污了,幸好奶不会在制服上留下印记,不像晚礼服,女乘务员不得不将自己的晚礼服脱了下来:将它揉成一团后藏在了一个橱柜里。

"我们会变成什么样子?上校,这个国家又小又旧,保卫她已没有任何意义。应该改变它。"

"的确,这才是叙利亚问题的解决办法。"他答道。

---

① 原文为德语(Burschenschaft)。
② 原文为德语。
③ 莉莉·克劳斯(Lili Kraus,1903—1986),匈牙利女钢琴家。

外面战火纷飞；我们不能出去，我们必须继续将自己关在这楼梯下面。

"你不是把你的婚纱藏在这儿了吗？就是我没小心弄脏的那条？"

保持平静，保持平静。我们现在在黑暗中紧紧抱在一起，但女乘务员对我并不感兴趣，我知道她只关心莎拉。得做点儿什么，但做什么呢？爱尔兰的海汹涌澎湃，您恐怕得两三天以后才能到。两三天以后！李特尔先生，克劳斯轻声说，我觉得我们现在可以换一种病。是时候了，您说得对。是时候了。弗兰茨，看，这个年轻女人正自慰呢！把头伸到她的两腿间，这会让您换换心情。

克劳斯继续说着荒谬的话，我觉得冷，我必须不惜代价回到我的客舱，找到熟睡中的莎拉，我丢下正在手淫的女乘务员，心情沉重。就快到您了，李特尔先生。就快到您了。今天的海的确狂躁不安。我们弹奏点什么，消磨一下时间吧！这把鲁特琴不是我的，但我应该能即兴弹一曲。您喜欢什么调式？纳哈万德调式？还是希贾兹调式？希贾兹调式！这个调式很适合当前的情境。来吧，亲爱的弗兰茨，给我们奏一曲您的华尔兹，您记得吗？噢，对，《死亡华尔兹》，我当然记得，发、发—拉、发—拉—西、西、西。我的手游走在乌德琴的琴颈上，听到的却是小提琴的声音。这条船的酒吧和音乐厅都朝着大海敞开，浪花喷溅在乐手和他们的乐器上。在这种条件下无法演出，亲爱的观众们。真是太令人失望了！我们是这么想听《死亡华尔兹》!《死亡华尔兹》①!我们直奔海难而去,欢呼雀跃吧。我太高兴了,亲爱的观众们,亲爱的朋友们。亲爱的朋友们,茨威格博士有话要讲(又是这个长脸的老茨威格,真烦人)。我拿着鲁特琴走下台,把位置让给他,椅子下面有一大摊水。茨威格斥责了我几句,用手抚摸了一下我的头发,让我回去坐好。女士们,先生们,他喊道,打仗了!胜利是属于我们的!打仗了!欢呼雀跃吧!

所有人都鼓起掌来,军人们、船员们、女人们、克劳斯夫妇,还有莎拉,我惊异地发现她也在这儿,我朝她跑过去,你醒了?你醒了?我将鲁特琴藏在身后,不让她看见是我偷了纳迪姆的琴——是我偷的?我知道警察因为我之前犯下的这桩可怕罪行正在追踪我。我们快到了吗?打仗了,我说。他们都为将要死于战争而兴高采烈。维也纳将变成叙利亚的新首都。人们将在格拉本大街上说阿拉伯语。

决不能让莎拉知道那件凶杀案和尸首的事。克劳斯医生!克劳斯医生!您的蝴蝶花又从我们的尸体上长了出来!真是个糟糕的春天,雨下个不停,难以相信我们是在东方。什么都朽烂了。什么都发霉了。骸骨不断腐败分解。我们今年的葡萄肯定有好收成,死人之酒产量会很大。嘘,莎拉低声道,不要提起死人之酒,那是秘密。是个魔法药汤吗?是爱情药汤还是死亡药汤?等着瞧吧。

一个船员在远处高唱,"船儿扬帆向东方,清风吹往我们

---

① 原文为德语(Den Todeswalzer)。

的故乡,我那爱尔兰的孩子啊,你的人生将驶向何方?"

这令莎拉笑得合不拢嘴。她就像摩莉·布卢姆①,我想道,那个在大街小巷里推着她的平板车卖海贝的女孩②。天哪大海真是广阔无边!

我们会有几个孩子,克劳斯医生?

几个?

我是绝不会做这种预测的,我是个严肃的医生,李特尔先生。不要共用这只针管,你们会交叉感染的。

弗兰茨,你的血管很漂亮,你知道吗?

李特尔先生,别说我没警告过你啊。

弗兰茨,你的血管很漂亮,莎拉重复道。

流汗,流汗,流汗。

恐怖。恐怖至极,我的天。灯还亮着,我手里还握着开关。莎拉手里拿着针管的形象还在眼前,还好我在灾难发生前醒了过来,莎拉在克劳斯医生狡诈的目光下要给我注射一种恶心的液体,她的"死人之酒",真令人不寒而栗,想想有些人竟然喜欢做梦。呼吸,呼吸。这种缺氧的感觉真的很难受,就好像要憋死在梦里。幸运的是我只记得最后几秒,这

---

① 摩莉·布卢姆(Molly Bloom)是乔伊斯小说《尤利西斯》中的主要人物利奥波德·布卢姆的妻子,对应于荷马史诗《奥德赛》中奥德修斯的妻子帕涅罗佩。
② 这个女孩应该是摩莉·梦露(Molly Malone),她是一首爱尔兰流行歌曲中的主人公,这首歌已成为都柏林非官方市歌。

些情节一出现就立刻从我的记忆中被清除,真是万幸。我得以逃避无意识的负罪感和欲望的野蛮。这种奇怪的感觉常常在梦中压抑着我。以至于让我相信自己真的犯下了可能被人发现的骇人罪行。死人之酒。莎拉的文章纠缠着我,怎么会想到从砂拉越给我寄来这种稿件,给我这个此时罹患疾病、身心脆弱的人。我意识到我是多么思念她。我是怎样错过了她。她现在可能也罹患疾病、身心脆弱,在那周围尽是曾经的刽子手、尸体收割者的葱绿丛林中。这是什么旅行啊。倒是给贝尔加斯①的那位赤脚医生,卡夫卡女士的那位邻居提供了研究素材。我们最终总是回到同一个地方。我记得好像首位浑然不觉的东方主义者荣格②发现他的一位女病人梦见了《西藏度亡经》,然而她之前却从没听人说起过这本书,此事令这位心理分析学信徒受到启示,并开始对集体潜意识和原始意象展开研究。我梦见的不是西藏或者埃及的度亡经,而是莎拉大脑中的零光片羽。特里斯坦和伊索尔德。爱情药汤和死亡药汤。疯子迪克·阿尔-金③。这位叙利亚霍姆斯的老诗人为嫉妒而发狂,以至于杀死了他所爱的女人。然而这还不算完,莎拉说道,迪克·阿尔-金是那么爱她,同时因毁掉自

---

① 贝尔加斯(Berggasse),维也纳的一条大街,弗洛伊德曾这条大街的19号工作和生活了近半个世纪(1891—1938)。他的纪念馆也位于这一地址。
② 荣格(Carl Jung,1875—1961),瑞士心理学家、精神科医师,分析心理学的创始者。
③ 迪克·阿尔-金(Dik al-Djinn,777—850),阿拉伯诗人。

己珍爱之物而痛苦不已，于是将爱人的骨灰混入黏土，并以此制成了一只酒杯，一只死亡的酒杯，神奇的死亡酒杯，他用它饮酒，第一杯死人之酒，这酒激发他创作了众多美妙无比的爱情诗篇。他在他深爱女人的体内饮酒，在他爱情的体内饮酒，这酒神的疯狂在诗文的游戏中逐渐与日神靠拢①，他对自己因嫉妒、轻信谣言和仇恨所杀的女人有着一种食尸热情，而这热情的活力都排列在高雅规则的格律里："我将你化为最纯粹的裸体，他唱道，我将你的面容混合在泥土里，假如我能让自己看着你腐烂的话，我甚至会让你死去的脸暴露在光天化日之下。"

可以理解这位活了近七十岁的霍姆斯诗人在他的临死前仍在这死亡酒杯中狂饮，陶醉，可能吧，或许吧。为什么莎拉对这些残暴、食尸、黑色魔法、贪婪的激情感兴趣？我想起她在维也纳的犯罪博物馆，面带微笑漫步在利奥波德城的这间地下室里，在她四周摆满了被子弹打穿的头骨，各种类型的凶犯（出于政治、金钱、爱情原因）使用过的大头棍，直到展览丑恶的极致，一只落满灰尘的旧柳条筐，二十世纪初人们在里面发现了一具女人的尸体，四肢均被砍下，一个彼时只剩躯干的女人照片被堂而皇之地摆在我们眼前，女人裸体且被截肢，阴阜像四肢被切下后流血的肩膀和大腿处一

---

① 酒神狄俄尼索斯与日神阿波罗是西方哲学和文学中两种对立的美学风格，通过尼采的《悲剧的诞生》广为人知。酒神代表生命力、戏剧、狂喜与自由，太阳神代表诗歌、俊美、整齐与冷静。

样黑。稍远处另有一位被剖腹的女人，并在开膛之前或之后遭到了强奸。"你们真奇怪，你们这些奥地利人，"莎拉说道，"你们可以展示被折磨致死的女性形象，却禁止观看这家博物馆内唯一一个展示享乐的作品。"她说的是一幅油画，摆在维也纳妓院主题的展区，画上表现的是在东方元素的背景下，一名阿拉伯后宫姬妾劈开腿自慰的形象；某个当代审查人员在她的手和私处打上了一个大黑方块。下面的说明很简要，"来自一家妓院的装饰画"。我当然对不得不与莎拉一起评论这样的形象感到很尴尬；红着脸的我环顾左右，她将这一举动视为一种坦白：承认地窖里是被残害的女人和被禁的性感，外面则是最保守的品德和贞洁。

我很奇怪自己此刻为什么在想这些，可能是一丝半梦半醒、一缕彗发、一点感性的余温唤起记忆中欲望的力量，我应该接受这一夜与睡眠无缘的现实，起床，干点儿别的，批改这篇关于格鲁克的论文或是重读我对《马鲁夫，开罗的补鞋匠》撰写的文章，后者是根据夏尔·马尔德吕斯翻译的《一千零一夜》改编的歌剧；我很想将这篇文章寄给莎拉，算是我对她发过来的有关神秘砂拉越死人之酒这颗炮弹的回应。我可以给她发封电子邮件，但我知道这意味着我将像个傻瓜呆呆地盯着电脑屏幕度过随后的几天。回过头来说，我们在犯罪博物馆其实挺幸福的，至少有她在，如果她希望的话，我甚至可以前往殡葬博物馆或联邦病理解剖博物馆，在旧日的疯人塔中再浏览一遍那些可怖的基因异常和骇人的病症。

这篇关于《马鲁夫，开罗的补鞋匠》的文章已经几近完成，但似乎还欠缺点什么，对了，我与其仅仅把文章寄给她，不如向莎拉咨询意见，用这种办法与她重新建立联系更加巧妙，用不着跟她直接坦白，我想你，或者委婉地重提犯罪博物馆里那个裸体女人（你还记得吗，亲爱的莎拉，当我们在一间血腥的地窖一同看到那个淫秽形象时我的彷徨无措？），她也研究过马尔德吕斯医生的这部译著，但她更专注地研究过他的妻子露西，后者是她东方主义女性集锦中的第一个人物，剩下的还包括露·安德烈亚斯-莎乐美和让娜·迪约拉弗瓦。马尔德吕斯，这位高加索文人，其祖父曾在伊玛目沙米勒①的队伍中抗击过俄国人，这便是一个我想要结识的人，马尔德吕斯，在十九世纪九十年代那个社交生活繁花似锦的巴黎；他曾与马拉美和阿波利奈尔有过交往；作为船上医生一登上法兰西火轮船公司的邮轮他就凭借自己的魅力和渊博的知识变身为巴黎沙龙的红人——要写我的伟大著作差的就是这个，在马赛-西贡航线上的某个船舱里度过的几个年头。马尔德吕斯在海上翻译了《一千零一夜》数千页的文稿；他在开罗长大，曾在贝鲁特学习医学，阿拉伯语可以算是他的母语，与我们这些非东方的东方学家相比这是他的一大优势，节省了学习语言的时间。通过马尔德吕斯的翻译对《一千零一夜》的二次发现掀起了一股对这部著作改编、模

---

① 伊玛目沙米勒（Imam Chamil，1797—1871），穆斯林山民领袖，在高加索战争期间抵抗俄罗斯帝国征服长达25年之久，以劣势兵力屡败俄军，却自谦为普通反抗者，厌恶别人称他为英雄。

仿、续写的浪潮，正如五十年前雨果的《东方诗集》、吕克特的诗篇或歌德的《西东诗集》一样。人们认为这一次是东方本身向处于世纪转折点的西方艺术直接注入的力量、性感和异国激情；人们喜欢其中的感性、暴力、快感、冒险、妖怪和精灵，人们对它们进行复制、评论、再加工；人们以为终于能够在没有媒介的条件下一睹永恒而神秘东方的真面目：但这是马尔德吕斯的东方，依旧只是个映像，还是个第三东方；总而言之，这是个马拉美和《白色评论》[1]的东方，是皮埃尔·路易[2]的性感，是一种表象，一种诠释。正如约瑟夫·罗特[3]的《第一千零二夜的神话》或霍夫曼斯塔尔的《舍赫拉查达》[4]中采用了《一千零一夜》的主题以便在一种欧洲情境下暗示、制造冲突；在罗特的小说中，沙阿[5]梦想与W伯爵夫人共寝的欲望所展开的是一种绝对维也纳式的故事情节，正如里姆斯基的芭蕾舞剧《天方夜谭》或玛塔·哈丽的舞蹈一样都是为了刺激巴黎中产阶级的兴奋点：说到底，没人在乎它们与所谓的"真正"东方之间的远近亲疏。我们自

---

[1] 《白色评论》(la Revue blanche, 1889—1903) 是法国一本具有无政府主义倾向的文学艺术刊物，当时多位文学和艺术巨匠参与它的编辑或撰稿。
[2] 皮埃尔·路易（Pierre Louÿs, 1870—1925），法国诗人，诗集《碧丽蒂斯之歌》为其代表作。
[3] 约瑟夫·罗特（Joseph Roth, 1894—1939），奥地利作家，政治记者。
[4] 舍赫拉查达（Scheherazade），又译谢赫拉莎德，《一千零一夜》里的王后。
[5] 沙阿或沙赫（Shah）是波斯语古代君主头衔的汉译名。"沙阿"在中文文献中又简称为"沙"。

己呢，处于荒漠中，身在贝都因人的帐篷里，尽管面对的是触手可及的游牧民的真实生活，我们又何尝不是被局限在自己脑子里通过各种期待阻止我们体验他人生活经历的表象中；这些人的贫困在我们眼里充满了古人的诗意，他们的物质缺乏让我们想到的是隐士和虔诚的信徒，他们的迷信让我们徜徉在时间长河中，他们生存条件的异国情调很可能令我们无法理解他们对生存的看法就像他们看到我们和我们身边露着头发的女人，我们的越野车和粗陋的阿拉伯语，好像一群古怪的白痴，他们可能会羡慕我们的钱，甚至我们的车，但肯定不会羡慕我们的知识和智慧，也不羡慕我们的科技：老族长告诉我们他上一次容留的几个西方人，可能是欧洲人，是开着野营旅行车来的，他们的发电机（我猜是为冰箱开的）发出的恐怖轰鸣吵得他一夜没睡。在哈雷彗星下，窥视着黑暗，警惕那条狗不会跑过来咬我那话儿，我想道，只有货郎能够真正分享这个部落的生活，因为他亲身参与其中；每年有八个月，他要丢下一切忙着兜售他那些廉价的小商品。我们其他人永远只是旅行者，封闭在"自我"中，诚然，这个"自我"可以通过接触"他性"得到改变，但肯定不会与之深入接触。我们只是些间谍，像间谍一样进行快速而短暂的接触。当夏多布里昂在一八一一年通过《巴黎到耶路撒冷纪行》发明了旅行游记时（早于司汤达的《旅人札记》很多年，与歌德的《意大利游记》差不多同时代），他为艺术而刺探；他当然不再是为科学或军队窃取信息的探险者：他刺探的主要目的是文学。艺术也有自己的间谍，与历史或自然科学一样。考古学从某种意义上说是一种间谍活动，植物学和诗歌也是；民族音乐学家是音乐领域的间谍。间谍就是旅行者，旅行者就是间谍。"不要相信旅行者讲的故事"，萨迪①在《蔷薇园》中说过。他们什么也看不见。他们以为看见了，但其实只观察到一些映像。我们被囚禁在形象、表象中，莎拉会这么说，只有像她或者货郎那样的人，那些选择脱离自己生活的人（如果人真能做到这一点的话）可以真正进入他人的世界。我想起在令人陶醉的荒漠寂静中，我的尿液落在石头上发出的声音；我想起自己的那些小思绪，在自然的无穷中显得如此无足轻重；我没意识到我的尿淹死的蚂蚁和蜘蛛。蒙田在他最后一卷《随笔集》中写道，我们被迫以我们撒尿的方式思考，在半路上，快速而匆忙，就像个间谍一样。在返回帐篷的路上，因寒冷和前一夜记忆的渴望而打了个冷战，我想道，只有爱，让我们向他人敞开自己；爱是一种忘我，一种融合——不奇怪这两个绝对的事物，荒漠和爱，相遇后缔造了古今文学举足轻重的里程碑，玛吉努对着石头和角蝰喊出对莱拉痴恋的疯狂，他于公元七五〇年在一顶同样的帐篷里爱过的莱拉。羊皮隔墙被关上了；煤气灯通过小门渗透出一点微光，得弯下腰才能进得来。比尔格半卧在羊毛垫子上，手里拿着一杯桂皮茶汤；莎拉消失了。她受邀去了女人的一边，帐篷的另一间房间里，而比尔格和我则留在男人的一侧。他们为我铺了一张带有鸭绒表面的垫子，闻上去

---

① 萨迪·设拉兹，笔名为萨迪（Saadi），波斯著名诗人。

有一股柴火和动物的气味。老人躺下了，货郎将自己裹在一件黑色大衣里，以先知的姿势睡去。我身在荒漠，就像为莱拉痴狂的凯斯，如此深爱以至于放弃了自己的人生，在草原上与瞪羚为伍。我也一样，人们将莎拉从我身边掠走了，令我无法靠在她身边度过第二个夜晚，精神爱情的纯洁夜晚，我本可以对着月亮或彗星喊出歌唱我意中人美貌的绝望诗句，因为社会习俗将她从我的呵护中夺走。我一面想着凯斯（玛吉努）在荒漠中长途奔跑，沿着莱拉家营地的踪迹绝望地哭泣，一面怒不可遏地挠痒，确信我身下睡垫的羊毛或棉花里面藏满了穷凶极恶的跳蚤和别的虫子，随时准备将我的腿啃光。

我听见比尔格震耳欲聋的鼾声；外面一根桅杆或一条吊索在风中发出撞击的响声，听这声音让人恍然置身于一条停泊在水面的船上——我最后终于睡着了。唤醒我的是黎明前地平线上的一轮满月，人们打开帐篷，呈现出柔和微蓝的辽阔；一个女人掀起了帐篷的边缘，荒漠（干土、烟灰、动物）的香气盘旋在我四周，母鸡咯咯小声叫着，这些在半明半暗中鬼鬼祟祟的可怕魔鬼啄食着我们晚餐的面包渣或被我们的体温引来的夜行昆虫——然后晨曦粉红的手指穿透了晨雾，将月亮推开，一切都像是开音乐会般活跃起来：公鸡引吭高歌，老族长反手忽闪了一下被子，赶跑了莽撞的鸡，货郎起来了，脱下他昨晚包裹在身上的大衣，走了出去——只有比尔格还在酣睡；我瞟了一眼手表，早晨五点。我也起床了；女人们在帐篷前忙活着，向我挥了挥手。货郎用一个蓝塑料水壶（我想象，应该是他出售的物品之一）十分节省地进行洗漱。除了东侧天边的微红，夜仍然深沉冰冻；狗还在睡觉，蜷成一团靠在外墙边。我好奇是否会看到莎拉走出来，她可能还在睡，就像那条狗，就像比尔格。我站在那儿，看着天空慢慢打开，脑子里响起费里西安·大卫的清唱剧，是他第一次用音乐展示出荒漠那令人震撼的朴素。

假如现在已经五点了，我就可以起床了，被夜晚打败的我像每个早晨一样疲惫；我无法逃避对莎拉的回忆，我自问是否应该驱散这些回忆还是干脆任自己沉浸在欲望与模糊的记忆中。我僵硬地坐在自己的床上，这么一动不动地盯着书柜发呆有多久了，脑子里想着别的事，手还握着开关，一个抓着手摇棒的小男孩？几点了？闹钟是失眠者的拐杖，我应该给自己买一个比尔格在大马士革买的那样的清真寺闹钟，用镀金塑料制成的麦地那或耶路撒冷清真寺，上面带着一个指示祈祷方向的小罗盘——这是穆斯林比基督徒优越的地方：在德国，人们会在你的床头柜抽屉凹槽里硬塞上一本福音书，而在穆斯林酒店，人们会在你的床头粘一个小罗盘或在写字台上画一朵罗盘玫瑰指示麦加的方向，罗盘或罗盘玫瑰当然可以用于找到阿拉伯半岛的方向，但如果你想的话，也可以用于定位罗马、维也纳或莫斯科：在这个地域，人们不会迷失方向。我甚至见过祈祷地毯上被织入一个小罗盘，那种令人一看见就想要坐上它起飞的毯子，因为设计成这副模样就是为了空中飞行：一个云中的花园，像犹太传说中所罗门的飞毯一样,上面带着一个鸽子组成的华盖用于遮阳——对于美丽插图上的飞毯可写的东西很多,它们很容易激发起人们的幻梦,穿着华丽服饰的王子和公主盘腿坐在上面,翱翔在神话中被晚霞染红的天空中,至于这些飞毯的由来,威廉·豪夫①的童话远比纯粹意义上的《一千零一夜》对它的贡献大得多,俄罗斯芭蕾舞《天方夜谭》中的服装道具远比阿拉伯或波斯作家的著作对它的贡献大得多——又是一次联合的构建,是时间的复杂工程,在欧洲与伊斯兰的土地之间,想象与想象相互叠加,创造与创造彼此重合。土耳其人和波斯人是通过安托万·加朗②和理查德·伯顿的译本了解到《一千零一夜》的,他们几乎没有从阿拉伯语翻译的版本;他们又根据前人的翻译发挥想象:舍赫拉查达,这个女孩在回到二十世纪伊朗之前可没少旅行,她承载着路易十四的法国、维多利亚的英国、沙皇的俄国;她的容貌本身就是一个涵盖了萨非③人物模型、保尔·普瓦雷④的服饰、乔治·勒帕普⑤描绘的高雅女性以及当今伊朗妇女形象的混合产物。"神

---

① 威廉·豪夫(Wilhelm Hauff, 1802—1827),德国童话作家、小说家,在其短暂的一生中创作了三部童话集和多部中长篇小说。
② 安托万·加朗(Antoine Galland, 1646—1715),法国东方学家、翻译家与考古学家,首次将《一千零一夜》翻译成欧洲语言。
③ 萨非王朝从1501年至1736年统治伊朗,将什叶派正式定为伊朗国教,统一了伊朗各省份。
④ 保尔·普瓦雷(Paul Poiret, 1879—1944),法国著名服装设计师,以其大胆创新独树一帜。
⑤ 乔治·勒帕普(Georges Lepape, 1887—1971),法国时尚插图师和版画家。

器的多元宿命",这是个很适合莎拉的题目:里面将神灯、飞毯、神奇皮拖鞋都一股脑儿都说个遍;她将指出这些物品如何只是一系列合作的结果,被大众奉为纯粹"东方"的物品如何只是对某一"西方"元素的复制,而后者本身是对在它之前的某一"东方"元素的修改,如此继续;她将据此得出结论,东方与西方从来没有单独出现过,它们始终是杂糅在一起的,你中有我、我中有你地存在着,而这些词——"东方""西方"——与它们所指示的无法达到的方向同样没有多大启发性价值。我想象她以一个政治展望完美收尾,世界主义将是唯一的可行之道。如果我更加——更加什么?更有才华,更加健康,更有活力,我也可以对我这篇关于《马鲁夫,开罗的补鞋匠》、亨利·拉博[①]和夏尔·马尔德吕斯的微不足道的文章进一步深入挖掘,对这一重要的第三东方在法国音乐中的体现建立一个真正的综合汇总,对象可能会围绕着马斯内的学生们,有拉博,但还有弗洛朗·施密特、雷纳尔多·哈恩[②]、欧内斯特·肖松[③],以及最重要的乔治·埃内斯库[④],他可是个有趣的例子,一个"东方人"在法国绕了一圈又回到"东方"。马斯内所有的学生都曾根据东方主义诗篇创

[①] 亨利·拉博(Henri Rabaud,1873—1949),法国作曲家和交响乐队指挥。
[②] 雷纳尔多·哈恩(Reynaldo Hahn,1874—1947),委内瑞拉裔法国作曲家。
[③] 欧内斯特·肖松(Ernest Chausson,1855—1899),法国作曲家。
[④] 乔治·埃内斯库(George Enescu,1881—1955),罗马尼亚作曲家、指挥家、小提琴家和钢琴家。

作过沙漠或旅行商队的旋律,从特奥菲尔·戈蒂埃的《沙漠旅行队》("人类的旅行队走在世界的撒哈拉中……")到儒勒·勒梅特①的《小东方女人》(我一直都不知道这个儒勒·勒梅特是谁),它们应该不同于《马鲁夫,开罗的补鞋匠》第二幕"穿过荒漠"的旅行队曲调,在这一幕中,马鲁夫为了蒙骗几个商人和苏丹,谎称自己由数千头骆驼和骡子组成的豪华商队随时可能到来,并详细描述了商队运载的珍贵货品,凭借"东方主义"的强大支持,达到令人眼花缭乱的效果:在阿拉伯自己的叙事中有一个"东方梦幻",梦中是琳琅满目的宝石、丝绸、美女、爱情,而这个在我们眼中的东方梦幻其实是一个《圣经》和《古兰经》的梦幻;它与《古兰经》中描述的天堂十分相似,在那里有人给我们端上金瓶和托盘,里面盛满我们渴望的所有口味的珍馐美馔,以及所有令我们双眼迷醉的物品,我们将有充足的水果,四周是花园和泉水,我们身着精美的丝绸和锦缎制成的衣服,我们的妻子是长着美丽大眼睛的处女,有人给我们奉上麝香美酒。具有讽刺意味的是,马鲁夫的商队——《一千零一夜》的商队——使用的就是这些元素:当然,其中的描述是夸张的、过度的;这是一个谎言,为的是诱惑商人和国王,一个兜售"梦幻"的迷人目录。在《一千零一夜》中像这样的暗讽例子还有很多,都是针对东方中的东方主义。亨利·拉

---

① 儒勒·勒梅特(Jules Lemaître,1853—1914),法国作家和戏剧批评家。

博的旅行队曲调为这一构建平添了动感:马尔德吕斯的原译本《怪诞蜂蜜蛋糕的故事》被歌剧剧本创作者吕西安·内波提改编成了《马鲁夫,开罗的补鞋匠》,随后又由拉博谱了曲,交响乐队的配器也十分完美:马斯内又在阴影中现身,隐藏在想象的荒漠土堆后面,在弦乐的颤音和管乐的滑音中(当然是在 G 小调上)穿过这荒漠的是在数千英俊的马穆鲁克骑兵守护下由载着绫罗绸缎、红蓝宝石的骆驼和骡子组成的神奇商队。讽刺的是,这时音乐以夸张的手法大肆渲染:每一拍都可以听到骡夫用棍棒抽打驴马的声音,我的天那绘词法用的,如果不是为了蒙骗商人和苏丹而故意制造风趣、夸张的效果,就实在太荒诞可笑了:他们得听到这商队的声音才能信以为真嘛!音乐与言语一样能创造奇迹,他们信了!

我猜雷纳尔多·哈恩,像他的朋友马塞尔·普鲁斯特一样,也读了马尔德吕斯对《一千零一夜》的新译本;无论如何,他们二人都去看了一九一四年《马鲁夫,开罗的补鞋匠》的首演。哈恩在一份著名的学术刊物上盛赞他音乐学院老同学的这一歌剧作品;他特别强调作品中的音乐质量,其大胆狂放丝毫不会损害其纯洁性;他从中听到的是精致、奇幻、智慧,尤其在"对东方意向的准确拿捏"上绝不落俗。事实上,他欢迎的是一种"法式"东方主义的出现,相对于俄罗斯在暴力和感性方面的放纵,它更接近德彪西——同样丰富的音乐文化、东方和异国风情。

我自问是否应该继续扩展这篇文章,除了这层层叠加的东方以外,是否应该再加上一层,罗伯托·阿兰尼亚①在摩洛哥演出的一层。毕竟,这将能给这篇绝对严肃的文章增添一分"杂志"味,此外,这个活力四射的欧洲男高音在二十一世纪的东方献唱的情景说不定能够博沙拉一笑,毕竟演唱的录像实在是太滑稽了。在非斯②的一个音乐节上,拉博那首"穿过荒漠"旅行队的旋律用乌德琴和卡龙琴演奏出了一种"阿拉伯"版本:至此可以想象组织方的良好意愿,放弃拙劣的模仿,旅行队将回到"真正"的荒漠中,通过原生的乐器和道具呈现出来——然而就像人所共知的,地狱之路是用良好意愿铺就的,演出效果苍白无力。乌德琴毫无建树,至于卡龙琴,在拉博的和声中找不到自己的位置,只满足于在歌唱间歇的空当丢出几个中规中矩的逗点;阿兰尼亚身着白色连帽长袍,就像在巴黎喜歌剧院演唱一样,只是手里多了个麦克风;打击乐器(摩擦的铙钹和相互碰撞的金属片)竭尽所能试图弥补这场闹剧暴露的大块大块的空白;卡龙琴的演奏者听着如此蹩脚的音乐看上去像在受刑一般:只有阿兰尼亚大歌唱家看上去丝毫没有察觉,精神全部集中在威武雄壮的手势和为他牵骆驼的人身上,真是个大笑话,我的天,如果拉博听见这个会死第二次。这也许是个报应,对拉博的报应——命运对他在第二次世界大战期间所作所为的惩罚,他

---

① 罗伯托·阿兰尼亚(Roberto Alagna,1963—),法籍意大利裔歌剧男高音歌唱家。
② 非斯(Fès),摩洛哥北部古城和伊斯兰文化中心。

曾是个纳粹追随者，并曾急不可待地在他担任院长的音乐学院揭发犹太教师。幸好一九四三年接替他的继任者更加开明，更加勇敢，努力援救他的学生而不是将他们交到占领军的手上。亨利·拉博也加入了曾直接或间接与纳粹合作的东方学家（艺术家或科学家）长长的名单之中——我是否应该对他人生的这一时刻，距离一九一四年《马鲁夫》歌剧创作很长时间以后的这段历史揪住不放，我不知道。无论如何，这位作曲家于一九四三年四月四日（这天一场骇人的空袭炸毁了雷诺工厂，并在巴黎西郊造成数百人死亡）在巴黎歌剧院里面对一片德国军装和臭名昭著的维希制服亲自指挥了《马鲁夫，开罗的补鞋匠》的第一百场演出。一九四三年春，突尼斯的战事仍在继续，但其实人们知道德国非洲军团和隆美尔已无力回天了，纳粹征服埃及的希望早已化为泡影，《马鲁夫，开罗的补鞋匠》在此时的演出是否具有一层特殊的含义，对德国占领军的嘲笑，也许没有。仅仅是个"开心时刻"，是个所有人相约在这部作品中寻找的"开心时刻"，能令人忘记战争的"开心时刻"，我自问在如此背景下，这"开心时刻"难道不是一种犯罪：人们唱着"穿过荒漠、载着绸缎的千头骆驼在我那赶车人们棍棒下行进"，而就在六天以前，距离那里几公里的地方，一辆载有数千法国犹太人的列车（第五十三次）从德朗西集中营出发前往波兰，在那里等待他们的是灭绝。巴黎人和他们的德国客人对此不太感兴趣，他们更关注隆美尔在非洲的失利，更关注补鞋匠马鲁夫和他的妻子——多灾多难的法图玛的冒险经历和那想象中的沙漠商队。

在《马鲁夫》首演的三十年后举起指挥棒的老亨利·拉博很可能对这些可怖的列车不以为意。我不知道夏尔·马尔德吕斯当时是否也在音乐厅中——有可能,但七十五岁的他从战争开始就在圣日耳曼德普雷区隐居,极少外出,像别人等雨停一样等待战争结束。据称,他偶尔离开自己的公寓只是为了去双叟咖啡馆坐坐,或去一家伊朗餐厅用餐,人们好奇,在被占领时期,餐厅是如何找到大米、藏红花粉和羊肉的。然而,我知道马尔德吕斯的妻子露西·德拉胥-马尔德吕斯①没有前往观看这《马鲁夫》的第一百场演出;她正在位于诺曼底的家中重新整理自己的东方记忆——忙着撰写自己的最后一部著作:《阿拉伯,我所认识的东方》;其中她讲述了自己在丈夫马尔德吕斯的陪同下于一九〇四至一九一四年间前往东方旅行的见闻。一九四五年,在她这部最后的回忆录出版后不久她便逝去:这部书及其作者令莎拉着迷;我也许可以从这个角度请莎拉对我这篇论文提供帮助——我们的兴趣又一次出现交集;我的兴趣是马尔德吕斯以及拉博或奥涅格对前者的译著进行的音乐改编,而她是露西·德拉胥,一位多产的女诗人和小说家,神秘的她曾在二十世纪二十年代与娜塔莉·巴尼②有过一段情史,并为后者写过家喻户晓的情诗《我们的秘密恋情》,她在同性恋性感诗歌、诺曼底颂歌和儿童诗歌方面都很见长。她与

---

① 露西·德拉胥-马尔德吕斯(Lucie Delarue-Mardrus,1874—1945),法国女诗人、小说家、记者、历史学家、雕塑家和画家。
② 娜塔莉·巴尼(Natalie Barney,1876—1972),剧作家、诗人和小说家,住在巴黎的美国侨民。

夏尔·马尔德吕斯的旅行回忆录是一部惊世之作，莎拉在她关于女性和东方的书中引述过露西回忆录的篇章。这句妙语就出自露西·德拉胥-马尔德吕斯："东方人没有东方感。只有我们这些西方人才有东方感，我们这些卢米人①才有。（我这里所谓的卢米人并非粗野之辈，人数众多。）"对莎拉来说，这句话本身就是对东方主义的最佳总结，东方主义犹如梦幻，犹如哀悼，犹如永远失望的探险。事实上，那些卢米人将这梦幻之地据为己有，是他们继阿拉伯古典叙述者之后在这块土地上开发、游历，所有的旅行都是与这一梦幻的对质。甚至于有一种盛行的艺术潮流无需旅行，直接建立在这一梦幻的基础上，其最为杰出的代表人物应属马塞尔·普鲁斯特和他的《追寻逝去的时光》——欧洲小说的核心象征：普鲁斯特将《一千零一夜》作为他学习借鉴的范本之一——夜晚的书籍，与死亡抗争的书籍。就像舍赫拉查达每晚都在情爱之后要通过为苏丹王沙里亚讲一个故事抵挡落在她头上的死亡判决一样，马塞尔·普鲁斯特每夜拿起笔（很多夜晚，他说"可能有一百个，或者一千个夜晚"）与时间抗争。在他《追寻逝去的时光》的过程中，普鲁斯特对东方和《一千零一夜》作了至少两百次暗示，这个东方和《一千零一夜》他是通过加朗的译本（童年纯真的版本，贡布雷②的版本）和马尔德吕斯的译本（更加暧

---

① 卢米人（roumi），原指"罗马人"，后被阿拉伯人广泛用于称呼所有天主教徒或欧洲人。
② 贡布雷是普鲁斯特小说《追寻逝去的时光》中叙述者度过童年的村庄。

昧、色情、更适合成年人阅读的版本)认识的——这部巨著从头到尾都被织入了一条阿拉伯神话的金线;斯万听到一把小提琴奏出的音乐,仿佛一个从油灯里现身的精灵,一部展示"《一千零一夜》所有宝石"的交响乐。没有东方(这阿拉伯、波斯和土耳其,无国籍的梦幻,我们所谓的东方)就没有普鲁斯特,就没有《追寻逝去的时光》。

带着我那内置罗盘的飞毯,我把航向设定在何方呢?维也纳十二月的黎明与沙漠中的晨曦迥然不同:晨曦沾满煤灰的手指玷污了雪霰①,这就是荷马对多瑙河可能给出的形容。是个东方学家最好不出门的天气。我注定是一个坐在办公室里的学者,与比尔格、弗吉耶或莎拉大相径庭,他们只喜欢在他们的越野车里,在那些最,怎么说呢,最"令人兴奋"的城市阴沟里,或者像人种学家所说的"在现场"——我仍旧是个间谍,一个糟糕的间谍,如果我当初没有离开维也纳前往那些遥远而不太好客的地域(在那里迎接你的是被绞死的人和有毒的蝎子),我很可能写出同样的学术论文,如果我当初从没旅行过,我今天会拥有同样平庸的职业生涯——我被引用次数最多的一篇文章名为"第一部东方的东方主义歌剧:哈策贝育夫②的《玛吉努与莱拉》",很明显,我从没去过阿塞拜疆,那里的人似乎陷在石油和民族主义中难以自拔;

---

① 对荷马《奥德赛》中"初升的有玫瑰色手指的黎明"这一名句的改编。
② 哈策贝育夫(Uzeyir Hacıbəyov,1885—1948),阿塞拜疆作曲家、交响乐队指挥、科学家、教师和翻译家。

在德黑兰，我们离巴库不远，当我们在里海边旅行时，我们的脚曾浸在与向北十几公里的阿塞拜疆海岸边相同的水中，总之，令人沮丧的是，学术界记住我的理由只是我对罗西尼、威尔第和哈策贝育夫之间的关联分析。这种对引用和参考文献的电脑统计正将学术界领上一条没落之路，今天没人再投入到难度大、代价高的大型科研项目中去，与其编纂艰深博学的长篇巨著，不如出版几篇精心选题的短注——对这篇关于哈策贝育夫文章的质量我不抱幻想，所有提及这位作曲家的出版物都机械地引用了我这篇文章，将它视为研究阿塞拜疆人哈策贝育夫硕果仅存的欧洲文献之一，而我这篇文章的立意，一种"东方"的东方主义的兴起，显然被人们丢在一边了。为了这个没必要去巴库。然而我还是得说句公道话：如果我从没去过叙利亚，如果我从没体验过那次意外而微小的荒漠历险（和一次爱情挫折，承认吧），我绝不会如此迷上这个痴恋莱拉的玛吉努，以至于做了一件在当时来说还很复杂的事——订购了一套哈策贝育夫《玛吉努与莱拉》的乐谱；我甚至绝不会知道这个对着瞪羚和岩石喊出激情的热恋中的人是激发了如此众多波斯语和土耳其语诗体小说的灵感源泉，这其中就包括富祖利①的这部被哈策贝育夫改编成歌剧的作品——至于我，我对着莎拉喊出我的激情，不是对她的激情，而是对玛吉努，所有的"玛吉努"，而我的这一热情在她看来顶多有点好笑：我还记得我们坐在伊朗的法国研究所里的皮

---

① 富祖利（Fouzouli，约1494—约1556），阿塞拜疆著名诗人。

沙发椅上,她毫无恶意(毫无恶意?)地问起我的"收藏"如何了,当她看见我从书店回来,胳膊下面夹着一个包裹,她就是这么说的,当时她问道,还痴迷莱拉呢?我只好承认,对,痴迷莱拉,或者说痴迷《霍斯陆和席琳》①或《维斯与朗明》②,总之是一部经典爱情小说,一种受到阻挠最终以死亡结束的爱情。心理阴暗的她向我喊道:"那音乐呢,跟这些有什么关系?"一边装出责备的表情,我早就想好了一个回答:我正在写一篇以音乐中的爱情为主题的终极而全面的文章,从游吟诗人到舒伯特和瓦格纳,再到哈策贝育夫,我说这些话时看着她的眼睛,她放声大笑,一种残酷的笑,镇尼或仙女的笑,妖精的笑,一种罪恶的笑,好吧,我又转回到莎拉身上了,真是没救了。我们喝了什么神奇汤药了,是在海恩菲尔德喝的施泰尔马克葡萄酒,在巴尔米拉喝的黎巴嫩葡萄酒,在阿勒颇男爵酒店喝的亚力酒,还是死人之酒,无论如何,这奇怪的汤药貌似仅发挥单向功效——不,在阿勒颇的男爵酒店大错就已经铸成,太尴尬了,天哪太尴尬了,我之前成功甩掉了比尔格,将他留在了幼发拉底河畔带着那阴森大钟的恐怖城市拉卡,(心中还留存着巴尔米拉之夜的激动)将莎拉带到了优美的阿勒颇,在那里她意外找到了安娜玛丽·施

---

① 《霍斯陆和席琳》是一部波斯爱情悲剧故事,经一代代诗人的精心刻画,成为波斯地区乃至世界著名的爱情故事。帕慕克的小说《我的名字叫红》中多次提到这个悲剧故事。
② 《维斯与朗明》是11世纪的历史学家、作家和诗人法赫迪内·阿萨德·高贾尼(Fakhredin Assad Gorgani)写的波斯爱情故事。

瓦岑巴赫的踪迹和她给克劳斯·曼写的信,以及这位瑞士双性人的所有忧伤。艾拉·玛雅尔①在《残酷之途》一书中对安娜玛丽的描写却毫无迷人之处:一个总是唉声叹气的瘾君子,没有高兴的时候,病怏怏瘦弱的身上总是穿着裙裤或宽松束脚裤,扶着她福特车的方向盘,在旅行中,在苏黎世和喀布尔之间长途旅行的艰辛中,为她的伤痛寻觅一个借口:真是个凄凉的肖像。透过这一描绘,很难从这个有着天使面庞的落魄之人身上看到那个坚定的反法西斯斗士,那个曾令艾丽卡·曼和卡森·麦卡勒斯②堕入爱河的迷人才女——或许这是因为那个朴素刻板的艾拉·玛雅尔,那个游方修女,根本不是描写她的最佳人选;或许一九三九年的安娜玛丽就如同当时的欧洲一样,气喘吁吁,惊恐万分,落荒而逃。我们在一条石头小巷凹陷处深藏的那家餐厅里谈到了她,在服务生都穿着黑色西服白色衬衣的茜茜之家;莎拉给我讲了这个瑞士女人短暂而悲剧的一生,不久前再次发现的她那些七零八落的手稿,还有她那同样在吗啡、写作和苏黎世湖畔如此保守的环境下难以为继的同性恋倾向之间七零八落的个性。

时间将我们关闭在这个夹缝里;这家草编椅子的餐厅,这奥斯曼、亚美尼亚的食物,美味而永恒,盛放在这些釉面小瓷碟子里,贝都因人和悲凉的幼发拉底河畔及其荒废城堡

---

① 艾拉·玛雅尔(Ella Maillart,1903—1997),瑞士女旅行家、作家和摄影家。
② 卡森·麦卡勒斯(Carson McCullers,1917—1967),美国著名女性作家。

的回忆仍然新鲜,所有这一切将我们包裹在一种奇异的亲密中,就像被皇宫高墙围着的那些狭窄幽暗的街巷一样惬意、隐蔽、孤独。我凝视着莎拉赤褐色的头发,闪耀的目光,明艳的面容,红珊瑚和白珍珠的微笑,还有这完美的幸福,被安娜玛丽的忧伤形象稍稍减损,这幸福既属于二十世纪三十年代也属于二十世纪九十年代,既属于奥斯曼的十七世纪也属于这个合成的——无时无地——《一千零一夜》的世界。我们周围所有的一切都参与到这背景中来,从带着花边的奇特桌布,到那些摆放在窗台上和陡峭楼梯台阶一角的古玩(毕德麦雅①的枝形大烛台,阿拉伯金属水壶),尖顶窗子朝向以顶棚遮蔽的庭院,楼梯配有华美的铁制雕栏,直通向多面带有黑白石边框的雕窗格栅;我听着莎拉与酒店主管和旁边餐桌的几位阿勒颇女士用叙利亚语对话,我感到,自己能够有幸进入到这个气泡中来,进入到这个即将成为我日常生活的有她存在的神奇氛围中,因为对我来说这是再清楚不过了:在那个巴尔米拉之夜和对抗施瓦本骑兵的战役之后,我们已经变成了——什么?一对情侣?恋人?

  我可怜的弗兰茨,你总是让自己陷入幻想,妈妈会用她那温柔的法语这样说,你总是这样,爱做梦,我可怜的孩子。可你不是读过《特里斯坦与伊索尔德》《维斯与朗明》《马吉努与莱拉》么,生活不是一帆风顺的,有时人生漫长,如此漫

---

① 毕德麦雅(Biedermeier)指德意志邦联诸国 1815 年签订《维也纳公约》至 1848 年资产阶级革命的历史时期。

长，长得像阿勒颇上空的阴影，毁灭的阴影。时间夺去了茜茜之家；男爵酒店还屹立不倒，它门窗紧闭酣然沉睡，等着"伊斯兰国"的斩首者在此建立他们的指挥部，将它变成监狱、堡垒或最终将它炸飞：他们会将我的羞耻和永远热辣辣的回忆一同炸飞，还有那么多旅行者的纪念，那些尘埃将掉落在安娜玛丽、T.E. 劳伦斯、阿加莎·克里斯蒂头上，掉落在莎拉卧室顶上，掉落在宽敞的走廊上（几何图形的地板砖，乳白色亮漆的墙壁）；高高的天花板将崩塌下来，砸在楼梯前的平台上，那里曾有两个雪松木制成的大型柜台，我们怀旧的棺木上还带着墓志铭牌，"乘坐新普伦—东方快车和托鲁斯快车，伦敦—巴格达八日到达"，砖石土块将把奢华的楼梯完全吞没，就在莎拉在午夜时分决定回房间就寝的一刻钟后我头脑一热，也沿着这条楼梯上了楼：我记得自己敲了她的房门，两扇漆色泛黄的木门，指关节就在三个金属数字的旁边，带着焦虑、决心、希望、盲目、胸闷，因为要冲上前去，想要在床上找回巴尔米拉一条毯子下面轮廓依稀可辨的那个人，在遗忘中，在感官体验的饱和中，继续行进，紧抓不放，隐匿潜藏，让柔情蜜意驱走忧郁，以对他者热切的探索打开自我封闭的围墙。

  我一句话、一个词都不记得了，一切都被幸运地删除了；留在我脑海中的只有她略显严肃的脸和心中涌出的痛楚，一瞬间感觉自己重又变回了一个存在于时间中的物体，在羞耻的重拳下被压扁，又被抛向无尽的消亡。

两点五十分

  我恨自己的懦弱，懦弱而可耻，好了，我要起床了，口好渴。瓦格纳一八五四年九月看了叔本华的《作为意志和表象的世界》，那时他正开始设想《克里斯坦与伊索尔德》。《作为意志和表象的世界》中有一章是关于爱的。叔本华从没像爱他的狗阿特玛一样爱过任何人，这条狗的梵文名字的意思是灵魂。据说叔本华将他的狗指定为他全部遗产的继承人，我怀疑这是真的。格鲁伯说不定也会这样做。那样的话可就太有趣了。格鲁伯和他的癞皮狗应该都睡了，听不见他们那边有什么声音了。失眠的人可真是不幸。几点了？我记不太清叔本华对爱的理论了。我记得他将爱分为两种，一种是由性欲引起的幻想，另一种是博爱，同情心。我自问瓦格纳对此怎么想。关于叔本华和瓦格纳肯定有几百页的文章，而我却一页也没读过。有时生活真令人绝望。

  爱情魔汤，死亡药水，为爱而死。

  对，我去给自己泡一杯热饮。

  别了，睡眠。

  有一天我会创作一部歌剧，名字就叫《叔本华之犬》，里面将谈到爱与同情、印度的吠陀梵文、佛教和素食美食。歌剧中的狗将是一条喜欢音乐的拉布拉多犬，条时常被主人带去听音乐会的瓦格纳迷。这条狗叫什么名字呢？阿特玛？

君特。这可是个好名字,君特。这条狗将见证欧洲的末日、文化的消亡和野蛮的回潮;最后一幕,叔本华的幽灵将从火焰中出现,将狗(只有狗)从毁灭中救出。第二部分以《君特,德国犬》作为标题,将讲述这条狗在伊维萨岛的旅行和它发现地中海时的兴奋激动。这条狗将说起肖邦、乔治桑、瓦尔特·本雅明,以及所有在巴利阿里群岛①找到爱情和平静的流亡者;君特将在一棵橄榄树下,在幸福快乐中结束它的一生,在它身边陪伴它的是一个诗人,他以君特为灵感源泉创作了美丽的十四行诗用以歌唱自然与友情。

  这下我可是疯了。我真的疯了。快去泡饮料吧,一个绵柔的小布包就能让你想起大马士革和阿勒颇的干花,伊朗的玫瑰。显然,男爵酒店那一晚的拒绝几年以后还让你感到隐隐的灼烧,尽管她的态度委婉,尽管后来又发生了那么多事,尽管有德黑兰和那些旅行;当然,第二天早晨要面对她的目光,她的尴尬,我的尴尬,你从梦中惊醒,从云端掉了下来,她那晚说出了纳迪姆的名字,蒙在眼睛上的布就此被撕裂了。随后的几个月甚至几年中,我一直自私地冷落她——这是出于嫉妒,嫉妒,说出来很可悲,其实就是恼羞成怒,这反应实在愚蠢。虽然我很敬重纳迪姆,虽然我曾整夜整夜地听他弹奏,听他即兴创作,跟着他一个接一个、艰难地学着识别传统音乐的典型调式、节奏和乐章,虽然我们之间似乎曾建立很深的友情,虽然纳迪姆是个慷慨大方的人,我还是抱着

---

① 巴利阿里群岛(Baléares),西地中海群岛,西班牙自治区之一。

挫伤的自尊心缩成一团,就像巴尔扎克一样做一只藏在壳里的牡蛎。我在孤独中度过了大马士革的日子,于是我现在站在这里找我的拖鞋,边找拖鞋边哼唱着"哭泣,悲叹,恐惧,犹豫"①,脚踩在床前的小地毯上,这条在德黑兰的杂货市场上买的呼罗珊②礼拜地毯(没带罗盘)原本是莎拉的,但她一直没取走。我一把抓起晨衣,穿进过于肥大的袖子里,这件绣着金边的贝都因酋长袍总是引来邮递员和煤气管工的嘲讽或猜疑,我在床下找到了拖鞋,心里说为这点小事生气真是不值得,被书脊吸引着,就像被蜡烛吸引的蝴蝶,一直走到书柜前,抚摸(既然没有可以抚摸的身体和皮肤)摆在阅览架上费尔南多·佩索阿的诗集,随意翻开一页只为享受半透明的薄纸在指尖下滑动的快感,碰上的当然(因为书签)是阿尔瓦罗·德·坎波斯③的《吸鸦片者》:"在认识鸦片前我的灵魂是痛苦的。/ 感受生活:康复,衰落 / 于是我在鸦片中寻找慰藉 / 一个位于东方东方的东方。"这是坎波斯最伟大的颂歌之一,坎波斯,这个佩索阿创造出来的人物——一个旅行者,"苏伊士运河,船上,一九一四年三月":据说这个日期是假的,被佩索阿故意提前了,目的是要将阿尔瓦罗·德·坎波斯塑造成一个"法式"诗人,一个现代的阿波利奈尔,东方

---

① 原文为德语(Weinen,Klagen,Sorgen,Zagen)。
② 呼罗珊(Khorassan),今伊朗东部及北部的地区。
③ 阿尔瓦罗·德·坎波斯(Álvaro de Campos),是佩索阿的异名之一。佩索阿在文学上以"创造"性格闻名,这种写作手法被称为"异名"(Heteronymy)。

与邮轮的钟爱者。《吸鸦片者》是一部绝妙的复制品,已经变得比原作更加本色:坎波斯经过了一个"童年",写过青春、忧郁、鸦片和旅行的诗篇。我想起了亨利·勒韦①,这位描写忧郁、鸦片和邮轮的诗人,我在书柜里寻找他(不太远,就在"被遗忘的法国诗人"一栏,路易·布罗杰②旁边,后者作为航海诗人、法兰西火轮船公司的雇员是莎拉的另一颗"明星"),找到了他的《明信片》,一本微型书:勒韦的所有作品可以放在手掌中,里面的篇章屈指可数。他于一九〇六年三十二岁时死于肺结核,这位初出茅庐的外交家曾被派到印度和印度支那,还曾担任拉斯帕尔马斯③的领事,我们曾吟唱他的诗作,那是在德黑兰:我记得自己曾为他的诗文谱曲,配的都是些庸俗的爵士调子,为博同事们一笑,很遗憾没有一位真正的作曲家留意过这些文字,就连诗人们的朋友加布里尔·法贝尔也没关注过他这些诗作,音乐家法贝尔只怕比亨利·勒韦被大众遗忘得更加干净——两个人还是邻居,都住在巴黎的勒皮克街,勒韦曾从塞得港④为这部《明信片》题词,将它献给法贝尔:

我们看着塞得港闪烁的灯火,

---

① 亨利·勒韦(Henry Levet, 1874—1906),法国诗人。
② 路易·布罗杰(Louis Brauquier, 1900—1976),法国作家、诗人和画家,他全部的诗作都与航海有关。
③ 拉斯帕尔马斯(Las Palmas),西班牙加那利群岛上的城市。
④ 塞得港是埃及东北部地中海沿岸靠近苏伊士运河的港口城市。

好似犹太人看着上帝许诺的乐土:
因为我们不能登陆;
这似乎被维也纳公约禁止

黄色检疫楼里的人们啊,
我们既不会登陆平复我们不安的感觉
也不会储备一批污秽的照片
还有那美妙的拉塔基亚①烟草……

诗人更愿意在这短暂的停泊中
在历代法老的土地上漫步一两个小时
而不是去听弗洛伦斯·马绍尔小姐
在会客厅里高唱《纽约的美人》。

真希望有一天能够在一只被人遗忘的箱子里发现法贝尔为勒韦的诗文创作的曲谱——可怜的加布里尔·法贝尔,后来陷入了疯狂;被所有人遗弃的他在疯人院中度过了最后的十年。他曾为马拉美、梅特林克、拉弗格,还有一些中国诗谱过曲,一些中国古诗,我们更愿意想象是他的邻居亨利·勒韦为他提供的古诗翻译。遗憾的是,这些配曲毫无灵性,只是些苍白的旋律——这倒是应该很合诗人们的心意:"词句"在这里比歌声更为重要。(其实我们

---

① 拉塔基亚(Latakieh),叙利亚的港口城市。

完全可以由此推测，这种慷慨的谦逊令加布里尔·法贝尔失去了死后扬名的机会，因为他生前一心忙于让别人流芳千古。）

莎拉珍爱《明信片》就像珍爱与佩索阿的作品同样稀世的宝贝——她还肯定地说年轻的阿尔瓦罗·德·坎波斯是受到了亨利·勒韦的影响，他曾在法尔格与拉尔博出版的诗集中读到过后者的作品。亨利，这个如此年轻的浪子和旅行家死在他母亲怀中的形象令莎拉感动——可以理解。在德黑兰，坐在伊朗法国研究所哈瓦那皮革沙发椅中，她曾讲过，少女时的她在巴黎曾多么喜欢那些邮轮，那些邮轮、远洋客轮和所有殖民线路的轮船都令她神往。弗吉耶取笑她说，男孩子才喜欢船哪火车啊的东西，这些从来都是男孩子的玩具，他还没见过一个"名副其实"的女孩为那些蒸汽舰艇、铜质的指令发送器、风向袋、救生圈、罗经的大金球、绣着花纹的水手帽和高昂的艏柱线条着迷的。莎拉承认她对技术方面并不是太感兴趣（尽管她确认也能记得轮船的一些特性，多大尺寸、多少吨位、多大吃水量、多大速度），但她最喜欢的是那些邮轮，特别是它们的航线：马赛—塞得港—苏伊士—亚丁—科伦坡—新加坡—西贡—香港—上海—神户—横滨，三十五日行程，每个月里有两个星期天，登上东京[①]号、土伦[②]号或高平[③]号，

---

① 东京（Tonkin），越南河内的旧名，在法国殖民地时代，东京代指整个北越地区。
② 土伦（Tourane），越南中部城市岘港的旧名。
③ 高平（Cao-Bang），越南北部的一个省。

六千七百吨的船在大雾天搁浅在昆仑岛^①前，为西贡海域上的苦役营接送换岗的哨兵。她梦想沿着漫长的海运路线远航，探索那些港口和中转站；那些配有桃花心木雕琢陈设的奢华餐厅；那些吸烟室、女士更衣室、宽敞的客舱，随着一个又一个停靠站变得越来越具有异国风情的宴会菜单，还有大海，大海，那原生态液体，任星辰肆意摇晃，就像吧台酒保手中摇晃着的银色雪克壶。

> 法兰西火轮船公司的阿尔芒·贝依克号
> 在印度洋上以每小时十四海里的速度疾驰……
> 太阳在血红果酱中落下，
> 沉入这手掌般平坦的海中。

因为东方后面还有一个东方，这便是旅行家的幻想，殖民地生活的迷梦，对码头与轮船上国际化、资产阶级氛围的向往。我喜欢想象少女时的莎拉，在纯属内陆的巴黎第十六区一间公寓里，手里拿着本书躺在那儿，眼睛盯着天花板，做白日梦，梦想自己登上驶往西贡的船——在这奇异的时光中，在这间公寓里，她都看见了些什么呢？我会希望自己像一个吸血鬼潜入这房间，在她身旁坐下，仿佛一只海鸥落在

---

① 昆仑岛，又称昆山岛，南中国海中的一个岛屿，该岛屿是昆仑群岛中面积最大的岛屿。1861年，法国殖民者为了关押越南反法民族主义者而修建了昆仑岛监狱。

她的床头，在亚丁和锡兰之间暮色抚慰下的邮轮舷墙上驻足休息。洛蒂①在土耳其，兰波在阿比西尼亚②，谢阁兰在中国，那些法国青少年读物，比如黑塞的《流浪者之歌》和达雷尔的《亚历山大四重奏》，引领一批人进入了东方学家或梦想家的行业——我们做事可能出于一些糟糕的原因，我们的命运在青春时代就像一个带针的塞子③一样容易改变方向；莎拉喜欢阅读、学习、做梦和旅行：十七岁的时候我们对旅行都知道些什么呢，我们喜欢那声音，那些词句，那些明信片，然后一生都在真实的世界中试图找回童年的幻梦。布列塔尼的谢阁兰、蒙布里松的勒韦或符腾堡的黑塞都曾做过这样的梦，而他们自己反过来也制造幻梦，就像他们之前的兰波一样，兰波这个魔鬼旅行家，在他一生中仿佛命运始终都在竭尽所能将他捆绑在锁链中，阻止他远行，甚至后来连他的一条腿也截了去，以确保他从此动弹不得——但就算只有一条腿，他还是在马赛和亚登之间作了一次地狱般的往返旅行，伤病的残肢令他痛苦不堪，在法国铁路的颠簸中，车轮每旋转一周，金属与金属的每次摩擦，蒸汽每次嘶哑的呼气都令他藏匿在神圣车辙中的诗篇在记忆中爆发。在这恐怖疼痛的夏季，眼看着他将要在酷刑中死去——人们不惜用吗啡和宗教向他施救；这位法国第一大诗人，从北方的山丘到神秘的爪

---

① 洛蒂（Pierre Loti，1850—1923），法国小说家和海军军官。
② 埃塞俄比亚的旧称。
③ 将一根针插入瓶塞放入水中，针将自动改变方向，像罗盘指针一样指向北方。

哇,所有疯狂的目的地都曾亲身游历的旅行者,于一八九一年十一月十日十四时左右在马赛的圣母无玷始胎医院去世,死时少了一条腿,腹股沟上多了一个巨大的瘤子。莎拉很同情这个三十七岁的青年(比勒韦多了四岁、数百首诗和数百公里的路程,他在东方度过了十年),兰波曾在医院的病床上给他妹妹写道:"那些翻越群山的远征呢,那些策马狂奔,信步畅游,那些沙漠、河流、海洋都在哪儿呢?眼前只有个截瘫者!"

应该在我们的伟大著作里再加上一卷:

东方不同形式的疯狂
第二卷
坏疽与肺结核

再列出所有病人的名字,那些肺结核患者,梅毒患者,那些身上最终生发恐怖病症的人,他们中有的长了下疳,酒糟鼻,恶臭的真菌,还有的出现了脓性腹股沟淋巴结炎,吐血,甚至像兰波和勒韦一样截肢或窒息而死,这些东方的殉道者——还有我,尽管我不愿承认,我可以为自己写上一章,甚至两章,"神秘疾病"和"幻想疾病",然后在"痢疾和腹泻"这个比其他任何疾病都更称得上是东方学家忠实伴侣的章节中加上一段有关我的描写:今天,遵照克劳斯医生的叮嘱,我被迫喝酸奶、吃青草,其中包括从菠菜到伊朗香草①的一批草料,这

---

① 原文为波斯语的法文拼写(sabzi)。

食物的可厌程度与旅行者腹泻不相上下，只不过没有疾病来袭时看上去那么吓人：在深夜冒着风雪行驶在德黑兰和里海之间的一辆大巴上，弗吉耶曾被迫与拒绝在积满雪堆的山间公路边停靠的司机粗暴理论，后者命令他耐心等到不远处的下一个车站——脸像床单一般惨白，不时扭动着屁股的马克一把拽起司机的脖领，威胁要在他的车里将肚子腾空，司机这才将车停了下来。我清楚记得弗吉耶随后奔向雪地里，接着消失（跌落）在路堤后面；几秒钟后，在飘满雪花的车头灯光中，我们惊奇地看到升起一团美丽的蒸汽云，就像动画片里冒烟的符号，这令司机哈哈大笑。一分钟后可怜的弗吉耶艰难地登上了车，冻得瑟瑟发抖，面色苍白，身上湿漉漉的，脸上露出如释重负的惨淡微笑。的确，几公里后大巴停了下来，让一部分乘客在山间的一处十字路口下车——在我们身后，德马峰①高地巍峨的山肩及其六公里的岩石令冬季显得更加晦暗；在我们面前，浓密而突兀的橡树和千金榆树林一直向下延伸到沿海平原。司机劝弗吉耶喝点他暖水瓶里的茶；他说，茶包治百病；两个热心的女游客也给病号送来了酸樱桃脯，但他极为厌恶地拒绝了；一位老人坚持要给他半根香蕉，因为香蕉能够令肚子运动放缓（至少我们是这样理解这句波斯语的）——弗吉耶跑到加油站的厕所躲了几分钟，然后坐上大巴开始朝阿莫勒②方向下行，

---

① 德马峰（Damavand），位于德黑兰东北的亚柏芝山脉，最高点海拔5610米，是伊朗的最高峰。
② 阿莫勒（Âmol），伊朗马赞德兰省的一座城市，距离里海约20公里。

一路上他身体挺直,前额冒着汗珠,咬紧牙关,勇敢地坚持了下来。

  与其喝茶、吃果脯或香蕉,他宁愿用鸦片治疗他的腹泻,这最终产生了惊人的效果:几个星期后,他竟同我一样也加入到了长期便秘的阴暗阵营中来。

  与那些显赫的前辈相比,我们这些东方学家的疾患都只是些小毛病,埃及军队里有血吸虫病、沙眼和其他眼炎,古代则有疟疾、鼠疫和霍乱——兰波的骨肉瘤"理论上说"并不是外国病,即使在夏尔维勒①也可能患上,尽管这位冒险家诗人将其归咎于水土不服,徒步和骑马的长途跋涉。彼时重病的兰波到亚丁湾塞拉港的远征远比弗吉耶到里海的旅程要痛苦得多,"十六个黑人用担架"抬着他,穿过埃塞俄比亚海岸哈勒尔山区的三百公里沙漠,耗时十二天,十二天的痛苦煎熬令他到达亚丁时已筋疲力尽,以至于欧洲医院的医生决定立即截去他的病腿,随后又撤销了这个决定并认为阿蒂尔·兰波最好还是到其他医院做截肢手术:一八九一年五月九日,航海家兰巴达(热尔曼·努沃给兰波起的这个绰号②)赶上了一艘驶往马赛的船,亚马逊号。对于这个哈勒尔和舍瓦③的探险者,这个"羁风之人",莎拉朗读了他的整段诗文——

---

① 夏尔维勒(Charleville),法国东北部亚登省的小镇,兰波的家乡。
② 根据《一十零一夜》中航海家辛巴达仿造而来。
③ 舍瓦(Shewa),埃塞俄比亚的一个古代省,位于亚的斯亚贝巴地区。

> 暴风雨祝福我在海上苏醒。
> 我在波涛上的舞蹈比瓶塞更轻盈,
> 那波涛被称为永恒的死亡滚筒,
> 十个夜晚,毫不眷恋探照灯呆滞的眼睛![1]

深陷在这些伊朗沙发椅中(亨利·科尔班[2]本人曾坐在上面与东方启蒙和苏哈拉瓦迪学派的其他权威学者聊天),大家都在静静倾听;在我们的注视下莎拉变身为醉舟,兰波的女祭司——

> 从此,我沐浴在大海的诗中,
> 浸泡星辰、乳白色的诗篇吞噬着蓝绿色,
> 诗中苍白而热切地漂浮着
> 一个沉思中的溺水者;

她神采奕奕,笑靥如花;她闪闪发亮,散放着诗歌的光芒,令在座的科学人士有些惊恐不安。弗吉耶笑着说应该"堵住她体内缪斯的嘴"并善意地让她警惕这些"浪漫主义的攻击",这反倒令莎拉开怀大笑起来。然而的确有不少

---

[1] 兰波《醉舟》中的段落,下同。
[2] 亨利·科尔班(Henry Corbin,1903—1978),法国哲学家、翻译家和东方学家。

欧洲东方学家进入这一行是基于殖民地生活的想象：异国风情的木叶片风扇，烈性饮料，与当地人的热恋、与女仆的爱情。这些甜蜜的幻景似乎更多出现在法国和英国东方主义人群中；德国人从整体来看追寻的是《圣经》和考古学之梦；西班牙人偏爱伊比利亚、穆斯林的安达卢西亚和天上吉卜赛人的妄想；荷兰人则沉醉于各种香料、胡椒树、樟树和航行在好望角海域暴风雨中舰船的幻象。莎拉和他的导师，法国研究所的所长吉尔贝·德·摩根在这方面都十分法国：他们不仅迷恋波斯诗人，而且也热爱那些如拜伦、奈瓦尔、兰波一般从东方汲取创作灵感的诗人，以及像佩索阿通过阿尔瓦罗·德·坎波斯寻找"位于东方东方的东方"那样的诗人们。

一个在中东火焰另一侧的远东，这让人想起奥斯曼帝国曾几何时被视为"欧洲病夫"：今天欧洲自己就是那个病夫，一具垂垂老矣、吊在绞刑架上被遗弃的尸体，看着自己腐烂的同时还笃信"巴黎将永远是巴黎"，用三十多种不同的语言说着这句话，包括葡萄牙语。"欧洲是一个撑在自己胳膊肘上的死者卧像"，费尔南多·佩索阿在《使命》中如此写道，这套完整的诗作是一个神谕，是忧郁之情的晦暗神谕。在伊朗的街上可以碰到一些带着鸟的乞丐，他们等着给路人算命：给点小钱那只飞禽便用它的喙啄出一张折起或卷起的纸递给你，上面写着一首哈菲兹的诗句，人们称之为"哈菲兹的神谕"。我要试试佩索阿的神谕，看看这位葡萄牙惶恐不安领域的世界冠军将告诉我些什么。

《吸鸦片者》之后隔几页，我闭上眼让手指随机翻动，然后睁开眼:"世上沙漠都广袤辽阔,沙漠无处不在",怎么,又是沙漠,无意中翻到第四百二十八页,无意中又碰上阿尔瓦罗·德·坎波斯,这令人不禁失神自忖,一切都是相互关联的,每个词,每个动作都与所有词、所有动作相互关联。所有沙漠,沙漠,"我点上一支烟以推迟这次旅行/以推迟所有旅行/以推迟整个宇宙"。

一个书柜里藏着整个宇宙,无需出门了:荷尔德林说过,为什么要离开那象牙塔呢,世界末日已经发生了,何必自己出去体验;我待在这儿,指甲流连在两页之间(这书页如此柔软,如此滑腻),在这里,阿尔瓦罗·德·坎波斯,这个花花公子工程师比佩索阿有血有肉的影子更加真实。世上沙漠都广袤辽阔,沙漠无处不在。葡萄牙语里有个东方,欧洲的每种语言中都有一个东方,一个东方存在于这些语言之中,还有一个东方存在于它们之外——我想要,就像伊朗每年最后一个星期三都要跳过篝火祈求好运一样,跳过巴勒斯坦、叙利亚和伊拉克的火焰,黎凡特的火焰,然后平稳地降落在波斯湾或伊朗。葡萄牙的东方始于索科特拉岛①和霍尔木兹岛②,作为印度海路的必经之地,这些岛屿于十六世纪初被征服者阿方索·德·阿尔布克尔克③占领。我还站在书柜前,手里捧着佩索阿;我还站在一艘饥渴舰船的船首——一艘满是

---

① 索科特拉岛是也门的岛屿,位于印度洋西北部海域。
② 霍尔木兹岛是伊朗的岛屿,位于波斯湾。
③ 阿方索·德·阿尔布克尔克(Afonso de Albuquerque,1453—1515),葡萄牙海军将领,其军事和政治活动形成了在印度洋的葡萄牙殖民帝国。

遗憾、渴望海难的舰船，一越过好望角就再没有什么可以阻挡它了：欧洲的军舰扬帆北上，葡萄牙领航。阿拉伯！波斯湾！波斯湾是美索不达米亚这只癞蛤蟆淌下的口水，热乎乎平滑的汗液，边缘稍稍被海上来往耕牛的粪便—— 运油船黑色黏稠的石油污迹搅浑。我站立不稳；我抓住一本厚书，抓住一根桅杆，我的脚被绳索绊住了——不，是被晨衣绊住了，这件陈旧的海盗斗篷缠在阅览架上了。我望着格架上我的那些宝贝，被尘封、被遗忘的宝贝，一头木雕的骆驼，一个刻有古代符号的叙利亚银质护身符（我隐隐记得这个字迹无法辨识的吉祥物在旧时具有镇静甚至治疗危险疯子的功效），一个微型木雕，带绿色铜质铰链可折叠的双连画，画中展示的是一棵树、一头小鹿和两个情侣，但不知这幅乡村牧歌图景源自哪一部爱情小说，我是在德黑兰马努切利大街上的一家古董店买的。我想象自己回到德黑兰北部高山地区的达拉克或达尔班，每周五的出游，在远离人潮的溪水边，沉浸在大自然中，在一棵树下与一位头戴灰色头巾身穿蓝色长袍的年轻女子在一起，周围满是虞美人，殉道者之花喜欢这些石子路，这些小山沟，每到春季都在此播撒它微小的种子——水声，微风，香料和炭火的味道，一群离得不远但看不见的年轻人在山脊的下坡处，传过来的只有他们的笑声和食物的香气；我们待在那儿，在一棵参天石榴树多刺的阴影中，吃着樱桃脯和李子脯，期待着，期待着什么？一只狍子，一头努比亚羱羊，一只猞猁，什么也没来；没人经过，除了一个戴着奇怪帽子的老托钵僧，简直就像从鲁米的《玛斯纳维》中直接走出来的，向着不知哪座山峰、哪个隐居小屋所走去，一把竹笛在他胸前摇摆，一根木棍拿在手里。我们用"Yâ Ali！"向他问候，心中对这一先兆略有几分恐惧，在一个本应更加世俗、爱情的场景中却冒出了一个宗教信仰的象征。"听听那笛子，它讲的故事多么动听啊，它正在哭诉分离，因为人们将它从芦苇地砍下；它的呜咽令人伤心。"有没有鲁米《玛斯纳维》的德语完整翻译？或者法语翻译？两万六千个韵脚，一万三千行诗句①。世界文学的伟大遗产之一。一部集合了诗歌和神秘智慧、数百个轶闻、故事、人物的汇总。可惜吕克特仅翻译了几首加扎勒②，却从没钻研过《玛斯纳维》。反正吕克特的作品在我们这个时代编辑得都如此之差。可以找到的不是当代出版的薄薄的廉价诗选，就是十九世纪末或二十世纪初那些没有注释、没有评述、错误百出的版本；据说以科学方法编纂的版本正在缓慢修订中，这一"施韦因富特③版本"（"美丽的地方，可怕的名字"，诗人曾这样说过）共有十到十二卷，难以寻觅且价格高昂——对大学图书馆来说太奢侈了。为什么德国和奥地利没有七星文库④？这的确是法国一个可以引以为荣的发明，这些用软皮革包裹的精装

---

① 这里可能是作者笔误，应该是一万三千个韵脚，两万六千行诗句。
② 加扎勒是存在于十三四世纪的波斯以及印度和中亚的一种抒情诗，形式为对句，这种诗由只有一个韵文与副歌的抒情诗句组成，中心主题是爱。
③ 施韦因富特（Schweinfurt），德国巴伐利亚州的一个直辖市。
④ 七星文库（La Pléiade），法国伽利玛出版社出版的经典丛书。

全集里面附带前言、附录、学者书评，从中可以找到法国和外国文学的所有经典作品。与德国经典出版社的那些豪华典籍有天壤之别，后者太远离大众，极少被当做圣诞礼物奉送。如果弗里德里希·吕克特是法国人，他一定会入选七星文库——就连戈平瑙，这个专门研究伊朗的种族主义东方学家还有三卷入册。七星文库绝不仅仅是一套丛书，它更是一项国家大事。让某某人进入醋酸纤维塑料和彩色皮革包装的决定激发着广大民众的热情。对于一位作家来说，最光荣的当然莫过于能够"在有生之年"入选——在为蒲公英提供肥料以前享受自己的坟墓，体验死后的荣耀（应该挺受用的）。最糟糕的（我认为这种情况应该没发生过）恐怕是在入选后又在有生之年被开除。一种终生流放。因为的确有人从这神圣的选集里被挤出，在德黑兰，这曾导致了不亚于贾希兹《教授奇观书》中描写的场景：伊朗法国研究所的所长，德高望重的东方学家，在他办公室里咆哮着冲了出去，在门厅一边来回踱步一边叫嚷："真是胡闹！""耻辱！"并立即在雇员中引起了恐慌。那个温柔的秘书（被老板的情绪波动吓得要命）躲在了文件堆后面，电脑技术员一只手拿着把改锥钻到了桌子底下，连温厚随和的秘书长也突然要给一个表亲或是老婶娘打个紧急电话，对着话筒高声说着一连串的礼貌用语。

莎拉（走到他办公室门前，忧心忡忡）：出什么事了？吉尔贝，你还好吗？

摩根（怒气冲天）：这真是太令人愤怒了，莎拉，您还不知道吗？挺住！这是对知识界的羞辱！这是文化界的垮塌！

莎拉（踟蹰不前，吓坏了，声音苍白）：我的天，我做好最坏的准备了。

摩根（为能够有人分担痛苦而欣慰）：您不会相信的：他们把热尔曼·努沃从七星文库除名了。

莎拉（目瞪口呆，无法相信）：什么？怎么可能？七星文库里的人不可能被除名！反正不会是热尔曼·努沃！

摩根（叹息）：是他。已经决定了。努沃出局。永别了。新版只收录旧版中的洛特雷阿蒙①一个人，没有热尔曼·努沃。这是灭顶之灾。

莎拉（机械地抽出卡着发髻的铅笔；头发散乱地摊在肩膀上；看上去就像一个古代的哀伤女人）：得做点儿什么，发起请愿，动员整个学术界……

摩根（沉痛，无奈）：太晚了……昨天刚刚公布了洛特雷阿蒙。编辑通知说未来将不会出版热尔曼·努沃的个人全集。

莎拉（义愤）：太可怕了！可怜的努沃！可怜的于米里斯②！

弗兰茨（从外部研究员办公室的门观察这边的景象）：发生什么严重的事了吗？我能帮上忙吗？

莎拉（朝可怜的外国人撒气）：我看不出奥地利或者德国

---

① 洛特雷阿蒙（Lautréamont，1846—1870），原名伊齐多尔·吕西安·迪卡斯（Isidore Lucien Ducasse），出生于乌拉圭的法国诗人，代表作为散文诗集《马尔多罗之歌》。
② 于米里斯（Humilis），法语中意为卑微、低下，热尔曼·努沃的笔名之一。

在这个关头能给我们提供什么帮助,谢谢。

摩根(同样,一点不开玩笑):您正碰上国丧,弗兰茨。

弗兰茨(有些恼火,关上办公室的门):那么,请节哀顺变。

对于这个因为他遭受贬黜就令人文科学跌入苦难深渊的热尔曼·努沃,我毫不了解;但很快我就都知道了,当然是通过莎拉,她围绕这个人物给我全面地上了一课,外带一通谴责,因为很明显,我没看过她在《法国文学》①上发表的文章《在黎巴嫩和阿尔及利亚的热尔曼·努沃》,令我惭愧的是,这文章的名字我的确不陌生。国丧的半个小时之后,她请我到"上面",主人的公寓客厅喝葬礼茶,以便对我进行教育:热尔曼·努沃生前曾是兰波的同伴(跟随兰波到伦敦),也是魏尔伦的同伴(跟随魏尔伦酗酒、笃信天主教),这个同伴也许没有其他二人那么高的声望,但他绝对是位杰出的诗人,而且自己也拥有极其独特的经历,在这方面比那两个人毫不逊色。出生南方,他在年轻时来到首都,虽然年轻但已经可以出入拉丁区和蒙马特高地的小酒馆了。他的愿望是成为诗人。

这种事在今天看来实在不可思议,而在一八七二年一个人可以离开马赛前往巴黎,梦想成为诗人,兜里只揣着两三首十四行诗、几个金法郎和流浪文人聚集的几家咖啡馆的名字:

---

① 《法国文学》(Lettres françaises)是一本于 1942 年 9 月在法国创办的文学类刊物。

塔布雷咖啡店，波丽多餐厅……我想象一个因斯布鲁克[①]或克拉根福[②]的年轻人在我们这个时代启程前往维也纳，所有的敲门砖只是德语老师的一封推荐信和 IPad 里装着的几首自己写的诗，恐怕这样的他很难找到志同道合的伙伴——要分享把自己弄得晕头转向的捷克苦艾酒和五花八门的毒品，应该没问题，但要找人一起吟诗，没戏。或许我对自己生活的城市认识不足（算是诗歌之幸），我晚上不去咖啡馆，更极少结交诗人，他们在我看来总好像是一些可疑的情场高手，特别是在二十一世纪初的今天。热尔曼·努沃是一位真正的诗人，他曾在苦行和祈祷中寻找上帝，并最终神经失常，据比赛特尔的医生诊断，他染上了"带有神秘主义念头的忧郁癫狂症"，并在那里首次被关进精神病院，一关就是六个月。正如莎拉在她的文章中指出的，努沃第一次犯病与兰波走出哈勒尔山区是在同一时期，并一直持续到后者离世；努沃在一八九一年十一月离开精神病院时兰波刚好死去。热尔曼·努沃当然不知道他昔日同伴的悲惨命运，但经过在黎巴嫩定居的失败和在法国的长期游荡后，热尔曼·努沃决定再一次尝试新的东方历险，这一次是在阿尔及尔；他写了一封信给阿蒂尔·兰波，寄往亚丁，信中向他透露了自己的计划：在亚历山大港或亚丁港成为一名装饰画家，并请他看在他们旧日友情的份上给

[①] 因斯布鲁克（Innsbruck）位于奥地利西部群山之间的因河畔，是蒂罗尔州的首府。
[②] 克拉根福（Klagenfurt）是奥地利凯尔滕州的首府。

他提供一些"门路"。"我已经快两年没见过魏尔隆普了",他写道。莎拉觉得这封写给一个逝者的信很感人;魏尔隆普-魏尔伦本可以告诉他两年前兰波的死。夜里一个轻声耳语。令人开心的是,直至今日,研究学者还在试图证明《灵光集》①的作者不是航海家兰巴达,而是热尔曼·努沃,越是证据不足他们越是斗志昂扬——事实究竟如何我们恐怕永远也不会知道。

莎拉在文章中详细追溯了热尔曼·努沃在贝鲁特和阿尔及尔的奇遇(其实是不幸遭遇)。他也曾做过东方梦,以至于曾试图在贝鲁特一家希腊天主教会中学里当老师,从此定居东方。莎拉曾跑遍黎巴嫩所有希腊天主教会机构,努力在因时间和战争四处分散的档案中找到他的聘书,但最重要的是找到他在被任命为教师的几周后便遭辞退的原因——但毫无成果。剩下的只有一个传言,据说热尔曼曾与他一个学生的母亲有不正当关系。但鉴于他的工作记录和他的法国上级对他做出的大量惊人报告("这个人做什么都行就是不适合做老师",一个校长如此说道),莎拉认为更可能是他的不称职导致了这一解聘。他留在贝鲁特讨薪,没钱,没工作,一直如此维持到秋天。传言他爱上了一个盲女,并让她去巴伯·伊德里斯广场为二人的生活乞讨;可能正是这个(失明或正常的)女人被他写进了黎巴嫩的一首十四行诗中,诗中充满了东方主义的绘画元素:

噢!炊烟的蓝色用以描摹你的头发,

---

① 《灵光集》(*Illuminations*),又译《彩图集》,兰波后期创作的散文诗集。

> 你金色的皮肤和那色晕令人仿佛见到一朵
> 烧焦的玫瑰！还有你那芳香肌体，
> 套在天使肥大的衣服里，也展示在壁画中。

他最终好像赢得了诉讼，并获得了一些赔偿，或者是被法国领事馆遣送上了前往马赛的"老虎号"邮轮，这艘船中途在雅法①做了短暂停留——笃信天主教的热尔曼·努沃无法抗拒圣地的召唤，徒步前往耶路撒冷和亚历山大，一路上靠乞讨为生；数周以后，他登上了"拉塞讷"邮轮，在一八八五年初回到了马赛，与魏尔伦、苦艾酒和巴黎的大小咖啡馆重逢。

我打开了这本汇集了努沃和洛特雷阿蒙——热尔曼的东方与伊齐多尔的乌拉圭——的七星文库，这本今天洛特雷阿蒙扫除了他偶然的对手，独自御宇的七星文库——如此便是于米里斯的命运，谁让他选了这么个名字呢；这个乞丐诗人，这个天主教的疯狂信徒一直不愿对他出版的寥寥几篇作品重新编辑再版，今天（这至少是莎拉的结论）这首《海之星》像一颗被遗忘之云遮挡的星辰一般熠熠生辉。

> 我会疯狂而死，
> 是的，女士，我确信无疑，
> 首先……为你细微的动作

---

① 雅法（Jaffa），地中海东岸港口城市，1949年与特拉维夫合并成为特拉维夫-雅法市。

> 疯狂……为你如飞天般的经过，
> 身后留下的是成熟果实的香气，
>
> 为你敏捷而坚定的步履，
> 对，为爱疯狂，对，为爱疯狂，
> 为你神圣的……摇摆的腰肢，
> 比那密集的鼓点更令我的心，
> 生出苍白的惶恐。

这个可怜人的确是疯狂而死，为爱疯狂为耶稣疯狂，莎拉认为，导致一八九一年他再次犯病的忧郁症始于他在贝鲁特度过的几个月和他的耶路撒冷朝觐（正如他与自己和魏尔伦的主保圣人圣本笃·拉布尔的"会面"），她的这一看法可能是有道理的：他用舌头在地上画十字，不停嘟囔祷告，脱掉身上的衣服。由于出现幻听，他不再对外界的询问作出反应。他被关入了疯人院。也许他极力掩饰了自己神圣的迹象，或者是苦艾酒的酒劲已经退去了，几个月后他得到释放——于是，他拿起自己的包袱和手杖，就像十八世纪的圣本笃·拉布尔一样步行前往罗马：

> 他在上帝的指引下前往罗马，
> 拿起一根朝圣者的手杖，
> 这位圣徒其实只是个穷苦的人，
> 人路上的一只燕子，
> 他丢下自己的栖身之地，

> 他孤独的修行房间，
> 修道院的汤食，
> 和他阳光下温暖的长凳，
> 听不进他的时代，听不进时代的预示，
> 迎接他的只有祭坛的神龛，
> 但他却拥有创造奇迹的天赋，
> 头上顶着一轮金黄的光环。

对苦难的身体力行：莎拉如此称呼圣徒热尔曼·努沃的行为准则。在他南行前在巴黎度过的最后几年中，有人曾目睹他住在一间阁楼里，睡在一个纸箱上；不止一次有人看到他带着一把钩子在垃圾桶里翻找食物。他嘱咐朋友们烧毁他的诗作，并对违背他意愿出版这些作品的人提起诉讼；他在祈祷、过度饥饿和满足于收容所施舍的面包中度过了他生命的最后十年：他最终死于封斋期过长导致的营养不良，就在复活节前，躺在他的破床上，陪伴他的只有虱子和蜘蛛。莎拉觉得不可思议的是我们只知道他的杰作《爱的教义》，这还是靠他的一位朋友和仰慕者，拉芒蒂伯爵记在心里才得以留存。拉芒蒂说：就像那些古城遗址的探索者，我窃取了一位已逝国王的珍宝，并将它们藏在心里，为的是在阳光下将它们恢复原状。尽管这一转录令作品蒙上了一层不确定的阴影（当努沃获知"他的"诗集被如此盗版，他写信给拉芒蒂："您借我之名胡言乱语！"），却也令努沃与旧时的伟大著作，那些最早的神秘主义者和东方诗人有了几分契合，他们的作品均为口头留存随后,常常是数年以后,才用文字记载。坐在法国研究所二楼的沙发椅中,对着一杯茶,莎拉向我解释了她对努沃的爱,很可能是因为她预感到自己在不久的将来也会选择禁欲和静修的生活,尽管导致这一选择的那个悲剧还未发生。她那时已经对佛教关注有加,学习研修,练习冥想——对此我当时并没太当回事。我好像把莎拉这篇《在黎巴嫩和阿尔及利亚的热尔曼·努沃》放在某个地方了,我昨晚把她大部分文章的单行本都找出来了——书柜的中央,莎拉部分。将佩索阿放回阅览架,努沃收到勒韦的旁边,莎拉的文章都被整理在音乐批评书籍的中央,为什么,我想不起来了。也许是为了让她的作品正对着那个波恩的罗盘,不对,这想法太愚蠢了,为了让莎拉位于书柜的中央就像她位于我生命的中心一样,这想法同样愚蠢,因为她的书大小合适和书脊颜色漂亮,这个解释更合理。我顺便看看葡萄牙的东方,那张放在相框里的霍尔木兹岛的照片,比现在年轻得多的弗兰茨·李特尔坐在要塞旁被沙子覆盖的老炮筒上;那只罗盘摆在它的盒子里,正对着莎拉的第一本书《女性的东方》,她论文的减缩版《迷失方向》和她的《吞噬》,后者主要围绕着被吃掉的心[1],告密的心[2]和各种极端恐怖的象征性食人行为。一部

---

[1] 从中世纪到19世纪都有文字记载并流传了几个世纪的传奇,故事版本众多,主题都是三角恋情,情人最终都是被杀死,丈夫狡猾地让自己的妻子吃掉死夫情人的心。
[2] 源自爱伦·坡的短篇小说《告密的心》,又译《泄密的心》,叙述者因为一位老人的"鹰眼"而谋杀了他,最终叙述者在幻觉中揭露了罪行。

与维也纳关系紧密的著作,应该翻译成德语。法语中的确有将身心"吞噬"的激情一说,这本书写的就是这个——激情与贪婪的进食。其实那篇砂拉越的文章只不过是这本书的一个延伸,在恐怖残暴方面比它更进一步罢了。死人之酒。尸体的汁液。

这张霍尔木兹岛的照片的确漂亮。莎拉很会拍照。在当代,这是一项被贬损的艺术,所有人都在给所有人拍照,用的是手机和平板电脑——如此得到的是数百万糟糕的图像,本应被突出的面容被丑陋的闪光灯压扁了,艺术感极低的虚化,令人沮丧的逆光。我感觉,在胶片摄影的时代,人们更讲究些。但或许我又在对着废墟哭泣了。我可真是个不可救药的怀旧者。说实话,我觉得自己在这张照片上挺英俊。以至于妈妈还放大了一张装在相框里。蓝格衬衣、短发、太阳眼镜,右手拳头撑着下巴,一种面对浅蓝的波斯湾和青色天空思考的神态。背景中可以看到海岸,应该就是阿巴斯港[①];在我右侧,是葡萄牙军事要塞红色和赭石色坍塌的墙。还有那挺大炮。我印象中还有一门炮,但照片上看不到。当时是冬天,我们很高兴能够离开德黑兰——在经历了连绵数日的降雪后,整座城市又被寒流占领。那些"囚步"(djoub),即便道边缘的沟渠,都被雪覆盖、隐藏起来,变成行人和汽车的完美陷阱:随处都可以看见倾覆的箭头[②]和转弯处陷入这些

---

① 位于伊朗南部波斯湾霍尔木兹海峡沿岸的一座港口城市。
② 箭头(Paykan),由伊朗汽车公司生产的汽车。

小河的两轮车。在瓦纳克①北边,瓦利亚斯尔林荫大道上那些巨大的梧桐树随风向路人倾倒令人疼痛的冰雪果实。在舍米兰,柴火和炭火香气中充满了一种平息的寂静。在塔基利士广场上,人们钻进小杂货店里,躲避好像从达尔班谷山脉卷下的冷风。就连弗吉耶也不再流连那些公园了;德黑兰从昂克拉伯大道往上的整个北半部全都被大雪和寒霜冻僵了。那家旅行社就在这条大道上,靠近费尔道斯广场;莎拉买了直飞阿巴斯港的机票,搭乘有着阿丽亚航空这一优美名字的新航空公司的航班,一架经俄罗斯航空改造、所有文字均为俄语的三十岁高龄绝妙伊留申②飞机——我快被她气死了,怎么想的,让自己冒着丧命的风险仅仅为了省下些鸡毛蒜皮,几百里亚尔的价差,我记得自己在飞机上把她训了一通,鸡毛蒜皮,你的储蓄,你要给我抄写下来,你要给我抄写一百遍"我再也不坐采用苏联科技的怪异航空公司的航班了",她笑了,我的冷汗令她发笑,起飞的时候我心惊胆战,飞机引擎剧烈震动好像马上就要当场散架似的。但没有。在随后两个小时的飞行中,我一直倾听着周围的动静。当这架熨斗终于着陆的时候我又出了一身汗,然而它降落的方式如此轻盈犹如一只火鸡落在它的草窝里。空乘提示目的地温度二十六摄氏度。日照很强,莎拉立刻开始责怪自己身上的长袍和黑色

---

① 瓦纳克(Vanak),德黑兰的一个街区。
② 伊留申航空集团是俄罗斯联合航空制造公司的子公司,前身为谢尔盖·伊留申1933年1月13日建立的伊留申设计局。

头巾——波斯湾笼罩在一片底部微蓝的白色雾霭中;阿巴斯港是座平原城市,以一条很长的海滩铺展开来,海滩上一座高大的水泥防波堤远远地插入海中。我们将行李放在了酒店,酒店建筑看上去很新(时髦现代的电梯,靓丽的墙漆),但客房却破败不堪:老旧坑洼的衣柜,磨损的地毯,带着烟头烧焦印迹的床罩,摇摆不稳的床头柜,表面凹凸的床头灯。没过多久,我们就知悉了前因后果:酒店所在的建筑是全新的,但(鉴于建设工程耗尽了酒店主人的全部投资)内部的家具都是从原来的旧址直接搬过来的,酒店前台告诉我们,而且这些物品还在运输途中遭到一定的损坏。莎拉立刻从中看到了一个当代伊朗的绝妙隐喻:新的高楼大厦,改不了的因循守旧。至于我,本希望享受到更多的舒适,甚至美感,但后者似乎在阿巴斯港的市中心了无踪影:要发挥极大(极大极大)的想象力才能在眼前重现亚历山大大帝前往食鱼国[①]时经过的古代港口,葡萄牙人昔日的虾港[②],印度商品的卸货码头,借助英国人夺回的港口城市,为纪念阿巴斯沙阿而被命名为阿巴斯港,这位君主为波斯收复了面向霍尔木兹海峡的这道大门,并同时赢回了霍尔木兹岛,从此将葡萄牙人赶出了波斯湾。葡萄牙人曾将阿巴斯港称为"虾港",刚把行李放在丑陋的客房里,我们马上就跑去寻觅一家餐厅,享用这些我

---

① 食鱼国大约相当于今天的莫克兰,是伊朗和巴基斯坦濒临阿拉伯海俾路支省南面的半沙漠地带,莫克兰是波斯语,意为食鱼。
② 原文为葡萄牙语(Porto Comorão)。

们在德黑兰塔基利士市场看到鱼贩卸下的冻在冰块里闪闪发亮的印度洋大白虾。这种名为"切卢梅果"（tchelow meygou）的蔬菜炖虾着实美味——在此期间，莎拉套上了一件更轻薄的乳白色纯棉伊斯兰长袍，又用一条带花的头巾遮住了头发。在水边的散步再次向我们证明，除了一栋接一栋多多少少现代化的高楼以外，阿巴斯港实在没什么可观赏的；海滩上，四处可见穿着传统服装、戴着画有图案的皮质面具的女性，这装束让她们看上很惊悚，就好像一场晦暗假面舞会或一部大仲马小说里的畸形人物。农贸市场里堆满了各式各样的椰枣，有巴姆或克尔曼出产的，新鲜的或晒干的，深色的或浅色的，如山的椰枣，其中还穿插着金字塔形的红色、黄色、棕色的辣椒、姜黄和孜然。海堤中间是运客的码头，一座直接深入海中一百多米的浮桥——水下是沙地，坡度很缓；较大的船只无法靠近。令人惊奇的是，这里没有大船，只有小快艇、窄细的机动小舟，后者配有超出船舷的庞大发动机，我印象中伊斯兰革命卫队曾在战争期间使用同样的船攻击运油船和货轮。要上船，必须从浮桥顺着一架金属梯子下到小船里：那个码头其实只用于汇集潜在的乘客。至少用于汇集前往霍尔木兹岛的人（人数不多）：要去附近的两个大岛，基什岛和格什姆岛，可以坐上舒适的渡船，如此我便怯懦地向沙拉暗示："唉，咱们为什么不改去格什姆岛呢？"她理都没理我就在一个水手的帮助下登上梯子，一直下到三米以下随着海浪摇摆的破船上。为了鼓励自己，我想到了奥地利的劳埃德，其麾下骄傲的舰船从的里亚斯特出发行驶在全球各大洋上，还想到我曾一两次在特劳恩河①上操舵的帆船橡皮艇。我们这艘破船急速航行（只有发动机的轴线和螺旋桨接触水面，船首无用地指向天空）的唯一优点在于缩短了渡海的时间，行驶中我紧紧抓住舷缘，每次一个小浪要将我们变成某种奇特的水上飞机时，我都尽量避免滑稽地向前或向后倾倒。很可能我们的船长兼唯一的船员从前驾驶过一艘自杀式舰船，而他（自杀）任务的失败在战争结束二十年后仍令他难以释怀。我丝毫不记得我们在霍尔木兹的登陆了，证明我当时心里有多慌乱；此时我眼前重现那座葡萄牙要塞，莎拉钟爱之物——一个近乎方形的巨大塔楼，坍塌的顶部，红色和黑色的石头，两座低矮的围墙，破碎的拱形圆顶，几门老旧生锈的大炮面对着海峡。这座岛本来只是一个光秃秃的岩石，看上去杳无人烟——然而岛上却有一个小村子，几只山羊和伊斯兰革命卫队：令我们惊讶的是，这些穿着沙地迷彩服的革命卫队士兵并没有把我们当成间谍，却反而很高兴能够和我们聊上几句，给我们指出绕过要塞的路。想象一下，莎拉说道，十六世纪那些来到这里的葡萄牙水手，站在这块石头上，守护海峡。或者在对面的虾港，士兵和工匠所需的所有食物和水都从那里发出。很可能是在这里第一次使用了"思乡"这个词。几个星期的海上航行为了来到这座小岛上，忍受海湾的潮湿酷暑。这是怎样的孤独啊……

她在心中描绘——必须承认她描绘得比我好——这些葡

---

① 特劳恩河是奥地利的河流，是多瑙河的右支流。

萄牙冒险者的苦难,在挑战了风暴角①和巨人阿达玛斯托尔(在梅耶贝尔②的歌剧中被称为"滔天巨浪之王")之后占领这块光秃秃的岩石,攫取海湾的珍珠、印度的香料和丝绸。莎拉告诉我,阿方索·德·阿尔布克尔克曾是葡萄牙国王曼努埃尔一世政治蓝图的设计者,他的政治抱负如此远大,从今天他所遗留废墟的简陋中是无法窥见的:通过占领海湾,通过在红海上打败埃及马穆鲁克③舰队并在陆地上从背后对其展开攻击,葡萄牙人不仅希望沿马六甲海峡直到埃及建立一系列商业港口,而且期待发起最后一次十字军东征,从异教徒的手中解放耶路撒冷。这个葡萄牙之梦在彼时仍具有一半地中海色彩;它符合地中海渐渐不再作为海上列强政治和经济争夺的唯一重心的变化趋势。十五世纪末的葡萄牙人同时梦想着印度和黎凡特,他们(至少曼努埃尔一世和他的冒险家阿尔布克尔克)脚踩两条船,做着两个梦,夹在两个时代之间。十六世纪初,在没有大陆支援的情况下是无法控制霍尔木兹海峡的,不管这陆地支援是像今天一样来自波斯海岸,还是像印度总督阿方索·德·阿尔布克尔克凭借他的大炮和二十五艘军舰结束霍尔木兹苏丹王朝统治的那个时代一样来自阿曼海岸。

---

① 风暴角,好望角的旧名,后由葡萄牙国王若昂二世改名。
② 梅耶贝尔(Giacomo Meyerbeer,1791—1864),德国作曲家。
③ 马穆鲁克,也译作马木留克,原为埃及阿尤布王朝的奴隶兵,逐渐成为强大的军事集团,统治埃及两个多世纪(1250—1517),曾在1260年首次击败西征的蒙古大军。

在我看来，这"萨乌达德"①，从它的名字可以看出，也是一种很阿拉伯、很伊朗的情感，这些在岛上驻扎的伊斯兰革命卫队的年轻士兵，只要他们是设拉子或德黑兰人且不能每天晚上回家，他们一定会围着一堆篝火吟诵诗篇，借此短暂忘却自己的忧伤——他们吟诵的当然不是此时莎拉坐在生锈的大炮上吟诵的，卡蒙斯②的诗。我们在古旧矮墙阴影中的沙滩上坐下，面对大海，各自都沉浸在自己的"萨乌达德"里：我是对莎拉的"萨乌达德"，离我太近，令我难以抑制钻进她怀里的欲望；她的"萨乌达德"是对海湾在科威特和巴士拉之间远远的北方反射出他凄惨影子的巴德尔·夏·赛亚卜。这个长脸的诗人曾在一九五二年为了躲避伊拉克的镇压到过伊朗，可能去了阿巴丹③和阿瓦士④，但我们对他在伊朗的逗留行程一无所知。"我对着波斯湾大喊 / 啊，波斯湾，你送来的是珍珠、贝壳和死亡 / 回声响起，就像一声抽泣 / 你送来的是珍珠、贝壳和死亡"，这些我反复琢磨的诗句也像回声一般在我心中响起，创作这首《雨之歌》的伊拉克诗人被母亲的死逐出童年和杰库尔的村庄，被丢入大千世界和痛苦中，无

---

① 原文为葡萄牙语（saudade），描述一个人的怀旧、乡愁情绪并且表达对已经失去并喜爱的某事或某人的渴望，经常带有宿命论的口吻和被压抑的感情，事实则是渴望的事物可能永远不会真正归来。saudade 被认为是葡萄牙语中最难翻译的一个词。
② 卡蒙斯（Luís de Camões，约 1524—1580），葡萄牙著名诗人，他的诗被与荷马、维吉尔、但丁和莎士比亚的作品相比。
③ 阿巴丹（Abadan），伊朗胡齐斯坦省港口城市。
④ 阿瓦士（Ahvaz），伊朗胡齐斯坦省中部城市。

边的放逐，就像这布满死贝壳的波斯湾岛屿一般。在他的作品中有T.S.艾略特的回声，他自己曾将后者的著作翻译成阿拉伯语；他去过英国，根据他的书信和文章判断，他曾在那里忍受孤独的折磨——他曾亲身体验那座不真实的城①，也变成了伦敦桥阴影中的一个阴影。"这里，她说，你的牌，淹死的腓尼基水手。(那些明珠曾经是他的眼睛。看！)②"出生、死亡、复活、休耕的土地，像海湾浸满油的平原一般贫瘠。莎拉哼唱着我为《雨之歌》写的艺术歌曲，缓慢而沉重，既阴郁又狂妄，然而赛亚卜在这首诗中自始至终却都是朴实低调的。幸好我不再谱曲了，我缺乏加布里尔·法贝尔的谦逊，他的同情心。可能还有，他的激情。

我们在葡萄牙的古堡垒前背诵着赛亚卜和艾略特的诗句，直到两只山羊将我们从沉思中唤醒，两只棕红山羊，跟着它们的是一个眼神中闪着好奇之光的小女孩；山羊很温柔，膻味很大，它们用嘴推我们，温柔但坚定：这一荷马史诗规模的攻击终止了我们的二人世界，女孩和她的羊很明显已经下定决心与我们一同度过那个下午。她们对我们的热情如此之高，甚至将我们一直送到返回阿巴斯港船只的码头：莎拉觉得这个小女孩很滑稽，因为她不让人接近，与羊相反，只要向她伸出手她立刻就逃走，却在几秒钟后又回到离我们一两

---

① 原文为英文（unreal city），源自T.S.艾略特诗作《荒原》中的《死者的葬礼》。
② 原文为英文，出处同上。

米远的地方，我倒觉得她有点恐怖，特别是她那令人难以理解的缄默。

这个黏在我们屁股后面的放羊女孩看上去没有引起码头上革命卫队士兵的半点疑虑。莎拉转过身向女孩挥手告别，但对方没有任何反应，连个小动作都没有。我们聊了半天，想要找出她举止如此孤僻的原因；我认为那个女孩（十岁，最多十二岁）应该精神不太正常，或者可能是个聋子；莎拉觉得她只是害羞：这可能是她第一次听到有人讲外语，她说道，但我觉得这种可能性不大。无论如何，这奇特的人物是我们在霍尔木兹岛上除士兵之外见到的唯一居民。回程的驾驶员与来时不是同一个人，但他的船和航海技术却一模一样——唯一的区别是，他将我们放在了海滩上，提起他的马达，让他的船在距离海岸几米处的沙地上搁浅。于是，我们有幸将脚浸在了波斯湾的水中，并验证了两件事：第一件是，伊朗人没有我们想象的那么严格，没有警察从他隐藏的卵石下面跑出来命令莎拉放下裤管、藏好她的脚踝（尽管按照国家禁令，这是女性身体上绝对性感的部位）；另一件，比较悲惨，如果我曾有一秒钟怀疑该地区缺乏石油，那么我现在可以完全放心了：因为我一只脚的脚底板沾满了又黏又厚的油迹，不管我在酒店浴室怎样努力清洗，却依旧在我的皮肤和脚趾上留下了一块持久的棕色圆斑；这一刻我真的怀念妈妈的那些专业洗涤剂，那些什么什么博士的小瓶子，其效力在我想象中（也许是错误的）源于多年清洗纳粹军装的不可告人的实践经验，这些军装，正如妈妈时常提到的那些白色桌布，都很难恢复光洁。

说到山羊和桌布，我必须把这件晨衣送去裁短，不然总有一天我会摔个大跟头，头磕在某个家具的棱角上，永别了，弗兰茨，永别了，中东最终还是打败了你，但不是通过某个可怕的寄生虫、从内部吞噬眼睛的蠕虫或足底皮肤中毒，而是凭借一条过长的贝都因袍子，荒漠的反攻——我猜想报纸上的中缝讣告会这样写："糟糕的着装品位令他丧命：疯子学者打扮成《阿拉伯的劳伦斯》中的奥马尔·沙里夫①"。打扮成奥马尔·沙里夫，或安东尼·奎恩，电影中他扮演的是奥达·阿布·塔伊——哈维塔特部族骄傲的贝都因人奥达，哈维塔特就是一九一七年与劳伦斯一同从奥斯曼人手中夺下亚喀巴的勇士部族，奥达这个沉迷于战争快感的野蛮之人曾是所有东方主义者在荒漠中不可替代的向导：他陪伴过摩拉维亚人阿洛伊斯·穆齐尔、英国人劳伦斯和法国阿尔代什省人安东尼·若桑神甫。这位曾在耶路撒冷进修的多明我会神甫后来与前面二人相遇，三人变为东方主义的三个火枪手，奥达·阿布·塔伊则是达达尼昂②。两个教士、一个冒险家和一个砍杀土耳其人的贝都因凶猛斗士——可惜国际政治的机缘巧合令穆齐尔在若桑和劳伦斯的对立阵营作战；至于奥达，他在一战开始时与一个人联合，但当费萨尔——麦加的谢里

---

① 奥马尔·沙里夫（Omar Sharif，1932—2015），埃及演员，代表作品包括《阿拉伯的劳伦斯》(1962)、《日瓦戈医生》(1966)等。
② 达达尼昂是大仲马《三个火枪手》中的主要人物，是书名中的三人的朋友。

夫侯赛因的儿子成功说服他将自己勇猛的骑兵投入到阿拉伯革命中时，他最终以另两人盟友的身份结束战争。

其实，如果他的国家问他的意愿，若桑肯定会选择加入奥地利探险神甫的阵营，这样他们二人可以骑着骆驼，在沙姆①漫长蜿蜒的石路上聊聊神学和阿拉伯古代史，而不是站在那个消瘦的英国人一边，后者怪异的神秘主义释放出异教的恶臭，他们的政府则散发着暗中背叛的霉味。如此，安东尼·若桑和阿洛伊斯·穆齐尔在形势的逼迫下（有限的逼迫：他们二人都凭借自己的僧侣身份受到军方的保护，但却自告奋勇）为阿拉伯东方的争霸战（更确切地说，是叙利亚荒漠和汉志地区那些对偷袭劫掠和部落斗争司空见惯的好斗部落之间的争霸战）而誓不两立。奥达，别名安东尼·奎恩与双方都无怨恨；他是一个爱好打仗、武器和古代战争诗歌的实用主义者。传闻他身上布满了伤疤，这令女人们对他充满好奇；据说他结过二十几次婚，还有很多孩子。

哎，我忘记关音箱了。我一直都没买不用接线听音乐的红外线耳机。不然，我就可以边听着礼萨·沙加连②或弗兰茨·舒伯特边往厨房走了。我每次按下烧水壶的开关，天花板灯总要闪一下。事情都是相互关联的。烧水壶与天花板灯

---

① 沙姆地区是阿拉伯世界对于地中海东岸的整个黎凡特地区或大叙利亚地区的称呼，随着历史的发展，所指有所不同，现在一般指叙利亚、约旦、黎巴嫩和巴勒斯坦。
② 礼萨·沙加连（Mohammad Reza Shadjarian，1940— ），伊朗古典歌曲著名演唱者。

虽然从理论上看毫无关系，二者却是相通的。桌子上的笔记本电脑没完全盖上，嘴半张着好像一只咬钱蟾蜍。我把草药包都收到哪儿去了？现在很想听听伊朗音乐，比如塔尔琴，塔尔琴和扎尔布鼓。广播，它是失眠者的朋友。只有失眠的人才会在厨房里听奥地利广播一台的《古典音乐之夜》。舒曼。我可以把我的手放在铡刀下打赌这是舒曼，他的弦乐三重奏。绝对错不了。

啊，这下可好了。是轮回奶茶①还是"红色的爱"②——没办法，还是逃不出轮回。我怎么会买这些东西。而且轮回还是一种茶。好吧，就来点儿"红色的爱"吧。包装上写的是玫瑰花瓣、覆盆子干、木芙蓉花。我抽屉里为什么没有洋甘菊呢？或者马鞭草，或者蜜蜂花？街角的草药店五六年前关门了，一位很可爱的夫人，她很欣赏我，我似乎是她唯一的客人；坦白说她的商店不够古老，缺乏声誉，只是一家二十世纪七十年代的糟糕店铺，破败之中没有任何美感，塑料贴面木制货架上也没有任何特别的商品。自从它停业之后，我就只能去超市买点"轮回之爱"或者天知道什么东西了。

没错，就是舒曼，我就知道。天哪，都凌晨三点了。虽然播报员的声音（因为慵懒）听上去具有安抚的效力，但新闻内容还是那么令人抑郁。一名人质在叙利亚荒漠被一个操着伦敦口音的行刑者斩首处决。可以想象他们为了恐吓西方

---

① 原文为印地语拉丁化拼写（Samsara Chai）。
② 原文为英语（Red Love）。

观众设计出这一整套场景,祭祀者头戴黑色面罩,人质双膝跪地,低着头——这些残酷的割喉视频已经风行了十几年了,从二〇〇二年丹尼尔·珀尔在卡拉奇遇害,甚至更早以前,在波斯尼亚和车臣就开始了,随后又有多少人以这种方式被处决,几十人,几百人,在伊拉克和其他地方:我们好奇为什么用这种处决方式,一把切菜刀割喉然后斩首,或许他们不知道军刀或斧头的厉害。至少那些沙特人在每年斩首无数的可怜恶魔时继承了传统,也就是说使用军刀,我们想象这些军刀由一个巨人挥起:行刑人一刀砍在死刑犯的脖颈上,即刻将颈椎砍断,然后(其实这却是细枝末节了)将头颅与肩部分开,就像苏丹统治时代一样。《一千零一夜》中充斥着斩首,都是以同样的操作手法[①],军刀砍在脖颈上;在骑士小说里也有,卖力地用剑或斧头斩掉放在砧板上的头,就像《三个火枪手》里阿多斯的妻子米莱迪,我记得这好像是贵族才有的特权,可以被斩首,而不是被车裂、烧死或勒死——法国大革命通过发明断头台把这个问题解决了;在奥地利,我们有我们的绞首架,与西班牙的绞刑刑具类似,以完全手动的方式勒死人。犯罪博物馆里肯定少不了这绞首架的样品,莎拉了解了它的运作方式,还借着这张二十世纪一十年代绝佳的照片认识了奥地利历史上最著名刽子手约瑟夫·朗的人格,照片上可以看见他头戴圆顶礼帽,留着小胡子,系着蝴蝶领结,站在他的踏步梯上,嘴角露出灿烂的微笑,在他前面

[①] 原文为拉丁文(modus operandi)。

是一个吊着的男人尸体,处决得干净利落,绞死得十分完美,他周围是一群助手,也都是笑容满面。莎拉仔细端详了这张照片,然后叹息道"工人出色完成工作后的微笑",显示她已经完全明白了约瑟夫·朗的心理,正常得可怕的可怜虫,家庭里的好父亲,自诩能够为您提供专业的死亡服务,"为您带来舒适的死亡体验"。"你的这些同胞对死亡可真是热情高涨",莎拉这样说道。对于死亡的回忆。甚至还有死人头——几年以前,维也纳的各大报章都谈论着掩埋一个头骨的问题,那正是卡拉·穆斯塔法·帕夏的头骨。这个曾指挥了一六八三年对维也纳的第二次围攻并惨遭失败的大维齐尔①在苏丹的命令下在贝尔格莱德,他兵败退守的地方,被绞死——我记得在给莎拉讲述这件事的过程中她表现出的惊讶,在用丝绳勒死后卡拉·穆斯塔法又被死后②斩首,他脸上的皮肤被剥下送到伊斯坦布尔作为他死亡的证据,他的头颅则被(人们猜测,跟他的遗骸一起)埋在了贝尔格莱德。哈布斯堡王朝的人五年后占领这座城市时,在相应的墓穴里发现了这个头骨。卡拉·穆斯塔法(黑暗穆斯塔法③)的头骨被送给了不知哪个维也纳主教,后者又将它赠予军事博物馆,随后又被转送到维也纳城市博物馆,并在此被展出了好几年,直到一位作风严

---

① 大维齐尔是苏丹以下最高级别大臣,相当于宰相,拥有绝对代理权,原则上只有苏丹才能解除此权。
② 原文为拉丁文(post mortem)。
③ 卡拉(Kara)在土耳其语中为"阴暗,黑暗"的意思。据说,他从小时阴郁的性格使他获得了这个称呼。

谨的文物管理员认为维也纳辉煌的历史藏品中没有这个变态旧物的位置,并决定将它处理掉。卡拉·穆斯塔法彼时的营地就在距此不远处,多瑙河畔距离城墙外缓坡几百米的地方,鉴于不能将他的头骨扔到垃圾桶里,人们就在一个无名的壁龛里给他找到了一块墓地。这个土耳其人的圣骨是否与用那些留着小胡子的土耳其人头装点我们美丽都城三角楣的潮流有些许关系呢?这是一个需要问莎拉的问题,我敢肯定包括斩首、土耳其人、他们的头颅、那些人质,甚至刽子手的刀具在内的所有问题都难不倒她——在砂拉越,当前谈论的可能是文莱苏丹最新的决策,而不是打着伊斯兰名号举着黑旗上演死亡闹剧的杀人犯。总的说来,这其实是个很欧洲的故事。欧洲的受害者,伦敦口音的刽子手。一个在欧洲和美国诞生的新兴、暴力的极端主义,西方的炸弹,真正受到关注的遇害者只有欧洲人。可怜的叙利亚人。在现实生活中,我们的媒体很少在乎他们的命运。可怕的尸体民族主义。劳伦斯和穆齐尔的骁勇斗士,奥达·阿布·塔伊要是在今天肯定会与"伊斯兰国"作战,在这一轮世界新兴的"圣战"之前历史上还发生过别的"圣战"——谁是这一想法的首创者?出征埃及的拿破仑还是一九一四年的马科斯·冯·奥芬海姆?作为科隆的考古学家,马科斯·冯·奥芬海姆在战争状态出现时已经上了年纪,他当时已经发现了哈拉夫遗址土墩;正如那个时期很多东方学家和阿拉伯文化学者一样,他也加入了德国的东方情报局,后者是一个用于收集东方军事情报的柏林机关。奥芬海姆很熟悉政治圈子;正是他说服威廉二世①进行了对东方的正式访问并前往耶路撒冷朝觐；他相信泛伊斯兰主义政权，并与血腥的苏丹阿卜杜勒-哈米德二世本人交谈了此事。一百年后，德国东方学家比波拿巴的阿拉伯文化学者更了解东方的现实情况，后者曾最先徒劳地将那个小个子科西嘉人描绘成帮助阿拉伯人推翻土耳其压迫的解放者。拿破仑·波拿巴没有成为提前自封的那个伊斯兰拯救者，面对背信弃义的英国人他吃了个惨痛的败仗——因鼠疫、寄生虫和英国炮弹大量死伤，瓦尔密②那支光荣军队将残兵败卒遗弃在战场上，在这一历险中为数不多获得几分实惠的领域，按照受益从大到小排列，只有军医、古埃及学和闪语族语言学。一九一四年德国人和奥地利人发出全球"圣战"号召时是否从拿破仑那里得到的灵感？这个（由奥芬海姆提出的）理念旨在号召全世界所有穆斯林，包括三个协约国派到欧洲前线作战的摩洛哥营队、阿尔及利亚和塞内加尔的土著步兵、印度穆斯林、高加索人和土库曼人违抗命令，并通过暴动或游击行动扰乱英、法、俄对其穆斯林殖民地的管理。这个主意得到奥地利和奥斯曼帝国的青睐，一九一四年十一月十四日"圣战"在伊斯坦布尔以苏丹哈里发的名义用阿拉伯语宣布，仪式在征服者穆罕默德清真寺举行，很可能是为了赋予这一教法判令所有的象征意义，尽管该判令的内容看上去十

---

① 威廉二世（Wilhelm Ⅱ von Deutschland），末代德意志皇帝和普鲁士国王，1888—1918年在位。
② 瓦尔密战役于1792年9月20日爆发于法国北部瓦尔密附近，尽管伤亡不到500人，仍被认为是法国大革命战争中最壮丽的战役之一。

分模糊，因为它号召的"圣战"并不针对所有的非信徒，而是将德国、奥地利的异教徒和中立国家的代表排除在"圣战"之外。那部将为我赢得学界荣誉的巨著在我脑海中又闪现了第三卷：

东方不同形式的疯狂
第三卷
领导信徒的东方学家群像

这一号召发出后，一列庄严的游行队伍一直行进到德国和奥地利使馆，随之而来的就是第一个战争行动：讲话结束后，一名土耳其警察在托卡特里安大酒店门厅对一座名贵的英国钟打光了枪内的所有子弹，如果相信德国瘾君子查冰格的回忆，这便是打响"圣战"的第一枪，这名德国人也参与策划了这一将所有东方学家推入战争的庄严宣战。阿洛伊斯·穆齐尔被即刻派往与之交好的贝都因部落和尚武的奥达·阿布·塔伊身边，以保证得到他们的支持。英法阵营也没闲着，他们动员自己的学者发起了"圣战"反击，所有的劳伦斯、若桑、马西尼翁①及其同伴倾巢出动，他们后来的成功众所周知：费萨尔和奥达·阿布·塔伊的骑兵队伍在沙漠中纵横驰骋，所向无敌。对阿拉伯人来说不幸的是，这一

---

① 马西尼翁（Louis Massignon，1883—1962），法国东方学家、伊斯兰教史和阿拉伯语言文化专家。

阿拉伯的劳伦斯传奇以法、英对中东的托管结束。我电脑里有莎拉关于法国殖民地士兵和德国"圣战"士兵的文章,其中配有柏林附近的那座关押穆斯林战俘模范营的图片,当时所有的人种学家和东方学家都曾到此一游;这篇文章被某一知名刊物——《历史》或是天知道哪个出版物"披露"出来,正是饮茶听新闻的理想伴侣:

> 我们是从国防部保存的历史档案中认识这两个人的,在一九一四至一九一八年间为法国牺牲的一百三十余万人的一百三十三万张卡片都被国防部耐心地输入了电脑系统。这些用黑色墨水以纤细舒展的漂亮字体填写的卡片都言简意赅;上面标注的是死亡士兵的姓、名、出生日期和出生地、军衔、所属部队、编号,以及这摒弃了世俗委婉措辞的可怕一行:"死亡类型"。死亡类型绝无诗意;但死亡类型本身却是一首狂暴无声的诗,诗中的字呈现出一幅幅骇人的影像,"被敌人杀害""伤重不治""疾病""鱼雷击沉",无数的变化和重复——还有涂改;"伤重不治"可能被划掉,在上面添上"疾病";"失踪"可能随后被涂改,替换成"被敌人杀害",这意味着该失踪者的尸体后来被发现,如此他永远不会回来了;这种不再活着出现的情况为该士兵赢得"为法国牺牲"的称号和相应的荣誉。然后,卡片上还会标出该死亡类型出现的地点,即为这一士兵在地球上的旅程写上一个终点。因此,对这两个引起我们关注的士兵我们知道得

很少。像很多其他殖民地士兵一样，就连他们的基本身份信息也不完整。只有一个出生年份。一个人的姓和另一个人的名的拼写一样。然而，我猜测这两人应该是兄弟。至少是战场上的兄弟。他们都来自尼日尔河畔的尼亚丰凯市，在廷巴克图的南部，我们今天称之为马里的这个当时的法属苏丹。他二人相差两岁，一个生于一八九〇年，另一个一八九二年。都是班巴拉人，属于坦布拉部落。他们一个叫巴巴，另一个叫穆萨。他们被分到了两个不同的团。他们都是自愿参军，至少我们是这样描述这些被抓来的殖民地土著的：每个地区的总督都要提供规定数量的士兵；人们很少留意他们是如何从巴马科或达喀尔被网罗的。人们同样也不知道巴巴和穆萨在离开马里的同时还丢下了什么，一份职业，一位母亲，一个妻子，几个孩子。但可以猜测他们在出发时的情感，身着军装的自豪，有一点儿；对未知的恐惧，应该吧，但肯定有离开家乡的活生生的撕裂感。巴巴比穆萨幸运些。巴巴先被分到一个工程营，侥幸逃过了被送到达达尼尔[①]屠宰场的厄运，并在非洲索马里驻扎了好几个月。

一九一六年初到达法国马赛，穆萨在弗雷瑞斯[②]的营地接受了军训，随后在一九一六年春被发往凡尔登。可以

---

① 达达尼尔战役是第一次世界大战中爆发于土耳其加里波利半岛的一场海上登陆战。
② 弗雷瑞斯（Fréjus），位于法国普罗旺斯-阿尔卑斯-蓝色海岸大区瓦尔省的一个镇。

想象这些塞内加尔土著步兵第一次看到欧洲时的震撼。那些无名树木组成的森林,那些春季绿草茵茵、流淌着平静河水的平原,那些带着黑白花纹的惊人奶牛。猛然间,在后方的营地绕一圈又徒步从凡尔登长途跋涉后,他落入了地狱。战壕、铁丝网、炮弹,炮弹多得数不清以至于寂静变成一种稀罕而令人担忧的东西。这些殖民地士兵在认识死亡的同时也遇到了他们周围的白人步兵。"炮灰"这个词的使用从没有如此恰当。活人在爆炸作用下就像服装店的假人一样被分解成块,像纸一样被子母弹撕裂,他们叫嚷着,淌着血,路堤里堆满了被火炮——这胡椒磨碾碎的人体碎片。七十万人死于凡尔登,默兹省尸横遍野。被土石湮没,被活活烧死,被机枪或数百万翻捣土地的炮弹撕碎。穆萨,像他那些战友一样,先是感到害怕,然后是巨大的惊吓,然后是无限的恐惧;看到战友们在他身边相继倒下,搞不懂出于什么奇异的原因自己毫发无损,他在惊惧之中找到了勇气,跟随一名下士试图攻上一个防守极好应放弃征服的阵地。这个地区有个与情景十分相配的名字,死人岗①;不可思议的是这个陈尸场里竟然有一个村子,春雨将这里变为泥塘,水里漂着的不是水草而是手指和耳朵。穆萨·坦布拉最终于一九一六年五月二十四日与他们班里大部分士兵一同被俘,被俘地点位于不久之前

---

① 死人岗(Le Mort-Homme),属于凡尔登区,这个村子在凡尔登战役后消失。

一万名士兵为之枉送性命的三〇四高地。

穆萨刚刚逃过一死,自问他的兄弟是否还活着,几乎就在同一刻,巴巴在吉布提附近安营。他的营队将要接收一批新的殖民地士兵并要因此进行调整。在出征法国前,将有来自印度支那的士兵加入他们的队伍。

对于穆萨来说,何必否认呢,被俘是一种解脱;德国人为穆斯林士兵提供了特殊待遇。穆萨·坦布拉被送到距离前线一千多公里的位于柏林西郊的一个战俘营。运送途中,他可能觉得德国的风景与他在法国北部看到的一切很相似。他被关押的战俘营名叫"新月营"(Halbmond-Lager),位于温斯多夫附近的措森①;这个战俘营专门关押"穆罕默德信徒"战俘或被推定有此类信仰的战俘。在里面可以看到阿尔及利亚人、摩洛哥人、塞内加尔人、马里人、索马里人、喜马拉雅的廓尔喀人、印度的锡克教徒和穆斯林教徒、科摩罗人、马来人,在邻近一座战俘营中还可以看到沙俄穆斯林信徒、鞑靼人、乌兹别克人、塔吉克人和高加索人。营地被设计成一个小村落,里面建有一座漂亮的奥斯曼风格木制清真寺;这是柏林近郊的第一座清真寺,一座战争清真寺。

穆萨猜想对他来说,战斗已经结束了,炮弹永远不会打到普鲁士后方这么远的地方来;他隐隐为此庆幸。虽然他已经不再冒着死亡和与之相比更可怕的重伤的危险了,

---

① 措森(Zossen),德国勃兰登堡州的一个市镇。

但战败和背井离乡的感觉是某种更加难以名状的煎熬——在前线，不断绷紧的神经、面对地雷和机枪的日常战斗占用了全部精力。而在这里，在木板房和清真寺之间，幸存者们聚集在一起；他对人们不断讲述着家乡的故事，用的是班巴拉语，而这语言在这个远离尼日尔河的地方、在各种各样的语言和人群之中怪异地回响着。

这一年，斋月从七月二日开始；北方夏季漫长的白天对斋戒来说实在是痛苦难耐——每天黑夜的时间还不到五小时。穆萨不再是炮灰，而是供人种学家、东方学家和政治宣传工作者研究和利用的素材：德意志帝国所有学者都来造访营地，与战俘谈话，为的是了解他们的风俗习惯；这些穿着白大褂的人给他们拍照，对他们进行描述，测量他们的头颅，让他们讲述他们家乡的事，并将这些叙述录下来以便随后研究他们的语言。措森战俘营的这些录音将成就很多语言学研究成果，其中包括露·安德烈亚斯–莎乐美的丈夫弗里德里希·卡尔·安德烈亚斯对高加索伊朗语的研究。

我们所掌握的穆萨·坦布拉的唯一影像是在这座战俘营拍摄的。那是一部为穆斯林世界设计的宣传片，展现的是一九一六年七月三十一日开斋节的庆祝情景。一

位普鲁士贵族和土耳其驻柏林大使作为特邀嘉宾一同参加了活动。可以看到穆萨·坦布拉与他的三个同伴正在准备节庆的篝火。所有穆斯林战俘都坐着；所有德国人都站着，留着漂亮的小胡子。随后，摄像镜头陆续停留在廓尔喀人、英俊的锡克教徒、摩洛哥人、阿尔及利亚人身上；土耳其大使看上去有些心不在焉，而普鲁士王公，却对这些新型的前敌军士兵充满了好奇，他们希望这些人中的大多数都成为逃兵或殖民政权的反抗者：他们尽力表现德国是伊斯兰的朋友，正如他们是土耳其的朋友一样。一年以前，德意志帝国所有的东方学家在伊斯坦布尔用古典阿拉伯语共同起早了一份文件，号召全世界穆斯林加入"圣战"，对抗俄罗斯、法国和英国，以期煽动殖民地原住民部队造反。如此才有了这架摄像机，镜头里穆萨·坦布拉似乎对它浑然不觉，精神完全集中在篝火的准备工作上。

在措森这座模范营里，他们编辑了一份报纸，起了个朴素的名字《圣战》，印刷量一万五千份，作为"穆罕默德信徒战俘的报纸"以阿拉伯语、鞑靼语和俄语刊行；第二份报，《高加索》专门针对格鲁吉亚人，第三份报，《印度斯坦》被做成两个版本，乌尔都语和印地语。这些出版物的译者和编辑都是由营地里的战俘、东方学家和被德国政治收编的"土著"组成的，这些土著大部分都来自奥斯曼帝国的偏远省份。著名的考古学家，马科斯·冯·奥芬海姆就是该报阿拉伯语版的负责人之一。

德国外交部和国防部甚至希望在让这些殖民地士兵"归信新圣战"后,能够对他们进行"再利用"。

人们对德国的"圣战"在相关地区的实际影响知之甚少;其效果似乎微乎其微。人们甚至不知道,比如这一号召是否传到了在吉布提的巴巴·坦布拉的耳朵里。巴巴没想到他的兄弟已经被迫参与到德国的战争事业中,他想象穆萨已经战死沙场或还在冲锋陷阵,前线的消息穿透审查封锁一直到达红海海域:英雄主义、荣誉和牺牲,这就是巴巴眼中的战争。他很肯定他的兄弟在那边,在法国前线,是个英雄,他正在勇敢地战斗。对于自己的情感,他却不是那么肯定,心中混杂着行动的欲望和紧张焦虑。终于,一九一六年十二月初,穆萨迎来了柏林寒冷的冬天,巴巴获悉他的营队即将沿塞得港和苏伊士运河路线被派往法国前线。十二月底,八百五十名殖

民地土著步兵将要登上阿多斯号邮轮，一艘一百六十米长、一万三千吨几乎全新的法兰西火轮船公司漂亮舰船，从香港起航，底舱内已经载有九百五十名中国苦力——最后，出发日期推迟到二月初，而在此时的柏林，穆萨生病了，他在普鲁士的严冬中瑟瑟发抖，咳喘不停。

阿多斯号于一九一七年二月十四日驶出塞得港，三天后，正当殖民地土著士兵在他们三等舱里开始逐渐适应大海的野性时，航行至距离马耳他岛几海里位置的阿多斯号遭遇到德国第六十五号U型潜艇，后者向它左舷正中央发射了一枚鱼雷。这一攻击导致七百五十人丧命，巴巴就在其中，对他来说，战争尚未开始就已经以残暴的方式突然结束了，一个恐怖的爆炸，随之而来的是痛苦和惊慌的号叫，尸体和叫声随即被水淹没，海水涌入底舱，涌入中舱，涌入肺腔。穆萨不会接到兄弟的死讯，因为他自己也在几天后因病死于措森战俘营的医院，如果他的卡片上"死亡类型"一栏中所标注的"为法国牺牲"是可信的话，该标注是他在新月营痛苦流亡留存至今的唯一遗迹。

这第一场名副其实的世界大战实在疯狂。在黑暗的底舱中溺死，多么残酷的事。我好奇这座"圣战"的清真寺是否还在那里，屹立在柏林南部湖泊和沼泽间星罗棋布的勃兰登堡侯国①

---

① 存在于1157至1806年间的神圣罗马帝国的一个重要公国。

沙地平原上。我得问问莎拉——那可是欧洲北部第一座清真寺，战争的确能结出奇异的果实。这场德国"圣战"将众多毫不相干的人集结在了一起——奥芬海姆或弗罗贝尼乌斯①这样的学者、军人、土耳其和德国外交家，甚至流亡的阿尔及利亚人或亲奥斯曼的叙利亚人，比如德鲁兹派的穆斯林谢吉卜·阿斯兰②。就像今天的"圣战"，与一切有关，就是与信仰无关。

据说蒙古人曾用砍下的人头堆成金字塔，用以恐吓入侵他们地域的居民——叙利亚的"圣战者"说到底使用的是同样的方法，通过在人身上使用一种迄今为止主要用于绵羊的祭祀手段，以"圣战"的名义割断咽喉，然后费力地将头部整个割下来，以制造惶恐。又一个共同缔造的可怕事物。"圣战"，一个乍一看十分异域、外来的理念，却是一个长期协作、缓慢演变的结果，一个残忍而国际化历史的合成——愿主保佑我们远离死亡，"安拉至大""红色的爱"，斩首和门德尔松—巴托尔迪，《弦乐八重奏》。

感谢上帝，新闻播完了，又回到音乐了，门德尔松和梅耶贝尔，瓦格纳不共戴天的敌人，尤其是梅耶贝尔，瓦格纳

---

① 莱奥·弗罗贝尼乌斯（Leo Frobenius，1873—1938），德国人种学家和考古学家。
② 谢吉卜·阿斯兰（Shakib Arslan，1869—1946），出生于黎巴嫩的德鲁兹派穆斯林亲王，历史学家、政治家、诗人和具有影响力的作家，他还是《阿拉伯民族》报的创立者，该报影响了一大批阿拉伯国家民族主义领导人，特别是马格里布独立派。

的满腔仇恨都指向他,我一直好奇这可怕的仇恨到底是他反犹的前因还是后果:瓦格纳排斥犹太人可能是因为他极其嫉妒梅耶贝尔的成功和财力。瓦格纳在对梅耶贝尔的态度上自相矛盾到无以复加的程度:他在《音乐中的犹太主义》一文中辱骂梅耶贝尔,正是这个梅耶贝尔他曾连续数年阿谀谄媚,正是这个梅耶贝尔他曾梦想模仿,正是在这个梅耶贝尔的帮助下,他的《黎恩济》和《漂泊的荷兰人》才得以上演。"人们总是以怨报德",托马斯·伯恩哈德[①]曾这样说,这话很适合瓦格纳。理查德·瓦格纳的人品不如其作品。正如其他反犹者一样,瓦格纳经常恶意毁谤。他对梅耶贝尔恩将仇报。在他情绪化的言论中,瓦格纳批评梅耶贝尔和门德尔松没有母语,因此他们是在咕哝着一种家族几代流传下来的方言,并始终反映出一种"犹太发音"。这种个人语言的缺乏令他们陷入一种没有自己风格、被迫剽窃的境地。门德尔松和梅耶贝尔身上富有的可怕国际性阻碍他们在艺术领域取得成就。这真是十足的蠢话。但瓦格纳并不愚蠢,所以这是恶意毁谤。他知道他的话是无稽之谈。说出这些话的是他内心的仇恨。他被仇恨蒙住了眼睛,就像二十年后,他在重新编辑出版自己这篇檄文时(这次署上了自己的真名),是被他的妻子柯西玛·李斯特蒙上了眼睛。瓦格纳是个罪人。一个满怀仇恨的罪人。如果瓦格纳知道巴赫并精妙运用这些和声以此对古典

[①] 托马斯·伯恩哈德(Thomas Bernhard,1931—1989),奥地利小说家、剧作家和诗人,被认为是战后最重要的德语作者之一。

音乐进行革命,这全是拜门德尔松所赐。是门德尔松在莱比锡将巴赫从遗忘的漩涡中拽了出来。我回想起那张残酷的照片,上面一个头戴钉盔留着小胡子的德国警察满心欢喜地站在一座门德尔松雕像前,雕像用铁链绑在吊车上,准备就绪即将被拆除,那是在二十世纪三十年代中期。这个警察,就是瓦格纳。随便人们怎么说,但就连尼采也觉得瓦格纳罔顾事实的谎言令人作呕。不管尼采对莱比锡小警察的厌恶是否也是出于个人原因。但他是对的,反国际性的瓦格纳,迷失在民族狂热的臆想中,的确令人作呕。瓦格纳的继承者中可以令人接受的只有马勒和勋伯格。瓦格纳可听的大型作品只有《特里斯坦和伊索尔德》,因为它是唯一一部不是绝对德国或绝对天主教的作品。一个凯尔特或伊朗的传说,或是由一名中世纪无名作者编造的故事,这并不重要。重要的是《特里斯坦和伊索尔德》里面有《维斯与朗明》。有疯子马吉努对莱拉的激情,霍斯陆对席琳的痴恋。一个牧羊人和一管芦笛。"凄凉空虚的大海。"大海与激情的抽象表达。没有莱茵河,黄金和在舞台上以滑稽的方式游弋的美人鱼。哎,瓦格纳在拜罗伊特亲自设计的舞台表演在中产阶级的"俗丽浅薄"和浮夸矫饰方面一定是登峰造极。那些长矛,带翅膀的头盔。疯子国王路德维希二世送给他舞台布景的那匹母马叫什么来着?我想不起来了,反正是个可笑的名字。肯定有这匹高贵老马的照片;这可怜的畜生,耳朵里得塞上棉花,眼睛上要蒙上眼罩才能防止它受惊或舔食美人鱼的纱裙。有趣的是,首个东方瓦格纳迷是奥斯曼帝国苏丹阿卜杜拉阿齐兹,后者给瓦格纳送去了一大笔钱资助他的拜罗伊特音乐节剧院——不幸的是，他在领略那些长矛、头盔、母马和他出资修建场馆的非凡音效之前就溘然长逝了。

德黑兰国家博物馆里的那个伊朗纳粹可能就是个瓦格纳迷，谁知道——当这个身材矮胖、留着小胡子的三十多岁男人在冷清展厅的两只华美花瓶之间对着我们举起手臂高喊"嗨，希特勒！"时我们真是吃了一惊。我先以为这是一个低俗的玩笑，可能这个男人把我们当成德国人就以这种方式羞辱我们，但接着我意识到自己当时跟弗吉耶说的是法语。这个魔鬼附身的人胳膊停在空中，微笑着观察我们，我回答道，您这是干什么，神经病啊？弗吉耶在我身旁已经笑翻了。这个人立刻显出懊悔的神情，看上去像条挨了打的狗，绝望地哀叹道，"啊，你们不是德国人，真悲哀"。的确悲哀，我们既不是德国人，也不是纳粹追随者，真是太不幸了，弗吉耶笑道。那个人看上去非常难过，带着悲怆的口音开始希特勒式长篇大论的激烈演讲；他特别强调说希特勒"很英俊，非常英俊，希特勒"，扯着嗓门喊着这些话并将在一个无形的宝物上握紧拳头，应该是一个雅利安人的宝物。他滔滔不绝地解释说希特勒已经昭告天下，德国人和伊朗人属于一个民族，这个民族将要承担管理全球人类的使命，在他看来不幸的是，对，真的很不幸，这些绝佳的理念至今尚未落实。这种将希特勒视为伊朗英雄的看法，在杯盘、来通①和带有饰品的碗

---

① 来通（rhyton），一种用来饮酒或举行仪式祭酒的容器。

碟中间，显得既可怕又可笑。弗吉耶试着继续推进谈话，以便了解这东方的最后一个纳粹（但也可能不是最后一个）的"肚子里都有什么"，他对纳粹的理论到底知道多少，特别是对这些理论的后果是否有认识，但弗吉耶很快就放弃了，因为这个有志青年的回答仅限于朝着四周作出弘大的手势，可能想要表达"看呐！看呐！看见伊朗的伟大了吧！"好像这些古老的玻璃制品本身就是雅利安种族优越性的写照。尽管因为没有遇到两个德国纳粹令这个家伙十分失望，他态度还是很殷勤周到；他祝我们度过愉快的一天，在伊朗过得开心，还特别追问是否有什么需要帮助的，捋着他那威廉二世的漂亮胡须，磕了一下他的鞋跟后离开了，留下我们，用弗吉耶的话说，四目圆睁地站在那里，呆若木鸡，不知所措。在伊朗国家博物馆新塞尔柱①式小宫殿的珍宝之间对老阿道夫的提及如此不合时宜，给我们心中留下了一种古怪的余味——介于开怀大笑和错愕沮丧之间。晚些时候，当我们回到了研究所，我把这个经历讲给了莎拉听。像我们一样，起初这令她发笑；然后她自问这笑的含义——伊朗在我们眼中如此远离那些欧洲的问题，一个伊朗纳粹不过是个与现实脱节但无害的怪物；如果是在欧洲，这个人必将激起我们的义愤，而在这里，我们很难相信他对这些东西有深入的认识。而围绕雅利安人的种族理论在我们今天看来与测量头颅以便获知

---

① 塞尔柱王朝（seldjoukide）是土耳其逊尼派穆斯林建立的王朝，吸收波斯文化，成为西方中世纪和中亚地区的土耳其—波斯文化。

一个人是否具有语言天赋同样荒诞不经。纯粹的虚幻。但这一奇遇却暴露了很多东西，莎拉补充道，它展示了第三帝国在伊朗进行的政治宣传的影响力——就像一战时期一样，就连 战时的人员有很多都得到沿用（包括不能不提的马科斯·冯·奥芬海姆），纳粹德国曾试图赢得穆斯林的好感，以便在苏联控制的中亚、在印度和中东对英国人和俄国人进行反击，并又一次号召"圣战"。学术界（从各大高校到德国东方学会）从二十世纪三十年代起就完全被纳粹思想渗透，以至于甘心自愿投入这一事业：纳粹甚至咨询东方主义的伊斯兰学家：《古兰经》是否以某种方式预言了元首的降临。对此，尽管那些学者想要积极响应却无法给出肯定的答复。但他们还是提议用阿拉伯语起草带有此类意向的文件。他们甚至曾计划在伊斯兰国家传播一幅令人欢欣鼓舞的《元首领导信徒的画像》，画上希特勒戴着包头巾和奥斯曼帝国鼎盛时代风格的装饰物，正欲感化穆斯林信众。戈培尔①，看到这糟糕的形象时十分反感，于是终止了这一行动。纳粹的恬不知耻已经让他们作出为正当的军事目的去利用那些"下等人"的决定，但还没到将一个包头巾或红毡帽扣在他们崇高领袖头上的地步。党卫队东方主义人士，特别是一级突击队大队长维克多·克里斯蒂安，维也纳分支机构的杰出主任，曾努力

---

① 戈培尔（Joseph Goebbels，1897—1945），纳粹德国的国民教育与宣传部长，擅讲演，被称为"宣传的天才"，以铁腕手段捍卫希特勒政权和第三帝国的体制。

对古代历史发起"去犹太"行动，不惜采用蒙骗手段展示在美索不达米亚平原雅利安人对犹太人的历史优越性，并在德累斯顿开办了一所"毛拉学校"旨在培养负责教化苏联穆斯林的党卫队伊玛目：在他们模棱两可的理论中，纳粹费尽心机也难以决断这家学校应该培养的是伊玛目还是毛拉以及该为这家奇特的单位取个什么像样的名字。

弗吉耶也参加到讨论中来；我们煮水沏茶；茶炊微微颤动着。莎拉拿起一块方糖含在口中；她脱下鞋子，小腿蜷在大腿下坐在皮沙发椅上。西塔琴的唱片填补了话语的间隙——那时正值秋季或冬季，天已经暗下来。弗吉耶来回走动，就像每天日落时一样。他还能坚持一小时，然后焦虑会太过强大，令他将不得不去抽一管鸦片烟或卷烟才能安心迎接黑夜的到来。我记得之前他在伊斯坦布尔对我的告诫——显然他自己没有遵守。八年后，他吸食鸦片已经成瘾；他对即将回到欧洲的现实极为担忧，在那里要找到他的毒品将十分困难。他知道等待他的是什么；他最终将吸食海洛因（在德黑兰他就偶尔抽一点），并将尝到上瘾的痛苦或戒毒的残酷。回国的忧虑，除了由此导致的物质困难（研究资助终止，在犹如帮会的法国大学中求职前景晦暗，在这一世俗修道院中一个人可以在见习班度过一生），还夹杂着他对自己状况骇人的清醒，他对鸦片诀别的惶恐不安——对此，他以过度的业余活动补偿自己，他加倍出游（就像这天，他带我去了伊朗国家博物馆），社交聚会，秘密探险，夜不归宿，以借此放大时间，在享乐和麻醉剂中忘记自己逐渐迫近的归程，以及由此产生的与日俱增的焦虑。研究所所长，吉尔贝·德·摩根其实很高兴能够甩掉他——必须承认这个老东方学家过时的贵族派头与弗吉耶的激情活力、自由和怪异的研究课题难以调和。摩根坚信是"当代"给他招惹了所有麻烦，不仅与伊朗人还包括与法国使馆之间的麻烦。只有文学（最好是古典文学）、哲学和古代史能够让他看顺眼。你们能想象吗，他说道，他们又给我派过来一个政治家。（他这样称呼当代史、地理或社会学大学生。）巴黎的那些人真是疯了。我们想尽一切办法为科研人员争取签证，他们可好，还总往我这边送一些明知不会讨伊朗人喜欢的人。最后只能撒谎。真是疯了。

疯狂的确是欧洲研究机构在伊朗的一个基本要素。仇恨、阳奉阴违、嫉妒、恐惧、玩弄权术是学者人群，至少是他们与研究机构之间，能够发展的唯一关系。集体的疯狂，个人的错乱——莎拉凭借她强大的内心才得以不遭受这种氛围的侵害。摩根为自己的管理政策取了一个简单的名字：鞭刑。古为今用。伊朗的管理制度不是沿用了数千年吗？应该回归到良好的组织原则上来：寂静和鞭子。当然，这一无懈可击的管理方法有个缺点，就是会适度延缓工作进度（正如建造金字塔或波斯波利斯宫殿一样）。这也使摩根肩膀上的担子更重，于是他总是在抱怨；他没有时间做其他任何事情，他说道，只能一门心思地监督他的下属。研究员所受的管制要宽松些。莎拉比较自由。弗吉耶就没那么自由。那些中途停靠的外国人，一个波兰人，一个意大利人和我都无足轻重。吉尔贝·德·摩根很有礼貌地蔑视我们，十分尊敬地忽略我们，让我们享用他研究所的一切便利，特别是办公区上方的大公寓，在那里，莎拉品着她的茶，弗吉耶站立不稳，我们聊着伊朗国家博物馆里的疯子（我们最终将他鉴定为疯子）、头戴毯帽或包头巾的阿道夫·希特勒，以及他遥远的灵感启发者，戈平瑙伯爵，雅利安人种概念的发明者：作为《人种不平等论》的作者，他也是一位东方学家，法国驻波斯公使团的第一秘书，后担任大使，他曾在十九世纪中叶被两度派驻伊朗——那部著名的七星文库将他的作品编辑了华美的三大卷，却（在摩根和莎拉看来）有失公允地将可怜的热尔曼·努沃赶了出去。法国首位种族主义者，戈平瑙也是休斯顿·斯图尔特·张伯伦①的启发者，后者在柯西玛·李斯特和瓦格纳的建议下接触到充满仇恨的日耳曼民族理论并变为该理论的重要奠基人，而柯西玛和瓦格纳自一八七六年十一月就已经成为戈平瑙的朋友了：戈平瑙也是个瓦格纳迷；他曾给瓦格纳和柯西玛写了五十几封信。他真是碰对了人了，不幸的是，他一生成就最黑暗部分因此遗臭万年；正是通过拜罗伊特②的圈子（特别是张伯伦，他娶了艾娃·瓦格纳为妻）戈平瑙对人类种族演化的雅利安人理论走上了那条可怕的道路。但正如莎拉指出的，戈平瑙不是个反犹者，恰恰相

---

① 休斯顿·斯图尔特·张伯伦（Houston Stewart Chamberlain，1855—1927），英国裔德国政治哲学、自然科学及瓦格纳传记作家。《牛津国家人物传记大辞典》中称他为"种族主义作家"。1908年，与瓦格纳的女儿结婚。
② 拜罗伊特（Bayreuth），德国巴伐利亚的一座城市，位于美因河河谷，作曲家瓦格纳从1872年至1883年居住于此。

反。他认为"犹太种族"是最高贵、博学、勤劳,最远离堕落和全面衰败的种族之一。反犹的是拜罗伊特,是瓦格纳、柯西玛、休斯顿·张伯伦,还有艾娃·瓦格纳。拜罗伊特令人震惊的信徒名单,那些骇人的讲述,戈培尔在张伯伦弥留之际握着他的手,希特勒曾出席了张伯伦的葬礼,希特勒曾是温妮弗雷德·瓦格纳①的密友——想到同盟国的战机对着可怜的门德尔松的莱比锡布商大厦②两次轰炸引发火灾,却对拜罗伊特的音乐节剧院没动一根指头,就让人觉得世事不公。就连同盟国也在无意中成为雅利安神话的同谋——拜罗伊特剧院如果被焚毁或许对音乐是个巨大的损失。但那又如何呢,人们会按原样重建一个,只不过这将能让温尼弗雷德·瓦格纳和她的儿子也遭受到一丁点他们曾如此精心对世界发动的这场毁灭,品尝到一丁点她的公公和她儿子的爷爷罪恶遗产付之一炬的心痛。如果炸弹能够赎罪的话。令人愤怒的是,将瓦格纳与东方拉近的桥梁之一(除了他从叔本华、尼采或阅读比尔努夫③的《印度佛教史导论》受到的影响)是瓦格纳对戈平瑙伯爵的著作《人种不平等论》的崇拜——谁知道,瓦格纳可能也读过他的《亚洲三年》或《亚洲短篇故事集》。柯西玛·瓦格纳曾亲自为《拜

---

① 温妮弗雷德·瓦格纳(Winifred Wagner,1897—1980),理查德·瓦格纳的儿媳。
② 布商大厦(Gewandhaus),莱比锡的一座音乐厅,莱比锡布商大厦管弦乐团在此演出。
③ 比尔努夫(Eugène Burnouf,1801—1852),法国语言学家、印度学家,法国亚洲协会创始人。

罗伊特之声》这份德文报纸翻译过戈平瑙的一篇学术文章《亚洲时事》;戈平瑙经常去瓦格纳家做客。他曾陪伴瓦格纳一家前往柏林参加一八八一年《尼伯龙根的指环》的盛大首演,这是瓦格纳五年前在拜罗伊特创作的歌剧,首演的两年后这位音乐大师在威尼斯去世,临死前他还在想着创作一部佛教歌剧《战胜者》,这个听上去不太佛教的名字令莎拉开怀大笑——喜剧效果至少不比可怜的戈平瑙的某些言辞逊色:她去"地窖"里,也就是研究所的图书馆里找出了戈平瑙的全套文集,门德尔松的《弦乐八重奏》第二乐章此刻响起,我眼前闪现出我们大声朗读《亚洲三年》片段的样子。就连弗吉耶也停止了他焦虑的踱步,被这可怜东方学家的随笔吸引了过来。

戈平瑙的人格有感人之处——他是一个糟糕的诗人和平庸的小说家;但他的游记和他根据回忆创作的短篇故事却不乏意趣。他还曾是个雕塑家,并展出过几个半身像作品,其中包括一尊"女武神①"、一尊"热情奏鸣曲"和一尊"麦布女王②"(瓦格纳、贝多芬、柏辽兹:这家伙真有品位③),据批评家称,他的大理石雕刻作品优雅精致,极具表现力。他在政界也很有名望;他见过拿破仑三世及其妻子和部长;他

---

① 女武神(Valkyrie),是北欧神话里登场的狄丝(Dísir)女神。
② 麦布女王(Mab),英国传说中的睡梦仙女和其他仙女的接生婆,有人视其为仙女们的女王。
③ 《女武神》是瓦格纳《尼伯龙根的指环》的第二部歌剧;贝多芬的第23号钢琴奏鸣曲名为《热情》;柏辽兹的交响曲《罗密欧与朱丽叶》中有一段诙谐曲名为《麦布女王》。

在外交界成就了一番事业，曾在德国任职，随后两度派驻波斯、希腊、巴西、瑞典和挪威；他交往的人物包括托克维尔①、勒南②、李斯特和那个时代众多东方学家，德国梵文学者奥古斯特·弗里德里希·波特和《列王纪》的首位译者法国伊朗学家儒勒·默勒。德国管辖下斯特拉斯堡的伟大东方主义学者朱利乌斯·厄亭在戈平瑙死后曾自费为帝国买下了他的全部遗产：雕塑、手稿、信件、地毯，一个东方学家在身后可能留下的所有小玩艺儿；但机缘巧合和第一次世界大战让这批藏品在一九一八年回到了法国手中——原来这愚蠢的战争和数百万条人命最终是为了将亚德里亚海滩从奥地利夺走，并收回条顿人③据为己有的戈平瑙这些老物件的继承权，想到这里真让人感觉怪异。不幸的是，这些人都白死了：今天数百万奥地利人在伊斯特拉半岛④和威尼托⑤度假，而斯特拉斯堡大学很久以来一直拒绝在它的小博物馆里展出戈平瑙（作为他那个时代理论种族主义的受害者）的遗物，这些

---

① 托克维尔（Alexis de Tocqueville，1805—1859），法国社会学家、政治思想家及历史学家，代表作包括《美国的民主》《旧制度与大革命》等。
② 勒南（Ernest Renan，1823—1892），研究中东古代语言文明的法国哲学家、作家。
③ 条顿人（Teutons），古代日耳曼人的一个分支，公元前4世纪时分布在易北河下游，逐步和日耳曼其他部落融合，后世常以条顿人泛指日耳曼人及其后裔，或以此称呼德国人。
④ 伊斯特拉半岛是亚德里亚海东北岸一个三角形半岛。
⑤ 威尼托是意大利东北部的一个政区，位于阿尔卑斯山和亚得里亚海之间。

藏品对这里的历届文物保管员来说像是块烫手的山芋，难以处理。

戈平瑙伯爵仇视民主——"我恨死人民政权了"，他善于对自己同时代的蠢行施以冷酷无情的嘲讽，批判那充斥着爬虫、以毁灭武装自己的世界，他在自己的小说《七姐妹》中这样写道，"他们致力于将我所尊重的，我所喜爱的东西打翻在地；在那个世界中，他们焚毁城市、推倒教堂，拒绝书籍、音乐和绘画，将这一切取而代之以土豆、生牛肉和蓝色葡萄酒①"，开篇的这一大段对傻瓜的抨击让人不禁想起今天极右翼文人的言论。戈平瑙的种族主义理论建立在忧国伤时的基础上：对西方长期没落的悲哀，对低俗的反感。大流士的帝国、罗马的辉煌今何在？然而与他后世的信徒相反，他没有将"犹太元素"视为雅利安种族衰败的罪魁祸首。对他来说（这显然不对瓦格纳或张伯伦的胃口），雅利安种族纯洁性的最佳典范是法国贵族，这话听上去挺好笑。这本少年读物，《人种不平等论》在很大程度上依靠的是语言学的模棱两可和社会科学的初步摸索——但戈平瑙在两次作为法兰西帝国代表出使波斯时看到了伊朗社会的现实；他将在到访了波斯波利斯或伊斯法罕之后深信自己对雅利安人伟大的定论是对的。他的旅途叙述十分精彩，很多地方都很风趣，没有一丝现代意义上的"种族主义"，至少对伊朗人没有。莎拉给我们读了几段，就连焦虑不安的弗吉耶也不禁笑了起

---

① 蓝色葡萄酒指极其平庸的葡萄酒，因其裙色过紫而得名。

来。我记得这句话:"我不得不承认,在亚洲旅行的人可能遇到的所有危险中,我排在第一位的(绝无争议,也无须担心老虎、蝮蛇和地痞流氓受伤的自尊心)是我们不得不忍受的英国晚餐。"妙趣横生的论断。戈平瑙还添枝加叶,这些英国人摆上桌的是"不折不扣的恶魔菜肴",他说,在英国人家中用餐后不是恶心难受就是饥肠辘辘,"不是受刑就是饿死"。他对亚洲的回忆融合了旁征博引的阐述和诙谐幽默的品评。

这种花水热饮有一种酸酸的糖果味,一种人造添加剂的味道,戈平瑙会说,一种英国味道。比埃及或伊朗的花水差远了。我得重新评价门德尔松的《弦乐八重奏》,它比我想象的还要美妙。《古典音乐之夜》,然而我的生活却是如此凄凉,我本可以批改论文读读书,而不是在这儿听着广播反复搅动伊朗那些陈旧的回忆。国家博物馆的那个疯子。天哪,德黑兰那个沉闷的地方。永远的哀悼、阴暗、污染。德黑兰等于死刑。这沉闷被那星点的灯光突出、环绕;都市北方的中产阶级青年沉浸在奢靡的聚会中,尽管这些聚会能让我们一时排忧解闷,却接下来因它与公共场所的死气沉沉呈现出的鲜明对比,将我们推入伤感的深渊。那些年轻貌美的女子,穿着性感的服装,跟着政府明令禁止的来自洛杉矶的歌曲翩翩起舞,摆出各种挑逗的姿态,喝着土耳其啤酒或伏特加,随后又戴上她们的头巾,穿上长袍,消失在严守伊斯兰风化的人群中。这种在伊朗极为普遍的家里与家外、私下与公开之间的差异,戈平瑙在那个时代就已经洞悉,今天更被伊斯兰共和国推向极致。走进德黑兰北部的一套公寓或一栋别墅，会发现自己陡然置身于一群身着泳装的年轻人中间，他们每人举着一杯酒，围在游泳池边，说着纯正的英语、法语或德语，在走私的酒精和娱乐中忘记外面的灰色和看不见未来的伊朗社会。这些聚会里有某种绝望的东西；让我感到在那些更加勇敢或不太富有的人身上，这东西可以转变为革命的暴力能量。依时期和政府不同，道德风化警察突击行动的几率也有所不同；不时可以听到一些传言，某男被捕了，某男被毒打了一顿，某女屈辱地接受了妇科检查以证明她没有婚外性行为。这些叙述总让我想起魏尔伦在与兰波激烈争吵后在比利时经受的那不堪的直肠检查，而这些事在这座城市却是家常便饭。在那些已经不再有年轻人蓬勃朝气的知识分子和专家学者中，有三类人：第一种通过年复一年的积累，在公众生活的"边缘"成功建立起自己相对舒适的生存条件；第二种通过变本加厉的虚伪从政府当局获取尽可能多的好处；第三种，人数众多，忍受着慢性抑郁，狂暴的哀伤，在知识的海洋、想象的旅行或虚假的天堂中寻找庇护，聊以自慰。我好奇帕尔维兹现在怎么样了——那个白胡子大诗人，这么长时间杳无音讯，我该给他写封信，好久都没写了。说点什么呢？我可以把他的一首诗翻译成德语，但翻译一种自己不太懂的语言是件极其痛苦的事，感觉就像在黑暗中游泳———一泓平静的湖水也好像波涛翻滚的海洋，一个游泳池宛如一条深不可测的河流。在德黑兰的时候，事情要简单得多，他就在旁边，所以可以给我解释他文章的含义，几乎细致到每个词。也许他已经不在德黑兰了。也许他现在身在欧洲或美国。但我对此很怀疑。帕尔维兹的可悲之处（正如萨迪克·赫达亚特）正在于他两次短暂而失败的流亡尝试，一次法国，一次荷兰；他思念伊朗；两个月后他就回去了。当然，回到德黑兰，只要几分钟他就又开始厌恶自己的同乡。

帕尔维兹不会用诗以外的方式讲话；至少说法语的时候不会。说波斯语时，他将自己的阴暗和悲观都留给自己的诗作，没有那么沉重，而是幽默诙谐的；弗吉耶和莎拉，这些波斯语掌握得足够好的人听他讲话常常捧腹大笑——他饶有兴味地讲的都是些怪诞的笑话，淫荡的故事，光是这样一位杰出诗人知道这种故事已经会令世界其他任何地方人们感到惊讶。帕尔维兹也常常提起二十世纪五十年代他在库姆的童年生活。他的父亲是位宗教人士，一位思想家，如果我没记错的话，帕尔维兹在自己的作品里总将他称为"黑衣男人"。是这个"黑衣男人"让他读到了波斯传统哲学家的著作，从阿维森纳到阿里·沙里亚蒂①——还有那些宗教诗人。帕尔维兹可以背诵数量惊人的古典诗文，有鲁米的、哈菲兹的、克瓦茹的、尼扎米的、比戴尔的，还有现代诗作，有尼玛的、沙姆露的、赛佩里的、阿克哈凡-赛尔斯的。一个活动的图

---

① 阿里·沙里亚蒂（Ali Shariati，1933—1977），伊朗社会学家、哲学家。

书馆——里尔克、叶赛宁、洛尔迦、夏尔[①]，他对数千篇诗文都了如指掌（波斯语和原文）。我们初次见面的那天，听说我是维也纳人，他在记忆中搜寻了一番，就像把一个诗歌文库浏览了一遍，从这个思维的短程旅途带回了一首洛尔迦的诗，然后用西班牙语诵出，"En Viena hay diez muchachas, un hombro donde solloza la muerte y un bosque de palomas disecadas"，当然，我听得满头雾水，随后他翻译了出来，"在维也纳，有十个少女，一个死亡倚靠哭泣的肩膀和一森林的鸽子标本"，接着他严肃地看着我问道："这是真的吗？我从没去过。"

莎拉替我回答道："哦，没错，是真的，尤其是鸽子标本那部分。"

"这就是它的有趣之处，一个动物标本爱好者的城市。"

我感到聊天的话题似乎朝着对我不利的方向推进，于是我瞪了莎拉一眼，这立刻令她笑逐颜开，好了，奥地利人生气了，没有比当众暴露我的缺点更令她开心的事了——帕尔维兹的寓所不大但很舒适，里面装满了书籍和地毯；离奇的是，他的家坐落在一条以某位诗人命名的大街上，尼扎米或阿塔尔，我记不清了。人们总是容易忘记重要的事。我不能再这么自言自语了，如果被人录音的话，就太丢人了。恐怕会被当成疯子。不是伊朗国家博物馆或是好友比尔格那样的

[①] 夏尔（René Char，1907—1988），法国诗人，二战期间法国抵抗运动斗士。

疯子，但总也是个神经不太正常的人。一个对着收音机和笔记本电脑说话的家伙。与门德尔松和微酸的"红色的爱"侃侃而谈。其实我本来也可以带回一个伊朗茶炊。我好奇莎拉把她带回来的茶炊做什么用了。带回一个茶炊，而不是歌曲光碟、乐器和我永远也看不懂的诗作。我以前也自言自语吗？我以前也凭空想象一些角色、声音和人物吗？我的老门德尔松，我得向你坦白，其实我一直对你的作品不太了解。没办法，人不可能什么都听过，希望你没有生气。然而，我去过你家，在莱比锡的家。你办公桌上摆放着一尊歌德的小半身像。歌德，你的教父，你的第一位导师。歌德听过两个神童的演奏，小莫扎特和你。我看到了你的水彩画，那些美丽的瑞士风景。你的客厅。你的厨房。我看到了你爱妻的肖像和你英国旅行的回忆。你的孩子们。我想象克拉拉和罗伯特·舒曼来拜访你，你急切地走出工作间去迎接他们。克拉拉光彩照人；她戴着一顶小帽子，头发系在后面，几个英式发卷随意地散落在两鬓，修饰着她的脸颊。罗伯特胳膊下面夹着一摞乐谱，右手袖口上带着一点墨迹，你笑了。你们都在客厅就座。这天一早你就收到了一封伊格纳兹·莫谢莱斯①从伦敦寄来的信，通知你他同意在你刚刚创建的全新莱比锡音乐学院任教。莫谢莱斯曾是你的钢琴老师。你把这个好消息告诉了舒曼。你们将会一同工作。当然是在舒曼愿意

---

① 伊格纳兹·莫谢莱斯（Ignaz Moscheles，1794—1870），犹太裔捷克作曲家、钢琴家。

的情况下。他很愿意。随后你们一起用午餐。随后你们出去散了会儿步,我总觉得你们都是很能走路的人,你和舒曼。你的生命还剩下四年。四年后,莫谢莱斯和舒曼将抬起你的棺木。

七年后,轮到舒曼在杜塞尔多夫沉沦莱茵河和精神错乱。

我自问,我的老门德尔松,哪个会先把我带走,死亡还是疯狂。

"克劳斯大夫!克劳斯大夫!我命令您回答这个问题。根据这些灵魂的法医(也就是验尸精神病医师)的最新调查,舒曼并不比你我更不正常。他只不过是很哀伤,对他爱情关系中的困难、他激情的终结感到深深的难过,并想在酒精中忘记这哀伤。克拉拉在长达两年的时间里将他一个人抛弃在疯人院里等死,这就是真实情况,克劳斯大夫。唯一一个去探望他的人(还有勃拉姆斯,但您应该会同意,勃拉姆斯不能算数)是贝蒂娜·冯·阿尔尼姆①,布伦塔诺②的妹妹,她自己也证实这一点。据她说,舒曼被不公正地关进了疯人院。这与住在自己塔楼里的荷尔德林是不同的。其实舒曼的最后一部大型钢琴组曲、在他被关起来不到六个月以前写成的《拂晓之歌》正是汲取了荷尔德林的灵感,为献给贝蒂娜·布伦塔诺·冯·阿尔尼姆创作的。舒曼是否想到了荷尔

---

① 贝蒂娜·冯·阿尔尼姆(Bettina von Arnim,1785—1859),德国女作家、浪漫主义短篇小说家。
② 布伦塔诺(Clemens Brentano,1778—1842),德国诗人和作家,海德堡浪漫派的代表之一。

德林在内卡河畔的塔楼,他是否对此感到害怕,克劳斯,您怎么想?"

"爱情能够毁灭一个人,我对此深信不疑,李特尔博士。但我们什么也不能肯定。无论如何,我建议您服用这些药,好让您休息一下,我的朋友。您需要安静和休息。不,我不会给您开鸦片,用您的话说,'好让您的新陈代谢放缓'。通过'让新陈代谢放缓',通过押拉时间,是无法推迟死亡的,这是个很幼稚的想法,李特尔博士。"

"可是,亲爱的克劳斯,舒曼在波恩疯人院囚禁的两年里,他们到底给他服用什么东西?鸡汤吗?"

"我不知道,李特尔博士,我他妈什么也不知道。我只知道当时的医生诊断出了某种精神病忧郁症①,需要将他监禁起来。"

"啊,医生真是可怕,你们从不驳斥一个同行!这些江湖骗子,克劳斯!这些江湖骗子!被收买的无耻之徒!精神病忧郁症,胡扯②!他的健康好得很,布伦塔诺如此断言!他只是受到了一点打击。一点打击,但莱茵河将他唤醒,让他重获新生,莱茵河让这个土生土长的德国人复活了,美人鱼轻抚了他的身体,于是一切都好了!您知道吗,克劳斯,在布伦塔诺探望他之前,他就提出要乐谱纸、一套帕

---

① 原文为拉丁文(melancholia psychotica)。
② 原文为英语(my ass)。

格尼尼的《随想曲》和一张世界地图。一张世界地图,克劳斯!舒曼想要去看看世界,离开安德尼希①和他的刽子手理查兹医生。去看看世界!没有任何理由将他埋葬在这个疯人院里。是他的妻子,她是舒曼这些不幸的罪魁祸首。尽管克拉拉收到了来自安德里希的所有有关他的报告,但却从没去把他接出来。克拉拉一字不差地遵从理查兹罪恶的建议。是克拉拉令他一开始遭受了精神打击,随后又被医学长期埋葬。是激情,激情的终结,爱的焦虑让他变得异常。"

"您这是什么意思,李特尔博士,喝着您那糟糕的人造花瓣汤药,您以为您自己或许病得不重?您以为您也只是出于感情问题经受了'一点打击',而不是得了一种慢性的可怕疾病?"

"克劳斯大夫,我真的很希望您是对的。我也希望我对舒曼的判断是对的。《拂晓之歌》是如此……如此独一无二。超越了舒曼的时代,也超越了他的创作。舒曼在写《拂晓之歌》时处于一种'灵魂出窍'的状态,几周以后就出现了那个致命夜晚,在他投入莱茵河前后(之中)创作出了一直令我恐惧的那部终极之作,《幽灵变奏曲》。降 E 大调。一个在幻听、带旋律的耳鸣或神明启示中诞生的主题,可怜的舒曼。降 E 大调,贝多芬《告别奏鸣曲》的调性。幽灵和告别。拂晓,

---

① 安德尼希(Endenich),从 1904 年开始成为德国波恩市的一个城区。

告别。可怜的约瑟比乌斯。可怜的弗罗列斯坦,可怜的大卫同盟①。可怜的我们。"

---

① "大卫同盟"是舒曼主编《新音乐杂志》时虚构的音乐盟友会,他把符合自己音乐主张的音乐家的名字列为同盟,用这些名字发表文章,阐明自己的音乐主张,反对音乐上的"市侩主义"和"平庸",其中包括莫扎特、肖邦、帕格尼尼、门德尔松、莫舍勒斯,甚至包括诗人海涅。这个假设的组织取名"大卫同盟",是取自与古以色列大卫王为同盟的庇护者,大卫王是强有力的战士,又是传奇性的歌手,是美好理想的化身。"大卫同盟"里最主要的两位盟员是弗罗列斯坦和约瑟比乌斯,这两个名字其实是舒曼自己的两个笔名,两个人代表着舒曼的两个侧面,弗罗列斯坦热情而尖锐,态度直率易冲动;约瑟比乌斯沉静文雅,是富于幻想的诗人。

三点四十五分

偶尔我自问我是不是也有幻觉。我正提到贝多芬的《告别奏鸣曲》,《古典音乐之夜》就预告播放这位贝多芬的奏鸣曲作品一百一十一号。或许他们是倒序播放的,先是较晚的舒曼,然后是门德尔松,然后贝多芬;还少了舒伯特——如果我继续往后听我肯定他们会播放舒伯特的一首交响乐,首先是室内乐,然后是钢琴曲,就差管弦乐队了。我刚才想到的是《告别奏鸣曲》,而这一首是第三十二号,托马斯·曼在《浮士德博士》中称之为"对奏鸣曲的告别"。世界是否真的听从我的意愿?现在出现在我厨房里的正是曼的这个魔法师;当我对莎拉说起我的青年时代,我一直在说谎,我对她说"我音乐学家的职业使命感来源于《浮士德博士》,正是在我十四岁读《浮士德博士》时,我得到了音乐方面的启迪",真是个弥天大谎。我音乐学家的职业使命感从来就没有过。最好的情况,我是塞雷奴斯·蔡特布罗姆①,博士,纯粹虚构的人物;最糟的情况,弗兰茨·李特尔,从小就梦想,成为钟表匠。无法坦白的职业方向。如何向世界解释,亲爱的托马斯·曼,亲爱的魔法师,我从小就对手表和钟摆一往情深?人们马上会把我看成一个便秘的保守派(其实我也的确是),人们不会在

---

① 托马斯·曼小说《浮士德博士》中的第一人称叙述者。

我身上看到为时间着迷的梦想家、创造者。然而，从时间到音乐其实只有一步之遥，我亲爱的曼。当我忧伤的时候，我这样告诉自己。诚然，你没有步入鸟鸣时钟和漏壶那奇妙的机械世界中，但你借助音乐征服了时间。音乐，是被驯化的时间，可复制的时间，有形的时间。正如手表和吊钟上的时间一样，我们希望这个时间也是完美的，没有半秒的误差，您明白我的意思了吧，曼博士，亲爱的诺贝尔奖获得者，欧洲文学巨匠。我钟表匠的职业梦想来自于我的祖父，他曾温柔地、一点一滴地向我传授对精美机械的爱，迷上那些在放大镜下调整定位的齿轮、精准的弹簧（与竖直重量不同，他说道，环形弹簧的困难之处在于它展开的开始比结尾放出更多的能量；因此需要通过微妙的限制补偿它的伸展，并同时避免过度磨损）。是我对钟表的热情将我领上了学习音乐的道路，在这个领域也要研究弹簧和平衡力量，古旧的弹力、冲动和清脆的撞击声，这段题外话的最终主旨在于，我没有对莎拉说谎，当我告诉她我有一种音乐学的职业使命感，我并没真的说谎，音乐学之于音乐就如同钟表学之于时间一样，比照替换①。啊，曼博士，我看见您皱起了眉头，您从来都不是个诗人。您写了一部音乐方面的经典小说，《浮士德博士》，所有人都同意，除了那可怜的勋伯格，据说他对此十分嫉妒。啊，这些音乐家。从来都不满意。过度的自恋。您说，勋伯格是尼采加马勒，一个无法效仿的天才，他还抱怨。他大概

---

① 原文为拉丁文（mutatis mutandis）。

抱怨您叫他阿德里安·莱韦屈恩①而没有称呼他阿诺德·勋伯格。或许如果您花去小说六百页、您四年的才能来记述他,并以他的名字,勋伯格,称呼他,才能让他高兴,即使说到底那并不是他,而是一个读过阿多诺的尼采②,一个死去孩子的父亲。一个罹患梅毒的尼采,当然,就像舒伯特,就像胡戈·沃尔夫③。曼博士,恕我直言,这个妓院的故事在我看来有点夸张。就拿我来说,人们不必爱上一个因职业病而失势的妓女也完全可以染上异国的病症。真是个恐怖的故事,这个男人将他所爱之人追到妓院之外,在明知会被传染可怕细菌的情况下还与她同床。也许勋伯格是为这个生您的气,这种暗示的做法。想象一下《浮士德博士》出版后他的性生活,可怜的人。他性伴侣的猜疑。当然我是在夸大其词,没人想到这些。对您来说疾病与纳粹的"健康"对立。承认肌体和精神患病,是与决定将所有疯子都送去毒气室净化的那些人针锋相对。您是对的。但您也许可以选择另一种病,比如,肺结核。对不起,请原谅,很明显这是不可能的。即便您没写过《魔山》,肺结核所暗示的是社会的隔离,患者们在光荣的结核病疗养院集结在一起,而梅毒却是一种不可告人的厄运,一种在私下里吞噬你的

---

① 阿德里安·莱韦屈恩是《浮士德博士》中的作曲家。
② 这里是作者对作品中主人公阿德里安所映射对象的猜测,因为阿德里安身上集中了德、奥众多作曲家的特质。尼采生活的时代先于阿多诺,因此这里并不是指真正的尼采,而是个暗喻。托马斯·曼承认自己这部小说深受阿多诺作品的影响。
③ 胡戈·沃尔夫(Hugo Wolf, 1860—1903),奥地利作曲家、音乐评论家。

孤独疾病。肺结核与梅毒，组成了欧洲的艺术史——大众的、社会的，是肺结核，而隐私的、羞耻的，是梅毒。与其使用酒神与日神的分类，我建议将欧洲艺术分为这两类。兰波：肺结核。奈瓦尔：梅毒。梵高？梅毒。高更？肺结核。吕克特？梅毒。歌德？伟大的肺结核！米开朗基罗？极端肺结核。勃拉姆斯？肺结核。普鲁斯特？梅毒。毕加索？肺结核。黑塞？初期梅毒后转为肺结核。罗特？梅毒。奥地利人通常都是梅毒，除了茨威格，他当然是肺结核的典型代表。看看伯恩哈特：尽管他有肺部的疾病，但却是无可争辩、病入膏肓的梅毒。穆齐尔：梅毒。贝多芬？啊，贝多芬。人们怀疑贝多芬的耳聋可能是梅毒导致的，可怜的贝多芬，人们在他死后查出了他一大堆疾病。肝炎、酒精性肝硬化、梅毒，医学总是揪住伟人不放，这是肯定的。对舒曼，对贝多芬都是如此。您知道是谁杀死了他吗，曼先生？今天我们根据比较可信的资料所了解的情况？是铅。铅中毒。是的，先生。没有一丝一毫的梅毒。那么这铅从哪儿来的呢，您猜得着吗？是那些医生。正是这些江湖骗子开出的卑劣荒谬的处方害死了贝多芬，这可能也是导致他耳聋的原因。很可怕，您不觉得吗？我去过波恩两次。第一次，是在我德国留学期间，第二次，更近的一次，是为了举办一场关于贝多芬的东方和《雅典的废墟》的报告会，在这次会上我碰到了我的朋友比尔格的幽灵。但那又是另外一回事了。您知道波恩的贝多芬之家里展出的那些贝多芬的助听器吗？很吓人的。沉重的锤子，一个套一个的罐头瓶，感觉得用两只手才能举起来。啊，来了,作品一百一十一号。起初,我们停留在奏鸣曲中。没有告别。整个第一乐章建立在惊愕和错位的基础上:比如这恢宏的序曲。感觉自己憬然出现在一辆正在行驶中的火车上,好像错过了什么;进入了一个在自己降生前就已经开始运转的世界里,被减七和弦弄得有点晕头转向——好像一座古代庙宇的石柱,这些强音部。一个通往全新世界的门廊,一个十拍的门廊,从这门廊之下我们转入 C 小调,融合了力量和柔弱。勇气,喜悦,华丽。这第三十二号作品的手稿是否也在波恩的博德梅尔展厅里?曼博士,我知道您见过他,这个著名的汉斯·康拉德·博德梅尔。最大的贝多芬收藏家。他在一九二〇至一九五〇年间耐心地收集、购买了贝多芬的所有遗物,包括他的乐谱、信件、家具、五花八门的物品;用它们装满自己苏黎世的别墅,并将这些收藏展示给路过的大演奏家,那些巴克豪斯[1]、科尔托[2]、卡萨尔斯[3]。凭借大笔大笔的瑞士法郎,博德梅尔像复原破碎的古董花瓶一样将贝多芬复原。将一百年间散落在各处的碎片重新拼接在一起。您知道在这些物品中最令我感动的是什么吗,曼博士?贝多芬的写字台?斯蒂芬·茨威格曾经拥有并在上面撰写了他大部分

---

[1] 巴克豪斯(Wilhelm Backhaus,1884—1969),德国钢琴家。巴克豪斯演绎的贝多芬以及勃拉姆斯等作曲家的作品尤为出名,被公认为杰出的室内乐演奏家。
[2] 科尔托(Alfred Cortot,1877—1962),法国钢琴家、指挥家。
[3] 卡萨尔斯(Pablo Casals,1876—1973),西班牙大提琴家、作曲家和指挥家。

著作,但最终连同手稿收藏一同被卖给好友博德梅尔的那张写字台?不是。他的旅行文具盒?他的助听器?也不是。是他的罗盘。贝多芬有一个罗盘。金属的小罗盘,红铜或是黄铜的,摆在展柜橱窗里他手杖的旁边。一个可以装在衣兜里的罗盘,圆形,带一个盖子,我记得与当今的样式很接近。一个漂亮的彩色刻度盘,上面带有一朵精美的罗盘玫瑰。我们知道贝多芬是个很能走路的人。但他一般冬季在维也纳市区周边转转,夏季在乡间走走。离开格林青前往奥花园①是不需要罗盘的——是不是在维也纳树林中远足或者穿过葡萄园到多瑙河畔的克洛斯特新堡时他会带上这只罗盘呢?他是否曾计划远行?意大利,也许?希腊?哈默尔-普尔戈什塔里是否曾说服他去看看东方?哈默尔曾建议贝多芬将一些"东方"文稿谱成曲,其中有他自己写的东西,也有一些翻译作品。但音乐大师似乎从没同意。除了恐怖的柯策布的《雅典的废墟》以外,贝多芬没有创作过"东方"艺术歌曲。只有这枚罗盘。我有一个复制品——其实是个外形相似的罗盘。我少有机会使用它。我印象中它从没离开过这间公寓。所以,它自始至终都指向同一个方向,在它的搁架上,盖着盖子,永不停息。孜孜不倦地在磁力的作用下,在它的水滴上,红蓝双色指针指着东方。我一直好奇莎拉从哪儿搞来这个奇怪的仿冒品。我这只贝多芬罗盘指向东方。不,不只是刻度盘,

---

① 奥花园(Augarten)是维也纳的最古老的巴洛克花园。

只要你用它试着定位,你会发现这只罗盘会指向东方而不是北方。一只用来开玩笑捉弄人的罗盘。心存怀疑的我对它摆弄了好长时间,做了几十次试验,在厨房的窗口,在客厅的窗口,在卧室的窗口,确实,它只能指示东方。看见我拿着这只罗盘朝不同的方向旋转,莎拉捧腹大笑。她对我说:"怎么样,你会用了吗?"用这玩艺找方向是绝对不可能的。我拿它对着沃蒂夫教堂,指针迅速稳定下来,静止不动,我转动轮盘将 N 放在指针下,但此时方位角认定沃蒂夫教堂位于东方而不是南方。它的指向是错的,它根本不能用。莎拉已经上气不接下气,对她的玩笑心满意足,你连个罗盘都不会用!我告诉你了,它指示东方!的确,神奇的是,如果将 N 换成 E 放在指针下,一切,像中了魔法一样,都各就各位了:北方在北方,南方在南方,沃蒂夫教堂在环城大道上。我想不通这种事怎么会发生,是什么巫术让一个罗盘指示东方而不是北方。地球磁力与这种异端相悖,这个物体拥有一种黑暗魔力!莎拉见我如此迷惘,笑得眼泪都流出来了。她拒绝告诉我其中的奥秘;我很气恼;将这该死的罗盘对着各个方向转来转去。这个施魔法的女巫(或者至少是买了这个邪物的女巫:就连最伟大的魔术师也需要购买他们的戏法)终于可怜我匮乏的想象力,向我透露说,其实里面用一个纸板分隔了两根指针;受磁力吸引的那根针藏在纸板下面,看不见,第二根针受制于第一根,与磁针呈九十度角,于是永远指示东西轴。意义何在?除了无需计算就能立即找到布拉迪斯拉发①或斯大林格勒，我看不出有什么别的用处。

"弗兰茨，你缺少诗意。你现在拥有举世罕见的一个指示东方的罗盘，这是一只灵启罗盘，苏哈拉瓦迪式的物品。一根卜测水源的神棍。"

亲爱的曼先生，您可能要问，苏哈拉瓦迪，这位依照萨拉丁②命令在阿勒颇被斩首的十二世纪波斯伟大哲学家与这只贝多芬罗盘（或者至少是被莎拉改造后的版型）有什么关系。苏哈拉瓦迪，生于伊朗西北部苏哈拉瓦迪，是通过亨利·科尔班（我是否已经跟您提起过科尔班的那些皮质沙发椅，我们在伊朗时常坐在上面吃开心果？）让欧洲（以及伊朗的大部分人）认识了解的，这位研究海德格尔的专家转而钻研伊斯兰，将他的巨著《伊朗的伊斯兰》中整整一卷专门用于撰写苏哈拉瓦迪及其继承者。亨利·科尔班无疑是对伊朗影响力最为深远的欧洲思想家之一，其长期深入的编辑注释工作参与了什叶派传统和思想的革新。特别是参与了对苏哈拉瓦迪注释的革新，苏哈拉瓦迪是"东方神智学"和启蒙智慧的奠基人，是柏拉图、普罗提诺③、阿维森纳和琐罗亚斯德的传承人。随着伊本·鲁世德④的死，穆斯林形而上学在西方的晦暗

---

① 布拉迪斯拉发（Bratislava），斯洛伐克共和国首都和最大城市。
② 萨拉丁（Saladin，1137或1138—1193），埃及阿尤布王朝的第一位苏丹及叙利亚的第一位苏丹。
③ 普罗提诺（Plotin，204—270），新柏拉图学派最著名的哲学家，被认为是新柏拉图主义之父。
④ 伊本·鲁世德（Averroès，1126—1198），又译为阿威罗伊，安达卢西亚著名哲学家和博学家，对西方哲学有重要影响。

中逐渐消亡（拉丁欧洲[①]就止于此），它却在东方苏哈拉瓦迪门徒的神秘主义神智学中继续闪耀光芒。在莎拉眼中，我的罗盘指示的正是这条路，初升太阳中的真理之路。严格意义上的第一位东方学家是这个在阿勒颇被斩首的人，东方启蒙、"伊什拉克"（Ishraq，东方之光）的教长。我的朋友，德黑兰诗人，帕尔维兹·巴哈鲁，愉快并忧伤的饱学之士，常常对我们提起苏哈拉瓦迪、"伊什拉克"的知识及其与古代伊朗的琐罗亚斯德教传统之间的关系，是这条地下的连线将现代的什叶派伊朗与古波斯连接在一起。在他看来，这一思潮远比阿里·沙里亚蒂发起的将什叶派教旨重新诠释为革命斗争武器的潮流更有意义，更具颠覆性，他将后者称为"干河"，因为传统之水不在里面流淌，精神的浪潮也完全缺失。对帕尔维兹来说遗憾的是，伊朗庙堂里的那些毛拉对两种思潮都没有采纳：不仅沙里亚蒂的革命主张不再流行（革命之初，他的思想就被霍梅尼宣判为应受指责的创新），而且神智学和神秘主义观点也从政权宗教中被清除，为的是推崇干巴巴的"法学家政府"：在终将正义带到世间的隐藏伊玛目——马赫迪再临人间之前，神职人员负责人世间的管理，他们是马赫迪现世的而非精神的媒介。这一理论曾在那个时代引起伊斯兰多位阿亚图拉的愤怒，其中包括沙利阿特马达里阿亚图

[①] 拉丁欧洲（Europe latine）是指欧洲以罗曼语族（起源于拉丁语）语言作为官方语言、官方语言之一或通用语言的地区，包括意大利、法国、摩尔多瓦、葡萄牙、罗马尼亚、西班牙、摩纳哥、圣马力诺、安道尔和教廷。

拉，后者曾在库姆培养了帕尔维兹的父亲。帕尔维兹补充道这"法学家政府"对职业导向的巨大影响——想成为毛拉的人数成百倍增长，因为一个现世权威比一个灵魂圣职能让人更轻易地填满口袋（真主知道毛拉的口袋有多深），因为宗教圣职是在死后获得富足的回报，而在现世却只能得到很少的酬劳。

然而，哲学和神秘主义的伊朗始终都在那里，宛如一条地下河在漠然的毛拉脚下流淌；掌握着 erfân（宗教知识）的人们继承着践行和评注的传统。伟大的波斯诗人融入到这心灵的祷告中，祷告声可能被德黑兰的喧嚣淹没，但其低沉的脉动是这个城市和国家最隐秘的节拍。长期结交这里的知识分子和音乐家会让人几乎忘记政权的黑色面罩，盖在它触手所及一切东西上的丧布，几乎逾越 zahir（表面的），更加接近 bâtin（核心的，隐匿的），黎明的力量。说"几乎"，因为德黑兰也能够在你猝不及防的时候撕碎你的灵魂，将你打入最表面的悲哀中，那里既无狂喜也无音乐。

令人觉得奇怪的是，在今天的欧洲，所有阿拉伯或土耳其姓氏的人都被冠以"穆斯林"的头衔。将某个身份强加于人的暴力。

哦，主题的第二呈示部。这部分要仔细品析。一切都在消失。一切都在流逝。我们在全新的土地上行进。一切都在出走。必须承认您有关贝多芬第三十二号奏鸣曲的那部分文字完全不亚于音乐学家的水平，亲爱的托马斯·曼先生。这个口吃的演讲者，克雷齐马尔，边弹钢琴边喊出自己的评论，为的是盖过自己用最强音演奏的乐段。多么奇特的人物。一个口吃者谈论一个聋子。为什么作品一百一十一号没有第三乐章？我要向您献上我自己的理论。这第三乐章以"空洞"的形式出现。以缺失出现。它在九天之上，在寂静中，在未来里。因为我们期待这第三乐章，它便如此打破了前两部分对立的二元性。这应该是个缓慢的乐章。缓慢，如此缓慢或迅速，以至于它在一种无穷无尽的张力中持续。说到底还是特里斯坦和弦①解决②的那个问题。双重性，模棱两可，暧昧，不可捉摸。赋格曲。这虚假的循环，贝多芬在乐谱的开场，在我们刚听到的这个雄伟庄严的部分就写下这不可能的返程。这减七和弦。对音调无谓的期待，人类虚妄的愿景，如此轻易被命运蒙蔽。我们自以为听到的东西，我们自以为等待的东西。复活、爱情、报偿的崇高期待换来的只是寂静。没有第三乐章。很可怕，不是吗？艺术与愉悦，人类的享乐和痛苦都在空洞中回响。我们所珍爱的东西、赋格曲、奏鸣曲，所有这一切都是脆弱的，在时间中消散。听听这第一乐章的结尾，极具天赋，在漫长的和弦后悬挂在空中的尾声——就连两个乐章之间的空间也是不确定的。从赋格到变奏，从逃逸到演化。小咏叹调持续着，非常缓慢的柔板，采

---

① 特里斯坦和弦，源于理查德·瓦格纳的歌剧《特里斯坦和伊索尔德》开场的和弦。
② 解决（résolution），音乐术语，和声进行总有一个方向性，当一个性质不稳定的和声或带有不稳定倾向的音程出现时，它必须接到一个较为稳定的来解决，也就是必须对该和弦或音程有所交代。

用的是一种极为惊人的节奏，朝着虚无的简约迈进。错觉依旧，看似掌握了本质；既不能在变奏中发现它也无法在赋格中抓住它。我们以为被爱情的抚摸碰触，却发现自己头朝下滚下楼梯。一个只能将人带回起点——既不是天堂也不是地狱的悖论楼梯。这些变奏的天才之处，您应该会同意，曼先生，也存在于它们的过渡中。那是生命所在之处，脆弱的生命就在所有事物的关联之中。美在于穿越、转变、生活中所有的把戏。这首奏鸣曲生机盎然，正因为它从赋格穿越到变奏，并最终以虚无结束。"杏仁里有什么？虚无。它在里面，它在里面。"当然，您不可能知道保罗·策兰的这些诗句，曼先生，它出版的时候您已经死了。

　　虚无
　　我们曾是，我们是，我们将依旧是
　　虚无，它绽放出
　　虚无的玫瑰，
　　无人的玫瑰。

　　一切都指向这第三乐章，寂静大调，一朵虚无的玫瑰，无人的玫瑰。
　　可我说的这些其实都是废话，托马斯·曼先生，我知道您同意我的看法。您介意我把收音机关了吗？贝多芬令我伤感。尤其是结尾的变奏之前这无休止的颤音。贝多芬将我抛向虚无；抛向东方的罗盘，抛向过去、疾病和未来。

这里，生命以主音①终结；简单干脆，极轻的弱板，C大调，跟着一个全白和弦后的是一个叹息的十六分休止符。然后是虚无。

重要的是别找不着东。弗兰茨，别找不着东。关上收音机，结束这场跟魔法师，托马斯·曼幽灵的高声对话。曼曾是布鲁诺·瓦尔特的朋友。甚至在流亡中他们仍保持友情，三十五年的友情。托马斯·曼、布鲁诺·瓦尔特和瓦格纳这个特例。瓦格纳这个难题，还是他。布鲁诺·瓦尔特，马勒的门徒，被慕尼黑的中产阶级赶下了交响乐指挥的位置，因为作为一个犹太人，他玷污了德国音乐。他不能给瓦格纳的塑像带来足够的光芒。他将在美国成为历史上最伟大的指挥之一。我今晚怎么对瓦格纳这么来气？可能是贝多芬的那个罗盘，那只指示东方的罗盘产生的作用。瓦格纳是 zahir（表面的），晦暗而干涸的西方。他阻塞了地下河。瓦格纳是个水坝，因为他，欧洲音乐的溪水决堤溢出。瓦格纳关闭了一切。他毁了歌剧。将歌剧溺死。完全的作品变成一种极权。他的杏仁里有什么？一切。一切的假象。歌唱、音乐、诗文、戏剧、绘画，配上我们的装饰、我们的演员，就连大自然也是我们的莱茵河和我们的马匹。瓦格纳，就是伊斯兰共和国。尽管他对佛教颇有兴趣，尽管他很喜欢叔本华，瓦格纳将这

---

① 大小调音阶的第一个音，为主音。主音的音名即为调名，例如升F大调的主音就是 F#。

"他性"全部转变为基督教的"自我"。《战胜者》这部佛教歌剧，变为了《帕西法尔》，天主教歌剧。尼采是唯一一个能够远离这磁石的人。他意识到了其中的危险。瓦格纳：肺结核。尼采：梅毒。尼采这个思想家、诗人、音乐家。尼采曾想要将音乐"地中海化"。他欣赏《卡门》中声情并茂的异国情调，比才交响乐队的音色。他很喜欢。尼采在拉帕洛①海边的阳光中看到了爱情，在这个意大利海岸的秘密光线中，深绿的植被忍受着热浪的灼烧。尼采明白了瓦格纳的问题不在于他所达到的顶峰，而在于他的无法继承性，一个不再被"他性"（向它自身）注入生机的传统终将死去。可怕的瓦格纳式的现代特色。"跟从瓦格纳，这代价是高昂的"。瓦格纳想要成为一块孤独的岩石，于是他将所有继承者的船都赶到了暗礁上。

对尼采来说，《帕西法尔》中重拾的基督教义令人难以忍受。帕西瓦里②的圣杯听起来就像人身攻击的谩骂。封闭在"自我"之中，在天主教的幻想之中。

尼采断言，瓦格纳是音乐的灾难。一种疾病，精神官能症。治病的药，是《卡门》、地中海和西班牙的东方。那个波希米亚女人。一个与特里斯坦的故事截然不同的传奇。应该让音乐杂交，尼采只说了这话。尼采曾观看了《卡门》二十几次的演出。血、暴力、死亡、公牛；爱情宛如命运的突袭，如同

---

① 拉帕洛（Rapallo），意大利热那亚省的一个小镇。
② 帕西瓦里（Percival）是亚瑟王传说中圆桌骑士团的成员之一，与加拉哈德、鲍斯共组成圣杯三骑士。

扔到你身上并令你从此陷入痛苦的那朵花。那朵陪你在监狱的牢房中干枯但香气永驻的花。异教的恋情。悲剧的恋情。对比才来说，东方，是意大利——年轻的乔治·比才，罗马大奖①的获得者，就是在西西里找到了摩尔人的遗迹，被激情渲染的天空、柠檬树、被改建为教堂的清真寺、梅里美小说里的那些身着黑色服装的女人，就是这个梅里美曾备受尼采推崇。在一封信中，这个留着小胡子的预言者（在这封名为"飞鱼"的信中，他自称"以奇特的方式在浪尖上"生活）解释说，梅里美的"悲剧严谨性"在比才的歌剧中被体现了出来。

比才娶了一个犹太女人，又编出了一个波希米亚女人。比才娶的是阿莱维②的女儿，她是《犹太女》的曲作者，这部歌剧直至二十世纪三十年代一直是巴黎歌剧院上演次数最多的作品。据说，比才是在指挥《卡门》演出时死的，在塔罗纸牌三重唱那部分，当三个吉卜赛纸牌占卜人翻开致命的那张牌说出"死亡！死亡！"这个词的时候死去的。我怀疑这是否真实。在文学和音乐中，有一箩筐致命的波希米亚人，从歌德《威廉迈斯特的学习时代》中那个像男孩一样的迷娘，到卡门，再到雨果那为世间所不容的艾丝美拉达——少年时期，我被《埃及的伊莎贝拉》吓坏了，这是贝蒂娜·布伦塔诺的丈夫阿希姆·冯·阿尔尼姆的小说；我还记得小说的开头，如此晦暗，当那个吉卜赛老太婆在一条小溪旁指着

---

① 罗马大奖是一种著名的法国国家艺术奖学金，1663 年由路易十四创建。
② 阿莱维（Fromental Halévy，1799—1862），法国犹太裔作曲家。

山丘上的一点告诉贝拉,那是一个绞架;上面吊着的是你的父亲。别哭,她对贝拉说,今天夜里我带你去把他的尸首扔进河里,这样他将被带回到埃及;吃这盘里的肉,喝这杯子里的酒,去用这丧礼餐祭奠他吧。我当时就想象,在冰冷的月光下,这个小女孩远远望着那个绞架,她父亲的尸体在上面摇晃着;我能看到贝拉,独自一人,吃着肉喝着酒想着吉卜赛人的公爵——她的父亲,她得将他的尸体从绞架上放下,再投入湍流中,那湍流如此强劲,会将尸首送回地中海对岸的埃及——逝者与波希米亚人的祖国,在我当时幼稚的想象中,贝拉后来遭遇的那些恐怖波折的历险,被制造出来的魔法小精灵,与年轻的查理五世的相遇,所有这一切比起这骇人的开篇——米歇尔公爵的遗体深夜在绞首架木桩上嘎吱作响,小女孩独自吃着丧礼餐——来说都算不上什么。我的吉卜赛女人,是贝拉,胜于卡门:我第一次得到许可跟父母一同去维也纳歌剧院(所有中产阶级的孩子都必须经过的仪式)是去看卡洛斯·克莱伯[①]指挥的《卡门》——我为交响乐队、乐队奏出的音色、乐队的庞大规模着迷;为女歌唱家沙沙作响的裙子、舞蹈热辣辣的性感着迷,但这些女神恐怖的法语发音却令我颇受打击。可惜,本应带着令人神往的西班牙口音的卡门却是个俄罗斯人,而米凯拉是个德国人,她对士兵们说"不,不,我费再肥来的",让我感觉(我当时多大,得有十二岁吧)实在滑稽。我以为会看到一场发生在野蛮西班

[①] 卡洛斯·克莱伯(Carlos Kleiber,1930—2004),奥地利籍指挥家。

牙的法国歌剧，却发现既听不懂对白，也听不懂咏叹调，其发音仿佛某种火星混合语，而我当时尚不知道，很遗憾，这便是今天歌剧的语言。舞台上，是一片上蹿下跳的嘈杂混乱，吉卜赛人、军人、驴子、马匹、稻草、匕首，我们甚至等着看后台是不是会走出一头真的公牛，好让埃斯卡米诺（也是俄罗斯人）当场杀死；克莱伯在指挥台上不时跃起，试图让交响乐队演奏得响些，再响些，响得不能再响，配上如此惊人的口音，就连驴子、马匹、裙子里的大腿和低胸装里的乳房都显得好像小村子的节庆游行一般老实规矩——三角铁打得胳膊都要脱臼了，铜管乐队吹得如此之猛，连小提琴手的头发和卖烟女的裙子都飘了起来，弦乐盖住了歌唱家的声音，后者不得不像驴子或母马一样叫嚷才能让人听见，如此失去了所有细腻的音调变化；只有童声合唱，"跟着士兵来换岗啊"等等，听上去享受这夸张过度的乐趣，他们也争先恐后地扯着脖子喊，一边挥舞着手中的木枪。舞台上人数众多，我们自问他们如何在上面活动的同时保证不掉到台下的乐池里，那些有边女帽、无边女帽、男士礼帽、头发里插的玫瑰、阳伞、步枪、一大群人、一大锅生命和音乐的黏粥；在我记忆中（记忆总是爱夸大），其混乱又被演员的口音无限强化，将台词变成了一堆叽里咕噜——幸亏我母亲之前耐心地给我讲了唐·何塞与卡门致命的爱情故事；我至今还清楚记得自己的问题，可是他为什么要杀死她？为什么杀死自己所爱的人？如果他爱她，为什么要刺死她？如果他不再爱她了，如果他已经娶了米凯拉，那么他怎么还会对她怀有如此强烈的恨意以至于必须置她于死地？这个故事在当时的我看来可信度极低。我觉得很奇怪，警察都找不到那些走私贩子，而米凯拉竟独自在深山里发现了他们的巢穴。我也不明白为什么在第一幕的结尾，唐·何塞会放卡门逃出监狱，而此时他们才刚刚认识。毕竟，她划了那个可怜的女青年一刀。唐·何塞难道没有丝毫的正义观吗？他是否本来就有一颗杀人犯的心呢？我母亲叹息道我完全不能理解爱情的力量。幸运的是，克莱伯的浮华铺张让我忘记了故事情节，转而专注于台上跳舞女性的身体、她们的服装、她们挑逗的动作和她们淫荡舞姿的诱惑。波希米亚是个激情的民族。从塞万提斯的《吉卜赛姑娘》开始，茨冈人在欧洲就代表了一种欲望和暴力的"他性"，一个自由和旅行的传奇——这种印象一直渗透到音乐里：不仅通过他们向歌剧提供的人物，还通过旋律和节奏。弗兰茨·李斯特在他的《波希米亚人和他们在匈牙利的音乐》的开头花了九十页的篇幅写了一段关于犹太人在艺术和音乐领域的阴沉序言（仍旧是瓦格纳那些荒谬的论据：掩饰，国际性，缺乏创造和天赋，于是用模仿和才能弥补：巴赫和贝多芬，天才，与之对立的是，梅耶贝尔和门德尔松，有才能的模仿者），随后描述说，"自由"是波希米亚"这一奇特的种族"最为突出的特点。李斯特的大脑在人种论与反犹主义折磨下为拯救吉卜赛人而挣扎纠结——如果他们与犹太人截然相反，他争辩道，是因为他们什么也不掩盖，他们没有《圣经》和他们的《旧约》，吉卜赛人爱偷东西，也许吧，因为他们不屈从于任何规范，就像《卡门》中的爱情，"无法无天"。波希米亚的孩子追逐的是"一种感觉的电火花"。他们为"感觉"可以付出一切，不惜代价，只要能与大自然相通。李斯特解释说，最令茨冈人幸福的是在一片白桦林里露宿，让他们全身所有的毛孔都呼吸着自然的气息。自由、自然、梦和激情：李斯特的波希米亚人是不折不扣的浪漫民族。但李斯特最深邃的地方，可能也是他最动情的地方，是当他忘记自己才刚阐述的罗姆人的种族界限，转而关注他们对匈牙利音乐的贡献和滋养了匈牙利音乐的茨冈动机①——波希米亚"史诗"为音乐提供了资源，李斯特对这些音乐历险进行了游吟式的推广演绎。与鞑靼（彼时根据血统，曾被看作神秘的匈牙利人）音乐元素的混合标志着匈牙利音乐的诞生。与茨冈人毫无建树的西班牙（从圣山②一个洞穴或阿尔罕布拉宫③城堡废墟里传出一把老吉他伴奏下迟缓的锯木般的歌声不能算作音乐）相反，在他看来，吉卜赛的火焰是在匈牙利广袤的平原上找到了自己最美的表达——我想象李斯特在西班牙，在穆瓦希德王朝④古迹被遗忘的辉煌中，或在科尔多瓦的清真

---

① 动机（motif），音乐术语，由具有特性的音调及至少含有一个重音的节奏型构成，是主题或乐曲发展的胚芽，也是音乐主题最具代表性的小单位，具有一定的独立表现意义。
② 圣山是西班牙格拉纳达的一个社区，得名于附近的圣山修道院，该山的山坡地带为传统的吉卜赛社区。
③ 阿尔罕布拉宫，又称红宫，是一个位于西班牙南部格拉纳达摩尔王朝时期修建的古代清真寺—宫殿—城堡建筑群。
④ 穆瓦希德王朝，或称阿尔摩哈德王朝，是北非柏柏尔人在12世纪到13世纪建立的伊斯兰王朝，曾征服整个马格里布和西班牙南部地区。

寺中热切地寻找那些吉卜赛人，为的是听到他们的音乐；在格拉纳达，他读了华盛顿·欧文的《阿尔罕布拉宫的传说》，他曾听到阿本塞拉奇①族人的头颅在刽子手的屠刀下掉入狮子喷水池的声音——美国人华盛顿·欧文、玛丽·雪莱②和沃尔特·司各特③的朋友，首位重现西班牙穆斯林行为举止、重写格拉纳达的征服史并在阿尔罕布拉宫中生活过的作家。奇怪的是，李斯特在这把破吉他伴奏的歌声中，如他所述，听到的只有平庸；但他也承认，他当时运气不好。运气好的，是多梅尼科·斯卡拉蒂④，后者必定在安达卢西亚长期居留期间，曾驻足塞维利亚的小广场仔细倾听吉卜赛人在初生的弗拉明戈舞中采用的那些失传摩尔音乐的余音；这些曲调令巴洛克音乐得以复活，并通过斯卡拉蒂的独创性参与到欧洲音乐的演变中来。吉卜赛激情，在匈牙利的风光和安达卢西亚的丘陵中，从边缘向所谓的"西方"音乐输送能量——这为莎拉"共同构建"的理论又增添了一块砖石。事实上，这也是李斯特的矛盾之处：通过从戈平瑙的"种族"理论视角将吉卜赛

---

① 阿本塞拉奇是15世纪格拉纳达王朝一个阿拉伯摩尔人部族，自公元7世纪在西班牙定居。
② 玛丽·雪莱（Mary Shelley，1797—1851），英国著名小说家、短篇作家和旅游作家，1818年创作《弗兰肯斯坦》，被后人誉为"科幻小说之母"。她是英国著名浪漫主义诗人雪莱的妻子。
③ 沃尔特·司各特（Walter Scott，1771—1832），苏格兰著名历史小说家和诗人。
④ 多梅尼科·斯卡拉蒂（Domenico Scarlatti，1685—1757），意大利那不勒斯王国作曲家、羽管键琴演奏家。

贡献看做一个孤立的案例,他也远离、削弱了这一贡献;他只能将他所承认的这一贡献设计成"这个与犹太人同样外来的民族"的一个古老的传统,并流淌在早期的匈牙利音乐中:他的狂想曲被命名为《匈牙利狂想曲》,而不是《吉卜赛狂想曲》……这种大型的"爱国"排外运动,对"德国""意大利""匈牙利"音乐作为民族的代名词、与之完美契合的历史重建却在现实中顷刻间被这些理论家自己推翻了。斯卡拉蒂几部奏鸣曲的调式飞跃(李斯特谓之"极其怪异、炫目不适的闪光")和吉卜赛音阶的变音是刺入古典和弦的无数把匕首,卡门的匕首,她在卖烟女的脸上划出圣安德烈十字所用的匕首。我可以建议莎拉深入研究一下很少受人关注的中东吉卜赛人:土耳其钦加内人、叙利亚纳瓦尔人、伊朗罗哩人——从印度到马格里布再到中亚,自萨珊王朝和巴赫拉姆五世[①]时期就已经出现的游牧或定居民族。在波斯经典诗歌中,吉卜赛人自由、欢乐,具有音乐天赋;他们如月亮般俊美,他们能歌善舞,浪漫多情——他们是被爱情与欲望主宰的生物。我对他们的音乐一无所知,这音乐是否不同于伊朗音乐,还是相反,它是伊朗调式生长的根基?在印度和西欧的平原之间,脉动着他们神秘的语言和陪伴他们流浪的自由血液,并随着他们的脚步描绘出另一幅秘密的地图,这幅地

[①] 萨珊王朝,即波斯第二帝国,是最后一个前伊斯兰时期的波斯帝国,始自公元224年,651年亡。巴赫拉姆五世是萨珊王朝的波斯国王,421年至438年在位。

图覆盖了从印度河流域到瓜达尔基维尔河①的辽阔疆域。

我在爱情周围打转。我在空杯子里搅动小勺。我还想再来一杯热饮吗?可以肯定的是,我不困。今天夜里,命运想要告诉我什么呢?我可以用纸牌算命,如果我有一点这方面的天赋,我定会扑向塔罗牌。"索索斯翠丝夫人,著名的算命女,带着她一副邪恶的纸牌,被誉为欧洲最明智的女人。②"这就是我的牌,淹死的腓尼基水手。相当于,水中的东方倒吊者③。"害怕淹死④"。或者,用比才的话:

> 但如果你必须死,
> 如果这个可怕的词
> 已经被命运写下,
> 重新开始二十次,
> 这张无情的纸牌
> 将重复道:死亡!
> 再来!再来!
> 还是死亡!
> 再来!绝望!
> 还是死亡!

---

① 瓜达尔基维尔河(Guadalquivir)是西班牙的第五长河,也是安达卢西亚境内第一长河。
② 原文为英文,出自艾略特长诗《荒原》。
③ 倒吊牌是塔罗牌中的一副牌,意为无计可施。
④ 出自艾略特的《荒原》。

死在卡门或索索斯翠丝夫人的手中是一样的,用法国人的话说,半斤八两。就像尼采,这个泥胡子巨人,在他临终一封书信的信末附言中用完美的清醒宣布即将到来的死亡:

> 又及:今冬,我将留在尼斯。我的夏季住址是:瑞士,上恩嘎丁,席尔斯-玛利亚。我已经不在大学教书了。我几乎失明了。

听上去就像一句墓志铭。人们很难想象自己会有最后一夜,自己会几乎失明。恩嘎丁的席尔斯可以称得上是欧洲最美的高山风景区之一。尼采常常在席尔斯湖和席尔瓦普拉纳湖边散步。尼采,这个波斯人,阅读了《阿维斯陀》①,是欧洲最后一个或第一个琐罗亚斯德教徒,并被"无限光明"的阿胡拉·玛兹达②的火光迷瞎了眼睛。人们总是相遇,一再相遇;尼采一直爱着露·莎乐美,正是这个露后来嫁给了一个东方学家,伊朗语专家弗里德里希·卡尔·安德烈亚斯,后者差点就用一把刀结束了自己的生命,因为他的妻子长期拒

---

① 《阿维斯陀》是琐罗亚斯德教的经典,其中最古老的部分可追溯至公元前1323年。
② 阿胡拉·玛兹达,又译阿胡拉·马自达,公元前1200年前后,琐罗亚斯德宣称阿胡拉·玛兹达是创造一切的神,奉其为"唯一真正的造物主",后来成为琐罗亚斯德教的最高神。琐罗亚斯德宣扬,是阿胡拉·玛兹达使人们看到了光明,所以他常常被塑造成太阳的形象。

绝与他同房，直到欲望令他发狂；尼采在席尔斯-玛利亚遇到了安娜玛丽·施瓦岑巴赫，施瓦岑巴赫一家在那里有一栋豪华的木屋；安娜玛丽·施瓦岑巴赫在德黑兰遇到了尼采的幽灵，她曾多次在那里逗留；安娜玛丽·施瓦岑巴赫从叙利亚和伊朗给艾丽卡·曼和克劳斯·曼写了这些癫狂错乱的信，并通过他们二人与托马斯·曼和布鲁诺·沃尔特相遇。安娜玛丽·施瓦岑巴赫在德黑兰向北几十公里的拉尔山谷遇到了阿瑟·德·戈平瑙，但她自己并不知道。那只罗盘依旧指着东方。在伊朗，莎拉带我参观了这些地方，一个接一个：法曼尼耶别墅，安娜玛丽曾与她的丈夫，年轻的法国外交官克劳德·克拉拉克在此居住，一栋带有新波斯式柱廊的华美建筑，外面还有一座赏心悦目的花园，今天是意大利大使的官邸，大使是个和蔼可亲的人，他兴致勃勃地带我们参观了他的住所，得知那个多愁善感的瑞士女性曾在此居住过一段时间他感到很荣幸——莎拉在树荫下光彩夺目，她的头发宛如这些在棕色湖水中闪烁的金鱼；参观这栋建筑给她带来的幸福感化成连绵不绝的微笑；我自己也为她单纯的快乐而感到幸福，以至于内心充满了春日的欢腾雀跃，强烈得就像德黑兰数不清的玫瑰的芬芳。别墅很奢华——墙上卡扎尔王朝的瓷砖讲述着波斯英雄的故事；代表各个时期的家具让人徜徉在古老欧洲和永恒伊朗之间。这座建筑曾在二十世纪四十年代改造扩建，将意大利新哥特式风格和波斯十九世纪风格错综复杂地混合在一起，相得益彰。莎拉跪在一个布满睡莲的水池边，她白皙的手在水的折射中变形，就连我们周围这座时常显得粗暴严酷的城市,在莎拉这幅图景的衬托下也柔和了许多。在巴黎的相遇和她论文答辩的几个月后,我与她在伊朗重逢,那距离她的婚礼和我的嫉妒,距离大马士革、阿勒颇、在男爵酒店对着我的脸扣上的房门都已经过去好几个月了——痛苦渐渐消逝,所有的痛苦都会消逝,羞耻感是一种想象我中有他的感觉,一种担负他人目光的感觉,人格的两重性,而此刻,我趿拉着旧拖鞋朝客厅和书房走去,如往常一样撞到隐藏在黑暗中的瓷伞筒,我对自己说,我那时真是可悲,一边如此冷落她,一边却又搜肠刮肚想尽办法好在伊朗再见到她,寻找研究课题、助学金、邀请函只为前往德黑兰,被这个偏执的想法牵着鼻子走,以至于我宝贵的学术计划也为此打乱;维也纳所有的人都问我,为什么是德黑兰,为什么是波斯?伊斯坦布尔和大马士革,尚且说得过去,可为什么要去伊朗?我不得不生编硬造出一些稀奇古怪的理由,出于对"音乐传统的意义"、对波斯古典诗歌及其在欧洲音乐中的回音提出的疑问,要不然就强词夺理地说"我得追根溯源",这句话具有立即让好事者闭口的效果,他们都确信,我不是得到了上帝的点拨就是,更为可能的,中了什么邪了。

唉,我下意识地启动了电脑,弗兰茨,我知道你要干什么,你要在那些陈年旧事、德黑兰的记事本里翻找,重读莎拉的信,你知道这不是个好主意,你最好再去喝一杯热饮,然后上床睡觉。或者批改这篇有关格鲁克东方主义歌剧的要命的论文。

一口伊朗鸦片,一口回忆,这是一种遗忘,忘记前进中的黑夜，步步紧逼的疾病，将我们吞噬的失明。也许这就是萨迪克·赫达亚特一九五一年在巴黎打开煤气时所缺乏的东西，一只鸦片或回忆的烟枪，一个伴侣：伊朗二十世纪最伟大的散文家、最阴郁、最风趣、最刻薄的文人终因心力交瘁而自杀；他任凭自己处置了，不再咬牙坚持了，他觉得自己的人生已经没有继续下去的意义了，无论是在这边还是那边——回到德黑兰或是留在巴黎对他来说同样难以忍受，他漂浮着，漂浮在他千辛万苦才获得的这单间公寓里，位于巴黎尚皮奥内大街，巴黎，光明之城，他在这里却几乎看不到光明。在巴黎，他爱那些小咖啡馆、白兰地和煮鸡蛋，因为他从很久以前，从他在印度旅行后就成为了素食者；在巴黎，他爱他在二十世纪二十年代所认识的这座城市的回忆，在他青年时代的巴黎和一九五一年的巴黎——在他的青春与一九五一年——之间的张力是他日常的痛苦，当他在拉丁区散步或在郊区远足的时候都时刻存在。他结交了（这是个夸张的词）一些像他一样流亡海外的伊朗人；这些伊朗人觉得他有点傲慢，透着一丝轻蔑，这很可能是真的。他已经很少写作了。"我只为我的影子，台灯投射在墙上的影子写作；我得找时间向它介绍一下自己。"他烧毁自己所有的文稿。没有人像赫达亚特一样爱和恨伊朗，莎拉讲道。没有人像他一样关注街头巷尾的语言，关注街头巷尾的人物，关注虔诚的信徒、卑微的人和当权者。没人能够像赫达亚特一样对伊朗进行如此残酷的批判和如此崇高的歌颂。他也许是个悲伤的人，特别是在他生命终结时，他既酸楚又苦涩，但他不是个悲伤的作家，远远不是。

像赫达亚特一样，巴黎也总是令我恐惧；这座城市让人感觉到的奇特暴力，大都市温热花生的气味，市民们以跑代走的习惯，眼睛盯着地面，准备好为到达目的地撞翻途经的一切；城市里似乎至少从拿破仑时代就开始日积月累的污垢；那条如此高贵却又被两侧河堤如此拘束的河，河畔不协调地散布着各种各样高耸的历史建筑；所有这一切，在圣心教堂乳白色懒洋洋的窥视下，对我来说总是呈现出一种波德莱尔式的美，一种庞大可怖的美。巴黎，法国首都和十九世纪的世界之都。我在巴黎从来无法摆脱游客的迟疑感，至于我的法语，尽管竭尽全力让它听上去纯洁无瑕，完美无缺，却始终像是一种外乡话——在巴黎我感觉只能听懂一半的词汇，更糟的是，令我难堪至极，人们常常让我把刚说完的话再重复一遍：从维庸①和中世纪末开始，巴黎就只讲暗语。我不知道巴黎的这些特质是否令维也纳或柏林显得更加温柔、更像外省，还是，与之相反，是巴黎陷在自己省区里坐井观天，孤立在这座法兰西岛②中，这名字或许是这座城市及其居民独特之处的由来。莎拉是一个名副其实的巴黎人，如果巴黎人这个词具有真正含义的话——无论如何，她在此出生、在

---

① 维庸（François Villon，1431—1463），法国诗人，曾因谋杀、盗窃罪而被控，最后下落不明，被后世称为现代"受咒诗人"（poètes maudits）的鼻祖。
② 法兰西岛（Île-de-France）是法国本土22个大区之一，也是巴黎首都圈。

此长大，对她来说，"只有巴黎人才最俊俏"①。对我其实也是——我必须承认，尽管繁重的工作让她变得消瘦，眼圈有点发黑，头发比平时更短了，好像她进了修道院或监狱一样，双手苍白而骨感，变得太大的婚戒在她的手指上晃荡，沙拉依旧仪态万方。我为这短暂的巴黎之行找了个什么借口来的，我想不起来了；我住在一家靠近圣乔治广场的小旅馆里，这种比例神奇的广场为数不少，汽车的发明将它变为地狱——我当时还不知道，"离圣乔治广场两步远"（酒店传单如此说道，我之所以无意中选择了这家酒店，是因为这位圣徒名字的发音很友善，比起，像德·洛雷特圣母院或圣日耳曼-奥塞尔教堂这样的名字要亲和得多）很不幸也意味着离皮加勒广场两步远，这个灰色的地标展示着五花八门的视觉恐袭，广场上带陪酒小姐的酒吧派出的顾客招徕员一把抓住你的胳膊，劝你进去喝一杯，不把你盛情款待一通是不会放你走的，他们对同性恋或性无能这种谩骂引发雄性力量爆发的激将法效果有十足的把握。神奇的是，这座皮加勒广场（及其附属街巷）就位于莎拉和我之间。莎拉和纳迪姆的公寓在地势较高的阿贝斯广场，在（啊，巴黎！）从皮加勒广场的妓女到圣心教堂的小僧侣之间的中途上，在巴黎公社的社员们推着大炮走的蒙马特高地后面，靠近萨迪克·赫达亚特最后住所的地方。纳迪姆在我到访的时候恰巧在叙利亚，这对我很合适。我穿行在去见莎拉的街巷中，沿途的景观毫无征兆地从污秽

---

① 弗朗索瓦·维庸的诗作《巴黎女人的出游》中的诗句。

场所变为旅游点,再从旅游点变为高档住宅区,我越往上爬,越感到我还有希望,一个拒绝说出自己名字的疯狂希望,随后,沿着蒙瑟尼大街长长的楼梯下行,我有点失去方向,接着又经过了夹在两栋房屋之间的一块惊人的葡萄园,里面的老葡萄树让我想起了维也纳和努斯多夫①,一个台阶接着一个台阶朝第十八区的区政府走去,朝着新城区的贫困简陋走去,与在此之前蒙马特式的铺张炫耀形成鲜明对比,而我的希望也稀释在连古斯提娜大街的树木都黯然神伤的灰色中,这些树木被限制在地面上的铁格栅栏里,一种巴黎特有的与植物过不去的隔离方式(没有什么比这个怪异的想法更反映现代精神,树木栅栏。虽然他们辩解说这些沉重的铁家伙放在那儿是为了保护栗子树或梧桐树,是为了它们好,为了避免它们的根受到伤害,我认为,在城市与自然之间的殊死搏斗上没有比它更为可怕的表象,在前者对后者的胜利上也没有比它更具说服力的标志)当我在经过几次踌躇、一个区政府、一座教堂和尚皮奥内大街一个喧闹的路口转盘后终于到达目的地时,巴黎已经把我的希望完全打败了。这个地方本应是个怡人甚至美丽的小区;一些建筑很优雅,盖着锌质屋顶的五层楼和上面的小阁楼,但大多数商店看上去都已经关门停业了;大街僻静荒凉,笔直而漫长。在赫达亚特家对面有一组奇特的建筑,一栋低矮古旧的房屋(可能是十八世纪建造的),紧连着一座巨大的砖楼,后者带着巴黎长途车停车场入口的标

---

① 努斯多夫(Nussdorf),维也纳的一个郊区。

识。在等待莎拉的时间里，我仔细观察了三十七号二单元的窗子，就是在那里萨迪克·赫达亚特决定了断自己，这一切配上灰白单调的天空，不是很令人欢欣鼓舞。我想着这个四十八岁的男人将自己厨房的门用抹布塞紧，然后打开煤气，躺在地面铺着的毯子上，永远地睡去。东方学家罗杰·莱斯卡已经差不多完成了《盲枭》的翻译，但格拉塞出版社不想或没有能力出版这部小说了。书店老板、超现实主义文学编辑何塞·考尔提为这部书着迷，并在作者去世两年后将它出版。《盲枭》是个死人的梦。一部暴力、野性色情的著作，时间在其中是一个无底的深渊，里面的东西像致命的呕吐物一般涌出。一部鸦片式的书籍。

莎拉来了。她快步走着，挎包斜背在肩上，头微微偏向一侧；她没看到我。虽然离得挺远，我还是认出了她，凭着她头发的颜色，凭着我心中焦虑的堵塞感重新暗示的希望。她站在我面前，长裙、短靴、锡耶纳土色的宽大围巾。她向我伸出双手，微笑着，说她很高兴再见到我。当然，我不应该立刻向她指出她瘦了很多，面色苍白，有黑眼圈，这很不聪明；但我当时为她的体貌变化大吃一惊，因焦虑而陷入这些琐碎的关注中，以至于没把持住自己，于是，这一整天，这个由我设计、安排、等待、想象的一天步上了一条悲惨的道路。莎拉有点气恼——她努力不表现出来，我们参观完赫达亚特的故居（其实主要是参观了楼道，因为当时这间公寓的租户拒绝给我们开门；莎拉说她前一天曾给这个人打了电话，这人因为十分迷信，对一个神秘的外国人曾在他厨房地板上自杀这件事惊恐不安），就沿着尚皮奥内大街向西行，然后顺着达姆雷蒙大街朝蒙马特公墓的方向走，最后在一家土耳其餐厅吃午饭，自始至终她都带着一种阴郁的沉默，而我则展开了一段歇斯底里的独白——要淹死的人在挣扎，挥动手脚，不停地扑腾；我试着逗她笑，或至少吸引她的注意；我给她讲了维也纳最近的新闻，其实维也纳能有什么新闻，接着我又引入舒伯特的东方艺术歌曲，那是我彼时的兴趣所在，然后又是柏辽兹，我们计划一会儿去看他的墓地，以及我对《特洛伊人》非常个人的见解——直到她在便道的中央停下脚步，半笑半嗔地看着我：

"弗兰茨，我头都被你说晕了。真是不可思议。你喋喋不休地说了两公里。我的天，你可真能贫！"

我很自豪能够用我的口若悬河让她晕头转向，所以并不打算见好就收：

"你说得对，我说呀说，说个不停，没让你插一句嘴。那你说说吧，这篇论文进展如何？快写完了吧？"

这个提问得到了一种意外甚至惊人的效果：莎拉深深地叹了一口气，在达姆雷蒙大街的便道上，双手捂着脸，晃起头来，然后高举双臂，仰天长啸。那是一声气愤的喊叫，一个向神明的呼救，一个怒火冲天的申诉，对此我无言以对，震惊、受伤、瞪大了眼睛。然后她沉默下来，转身对着我，又叹了口气：

"来吧，去吃午饭吧。"

街对面的便道上有一家餐厅；一家带有异国风情装饰的

餐厅，里面配有挂毯、靠垫、五花八门的摆件，都是些满是灰尘的旧货，就像餐厅的窗玻璃，都脏得乌突突的，除了我们没有其他顾客，因为当时刚到中午，而巴黎人用午餐的时间较晚，他们大概以受到南欧影响、比他们其他同胞拥有更大自由度而沾沾自喜。这当然是说如果他们会碰巧在这个地方吃饭的话。我感觉我们是本周唯一的顾客，甚至是本月唯一的顾客，因为店主（摊在一张桌子上，正努力打破俄罗斯方块的个人最好纪录）看到我们进来显得有些吃惊。店主苍白的面貌、口音、坏心情和给出的标价证明他是个不折不扣的巴黎人：别指望什么东方温柔了，我们碰上的是唯一一家由巴黎本地人开的土耳其餐厅，店老板最终丢下他的电脑，叹着气来接待我们，这还是在他打完一局游戏之后。

这回轮到我沉默不语了，莎拉荒谬的怒吼深深刺伤了我。她以为自己是谁？我关心她，换来的是什么？吓人的惨叫。夜猫子的长鸣。我用这小咖啡馆的菜单隐藏着自己一脸的不快，在这报复性沉默持续了几分钟后，她同意为自己的行为道歉。

"弗兰茨，对不起，原谅我，我不该这样，我不知道自己是怎么了。但你得承认你并没有让事情变得轻松。"

（自尊心受到重创，带着可悲的口音）"没什么，别再提了。还是看看你领咱们来的这家华丽的餐厅里都有些什么能吃的东西吧。"

"如果你愿意，咱们可以换一家。"

（坚定，带着一丝虚伪）"坐下看了菜单然后拔腿就走，这种事不能干。套一句你们法国的话：酒瓶都开了，就不喝不行了。"

"我可以借口身体不适。如果你不改变态度，我真的要病倒了。"

（阴险的，仍旧藏在菜单后面）"你身体不适？这倒是能解释你的情绪波动。"

"弗兰茨，你真的要让我失去控制了。如果你还这样，我就走了，我回去工作了。"

（服软了，吓坏了，懊悔，突然放下菜单）"别，别走，我这么说是为了气你，我肯定这里的菜很好吃。甚至是美味佳肴。"

她笑了。我不记得我们都吃了些什么，只记得上菜前空荡荡的餐厅里回响起微波炉轻轻的一声"叮"。莎拉对我说起了她的论文、赫达亚特、施瓦岑巴赫、她那些珍爱的人物；还有她希望通过这旅行的连续性打破竖立在东西方之间的这些镜子，她说道。挖出这共同构建现代特色的地下根茎。向世人展示"东方人"并没有被排除在这一共同构建之外，恰恰相反，他们常常是激励者、发起者、积极的参与者；让人们意识到，最终，萨义德的理论在无意中变成了最微妙的统治工具：问题不在于萨义德的东方主义见解是不是对的；问题在于那个开口，他的读者们在一个统治者的西方和一个被统治者的东方之间默认的那个本体论的裂缝，而这个开口，因为已经超出了殖民研究的范畴，协助实现了如此缔造的这个模型，由果溯因地完成了这个萨义德的思想本要对抗的统治剧情。然而，历史可以用另一种方式解读，她说道，以另一种方式书写，在分享与连续性中书写。她花了很长时间讲了后殖民的圣三位一体，萨义德、霍米·巴巴、斯皮瓦克；讲了帝国主义，讲了差异，讲了二十一世纪，这在个时代，面对暴力，我们比以往任何时候都更需要摒弃将伊斯兰视为绝对他性的荒谬想法，并承认殖民主义的恐怖暴力以及欧洲对东方欠下的债——将东西方分割开来是不可能的，必须改变看问题的视角。她说道，必须超越某些人的愚蠢悔罪和另一些人的殖民怀旧，找到一种全新的观点，一种我中有他的观点。而且双方都得要做到。

我们周围的背景很适合这个主题：仿冒的土耳其织物，配上"中国制造"①的小摆设，结合这极具巴黎特色的店主，为她论文的可信度提供了最好的范例。

东方是用想象构建出来的，一个表象的组合，其中每一方，无论它身在何处，都随意从中索取。莎拉继续高声说道，如果相信今天这个盛满东方形象的箱子是欧洲特有的，那就太天真了。不，这些形象，这个百宝箱，所有人都可以从里面攫取也可以根据不同的文化创作向里面添加，新的图案、新的肖像、新的音乐。阿尔及利亚人、叙利亚人、黎巴嫩人、伊朗人、印度人、中国人轮流在这旅行箱中，在这想象中各取所需。我举个眼下惊人的例子：迪士尼工作室的那些戴面纱的公主和飞毯可以被视为"东方主义的"或"东方化的"；

---

① 原文为英语。

事实上，它们符合通过臆想新近构建的最后表达。这些电影不仅在沙特阿拉伯被允许上映，而且简直到处泛滥，这并不是无缘无故的。所有的教学短片（教人如何礼拜、如何斋戒，如何像个好穆斯林一样生活）都复制这些电影的内容。瓦哈比是一部迪士尼电影。与此同时，为沙特阿拉伯工作的电影人又为共同的宝库添加了一些形象。

　　我心不在焉地听着，完全沉醉在对她的凝视中：尽管眼圈黑了，人也瘦了，她的面容却很有感染力，坚定而又温柔。她的眼神里闪耀着思想的火光；她的胸部看上去比一个月前小了；黑色羊绒套头衫的低领下露出同色调的花边，一件胸衣的边缘，羊绒衫下肩膀中央位置的一条细线隐约像是胸衣的肩带。她胸骨的雀斑沿着花边的边缘一直延续到锁骨；我可以看到锁骨的起点，在其上方晃动着耳环，两个刻有陌生徽章的想象纹饰。她的头发高高盘起，用一把银质的小梳子别住。她带有微蓝色长血管的白皙的手随着她的讲述搅动着空气。她几乎没怎么碰她盘子里的东西。我又想起了巴尔米拉，想起与她的身体接触，我多想蜷缩在她身旁直到消失啊。她换了个话题，她与她的论文导师吉尔贝·德·摩根的问题，我和他曾在大马士革见过面，她提醒我道；她很担心他不时发作的脾气、他的酗酒和绝望——特别是他在大一大二女生的微笑中寻找慰藉的不祥癖好。他不顾危险也要尝试，就好像青春是可以传染的。而她们并不都愿意被吸血鬼吸血。这句话让我露出了一个淫荡的微笑和一个小小的冷笑，并因此挨了好一顿批评，弗兰茨，这不好笑，你跟他一样大男子主义。女人不是物品,云云。她是否意识到我的欲望,被掩盖、装扮在殷勤和尊重之下的欲望?她又换了个话题。她与纳迪姆的关系越发复杂。他们当初结婚,她向我透露道,是为了方便纳迪姆来欧洲。在巴黎度过几个月后,他开始怀念叙利亚;在大马士革或阿勒颇,他是位知名的音乐会乐师;而在法国,他只是个普通的移民。遗憾的是,莎拉全心投入到她的论文中无暇关心照顾他,纳迪姆讨厌他的东道国,到处看见的都是种族主义者,伊斯兰恐惧症患者;他梦想回到叙利亚,他刚刚获得的居留许可证终于让他可以实现这一梦想。他们或多或少处于分居状态,她说。她有负罪感。她看上去精疲力竭;眼泪突然在她眼中闪烁。她没有意识到她这些坦诚的讲述在我心中所激起的自私的希望。她很抱歉,我笨拙地试着安慰她,论文结束后一切都会好的。论文结束后,她将处于一种没工作、没钱、没计划的状态,她说道。我多么想要对她喊道我热切地爱着她。这句话在我的嘴里走了形,变成一个奇怪的建议,你可以来维也纳住一段时间。她先是一惊,然后微笑道,谢谢,你真好。谢谢你为我担心。真是太感谢了。但既然魔法是个稀有而短暂的现象,这个瞬间也就很快被店主打断了:他在我们尚未要求结账的时候把账单丢了过来,就装在饰有一只漆绘小鸟的丑陋竹碗里。"一只痛苦流血的夜莺生出了一朵玫瑰花",我想道。我刚说了"可怜的哈菲兹",莎拉就马上明白我的暗示,笑了起来。

四点三十分

关于墓地的随机地理位置建立的对话真是奇怪,我站在东方学家海因里希·海涅面前沉思时想道("这位疲惫的旅行者最后在哪里长眠呢,是在南部的棕榈树下还是莱茵河的椴树下?"——都不是;是在蒙马特的栗子树下),大理石的里拉琴,几朵玫瑰,一只蝴蝶,一张向前低垂的清秀的脸,在一个姓马尔尚的家庭和一位姓贝谢尔的女士之间,两座黑色的坟墓簇拥着海涅一尘不染的白色坟墓,后者像一个忧郁的守护者一样俯视着前者。一个地下网络将这些坟墓连接在一起,海涅连接着艾克托·柏辽兹和夏尔-瓦朗坦·阿尔康,后者又邻近或连接着《犹太女》的曲作者阿莱维,他们相互陪伴,紧靠在一起。特奥菲尔·戈蒂埃,"杰出的亨利·海涅"的朋友,再走几步是马克西姆·杜坎,他曾陪伴福楼拜在埃及旅行并与库楚克·哈内姆或虔诚的天主教徒欧内斯特·勒南共度良宵,夜里,这些灵魂之间肯定有不少秘密讨论,通过枫树根和磷火传送热火朝天的对话,地下无声的音乐会,亡人们总会按时到场观看。柏辽兹与他的可怜的奥菲莉亚[①]合葬在一起,而海涅似乎独自一人躺在他的坟墓里,这个想法,尽管幼稚,却在我心中激起微微的

[①] 原文为英语。

悲凉。

莎拉在逝者名字的引领下信步走着，不看墓园入口免费提供的地图——她的脚步自然而然地将我们带到茶花女玛丽·杜普莱西和路易兹·科莱①的墓前，她介绍我认识了后者，如果可以这么说的话。巴黎公墓里猫的数量令我吃惊，它们陪伴着死去的诗人，正如它们一直陪伴活人一样：一只灰绿色的硕大公猫出现在一座美丽而陌生的雕塑卧像上，后者华贵的斗篷似乎既不担心鸽子的冒犯也不留恋这哺乳动物的温柔。

所有人都躺在一起，猫、中产阶级、画家和流行歌手——收到鲜花最多、最受游客青睐的是生于亚历山大的意大利裔女歌手达丽达的坟墓，在公墓入口附近矗立着这位女歌手的全身站立塑像，周围是修剪成球状的黄杨树，她身穿透明的连衣裙，向前方、围观人群的方向迈出一步；在一道灰色云纹的巨大拱门中央，明耀的太阳在她身后将金色的光芒投射在一块黑色大理石碑上：很难猜想这位女歌手生前会崇敬哪一位神明，可能只有菲莱②的伊西斯③或亚历山大的克里奥帕特拉能够获此殊荣。这种东方幻梦从复活的尸体中喷涌而出的形象应该很讨长眠在蒙马特公墓的众多画家的喜欢，

---

① 路易兹·科莱（Louise Colet，1810—1876），法国女诗人和作家。
② 菲莱（Philae）是一座位于尼罗河中的岛屿，也是埃及南部一个有古埃及神庙建筑群的地方。
③ 伊西斯（Isis）是古埃及宗教信仰中的一位女神，被敬奉为理想的母亲和妻子、自然和魔法的守护神，对她的崇拜传遍整个希腊—罗马世界。

其中包括霍勒斯·韦尔内①（他的石棺非常朴素，一把简单的石头十字架，与这位军人东方主义者那些富丽堂皇的画作形成鲜明对比）或泰奥多尔·夏塞里奥②，后者融合了安格尔的性感精确和德拉克洛瓦的狂暴激情。我想象他与戈蒂埃（他的好友，躺在公墓的另一侧）秘密会谈——他们说起女性，女性的身体，讨论那座亚历山大女歌手的雕像在性感表达方面的高妙之处。夏塞里奥曾在阿尔及利亚旅行，并在君士坦丁③生活过一段时间，在那里，他摆好画架，也描绘过阿尔及利亚女性那神秘、纯洁的美。我自问哈利勒·帕夏是否拥有一幅夏塞里奥的画作，有可能：这位奥斯曼帝国外交家，作为圣伯夫和戈蒂埃的好友，伊斯坦布尔后来的外交部长，生前拥有一套精美的东方主义性感场面的绘画收藏：他购下了安格尔的《土耳其浴女》，有趣的是这位生于埃及的土耳其人、国家公务员显赫家族的后代，偏好收集东方主义的画作，阿尔及尔的妇女、裸女、后宫场面。埃及的哈利勒·帕夏的一生足够写一部长篇小说了，他加入了伊斯坦布尔而不是他出生国的外交机构，因为，他在给大维齐尔写的一封法语信中解释说，"开罗的灰尘导致他眼部不适"。他在巴黎开始了辉煌的职业生涯，担任了一八五五年世界博览会的埃及专员，

---

① 霍勒斯·韦尔内（Horace Vernet，1789—1863），法国画家。
② 泰奥多尔·夏塞里奥（Théodore Chassériau，1819—1856），法国浪漫派画家，曾到阿尔及利亚旅行，画过许多东方情调的画。
③ 君士坦丁（Constantine）位于阿尔及利亚东北部，是君士坦丁省的首府。

随后在次年参加了结束克里米亚战争的代表大会。他本应遇到法里斯·希迪亚克，莎拉珍爱的一位伟大的阿拉伯作家，后者在那个时期曾将自己一部巨著送到巴黎印刷，那是位于蒙马特大街五十号的皮鲁瓦兄弟印刷厂，就在我们毕恭毕敬探访的这座公墓不远的地方。我记得哈利勒·帕夏被葬在伊斯坦布尔；但愿我有一天能为这个横跨两岸的奥斯曼人的墓地献上一束花——我不知道一八七〇至一八七二年间他在维也纳这里都交往过哪些人，当时巴黎正经历一场战争接着是一连串革命中的一场，而巴黎公社令他的朋友古斯塔夫·库尔贝被迫流亡。哈利勒·帕夏在他第二次的巴黎之行中结识了库尔贝，并向他订购了一些画——首先是那幅柔情似水的《睡眠》，收购价两万法郎，展现的是淫荡和同性恋，画中两个熟睡的裸女，一个黑发一个金发，纠缠在一起，她们的秀发和肤色相映生辉。我非常愿意知道订购这一作品的谈话内容，但我更想听到下一幅作品订购的商谈过程，这幅作品就是《世界的起源》：那位年轻的奥斯曼人购下了由人体写实主义最具天赋的艺术家绘制的女性阴部的特写，一幅绝对惊世骇俗的画作，简单直白，不兜圈子，数十年中不能公之于世。可以想象哈利勒·帕夏拥有这样一个秘密宝物的快感，深褐色阴毛的阴户和两个乳房，画作的小号版型便于隐藏，如果相信马克西姆·杜坎（他既憎恨库尔贝又厌恶帕夏的奇思妙想和财力）的话，它被隐藏在帕夏洗手间一挂绿色布帘的后面。至于这团乌黑的阴毛和这对大理石一般坚实乳房的土人，人们至今仍无法确定其身份；莎拉希望它的主人是玛丽-安娜·德图尔贝,别名让娜·德·图尔贝,这个后来的鲁瓦讷伯爵夫人曾是古斯塔夫·福楼拜的梦中情人,也是十九世纪六十年代巴黎文学圈很多名流的情妇兼缪斯,其中包括活泼潇洒的哈利勒·贝①。让娜·德·图尔贝的坟墓也位于蒙马特公墓的某处,距离勒南或戈蒂埃的坟墓不远,她曾在自己的沙龙接见过这两个人,当时她被世人以"半风尘女子"这个可怕的名字称呼;我们没找到她的坟墓,也许是被植物隐藏起来了,或是相关部门,因为不愿收留如此惊世骇俗的骨盆遗骸,决定将这吸引人群淫欲目光的坟墓从公墓中撤除。莎拉在公墓旁大道的栗子树下喜欢想象,对于哈利勒·贝,这个半开的温柔阴户是他所渴望的一个女性的纪念,是他请库尔贝出于保密不展露她的脸;如此他便可以在不令这位小姐陷入丑闻的情况下欣赏她的私处。

无论模特的真实身份是什么(如果有一天我们能发现的话),多亏了奥斯曼帝国和它的一位杰出外交家,欧洲才能拥有这一性感画作的瑰宝。土耳其人自己对东方幻影的美丽也不是无动于衷的,远非如此,莎拉说道——外交家兼收藏家哈利勒·贝或首位东方的东方主义画家、考古学家奥斯曼·哈姆迪都是见证人,是后者发现了塞伊达②的石棺并创作了众多华美的东方"风俗画"。

这一在回忆奇境中的散步为莎拉重新注入活力;她忘记

---

① 哈利勒·贝(Halil Bey)就是哈利勒·帕夏(Halil Pasha)。
② 塞伊达(Saïda)是阿尔及利亚塞伊达省的省会。

了自己的论文,在坟墓之间,在时代之间旅行,当考兰库尔桥①(它下方的坟墓都浸在永远的昏暗中)及其铆合的金属桥墩的黑影开始侵占这座大型公墓时,我们只好遗憾地告别过去,重返克里希广场的沸腾之中:我脑子里是一团墓碑和女性阴部的怪诞混合,一个绝对异教的墓地,在想象中展示着一个与莎拉棕红色头发同样颜色的"世界的起源",此时莎拉正朝挤满游客观光巴士的大广场走去。

不管我怎么努力整理,这个写字台总是像蒙马特公墓一样满满登登,杂乱无章。我整理、整理、再整理,却无济于事。书籍纸张在这里越积越高,如同涨潮的海水,却总也等不到退潮。我移动、排序、摞起;世界却固执地将它一车车的废物倾倒在我这狭小的工作区里。为了放置电脑,我每次都必须像扫落叶一样将这些垃圾推开。广告传单、账单、银行账户明细,等着我分拣、排序、归档。一个壁炉,这是个办法。一个壁炉,或是一台碎纸机,公务员操控的断头台。在德黑兰,一位法国老外交官告诉我们,从前曾有一段时期禁止所有机构进口酒精饮料,甚至包括大使馆,那些绝望的领事们将一台手动的旧碎纸机改造成一台压榨机,并与对面意大利使馆人员携手在法国使馆的地窖里酿酒,如此解闷消遣;他们购买数百克乌尔米耶②出产的优质葡萄,压榨、在水房的大盆里酿酒,然后

---

① 考兰库尔桥(Caulaincourt)是巴黎的一条公路桥,通过它可以横穿蒙马特公墓。
② 乌尔米耶(Ourmia)是伊朗伊斯兰共和国西阿塞拜疆省的省会和最大城市。

装瓶。他们甚至打印了漂亮的酒标，上面印着他们公使馆的一幅小素描和"努富勒-勒-城堡特酿"（伊朗革命后给原来的法国大道起的新名字，努富勒-勒-城堡大道）。这群德兼美修道院①僧侣的后人就这样在他们的隐修区里为自己寻找慰藉，据说，秋季整条大道都能闻到一股刺鼻的酒糟味，这酸溜溜的气味从地下室的通风口飘出，嘲笑着在威严的建筑外执勤的伊朗警察。葡萄酒的品质当然很不稳定，因为它不但依赖葡萄的质量，而且也要看酿酒人员的技术水平：使馆的公务员流动性很大，偶尔某某调酒师（同时也是会计、民事身份登记官或译电员）在葡萄酒装瓶前被召回祖国的消息会引起整个社区悲观失望。

我的电脑是个忠实的朋友，它淡蓝的光在夜间是一幅流动的画——我得把这幅图像换了，这幅保罗·克利的画摆在桌面上的时间如此之长，以至于我已经对它视而不见了，画上的那些桌面图标就像虚拟的文件一样堆积着。每个人都有自己的习惯，打开邮件，删除那些垃圾邮件、广告、时事通讯，事实上在这十五封新邮件里没有新信息，都只是些废物，如雪崩般持续降下垃圾的残渣，这就是我们今天的世界。我期待收到莎拉邮件。好吧，还是主动些吧。新邮件。收信人，莎拉。主题，来自维也纳的信。亲爱的莎拉，我今早收到——不，是昨天早上，修改完毕——你的单行本，我不知

---

① 德兼美修道院（l'abbaye de Thélème）是拉伯雷《巨人传》中一个具有乌托邦精神的修道院。

道现在还可以印刷这样的文件……非常感谢，但这死人之酒实在吓人！这让我有点儿担忧。你还好吗？你在砂拉越做些什么？这边一切如常。大学里刚开了圣诞集市。到处飘着可怕的热葡萄酒和香肠味。你近期是否打算回欧洲一趟？期待了解你的近况。紧紧拥抱你。想也没想于四点三十九分发送。我希望她不会注意到，凌晨四点三十九分发邮件有点儿可悲。她知道我平时睡得早。她也许会想象我参加了一个晚会刚回来。如果我点击她的名字，她所有的邮件都会一下子按照时间顺序显示在我眼前。但这实在令人伤感。我还有一个名为"德黑兰"的文件夹，我从不扔东西。我可以当一个出色的档案员。我为什么要跟她说热葡萄酒和香肠，太愚蠢了。这封邮件看上去过于轻松反而显得不正常。邮件一旦投入那电子流的神秘宇宙中，就收不回来了。真是不幸。哎，我忘了从德黑兰回来以后我写下了这篇文字。但它震撼的内容我却一点都没有忘。我似乎又看到吉尔贝·德·摩根在他位于扎法拉尼耶的花园里。他那诡异的自白，几个星期后莎拉便匆匆离开了伊朗。没有偶然，她会这么说。我那天下午为什么一定要写下这篇叙述呢？是为了忘却这阴森的记忆，为了一遍又一遍与莎拉讨论，为了充实我对伊朗革命全方位的知识，还是为了那极少萌生的用法语写作的快感？

"我不大习惯谈爱情，更不习惯谈我自己，但既然你们对那些迷失在自己研究课题中的学者感兴趣，我就给你们讲个发生在我身边、非同寻常甚至有几分骇人的故事。你们可能还记得，一九七七至一九八一年秋，我就在这里，在德黑兰。

我见证了伊朗革命和两伊战争的开始,直到有一天法国和伊朗之间的关系变得极为紧张,我们都被迫撤离,法国的伊朗学研究所也就此进入休眠状态。"

吉尔贝·德·摩根说话的声音有些尴尬;这个傍晚,天气闷热;地面像一个烤箱板,将一整天积聚的热量都释放出来。空气中的污染物用它暗粉色的面纱笼罩在最后一缕晚霞燃烧的山峦上;就连我们头顶上浓密的葡萄藤都似乎已显露出夏季干旱的征兆。女管家纳西姆·卡农给我们送来了冷饮,摩根在这冰凉可口的香柠檬水里加入了一大杯亚美尼亚伏特加:那漂亮酒瓶里的液体水平线不停下降,莎拉因为见识过她导师的抑郁倾向,在我眼中她看着他的表情似乎有些担忧——但其实也许只是一种持续的关注。莎拉的头发在暮色中闪着光。纳西姆·卡农围着我们转,给我们送来各式各样的甜点,蛋糕或藏红花糖果,在玫瑰花与矮牵牛之中,我们忘了街道上的噪声,汽车喇叭声,甚至公交车放出的汽油味,这些车辆在花园院墙的另一侧飞驰而过,地面随之微微颤动,杯子里的冰块也发出碰撞的叮叮声。吉尔贝·德·摩根继续他的讲述,毫不在意纳西姆·卡农的跑前跑后和瓦里-阿斯尔大道上的嘈杂;汗迹在他腋窝周围和前胸上逐渐扩大。

"我得给你们讲讲弗雷德里克·利奥泰的故事,"他继续说道,"那是一个里昂的小伙子,像你们一样也是初级研究员,专门研究波斯古典诗歌,在反沙阿游行刚开始的阶段他经常出入德黑兰大学。尽管我们多次发出警告,他还是积极参加这些游行活动;他热爱政治、阿里·沙里亚蒂的著作、那些流亡神职人员和各种活动家。一九七七年秋,在沙里亚蒂死于伦敦后举行游行期间(我们当时就已经确定他是被谋杀的),利奥泰被萨瓦克①——秘密警察首次逮捕,随后当他们得知他是法国人时就立刻将他释放了;然而,在此之前还是,用他自己的话说,遭到了轻微的拷打,这令我们所有人都吓坏了:我们看见他重新出现在研究所时身上青一块紫一块,眼眶肿起,最可怕的是,右手还少了两个指甲。他看上去没有因这一遭遇受到太大打击;他差不多是笑着说起这些事,而这一表面的勇气,不但没有让我们放心,反而加重了我们的担忧:就算是最强悍的人也会在暴力和酷刑下动摇,但利奥泰却从中获取了一种假充好汉的能量,一种怪异的优越感,令我们怀疑在拷打中他的理智怕是至少与他的身体受到了同等伤害。他对法国大使馆的反应感到愤慨,他自己讲道,大使馆通知他,总而言之,他活该,他本不应掺和那些与他无关的示威游行,请他以此为鉴。胳膊还吊在胸前,手上还绑着绷带,利奥泰连续好几天守在大使劳尔·德拉埃的办公室门口,为了向他解释自己的观点,直到有一天他终于在一次招待会上找到机会把大使痛斥了一番:我们当时都在场,考古学家、研究员、外交人员,我们看见利奥泰,缠着肮脏的纱布,留着又长又油的头发,穿着一条过于肥大的牛

---

① 萨瓦克(SAVAK),全称为情报与国家安全组织,是巴列维王朝治下的伊朗秘密警察机构,由巴列维在美国中央情报局的协助下于1957年建立,1979年伊朗伊斯兰革命推翻巴列维王朝后停止活动。

仔裤,责备这位如此温文尔雅的德拉埃,后者完全不知道他是何许人也——作为对大使的辩护,必须承认与今天不同,那时驻德黑兰的法国研究人员和大学生人数众多。我清楚记得利奥泰面红耳赤,唾沫四溅,朝着德拉埃的脸喷吐满腔仇恨和革命思想,直到两名警卫扑到这个狂暴者的身上,后者接着开始用波斯语高声吟诵诗篇,喊叫着,挥舞着手臂,吟诵的都是些我不知道的很暴力的诗句。随后,我们有些沮丧地看见在使馆花园的一角利奥泰如何被迫亮出伊朗学研究所成员的身份才让警卫同意放他走,而不是将他送到伊朗警察手中。

"当然,在场的大多数人都认出了他,很多'好心人'都急不可待地告诉大使这个骚扰者的身份:脸气得苍白,德拉埃保证要将这个'狂暴的疯子'驱逐出伊朗,然而,不知是因为同情这个青年所遭受的酷刑,还是考虑到他的姓氏与已故的同姓元帅①可能存在的关系,他什么也没做;伊朗人也一样,估计比起管理外国革命者他们有其他更要紧的事情可做,没有立即将他送上前往巴黎的飞机,他们随后肯定为此后悔不已。

"无论如何,走出招待会时,我们发现利奥泰正安静地坐在离法国大使官邸不远的意大利大使馆门前的便道上抽烟;他好像在自言自语,或继续像个有幻觉的人或乞丐一般咕哝着那些无名的诗句,我惭愧地承认,如果不是一个同事坚持

---

① 指路易·赫伯特·贡萨伏·利奥泰元帅。

将他送回家,我很可能会就这样把他丢在路边,从另一个方向穿过法国大道。

"我们研究所时任所长夏尔-亨利·德·富歇库尔第二天便提起了'利奥泰事件',大使馆肯定因为此事将他好好训斥了一顿;富歇库尔是位大学者,他也很快就将这件事忘得一干二净,重新沉浸在他亲爱的王者之鉴①里了,就在我们本应为利奥泰的健康担忧的时候,我们、朋友、研究人员、管理者,我们所有人,却都对他的情况漠不关心。"

吉尔贝·德·摩根在讲述中停顿了一下,将杯子里的液体一饮而尽,尚未融化的冰块在杯中滚动;尽管导师沉稳的言语里没露出一丝醉意,莎拉再次担忧地看了我一眼——我不禁想到,就像他故事里讲到的这个利奥泰一样,他自己也有一个知名的姓氏,至少在伊朗很知名:雅克·德·摩根是继迪约拉富瓦之后法国在波斯考古学的又一个奠基人。吉尔贝是否与这个法兰西第三共和国的官方盗墓者存在亲属关系,我无从知晓。夜幕落在扎法拉尼耶街区,太阳终于开始消失在梧桐树的枝叶后面。瓦里-阿斯尔大道此时肯定已经变成一个大停车场——堵得水泄不通,再怎么按喇叭也无济于事了,如此倒给这小别墅的花园带来了些许宁静,坐在花园里的摩根,给自己又倒了一杯酒后继续讲他的故事:

---

① 王者之鉴(miroirs aux princes),出现于公元9世纪法国的政治论著,用于指导国王如何按照上帝的意志正确管理国家。

"我们在接下来的几个星期没有弗雷德①的任何消息——他不时出现在研究所,和我们喝一杯茶,不说什么就离开了。他的外貌又恢复了正常;他不参加我们对社会和政治动荡的任何讨论;他只是面带微笑地看着我们,隐约显出一丝优越感,可能有点蔑视我们,总之很气人,就好像他是唯一一个洞悉当前所发生事件的人。革命已经开始,尽管一九七八年初,在我们交往的圈子里,没人相信沙阿真的会倒台——然而,巴列维王朝此时只剩下一年的时间了。

"将近二月底时(大不里士②'起义'之后不久),我再次见到了利奥泰,我们是在纳德利咖啡馆偶然碰到的。与他在一起的是一位迷人,应该说惊艳的年轻姑娘,她是法国文学专业的大学生,名叫阿兹拉,我以前就曾见过她一两次,为什么要隐瞒呢,我早就注意到她非凡的美貌。我很惊愕地看到她与利奥泰在一起出现。当时,他的波斯语说得如此之好,甚至可以假装伊朗人了。就连他的容貌也有了细微的变化,我觉得他的肤色变黑了一些,我猜他将自己的头发染黑了,并留成跟伊朗人一样的半长发式。他给自己起名法里德·拉胡提,因为他觉得这与弗雷德·利奥泰很像。"

莎拉打断他:"跟那个诗人的名字一样?"

"对,或者跟集市上的那个地毯商贩一样,谁知道。无论如何,咖啡厅的那些侍者(他全都认识)这边叫他一声'拉

---

① 弗雷德是弗雷德里克的简称。
② 大不里士(Tabriz),伊朗西北部城市,是东阿塞拜疆省的首府。

胡提先生'①，那边叫他一声'拉胡提先生'，以至于我自问他是否自己都把拉胡提当成他真正的姓氏了。这真的很滑稽可笑，而且也令我们极端气恼，可能是出于嫉妒，因为他的波斯语的确完美：他熟练掌握各种风格的词句，从口语到古典波斯语的千回百转。我后来得知，他甚至，上帝知道通过什么方法，获得了一张印有法里德·拉胡提名字的学生证，上面贴着他的照片。我必须承认，看到他与阿兹拉在一起出现在纳德利咖啡馆令我十分不快——这家咖啡馆算是我们的一个窝。为什么他特意将她带到这个地方？德黑兰当时有很多酒吧和咖啡馆，与今天的情况截然不同。我想象他想要让人看到她与他在一起。或者也许这纯粹只是个巧合。无论如何，我坐到了他们旁边，摩根叹息道，一个小时后，我就不再是原来那个人了。"

他看看自己的杯子，专注于他的伏特加、他的回忆；或许他在那液体中看到了一张脸，一个幽灵。

"我被阿兹拉的美貌、优雅、伶俐迷住了。"

他的语调放低了一度。他自言自语。莎拉看了我一眼，意思是"他已经喝醉了"。我很想听下去，想知道后来在纳德利咖啡馆，在那个革命时期，到底发生了什么——我去过那家咖啡馆，那是萨迪克·赫达亚特常去的咖啡馆，是莎拉拉我去的；就像革命后伊朗的所有咖啡馆一样，那里的气氛有点令人抑郁，不是因为不能像以前一样喝酒了，而是因为

---

① 原文为波斯语的法语拼写。

在这里灌着假可乐、相互对视的年轻人，或者那些读着报纸、嘴上衔着一支烟的诗人们都流露出一种悲伤、颓唐、被伊斯兰共和国压垮的神态；纳德利咖啡馆是旧时代的一座废墟、一处遗迹，一个往昔市中心的记忆，曾几何时如此开放而国际化，因此更易于将顾客抛入深深的怀旧中。

莎拉等待吉尔贝·德·摩根继续他的讲述或是在亚美尼亚伏特加的作用下瘫倒在露台前小花园齐矮的草坪上；我自问我们是否应该离开这里，回到下城区，但想到可能在这难耐的酷暑中陷入拥堵的困境，就让人有些泄气。地铁距离扎法拉尼耶的这座小别墅太远，我们就算汗流浃背，怕是也无法走到，特别是莎拉，穿着她的伊斯兰长袍和黑色罩袍。最好还是在这别具伊朗风格的花园里再多待一会儿，慢慢品味纳西姆·卡农送上的伊斯法罕牛轧糖，甚至在树荫下柔软的草地上玩一局槌球，草地在房主的悉心照管下青翠欲滴，直到温度降下一些、高山在落日时分将山谷里的热量吸收殆尽再走。

摩根沉默了好一阵，令听众有些困惑。他不再看我们；他观察自己酒杯里阳光的反射将冰块化为脆弱的钻石。终于，他抬起头。

"我不知道为什么给你们讲这些，对不起。"

莎拉转头看着我，似乎在征求我的同意——或为她接下来的这句虚伪的客套话道歉：

"我们一点不觉得无聊，恰恰相反。伊朗革命是一个充满激情的年代。"

革命这个词立刻将摩根从他的梦中惊醒。

"每隔四十天,都发出一声怒吼,一次比一次低沉,一次比一次剧烈。三月底,为纪念大不里士的死难者,伊朗多个大城市都爆发了示威游行。五月十日,又是其他游行,如此继续。Arbein——四十日服丧期。但沙阿其实已经采取了一系列举措以满足反对派的要求——替换掉萨瓦克那些最血腥的领导人,废除了文化审查制度,给予新闻自由,释放众多政治犯。就连美国中央情报局都在五月向其政府传达了一份著名的公函,那些派驻伊朗的情报员确认'局势正在朝正常化的方向发展,伊朗已经脱离预备革命状态,更不用说革命状态了'。但那怒吼的强度却有增无减。为满足人民的首要诉求,抑制通货膨胀,总理贾姆希德·阿穆泽加尔采取了一种极其严苛的政策:他全面地冷却了经济活动,切断了公共投资,终止了国家大型建设项目,实施了针对'牟利者'的罚款和羞辱程序,这些人主要包括造成物价上涨的集市商人。这一严酷的政策收效显著:两年内,他安排了经济危机,并堂而皇之地用城市人口的大规模失业取代了通货膨胀,使政权不仅失去了中产阶级和工人的支持,也引起了传统商业资产阶级的反感。也就是说,事实上,除了他那在全世界四处公然挥霍石油百亿收入的庞大家族以及几个在军购大会和美国大使馆的客厅里自我炫耀的腐败将军以外,礼萨·沙阿·巴列维在一九七八年已经不再拥有任何真正的支持了。他漂浮在半空中。就连那些靠他发了财的人,那些享受了免费教育的人,那些凭着他的扫盲运动才学会识字的人,总之所有那些他天真地以为应对他感恩戴德的人也都希望他下台。他唯一的支持者都是不得已而为之。

"我们这些法国年轻学者，与我们的伊朗同事或远或近地关注时局动态；但没有人，真的没有任何人（可能除了我们使馆的情报部门，但我也很怀疑）想象到下一年所发生的事。当然，除了弗雷德里克·利奥泰，他不仅想到了将要发生的事——沙阿政权的颠覆、大革命，而且还期待着这一切。他是个革命者。我们见到他的机会越来越少。我从阿兹拉那里得知，他们都在一个'伊斯兰主义'（这个词在当时有另一层意思）进步小团体里积极活动，这个小团体想要实行阿里·沙里亚蒂的革命主张。我曾问阿兹拉，利奥泰是否已经归信伊斯兰教了——她表情惊讶地看着我，好像不明白我的问题。对她来说，这是毫无疑问的，拉胡提跟一个伊朗人没有分别，他理所当然就是个什叶派穆斯林，如果他真的需要入教，那么他也早就入完了。尽管显而易见，我还是要强调这一点，在伊朗学和伊斯兰学领域，总的来说，一直以来就有不少痴迷的信徒，而且以后也不会少。找一天，我得给你们讲讲那个法国女同事，她在一九八九年霍梅尼逝世时一边喊着'伊玛目死了！伊玛目死了！'一边哭成了个泪人儿，葬礼当日她差点悲痛而死，当时她在贝赫斯特·扎赫拉公墓的人群中，空中有直升飞机向他们泼洒玫瑰水。而她到达伊朗才仅仅几个月的时间。利奥泰不是这种情况。我知道，他不是个虔诚的信徒。他既没有改宗者的热忱，也没有某些人身上那种神秘主义的力量。这令人难以置信，但他的确就是个什叶派，就像任何一个普通伊朗人一样,自然而然,简单明了。从他的角度看,我都不确定他真的是个信徒。但沙里亚蒂关于'红色什叶派'、殉道者什叶派、面对服从和被动的'黑色什叶派'的革命行动令他热血沸腾。他为伊斯兰可以成为一种复兴的力量、伊朗可以从自身发掘自己的革命理念而欣喜若狂。就像阿兹拉和数百万其他伊朗人一样。我觉得有趣的是(我不是唯一一个这么想的人),沙里亚蒂曾在法国受训;他曾上过玛西尼翁①和贝尔克②的课;拉塞尔③曾是他的论文导师。阿里·沙里亚蒂,最伊朗的,或者至少是最什叶派的革命思想家,是在法国东方学家的帮助下创建了自己的思想。这应该很合您的心意,莎拉。这为您'共同构建'的国际化思想又添了一块砖石。爱德华·萨义德是否曾提到过沙里亚蒂?"

"嗯,提到过吧,我记得好像在《文化与帝国主义》里提到过。但我记不清原话了。"

莎拉回答前咬了咬嘴唇;她讨厌被问倒。我们一回去,她就会飞奔到图书馆——如果那里正好没有萨义德的作品全集,她会气得大叫。摩根趁着这个题外话又给自己倒了一小杯伏特加,感谢上帝他没有让我们陪他喝。两只鸟在我们周

---

① 路易·玛西尼翁(Louis Massignon,1883—1962),法国学者和伊斯兰学家。
② 雅克·贝尔克(Jacques Berque,1910—1995),法国社会学家和东方主义人类学家。
③ 古尔贝·拉塞尔(Gilbert Lazard,1920—),法国语言学家和伊朗学家。

围飞来飞去，偶尔落在桌子上，啄食瓜子。它们的前胸是黄色的，头和尾巴带点蓝色。摩根滑稽地大肆挥动手臂驱赶它们，好像驱赶的是苍蝇或马蜂。自大马士革之后，他变了很多，甚至与我来到德黑兰以前莎拉在巴黎论文答辩的时候比，他的样子也有很大差异。是因为他的络腮胡、他打绺的头发、他过时的衣服、他蓝黑人造革的公文包（二十世纪七十年代伊朗航空公司的促销赠品）、他肘部和拉锁周围变黑的乳白色外套；他一次比一次更重的口气，就是因为这些在他身上加载的脆弱细节，我们知道他在沉沦，垂直陨落。这里说的不是在某些博古通今、漫不经心的大学学者身上可以看到的不修边幅的形象。莎拉想象他患上了一种在孤独中吞噬他灵魂的疾病；她说，在巴黎，他用葡萄酒自我治疗，在他那两小间的公寓里，酒瓶在书柜前、在波斯古典诗人可敬的诗集下排成一列。而在这里，在德黑兰，他用亚美尼亚伏特加治病。这位德高望重的教授满腹苦水，然而他的职业生涯在我看来却是光辉灿烂，令人羡慕；他是国际知名的学者；可以想象凭着他最新获得的外派职位他挣取的是令人瞠目的高额薪酬，然而，他在沉沦。他在沉沦，并试图在下降过程中抓住点儿什么，抓住救命稻草，特别是女人，年轻女人，他试图抓住那些微笑，抓住折磨他残破灵魂的那些眼神，疼痛的油膏抹在新鲜的伤口上。莎拉认识他已经十几年了，但她害怕单独和他在一起，特别是在他喝过酒以后：不是因为这个老学者是只吃人的老虎，而是她不想让他遭到羞辱，感到被拒绝，如果她被迫让他认清自己的位置，这只会加重他的忧伤。

在我看来，这位显赫的大学教授，对哈菲兹、彼特拉克①、尼玛·尤什吉②或热尔曼·努沃都了如指掌的波斯和欧洲抒情诗资深专家表现出的只不过是中年危机，或鉴于他的年龄，应该说中老年危机的症状；对一个积习已深的情场老手来说，一个从今天的废墟上依稀可见往日英俊潇洒身影的男人来说，更年期完全可以导致某种忧郁，间歇附带绝望狂躁，就像此刻我们在花鸟之间、在香柠檬和牛轧糖之间、在德黑兰上空比伊斯兰的面罩更加沉闷的热浪中所目睹的这种绝望狂躁。

"我们那次见面后，我与阿兹拉在一九七八年不时相遇。她是弗雷德里克·利奥泰，或者应该说法里德·拉胡提正式的'女朋友'，她与他在一起宣传革命思想，示威游行，讨论伊朗的未来，讨论革命的可能和现状。沙阿在夏季对邻国伊拉克政府施压，让他们将霍梅尼驱逐出纳杰夫，以为如此便能切断他与国内反对派的联系。霍梅尼到了巴黎市郊的努富勒-勒-城堡区，手里掌控着西方媒体的全部力量。尽管离德黑兰远得多了，却与他同胞的耳朵和心无比贴近。沙阿又一次搬起石头砸自己的脚。霍梅尼号召全面罢工，令整个国家陷入瘫痪，所有的行政部门，特别是，对政权来说更为要命的是，石油工业，都停止运行。法里德和阿兹拉参加了德黑兰大学校园的占领活动，然后又参加了与军队的冲突，这一冲突在一九七八年十一月四日演变成动乱：暴力全面扩散，

---

① 彼特拉克（Francesco Petrarca，1304—1374），意大利著名诗人。
② 尼玛·尤什吉（Nima Yushij，1897—1958），伊朗著名当代诗人。

德黑兰在熊熊大火之中。英国大使馆被部分烧毁;商店、酒吧、银行、邮局都在燃烧——所有代表沙阿帝国或西方势力的机构都遭到攻击。第二天,十一月五日早晨,我与阿兹拉在我家。她早上九点没打招呼就来了,尽管黯然神伤,却比以往任何时候都更迷人。令人难以自制。她乘着吹拂在伊朗上空的自由之风。她的面容如此和谐,带着大理石雕刻的阴影,如此精致,她的嘴唇是石榴籽的颜色,肤色如清茶一般;她呼出的是檀香和温热的蜜糖。她的皮肤犹如一层香脂,能让它所轻抚的任何人失去理智。她声音的轻柔足以安慰一个死人。与阿兹拉谈话、交流是如此令人陶醉,你可以肆意徜徉,不必作答,你会变成一个牧神,在大天使吹出的风中昏昏欲睡。在这个中秋时节,阳光依旧明媚;我沏了一壶茶,晨光射入我狭小的阳台,阳台面对的是与哈菲兹大道平行的一条小街道①。她之前只来过我家一次,那是在夏季以前与纳德利咖啡馆小帮派中的几个人一起来的。其余大多数时间,我们都是在不同的咖啡馆相遇。我总在外面游荡。出没于这些酒馆只盼着能看见她。现在她却在早上九点敲开了我家的门,在此之前她徒步穿过了一座陷入混乱的城市!她想起了我家的地址。前一天,她对我讲道,她目睹了大学生在校园里与部队之间的冲突。军警开了枪,很多青年死了,她此刻还在惊恐得发抖。校园里乱成一团,她花了好几个小时才离开了学校回到家,她父母禁止她返回大学——她没有听从。

---

① 原文为波斯语的法语拼写(koutché)。

德黑兰正在打仗,她如此说道。城市里到处是火灾的气味;一种混合着烧着的轮胎和垃圾的气味。政府即将宣布宵禁。盖住大火,这就是沙阿的政策。他当天下午宣布组成军方政府,并说道:'伊朗的人民,你们起义是为了反对压迫和腐败。作为伊朗的沙阿和伊朗人,我只有对伊朗民族的这一革命表示敬意。我听到了你们革命的信息,伊朗人民。'我也从我的窗口看到了暴动的硝烟,听到了叫喊声和哈菲兹大道上打碎玻璃窗的响声,看到了数十个小伙子跑进我家旁边的死胡同——他们是不是想找一家西方名字的酒吧或餐馆进行攻击?大使馆的命令非常明确,待在家里。等待暴风雨的终结。

"阿兹拉很担心,她站立不稳。她为利奥泰害怕。他俩在三天前一次游行中走散了。她从此没有他的消息。她给他打了上千次电话,去过他家,不顾她父母的禁止去了德黑兰大学找他。但都徒劳无功。她着急得要命,而在他的'法国朋友'中她认识的就只有我。"

说到阿兹拉和革命让摩根看上去有点令人不安。他的热情冷却了下来;他面无表情,沉浸在回忆中;他说话时看着攥在双手中的酒杯,世俗的记忆圣杯。莎拉显得有些为难,也许是无聊,或者两者都有。她将双腿交叉,又分开,用手指敲击她藤椅的扶手,下意识地摆弄一块糖果,然后不是放入口中而是放到她杯子的托盘里。

"那是我们第一次说起利奥泰。阿兹拉通常出于害羞回避这个话题;我则是出于嫉妒。必须承认:我一点不想关注这个疯子的命运。他偷了我珍爱的宝物。就算他落入地狱,我也毫不在乎。阿兹拉在我家，这足以令我感到幸福。我只想尽可能长时间地享受这一切。如此，我对她说，利奥泰很可能会打电话或不打招呼直接来我家，他以前也常常如此，这当然是个谎话。

"她那天在我家待了很久。她给父母打了电话，告诉他们她在一个女友家很安全。我们看着电视，同时听着英国广播公司的广播。我听到大街上传来喊叫声和警笛声。我们偶尔也隐约听到枪声。看到城市上空升起黑烟。我们坐在沙发上。我连这张沙发的颜色都还记得。这一刻这么多年来一直伴随着我。这一刻的暴力。这一刻的甜蜜，阿兹拉的芳香还留在我的手上。"

莎拉听到这儿手中的杯子掉落在地上；杯子弹起，没有摔碎，一直滚到草地上。她从椅子上起身捡拾杯子。摩根久久盯着她的腿、她的臀部看，毫不掩饰。莎拉不再坐下；她一直站在花园里看着别墅奇特而不规则的建筑正面。摩根再次反手驱赶那些小山雀，然后又给自己倒了一杯酒，这次没加冰块。他用波斯语咕哝着什么，可能是一首诗的诗句，我似乎听到一个韵脚。莎拉开始在这小院子里踱步；她仔细查看每株玫瑰，每棵石榴树，每棵樱花树。我想象她听到自己导师自白时的想法，尴尬，甚至是痛苦。摩根只说给自己听。伏特加正在发挥效力，我想过一会儿他就会像个醉汉一样流着眼泪，彻底哭诉自己的命运不幸。我不确定自己想要一直听到结尾，但在莎拉回来、使我有机会起身告辞以前，摩根又开始用更加深沉、气喘吁吁的声音讲他的故事了：

"承认吧，那诱惑实在太强烈了。在她身边，触手可及……我还记得当我向她表露热情时她冰冷的震惊。很不巧，她正好——怎么说呢 处于生理期。就像在《维斯与朗明》那部爱情小说里。古代浪漫故事的记忆将我唤醒。我突然害怕了。在那天傍晚，我将她送回了家。为此，我们绕过了被军队驻守的一片狼藉的市中心。阿兹拉一路上眼睛盯着地面走到了家。然后，我独自返回。我永远不会忘记这个晚上。我感到既幸福又悲哀。

"利奥泰最终在城北的部队医院出现。他后脑勺上挨了重重一击，伊朗相关部门通知了大使馆，大使馆又联系了研究所。我立刻跳上了一辆车，去医院看望他。他病房门前守着一个胸前戴满勋章的军队或警察官员，他用伊朗人所有的礼貌方式为这一错误道了歉。但是您知道，他嘲讽地笑着说，在一群暴力的示威游行者中很难区分谁是伊朗人，谁是法国人。特别是这个法国人还用波斯语喊着口号。利奥泰全身裹着绷带。他看上去疲惫不堪。他一开始对我说沙阿坚持不了多久了，我点点头。然后我告诉他阿兹拉在找他，她担心坏了；他让我打电话向她报平安——我对他说，如果他愿意，我可以当晚亲手将一封信交给她。他衷心感谢了我的体贴周到。他在我面前用波斯语写了一张短短的字条。他还得在医院观察三天。我随后就去了大使馆；整个一下午我都在竭尽全力说服我们那些亲爱的外交官，应该将利奥泰送回法国，这是为他好。我对他们说，他疯了。他给自己起名法里德·拉胡提，他冒用一个伊朗人的身份，他参加政治活动，他正在将自己置于危险境地。随后，我去了阿兹拉家，将弗雷德的字条交给了她。她没让我进屋，连看也没看我一眼，只躲在打开一条缝的门后，刚一接到字条就将门撞上了。四天后，刚一出院，弗雷德·利奥泰就因健康原因被正式遣返，被送上了前往巴黎的飞机。事实上，是伊朗政府在法国使馆的要求下将他驱逐的，他因此被禁止返回伊朗。

"如此，阿兹拉就是我的了。但我得想办法让她原谅我的冒失，我苦涩地为此懊悔不已。利奥泰的离开令她深受打击，利奥泰从巴黎给她写信，说自己遭到了君主派的阴谋构陷，他将'与自由一同回到伊朗'。在这些书信中，他将我称为'他唯一的法国朋友，他在德黑兰唯一信任的法国人'。鉴于罢工使邮局停止运营，他通过外交邮袋将信寄给我，再托我转交给阿兹拉。他每天写一两封，我每周收到八到十封一叠的信。我禁不住打开看里面的内容，这些信让我嫉妒得发疯。里面都是用波斯语写成的长诗，美得无以复加。这些绝望的情歌，被爱情的冬日暖阳照亮的晦暗颂歌，我得把它们送到当事人的信箱里。亲自把这些信带给阿兹拉每每令我的心被无助的疯狂撕裂。这实在是一种酷刑——是利奥泰无心的报复。我扮演这邮递员的角色只因为抱着一丝在楼下碰到阿兹拉的希望。偶尔，那痛苦实在太过强烈，我在打开信后将其中一些投入火中——当里面的情诗太美、太性感、太容易强化阿兹拉对拉胡提的爱，当这些诗让我太受煎熬，我就将它们毁掉。

"十二月份，革命进一步升级。沙阿退守在尼亚瓦兰宫，让人感觉他好像死也不打算从那儿出来了。很明显，军政府无法对国家进行改革，所有行政机构都因为罢工处于瘫痪状态。反对派不顾政府的宵禁和游行禁令继续组织活动；神职人员，不论是在伊朗境内的还是在海外流亡的，都越来越具有影响力。宗教日历也对沙阿不利：十二月份是穆哈兰姆月①。对伊玛目侯赛因殉难日的纪念活动势必导致大规模游行。沙阿又一次加速了自己的垮台：面对神职人员的压力，他允许在穆哈兰姆月十日的阿舒拉节②举行宗教和平游行。全国数百万人走上街头。德黑兰被人群占领。奇怪的是，没有发生任何流血事件。可以感觉到，反对派已经达到了如此巨大的规模，拥有如此强大的力量，从此暴力也已经对它奈何不得了。礼萨·沙阿大道变成了一条人流滚滚的大河，涌入沙亚德广场这个波澜壮阔的湖泊，王室纪念碑像一块礁石一般俯视着这片湖泊，它的意义也在此刻发生变化，它变成了一座革命、自由和人民力量的纪念碑。我想所有这几日身在德黑兰的外国人都会记住人群所散发惊人力量的这种感受。以被亲友背弃的伊玛目侯赛因的名义，以对抗专制的正义的名义，伊朗站起来了。我们在这一天都明白旧制度即将覆灭。我们

---

① 穆哈兰姆月是伊斯兰历第一个月，也是全年第一个圣月，本月禁止打斗。
② 阿舒拉节原意为第十，穆哈兰姆月的第十天。真主安拉于本日创造天国、火狱和人类，穆萨于本日率领犹太人穿过红海出埃及，逊尼派穆斯林通常在本日斋戒，什叶派则纪念第三位伊玛目侯赛因·伊本·阿里在库法殉难。

在这一天都相信民主的时代开始了。

"在法国，弗雷德里克·利奥泰凭着他疯狂的决心，向旅居努富勒-勒-城堡的霍梅尼毛遂自荐，为他当翻译：他为这位伊玛目工作了几个星期，成为他众多秘书中的一员；为他回复法国崇拜者的信。霍梅尼身边的人对他心存芥蒂，他们觉得他是个间谍，这令他非常痛苦——他常常给我打电话，语气里充满友情，评论革命的最新形势，告诉我能够在现场亲身见证这'历史'时刻的我是多么的幸运。他似乎不知道我为了让他被驱逐出境所用的那些小手段，也不知道我对阿兹拉的欲念。她什么也没告诉他。于是，正是他将阿兹拉推回到我的身边。阿兹拉的父亲于十二月十二日从家中被捕，并送到一个秘密的地方，据说是埃温监狱。然而，这段时间已经几乎没有人再遭到逮捕了；沙阿试图与反对派谈判，以结束军政府的管理，并为了做最后一次改革的尝试，将在随后召集自由选举。阿兹拉的父亲，作为一个普通中学教师，仅在近期才成为伊朗人民党的活动分子，他的被捕是个谜。革命看上去势不可挡，但镇压的机器以一种荒谬的方式继续诡异地在黑暗中运转——没人知道为什么把这个人给抓进去了，而前一天或前两天，数百万人都在大街上公开叫喊'沙阿去死'。十二月十四日，出现了一个支持政府的反示威，数千个流氓和士兵穿着便装举着巴列维家族的画像在街上游行。我们那时当然无法预知后来发生的事，无法猜想一个月后沙阿将被迫流亡。就在革命的混乱和能量达到最高峰时，阿兹拉一家也处于极度焦虑中。是利奥泰通过电话说服她与我联系。她在圣诞节前几天给我打了电话；我不想回法国过圣诞;信不信由你,我不想远离她。我终于可以再次见到她了。在一个半月的时间里,我对她的热情只增不减。我对自己的恨和对阿兹拉的欲望足以让我以头撞墙。"

莎拉向花园桌走过来;她还站着,双手扶着她椅子的靠背,像是个旁观者,一个裁判。她以一种漫不经心甚至蔑视的态度听着这一切。我冲着她轻晃了一下头,意思是:"走吗?"她没有作答。我(可能她也一样)既想知道故事的结局,又在某种羞耻情感的驱赶下想要逃离这个迷失在爱情与革命记忆中的老学者。摩根似乎没有意识到我们的疑虑;莎拉站着好像没有让他觉得有什么不正常;即使我们走了,他可能依旧兀自继续他的回忆。只有在喝一口伏特加或阴郁地看一眼莎拉身体时他才停顿一下。女管家已经不见踪影了,她躲到了屋里,她肯定有比看着她老板喝醉更重要的事要做。

"阿兹拉让我通过我的关系了解她父亲关押的情况。她告诉我,她母亲总是胡思乱想,比如,她父亲事实上有着双重身份,他是个苏联间谍,等等。利奥泰那天从他医院病房里看到我与一个满身勋章的警官谈笑风生;他的疯狂让他断定我与萨瓦克的所有领导都有私交。我没有告诉阿兹拉实情。我让她来我家面谈,她拒绝了。我约她到纳德利咖啡馆,并向她保证我会在此期间调查她父亲的情况。她接受了。我感到无边的喜悦。当时是代月①的第一天,冬至;我去参加了一

---

① 原文为波斯语的法语拼写(dey),伊朗日历的第十个月,标志着冬季的开始。

个读诗会：一位年轻女士读了芙茹弗·法洛克扎德①的《应是寒季来临》，特别是那句'我为花园伤感'，不知为什么那简单深沉的惆怅令我的灵魂冻结——我还记得一半的诗句，'没有人惦念花儿，没有人惦念鱼儿，没有人愿意相信这花园正慢慢死去'。我猜可能是再次见到阿兹拉的前景让我对外界的撩拨特别敏感。法洛克扎德的诗令我的心中充满了冰雪的悲凉；这荒废的花园，空空的池塘，丛生的野草，正是我孤独无依心灵的写照。读过诗后，大家在一起喝了一杯——与我相反，在场的人们都很愉快，为革命的希望而激动兴奋：聊的都是军政府的结束，温和反对派沙普尔·巴赫蒂亚尔②被任命为总理的可能性。有些人甚至大胆预言沙阿将在短期内退位。很多人对军队的反应提出疑问——那些将军是否会在美国的支持下尝试政变？这一极具智利特色③的猜测令所有人都有些惶恐不安，一九五七年摩萨台④政变的痛苦记忆比以往任何时候都更加清晰。这个晚会上，我无聊地转来转去。人们好几次向我问起拉胡提的近况，我回避这个问题，尽快更换

---

① 芙茹弗·法洛克扎德（Forough Farrokhzad，1935—1967），伊朗女诗人。
② 沙普尔·巴赫蒂亚尔（Shapour Bakhtiar，1914—1991），伊朗政治学者和作家，巴列维王朝最后一任总理。
③ 指的是1973年9月的智利政变，美国中情局策划并资助的军事政变，推翻了民选总统萨尔瓦多·阿连德，扶植皮诺切特上台，开始了长达17年的独裁统治。
④ 摩萨台（Mohammad Mosaddegh，1882—1967），1951年至1953年间民选伊朗总理，1953年被美国中情局策划的政变推翻。

对话者。出席晚会的大多数人——大学生、年轻教授、新生代作家——都认识阿兹拉。我从他们那里得知自从利奥泰离开后,她就不再出门了。

"我向一个大使馆工作的朋友咨询了有关阿兹拉父亲的问题——他三言两语就把我打发了。如果是个伊朗人,我们什么也做不了。如果是个双重国籍者,可能还有希望……而且这个时候,政府机关都乱作一团,我们都不知道该找谁帮忙。他很可能是在撒谎。于是,我也只能撒谎了。在纳德利咖啡馆里,阿兹拉坐在我的对面;她穿着一件厚厚的人字条纹套头毛衣,上面覆盖着她亮泽的黑发;她不看我的眼睛,也不跟我握手;只轻声问候我。我开始花很长时间为我上个月的错误,为我的鲁莽道歉,然后我用我所有的温柔跟她谈到爱情,谈到我对她的激情。接着我提到了我对她父亲问题的调查;我向她保证说我会很快得到结果,第二天应该就能有消息。我对她说,见到她如此担忧、消沉令我很难过,我一定会尽力而为只要她能重新与我见面。我恳求她。她仍旧看着别处,侍者,客人,白色的桌布,漆椅子。她眼睛颤动,沉默不语。我没感到羞愧。我自始至终都没感到羞愧。如果你从没为爱情癫狂过,你是不会懂的。"

但我们,我们感到羞愧——摩根逐渐瘫倒在桌子上;我看到莎拉被这自白的情节发展惊呆了;我想象她心中涌起的愤怒。我很尴尬;我只有一个欲望,就是离开这炙热的花园——这时正好七点。鸟儿们还在阴影与晚霞间嬉戏。这次是我站起身。

我也在小花园里踱了几步。摩根位于扎法拉尼耶的花园是一个神奇的所在，一个玩偶的房子，应该是为一座日后消失大宅子的门卫建造的，这解释了它怪异的位置——几乎就在瓦里-阿斯尔大道的路边上。摩根是从他一个伊朗朋友那里租到这座房子的。我第一次应邀到他家，是在冬季，就在我们去阿巴斯港旅行之前，当时一切都被白雪覆盖着，光秃秃的玫瑰枝闪烁着霜冻的晶莹，壁炉里生着火——那是个东方壁炉，其弧形的过梁和尖角的壁炉台让人想起伊斯坦布尔托卡比皇宫的壁炉。到处都是紫色、蓝色、淡橙色，色彩既艳丽又细腻的珍贵地毯；墙上摆满了卡扎尔王朝的瓷器和贵重的微缩模型。客厅很小，天花板较低，很适合过冬；大教授就在这里背诵哈菲兹的诗，多年以来，他一直努力要像以往的学者一样将整部《诗颂集》全部背下：他断言，只有将哈菲兹铭记于心才能深入理解加扎勒中他所谓的空间，诗句之间的承接，诗文的排布，人物、主题的转合；领会哈菲兹是对爱的亲身体验。"我怕我的眼泪暴露我的悲伤，让这秘密尽人皆知。哈菲兹，既然你手中攥着她秀发的麝香，请屏住呼吸，不然西风之神将破解你的奥妙！"潜入这秘密之中，或这些秘密之中——语音的秘密、格律的秘密、隐喻的秘密。可惜，这位十五世纪的诗人拒绝向这个老东方主义者敞开心扉：不管他如何努力，背下《诗颂集》的四百八十首加扎勒似乎是无法实现的。他把诗句的顺序搞混，还忘记其中的一些句子；这部诗集的美学原理，特别是每段以独立统一的形式呈现的二行诗，如同制作加扎勒这条项链用格律和韵脚的线穿起的完美珍珠一样，令人极易遗忘其中的几颗。在全书的四千句诗中，摩根抱怨道，我可能只记住了三千五百句。老是少五百句。总是五百句。但不是同样的五百句。有些回来了，有些又去了。它们组成了一片支离破碎的云雾，将我与真理隔绝开来。

在炉火旁的这些神秘主义论述，我们当初只当是一种文学怪癖的表达，一位博学者最后的任性——而这个夏季的发现却让这些话有了另一层意义。秘密、爱、负罪感，我们隐约看到它们的根源。我在回到维也纳时写下了这篇深沉而凝重的文字，可能是为了将这个故事记载下来，同时也是为了通过散文找回在震惊、悲痛中回到巴黎奔丧的莎拉。阅读自己是种多么奇异的感觉。一面令人变老的镜子。这个旧日的我就像一个他者，既吸引我又令我厌恶。一个最初的回忆，隔在回忆与我之间。一张薄膜一般的纸，光透过它描绘出其他形象。一面彩绘玻璃。一个在黑夜中的"我"。人总是存在于这个距离中，位于一个深不可测的自我和"我中之他"之间的某个地方。在对时间的感知中。在爱之中，即自我与他者的不可融合之中。在艺术，对他性的体验之中。

我们难以起身离去，就像摩根难以结束他的讲述一样——他继续他的自白，也许既为自己的诉说能力也为我们的倾听能力吃惊。虽然我做了多次暗示，莎拉还是压抑着心中的反感，继续扶着她的镂空金属花园椅。

"阿兹拉最终同意再去我家，甚至还去了好几次。关于她父亲，我对她编了很多谎话。一月十六日，沙阿听从了智囊团的建议，离开了伊朗，自称'去度假'，将权利留给了一个由沙普尔·巴赫蒂亚尔领导的临时政府。巴赫蒂亚尔的第一个举措就是解散萨瓦克，释放所有政治犯。阿兹拉的父亲没有回来。我想没人知道他的下落。革命似乎已经成功。两个星期后，不顾伊朗政府的反对，一架法航波音客机将霍梅尼阿亚图拉送回了德黑兰。数十万人将他作为马赫迪一般迎接。我当时只怕一件事，就是利奥泰也在这架飞机上。但他没在上面。他会很快回来，他在我读到的信中向阿兹拉这样宣布。他对阿兹拉的悲伤、沉默和冷淡感到担忧。他向她保证他的爱没有变；只剩下几天了，他这样说道，然后我们将很快重逢，坚持一下。他说，他不明白她说起的痛苦和羞愧从何而来。

"我们相会时阿兹拉总是很难过，以至于慢慢地我也开始厌恶自己。我满怀激情地爱着她，我希望她也感到幸福，快乐，满怀激情。我对她的爱抚只能获得她冰冷的眼泪。我可能占有了她的美貌，却得不到她的心。冬季好像永无终期，萧瑟而晦暗。在我们四周，伊朗正转入混乱。我们曾一度以为革命已经结束了，但它才刚刚开始。霍梅尼的宗教人士和追随者反对温和民主派的领导。就在他回到伊朗的几天后，霍梅尼任命了他自己的总理，迈赫迪·巴扎尔甘。巴赫蒂亚尔变成了人民公敌，沙阿最后的代表。可以听到街上喊出'伊斯兰共和国'的宣传口号。每个街区都组织了一个革命委员会。其实，组织这个词用在这儿有点夸张。武器四处泛滥。木棍、警棍，然后在二月十一日军队部分并入后，出现了步枪:霍梅尼的支持者占领了所有行政机构,甚至包括皇宫。巴扎尔甘成为了政府总理,而这个政府不再是由沙阿任命的那个政府,而是由革命——其实就是霍梅尼任命的。可以感到一种危险,一种迫在眉睫的灾难。各种革命力量都如此针锋相对,人们无法猜测新政权会以何种形式出现。伊朗人民党的共产主义者、马克思主义-穆斯林、人民圣战者、拥护法学家政府的霍梅尼宗教人士、支持巴赫蒂亚尔的自由派,甚至还有库尔德自治派都或多或少直接参与到这权力斗争中来。言论自由全面开放,人们忙着散布报纸、抨击文字、诗集。经济形势一团糟;国家如此混乱,连基本生活品的供应都已经告急。德黑兰的繁荣富足似乎在一夜之间不复存在。尽管如此,我们同事之间还是不时聚会,吃着一盒盒走私的鱼籽酱罐头,里面盛着发绿的大鱼籽颗粒,就着桑迦克饼①和苏联伏特加——我们买这些用的都是美元。有些人开始害怕国家全面崩溃,于是搜寻积攒外币。

"我不久后了解到利奥泰没能回到伊朗的原因:他被送进了巴黎郊区的一家诊所。理由是严重抑郁、幻觉、癫狂。他那时只讲波斯语,并且坚信自己真的叫法里德·拉胡提。医生们认为这是疲劳过度和伊朗革命的打击所致。他给阿兹拉的信变得更加频繁;而且一封比一封晦暗。他没有对她提起自己住院的事,只说到爱情、流亡和痛苦的折磨。信中重复

---

① 桑迦克饼(sangak)是伊朗一种天然无味、长方形或三角形的全麦发酵饼。

出现一些形象，炭火在爱情的残缺中变成石煤，坚硬而易碎；一棵长着冰树枝的树，被冬日太阳晒死；一个外国人面对一朵花永不开放之谜。既然他自己没有提起，我也没有对阿兹拉透露利奥泰的健康状况。我对她的胁迫和谎言令我不安。我想要让阿兹拉全身心地属于我；占有她的肉体只是一种更加圆满快感的前奏。我试图让自己更加殷勤周到，试图让她爱上我，试图不使用逼迫的手段。有好几次，我差点告诉她实话，所有真情，我对她父亲情况的一无所知，利奥泰在巴黎的状况，我为了让他被驱逐所使用的阴谋。我所有的欺骗其实都是爱的表现。我只有在激情的驱使下才说谎，我希望她能明白。

"阿兹拉慢慢意识到她父亲应该不会回来了。沙阿的所有政治犯都已经得到释放，他们很快都被旧政权的拥护者和士兵取代。中产阶级和最强大的政治组织（伊朗人民党、民主阵线、人民圣战者）完全专注于蓬勃发展的革命，好像都没有意识到那些与日俱增的危险。革命巡回法庭已经启动，其领导者，绰号屠夫的萨迪克·哈勒哈利在法庭中既担任法官又担任刽子手。尽管如此，从三月底开始，经过了共产主义者和圣战者推动的公投，伊朗帝国从此变成了伊朗伊斯兰共和国，并开始着手进行宪法的编写。

"阿兹拉看上去已经放弃了沙里亚蒂的论题，逐渐向共产主义的伊朗人民党靠拢。她继续积极活动，参加各种游行，并在亲伊朗人民党的报刊上发表一些女权主义的文章。她还收集了法里德·拉胡提一些最具政治色彩的诗歌，编成诗集，并且竟然将它交给了艾哈迈德·沙姆鲁本人——他已经是当时最杰出、最创新、最具影响力的诗人了，尽管一向对他同时代诗人的作品毫不留情，他却将这部诗集奉为杰作；当得知拉胡提是个法国东方学家时他十分惊讶，并让人在一些畅销刊物上发表了其中的几首作品。这一成功令我嫉妒得发疯。即便被关在数千公里以外的地方，利奥泰还是能想办法让我的生活陷入窘境。我本该将这些该死的信通通毁掉而不是仅仅将其中几封投入火中。到了三月，当春季归来，伊朗新年庆祝革命一周年时，当整个民族的希望都在与玫瑰一同成长时（这希望与玫瑰同样容易烧毁），当我正在计划迎娶我爱情的女主角时，这部愚蠢的诗集，凭借四个知识分子的赞赏，再次强化了阿兹拉与弗雷德之间的联系。她别的都不说，只说这个。某某人如何欣赏这些诗歌。某个演员如何要在某某流行杂志举办的晚会上朗诵这些诗句。这部诗集的成功赋予了阿兹拉鄙视我的力量。我从她的一举一动中、从她的目光中感到她的鄙视。她的负罪感转化成一种对我以及我所代表的一切，包括法国和法国大学的蔑视和仇恨。我当时正在想方设法为她申请一个论文奖学金，以便在我伊朗外派期结束时能够让她随我一同回到巴黎。我想要跟她结婚。她却对这一切嗤之以鼻。更有甚者：她拒绝与我亲近。她来到我的公寓只为对我冷嘲热讽，跟我聊这些诗歌、革命，然后将我推开。两个月前，我还将她抱在怀里，现在我只是个她嫌恶厌弃的卑鄙垃圾。"

几只鸟壮着胆子飞到桌子上啄食糕点渣，吉尔贝轰赶它们时用力过猛，将自己的杯子打翻了。他立刻又为自己斟上一杯，并将这小酒盅里的液体一饮而尽。他眼中含着泪水，这泪水似乎不是酒精刺激出来的。莎拉又坐回到椅子上。她盯着两只鸟飞来飞去，一直飞到灌木的树冠上。我知道她在同情与愤怒之间摇摆；她看着别处，但不起身离去。摩根沉默下来，好像故事已经讲完了。纳西姆·卡农突然出现了。她撤下了杯子、托盘、糖果碟子。她头上戴着一条紧紧系在脖子上的深蓝色纱巾，身穿一件褐色花纹的灰色长袍；她对她的雇主看也不看一眼。莎拉对她笑了笑；她对她回复了一个微笑，问她要不要茶或是柠檬水。莎拉用波斯语亲切地感谢了她的招待。这时我突然觉得快要渴死了，于是强压着胆怯向纳西姆·卡农再要了一点儿柠檬水；我的波斯语发音如此糟糕以至于她没听懂。莎拉像平时一样出手相助。令我恼羞成怒的是，我感到她只不过一字不差地重复了我刚刚说的话——但这一次，纳西姆·卡农立刻就明白了。我当即想象这是一个阴谋，这位令人尊敬的女士将我归入了男性阵营，她吓人的老板的阵营，后者仍旧沉默不语，眼睛在伏特加和回忆的作用下泛红。莎拉察觉了我的气恼和迷乱，产生了误解；她注视了我一阵，好像她牵着我的手将我们从这个傍晚的温热污泥中拽了出来，而在这个炎夏炙烤着的阴郁花园中，这一陡然而至的温柔将我们之间的联系拉得如此之紧，足可以让一个孩子在上面跳皮筋了。

摩根没有什么补充的了。他不断摇晃他的酒杯，眼睛凝视着往事。该是离开的时候了。我牵动了这无形的绳索，莎拉与我同时起身。

谢谢,吉尔贝,这真是一个绝妙的下午。谢谢。谢谢。

我一口气灌下纳西姆·卡农刚刚送来的柠檬水。吉尔贝没有起身,他低声咕哝着一些我听不清楚的波斯诗句。沙拉站在那儿;她将紫色纱巾盖在头发上。我下意识地数着她脸上的雀斑。我想着阿兹拉、莎拉,近似的发音,近似的拼写。近似的激情。摩根也在看着莎拉。他坐着,眼睛盯着莎拉不顾炎热刚刚套上的伊斯兰长袍下掩盖的臀部。

"阿兹拉后来怎样了?"我提出这个问题,为了转移他流连在莎拉身上的目光,笨拙而满是醋意,就像对一个男人提起他妻子的名字,好让这发音在上帝和道德法则的帮助下把他扇醒。

摩根转过头看着我,脸上露出痛苦的表情:

"不知道。我后来一直没有结婚。我也没有对任何人承诺过什么。我一辈子都在等着她。

"弗雷德·利奥泰没有我的耐心。一九八〇年十二月,拉胡提在他诊所院子里的一棵榆树上用一条床单上吊自杀了。阿兹拉近两年都没有再见到他。一个'好心人'告诉了她这个噩耗。但阿兹拉没有参加研究所为利奥泰举办的致敬晚会。那些自称尊敬他作品的著名诗人都没有来。这是一个很隆重的晚会,充满沉思、热诚、友情。利奥塔用他一贯的豪言壮语,将我指定为他的'文学事务权利享有者'。我在一个洗碗池里将他所有的文件连同我的都一起烧掉了。这个时期所有的回忆。照片在火焰中卷曲,变黄;笔记本像木柴一般慢慢燃尽。"

我们离开了。吉尔贝·德·摩根还在背诵神秘的诗文。我们走过花园院墙的小门时他向我们抬了抬手。他独自一人与他的女管家和这群鸟作伴,这种在树干中做窝的红顶鸟在德语中叫做啄木鸟①。

坐在回德黑兰市中心的出租车上,莎拉以一种怀疑的口吻重复着"这个可怜的人,我的天,为什么给我们讲这些,真是个混蛋",仿佛她最终都无法接受吉尔贝·德·摩根所讲故事的真实性,无法说服自己这个已经交往了十多年的人,这个在她职业生活中如此重要的人,事实上却是另一个人,一个无需梅菲斯特就将自己的灵魂卖给邪恶以便占有阿兹拉的浮士德,一个所有知识建立在难以置信的巨大道德欺诈之上的人物。莎拉无法想象这个故事是真的,仅仅因为这是出自他本人之口。他不可能疯狂到想要毁掉自己,因此——这至少是莎拉的推理,是莎拉保护自己的一种方式——他在说谎。他胡言乱语。他出于天知道什么诡异的原因想让我们责备他。他可能想要承担另一个人的罪责。如果她生他的气,骂他混蛋,是因为他给我们灌了一肚子卑鄙下流、欺骗背叛的故事。他总不能这么随便地承认他要挟、强奸了那个女孩,他不能这么冷静地在他的花园里喝着伏特加聊这些,我感到他的声音中的踌躇。坐在这辆沿着摩达雷斯高速公路全速飞驰的出租车上,她快哭出来了,这条路在阿兹拉和法里德

---

① 原文为德语(Spechte)。

的时代被称为王中王高速公路。我不认为摩根是在说谎。恰恰相反，我们刚刚经历的情景，这番与自己过往的清算，在我看来实在是再诚恳不过了，就连故事里的历史细节都十分真实。

黄昏的空气是温热、干燥、带电的；闻上去有一种花坛里的草被烤焦和大自然中所有谎言的味道。

说到底，我觉得这位长脸的吉尔贝·德·摩根对我还是不错的。他在自白时是否已经知道自己患病了？有可能——两个星期后他因健康原因离开了伊朗。我好像没让莎拉读过这篇文字；我应该把里面有关她的评语删除以后给她发过去。她会感兴趣吗？她应该会以另一种方式阅读吧。法里德和阿兹拉的爱情故事在她眼中会变成一个帝国主义和革命的寓言。莎拉将对比利奥泰和摩根的性格；她将在"他性"问题上引申出一种思考：弗雷德·利奥泰完全否认他性，并将自己完全投入到他者之中，自以为变成了那个人，而且在疯狂中几乎达成愿望；摩根则努力占有、支配这一他性，将它拉近以便赢得并享用它。令人沮丧的是，莎拉无法以其本来面貌来看待一个爱情故事，一个爱情故事，就是在激情中丧失理智；她这是一种"症状"，那个好医生会这样说。她有抗拒心理。对莎拉来说，爱情只是一组偶然事件，说好一点儿是个全人类相互馈赠的节日，说坏一点儿是欲望反射出的支配游戏。太悲哀了。她试图保护自己不被情感痛苦击中，这是一定的。她想要控制那些有可能伤害到她的东西；她预先防范那些可能向她袭来的打击。她将自己隔绝起来。

所有的东方学家，无论是昨天的还是今天的，都提出这个差异、自我、他人的问题——在摩根死后不久，我的偶像，音乐学家让·杜林刚到德黑兰，我们就一起接待了意大利杰出的波斯文学专家吉安罗贝尔多·斯卡西亚，他曾师从意大利的伊朗学之父，伟大的博萨尼。斯卡西亚是个才华横溢、博学风趣的人；他曾潜心研究过欧洲的波斯文学："欧洲的波斯文学"这种提法令莎拉着迷。与西西里岛、巴利阿里群岛或瓦伦西亚的阿拉伯诗人的回忆相比令她同样（也许更加）兴奋的是在距离维也纳几公里的地方曾有人用波斯语作古体诗。斯卡西亚甚至坚称西方的最后一位波斯诗人（他是这样称呼这个人的）是一个阿尔巴尼亚人，他曾写了两部诗体小说，并直到二十世纪五十年代还在地拉那①和贝尔格莱德之间写性爱加扎勒。即使在巴尔干战争和第二次世界大战后，哈菲兹的语言还在继续灌溉这片旧大陆。令人着迷的是，斯卡西亚带着童真的微笑补充道，这些文字在继承古体诗歌悠久传统的同时还吸收了现代文化特色——就像阿尔巴尼亚民族的歌颂者纳伊姆·弗拉什里一样，这位西方的最后一位波斯诗人用阿尔巴尼亚语，甚至用土耳其和希腊语作诗。但后者创作的时期与前者不同：二十世纪时，阿尔巴尼亚已经独立了，土耳其-波斯文化在巴尔干半岛正走向衰亡。"多么奇怪

---

① 地拉那（Tirana），阿尔巴尼亚首都和第一大城市，全国政治、经济、文化中心。

的定位,"莎拉沉醉地说道,"一个诗人用一种在他的国家几乎没人再懂,或者不愿再懂的语言写作!"这时,斯卡西亚清澈的眼神中闪过一丝狡黠的光芒,立刻补充道,应该写一部欧洲的阿拉伯-波斯语文学史,好让这被人忘记的遗产重见光明。我中之他。斯卡西亚黯然神伤地说:"可惜呀,这些宝藏的一大部分都在二十世纪九十年代初与波斯尼亚图书馆一同被毁。这些欧洲另类文化遗迹令某些人不悦。但伊斯坦布尔、保加利亚、阿尔巴尼亚和布拉迪斯拉发大学里还保存着一些书籍和手稿。正如您所说,亲爱的莎拉,东方主义应该是一种人文主义。"莎拉睁大了眼睛——也就是说斯卡西亚读过她那篇关于易戈纳兹·格德兹合、葛休姆·肖勒姆和犹太东方主义的文章。斯卡西亚什么都读过。八十岁高龄的他以经久不衰的好奇看着这个世界。

建立一个欧洲的共同身份,这个欧洲各个独立国家的迷人拼图游戏,将所有不符合这些意识形态框架的东西都一扫而光。别了,差异,别了,多元文化。

这个人文主义应该建立在什么东西上?建立在哪种一般概念上?难道是在黑夜的寂静中一言不发的上帝吗?在斩首者、制造饥荒者、污染者之中——人类命运共同体是否还能缔造出什么东西呢,我不知道。知识吧。知识和地球的全新视野。人类这个哺乳动物。碳酸演化的合成残余物。一种病害。一只臭虫。一个人和一只臭虫都同样是生命。谁都不比谁多。人类有更多的智力,但生命都是同样的。我总是抱怨克劳斯医生,但我的命运比起一只昆虫来说要好得多了。人类近些时候的表现差强人意。令我想要逃进书本、唱片和童年回忆中避难。令我想要关上收音机。或沉迷在鸦片中，就像弗吉耶一样。吉安罗贝尔多·斯卡西亚来访时他也在场。他当时刚完成了一次社会底层的出游。这个卖淫嫖娼行业的快乐专家炮制了一套波斯行话语录，一部粗话词典——当然，里面有毒品的专业术语，还有他交往的雌雄娼妓的词汇。弗吉耶男女通吃；他以街头流浪儿的直言坦率给我们讲述自己的出游，有时令我想要堵住耳朵。如果单听他的话，人们会把德黑兰想象成一个为瘾君子开设的巨大妓院——虽夸张过度但并非完全脱离现实。一天，我从塔基利士广场坐上一辆出租车，那位出租司机年纪很大，车子的方向盘似乎被拧松，使之不受他剧烈抖动的影响，他对我直截了当地提出了一个的问题：在欧洲，一个妓女要多少钱？他不得不将这个问题重复了好几遍，因为 djendé 这个词对我来说既难发音，也难听懂：我之前从没在任何人口中听到过这个词。我不得不艰难地解释自己在这方面的无知；老人拒绝相信我从没找过妓女。厌倦了战争，我最终随口说了个数，这个数字在他看来似乎荒诞不经；他笑了起来，说道，啊，我现在明白您为什么不找妓女了！这么贵的价格，还不如结婚呢！他告诉我，就在前一天，他在他的出租车里搞了一个卖淫女。"晚上八点后，"他说道，"街上的单身女性一般都是妓女。昨天的那个主动要为我服务。"

他的车在高速公路上左右摇摆，全速前进，从右侧超车，按喇叭，同时像个魔鬼附体的人似的晃动着他的方向盘；他转身看着我,他的老箭头车则趁此机会危险地向左偏移。

"您是穆斯林吗?"

"不是,我是基督徒。"

"我是穆斯林。"

老司机中间停顿了一会儿,好违规在一辆公交车和大型日本越野车之间穿过。高速公路边的花坛中,花匠们正在为玫瑰剪枝。

弗吉耶用玩笑和鸦片治疗自己的创痛,如果他拒绝对打架事件讲述更多细节,他却见人就说"社会学的确是一项格斗运动"。他让我想到摩根故事里的利奥泰——拒绝承认自己所遭受的暴力。伊朗政权的内部震荡可能会在我们毫不知情时波及我们。但主要当事人对此没有误判:他的研究正是他的道德品行,他的道德品行具有他研究的特质,危险正是这些课题吸引他的原因之一。他坚称在伊斯坦布尔的一家非法酒吧里被人捅刀的概率要比在德黑兰大得多,他应该是对的。无论如何,他在伊朗的停留期已经接近尾声(令法国使馆松了一口气);这盆冷水、这记耳光,他说道,就像一首阴森可怖的送行歌曲,而他身上的淤青则是伊斯兰共和国的一个纪念品。

"阿媚——蓝天——女人们都在自己的门前——坐在棕榈叶编的垫子上或站立着——在老鸨们的陪同下——浅色的衣服,一件套一件在温热的风中飘扬。"

或比这要糟糕得多。

"我与索菲亚·祖歌海拉共寝,她极其放荡,扭动着,享受着,小母老虎。我弄脏了沙发。"

"与库楚克的第二回合——亲吻她肩膀的时候我感觉她圆形的项链在我齿间——她的阴户像天鹅绒的中空圆垫玷污了我——此刻我感到自己凶猛残暴。"

如此继续,东方学家能有的堕落行为里面都有。想到莎拉正在品味这个色情狂小白脸的随笔(不用说,是卑鄙下流的,他绝对有能力写出像"她的阴户玷污了我"这样过分的词句),对我来说简直就是一种折磨。福楼拜怎么能将这种酷刑强加于路易兹·科莱呢,真是匪夷所思;这位诺曼底的美文作家必定对他自己的天赋有十足的把握。或者也许他,还有弗吉耶,都觉得,其实这些笔记是"天真无邪"的,其中描写的下流情节并不属于现实的领域,而是另一种范畴,属于科学或旅行游记,一种将这些淫秽叙述从它的躯壳、它的肉体中分离的调查:当福楼拜写道"一回合,两回合,满是温柔",或"她那比腹部更热的小丘像一个熨斗灼烧着我",当他讲道库楚克在他怀里睡着后,他如何在墙上捏死臭虫解闷,臭虫的气味与那位年轻女郎香水中的檀香混合在一起(虫子黑色的血迹在白墙上画出漂亮的线条),福楼拜坚信这些描写是引人入胜的,而不是令人作呕的:他很惊讶路易兹·科莱对他描写伊斯纳[①]城市的这段文字感到厌恶。他在一封至少同样恐怖的信中试图为自己辩解:"回到雅法时,我

[①] 伊斯纳(Esna),埃及的城镇,属卢克索省管辖,位于埃及中东部尼罗河西岸。

同时闻到柠檬树和尸体的气味。"对他来说，恐怖无处不在；它与美好混合在一起；如果没有丑陋和痛苦，美丽与快感也不复存在，应该一同感受。（路易兹·科莱看到这手稿深受打击，她在十八年后的一八六九年，也亲身前往埃及，参加苏伊士运河的开通典礼，当欧洲所有媒体都聚拢在尼罗河畔时——她将看到那些阿媚的舞蹈，她觉得很庸俗；令她感到恶心的是，两个德国人被阿媚项链上的铃坠迷惑得如醉如痴，以至于他们不久后就消失不见并错过了他们的游船，又于几日后重新出现，并"带着可耻的疲惫和微笑的神情"；她也在伊斯纳作了短暂停留，但是为了仔细端详时间在可怜的库楚克·哈内姆身上造成的损毁：她总算复了仇。）

东方的欲望也是一种肉体的欲望，一种通过身体达到的控制和支配，将他人在肉体享乐中抹去：我们对库楚克·哈内姆一无所知，这位尼罗河畔的卖身舞女，除了她的性爱力量和她所跳舞蹈的名字，《蜜蜂》；除了她的服装、她的动作、她阴户的质地以外，我们对她一无所知，既不知道她说过什么话，也不知道她的情感世界——她可能曾是伊斯纳最知名的阿媚，或者也许是那里唯一的一个阿媚。然而，我们对库楚克还有第二份讲述材料，这次来自一个美国人，他比福楼拜早两年探访了这座城市，并在纽约发表了《一个夏瓦吉①的尼罗河游记》——乔治·威廉·柯蒂斯在这部书中用两章专门记述库楚克；这两章充满诗情画意和希腊神话典故与性

---

① 夏瓦吉（howadji），旅行者。

爱暗喻（"噢，维纳斯！"），这个舞女的身体犹如东方水烟的弯管和原罪中的蛇，一个"深奥、东方、强烈、骇人"的身体。我们只知道库楚克的家乡——福楼拜声称她来自叙利亚，据柯蒂斯说她是巴勒斯坦人——以及一个词，buono①——柯蒂斯说这是"她知道的一个有品位的意大利语词②"。Buono，由库楚克激起的、甩掉西方道德包袱的粗鄙性高潮，她启发福楼拜的《萨朗波》和《圣安东尼的诱惑》的片段，这就是我们所知的全部。

马克·弗吉耶在他"亲身参与的观察中"关注的是对生活的叙述，是二十一世纪的阿媚和卡瓦尔③的声音；他想知道他们的个人经历、他们的痛苦、他们的快乐；为此，他将最初东方学家的热情与今天的社会科学研究展望联系在一起，像福楼拜一样他痴迷于美与丑的混合、捏死臭虫的血——和他所占有身体的温柔。

在想象美好之前，必须首先潜入最深层的恐怖并完全游历一遍，这是莎拉的话——德黑兰在弗吉耶遭受袭击、摩根患病、绞刑和伊玛目侯赛因永恒的丧礼之中泛着越来越浓重的暴力和死亡的气息。幸好有音乐，传统，还有托让·杜林的福让我认识的那些伊朗乐器演奏家，杜林是斯特拉斯堡历史悠久的东方主义学派名副其实的传承者——在清规戒律的

---

① 意大利语，意思是"好"。
② 原文为英语。
③ 卡瓦尔（khawal）是穿着女性服饰表演的埃及传统男性舞者。

伊斯兰之中还闪耀着音乐、文学、神秘主义、幽默和生活的火光。如果我们的记者不是只盯着痛苦和死亡就好了——现在是凌晨五点半,一片夜晚的寂静;屏幕是一个独立的世界,一个既没有时间也没有空间的世界。Ishq、hawa、hubb、mahabba 都是阿拉伯语中表达激情、人类和真主之爱的词,其实都是一样的。莎拉的心,神圣;莎拉的身体,神圣;莎拉的话,神圣。伊索尔德,特里斯坦。特里斯坦,伊索尔德。伊索尔德,特里斯坦。爱情药水。结合。阿兹拉和法里德有着悲剧的人生,都是被命运车轮碾压的人。苏哈拉瓦迪之光在哪里,罗盘指示的是哪一个东方,哪位紫衣大天使会降临使我们的心向爱敞开?Eros、philia 或 agapé①,哪位穿着凉鞋的希腊酒鬼将再次前来,在一位额头上束着紫罗兰的女笛手的陪伴下,让我们回想起爱情的疯狂?霍梅尼写过一些情诗。这些诗里提到葡萄酒、迷醉、恋爱中的人为心上人哭泣、玫瑰花、夜莺传送爱的信息。对他来说,殉道者是一个爱的信息。痛苦煎熬是一阵柔和的清风。死亡是一朵虞美人。可以想象吗?我感觉在这个时代只有霍梅尼在聊爱。别了同情,死亡万岁。

我没有理由嫉妒弗吉耶,我知道他很痛苦,他在经受折磨,他在逃避,他已经逃跑过,他很久以来一直在逃避自己,直到倒在德黑兰的一张地毯上,蜷缩着身体,膝盖顶着下巴,

---

① 都是希腊文中"爱"的意思,eros 特指性爱,philia 特指友爱,agapé 是一种不求回报的普世之爱。

抽搐痉挛；他的文身，莎拉讲述道，与皮肤上的淤青混在一起形成了神秘的图画；他半裸着躺在那儿，呼吸困难，她说道，他睁着眼睛盯着半空，我抱着他就像抱着一个孩子，莎拉神情惊惧地补充道，我不得不像抱着一个孩子那样抱着他，在深更半夜，永恒春天的花园里那些红花蓝花在半明半暗中变得恐怖骇人——弗吉耶在焦虑和失意中挣扎，焦虑放大失意，失意反过来又强化焦虑，这两个怪物在夜间向他突然来袭。巨人、妖魔纠缠折磨着他。恐惧、绝望在身体的绝对孤独中肆虐。莎拉安慰他。她说她在他身边一直待到黎明；拂晓时，他才睡着，手握着莎拉的手，仍躺在发作的急症将他丢弃的那张地毯上。弗吉耶的毒瘾（开始是鸦片瘾，然后，正如他自己预言的，海洛因瘾）又加上了另一种至少同样强烈的瘾，这一放纵就是性、肉体享乐和东方幻梦；他的东行之路止于此地，在这张地毯上，在德黑兰，在他自己的死胡同里，在这矛盾中，在自我与他者之间，即身份认同之处。

"睡眠很好，死亡更佳"，海因里希·海涅在他《吗啡》一诗中这样说，"也许比这都好的是从未降生"。我自问是否有人握着海涅的手陪他走过那漫长的病痛，除了头戴罂粟花冠的睡神兄弟①，那个只要轻抚病人的前额就令他的灵魂从所有痛苦中解脱的人——我呢，我临终时会独自躺在我的卧室里还是在

---

① 睡神许普诺斯（Hypnos）在希腊神话中居于地狱，被视为将"睡眠"人格化的象征，他的孪生兄弟是死神塔那托斯，而黑夜女神倪克斯则是他们的母亲。睡神的宫殿是一个阳光永远不会到达的阴暗山洞；其宫殿的门前种植了大量的罂粟及具有催眠作用的植物。

医院里，不能想这些，掉转目光不要去看疾病和死亡，就像歌德，他一直都避讳垂危的人、尸体和葬礼：这位魏玛的旅行家每次都能找到借口逃避殡葬的大戏，逃避死亡的蔓延；他将自己想象为一棵银杏树，这种远东不死树是所有树木的祖先，其二裂叶片如此绝妙展示出两者在爱情中的结合，于是他将一片干树叶寄给了玛丽安娜·维尔梅尔——"你难道不觉得在我诗中，我既是我，又是你和我？"这位漂亮的维也纳女士（饱满的面颊，丰腴的身形）芳龄三十，而歌德已经六十五岁了。对歌德来说，东方是死亡的对立；眺望东方，便是将目光从死神身上掉转过来。逃跑。逃进萨迪和哈菲兹的诗中，逃进《古兰经》和遥远的印度；这个"漫游者"①向生命迈进。向东方、青春和玛丽安娜迈进，远离衰老和他的妻子克里斯蒂安娜。歌德变成了哈台姆，玛丽安娜变成了苏莱卡②。克里斯蒂安娜将独自在魏玛死去，歌德没有拉着她的手，也没有参加她的葬礼。我自己是否也是为了逃避那不可避免的东西才执著地追随莎拉，在这部电脑的内存中翻找她写自魏玛的信：

亲爱的弗朗索瓦-约瑟夫：

身在德国和这种与你如此之近的语言中，而你却不在这里是一种很奇怪的感觉。不知道你是否曾来过魏玛；我

---

① 原文为德语（Wanderer）。
② 出自歌德模仿哈菲兹风格创作的《西东诗集》中的一首爱情诗歌《哈台姆与苏莱卡》，其中老男人哈台姆代表歌德自己，年轻女士苏莱卡代表玛丽安娜。

想应该来过吧，歌德、李斯特，还有瓦格纳，这一切应该都很吸引你。我记得你曾在图宾根学习了一年——好像离这里不太远。我到图林根有两天了：雪下个不停。严寒冰冻。你肯定好奇我在这里干什么——为了参加一场研讨会，还能是什么事呢。研讨会的主题是十九世纪旅行文学的比较。有好多权威人物。我在这里遇到了十九世纪东方观察的专家萨尔加·穆萨。他作了一篇围绕旅行和回忆的出色论述。我有点儿嫉妒他的学识，而且他像大多数与会者一样，说着一口完美的德语。我第 N 次作了法里斯·希迪亚克欧洲旅行的论文演讲，尽管是一个不同的版本，但我还是有种反复重复的感觉。成名的代价。

我们当然参观了歌德故居——这个地方保存得如此之好，感觉那位文学大师可以随时从他的扶手椅上站起来迎接我们。房子的主人喜爱收藏——五花八门的物件到处都是。分类存放绘画的陈列室、橱柜，盛放矿石的抽屉，鸟的骨架，希腊和罗马雕塑。他狭小的卧室紧挨着他宽敞的书房，位于顶楼。他去世时坐的那张扶手椅。他的儿子奥古斯特的肖像，后者比他父亲早两年在罗马去世。他妻子克里斯蒂安娜的肖像，她比他早十五年去世。克里斯蒂安娜的卧室和里面的各种摆设：一把漂亮的扇子，一副扑克牌，几只小玻璃瓶，一个蓝色的茶杯上面用烫金的字写着有些感人的话，致忠贞的女人。一支鹅毛笔。两幅小肖像，一幅画的是个年轻人，另一幅是个中年人。在这座房子里穿行让人有种奇异的感觉，一切都停留在一八三二年。仿佛我参观的是一座墓穴，里面还有木乃伊。

最令人震惊的是魏玛与东方之间的关系——媒介当然是歌德，不仅如此还有赫尔德①、席勒和印度，以及维兰德②和他的《金尼斯坦》③。更不用说一个世纪以来遍布整座城市的银杏树（在这个季节不好辨认），人们甚至为它们专门建了一座展览馆。但我想你都知道这些了——我以前都不知道。德国古典文学的东方层面。我们再次意识到欧洲国际化构建的程度之深，范围之广……赫尔德、维兰德、席勒、歌德、鲁道夫·斯坦纳④、尼采……感觉仿佛只要在魏玛掀起一块石头马上就会呈现出一个与遥远东方的联系。但我们还在欧洲——毁灭总在近旁。布痕瓦尔德集中营距离这里只有几公里，听说在那里的参观十分恐怖。我没勇气去。

魏玛曾在一九四五年遭到过三次大规模空袭。你能想象吗？在战争几近胜利时，空袭一座有着六万居民且无任何战略意义的城市？纯粹的暴力，纯粹的报复。空

---

① 赫尔德（Johann Gottfried Herder，1744—1803），德国哲学家、路德派神学家和诗人，其作品《论语言的起源》成为狂飙运动的基础。
② 维兰德（Christoph Martin Wieland，1733—1813），德国诗人、翻译家和编辑。
③ 《金尼斯坦》是维兰德创作的一部东方童话故事集，莫扎特的歌剧《魔笛》取材于其中一篇故事。
④ 鲁道夫·斯坦纳（Rudolf Steiner，1861—1925），奥地利哲学家、改革家、建筑师和教育家。

袭德国首个议会共和国的象征,试图毁掉歌德故居、克拉纳赫①故居、尼采的档案……让刚从爱荷华或怀俄明州招募的年轻飞行员在城市上空投下数百吨的炸弹,这些飞行员随后又将在自己座舱里被活活烧死,很难领会其中的意义,我选择闭口。

我有个小纪念品给你;你还记得我关于巴尔扎克与阿拉伯语的那篇文章吗?我还可以再写一篇,看看这漂亮的书页,你应该认识:

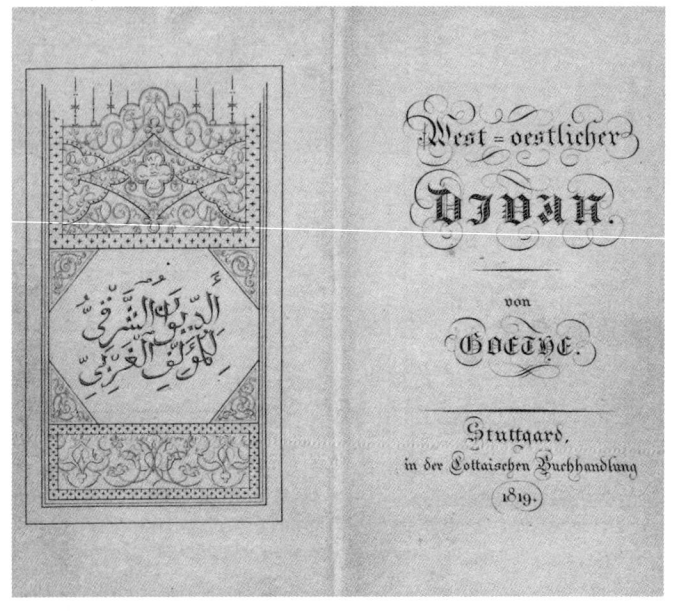

---

① 克拉纳赫(Lucas Cranach der Ältere,1472—1553),德国文艺复兴时期画家,他的儿子小卢卡斯·克拉纳赫也是杰出的画家。

这是《西东诗集》的原版。上面也有阿拉伯语，而且阿拉伯语与德语标注之间也有差别，正如你可以看到的：阿拉伯语写的是《西方作家的东方诗集》。我觉得这个名字很有意思，也许是因为"西方"作家的出现。如此，这便不再是一个混合的作品，像德文原文中标注的，一部"西东"诗集，而是由一位西方人编写的东方诗集。从阿拉伯人一面看，这不是一种混合，一方与另一方的结合，而是一个与其作者分离的东方物品。是谁为歌德翻译的书名？是他耶拿的老师吗？在歌德博物馆，我看到一页阿拉伯语的练习手稿——看来这位文学大师没事试着（以初学者的漂亮笔迹）从普鲁士早期东方学家海因里希·冯·迪茨的文集《艺术与科学中的亚洲回忆录①》摘抄一些词汇。（天哪，德语太难了，抄写这个书名花了我整整五分钟。）

我中始终都有他。正如十九世纪最伟大的小说，法里斯·希迪亚克的《交叉的双腿》或《法利亚克的生活和历险》，我今天下午还讲到这两部作品，这阿拉伯语的巨著于一八五五年由一位大马士革的流亡者拉斐尔·卡拉出资在巴黎印刷。我忍不住给你展示书名页：

从这里看，希迪亚克书名的混合性与歌德的书名不

---

① 原文为德语。

كتاب
الساق على الساق في ما هو الفارياق
او
ايام وشهور واعوام في عجم العرب والاعجام
تأليف العبد الفقير الى ربه الرزاق فارس بن يوسف الشدياق

تأليف زيد وهند في زمانك ذا   أشهى الى الناس من تأليف سفرين
ودرس نورين قد شُدّا الى قَرن   اقنى وانفع من تدريس حبرين

طبعه بنفقته العبد الفقير الى رحمة ربه الموقي رافائيل كحلا الدمشقي
وذلك في مدينة باريس المحمية سنة ١٨٥٥ مسيحية ١٢٧٠ هجرية

LA VIE ET LES AVENTURES

DE FARIAC

RELATION DE SES VOYAGES

AVEC SES OBSERVATIONS CRITIQUES

SUR LES ARABES ET SUR LES AUTRES PEUPLES

Par FARIS EL-CHIDIAC

PARIS
BENJAMIN DUPRAT, LIBRAIRE DE L'INSTITUT,
DE LA BIBLIOTHÈQUE IMPÉRIALE, DES SOCIÉTÉS ASIATIQUES DE PARIS, DE LONDRES, DE MADRAS
ET DE CALCUTTA, etc.
Rue du Cloître-Saint-Benoît, n° 7.
1855

法利亚克的生活和历险
他的旅行讲述与他对阿拉伯人和其他民族的观察及评论
法里斯·希迪亚克　著

相上下；让人感觉随后的一百五十年只是在精心切割这两位伟人整合在一起的东西。

在魏玛还可以看到（散乱罗列）一个克拉纳赫的装饰屏，上面画着一个奇形怪状、令人惊叹的绿色魔鬼；席勒故居，李斯特故居；包豪斯大学；几座优美的巴洛克式宫殿，一座城堡；一个脆弱共和国宪法的纪念；一个长着百年山毛榉的公园；一座残破的小教堂，这座（被雪覆盖的）建筑仿佛是申克尔一幅油画的真实版本；几个新纳粹主义者；香肠，图林根五花八门的数百种香肠，有生的、有干的、有烤的，以及我最美好的德国回忆。

祝一切安好。

莎拉

为了忘记死亡将在我活到歌德或那个伟大的黎巴嫩人法里斯·希迪亚克的年龄以前将我带走，读着这封信，我想至少我在驾驶轰炸机时被防空炮弹命中或被一架歼击机打下来的几率不大，这种可能应该是可以排除的，尽管飞机失事的可能始终存在：在当前这个时期，飞机在航行中也许会遭到俄罗斯导弹的攻击或被恐怖袭击炸成碎片，这并不令人安心。前几天，我从《标准报》上看到，一个十四岁的"圣战者"在维也纳火车站准备实施袭击时被捕，一个圣帕尔滕的儿童"圣战者"，圣帕尔滕①，恐怖主义者的巢穴，这已经是尽

---

① 圣帕尔滕（Sankt Pölten）自 1986 年成为下奥地利的首府。

人皆知的，这条新闻如果不是一个时代疾患的表征，本可以博人一笑——很快，一群群的施泰尔马克人将跳到维也纳异教徒的身上，高声喊着"耶稣伟大！"并发起内战。自从二十世纪八十年代阿布·尼达尔① 率领的几个巴勒斯坦人在维也纳国际机场进行的袭击之后，我不记得维也纳发生过什么恐袭，上帝保佑不会发生，上帝保佑不会发生，但不能说这段时间上帝表现出了他最好的一面。东方学家也没有——我听到一位中东专家建议说让欧洲所有向往圣战的人都去叙利亚，让他们到别处赴死；他们会死在炸弹袭击或武装冲突中，这样问题就解决了。接下来只要防止那些幸存的跑回来就好了。然而，这个诱人的建议还是提出了一个道德问题，我们能够名正言顺地将我们的大胡子军团发往叙利亚和伊拉克，让他们在那些无辜平民身上施以对欧洲的报复吗；这就好像把自家的垃圾扔到邻居的院子里，不太像话。尽管很方便，但不道德。

---

① 阿布·尼达尔（Abou Nidal，1937—2002），巴勒斯坦解放组织法塔赫革命委员会派系的一个知名巴勒斯坦好战分子，出生于巴勒斯坦，20世纪60年代开始以残酷手段执行暗杀、爆炸与劫机，20世纪70年代末期与巴解组织分道扬镳，之后陆续策划死亡达数百人以上的劫机与暗杀，其中最引人瞩目的是发生于1985年12月的罗马与维也纳机场劫机事件。之后被西方世界通缉，2002年在巴格达遭枪击而亡。

五点三十三分

莎拉猜错了,我没去过魏玛。那是一个德国的浓缩,的确。一个适于收藏的小型模型。一个形象。歌德得具有多么大的精神力量。在六十五岁时爱上哈菲兹的《诗颂集》和玛丽安娜·维尔梅尔。透过爱情的眼镜解读一切。爱能产生爱。激情就是动力。歌德是架满是欲念的机器。诗歌就是燃料。我都忘了《西东诗集》这双语扉页。我们都忘了这些对话,总是急着将作品封闭在国家民族的框架中,忽视了在语言之间、在德语和阿拉伯语之间、在书脊的凹槽里、在书的折页里、在留白中开辟的空间。人们应该对《西东诗集》的音乐改编作品给予更多的关注,舒伯特、舒曼、沃尔夫,得有数十位作曲家,一直到路易吉·达拉皮科拉①为女中音和单簧管创作的那感人的《歌德之歌》。很高兴看到哈菲兹和波斯诗歌对欧洲中产阶级艺术的惠泽如此深远,哈菲兹,当然还有欧玛尔·海亚姆——海亚姆,这个肆无忌惮的博学者在离这里不远的地方拥有一座雕像,就在维也纳国际中心里,那是伊朗伊斯兰共和国几年前赠予的,他们对这位与真主闹翻的嗜酒诗人十分宽容。我希望有一天能带着莎拉去多瑙河看一组雄立于联合国大楼中间的纪念

---

① 路易吉·达拉皮科拉(Luigi Dallapiccola,1904—1975),意大利作曲家。

碑，四个白色大理石学者在褐色石头的华盖下，周围是唤起人们对波斯波利斯金銮殿联想的石柱。海亚姆，在爱德华·菲兹杰拉德翻译的推送下，侵占了欧洲文学界；这位呼罗珊省被人遗忘的数学家自一八七〇年变成了一位欧洲主导诗人——莎拉通过萨迪克·赫达亚特编辑、评论的版本对海亚姆的案例进行了研究，那是一个还原到精髓、还原到只剩下最古老校订本那些四行诗的海亚姆。一个与其说神秘主义，不如说怀疑主义的海亚姆。莎拉解释说，欧玛尔·海亚姆的巨大国际声望首先源于他四行诗通用的简洁形式，然后源于诗集内容的多元性：轮番呈现出无神论者，不可知论者，穆斯林，享乐主义的或凝视沉思的爱人，屡教不改的酒鬼或神秘主义的醉汉，这位呼罗珊省的学者就像归于他名下的那几千首四行诗中呈现出的样子，能够取悦所有人——就连费尔南多·佩索阿都被他吸引，自己也在阅读菲兹杰拉德译本的启发下在一生中创作了两百首四行诗。莎拉毫不迟疑地承认，她喜欢海亚姆的地方是赫达亚特的序言和佩索阿的诗；她会欣然将二者结合在一起，创作出一个美妙的怪物，一匹半人马或一头狮身人面兽，萨迪克·赫达亚特为佩索阿的四行诗作序，后者则是受到了海亚姆的荫庇。佩索阿自己也喜欢饮酒：

> 快乐跟随痛苦，痛苦跟随快乐。
> 我们饮酒因为有时要欢庆，
> 我们饮酒因为承受着巨大的痛苦。
> 但不管是这种酒还是那种酒，还剩下些什么？

而且至少也跟他的波斯前辈一样充满怀疑和绝望。莎拉跟我说起费尔南多·佩索阿常去的那些里斯本小酒馆,他在那里饮酒、听音乐或听诗歌朗诵,而且在她的讲述中这些酒馆还真的很像伊朗的"餐吧"①,以至于莎拉笑着补充道,佩索阿是海亚姆的异语同义词,欧洲最西方、最大西洋风格的诗人其实是海亚姆神的一个替身,

> 司酒官,在献上玫瑰之后,你往我的杯里
> 倒了酒,然后你便离去了。
> 哪朵花比你更美艳,你这个逃避我的人?
> 哪杯酒比你更甘醇,你这个拒绝我的人?

在德黑兰与帕尔维兹绵延不断的谈话中,她将佩索阿的四行诗翻译成波斯语,为了找回,他们说道,那失去东西的味道——迷醉之魂。

帕尔维兹请我们去听了一场私人音乐会,一位年轻歌手在一把塔尔琴和扎尔布鼓的伴奏下演唱海亚姆的四行诗。歌手(三十岁左右,圆领白衬衣,黑裤子,俊美的脸阴沉严肃)有着男高音的美妙嗓音,在这间狭小的客厅里我们可以听到他嗓音的各种色调变化;鼓手才华横溢——在低音和高音都敲出纯净明亮的丰富音色,在极为复杂的节奏中完美断句,

---

① 原文为波斯语的法语拼写(meykhané)。

他的手指以惊人的精度和速度在扎尔布鼓的鼓皮上敲响。塔尔琴的演奏者是一位十六七岁的少年，一个初出茅庐的音乐会乐手；他似乎在两位前辈精湛技艺的带领下，在观众的鼓励下越发兴奋；在乐手即兴表演部分，他对所选调式的"旋律"①的发掘中所表现出的知识和表现力，在我这个新手听来，弥补他的经验不足是绰绰有余的。唱词的简短（海亚姆的四行诗句）令音乐家们可以一首诗一首诗地尝试各种不同的节奏和调式。帕尔维兹兴致勃勃。他认真地在我的笔记本上写下这些诗的原文。凭借我的录音机，我随后可以进行转录乐谱的可怕练习。我以前曾记录过伊朗三弦琴②和冬巴克这些乐器的谱子，但还从没记过声乐的谱子，我很好奇，想静下心来好好看看这些转录在纸上的乐谱是如何将古典诗歌中长短不一的波斯格律交错组织起来的；歌手如何移动诗句的格律或音节，使之融入某个节奏中，艺术家又是以何种方式根据演唱的诗篇将"音乐汇编"③的传统乐句转型，使之重获新生的。一部公元十二世纪的文学作品、一个千年历史的音乐遗产与当代音乐家之间的交汇碰撞，面对特定的观众，以其各自的独特性，使所有这一切可能成为现实。

给我倒点儿这酒，让我与它诀别

---

① 原文为波斯语的法语拼写（goushé）。
② 原文为波斯语的法语拼写（setar）。
③ 原文为波斯语的法语拼写（radif）。

别了像你粉红如火的面颊一般的琼浆玉液。
可惜,我的悔过就像
你的花式发卷一般率直真诚。

演奏家们与我们一样盘腿坐在红底中央有深蓝色圆环的大不里士地毯上;地毯的毛料、靠垫和我们的身体令音质干脆,带着热量、毫无混响;莎拉跪坐在我的右侧,她的肩膀挨着我的肩膀。歌声的芬芳将我们带到远方;扎尔布鼓那低沉深邃的声浪如此贴近,仿佛浸满了我们被塔尔琴软化的心;我们与歌手一同呼吸,屏住气好在这些关联、纯净、无轻颤、无迟疑、绵长的并列和谐中跟随他攀上高音的巅峰,直到突然间,在升到这声音的天空中时,他投入到一系列特技飞行动作中,一组异彩纷呈、动人心弦的装饰音和震音,我的眼睛顿时饱含热泪,羞怯地强忍住不让泪水流出,此时作为对歌声的回应,塔尔琴在一次次的转调中重新奏起歌手刚刚在云间描摹的乐句。

你饮酒,你面对真相,
在你对往昔的回忆中,
玫瑰的季节,陶醉的朋友。
从这悲伤的酒杯中,你饮下永恒。

我感到身边莎拉的体温,我陷入双重陶醉——我们共同倾听,我们的心跳和呼吸同步,就好像我们自己在歌唱,被这人类声音的奇迹、心灵的相通、人性的分享感动,沉醉其中，在这些稀有的瞬间，正如海亚姆所说，我们饮下永恒。帕尔维兹也格外欣喜——音乐会在长长的掌声和一段返场表演后结束，我们的东道主，帕尔维兹一位爱好音乐的医生朋友，邀请我们开始享用更加现世的饮食，他撇去日常的保守，与我们分享他的热情，笑着，两脚交替跳着舞，好舒活长时间盘腿静坐而变得僵硬麻木的双腿，他也为音乐陶醉，还在不断吟诵着我们刚刚在歌声中听到的诗句。雷萨医生的公寓位于瓦纳克广场一座新建塔楼的第十二层。天气好的时候从这里可以看到整个德黑兰，一直到瓦拉敏。一轮棕红色的月亮升起在我猜想应该是卡拉季高速公路上，公路两边排列着一连串的楼房，它在山丘间蜿蜒穿行，直到消失不见。帕尔维兹与莎拉用波斯语聊着天；我被音乐的情感弄得精疲力竭，已经没有精力去加入他们的对话；眼睛盯着夜空，我被城市南部红黄灯光的地毯催眠，幻想着旧时的沙漠旅店，那些海亚姆曾经去过的沙漠旅店；在内沙布尔和伊斯法罕之间，他肯定在瑞伊停留过，瑞伊是他的保护者塞尔柱氏族的第一个首都，那是在蒙古风暴将这个城市变为一堆瓦砾之前。从我所在的瞭望塔上，应该可以看到这位诗人数学家经过，他就在一队骡马和巴克特里亚骆驼组成的长长商队中，陪同的士兵保护他们不受阿拉穆特的伊斯玛仪派的威胁。莎拉和帕尔维兹聊着音乐，我听懂了dastgâh、segâh、tchahârgâh[①]这

[①] 波斯传统音乐有十二种不同的调式系统，这些调式系统被称为dastgâh，而segâh、tchahârgâh都是十二种dastgâh中的调式。

些词。正如很多伊斯兰传统的哲学家和数学家一样，海亚姆也编著了一部以音乐为主题的诗体论著，这部著作使用他的分数理论来定义音符间的音程。人类寻找的音乐宇宙①。客人和音乐家们在推杯换盏中闲谈着。漂亮的彩色长颈玻璃瓶里盛着各种饮料；自助餐桌上摆满了各种夹馅蔬菜、香料蛋糕、硕大的开心果，里面的果仁呈现美丽的深粉色；帕尔维兹教我们喝（对我不太成功）"白色伊朗人"②，他发明的一种以 dough（液体酸奶）、伊朗烧酒和胡椒粉为原料的鸡尾酒。帕尔维兹和主人医生都抱怨没有葡萄酒——真可惜，海亚姆想要喝葡萄酒，很多葡萄酒，帕尔维兹说道；乌尔米耶的葡萄酒、设拉子的葡萄酒、呼罗珊的葡萄酒……这也太荒谬了，医生继续道，生活在一个曾经最热衷于歌颂葡萄酒和葡萄树的国家，现在却一点儿也喝不到。你们可以自己酿啊，我想着领事处的"努富勒-勒-城堡特酿"回答道。帕尔维兹作出厌恶的表情看着我——我们对琼浆玉液的尊重让我们无法咽下德黑兰厨房里酿造的恶心葡萄汁。黑市上的葡萄酒太贵了，而且常常保存得不好。我上一次去欧洲，我们的主人接过话茬，刚一到我就买了三瓶澳大利亚西拉酒，我一个人都喝了，

---

① 音乐宇宙又称音乐的普适性或天体音乐，是一种古老的哲学概念，相关比例在运动的天体上如太阳、月亮和行星等遵从音乐的普遍形式。这种音乐并非通常从字面上理解的声音，而是一个谐波、数学的概念。这个关于音乐的想法持续吸引思想家，直到文艺复兴时期，影响遍及各类学者和人文主义者。
② 原文为英语（White Iranian）。

整整一下午我边看着巴黎人在我的阳台下走过，边喝着葡萄酒。天堂！天堂！当我一醉不起时，连我的梦都带着葡萄酒的香气。很容易想象一个从不喝葡萄酒的伊朗人灌下世界另一端的三瓶红酒会有什么效果。我自己在喝下一杯橙汁伏特加和一杯"白色伊朗人"后，也有点儿脸色发灰。莎拉看上去挺喜欢帕尔维兹那恐怖的混合物，酸奶在亚力酒的作用下有点儿凝结成块。医生给我们讲述了一九八〇那个光辉的年代，当时酒精饮料如此缺乏，以至于这位医疗工作者非法搞到大量的九十度酒精，用来制造各种混合物，樱桃、大麦、石榴汁等等的混合物。直到有一天为了防偷盗，他往里面掺上了樟脑，这饮料一下子变得没法喝了，雷萨带着悲伤的表情说。

  在听过这些围绕酒精的评论并享用了自助餐后，我们便告辞离去了；我被音乐会弄得还有点儿神魂颠倒——处于一种昏头昏脑的状态。一些支离破碎的乐句在我脑子里回放；我耳边还有鼓声的冲动，琴声的闪亮，歌唱者不断震动的嗓音。我忧伤地想着那些有幸能够激发这些感情的人，那些拥有音乐或诗歌天赋的人；莎拉，坐在出租车后座的另一侧，应该正在梦想着一个人们在里斯本吟诵海亚姆、在德黑兰朗读佩索阿的世界。她穿着一件深蓝色伊斯兰长袍，头戴一块白点头巾，几缕红色的头发从头巾边缘散落出来。她紧贴着车门，头转向车窗和在我们四周川流不息的德黑兰夜色；司机晃着头驱赶困意；广播里放着有些阴森的抒情歌曲，唱的是为巴勒斯坦而死。莎拉的右手平摊在人造革椅面上，她的皮肤是这狭小空间里唯一的光亮，如果握住她的手我就抓住了世界的温暖和光明：令我惊讶的是，没有马上转过头看我，却是她将我的手紧紧握住，并将我的手拉向她——不再放开，甚至我们到达目的地也没有放开，甚至几个小时以后，当红色的曙光点燃了德马峰并侵入我的卧室，在肉体上起伏的被单之间照亮了她疲惫苍白的脸庞，她全裸的背部在呼吸的波浪中起伏，上面蛰伏着脊椎的长龙，它吐出的火星——这些雀斑一直蔓延到脖颈上，仿佛燃尽熄灭的满天星斗，我的手指穿行在这银河系中，绘出想象的旅行路线，而此时莎拉从她身体的另一侧握着我放在她胸下的左手。我轻抚着她的脖子，一缕从百叶窗间射入的纤细粉红的阳光令她的颈部如梦幻般美妙；到了低声骚动的清晨，我仍然惊讶于这全身心的亲近，她空腹甜蜜的口气和遥远的酒精，赞叹这永恒，最终将自己掩埋在她头发中、任意抚摸她面颊她嘴唇的永恒的可能性，震惊于她亲吻的温柔，炽热而带笑，短暂或深长，急促的呼吸，惊愕于让她脱去我衣服时没有丝毫的羞愧不适，痴迷于她的美，在几分钟或几小时布料的包裹后相互裸露的简单自然，几分钟或几小时的棉布、丝绸、搭扣的摩擦，微小的笨拙，在身体、心灵、东方、欲望的弘大整体、欲望的大合唱中放纵的尝试，在这大合唱中有着万千风景，万千过去和未来，我在德黑兰的黑夜中隐约看到了裸体的莎拉。她抚摸了我，我抚摸了她，我们无需用爱这个词向对方保证什么，因为我们处于爱最下贱的美中，那就是在他者面前、在他者之中绝对的存在，欲望在每一刻得到满足，又在每一秒重新升起，因为我们发现在这半明半暗的万花筒中每一秒都有一种诱人的新颜色——莎拉喘息着，笑着，她喘息并笑着，而我害怕这笑，我既害怕又渴望，既害怕又想听到这笑声，就像今天在维也纳的黑夜，我试图抓住莎拉的回忆，就像一头野兽试图抓住流星一般。不管我怎么在记忆里搜寻，与她共度的这个夜晚在我脑海中留下的只有电光。我们嘴唇最初接触的电光，在我们的脸颊笨拙的接触之后，这麻痹而热切的嘴唇，让漫游在我们脸庞上的手指走入歧途，治愈我们在震惊中因为不可思议的笨拙而相互碰撞的额头，震惊于我们此刻正在拥吻，而几分钟以前，没有任何前兆预示这一心跳的加速，这缺氧，期待着这一刻的所有岁月也没有预感到这一刻的到来，连那些梦也没有预感到，那么多的梦突然间都被归结为这肉体的、乏味的命题，这些梦被现实开始时的电光、喘息的味道、目光的味道一扫而空，那目光太近令人合上双眼，再睁开，闭上窥视我们的那双眼，用我们的嘴唇亲吻这眼睛，用我们的嘴唇使这眼睛闭上，当手指最终交叉在一起时才意识到一只手的大小，手不再挽着手，而是十指紧扣。

电光照亮了她背光挺直的躯干，她胸部如白色大理石阻挡了我的视野，下面是她腹部游动的圆圈；一个想法的电光，B 大调，我想到 B 大调，这让我在远离当下的地方迷失了一阵，让我以 B 大调看着自己像另一个人一样做着动作，让我在几秒钟的瞬间变成自己疑虑的旁观者，为什么是 B 大调，如何逃离 B 大调，这个想法如此不合时宜，如此令人恐惧，我发了一会儿呆，远离一切，莎拉察觉到（节奏放缓，轻抚我的胸膛)我的迟疑,然后用她温柔的奇迹直截了当地将我从里面拽了出来。

黑夜中低声细语的电光,话音与身体的摩擦调和平衡的电光,德黑兰紧张空气的震颤,音乐与聚会尚未消散的甜蜜陶醉——我们这一夜有哪些话没有被时间抹去,一只含笑眼睛黑色的光芒,乳房的慵懒,舌头下微糙皮肤的味道,一滴汗的芬芳,被贪婪舔食的水性、敏感的褶皱中那撩人的酸味,从这里掀起高潮的缓浪;爱人的指尖在我的头发里、在我的肩膀上、在我的阴茎上,我想要将后者隐藏起来,回避她的抚摸,却最终也放纵自己,将自己付诸分享,好让结合继续,好让夜晚走向不可逃避的黎明:两个人的侧面,不知道哪种液体陪伴着哪声喘息,如交织在一起的雕像,我们的手握在她的胸脯上,膝盖顶着膝窝,扭曲的目光交缠在无形的神杖上,滚烫的舌头数次被咬痛冷却,咬在脖子和肩膀上,与此同时我们尽力支撑着身躯这副桎梏,一个轻声唤起的名字令这身躯放松,在开音节里展开,在音素中散布,在猛烈的拥抱下窒息。

在《列王纪》战士的红色曙光尚未从德马峰降下以前,在气喘吁吁的寂静中,仍在为莎拉紧贴着我而惊讶、赞叹,而我们在德黑兰已然忘记、从未听到过那淹没在城市喧嚣里不为人察觉的唤拜声在此时回响起来——不知来自附近的一座清真寺还是一间公寓的脆弱奇迹,这召唤①降临在我们身

---

① 原文为阿拉伯语的法语拼写(adhan)。

上，包裹着我们，判决或祝福，声音的香脂，"正当我的心带着对这座城市及其噪音热切的爱猛烈跳动时，我开始感到我所有的远行都只为了一个目的：努力领会这一召唤的意义"，穆罕默德·阿萨德这样说过，我终于明白了其中的含义，一种含义，分享与爱之温柔的含义，我知道莎拉像我一样，正想着那些游吟诗人的诗句，想着那忧伤的晨曲；唤拜声混合着早起鸟儿的鸣叫声，都市燕雀，我们穷人的夜莺（"拂晓夜莺对轻风细语"），混合着汽车打滑的声音，混合着沥青、大米和藏红花粉的芬芳，这些伊朗特有的气味，对我来说，已经永远地与莎拉皮肤上咸雨的味道联系在一起：我们一动不动，手足无措，听着这盲目一刻层层叠叠的各种声响，知道它既意味着爱情也预示着天明时的分离。

六点零分

还是没回音。砂拉越的首府古晋有网络吗？当然有。今天地球上已经不再有不通互联网的地方了。就是在战火纷飞的地区，我们也能幸运或不幸地找到网络连接。即使是在大吉岭的寺院，莎拉也在附近找到了一家网吧。无法摆脱电脑屏幕。即便是在灾难中。

在德黑兰，这个温柔夜晚过后的第二天她就跳上了飞往巴黎的第一班航班，法航的夜班飞机，在痛苦和负罪感中颤抖着，整整一天，她都没有合一分钟的眼，奔走在警察局的办公室之间，只为解决这个伊朗人深谙其道的可鄙的签证问题，她手上持有一封法国大使馆紧急出具的文件，证明鉴于她弟弟生命垂危，请伊朗有关部门为她的回国提供便利，但事实上她母亲的声音让她在内心预感到，萨缪尔已经离世了，无论对她说什么，面对这个噩耗她被震惊、距离、不理解、不相信击垮了，这天晚上，当她在冰冷繁星中的座椅上辗转无眠时，我跑到网上给她发信，一封接一封的信，我痴痴期待她在到达后能够读到这些信。这一夜，我也没合眼，沉浸在疑惑和愤懑的悲伤中。

她母亲一整晚都打不通她的电话，直到早晨，绝望的她拨通了研究所和领事馆的电话，呼天抢地，终于，当沙拉害羞地朝我飞吻并关上了浴室的门，好不让找我的人看到她，这人竟是来通知我——前一天下午发生了意外，意外，突然事件，还是不幸的发现，我们还什么都不知道，得让莎拉给她母亲家回电话，而正是"她母亲家"这个词，不是给医院，不是天知道什么地方，而是"她母亲家"让她预感到悲剧。她立刻冲向电话，我还记得电话的拨号盘和她迟疑、拨错号码的手，我悄声离去，也走出了公寓，既是出于尊重也是出于懦弱。

莎拉飞向了巴黎。

B大调——结束爱情场景的黎明；死亡。将神秘主义诗人鲁米的诗句与特里斯坦和伊索尔德的长夜合并得天衣无缝的席曼诺夫斯基的《夜之歌》是否以B大调过度？我记不得了，但有这种可能。上个世纪无可置疑的绝美交响乐曲。东方之夜。夜之东方。死亡与分离。其中的那些合唱犹如星团发出闪烁的光芒。

席曼诺夫斯基也曾为哈菲兹的诗作配乐，第一次世界大战之前他在维也纳创作了两部声乐套曲。哈菲兹。感觉好像所有人都围着他的谜转，就像神秘主义的火鸟围着高山转似的。"哈菲兹，嘘！没人知道那神圣的秘密，住口！你要问谁这日月轮回发生了什么？"围着他的谜和他的译者转，从哈默尔-普尔戈什塔里到汉斯·贝特格，后者对"东方"诗作的改编常被谱成乐曲。席曼诺夫斯基、马勒、勋伯格或维克多·乌尔曼，都采用贝特格的版本。贝特格，几乎足不出户的旅行家，既不懂阿拉伯语，也不懂波斯语或汉语。原本的、精髓的东西都在原文与他的翻译之间，在一个存在于不同语言、不同世界之间、位于nâkodjââbad（无所之境）中的某个地方,音乐也从这个想象的世界汲取资源。没有原本。一切都在运动中。在语言之间。在时代之间,哈菲兹的时代和汉斯·贝特格的时代。翻译是一种形而上学的操作。翻译是一种沉思。这么晚为什么要想这些。是莎拉和音乐的回忆将我推向这些忧思。时间虚无的广阔空间。我们不知道夜晚都藏匿着什么痛苦;在这些亲吻之后,将开启如何漫长而怪异的分离——上床睡觉是不可能的了,维也纳的夜色中还没出现晨鸟或穆安津,我的心因回忆、思念而猛烈跳动,这对喘息和爱抚的思念可能像鸦片瘾同样强烈。

莎拉功成名就;她定期受邀参加世界最知名的研讨会,尽管她始终是个流浪学者,没有我们所谓的"职位",我跟她相反,拥有她所没有的东西:生活的保障,在我长大的城市里一所舒适的大学教授可爱的大学生,但名气几乎为零。我顶多可以指望时不时去格拉茨大学,偶尔去布拉迪斯拉发或布拉格大学参加个会议,活动活动腿脚。我已经好多年没有回到中东了,甚至伊斯坦布尔也没再去过。我可以在这个屏幕前待上几小时,翻阅莎拉的所有文章和出版物,重建她的游历路线,马德里、维也纳、柏林、开罗、普罗旺斯地区埃克斯、波士顿、伯克利,直到孟买、吉隆坡或雅加达的研讨会,世界知识的地图。

有时我感觉夜幕降下,西方的黑暗侵入了光明的东方。文化精神、学术研究、文化精神与学术研究的乐趣、海亚姆和佩索阿饮酒的陶醉没能抵御二十世纪的侵蚀,这世界的国际化构建已不在爱和思想的交流中进行,而是在暴力和工业制品中实现。伊斯兰主义者反对伊斯兰。美国、欧洲在与"我中之他"作战。何必将安东·鲁宾斯坦①和他的《米尔萨·莎菲②之歌》从遗忘中挖出。何必回忆起弗里德里希·冯·波登施泰德③、他的《在东方的一千零一日》和他描述的第比利斯举办的围绕阿塞拜疆诗人米尔萨·莎菲的那些晚会、格鲁吉亚酒后的酩醉、他对高加索夜晚和波斯诗歌的惊人赞颂,这个德国人在第比利斯街头酩酊大醉中高声喊出的正是这些诗文。波登施泰德,又一个被遗忘的译者。一位旅行家。更是一位创作者。《米尔萨·莎菲之歌》这本书在十九世纪德国"东方"文学界引起了巨大反响。安东·鲁宾斯坦对它的音乐改编在俄罗斯也获得了令人瞩目的成功。何必提起那些俄罗斯东方学家和他们与中亚音乐和文学的美丽交融呢。得拥有莎拉的精力才能不断重建自我,直面丧礼和疾病,得拥有她的执着,才能继续在世界的悲哀中挖掘提取美与知识。

亲爱的弗兰茨:

我知道,这段时间我没给你写信,没告诉你我的近况,我淹没在旅行中。我要在越南待一段时间,在东京、

---

① 安东·鲁宾斯坦(Anton Rubinstein,1829—1894),俄罗斯钢琴家、作曲家及指挥家。
② 米尔萨·莎菲(Mirza Schaffy,1796—1852),阿塞拜疆语和波斯语的双语古典诗人。
③ 弗里德里希·冯·波登施泰德(Friedrich Martin von Bodenstedt,1819—1892),德国作家。

安南和交趾支那①。我现在位于一九〇〇年的河内。我看见你瞪大了眼睛：在越南？对，你能想象吗，一项关于殖民想象的研究。可惜我并没离开巴黎。关于鸦片。我深入阅读了吸毒者儒勒·波瓦谢尔的叙述，这位来自南方的可怜公务员三十四岁时为他热爱的东西而死，在此之前他曾吸食过不少鸦片，还曾面对东京的丛林、寒冷、风雨、暴力和疾病，唯一的伴侣只是鸦片灯幽暗的光——殖民文学中鸦片形象的历史非常有趣。鸦片，就像波瓦谢尔称呼它的"温和的好毒品"，神秘主义和殖民暴力核心之光的浓缩，成为"远东的"固有特征是经过了一个变化过程的。对波瓦谢尔来说，鸦片是他与越南的联系；他们不仅分享烟枪和床铺，而且共同经受烟瘾的痛苦和时代的暴力。鸦片吸食者是一个与众不同的人，一个从属于预言者群体的智者：一个能看到幻象的人和脆弱的乞丐。鸦片是对抗大自然的残酷和人类凶残的发光的黑暗。人们在战斗、受刑、看过被军刀砍下的头颅、被短刀割掉的耳朵、被痢疾或霍乱蹂躏的人体之后吸食鸦片。鸦片是一种语言，一个共同的世界；只有烟枪和鸦片灯能让你进入"亚洲的灵魂"。这种毒品（由帝国贸易引入的前殖民祸患，统治支配的可怕武器）变成了进

---

① 法属印度支那时期原越南阮朝领土被分为东京、安南保护国及交趾支那三个区域。安南名义上仍有原阮朝皇帝执政，称安南国王，定都于顺化，也叫中圻。

（87. 交趾支那，鸦片吸食者准备烟枪）

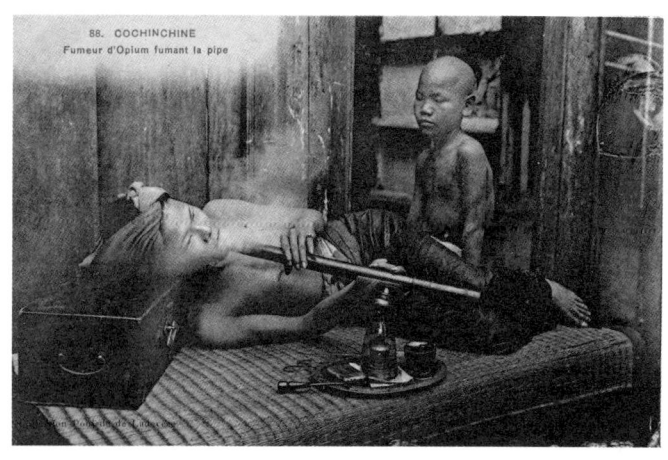

（88. 交趾支那，鸦片吸食者用烟枪吸食鸦片）

入一枚奇异世界的钥匙，随后又变成对西方民众来说最能体现这个奇异世界的代表，最能完美展示这个世界的形象。

这里有二十世纪二十年代从西贡寄出的两张明信片。人物的低龄让人感觉吸食鸦片不仅是十分普遍的行为，而且也是被社会接受、永恒、乡村、自然的行为。

那黑色上锁的箱子里可能藏着这个如此"异国情调"疆域的所有秘密，在这里人们沉浸在这种"儿童"的爱好中。以吸毒儿童呈现的土著人肖像。

"总是要中毒：这个国家有鸦片，西方有女人。或许爱情是西方用来将自己从人的命运中解放出来的手段"，马尔罗在《人的境况》中这样写道；这句至少是很奇特的话很好地展示了鸦片如何成为远东的固有特征，我们的观念是如何被制造出来的；当然，我不是在质疑鸦片在中国或越南造成的灾难，而是要看清这想象的观念是如何被创建起来的，并以何种方式被殖民宣传利用的。

我还记得马克在德黑兰沉迷鸦片，我自问他是否被一个宏大的梦压垮了，他所有的科研理由是否只不过是潜意识的借口，为的是，像我们一样，潜入梦的国度以逃避自我。

以后再给你解释这些，但我当前最想做的，就是像他们一样，躺在一张席子上，头靠着一只行李箱，吸入遗忘的蒸汽，将我的灵魂托付给忘忧药，忘记所有死亡的痛苦。我的鸦片，是我每天在巴黎图书馆里寻找的这些文字和图片，这些等着我收集、我心无旁骛地观察的文字蝴蝶，这个我试图将自己溺死在其中的旧书海洋——很遗憾,无论如何我还是会想起我弟弟,我感到自己好像在蹒跚而行,仿佛脚一直是瘸的,偶尔碰到一段过于激烈或过于感人的文字,我会禁不住流泪,当我关上卧室的门,我会服用某一种现代的药片(当然既没有鸦片的魅力也没有它的效力),然后倒头一连睡上二十四个小时。

被痛苦折磨的人,你还有这个法宝:
抽一口吧。而你们,宽宏大度的神明感谢你们
让人们由一个动作就可以获得快乐。

这是阿尔伯特·德·普福尔维尔②在河内还剑湖的亭子里为他的朋友儒勒·波瓦谢尔题写的墓志铭。我多么希望由一个动作就可以获得快乐。我知道你想着我;我每天都在读你的信,我试着给你回信但不知怎么写,我怕你怨恨我,于是我便将自己埋进研究工作中,就像一个孩子把头蒙在被窝里。

还是希望继续收到你的信,拥抱你。

莎拉

---

② 阿尔伯特·德·普福尔维尔(Albert de Pouvourville,1861—1939),法国诗人、翻译家和秘教传教者。他曾两次前往中国,并在军队和行政部门担任较高的职位。后跟随一位道教师父学习道教,回到西方后致力于道教的传播。他曾翻译了老子的《道德经》并编写了大量有关中国的著作。

莎拉通过向东方更远处探索、更深入地挖掘自己完成自身的重建，通过在这精神和科学的求索道路上继续迸发逃避自己的不幸——我则更情愿待在自己维也纳的公寓里，就算要忍受失眠、疾病和格鲁伯的狗。我没有她的勇气。战争从来都不是我们这个社团最美好的时期。考古学家变成间谍，语言学家变成宣传稿的撰稿人，人种学家变成奴隶的看守。莎拉做得对，逃到这些远离尘嚣的神秘地域，在那里人们关心的是胡椒贸易和哲学概念，而不是斩首者和炮兵。东方的东方，就像佩索阿说的。我会在那里找到什么呢，在遥远的中国，在暹罗王国，在越南和柬埔寨殉道圣徒的民族里，或在菲律宾——被西班牙人征服的群岛，在地图上似乎面对世界的两边迟疑，作为封闭中国海的最后一道屏障倾斜在无边无际的太平洋中，或在萨摩亚，德语东边的极点，或是西边的极点，俾斯麦帝国的太平洋殖民地，从西班牙人手中买下的他们所剩无几的南半球领地，我们在西方的西方会找到什么呢，在那里地球的腰带转了一圈又回到原点，几个颤颤巍巍的人种学家和大汗淋漓的殖民地管理者用酒精和暴力掩盖他们的哀怨，面对为此感到遗憾的当地人、进出口公司、离岸银行、游客，或者是知识、音乐、爱、相遇、交流——德国殖民主义的最后遗迹是一种啤酒（不出意料），青岛啤酒，名字源于神秘中国东北部胶州湾租借地的首府；数千德国人曾居住在这个从天朝租借九十九年的领地，一九一四年秋日本军队在一伙英国士兵的协助下通过突袭将它夺到手，吸引他们的或许是这座城市砖砌的大啤酒厂，直至今日，它仍在向全世界出口数以百万的瓶装啤酒——转了一圈又回到原点，旧殖民地的啤酒在一个世纪后反过来对整个资本世界进行殖民。我想象一九〇〇年那些酿酒机器和酿酒师从德国漂洋过海登陆这个位于上海和北京之间的美丽港湾，德国炮艇刚从清王朝手中把这个地方抢来，不堪西方列强欺凌的清王朝仿佛一个满是蛆虫的伤口：俄国获得了旅顺口，法国抢到了广州湾，德国霸占了青岛，这还没算上天津和上海的租界地。就连我们可怜的奥匈帝国也争取到了天津的一小块土地，并急不可待地在上面盖满了维也纳风格的建筑，一座教堂，几栋楼房，几家商店。距离北京一百六十公里的天津应该像是一个欧洲博览会举办地吧，法租界、英租界、德租界、俄租界、奥地利租界、比利时租界，甚至还有意大利租界，走过几公里的路感觉已经游历了整个高傲的殖民主义欧洲，这个强盗和冒险家的欧洲于一八六〇年洗劫、烧毁了北京圆明园，对着花园的亭子、景泰蓝、黄金饰品、喷泉甚至树木施暴，英法士兵粗俗而贪婪地相互争抢皇宫里的财宝，尔后又放火焚烧，人们甚至可以在伦敦或巴黎的集市上看到暴力掠夺来的中国皇家碗碟和青铜器皿。彼得·弗雷明，詹姆斯·邦德塑造者的哥哥，艾拉·玛雅尔亚洲旅行的同伴，在他的书中讲述了北京这著名的五十五天，十一国代表在这五十五天中竭力抵御清政府军队和义和团对公使馆区的围攻，彼得·弗雷明讲到一位东方学家，当大火烧毁了《永乐大典》唯一一部完整版本时，失声痛哭，这部明朝的浩瀚百科全书于十五世纪汇编完成，包罗了世界上所有知识，共有一万一千册，

一万一千册，两万三千卷，数亿的手写汉字都在御书房噼啪作响的火焰中化为灰烬，不幸的是书房恰巧位于英国公使馆的旁边。一位不知名的汉学家为它哭泣：在战争的骚动中，一个为数不多的对刚刚消失东西的意义有清醒认识的人；他就在那里，在灾难之中，他自己的死突然之间对他来说也已经无足轻重，他看到知识都化为灰烬，古代学者的遗产被抹去——他满怀仇恨，祈祷不知哪个神明让火焰将英国人和中国人一同毁灭，或者也许，因痛苦和耻辱而目瞪口呆，他只是看着火苗和燃烧纸片的蝴蝶冲入夏季的夜空，愤怒的泪水浸满双眼，我们不得而知。唯一清楚的一件事，莎拉会这样说，就是外国人对中国人的胜利导致了史无前例的暴力屠杀和劫掠，就连传教士们，似乎也在凯旋的联军士兵的陪伴下尝到了饮血的愉悦和复仇的快感。除了那位不知名的汉学家，好像没人为被毁的百科全书哭泣；人们将它列入战争受害者的名单中，这些受害者受到的是经济征服和帝国主义的戕害，只因二者面对的是一个坚决拒绝被瓜分的倔强帝国。

在东方的东方，人们也难逃欧洲征服者的暴力，难逃它的商人、士兵、东方学家或传教士的入侵——传教士是不变的主题，东方学家是其变化的版本：在学者们翻译、引进知识的地方，宗教人士输出他们的信仰，学习当地语言以便令《福音书》更加清楚易懂。东京语、汉语或高棉语的首批词典都是由这些耶稣会、遣使会或多明我会的传教士编纂的。为了宣传信仰，这些传教士付出了沉重的代价——应该对他们专门贡献我伟大著作中的一卷：

东方不同形式的疯狂

第四卷

断头者百科全书

中国和安南的皇帝,就像其他一些皇帝一样,虐杀了一大批耶稣的宣传者,其中很多人都被罗马列为真福者或甚至封了圣,越南、中国或朝鲜的殉道者所遭受的酷刑比罗马的殉道者毫不逊色,比如圣戴法纳·韦纳尔,这个叫错了名字的人①,在河内不远处被砍了五刀脑袋才被砍掉:十九世纪五十年代,这个年轻的法国人在红河②边见证了自己的信仰,当时法国对安南国的军事进攻迫使安南皇帝对天主教徒的迫害更加严酷。他在艺术上被表现为面对红河静静跪着、身边站着刽子手:第一刀,太快、没对准,没碰到脖颈而只是划破了脸颊;戴法纳继续祈祷。再来,刽子手可能因为第一次的失败而变得更加紧张,第二刀也只碰到他喉部的侧面,让传教士洒了点儿血,却没有打断他的祷告;砍头人(我们把他想象成高大、肥硕的秃子,就像在电影里一样,但也许他是个矮小、头发浓密的人,而且最重要的是,据说他是个醉汉,这将能对他的多次失手给出合理的解释)得举起五次胳

---

① 戴法纳的姓氏韦纳尔(Vénard)的同音词(Veinard)是"幸运儿"的意思。
② 红河为中国、越南跨境水系,也是越南北部最大河流,流域多红色沙页岩地层,水呈红色,故称"红河"。

膊,才让殉道者的头颅滚到地上,让他的身体瘫倒,让他的祈祷停止。他的头将被挑在一根竹竿上,立在红河岸边,以儆效尤;他的尸体被埋在河泥中——几个听教理的人将他的头和尸身都趁着夜色偷了回来,在一座天主教公墓中为尸身找了一块真正的坟地,并给其头颅罩上了一个玻璃罩,好让河内主教辖区作为圣物珍藏,一百五十年后,这位巴黎外方传教会的年轻教士被封了圣,一同被封圣的还有他被切割、勒死、烧死或斩首的多名教友。

死亡类型:大刀斩首、钉在十字架上、砍断四肢、内脏取出、溺死、各种酷刑,如果这些死于亚洲的传教士也有档案卡片的话,上面应该会这样记录吧。

我在临死时会祈求哪位圣徒的安慰呢,圣戴法纳·韦纳尔或其他被屠杀的圣徒,或者就干脆选圣马丁,我童年时敬爱的圣徒,记得奥地利每年十一月十一日的火把游行时,我曾如此为他骄傲——对于我维也纳的同乡来说,圣马丁不是图尔的圣马丁①,我儿时曾跟着外婆和妈妈在同名教堂里见过他的陵墓(金色的,不太高卢却很东方),这在我幼稚的宗教感情中让我对这位割破衣袍的军人有种优先的亲切感,这亲切感与卢瓦尔河畔的芦苇、沙洲、地下坟墓的斑岩柱子联系在一起,在寂静坟墓中安息的这位圣徒如此慈善,外婆说道,人们可以为任何事情请他在上帝面前为自己求情,这种事我没少干,当然很笨拙,要求的大多是糖果和玩具。我对这位

---

① 图尔的圣马丁(Martin de Tours,316—397),天主教圣徒。

士兵-主教的崇敬绝对是有所图的，在维也纳，当我们在秋季中旬去农村吃烤鹅时，这种有点干巴巴的禽类在我眼中直接与图尔联系在一起；它们应该是从那里飞来的——如果一口钟可以从罗马回来宣布耶稣复活[1]，一只鹅也完全可以从图赖讷飞到奥地利，并变成烤熟的样子躺在栗子和面包饺子之间，以此来向这位圣徒致敬。奇怪的是，尽管外婆居住的村庄也叫做圣本笃，这位圣徒对我却只是一个发音而已：很可能是因为，在一个孩子的意识里，一位与穷人分享衣袍的军人远比一个意大利僧侣有魅力得多，不管这个意大利僧侣对于中世纪宗教神修有多么重要——然而，圣本笃是濒死之人的主保圣人，那么他应该是我的护佑者，或许我应该挂一幅圣本笃的画像，来一次对我的偶像圣克里斯多福的背叛。这位迦南的高大孔武之人最终也被斩首，死于萨摩斯岛[2]；他是通路的圣徒，是他背着耶稣从河的一边走到另一边，他是旅行者和神秘主义者的主保圣人，莎拉喜欢东方的圣人。比如君士坦丁堡的圣安德鲁或圣愚西满，她讲过这些圣愚[3]的故事，他们利用癫狂掩饰自己的圣徒身份——癫狂在那个时代意味着有别于道德准则的他性，无法解释的行为差异：西满在霍尔

---

[1] 西方国家在复活节之前的周四濯足节禁止敲钟，以示对耶稣受难的忏悔。复活节当日敲钟，成年人通常告诉孩子教堂的钟是从罗马赶回来报喜的。
[2] 萨摩斯岛（Samos），希腊的一座岛屿。
[3] 圣愚，俄罗斯东正教的特有人物，是东正教特有的禁欲主义形式，他们通常是浑身污垢、半疯、半裸的游民传教士，脚上甚至套上脚镣，有些人几乎不能言语，而他们的话语却被解释成神谕。

姆的进城公路上发现一条死狗,他在狗脖子上系了一条绳子然后拖着走,就好像那狗是活的一样;西满,还是他,往弥撒的蜡烛上扔核桃借此将蜡烛弄灭寻开心,随后,人们驱赶他时他便爬上讲坛,用他的干果朝观众一通狂轰滥炸,令信徒都跑出了教堂;西满手舞足蹈,嘲笑僧侣,吃起羽扇豆来像一只熊。

比尔格或许就是个圣徒。首个将自己的圣徒身份隐藏在深不可测的癫狂中的考古学家圣徒。他可能是在沙漠中的考古发掘地上获得的启迪,面对他从沙子里挖出的往昔遗迹,《圣经》智慧渐渐渗透到他的体内,直到一个格外明朗的日子,变成一条巨大的彩虹。无论如何,比尔格是我们之中最真诚的;他不满足于一条细小的裂缝、失眠、我身上这些无法解释的病症或是莎拉对精神的渴求;他今天正在探索的是他自己深重的他性。

莎拉也很爱听那些传教士的故事,不管他们殉教了还是没殉教;他们,她说道,是地下的浪潮,是炮舰的神秘主义又博学的同伴——二者共同前进,军队总是在宗教人士和东方学家的前后,有时他们直接合二为一。偶尔是合三为一:宗教人士兼东方学家兼战士,就像阿洛伊斯·穆齐尔、多明我会的若桑神甫和路易·马西尼翁,一九一七年的神圣三位一体。比如,第一个穿越西藏的是(我很骄傲地给莎拉讲述我们国家天主教会的这一光辉事迹)来自林茨的一位奥地利耶稣会神甫,白乃心(原名约翰·格鲁伯),也许是我邻居的一个祖辈:这位十六世纪的高尚人士、业余数学家、传教士是从中国返回的第一个探访拉萨的欧洲人。莎拉在长期探索佛教国家的过程中也曾遇到其他传教士、其他东方学家，她常给我讲述这些人的逸闻，一点不比沙漠间谍的故事逊色——比如古伯察①神甫，这个南方人的纯朴善良为莎拉来探望我时的一次茶点驱散了笼罩在我们四周的紧张、灰暗，平添了几分愉悦和喜气，那是在萨缪尔死后她第一次来访。她当时在大吉岭。恐怖的维也纳博物馆、东方学家的回忆，以及我们试图以断断续续的科研和学术论述填补的怪异距离。她的这次停留在我记忆中很漫长。莎拉令我恼火。我既为向她展示我维也纳的生活感到自豪，同时又因为没能立刻找回德黑兰的亲密而极为失望。一切都只是笨拙、急躁、拌嘴和误解。我本想带她到美景宫美术馆或带她追溯我在玛利亚希尔夫的童年记忆，但她一心只想看一些骇人的事物和佛教中心。我之前在回忆中度过了那几个月，全心期待，设计了一个想象的人物，完美得可以赫然充实我的生活——多么自私，现在想到这些我方才意识到。尽管读了她的信，我却从没真正体会到突然失去一个至亲之人可能给她带来多么深的悲哀、伤痛和不公的情感：

　　亲爱的弗兰茨，谢谢你的这封外交信函，它真的让

---

① 古伯察（Évariste Régis Huc，1813—1860），法国天主教来华传教士、旅游作家，1844年至1846年在中国游历，对蒙古族、藏族、汉族的见闻令他在欧洲闻名。

我笑了出来——这在当前这个时期并不容易。我很思念你。或者说我思念一切。我感觉自己在世界以外，漂浮在哀悼中。只要与我母亲目光交错，我们就会一同哭泣。为对方的悲伤哭泣，为在我们疲惫的脸上露出的空虚哭泣。巴黎是个坟墓，是一些回忆的碎片。我在鸦片的文学时空里继续我的旅行。我已经不知道自己身在何处了。

悲伤地拥抱你，再会。

莎拉

弗兰茨·李特尔写道：

亲爱的莎拉：

啊，你不知道如果一个人没有生为法国人的幸运，有时要想实现自己的抱负有多么难，要单单凭借他智慧的力量屹立于你同胞的高峰之间，理解他们高贵的动机、他们的担忧和激动是多么费力的事！！！前几天我受邀去你伟大国家文化参赞的家中吃晚饭，让我有机会测量要达到他的脚踝我还有多远的路要走。这位文化参赞是个音乐家；你还记得他总是不失时机地跟我聊歌剧或维也纳爱乐乐团。单身汉的他很爱请人到他位于尼亚瓦兰的华丽别墅做客。我很荣幸受到邀请。来吧，他对我说，我请了几个伊朗朋友，我们打算演奏乐曲，吃吃饭。不用拘泥礼节，就是吃个便饭。

我在约定的时间到达，将近晚上八点，之前我在雪地里走了一刻钟,因为那辆箭头牌出租车一直打滑,再也爬不上去了。我走到大门前,按下门铃,等待,又按一次:没有动静。我于是决定趁机在冰冻的寒夜中走一圈,这主要是因为,我必须承认,站着不动意味着必死的危险。我随意走了几分钟,然后再次经过房门时,我遇到了正巧从里面走出来的女佣:我上前赶了几步,问她是怎么回事,她对我说:

"啊,刚才是您按的门铃啊。先生正在跟他的朋友们弹琴,他弹琴的时候从不理人。"

很可能是因为音乐厅位于别墅的另一侧,人们在那里听不到门铃声。好吧,好吧。我快步走了进去,穿过带有雄壮的多利安式柱子和古典灯具的门廊时听到音乐声,羽管键琴、笛子、库普兰①?我穿过大厅时谨小慎微生怕走在珍贵的地毯上。我自问是否应该在那里等待,你知道我,我还是挺懂礼貌的,所以我就站在那里,等音乐暂停时再进去,就像在维也纳金色大厅一样。我有充足的时间仔细欣赏那些油画、青铜的美男子雕像,哎呀糟糕!我没蹭干净的鞋在大理石地面上留下了一串雪水污泥的脚印。太丢脸了。一个德国佬闯进了这优美的港湾。可以清楚看出我迟疑的路线,绕过地

---

① 库普兰(François Couperin,1668—1733),法国音乐家族库普兰家族成员,作曲家路易·库普兰的侄子,巴洛克时期著名作曲家,也是羽管键琴音乐家。他是库普兰家族诸位音乐家中最有盛名的,因此被称为"大库普兰"。

毯，从一座雕像走到另一座雕像。双倍的丢脸。不要紧：我看到一个螺钿盒子，里面好像盛着纸巾，我一把抓起它，期待那奏鸣曲持续下去，让我有时间把我的脏活儿干完，我跪在地上手里拿着那个盒子，这时我听到：

"啊，您在这儿？您做什么呢，您想玩弹球？还是进来吧，进来吧。"

的确，那个盒子里盛的是陶瓷弹球，不要问我怎么会把它看成一个纸巾盒子，我回答不了：可能是审美激情使然，觉得在这种装潢陈设中，一盒舒洁纸巾只可能是螺钿的。真可笑，我让自己出了丑，我被怀疑在别人演奏古典音乐时却想要在地毯上玩弹球。真是个粗俗的人。那个奥地利音乐学家不想听库普兰却要在东方地毯上玩弹球。

我叹了口气，小心翼翼地将盒子放回原处，跟着文化参赞走到了上述音乐厅，里面有：一张沙发，两把扶手椅，几幅东方主义的油画，一些其他的雕塑，一部小型羽管键琴，乐手们（羽管键琴手是文化参赞，一位伊朗笛手）和观众（一位笑容可掬的男青年）。

"我给你们介绍一下：这两位是米尔扎·阿巴斯。这位是弗兰茨·李特尔，奥地利的音乐学家，让·杜林的学生。"

我们握握手；我坐了下来，他们又重新开始演奏，这让我有时间忘记自己的难堪，嘲笑自己一下。文化参赞弹琴的同时低声吟唱了一会儿，闭着眼睛，全神贯注。那真是美妙的音乐，我的天，笛声深邃感人，羽管键琴如清脆的水晶。

五分钟后，这部曲子演奏完毕，我鼓掌致意。参赞起身说：

"好，该是吃火锅的时候了。这边来，美食家们。"

啊对了，我忘了告诉你我受邀来吃的是萨瓦奶酪火锅，在德黑兰难得一见，让人不能错过这样的机会。那天参赞向我提议时，我回答道：

"奶酪火锅？我从没吃过。"

"从没吃过？奥地利没有奶酪火锅？好吧，正好趁这个机会了解一下。这个比烤奶酪好吃，即使是瑞士的烤奶酪也不如它。这个更细腻。对，更细腻。在这种雪天，是理想的美味佳肴。"

文化参赞关注所有艺术，其中包括烹饪艺术。

如此，我们四个人都在厨房各就各位。尽管参赞之前已经提前预告只是吃个便饭，我还是以为要参加的是一个大盘小盘依次上桌、稍显势利的晚餐，而此刻我却腰上围着条围裙，就像你们说的"毫不拘礼"。

他交给我的任务是切面包。好吧，我在大厨的监督下切面包，他负责检查我切的面包块的大小。大厨是米尔扎，他也是美食家俱乐部的主席，他们每周在参赞家举办一次聚会。

"上个星期吃的是鹌鹑，噢，可口的鹌鹑，他给我讲道，美味多汁。今晚的朴素简单，当然跟那天的不能比。奶酪火锅、猪肉、白葡萄酒。这一餐所有的独特性显然都在伊朗面饼和 sabzi 里。我们要大快朵颐了。"

参赞高兴地看着他的客人们忙前忙后，可以感觉到，他喜欢自己的厨房里生气盎然。他仔细地将火腿和香肠切成圆形的薄片，然后摆放在一只伊朗蓝色大瓷盘子里。我好几个月都没吃到猪肉了，感觉好像是要做一件违法乱纪的大事。我们摆好了餐具，边聊天边将开胃酒喝完，该入座了。大家拿出钎子，准备好 sabzi，后者与 sangak 一起赋予这顿异教徒的餐食一种多文化的情致。这时，参赞带着一种不太外交的表情喊道：

"好，咱们来个脱衣火锅，谁把自己的面饼掉在锅里就脱掉衬衣。然后他哈哈大笑，这令他眼睛向上翻的同时脑袋左右晃动。震惊之下，我紧紧握住自己的钎子。"

大家开始喝酒，喝的是一种非常美味的格拉夫白葡萄酒。由米尔扎开头，将自己的面饼放进融化的奶酪里，然后拉着细丝将沾上一点奶酪的面饼取出。我也试了一下手：得承认，的确很好吃。

对话围绕着葡萄酒的主题。

文化参赞得意洋洋地喊道：

"我宣布，我已经成为罗讷河坡酒①的股东了。是的，我亲爱的朋友们。"

---

① 罗讷河坡酒是一种罗讷河两岸生产的法定产区酒。

其他两个耽于享乐的人脸上显出羡慕的表情。

"啊，真好。他们点着头异口同声地说。罗讷河坡葡萄酒！"

他们聊着葡萄汁密度秤、特酿和发酵。我则专注地与我的火锅奋战，我发现，当它变凉时，就很麻烦，特别是因为用的是伊朗面饼，它太软太容易浸透，无法长时间浸在温热的液体里而不冒着分解的危险。我好几次差点就把衬衣输在这儿了。

总之，我没怎么吃。

最后，火锅顺利地结束了，没人在锅里掉落什么，除了大家的妄想。随后到来的是甜点、咖啡、消化酒和对艺术的论述，按顺序确切地说就是普罗旺斯栗子泥冰激凌、意大利浓咖啡、干邑白兰地，以及"内容和形式"。我心悦诚服地听着参赞的话，就着VSOP白兰地将它们一同痛快饮下：

"我是个美学家，他说道。美学存在于所有事物中。有时，从本质上说，形式也具有意义。"

"就像吃火锅一样。"我说道。

两位助理美学家送给我一个阴沉的眼神，但有幽默感的参赞，打了个神经质的小嗝，然后又继续激情四溢地讲道：

"伊朗是个讲求形式的国家。一个以美学的角度看很形式主义的国家。"

你看，所有这一切让我有更多的机会想起你。我希望能为这悲伤时刻中的你带去一点笑容。紧紧拥抱你。

弗兰茨

巴黎是个坟墓，而我却给她讲这些上流社交的滑稽故事，描绘那些让她毫无兴趣的人的讽刺肖像，愚蠢得令人汗颜——有时距离、绝望的无助让人作出在水中挣扎的混乱举动。这位参赞身上融合了对伊朗深深的好感和浓厚的文化。我在撒谎，而且我没有告诉她，在她离开德黑兰的这段漫长日子里，我几乎只和帕尔维兹在一起读诗，伟大的帕尔维兹，这个耐心倾听我未说出话语的朋友。

除了帕尔维兹，我在德黑兰的密友所剩无几。弗吉耶最终回了国，身体垮了，精神迷失在他的研究对象中，迷失在一个鸦片的幻梦中。他对我说"别了"，好像他要去的是另一个世界，庄严肃穆，简单而沉重得令人害怕，这个曾几何时纵情享乐的花花公子——我仿佛又看见那个伊斯坦布尔的男人，那个四处留情的浪子，伊斯坦布尔和德黑兰的黑夜王子，而他就这样溶化了，几乎消失了。我不知道他后来如何。我与莎拉曾好几次聊起他，只有一点是差不多肯定的：马克·弗吉耶，尽管很有工作能力，发表了大量文章，却已经在学术界销声匿迹了。就连谷歌也找不到他的消息。

几个新的研究员陆续到来，其中 个是我的同胞，一个奥地利人，贝尔特·弗拉内尔的学生，弗拉内尔是维也纳科学院伊朗研究所的所长，这座科学院是由亲爱的哈默尔-普尔戈什塔里在他那个时代创建的。这个奥地利历史学家人不坏，他只有一个缺点，就是爱边走边说话——他在楼道里来回踱步，同时低声说出他的想法，这样持续数小时，在楼道踱上几公里的路，而他这种既博学又匪夷所思的独白让我的神经都快要崩溃了。当他不走来走去时，他会与另一位新来者投入到漫长的围棋博弈中，新来者是个挪威人：一个充满异国风情的挪威人，他弹吉他，跳弗拉明戈舞，跳得水平之高以至于他每年都去参加塞维利亚的舞蹈节。奇怪的相遇应有尽有：一个钟情于伊朗邮票史的奥地利集邮爱好者与一个专注于石油管理研究的吉卜赛挪威吉他手下围棋。

在这最后的几个星期里，除了一两次社交聚会，就像在那位爱好音乐的文化参赞家用餐以外，我大部分时间都在帕尔维兹家度过或关在家里，守着莎拉回巴黎时匆忙中没有带走的那些物品：很多书籍，呼罗珊的祷告地毯（优美的淡紫色，我一直铺在床前），一只银色的电动茶炊，一套古微缩模型的复制品。在这些书中，有安娜玛丽·施瓦岑巴赫的作品，这是当然的，特别是她的《欢乐谷》和《死于波斯》，书中这位瑞士女性描述了德马峰脚下的拉尔山谷。我跟莎拉曾打算到这个高海拔的荒芜山谷去看看，这里的河水是从伊朗最高峰流下来的，一百五十年前，戈平瑙伯爵也曾在这片山谷里扎下帐篷——夏季带着玄武岩纹路的白雪皑皑的巍峨山峰，与富士山和乞力马扎罗峰同被视为完美山峰的形象，它孤独地插入天空，以其五千六百米的高度傲视四周的山岭。

还有一本关于安娜玛丽生活的厚厚的图册；里面收集了很多她在旅行中自己拍摄的照片和他人拍摄的她的影像，后一种主要是她丈夫、大使馆秘书克拉拉克拍摄的——其中一张照片上可以看到半裸的她，窄窄的肩膀、短发、溪水没到她的膝盖，胳膊垂在身体两侧，只穿着一条黑色短裤。她裸露的胸部，她双手的位置（在大腿边摇摆）和她被抓拍的面容让她在周围（陡峭的岩石山坡伸向长满灯芯草、多刺灌木的高原峡谷）壮丽的风景中显得单薄无力，带着一种哀怨伤感或柔弱的面无表情。我常常整夜在我的卧室独自翻阅这本照片集，遗憾自己没有一张莎拉的照片，或一部影集可以浏览，好让我找到与她共处的感觉——于是，我用安娜玛丽·施瓦岑巴赫替代；我读了她与艾拉·玛雅尔从瑞士到印度的旅行记述。但我是在这两部安娜玛丽定位在伊朗的恋爱狂热和迷醉忧伤的文字中寻找莎拉的影子，其中一部集中了大量的内心描写，另一部是前者远距离的投射，我从中寻找莎拉可能告诉我的一切，她对这个"忧郁天使"的生活和作品如此着迷的根本原因。两部作品都有划了线、做了旁注的段落；根据旁注的颜色，从中可以找到与焦虑、夜读者陡然产生的不可名状的恐惧有关的段落，与毒品和疾病有关的段落，以及与东方、那位年轻女性对东方看法有关的段落。读着她的笔记（密密麻麻的黑色小字，与其说在阅读不如说我是在解码）我可以窥见，或者我觉得可以窥见为莎拉的作品提供理论基础并令安娜玛丽·施瓦岑巴赫的文字如此感人的一个关键问题——将东方视为一种对人生无常的精神抵抗，视为解除黑暗痛苦、深重焦虑的自我治疗的寻觅。一种心理的寻觅。一种除了自我的心底没有神明、没有超验的神秘主义求索，这求索在施瓦岑巴赫身上以可悲的失败告终。在这片疆域中，什么都不能促进她的治疗，什么都不能减轻她的痛苦：清真寺依旧空空如也，寺内的壁龛不过是墙上的凹洞；那些自然风景夏季干枯，冬季道路艰险无法接近。她进入的是一个荒凉的世界。即便当她爱上了一位半土耳其半切尔克斯血统的年轻女子，并以为被她丢弃在旖旎的德马峰山坡的忧伤土地重新焕发生机时，她所发现的，是死亡。爱人的疾病和天使的探访。爱既不能让我们分担他人的疾苦也无法治愈我们的痛楚。从根本上说，我们永远是孤独的，安娜玛丽·施瓦岑巴赫说道。解读着莎拉在《死于波斯》上面的旁注，我害怕的是，这也是莎拉内心的想法，而且可能这想法在我阅读这些文字的同时被哀悼放大，就像在我心中被孤独放大一样。

　　她对佛教的兴趣和迷恋并不只是一种自我治疗的寻觅，而是一种深厚的情感，我知道早在她弟弟死以前这种情感就已经存在了——她在巴黎图书馆围着远东绕了一圈后启程前往印度，并不出人意料，尽管我将此举视为一记耳光，说实话，我将此举视为抛弃。她将我和欧洲都一同丢下，我打算让她为此付出代价，我得承认，我想要为她的痛苦报仇。直到收到这封极其感人的信，这封有关大吉岭和安达卢西亚的信。

大吉岭，六月十五日

亲爱的弗兰茨：

经过了一轮欧洲闪电之行后我现在又回到了大吉岭：巴黎两日，看望家人，然后格拉纳达两日，参加了一个无聊的研讨会（你懂的），两天途经马德里、德里和加尔各答回到这里。我本想去趟维也纳（从这里看，欧洲如此之小，人们可以在冲动之下轻松穿越），但我不确定你当时在家。或者不确定你真的想见到我。

我每次回到大吉岭都感觉找回了宁静、美、平和。山丘上种满了茶树；都是些长着窄长叶片的圆形小灌木，密集地挨在一起：从上往下看，这些茶园好像浓密的绿色纽扣组成的镶嵌画，犹如长着苔藓的球，覆盖着喜马拉雅山坡。

雨季快到了，到时候这里一个月下的雨比你那里一年下得还多。大扫除。水将从山峦渗漏出来，流淌出来，溢漫出来；每条街道，每条小巷，每条小径都将变成狂野的湍流。有时砖石、桥梁，甚至房子都会被水冲走。

我在我师父讲经的寺院不远处租了一间小寝室。生活很简单。我在拂晓时打坐冥想，然后去寺院听师父讲经；下午看看书或写点儿什么，晚上再打坐冥想，然后睡觉，如此周而复始。规律的生活很适合我。我试着学习一点儿尼泊尔语和藏语，不大成功。这里的乡土语言，是英语。对了，你知道吗？我发现亚历山大·大卫-尼尔曾是一名女高音歌手。她甚至曾以此作为职业：你能想象吗，她曾被河内和海防的歌剧院聘用……她在那里唱过马斯内、比才等作曲家的歌剧。歌剧院的节目单应该会对你的胃口！东方的东方主义，异国情调中的异国情调，简直就是为你设计的！亚历山大·大卫-尼尔后来成为首位探访西藏的女性和欧洲最早的女佛教徒。你看，我想着你呢。

找一天，我们得好好聊聊德黑兰，甚至大马士革。我知道在这段故事中我应负的责任，这段可以称之为"我们的故事"，如果这个词不是太夸张的话。我很想去维也纳看你。我们可以聊一聊；出去逛一逛——我还有一大堆可怕的博物馆要看呢。比如，殡葬博物馆。别怕，我开玩笑的。好了，写了一大堆漫无边际的话。也许是因为我想要告诉你一些我一直不敢说的事，回到那些我不堪回首的章节中——我从没为你在萨缪尔死后给我写的那些信感谢过你。我从你信里读到的温暖和同情直到现在还点亮着我的生活。任何安慰的话语都没有你的话那么让我感动。

快两年了。时间飞逝。佛教徒不讲"皈依"，人不皈依佛教，人在佛教中寻求庇护。人们在佛身边避难。这就是我所做的。我在此避难，在佛体内，在法①中，在僧

---

① 法（dhárma）是在印度的哲学和宗教中极其重要的一个含义多变的术语。

伽①中避难。我将跟随这三个罗盘指示的方向。我得到些许安慰。我在自己身上和我周围找到了一种新的能量，一种绝不要求我放弃自己理智的力量，恰恰相反。重要的是体验。

我看见你笑了……这种东西很难分享。想象一下，我每天清晨高兴地起床，高兴地打坐一个小时，我倾听、研究很古老很智慧的文字，它们比我至今读过的、听到过的任何东西都更加自然地向我展示世界。他们的真理以非常理性的方式让人接受。没什么需要相信的。没有"信仰"的问题。有的只是落入痛苦之中的人，是对一个所有事物都相互关联的世界非常简单而又综合的认识，在这个世界中没有物质。我想让你也体验这一切，但我知道每个人都会自己走上这条路——或走不上这条路。

换个话题吧——我在格拉纳达听了一个让我着迷的讲座，仿佛在无聊的波涛和哈欠的汪洋中一点美丽的火星。那是一篇有关安达卢西亚希伯来抒情诗与阿拉伯诗歌之间关系的论文，其中借由伊本·纳格里拉，这位诗人勇士（他曾是维齐尔）的诗作进行了阐释，据说这位诗人曾在战场上写诗。这些诗句和它们的阿拉伯"兄弟"

---

① 僧伽（Sangha），简称为僧，佛教术语，意译为大众，源自古印度传统，最初意指由多人所组成的团体，在各沙门传统中，如耆那教等，聚集的弟子皆称为僧伽。佛教也传承了相同传统，将信奉佛教的弟子皆统称为僧伽，与佛、法并称佛教三宝，即下一句中的"三个罗盘"。

是多么美好啊！在这些绝对世俗的爱情诗歌，对面容、嘴唇、眼神的描述还在我心中萦绕时，我去阿尔罕布拉宫散了一回步。阳光明媚，天空与建筑的红墙反差强烈，红墙好像一幅画作被装裱在蓝色的画框中。我心中蓦然生出一种奇异的感情；我觉得我面对的是时间全部的纷繁喧嚣。伊本·纳格里拉在辉煌的阿尔罕布拉宫建成之前很早就死了，然而他却曾歌唱喷泉和花园，玫瑰与春天——赫内拉利费宫①的这些花早已不是同样的花，那些墙的砖石也早已不是同样的砖石；我想到我家族的辗转漂泊，想到将我带到这个地方的历史，而好像正是在这个地方我遥远的祖辈曾居住生活，这一刻我强烈感到所有的玫瑰只是一朵玫瑰，所有的人生只是一个人生，时间的运动就像潮起潮落或日出日落般微不足道。或许因为我刚刚走出的这个历史学家的会议致力于将那些生命的叙述详尽写出，我看到的是模糊不清的欧洲，就像阿尔罕布拉宫的玫瑰丛一般复杂多样，它们的根毫无意识地潜入过去和未来中，潜入得如此之深，难以说出它们到底是从哪里钻出来的。这种头晕目眩的感觉并不讨厌，相反，它让我与世界和解了一刻，在转瞬间向我展示了那个命运车轮的毛线球。

---

① 赫内拉利费宫（Generalife）是格拉纳达苏丹的夏宫，被认为是维护最好的安达卢西亚式中世纪花园。赫内拉利费宫与阿尔罕布拉宫原本用横跨峡谷的走道联系在一起。

我从这里可以听到你的笑声。但我向你保证这是一个非同寻常的珍贵时刻。同时感受到美和它的虚无。好了，我要在这些美好的话语之后停笔了，时间在流逝。明天我会去网吧把这封信"寄出"。快点儿给我回信，跟我说说维也纳，你在维也纳的生活，你的计划……
　　拥抱你，
　　祝安好。
莎拉

我一下子又心软了、惊愕了，与在德黑兰一样深情，可能更深情——这两年中我都做了些什么，我将自己埋进维也纳的生活中、大学的工作中；我写了一些文章，继续做了几个科研项目，出版了一本书（被收入某个不知名的学者系列中）；我感到初始的病症，早期的失眠。避难。这是个好词。好办法。与痛苦抗争，或者试着逃避这个世界，这个命运的车轮，也就是痛苦本身。这封安达卢西亚的信颠覆了我的世界：德黑兰的一幕幕情景朝我扑面而来，大马士革的回忆也重现眼前，巴黎，维也纳，陡然间变了颜色，仿佛一缕光线足以将茫茫夜空全部染上它忧伤、凄苦的色调。克劳斯医生觉得我健康状况不太好。妈妈也为我的消瘦和倦怠担心。我试着在搁笔好几年以后（除了在德黑兰为勒韦的诗句谱曲作乐）重新开始谱曲，将我伊朗的回忆写在纸上，或更多的情况是写在电脑屏幕的天空上，找到一种与这些回忆接近的音乐，一首歌。我徒劳无果地试着在我身边、在大学或音乐会上找到一个新面孔，以托付我这些不堪重负的情感，但这些情感却执着叛逆，非莎拉不可；我最终被迫逃避（就像与卡塔琳娜·福什一起用餐的那晚）我自己招惹的是非。

一个惊喜：当我在往事中挣扎时，纳迪姆带着一个阿勒颇的乐队来维也纳举办一场演奏会；我买了一张第三排的票——我没告诉纳迪姆我会来。rast、bayati 和 hedjazi 调式，用鼓声配合的长长的即兴表演，与 ney 悠远深沉的对话，这芦笛与纳迪姆鲁特琴美妙的音色相得益彰，完美融合。在没有歌手的情况下，纳迪姆仅依靠传统旋律；观众（维也纳整个阿拉伯社区都来了，还包括几位大使）都认出了这些歌曲，旋律接着又以各种变奏出现，几乎可以听到整座音乐厅低声哼唱这些曲调，洋溢着含蓄的狂热，颤动着恭敬的激情。纳迪姆微笑着演奏——他白色短胡子投下的阴影将他的脸反衬得更加明亮。我知道舞台灯光的逆光效果让他无法看到我。在返场表演之后经久不衰的掌声中，我犹豫是否就此溜走，不打招呼直接回家；大厅的灯光再次点亮，我还在迟疑。跟他说什么呢？除了莎拉还有什么好说的呢？我是否真的想听他说这些呢？

我打听到了他休息室的位置；走廊里挤满了等着问候艺术家们的官员。在这群人中间我感到自己微不足道；我害怕——害怕什么呢？他认不出我？他像我一样尴尬？纳迪姆比我想象的要慷慨得多——他的头刚刚探出休息室的门，无需用来区分陌生人还是老熟人几秒钟的犹豫便穿过人群将我紧紧抱住，一边说，我盼着你会来，老朋友①。

在随后的晚餐中，在四周的音乐家、外交使节和知名人士中间，我们面对面坐着时，纳迪姆告诉我他几乎没有莎拉的消息，自从在巴黎参加了萨缪尔的葬礼后他就没有再见过她；她在亚洲的某个地方，别的就不知道了。他问我是否知道他们很早以前就已经离婚了，这个问题深深地伤害了我；纳迪姆不知道我们的亲密关系。他无心地通过这个简单的问题将我与她撕裂了。我换了个话题，我们提起在叙利亚的回忆，在阿勒颇的音乐会，我在大马士革跟他上的几节鲁特琴的课，我们的晚会，ouns（这个美好的阿拉伯语单词的意思是友情聚会）。至于已经打响的内战，我没敢提起。

一名约旦外交官（完美的深色西装，白衬衣，镀金的眼镜腿）忽然混入了我们的对话，他自称在安曼认识了伊拉克乌德琴大师穆尼尔·巴希尔——我常常发现，在这类音乐晚宴上，出席的人士很爱提起他们结识的或听说过的那些最伟大的演奏家，不知道这些隐含的对比是一种赞扬还是贬低；这些追忆通常引起在场音乐家尴尬的微笑——面对自称的崇拜者的粗鲁强压怒火的标志。纳迪姆厌烦或麻木地对约旦人笑笑，对，穆尼尔·巴希尔是最伟大的，没有，他从没有幸见过他，但他们有一个共同的朋友，贾拉勒·巴哈丁·韦斯。韦斯这个名字立刻将我们带回了叙利亚，带回了我们的记忆，而那位外交官最终转过头与坐在他右边的联合国人员聊

---

① 原文为英语（old friend）。

了起来，将我们遗弃在我们的往事回首中。在葡萄酒和劳累的作用下，纳迪姆在大型音乐会带来的筋疲力尽的情绪激昂中，突然向我透露莎拉曾是他一生的最爱。尽管他们的婚姻是失败的。如果那几年的生活对我来说不是那么艰难，他说道。如果我们那个孩子降生了的话，他说道。一切可能都会不同，他说道。过去已经无法改变。对了，明天是她的生日，他说道。

  我盯着纳迪姆的手，我又看到他的手指在鲁特琴的胡桃木上滑动或捏着拨子——捏住但不能捏得过紧的鹰羽毛。白色的桌布上有几颗从我酒杯旁的面包皮上掉落的绿色南瓜子，我杯中有气泡正在缓缓升到液体表面；这些微小的气泡组成一条纤细的竖线，尽管一切都是绝对透明的，却无法猜出这些气泡从何而来。我的眼睛里骤然也出现这些气泡，我不该盯着它们看，这些气泡往上冒啊冒——它们如针般纤细，它们无根源的执着（除了上升和消殒没有其他目的），以及它们轻微的灼烧令我紧紧闭上双眼，无法抬眼朝纳迪姆看，朝往昔看，朝他刚刚提及的过去看，我的头垂得越低，我眼角的灼烧感就越强烈，那些气泡越变越大，它们就像杯中的气泡一样试图冲出去，我得阻止它们。

  我借口有急事，在简单道歉后像个懦夫一样逃走了。

大吉岭，三月一日

亲爱的弗朗索瓦-约瑟夫：

  谢谢你给我的这个迷人的生日礼物。还没人送过我这么美的珍宝——我很高兴发现它的人是你。它会在我的收藏中占有一个最佳位置。我既不懂这种语言,也不知道这首乐曲,但这首歌的故事的确神奇。"赛富达"(Sevdah)!"萨乌达德"(Saudadc)!如果你允许的话,我将把它收入我的下一篇文章。还是这些共同构建,这些你来我往,这些层叠的面具。维也纳,"东方之门";所有的欧洲城市都是东方之门。你还记得斯卡西亚在德黑兰提到过的欧洲的波斯文学吗?整个欧洲都在东方。一切都是国际化的,相互依存的。我想象这"赛富达林卡"(sevdalinka)就像里斯本法朵①的"萨乌达德"(saudade)在维也纳和萨拉热窝之间回响,我感到有点儿……有点儿什么?我想念你们,欧洲和你。我强烈地感到"无处不在的痛苦"(sankhara dukkha),这也许就是忧伤在佛教里的名字。轮回(samsara)之轮的运动。时间的流逝,意识到生命有限的痛苦。不能向它投降。我要冥想了;我总是将你放入我的观想景象中,你在我的身后,与我爱的人们在一起。

拥抱你,替我问斯特鲁德霍夫阶梯②好。

莎拉

---

① 法朵(Fado),意为"命运",或称葡萄牙怨曲,法朵音乐普遍与"Saudade(萨乌达德)"一词有关。
② 斯特鲁德霍夫阶梯是一座户外阶梯,位于维也纳的阿尔瑟格伦德区。

弗兰茨·李特尔写道：

亲爱的莎拉，

  生日快乐！

  我希望你在寺院一切都好。你不冷吧？我总是想象你对着一碗米饭盘腿坐在一间冰冷的房间里，这一景象令人担忧。我猜你的喇嘛寺应该不像《丁丁在西藏》①里的喇嘛寺，但也许你能有幸看到一位喇嘛在空中浮起。或者听到西藏的大角号，我想它应该吵得惊天动地。这种号好像有各种长度，以便发出不同的音调；这些乐器太大，很难通过吐气和嘴部调节音调变化。我在我们的音响录音资料室查找这种乐器的录音，但在"西藏音乐"格架上没找到什么。停止闲聊，我冒昧打扰你的沉思是因为我有一个小生日礼物给你。

  波斯尼亚民俗文艺中有一种传统歌曲，叫做"赛富达林卡"（sevdalinka）。这个名字源于一个土耳其单词 sevdah，它又是从阿拉伯语的"黑色"（sawda）一词演化而来。这个词在阿维森纳的《医典》中的含义是黑色体液，即希腊人的 melan kholia，也就是我们的 mélancolie（黑胆汁，忧郁）。所以这个词在波斯尼亚语中的意思就是葡萄牙语中的 saudade，后者（与词源学家的解释不

---

① 《丁丁在西藏》是比利时漫画家埃尔热系列漫画《丁丁历险记》的第 20 部作品。

同）也源自阿拉伯语的 sawda——也是黑胆汁的意思。"赛富达林卡"歌曲像法朵一样也是一种忧郁的表达。其旋律和伴奏是奥斯曼音乐的巴尔干版本。词源学开场白到此结束，现在该看看你的礼物了：

我送给你的是一首歌，一首"赛富达林卡"：《Kraj tanana šadrvana》，它讲述了一个小故事。苏丹的女儿每天日落时分都会在她的喷泉旁听流水叮咚的声音；每天晚上，一个年轻的阿拉伯奴隶目不转睛地静静看着那美丽的公主。奴隶的脸一次比一次更苍白；最后白得就像死人一样。公主问他叫什么名字，从哪儿来，是哪个部落的；他只回答道，他叫穆罕默德，他是也门人，属于阿斯拉部落：正是这些阿斯拉人，他说道，一旦恋爱便会死去。

这首主题很土耳其-阿拉伯的歌曲，与人们可能想象的相反，其歌词并非源于奥斯曼时代的一首古诗。这是萨夫维特-贝格·巴沙吉奇①的作品——海因里希·海涅一首名诗《阿斯拉人》的翻译。（还记得这个可怜的海涅在蒙马特公墓的坟墓吗？）

萨夫维特-贝格，一八七〇年生于黑塞哥维那的内韦西涅，曾于十九世纪末在维也纳学习；已掌握了土耳其语的他跟从维也纳的东方学家学习了阿拉伯语和波斯语。他

---

① 萨夫维特-贝格·巴沙吉奇（Safvet-beg Bašagić，1870—1934），波斯尼亚作家和诗人，被视为波斯尼亚文艺复兴之父。

用德语写了一篇奥匈帝国的论文；他还将欧玛尔·海亚姆的作品翻译成波斯尼亚语。这首"赛富达林卡"将海因里希·海涅与古代奥斯曼帝国联系在了一起——东方主义的诗篇变成了东方的。它在经过了一条漫长的想象之路，经过了维也纳和萨拉热窝后，投入到东方音乐的怀抱。

这是波斯尼亚最著名、流传最广的一首"赛富达林卡"之一，听过这首歌的人里几乎没人想到它源于那个生于杜塞尔多夫、死于巴黎的德国犹太诗人的想象。你很容易就可以在网上听到它（我向你推荐辛佐·波罗维纳演唱的版本）。

希望你会喜欢这个小礼物，

紧紧拥抱你，

期待早日相会。

弗兰茨

我本想告诉她我与纳迪姆的会面、那场音乐会、他向我透露的他们之间发生的一些事，但我说不出口，于是我便用这个奇怪的生日礼物替代了一个痛苦的告白。早上七点的思考：我的懦弱是闻所未闻的，我为了儿女情长的事（用妈妈的话来说），把一个老朋友丢下跑了。我将这些怀疑留在心里，这些愚蠢的怀疑莎拉本可能会果断地一扫而光，我猜应该会，我没问她这些问题。她后来那段时间跟我提起纳迪姆都是用尊敬、疏远的言辞。我的思想混乱得搞不清纳迪姆对我到底是个朋友、敌人还是个遥远幽灵般的回忆，他在维也纳戏剧性的现身让我本已矛盾的情感更加模糊，仿佛曾经在德黑兰染红我天空的那颗彗星的彗尾。

我对自己说"该是忘掉这一切的时候了，莎拉、过去、东方"，但我却跟随我偏执的罗盘进入我邮箱的首页，还是没有来自砂拉越的信息，那边现在是下午一点，她是否准备吃午饭呢，天气很好，气温在二十三到三十度之间，从电子信息的虚幻世界中可以知道。当萨维尔·德·梅思特①发表了《围绕我卧室的旅行》一书时，他没想到一百五十年后此类探访已经变成了标准制式。别了，殖民头盔，别了，蚊帐，我穿着晨衣前往砂拉越。然后在巴尔干绕一圈，边听一首"赛富达林卡"边看几张维谢格拉德②的图片。接着我穿越西藏，从大吉岭到塔克拉玛干，沙漠中的沙漠，我到达喀什，沙漠商队的神秘城市——在我面前，西边耸起帕米尔高原；在它后面是塔吉克斯坦和瓦罕走廊③，后者像一只钩形的手指伸展开来，可以沿着它的指骨一直进入喀布尔。

这是离弃的时刻，是孤独和垂死的时刻；夜还在继续，它还没决意让位于白天，我的身体也没打算进入梦乡，我浑身绷紧，后背僵硬，胳膊沉重，小腿轻微痉挛，横膈膜疼痛，

---

① 萨维尔·德·梅思特（Xavier de Maistre，1763—1852），法语作家、画家，并担任过沙皇亚历山大一世的将军。
② 维谢格拉德（Višegrad），匈牙利北部多瑙河右岸的城镇。
③ 瓦罕走廊（Wakhan Corridor）是阿富汗巴达赫尚省至中国新疆维吾尔自治区境内呈东西向的狭长地带，位于帕米尔高原南端和兴都库什山脉北段之间的一个山谷。历史上是古丝绸之路的一部分，也是中华文明与印度文明交流的重要通道。

我应该躺下,为什么现在上床睡觉呢,天就快亮了。

该是祷告的时候了,是翻开《守夜人的钟》开始祷告的时候了;主啊,请怜悯那些像我一样,没有信仰并等待着他们无法看到的奇迹的人。但奇迹曾离我们很近。某些人曾在沙漠中,在神甫修道院周围闻到乳香的气味;他们曾在广袤的砂石地中听到圣马凯尔的回忆,这位隐修士在他晚年的一天捏死了一只跳蚤:他为自己的报复感到难过,为了惩罚自己,他在砂石地上裸身待了六个月,直到他的身体只归结为一个痛苦的伤口。他在平静中死去,"留给世界高尚品德的记忆"。我们曾见过柱头修士圣西满①的柱子(这块矗立在他粉红色大教堂里被侵蚀的岩石),圣西满,星辰之圣,在叙利亚山谷之中,夜晚的繁星照着巨大柱子上他赤裸的身体;我们曾看到库比蒂诺的圣约瑟夫②,轻盈而滑稽,僧侣衣袍和腾空浮起将他变成了教堂之间的鸽子;我们曾跟随圣亚力山大的圣尼古拉的脚步,他也出发走入沙漠,沙漠便是阳光下粉质的上帝,也跟随不太有名的那些修士的遗迹,后者慢慢被岩石、卵石、脚步覆盖,被月光轻抚、冬日易碎的白骨覆盖,被遗忘覆盖:那些在阿卡城③前溺死的朝圣者,肺里充满了冲

---

① 柱头修士圣西满(Saint Siméon le Stylite,388 或 389—459),天主教圣徒,在叙利亚隐修,据说他曾独自住在一根柱子的顶端。
② 库比蒂诺的圣约瑟夫(Joseph de Copertino,1603—1663),意大利方济各会僧侣,据说他能在空中悬浮。
③ 阿卡是位于以色列北部加利利西部的城镇,距离耶路撒冷约 152 公里,数次十字军东征中的重要据点和战场。

刷乐土的海水，那个食人肉的野蛮骑士①命人在安塔基亚烤异教徒吃，随后自己在东方的干旱中归信认主独一，那个维也纳城墙的切尔克斯工兵，徒手挖掘出欧洲的命运，背叛后得到宽恕，那个中世纪的小雕塑家不断为一尊耶稣木像抛光，同时给他唱着摇篮曲，好像对着的是个娃娃一样，那个将自己埋在《光明篇》中的西班牙犹太教神秘哲学家，那个身着紫袍、钻研不可捉摸的水银的炼丹术士，那些尸身永不玷污土地的波斯祭祀，那些像啄食樱桃般啄食吊死者眼珠的乌鸦，那些在角斗场撕碎战败者的野兽，那吸收了他们血液的锯末和沙子，那些火刑的嚎叫和灰烬，扭曲、多产的橄榄树，那些巨龙，那些鹰鹫，那些湖泊，那些海洋，那些将千年蝴蝶困在其内的无穷沉积物，那些在自己的冰川中消失的高山，一块石头接着一块石头，一秒接着一秒，直到液体的太阳岩浆，一切事物都在赞颂着它们的造物主——但就算是在深夜，信仰也拒绝接纳我。除了在苏莱曼大帝清真寺的游泳教练拖鞋开悟以外，没有爬到上面一窥天使的梯子，没有在以弗所旁由一条狗守卫的山洞，好让人睡上两百年②；唯独莎拉，在其他洞穴里，找到了传统的能量和走向启迪的道路。她是在事业初期研究神话传说时，凭着科学兴趣在马苏第《黄金草原》中发现布达萨福的故事以后开始对佛教的漫长探究的：

---

① 十字军东征中在围攻安塔基亚时，法兰克人的国王让他的骑士在饥荒中吃被占领地区的非天主教村民。
② 以弗所七圣童是天主教和穆斯林都有讲述的神迹，传说七个儿童曾在这里一个山洞中睡了很多年。

她的东方之旅穿过了古典伊斯兰、基督教国家，以及《古兰经》神秘的拜星教①——马苏第自他生活的八世纪就认为，这些拜星教徒是受到这个布达萨福启发的，后者作为穆斯林中佛陀的形象，被他与圣贤的赫耳墨斯②联系在一起。莎拉耐心地重建了这些记述的各种版本，其中甚至包括它们在天主教中的对应者，圣贝尔拉姆与约瑟伐特③的生活——菩萨开悟故事的古叙利亚版本；她为乔达摩·悉达多王子（我们时代的佛陀）的人生和教法着迷。我知道她爱着佛陀和西藏的传统（她从中学会了冥想），爱着玛尔巴④译师的人物和他的弟子米拉日巴⑤，这位咒术师在公元一千年左右，在遵从他师父的要求完成一系列恐怖磨炼后在一个生命周期内达到了证悟，这令所有梦想开悟的人羡慕不已——其中包括莎拉。她很快

---

① 拜星教是一种古代中东宗教，在《古兰经》中被多次以有经者的身份提及。它是一种与诺斯底主义、赫耳墨斯主义及亚伯拉罕诸教渊源甚深的一神教变种。
② 赫耳墨斯是希腊神话中的神祇赫耳墨斯和埃及神祇托特的综摄结合。在希腊化的埃及，希腊人发现他们的神祇赫耳墨斯与埃及神祇托特完全相同，随后两位神祇就被合二为一地受到崇拜。
③ 贝尔拉姆与约瑟伐特（Barlaam et Josaphat），基督教版本的释迦牟尼本生故事，取材于《普曜经》，以阿拉伯语、希伯来语、波斯语、粟特语和回鹘语写就。作者可能是公元6或7世纪中亚或伊朗的基督徒。故事叙述王子约瑟伐特，在修士贝尔拉姆教导下，成为基督徒的过程。其中，贝尔拉姆源于世尊（Bhagavad），而约瑟伐特则是由菩萨（Bodhisattva）转化而来。
④ 玛尔巴（1012—1097），中国西藏后弘期重要译经家，他将时轮金刚等密法传入西藏，建立噶举传承，成为噶举派第一位上师。
⑤ 米拉日巴（1052—1135），玛尔巴的弟子，噶举派第二代上师，也是中国西藏最伟大诗人之一，著有《米拉日巴道歌》。

抛弃了殖民地鸦片转而专注于佛陀；她热情地研究现代学者、传教士和冒险家们对中国西藏的考察，他们于二十世纪六十年代当地佛教大师尚未定居世界各地并自行传授精神能量以前，便将藏传佛教传到了欧洲。

一直传播到利奥波德城：走出犯罪博物馆，结束了对肢解女人、行刑者和妓院的参观之后，在距离加尔默罗会修女市场两步之遥，维也纳在低矮的房屋、十九世纪建筑和现代楼房之间难于取舍的一条小巷中，当我为了不让自己总看着她便看着自己的脚，而她正在高声阐释对维也纳灵魂、罪恶和死亡的思考时，莎拉猛然停下脚步，对我说，哎，看呐，一所佛教中心！接着，她开始浏览橱窗里的课程表，为资助这个流亡寺院的珍贵藏人的名字而狂喜——她惊讶地发现这个藏人社区与她同属一个藏传教派，红帽系或黄帽系，我记不清了，我从来都记不住帽子的颜色和她尊崇的转世活佛的名字，但我为她从这一偶遇中看到的吉兆、她眼中快乐的闪光和她的微笑而高兴，我甚至暗自期待她也许有一天会将利奥波德城的这个佛教中心作为她的新避难洞穴——那天的吉兆不止于此，还出现了我们共同往事的奇异混合：走过两条街，我们碰到了哈默尔-普尔戈什塔里街；我早就忘了（或者我从来就不知道）这位老东方学家在维也纳有一条自己的街道。铭牌上对他的说明是"科学院的创建者"，必定是出于这个原因而不是他对东方文献的喜好令他获此殊荣。当海恩菲尔德的研讨会在我脑子里回放时，莎拉（黑色长裤，红色翻领套头毛衣，黑色大衣上铺着她火红的发缕）继续围绕命运滔滔不绝。一组性爱、德黑兰的回忆和施泰尔马克的哈默尔城堡的景象吞噬着我,我抓起她的胳膊,为了不马上逃离这个街区、不回到运河另一边,我拐弯朝着泰博大道走去。

在这家我俩驻足落座的（新巴洛克豪华装潢的）糕点店里,莎拉聊着传教士的故事,就在她详细讲到遣使会神甫古伯察时,我感到,这话语的汪洋不过是为了掩饰她的尴尬;尽管这位古伯察神甫的故事（如此为自己的拉萨之行和与佛教僧人的论辩着迷,以至于在此后的二十年里他一心梦想重返西藏）挺有趣,却难以让我集中精神。我放眼望去,四处看到的都是我们失败关系的废墟,无法找回同样节奏、同样旋律的痛苦,之后,当她边喝着茶边费力地给我灌输哲学基础概念,佛陀、律、僧伽时,我禁不住怀念握着茶杯的这双带着蓝色血管的手,这涂成与她的毛衣同样红色在瓷杯上留下淡淡印记的嘴唇,在她腮部跳动的颈动脉,我断定这一刻唯一将我们联系在一起的东西,除了像污秽的雪一样在我们周围融化的回忆以外,是这共同的尴尬,这试图填充局促沉默的笨拙闲聊。德黑兰已经消逝了。身体的默契已经荡然无存。灵魂的默契正在淡化。她对维也纳的这第二次探访开启了一个漫长的冬天,她的第三次探访只是对这一冬天的证实——她想要专心研究维也纳作为东方之门这个命题,甚至不愿再住在我家,这样其实也省得我颓唐而孤独地躺在床上一动不动,整夜期待她来找我;我听到她翻书的声音,然后从我门下的缝隙看见她的台灯熄灭,我长时间倾听她的呼吸声,直到黎明才放弃她逆光出现在我卧室门口的希望,即使只是为了在我前额轻轻一吻，也会驱散黑暗的妖魔。

莎拉不知道这家糕点店所在的利奥波德城曾是十九世纪维也纳犹太生活的知名街区，这里有城里最大的庙宇，据说其中包括宏伟的摩尔式土耳其犹太教堂——所有这些建筑都在一九三八年被毁，我解释道，只剩下一些纪念牌和几张当时的照片。在这附近长大的有勋伯格、史尼兹勒① 和弗洛伊德——我一时想到的名字，其他的人还有很多，比如我的一个高中同学，我在维也纳频繁交往的唯一一个犹太人：他自称赛特，但他的真名其实是塞梯缪斯，因为他是一对祖籍加利西亚②、和蔼可亲教师夫妇的第七个也是最小的孩子③。他父母并不信教：作为文化教育的一部分，他们强制儿子每周两个下午穿过整座城市到利奥波德城跟一个立陶宛老学者学习意第绪语文学，这位老师在奇迹般地逃过了二十世纪灾难风暴后，最终在泰博大道定居。这些课程对赛普提姆④来说实在是一种惩罚；课程除了十八世纪语法和对方言微妙差异的研修以外，还要连续阅读好多页艾萨克·辛格⑤的作品，然后作出评论。一天，我的朋友

---

① 史尼兹勒（Arthur Schnitzler，1862—1931），奥地利犹太裔医师、小说家和剧作家。
② 加利西亚（Galicie）是中欧历史上的一个地区名，现分属乌克兰和波兰。
③ 塞梯缪斯（Septimus）以法语"七"（sept）为词根。
④ 赛普提姆（Septime）是塞梯缪斯的爱称。
⑤ 艾萨克·辛格（Isaac Singer，1902—1991），出生于华沙的美国籍犹太人作家，1978年诺贝尔文学奖得主，作品深刻描绘波兰和美国的犹太人生活。

对他的老师抱怨道：

"老师，能不能换个作家，哪怕只换一次？"

那位老师肯定很有幽默感，因为作为对赛普提姆的惩罚，他让他背下作家的哥哥以色列·约书亚·辛格写的一篇很长的小说；我记得赛普提姆连续好几个小时朗诵这个背叛的故事，直到熟记在心。他的罗马名字、他的坦诚友情和他的意第绪语文化课让我将他视为一个非同寻常的人。塞梯缪斯·莱博维兹此后成为研究二战大毁灭之前意第绪兰①的最杰出的历史学家之一，他从冗长的专题论文中将一个物质和语言学的世界从遗忘中拯救出来。我很久没有见过他了，尽管我们的办公室相隔不到两百米，同在这令全世界人艳羡的维也纳大学神奇校园的一个院子里——莎拉最后一次来访时觉得，我们与艺术史学家共享的这个拱廊内院实在太美了：她为我们带有两扇大拱门和一条长凳的庭院着迷，她曾坐在这条长凳上，手里拿着一本书，安静地等我上完我的课。我一面草草地将我关于德彪西的《宝塔》②准备的演讲做完，一面担心她会走丢，没有按照我的说明找到驻军巷里那个通车的大门；我禁不住每隔五分钟跑到窗前眺望一次，学生们可能好奇我是被哪种气象苍蝇叮了，这么紧张地观测维也纳的天气，而此时天空的阴沉却是如此司空见惯，平淡无奇。在研

---

① 意第绪兰（Yiddishland）指的是东欧犹太社区在被"二战"毁灭前的广大地区。
② 《宝塔》是德彪西《版画》套曲中的第一部分，其曲调是从中国音乐获得的灵感。

究班课程结束后,我三步并作两步跑下楼,然后在快到一层时又恢复了正常的步履;她安静地在长凳上看着书,肩膀上围着一条橙色的披巾。这天一早我就开始犹豫:是否要带她参观一下我们系呢?我在向她展示我的办公室、学院的图书馆和教室的幼稚自豪感与如果遇到同事(特别是女同事)该如何介绍她的尴尬之间迟疑。莎拉,一个朋友,就是这样,大家都有朋友。只不过,除了令人尊敬的男性同行或我母亲以外,系里的人从没见过我带着其他任何人来过,就连上述两种情况也鲜有发生。正因为这样,是时候该改变一下了,我想道。带着一个国际学术研究界的明星,一个独具魅力的女性来这里参观,这应该会给我脸上增光吧,我想道。但也许不会,我想道。也许大家会以为我想要用这个围着橙色披肩的美貌红发女郎向系里的人显摆。最重要的是,我是否真心想要将这宝贵的财富浪费在楼道闲聊中呢?莎拉停留的时间很短,没空让某些可能对她一见倾心的同事占用。凭着要享受天知道什么豪华酒店的可疑借口,她已经不住在我家了,现在绝不能将她交到下流的教授或嫉妒心强的妖妇的手上。

莎拉专心地读着一本厚厚的口袋书,面带微笑;她对着书微笑。前一天,我与她在市中心的一家咖啡馆见了面,我们在格拉本大街散了步,但仿佛一个难以剥去日久年深的油漆露出木头暖心的刨子,看到她坐在那里,沉浸在阅读的快乐中,肩膀上围着披巾,在这如此熟悉亲切的背景中,一个忧郁的巨浪向我袭来,一个盐与水的运动,温柔和怀旧的运动。她已经四十五岁了,看上去却完全像个女大学生。一只深色的梳子别住头发，一枚银色的衿针在她的披肩上闪闪发亮。她没有化妆。脸上绽放着儿童的愉悦。

她最终发现我在看着她，起身，合上书。我是否奔向她，用热吻将她吞噬直到她消失在我体内，没有，一点儿没有。我隔得远远地在她脸颊上拘谨地亲了一下。

"怎么样，你看到了，这儿还不错吧？"

"你好吗？你的课上得还好吗？这地方真美，天哪，这校园简直是仙境！"

我给她解释说个校园的前身是维也纳综合医院，十八世纪创建，十九世纪得到加长扩展，前几年才用于知识的传授。我带她四处转了一圈——大广场、书店；曾经的医院犹太祈祷室（——对灵魂的治疗——）今天是一座纳粹受害者纪念碑，圆顶的小建筑让人想起叙利亚村庄里的那些圣人陵墓。莎拉不停地重复道："多美的大学啊。"我答道："另一种修道院。"这让她露出了微笑。穿过一连串的庭院，我们来到一座巨大的圆形砖塔前，这座带着裂缝的粗笨建筑是旧日的疯人院，以其五层的高度俯视着一个小公园，尽管阴云密布，一群学生还是坐在公园的草地上，边聊天边吃着三明治。那些窄长的窗户、建筑正面的涂鸦和无休止翻新工程的防护栅栏令这栋楼散发着一种强烈的阴森之气——或许是因为我知道这栋楼里有些什么恐怖的东西，联邦病理解剖博物馆，一堆盛满骇人肿瘤、出生缺陷、双头生物、畸形胎儿、梅毒硬下疳、膀胱结石的福尔马林罐子摆放在几个墙皮脱落、橱柜满是灰尘、地面不平（地砖少了的地方能将人绊倒）、由白大褂的医科学生看守的房间里,我们自问他们是否为了取乐用医用酒精将自己灌醉,今天试试患有巨大症的阴茎的液体,明天再尝尝大头胚胎的汁水,天真地希望获得象征的特质。自然界包含的所有恐怖在这里展露无遗。死亡肉体的痛苦替代了精神错乱的折磨。今天,我们在这里听到的唯一喊声,是几个在这堪比地狱的悲惨之地参观的游客发出的惊声尖叫。

莎拉怜悯我:我的描述对她已经足够,她没有坚持(我天真地以为,这是佛教修行让她对恐怖事物的热情得到平息的标志)参观这个旧日医学的巨大垃圾场。我们坐在离那些学生不远处的一条长凳上;所幸莎拉听不懂他们聊天的内容,其对话毫无科学可言。她高声做着梦,她说到这座旧日的疯人院,并将它与她正在读的那部长篇小说联系在一起:这是堂吉诃德的塔,她说道。疯人塔。《堂吉诃德》是第一部阿拉伯小说,你知道吗?是第一部欧洲小说也是第一部阿拉伯小说,你看,塞万提斯说这本书是赛义德·哈米德·伊本·阿伊尔写的,他将后者的名字写成熙德·阿默德·贝南黑利。文学中的第一大狂人竟出自拉·曼却的一位摩尔历史学家的笔下。应该将这座塔楼收回,改成一座疯狂博物馆,里面展出的是所有的东方圣愚、所有的堂吉诃德,再加上好多东方学家。一个混合杂交的博物馆。

"甚至可以把顶层分出一个房间给咱们的朋友比尔格,四周装上玻璃以方便观察。"

"你可真够恶毒的。不,顶层将是《堂吉诃德》的阿拉伯语版,一百四十年后由法里斯·希迪亚克写成的《法利亚克的生活和历险》。"

然后她继续梦之国度的探索。但她也许是对的,这个主意似乎不坏,在疯人塔里建一个我中有他的博物馆,既是对他性的致敬也是对他性的探索。一座令人眩晕的博物馆,与这座装满了尸块和死亡汁水、与她关于砂拉越的文章难分伯仲的圆形疯人院同样令人眩晕的博物馆——她住在砂拉越多久了?顶多几个月,她发给我的最后一封邮件是在什么时候?

亲爱的弗兰茨:

我很快要离开大吉岭了。

一周前,在讲完经后师父跟我谈了一次话。我最好重返世界,他说道。这真令人难以接受。你了解我,我感到既受伤又泄气。是我的自尊心作祟,我知道。我感觉自己像个无故被斥责的小女孩,而看到我的自我意识如此强大又令我痛苦。仿佛我至此所学的一切在失望中都付之东流。痛苦,苦谛(dukkha),达到最高点。回到欧洲——也就是巴黎——的前景光想想就已经让我疲惫不堪。我可能会得到驻加尔各答的远东法国学校提供的一个职位。现在还没有正式邀请,而且也只是作为合伙研究员,但这至少能够给我一个着陆点。又是个全新的疆域。我将会满怀热情地投入到对印度的研究中去——围绕印度在欧洲的表象,欧洲在印度的形象。围绕十九、二十世纪印度思想的影响。围绕在印度的基督教传教士。

就像我在两年里对佛教所作的研究一样。当然,这些填不饱肚子,但我或许可以在四处找些授课的工作。在印度生活是很容易的。或是很困难的。

我想象你的反应(我听见你用义正词严的口气说):莎拉,你逃避。不,你会说:你出走。逃跑的艺术。这么多年以后,我在法国已经没有太多留恋了——几个同事,两三个十年没见的高中女伴。我父母。偶尔我想象自己回到他们的公寓,我少女时代的卧室,旁边是塞缪尔的房间,里面满是他留下的遗物,想到这里我就不寒而栗。他去世后我在那里住的那几个月(沉浸在殖民鸦片的研究中)到现在还令我后背发冷。我的师父是这个世界上最了解我的人,他应该是对的:一座寺院不是一个将自己隐藏起来的地方。无牵无挂不是一种逃避。至少这是我所理解的。然而,就算我深入思考这一切,也还是难以看清二者的差异……这一禁令对我来说如此粗暴、难以理解。

拥抱你,我将很快给你写一封更详细的信。

莎拉

又及:我重读这封信时可以从中看出我内心的情感,我自尊心的产物。我在你心中将是什么形象啊!我不知道为什么给你写这些——或者其实我知道。原谅我。

从春季到现在,我发了那么多信,但却无一例外地石沉大海——我向她汇报哪怕是我最微小的动作和情况，我的音乐研究；我担心她的健康，却不让她为我的健康问题烦扰，为了恢复睡眠和理智，我已经见过克劳斯医生不知多少次了（"啊，李特尔博士，幸好有您在。您要是治好了或是死了，那我的生活就太无聊"），我疲倦了。沉默征服一切。一切都保持沉默。一切都在沉默中熄灭，或睡去。

　　直到昨天一早收到的她的这篇新作，围绕象征性食人的考察。砂拉越的死人之酒。她将这一习俗与一个中世纪传说进行对比，后者是一首爱情悲剧诗歌，首次出现在托马斯的《特里斯坦的小说》中——伊索尔德为特里斯坦叹息，从她的悲伤诞生出一首晦暗的歌，她将这首歌唱给身边的女士们；这首小诗讲的是吉伦的遭遇，他被情人的丈夫施巧计俘虏并当场杀死。这个丈夫取出吉伦的心脏，让吉伦所爱的女人食用。这段叙述随后被多次搬到不同情境中；多个女性被迫在恐怖的盛宴上吃掉她们情人的心。游吟诗人纪莲·德·卡贝斯塔尼的生命就是这样结束的，在他被杀后其情妇被迫吃掉他的心，随后自己也被丈夫杀死。有时，最极端的暴力会产生难以预料的后果；它让两个情人从此永不分离，超越将自我与他者分隔的鸿沟。爱在死亡中得到圆满，莎拉说道，这是很悲哀的事。我自问哪个位置更难过，是被吃的还是吃人，尽管中世纪的叙述中对恋爱之心可怕菜谱的描写不乏谨慎的烹饪说明。

　　哎，天边开始露白。可以听到鸟叫。当然，现在我开始有困意了。我的眼睛有点儿睁不开了。我还没批改那篇论文，可我都已经答应那个学生了——

亲爱的弗兰茨：

　　原谅我没有早一点儿告诉你我的情况——这么久没给你写信我都不知道怎么打破这沉默了；于是，我给你寄去了这篇文章——我做的是对的。

　　我是初夏到的砂拉越；之前在加尔各答（比你想象的还要疯狂的城市）和爪哇短暂停留了一段，在那里我遇到了兰波和谢阁兰的影子。那时除了布鲁克家族以外，我对砂拉越一点儿也不了解，也不认识任何人，偶尔将自己遗弃在全新的环境和探索中也不错。我跟着一个很可爱的人类学家进入了丛林中，正是她将我引上了死人之酒这条路（现实中和学术研究中），并让我在贝拉万部落中住了一段时间。

　　你怎么样？你无法想象你（简短）的邮件给我带来了多大的快乐。最近一段时间，我对大马士革和德黑兰想了很多。对流逝的时间想了很多。我想象我的文章装在一只布袋子里躺在一艘轮船的底部，然后在一辆火车上，在一名骑自行车邮差的挎包里，在你的信箱里，最后在你的手里。对这寥寥几页来说可真是个了不起的旅行啊。

　　跟我说说你的事吧……

　　紧紧拥抱你，愿早日相会。

莎拉

弗兰茨·李特尔写道：

　　亲爱的莎拉，我昨天早上收到你的单行本，我不知道现在还可以印刷这样的文件……非常感谢，但这死人之酒实在吓人！这让我有点儿担忧。你还好吗？你在砂拉越做些什么？这边一切如常。大学里刚开了圣诞集市。到处飘着可怕的热葡萄酒和香肠味。你近期是否打算回欧洲一趟？期待了解你的近况。
　　紧紧拥抱你。
弗兰茨

　　心没有被吃掉，它还在跳动——当然她不会想到我也在电脑屏幕前。回信。但她还好吗？这个贝拉万是什么呀，我担心得都失眠了。我的老城市没什么新鲜的。她要在砂拉越待多久？撒个谎：真巧，我刚起床就收到了你的信息。拥抱，签名，快速发送，不让她有时间再次启程到天知道哪个神秘的国度去。
　　然后等待。
　　等待。不，我不能坐在这里不断地重读她以前的邮件，等待着……

　　弗兰茨！
　　知道你在那头，在世界的另一端，想象这些邮件比太阳跑得还快，令人感到既奇异又愉快。仿佛你在听我说话。

你说我关于砂拉越的贝拉万人的那篇文章让你担忧——很高兴你牵挂着我；我此刻状态的确不大好，有点儿伤感。但这跟砂拉越无关，都是日期的偶然性：某一天，人碰到这个日子上就掉进了回忆中——于是，情不自禁地，周围的一切都染上淡淡的哀悼色彩，这小雾霭要几天时间才能散去。

就像你在文章里读到的，贝拉万人将他们死人的尸体放在陶罐里，又把这些陶罐摆在"长屋"的游廊上，这些居民区就相当于我们的村子，里面可以住上一百户人家。他们让尸体慢慢分解。分解的液体顺着陶罐下面的一根空心竹子流下来。就像制作米酒一样。他们等这生命停止从尸体流出才宣布死亡。死亡在他们眼中是一个漫长的过程，而不是一个瞬间。腐烂过程中残留的液体证明还有生命存在。一种流动、可触摸到、可饮用的生命。

除了让我们感到的恐怖，这一传统也有宏大的美感。从身体中流走的不仅是生命，也是死亡。二者永远是共存的。这不仅仅像爱情的疯子迪克·阿尔-金用他深爱女人的骨灰制成酒杯饮酒，是一个象征性的食人风俗，这也是一种宇宙起源说。

生命是对死亡的漫长冥想。

你还记得《伊索尔德之死》①吗？这首你花很长时间跟我聊起的曲子。你从中听到的是完整的爱，就连瓦格纳自己都没有意识到。爱情、结合，与一切合二为一，东方之光与西方之黑暗合二为一，文字与音乐、声乐与器乐合二为一的瞬间。我从中听到的是激情之爱的表达，慈悲②。不仅仅是那寻找永恒的性爱。是将音乐视为尼采所谓的"全世界痛苦的宇宙表达"。在死去时，伊索尔德爱得如此之深，以至于她爱着全世界。肉体跟随灵魂。这是脆弱的一刻。其中包含着自我毁灭的种子。所有作品都包含着自我毁灭的种子。就像我们一样。我们既达不到爱的境界，也达不到死亡的境界。因此，需要开悟，需要觉悟。否则我们只能制造出尸体的汁液，从我们身体流出的只不过是痛苦的药水。

　　我想念你。我想念欢笑。一点轻松放纵。我多么想在你身边。我对旅行已经厌烦了。不，这不是真的——我永远不会对旅行厌烦，但我明白了一些东西，可能是在佩索阿的帮助下：

　　据说那位杰出的海亚姆被安葬在

---

① 《伊索尔德之死》，瓦格纳歌剧《特里斯坦和伊索尔德》最后一幕中的歌曲。
② 慈悲（karuna）是佛教和耆那教的主要教义及修行目标，为四梵住之一。

> 内沙布尔① 芬芳的玫瑰丛中,
> 但躺在那里的不是海亚姆,
> 他在这里,他是我们的玫瑰。

我想我猜到我在大吉岭的师父建议我离开的意思了。世界需要混合,需要散居异国的人群。欧洲已经不再是我的大陆了,所以我可以回去了。参与到在那里相互交织的网络中去,以外国人的角度探索这一切。做出自己的贡献。轮到我给予,并展示多元化给世界奉上的礼物。

我要去维也纳待一阵,你看如何?我会去大学找你,坐在那漂亮院子里的长凳上,等着你,一会儿看看你办公室的灯光,一会儿看看图书馆的阅读者;某个教授没关教室的窗户;音乐涌入庭院,就像上次一样,我会感到身在一个友爱、安心、充满快乐和知识的世界中。我提前为你发现我时面有愠色的惊讶而发笑,你会说"你怎么也不预先通知一声",你会做出这个半尴尬、有点儿扭捏的温柔举动,上身前倾亲吻我的脸颊,同时后退一步,双手搂在我的背上。我很喜欢这些犹豫不决,这让我想起阿勒颇、巴尔米拉,当然还有德黑兰,这些动作是如此甜蜜而温柔。

很遗憾,我们不是开悟的觉者。我们有时可以理解差异、他者,我们看到自己在踌躇、困难和错误中挣扎。

---

① 内沙布尔(Nishapur),伊朗东北部的城市。

我会来大学找你，我们会经过疯人塔，我们的塔，你会咒骂建筑的年久失修和里面的"恐怖博物馆"；你会说"这绝对令人无法接受！大学应该为此感到羞耻！"你的行为会让我发笑；然后我们会走下斯特鲁德霍夫阶梯，将我的行李放在你家，你会有点儿难为情，回避我的目光。其实，有件事我从没告诉你：我上次去维也纳时接受了他们给我推荐的那座奢华酒店而没住在你家，你还记得吗？这件事让你特别生气。我想，我那么做是因为我心里怀有一种不愿明说、有点儿幼稚的期待，期待你会陪我过去，我们会在一间漂亮而陌生的房间，继续我们在德黑兰开始的故事。

猛然间，我思念你，
维也纳多么美，
维也纳多么远。

莎拉

她什么都敢说。"扭捏"，我字典上的意思是"因故作姿态而显得不自然"，太伤自尊了。她也太过分了。有时她真让人恨。如果她知道我的真实状况，我可怕的健康状况，如果她知道我所深陷的痛苦，她就不会这样嘲笑我了。黎明了；人们都在日出时分死去，维克多·雨果这样说道。莎拉。伊索尔德。不，不是伊尔德。掉转目光，不去看死亡。就像歌德。歌德拒绝看尸体，远离疾病。他拒绝死亡。他掉转视野。他将自己的长寿归功于逃避。看看别处吧。我害怕，我害怕。我害怕死亡，害怕给莎拉回信。

"维也纳多么美，维也纳多么远"，这是一段引文，但出自什么作品？是谁的？一个奥地利人？格里帕泽？还是巴尔扎克？即便翻译成德语也听不出来。我的天，我的天，我回答什么，回答什么，唤出谷歌镇尼，神灯精灵，精灵你在吗？啊，不是文学，是一段法语香颂的歌词，一首恐怖的香颂，这是整首歌的歌词，在 0.009 秒内搜到——我的天，这歌词可真长。开头是"如果我今晚在维也纳给你写信"，怎么想的？莎拉，凭你脑子里存了那么多诗词歌赋、兰波、鲁米、哈菲兹，怎么会想到这个——这个芭芭拉①长着一张令人不安、调皮或魔鬼的脸，天哪，我讨厌香颂，艾迪特·琵雅芙②的声音像把刨子，芭芭拉的歌悲惨得能将一棵橡树连根拔起，我找到我的回复了，我要将另一首歌曲摘抄一段，舒伯特和冬季，就是它，射向多瑙河的晨曦令我目眩，单调的希望之光，应该透过希望的镜片看世界，珍惜我中之他，承认它，爱这首歌，爱它所代表的所有歌，从行吟诗人、舒曼的《拂晓之歌》和世界上所有的加扎勒开始，人们总为必然发生的事感到震惊，时间的回答、痛苦、同情和死亡；曙光不断升起；光明的东方，东方，是罗盘的方向，被染成红色的大天使的方向，在黎明时分，人们惊讶于大理石的世界带着痛苦

---

① 芭芭拉（Barbara，1930—1997），法国香颂词曲作者、女歌手。
② 艾迪特·琵雅芙（Édith Piaf，1915—1963），法国著名香颂歌手。

和爱的条纹,来吧,没什么难为情的,很久以前就不再难为情了,不用感到难堪,抄上这段冬日的歌词,不用感到难堪,让自己沉溺于情感:

> 我闭上眼睛,
> 我的心仍在热切跳动。
> 何时才能再见窗外的绿叶?
> 何时才能将我的爱人揽入怀中?

让自己沉溺于这温热的希望之光。

东方不同形式的疯狂

恋爱中的东方主义者……………………………117
沙漠中的异装癖旅行队…………………………190
坏疽与肺结核……………………………………267
领导信徒的东方学家群像………………………300
断头者百科全书…………………………………448

献　　词

致彼得·梅特卡夫和他于一九八七年刊登在《表象》上的文章《尸体之酒，族内食人和婆罗洲的死人盛宴》，本文中"砂拉越的死人之酒"是受到了这篇文章的启发——真实生活中的作品比弗兰茨和莎拉谈到的东西要深刻、博学得多。

致德意志学术交流中心的艺术家柏林居留项目，柏林接待了我，并让我可以投入到德国东方学的世界中去。

致所有其作品赋予我灵感的科研人员、往日的东方学家和现代的学者、历史学家、音乐学家、文学专家；我在提到他们真名时尽量忠实地反映他们的观点。

致我的老师，克里斯托夫·巴莱和里卡尔多·兹珀利；致忧伤的东方学家群体；致我在巴黎、大马士革和德黑兰的同志。

致叙利亚人。